# 實用廣州話
# 分類詞典

麥耘 譚步雲 編

# 實用廣州話
# 分類詞典

商務印書館

## 實用廣州話分類詞典

**編　　著**：麥　耘　譚步雲

**責任編輯**：楊克惠　謝江艷

**封面設計**：張　毅

**出　　版**：商務印書館 (香港) 有限公司

　　　　　香港筲箕灣耀興道 3 號東滙廣場 8 樓

　　　　　http://www.commercialpress.com.hk

**發　　行**：香港聯合書刊物流有限公司

　　　　　香港新界大埔汀麗路 36 號中華商務印刷大廈 3 字樓

**印　　刷**：中華商務彩色印刷有限公司

　　　　　香港新界大埔汀麗路 36 號中華商務印刷大廈 14 字樓

**版　　次**：2011 年 1 月第 1 版第 1 次印刷

　　　　　© 2011 商務印書館 (香港) 有限公司

　　　　　ISBN 978 962 07 0305 8

　　　　　Printed in Hong Kong

# 總 目 錄

# 凡　例

（一）本詞典收集廣州話中與普通話不相同的詞語，主要是詞，也有一些是不獨立使用的詞素，有一些是固定的詞組，還有少數慣用語。這些與普通話不相同的詞語，包括普通話沒有的和普通話雖然有，但含義和用法跟廣州話有些不一樣的。這裏所說的普通話主要指普通話口語，有些詞語在普通話書面語裏偶爾使用，但口語不用，而廣州話口語裏常用，本詞典也收入，如"頸"（脖子）、"朝"（早上）等。也收入少數廣州不常用而見於香港粵語的詞語。

（二）本詞典的標音有兩種：一種是用國際音標逐詞字注音；另一種是只對不常見的字，和常見字的特殊讀音加注，或用廣州話同音字來注，或用同聲母同韻母的字加注聲調表示，或用反切注，放在尖括號中（請參閱【注音說明】）。

（三）凡一詞有兩種讀法而意義不變的，國際音標用括號注出又音，如"出"注 tsʰɵt¹(tsʰyt¹)；如果讀法之不同僅限於聲調，則僅括注又音的聲調，如"一陣間"（一會兒）的"陣"字注 tsɐn⁶⁽⁻²⁾，表示此字可讀第 6 聲，也可讀變調第 2 聲。這種情況如果是字音的自由變讀，則不再在尖括號中作注（如"出"字），如果只是在這個詞中才有兩讀的，則也用廣州話在尖括號中加以注明，如上例"陣"字注〈陣又讀第 2 聲〉。

（四）詞頭用字取社會上慣常使用的寫法，不一定追求本字、正字，但必要時會用括號注出另一種寫法或本字。如"仔"字後面加圓括號附"崽"字。有的音節找不到合適的字寫，則取同音或音近字。連音近的字也沒有的，用方框"口"代替。外語音譯詞一般寫同音或音近字，無同音或音近字可寫的就直接寫外語原詞（用大寫方式），如"阿 SIR"。實際讀音隨後注出。

（五）凡一詞既有方言義項，又有與普通話相同的義項的，一般只注出方言義項，除特別需要以外，不再列出其同於普通話的義項。

（六）凡兩個以上的詞寫法相同，但實際含義並沒有聯繫或者相去很遠的，在詞的右下角加注 1、2 等，以作區別。如作玄孫講的"嗲₁"與作罐頭聽子講的"嗲₂"、作"盯人（球賽用語）"講的"嗲₃"等。字形一樣且意義相關，但讀音不同的也作同樣處理，如"妹"分別讀 mui⁻¹ 和 mui⁻²，就分作"妹₁"和"妹₂"。

（七）大部分詞條列有例句或有關詞組，其中以"~"代表詞條，後面的圓括號內為普通話譯文；每個例句之間用"｜"號隔開。

（八）在釋義和例句之後，有時用方括號加進一步的附注，包括說明詞源（如"的士"注［英語 taxi］）、建議參見其他詞條（如"八婆"注［參見"八卦"、"八"］）、指出意義相同而形式略異的其他詞形（如"後尾枕"注［又作"後枕"］）、必要時與普通話作比較，以及其他補充性的說明。

（九）本詞典使用的縮略語有：

【俗】俗語，指特別俗的詞語，包括粗話

【雅】雅語，即比較文雅的說法

【罵】罵語，即罵人的話

【謔】戲謔語，即玩笑話、俏皮話

【婉】委婉語，包括忌諱語

【敬】敬稱，尊稱，禮貌用語

【昵】親昵的稱呼

【貶】貶義詞，包括輕蔑的稱呼

【褒】褒義詞

【喻】比喻的說法

【兒】兒語，即主要是小孩說話或大人對小孩說話時的用語

【舊】舊時流行（即現在不怎麼流行）的詞語

【外】主要是外語音譯詞和半音譯詞（不包括全部外來詞）

【熟】熟語，成語，諺語，口頭禪等

【歇】歇後語

（十）本詞典按意義分類，共分 11 大類（請參閱【分類說明】），每大類中以 A、B、C 等分小類，每小類之中，再分出 1、2、3、4 等項，每項內列有關的詞條。同一個詞如有不同義項，又屬於不同的類項，就在不同的類項下分別列出，而在詞條前加星號"*"，表示這個詞在別的類項下重見，並在詞條後用方括號注明重見於何處。但僅為寫法相同，意義上沒有聯繫的，或讀音不同的，即上述（六）所談到後注 1、2 等作區別的，不作重見處理。

（十一）詞典後有索引，讀者可根據字形查到有關詞條。具體用法請閱索引前的說明。

（十二）本詞典所立詞目約 7800 條，其中包括一詞的不同義項重見的情況。如將重見的詞條只作一條算，則為 7000 條左右。此外，在一些詞條後在方括號中以"又作××"的方式注出形式略異的詞，共有 200 餘條。

# 分類說明

本詞典共分 11 大類，説明如下：

（一）人物。包括對各種人的稱呼。

（二）自然物和自然現象。包括自然現象和各種自然物，只見於動物的動作和生理現象也在此類中。凡自然物經過人類加工之後，就不算入這一類，而歸入下一類"人造物"中，如"豬手"（豬前腿）歸入下一類的"食物"小類中；但雖經人工，卻不是人有意製造出來的東西，如"鑊鑪"（鍋黑子）則歸在這一類。

（三）人造物。包括所有經人類加工製造而成的物體。由人建立起來的社會活動場所，如"茶居"（茶館）之類，也列在這一類中。

（四）時間與空間。有關的計量單位參見第十類。

（五）心理與才能。包括心理狀態、活動、感情、思想性格、智慧才能等，凡與人的意識有關的內容均收入此類。但想法、脾氣等作為抽象事物則收在第八類，表現感情的表情則歸入第九類。

（六）運動與動作。包括一切明顯的空間變動過程以及人或動物的各種具體動作和行動。動物特有的動作則歸第二類。空間變動過程不明顯的，如"甩"（脱落）歸於第九類。

（七）人類活動。包括日常生活、各種社會性的活動和交際行為以及多種社會現象等。禮貌用語也列入此類。

（八）抽象事物。上面幾類中實際上也包括了一些抽象事物（如時間與空間等），這一類則列其他各種抽象的事物以及不定指的指稱，如"呢啲"（這些）。泛指的物品，如"嘢"（東西），也附在這裏。

（九）狀況與現象。包括各種具象的外貌、情狀和抽象的事物狀態、性質、特徵、程度等，除了上面幾類已經包括了的（如自然現象、心理狀態和一部分社會現象等）以外，均在這一類中。

（十）數與量。包括數詞和量詞（計量單位）。但數量的多與少則在第九類。

（十一）其他。包括語氣助詞、歎詞、擬聲詞和一部分慣用語。

以上分類有互相交叉的地方，為讀者查閱方便，本詞典在細目和正文的有關地方加注説明，如在第四類注[ 時間和空間的計量單位參見十 E ]。

# 注音説明

注音分兩種：一種是用漢字注音，是為一般讀者準備的（見下面的A）；一種是用國際音標注音，是為專業的語言工作者準備的（見下面的B）。

A. 本詞典對不常見字或者常見字特殊讀音都用尖括號加注，是用廣州話來注廣州話。有如下幾種形式：

1. 用同音字來注，如"黃黚黚"（黃而不艷）注〈黚音禽〉，意思是"黚"字跟"禽"字在廣州話中同音；又如"衫架"注〈架音真假之假〉，意思是在這個詞裏，"架"字讀音同廣州話"真假"的"假"字一樣（不同於"假期"的"假"）。只要能用同音字，都一定用同音字來注。

2. 一字有多種常用的讀音，就以用例注出，如"行㘴"（鋪㘴）注〈行音銀行之行〉，意思是這裏的"行"字跟"銀行"的"行"字同音，而跟"行動"或"行路"等詞中的"行"字不同音。

3. 有時沒有同音字，或者同音字也很生僻，就用同聲母同韻母的字加注聲調來表示，如"花㞵"（花蕾）注〈㞵音林第 1 聲〉，意思是把"林"字讀成第 1 聲，就是"㞵"的音。當某個字改變聲調而原來的聲母和韻母都不變時，就直接指出讀第幾聲，如"打皮"（出錢）注〈皮讀第 2 聲〉，意思是"皮"字在這裏讀成第 2 聲。

廣州話聲調有 6 個，下面舉一些例字，只要把這些例字讀熟，就能記住這 6 個聲調：

第 1 聲：夫福　　　真
第 2 聲：虎　　　　好
第 3 聲：庫闊　　　笑
第 4 聲：扶　　　　牛
第 5 聲：婦　　　　上
第 6 聲：付伏　　　樹

記住"真好笑，牛上樹"，凡是跟"真"字同一個聲調的就第 1 聲，跟"好"字同一個聲調的就是第 2 聲，其餘的類推。

4. 在既找不到同音字又沒有同聲同韻的字時，就使用反切。反切是用兩個字分別表示聲母和韻母，後面再加一個"切"字。一般來說，把反切的兩個字連起來讀快了，就能拼出字音來。例如"質因切"就是把"質因"兩個字連起來，讀出"真"的音。有的反切因為找不到很合適的字，拼讀起來麻煩些，例如"啤"（撲克）注〈披些切〉，"披"和"些"連讀不很順，可把"些"字的聲母去掉，讀作"爺"的第 1 聲，再來連讀，即"披爺（第 1 聲）"合起來，就得"啤"的音。

反切不是甚麼神秘的東西，一説就明白，很容易掌握，一旦掌握了又很有用。

B. 本詞典對所收每個詞、每個字都以國際音標注音。

1. 輔音：（漢字是這些輔音作聲母時的例字；廣州話還有零聲母，此處不列）

| 不送氣音 | | 送氣音 | | 鼻音 | | 擦音 | | 響音 | |
|---|---|---|---|---|---|---|---|---|---|
| p | 波班邊背 | pʰ | 婆派潘平 | m | 明門微文 | f | 翻發歡快 | | |
| t | 多大點短 | tʰ | 拖條天太 | n | 年農奶腦 | | | l | 流拉領路 |
| ts | 字祖姐罩 | tsʰ | 次粗斜穿 | | | s | 絲笑樹山 | j | 音然雨完 |
| k | 甘歌見居 | kʰ | 卡靠權期 | ŋ | 岸我顏牛 | h | 漢看欠曉 | | |
| kw | 瓜關軍季 | kwʰ | 誇葵昆群 | | | | | w | 溫為話環 |

説明：

(1) 對於不送氣音（p、t 等）和送氣音（pʰ、tʰ 等），沒學過規範標準的國際音標的讀者，請不要按漢語拼音方案的讀法來拼讀，也不要按英語音標的讀法來拼讀（儘管人們習慣把英語音標直接稱為"國際音標"）。如果按漢語拼音方案或者英語音標來讀，就會誤把不送氣音讀成送氣音了。實際上，p、t、ts、k、kw 相當於漢語拼音方案的 b、d、z、g、gu，而 pʰ、tʰ、tsʰ、kʰ、kwʰ 相當於漢語拼音方案的 p、t、c、k、ku。

(2) ts、tsʰ、s 的發音部位比普通話 z、c、s 要後一些，舌頭接觸齒齦，與 t、tʰ 同部位。

(3) 新派沒有 n 聲母，凡 n 聲母字都讀為 l 聲母；新派也沒有 ŋ 聲母，凡 ŋ 聲母字都讀為零聲母（沒有聲母）。本詞典在聲母上，一律照老派讀法注音。

(4) 除了作聲母外，m、n、ŋ 還作鼻音韻尾；p、t、k 還作不爆發（不讀出來）的塞音韻尾。

(5) m 和 ŋ 可以單獨成音節，如表示否定的"唔"m⁴，以及"吳"ŋ⁴、"五伍"ŋ⁵、"誤"ŋ⁶ 等。不過，新派把 ŋ 讀成 m。本詞典按老派讀法注音。

2. 元音：音 a ɐ œ ɵ ɔ o ɜ e i u y

説明：

(1) oŋ 和 ok 兩個韻母中的 o 實際讀音是 ʊ（基本上就是普通話 ong 韻母的韻腹元音）。

(2) eŋ 和 ek 兩個韻母中的 e 實際讀音是 I（基本上就是英語 ing 的元音）。

3. 聲調

（1）用 6 調系統，舒聲調賅括入聲調。

（2）老派廣州話陰平有兩調，55 調和 53 調有對立；新派合而為一，一般作 55 調。今從新派。

（3）用數字表示調類，如下：

1—陰平、上陰入 55 調　　　　2—陰上 35 調

3—陰去、下陰入 33 調　　　　4—陽平 11 調

5—陽上 13 調　　　　　　　　6—陽去、陽入 22 調

數字標在音標的右上角，如：tseŋ[1]，pui[6] 等。

（4）變調主要有 55 調和 35 調兩種，用 1 和 2 表示；另有少數 11 調和 33 調，用 4 和 3 表示。在變調前加短橫"-"，以示區別，如：jen[-1]，mun[-2] 等，但不標出本調。有的字音本就是來自變調，但現在只有這一讀法，而無本調之讀，就不再標"-"號。

# 分類目錄

# 一、人　物

## 一A　泛　稱

### 一A1　人稱、指代

**哋₁** tei⁶〈音地，大利切〉詞尾，表示人稱的複數。[普通話的"們"除用於人稱"我們、你們"等之外，也可用於其他一些名詞，如"同學們、商人們"，廣州話的"哋"只能用於人稱代詞"我哋、你哋"等]

**我哋** ŋɔ⁵tei⁶〈哋音地，大利切〉我們；咱們：你哋去，～唔去。（你們去，我們不去。）| 你係廣州人，我又係廣州人，～都係廣州人。（你是廣州人，我也是廣州人，咱們都是廣州人。）[普通話的"我們"不包括聽話的人，"咱們"包括在內，廣州話沒有這樣的區別]

**你哋** nei⁵tei⁶〈哋音地，大利切〉你們。

**佢** kʰɵy⁵〈音拒，企呂切〉他；她：～係我嘅朋友。（他是我的朋友。）| 我鍾意～。（我喜歡她。）

**＊佢哋** kʰɵy⁵tei⁶〈佢音拒，哋音地〉他們；她們。

**邊個** pin¹kɔ³ 誰：佢係～？（他是誰？）| 你鍾意叫～嚟都得。（你喜歡叫誰來都行。）

**乜人** mɐt¹jɐn⁴〈乜音物第1聲，媽一切〉誰：～將呢個桶囥响度？（誰把這個桶放在這兒？）

**阿（亞）誰** a³sɵy⁻²〈誰讀第2聲，音水〉【謔】誰：人哋邊識得你係～！（人家哪知道你是誰！）

**乜誰** mɐt¹sɵy⁻²〈乜音物第1聲，誰讀第2聲，音水〉同"阿（亞）誰"。

**人哋** jɐn⁴tei⁶〈哋音地，大利切〉人家；別人（有時泛指別的人，有時指特定的某個人，有時指説話者自己）：～都唔驚，你驚乜嘢嗻！（別人都不怕，你怕甚麼呀？）| 快啲送翻去畀～啦！（快點送回去給人家吧！）| 唔好噉啦，～而家冇心機。（別這樣吧，人家現在沒心思。）

**人** jɐn⁴ 同"人哋"，但一般不出現於句子開頭：咪淨識得話～！（不要只會説別人！）[其他許多用法同於普通話]

**＊第二個** tei⁶ji⁶kɔ³ 別人；另外的人：呢件事唔好畀～知到。（這件事不要讓別人知道。）[重見八A8]

**＊第個** tei⁶kɔ³ 同"第二個"：除咗佢，～都唔得。（除了他，別人都不行。）[重見八A8]

### 一A2　一般指稱、尊稱

**阿（亞）** a³ 詞頭，用於對人的稱呼，一般是比較親切或隨便的稱呼：～伯（大伯）| ～廣（對某個以"廣"為名字的人的稱呼）| ～徐（對某個姓徐的人的稱呼）| ～駝（駝子）

**＊阿（亞）SIR** a³sœ⁴〈SIR音時靴切第4聲〉【敬】【外】先生：嗰位～，唔該留留步。（那位先生，請留步。）[英語 sir，進入廣州話後讀音有所改變。重見一F3、一F4]

**阿（亞）生** a³saŋ¹〈生讀先生之生，司坑切〉【敬】先生：～，你用啲乜嘢？（先生，您吃點兒甚麼？）

**生**₁ saŋ¹(sɛŋ¹)〈生讀先生之生，又音魚腥之腥〉【敬】先生，前面加姓氏：劉~(劉先生)｜李~(李先生)

**咁多位** kɐm³tɔ¹wɐi²〈咁音甘第 3 聲，位讀第 2 聲〉【敬】諸位；各位(對多人的總稱。咁：這麼)：~，早辰！(諸位，早上好！)

*__大佬__ tai⁶lou²【敬】【謔】本義是哥哥，用於對男性的尊稱(不一定比自己年紀大；常用於陌生人；如用於熟人，則多帶玩笑口吻)：唔該問聲~，呢度去黃村仲有幾遠？(請問大哥，這兒到黃村還有多遠？)｜~啊，你話點嘞！(我的老哥呀，你說怎麼辦吧！)[ 重見一 C3、一 E3 ]

*__伙記__ fɔ²kei³ 對人略帶親切的稱呼：~，有火嗎？[ 意義與普通話"伙計"相同，但廣州話"計"與"記"不同音。重見一 E1 ]

**姐**₁ tsɛ⁻¹〈讀第 1 聲，音遮〉【敬】用於對平輩女性的稱呼，在前面加上其姓或名：洪~｜娥~[ 注意必須讀第 1 聲。如讀本調第 2 聲，則是對女傭人的稱呼，參見一 E1 ]

**阿(亞)狗阿(亞)貓** a³kɐu²a³mau¹【貶】泛指不加選擇的任何人，帶輕視口吻：~都畀入嚟，瞰點得啊！(無論甚麼人都讓進來，那怎麼行！)｜唔通~你都嫁？(難道不管甚麼亂七八糟的人你都嫁給他？)

**阿(亞)保阿(亞)勝** a³pou²a³sɐŋ³ 泛指不加選擇的任何人("保"和"勝"是以前較常見的人名用字)：我唔理係~，總之畀多幾個人我。(我不管是張三李四，總之多給我幾個人。)

*__鬼__ kwɐi²【喻】①用在句子中表示"只有鬼才…"，實際上是"任何人都不…"之意：咁低人工，~去咩！(這麼低工資，鬼去呢！)｜佢咁水皮，~怕佢啊！(他這麼差勁，誰怕他！) ②在句子中表示"連鬼都…"，實際上是"任何人都…"之意：試過一次，~都怕啦！(嘗試過一回，誰都會怕啊！)[ 重見三 A19 ]

**鬼人** kwɐi²jɐn【喻】同"鬼"①(用法上語氣更重)：有~制！(有誰願意)

**友仔** jɐu²tsɐi²〈友讀第 2 聲，仔音子矮切〉【貶】【昵】對人含貶義，但有時又帶親昵口吻的指稱：條~唔靠得嘅。(這傢伙靠不住。)｜條~都幾叻。(這傢伙還挺有能耐。)

**友** jɐu²〈讀第 2 聲，椅口切〉【貶】【昵】①同"友仔"。②詞尾，略帶貶義，有時帶親昵口吻：為食~(饞鬼)｜浪蕩~(浪蕩子)｜鬍鬚~(留鬍子的人)

**生部人** saŋ¹pou²jɐn⁴〈部讀第 2 聲，波好切〉陌生人(生部：陌生)。

**架基冷** ka⁴ki¹laŋ¹〈架讀第 4 聲，基音雞衣切，冷讀第 1 聲〉【謔】自己人。[ 這是模仿潮汕方言的讀音 ]

# 一 A3　署稱、貶稱

**打靶鬼** ta²pa²kwɐi²【詈】對人辱罵的稱呼(打靶：槍斃)。

**斬犯** tsam²fan⁻²〈犯讀第 2 聲，音反〉【詈】要被砍頭的罪犯，用作罵人的稱呼。

**發瘟雞** fat³wɐn¹kei¹【喻】【謔】對人笑罵的稱呼。

**龜蛋** kwɐi¹tan⁻²〈蛋讀第 2 聲〉【喻】【詈】王八蛋，用作罵人的稱呼。

**契弟** kʰɐi³tɐi⁶【詈】【昵】本義是乾弟弟，指孌童，常用於辱罵人的稱呼，有時也用於親昵的稱呼(只用於男性)。

*__掃把星__ sou³pa²sɛŋ¹【喻】①不祥之人。本義為彗星。在古人的觀念中，彗星出現必有妖孽，乃不祥之兆，故稱。②不祥的女人。原指"剋

相尅夫"之類的女子，又泛指惹是生非或招致災禍的女子。[ 重見二A1 ]

\*咸(冚)家鏟 hɐm⁶ka¹tsʰan²〈咸(冚)音陷〉詛咒人全家死光 (咸：全部；鏟：鏟除)，是極度辱罵人的稱呼：呢個 ~！(這個死絕的！) [ 重見十一C1 ]

死鏟 sei²tsʰan²【詈】辱罵人的稱呼。

死人 sei²jɐn⁴【詈】加在人名或稱呼之前，作輕微的或帶笑罵意味的罵人話 (婦女多用)：~ 楊榮，而家先嚟！(死你個楊榮，現在才來！)

死人頭 sei²jɐn⁴tʰɐu⁴【詈】輕微的罵人的稱呼(婦女多用)：嗰個 ~ 去咗邊？(那個傢伙哪裏去了？)

衰神 sɵy¹sɐn⁴【詈】輕微罵人的稱呼 (衰：壞)。

衰人 sɵy¹jɐn⁴ 同"衰神"。

衰鬼豆 sɵy¹kwɐi¹tɐu⁻²【詈】【謔】輕微罵人的稱呼，又作開玩笑的稱呼 (衰：壞)。

躝癱 lan¹tʰan²〈癱音坦〉【詈】咒罵人的稱呼 (字面意思是"爬着走路的癱子"。躝：爬)，有時可在前加一"死"加重詛咒語氣：你個死 ~！

老階 lou⁵kai¹【謔】本指"階級敵人"，後作罵人話，帶開玩笑的口吻。

\*騎喱蜗 kʰɛ⁴¹lɛ⁴kwai¹〈喱音黎騎切，蜗音拐〉【喻】【貶】本指一種外貌奇特的樹蛙，轉用作對人的貶稱。[ 重見一D2、二D8 ]

\*嘢 jɛ⁵【貶】【謔】本指東西，指人時帶輕視或玩笑的口吻：我哋樓上有個 ~ 好衰嘅。(我們樓上有個傢伙很壞的。) | 你個 ~ 咁抵死嘅！(你這傢伙這麼該死！) [ 重見八A1、八A8、十F2 ]

\*仔(崽) tsɐi²〈仔音擠第 2 聲，子矮切〉詞尾，用於：①年紀較小的男性：司機 ~(年輕的男司機) | 叻 ~(能幹的小伙子) ②年紀較小的人，不分性別：保姆 ~(小保姆) | 學生 ~(年紀小小的學生) ③用在姓或名後，指稱年輕或年幼男性，帶親切口吻：何 ~(對某個姓何的小伙子的親切稱呼) | 祥 ~(對某個以"祥"為名字的小男孩或小伙子的親切稱呼) ["崽"字另有書面語音 tsɔi²。重見一C4、八A8、二D1 ]

BB pi⁴pi¹〈前字讀第 4 聲，後字讀第 1 聲〉【昵】【外】嬰兒。[ 英語 baby。又作"BB 仔" ]

伢伢 ŋa⁴ŋa¹〈前一字音牙，第二字音牙第 1 聲〉【昵】嬰兒。[ 又作"伢伢仔" ]

臊蝦仔 sou¹ha¹tsɐi²〈臊音蘇，仔音子矮切〉①嬰兒。②小孩 (一般指較小的小孩)。[ 又作"臊蝦" ]

阿(亞)臊 a³sou¹ 一般小孩的乳名。[ 參見"臊蝦仔" ]

細蚊仔 sɐi³mɐn¹tsɐi²〈仔音擠第 2 聲，子矮切〉小孩子。

\*細路 sɐi³lou⁶ 小孩子。[ 重見一 C4 ]

細路仔 sɐi³lou⁶tsɐi²〈仔音擠第 2 聲，子矮切〉小男孩。

豬 tsy¹【昵】詞尾，用於小孩：論盡 ~(麻煩的孩子) | 爛玩 ~(貪玩的小孩)

乖豬 kwai¹tsy¹【昵】乖孩子。

曳豬 jɐi⁵tsy¹〈曳音以矮切第 5 聲〉【昵】淘氣的孩子 (曳：淘氣，不聽話)。

化骨龍 fa³kwɐt¹loŋ⁴【喻】【謔】難管的小孩子。原指一種傳說中的動物，人如誤食之，會化為血水，喻使父母嘔心瀝血的孩子。

**塞竇窿** sɐt¹tɐu³loŋ¹〈竇音鬥爭之鬥〉【謔】小孩子。

**男仔** nam⁴tsɐi²〈仔音擠第 2 聲，子矮切〉男孩子（視情況的不同，可以指嬰幼兒，也可以指青少年，指青少年時略帶親切口吻）：表姐琴日生咗個 BB，係個 ~。（表姐昨天生了個孩子，是個男孩。）｜秀珍識咗個 ~，幾淳品下㗎。（秀珍認識了一個男孩子，挺淳厚的。）

**男仔頭** nam⁴tsɐi²tʰɐu⁴〈仔音擠第 2 聲，子矮切〉男孩子（與女孩子相對而言）：成班女仔中間有個 ~。（成群女孩子當中有一個男孩子。）｜我個女跳皮到死，成個 ~ 嘅。（我的女兒調皮得要死，整個兒像個男孩子。）

**後生** hɐu⁶sɐŋ¹〈生讀生熟之生，司坑切〉年輕人，特指青年男子。[ 重見二 C2 ]

**後生仔** hɐu⁶sɐŋ¹tsɐi²〈生讀生熟之生，仔音子矮切〉青年男子。

**後生細仔** hɐu⁶sɐŋ¹sɐi³tsɐi²〈生讀生熟之生，仔音子矮切〉年輕人（與成年人相對而言；指男性）：~ 邊處學到咁焦即！（年紀輕輕的哪兒學來的那麼輕狂！）｜我哋啲老大唔學得你哋 ~ 咁好力囉！（我們這些上年紀的人不能像你們年輕人那麼有力氣囉！）

**後生仔女** hɐu⁶sɐŋ¹tsɐi²nθy⁻²〈生讀生熟之生，女讀第 2 聲，仔音子矮切〉青年男女。

**健仔** lɛŋ¹tsɐi²〈健音衣領之領第 1 聲，仔音子矮切〉男孩子，小伙子（略帶輕蔑口吻）。

**健口** lɛŋ¹kʰɐŋ¹〈健音衣領之領第 1 聲，後字音卡健切〉【貶】年輕人（含有不懂事、沒能力的意思）：咁大件事就交畀呢班 ~ 嚟做？（這麼大的事

就交給這幫毛頭小子來做？）

**鼻涕蟲** pei⁶tʰɐi³tsʰoŋ⁴【喻】【謔】掛着鼻涕的小孩："寧欺白髮公，莫欺 ~"（諺語，意為萬勿輕視年紀小的人，或後生可畏。）

**大個仔** tai⁶ko³tsɐi²〈仔音擠第 2 聲，子矮切〉長大了、懂事的孩子（指男孩；與還很小、不懂事的孩子相對而言）：你係 ~ 㗎喇，唔好叫阿媽咁嚒氣啦！（你已經長大了，別讓媽媽為你那麼操心啦！）[ 參見 "大個"、"細個仔" ]

**細個仔** sɐi³ko³tsɐi²〈仔音擠第 2 聲，子矮切〉年紀小、不懂事的小孩（細：小。一般指男孩；與長大了、懂事的孩子相對而言）：你都讀六年級喇，讓下啲 ~ 啦！（你都讀六年級了，讓一下小弟弟吧！）[ 參見 "大個仔"、"細個" ]

*__阿（亞）哥__ a³ko¹【敬】對男青年的尊稱。[ 重見一 C3 ]

**哥記** ko¹kei³【敬】對年輕男性的稱呼（一般是對不相識者）：~ 借個火啊嘩。（老兄，借個火兒。）

*__細佬__ sɐi³lou²【俗】本義是弟弟，用作對年紀比自己輕的人（一般是年輕人）的稱呼，略帶輕視的口吻：~，識做啲先得㗎！（小兄弟，要識相點兒嘛！）[ 重見一 C3 ]

**世姪** sɐi³tsɐt⁶ ①【舊】舊時對通家後輩、朋友的兒子的稱呼。②上年紀的人（一般是男性）對晚輩男性的稱呼，略帶輕視口吻：~，有啲嘢你仲要學哩！（年輕人，有些東西你還要學哩！）[ 參見一 B3 "世伯" ]

**衰仔** sœy¹tsɐi²〈仔音擠第 2 聲，子矮切〉【罵】罵男孩子的稱呼，常用於罵自家的孩子，語氣可輕可重（衰：壞）：你個 ~，我打死你！（你這兔崽子，我打死你！）｜個 ~ 咁晏仲唔

翻嚟屋企。(這小子這麼晚還不回家
來。)

**壽仔** sɐu⁶tsɐi²〈仔音擠第 2 聲,子矮切〉
【昵】小傻瓜 (用於對小男孩的親昵
的稱呼)。

\***傻仔** sɔ⁴tsɐi²〈仔音擠第 2 聲,子矮切〉
【昵】小傻瓜 (用於小男孩的親昵
的稱呼)。[ 重見一 D3、一 F4 ]

### 一 B2　女孩子、年輕女子

\***女** ₁ nɵy⁻²〈讀第 2 聲,扭許切〉詞尾,
用於年輕女性:靚 ~(漂亮姑娘) |
叻 ~(能幹的姑娘) | 傻 ~(傻姑娘)
[ 重見一 C4、一 E2 三 A19 ]

**妹** ₁ mui⁻¹〈讀第 1 聲〉詞尾,用於年輕
女性:學生 ~(女學生) | 上海 ~(上
海姑娘)

**女仔** nɵy⁵tsɐi²〈仔音擠第 2 聲,子矮
切〉女孩子 (視情況的不同,可以指
嬰幼兒,也可以指青少年,指青少年
時略帶親切口吻):~ 好湊過男仔。
(女孩比男孩好帶。) | 有幾個 ~ 鍾
意佢,佢都唔知揀邊個好。(有幾個
女孩喜歡他,他都不知挑哪個好。)

**細路女** sɐi³lou⁶nɵy⁻²〈女讀第 2 聲,扭
許切〉小女孩。[ 參見一 B1“細路”]

**後生女** hɐu⁶saŋ¹nɵy⁻²〈生讀生熟之生,
女讀第 2 聲〉青年女子。[ 參見一
B1“後生”]

**健女** lɛŋ¹nɵy⁻²〈健音衣領之領第 1 聲,
女讀第 2 聲〉女孩子,姑娘 (略帶輕
蔑口吻):一個 ~ 識乜嘢!(一個小
女孩懂甚麼!)[ 參見一 B1“健仔”]

**樓鬖妹** lɐu¹jɐm⁴mui⁻¹〈樓音拉優切,鬖
音淫,妹讀第 1 聲〉小姑娘;處女
(樓:披;鬖:額前的劉海)。

**妹豬** mui⁻¹tsy¹〈妹讀第 1 聲〉【昵】丫
頭。

**妹丁** mui⁻¹tsɛŋ¹〈妹讀第 1 聲,丁音低

贏切第 1 聲〉【貶】丫頭 (對女孩子
輕蔑的稱呼)。

**死妹丁** sei²mui⁻¹tɛŋ¹〈妹讀第 1 聲,丁
音低贏切第 1 聲〉【罵】死丫頭。

**大姐仔** tai⁶tsɛ²tsɐi²〈仔音擠第 2 聲,子
矮切〉【敬】姑娘 (對女青年的尊稱)。

**姐姐仔** tsɛ⁻⁴tsɛ⁻³tsɐi²〈前一姐字讀第 4
聲,後一姐字讀第 1 聲,仔音擠第 2
聲,子矮切〉同“大姐仔”。

**大個女** tai³kɔ³nɵy²〈女讀第 2 聲,扭
許切〉長大了、懂事的女孩 (與不懂
事的小女孩相對而言):阿珍 ~ 喇,
幫得阿媽手喇。(阿珍是大姑娘了,
能給媽媽做幫手了。)[ 參見“大
個”、一 B1“大個仔”]

**女仔之家** nɵy⁵tsɐi²tsi²ka¹ 姑娘家:~ 要
規矩啲!(姑娘家要規矩點兒!) | 我
一個 ~,點好意思啊!(我一個姑娘
家,怎麼好意思呢!)

### 一 B3　成年人、成年男性

\***公** koŋ¹ 詞尾,指人時用於成年男性:
盲 ~(瞎子,男的) | 衰 ~(壞傢伙,
指男的)[ 重見二 D1 ]

**佬** lou² 詞尾,用於成年男性,略帶貶
義:高 ~(高個子男人) | 補鞋 ~(補
鞋匠)

**男人老狗** nam⁴jɐn⁴lou⁵kɐu² 大男人 (與
女人相對而言):行出嚟要似個 ~
先得㗎!(走出來得像個男人才行
嘛!)[ 此處“老狗”並無貶義 ]

**伯爺公** pak³jɛ⁻¹koŋ¹〈爺讀第 1 聲〉老
年男人。

\***阿(亞)伯** a³pak³【敬】對老年男性的
尊稱。[ 重見一 C1 ]

**伯父** pak³fu⁻²〈父讀第 2 聲,音苦〉
【敬】對老年男性的尊稱。(較少用
於當面稱呼,多用於背稱):嗰個 ~
有啲耳背。(那個老大爺耳朵有點兒

背。）［也用於指父親的哥哥（與普通話相同）。但一般唸不變調（第 6 聲）］

\***阿(亞)叔** a³sok¹【敬】對中年以上男性的尊稱。［重見一 C1］

**叔記** sok¹kei³【敬】對中、老年男性的稱呼（一般是對不相識者）：唔該 ~，南華新街點行啊？（請問大叔，南華新街怎麼走？）

**世伯** sei³pak³【敬】【舊】舊時對通家前輩、父輩的朋友的稱呼。［參見一 B1"世姪"］

**大人大姐** tai⁶jɐn⁴tai⁶tsɛ² 大人（與小孩相對而言，常用於多數）：你哋 ~，仲同啲細路仔鬥氣？（你們這些大人，還跟小孩子慪氣？）｜~ 咁小氣嘅!（這麼大的人這麼小氣！）

**老大** lou⁵tai⁻²〈大讀第 2 聲〉上年紀的人（與年輕人相對而言；不分性別)：~ 唔同後生喇！（上年紀的人比不了年輕人了！）

**老坑公** lou⁵haŋ¹koŋ¹ 老年男性；老頭（略帶貶義）。［又作"老坑"］

**死佬** sei²lou²【詈】對男人辱罵的稱呼（女人多用）；有時妻子用以背後稱呼自己丈夫。

**衰公** sœy¹koŋ¹【詈】對男人辱罵的稱呼（女人多用）；有時妻子用以背後稱呼自己丈夫（衰：壞）。

**女人形** nθy⁵jɐn⁻²jɐŋ⁴〈人讀第 2 聲，音隱〉女人氣十足的男人。

**老嘢** lou⁵jɛ⁵〈嘢音野〉【貶】對老人不尊重的稱呼(不分性別。嘢：東西)。

**龜公** kwɐi¹koŋ¹【喻】【詈】王八，對男人辱罵的稱呼。

## 一 B4　成年女性

**婆** pʰɔ⁴⁽⁻²⁾〈有時讀第 2 聲〉詞尾，用於成年女性，略帶貶義：肥 ~（胖女

人。此讀第 4 聲）｜賣菜 ~（賣菜女人。此讀第 2 聲）

**伯爺婆** pak³jɛ⁻¹pʰɔ⁻²〈爺讀第 1 聲，婆讀第 2 聲〉老年女人。

\***阿(亞)婆** a³pʰɔ⁴【敬】對老年女性的尊稱。［重見一 C2］

\***伯娘** pak³nœŋ⁴【敬】對與父母同輩而年齡稍大的女性的稱呼（不用於陌生人)。["伯母"在廣州話裏與"百冇"（樣樣都沒有）同音，所以忌諱，改稱"~"。重見一 C1］

**大姐** tai⁶tsɛ²【敬】對成年女性的尊稱。［此與普通話用法相近，但普通話多用於熟人（往往前加姓氏），廣州話除此之外還常用於陌生人］

**大姑** tai⁶kwu¹【敬】對中年以上婦女的尊稱。

**太** tʰai⁻²〈讀第 2 聲〉【敬】對已婚婦女的尊稱，前加其夫姓：楊 ~（楊太太）｜何 ~（何太太）

**師奶** si¹nai⁻¹【舊】①【敬】對年紀稍大的婦人的尊稱。②對女人的泛稱：咪好似個 ~ 噉吟嚛吟去啦!（別像個娘兒們似的嘮叨個不停吧!）

**老坑婆** lou⁵haŋ¹pʰɔ⁻²〈婆讀第 2 聲〉老年女性；老太婆（略帶貶義）。

**老婆乸** lou⁵pʰɔ⁴na²〈乸音拿第 2 聲〉【貶】【俗】對老年婦女不尊敬的稱呼。

**婆乸** pʰɔ⁻²na²〈婆讀第 2 聲，乸音拿第 2 聲〉【貶】【俗】①對不年輕的婦女的不友好的稱呼；婆娘。②對女人的泛稱：我唔理你哋啲 ~ 嘅事。（我不管你們娘兒們的事。）

**老藕** lou⁵ŋɐu⁵【喻】【貶】【俗】上了年紀，已失去姿色的婦人。

**男人婆** nam⁴jɐn⁴pʰɔ⁴【貶】像男人似的，沒有女人味的女人。

**衰婆** sœy¹pʰɔ⁻²〈婆讀第 2 聲〉【詈】對女人辱罵的稱呼（衰：壞）。

**姣婆** hau⁴pʰɔ⁴〈姣音效第 4 聲〉【詈】淫蕩的女人，用於罵人的稱呼。

**爛番茄** lan⁶fan¹kʰɛ²【貶】【俗】【喻】失去貞操的女人。

# 一 C　親屬、親戚

## 一 C1　父母輩

**阿(亞)爸** a³pa⁴〈爸讀第 4 聲〉爸爸。

**爹哋** tɛ¹ti⁴〈哋音帝移切〉【外】爸爸。[ 英語 daddy ]

**老脰(竇)** lou²tɐu⁶ 父親（一般不用於當面稱呼；現在有的青年用作對父親的當面稱呼，則帶有開玩笑的口吻）：我 ~ 唔畀我去。（我父親不讓我去。）|~，快啲啦！（老頭子，快點兒！）[ “脰” 又寫作 “竇” ]

**伯爺** pak³jɛ⁻¹〈爺讀第 1 聲〉【舊】父親（不用於當面稱呼）。

**爺** jɛ⁴ 父親（一般不單獨使用）：仔 ~（父子）| 契 ~（乾爹）

**阿(亞)媽** a³ma¹ 媽媽。

**媽咪** ma¹mi⁴〈咪音磨移切〉【外】媽媽。[ 英語 mammy ]

**老母** lou²mou⁻²〈母讀第 2 聲，摸好切〉母親（一般不用於當面稱呼）。

*__老媽子__ lou⁵ma¹tsi² 上年紀的母親（這是不太莊重的稱呼，一般不用於當面稱呼；如用於當面稱呼，則帶開玩笑的口吻）。[ 重見一 E1 ]

**嫲** na²〈音拿第 2 聲〉母親（一般不單獨使用）：仔 ~（母子）| 契 ~（乾媽）[ 重見二 D1 ]

**大媽** tai⁶ma¹【舊】嫡母。

**阿(亞)大** a³tai⁶【舊】對嫡母的稱呼。

**細姐** sɐi¹tsɛ²【舊】庶母(細：小)。[ 又作 “細媽” ]

**阿(亞)細** a³sɐi³【舊】對庶母的稱呼(細：小)。

**後底爺** hɐu⁶tɐi²jɛ⁻²〈爺讀第 2 聲〉繼父(後底：後來)。

**後底嫲** hɐu⁶tɐi²na²〈嫲音拿第 2 聲〉繼母(後底：後來)。

*__阿(亞)伯__ a³pak³ 伯父(父親的哥哥)。[ 重見一 B3 ]

*__伯娘__ pak³nœŋ⁴ 伯母(伯父之妻)。[ 廣州話 “伯母” 與 “百冇”(百樣皆無)同音，故避忌而改稱 “~”。[ 重見一 B5 ]

*__阿(亞)叔__ a³sok¹ 叔叔（父親的弟弟）。[ 重見一 B4 ]

**阿(亞)嬸** a³sɐm² 嬸嬸。

**姑媽** kwu¹ma¹ 父親的姐姐。[ 普通話的姑媽指父親的姐妹，範圍比廣州話大 ]

**姑姐** kwu¹tsɛ⁻¹〈姐讀第 1 聲，音遮〉父親的妹妹，姑姑。

**姑丈** kwu¹tsœŋ⁻²〈丈讀第 2 聲，音掌〉姑父。

**舅父** kʰɐu⁵fu⁻²〈父讀第2聲，音斧〉舅舅。

**妗母** kʰɐm⁵mou⁵⁽⁻²⁾〈母又讀第 2 聲〉舅母。

**姨媽** ji⁴ma¹ 母親的姐姐。[ 普通話的姨媽指母親的姐妹，範圍比廣州話大 ]

**阿(亞)姨** a³ji⁻¹〈姨讀第 1 聲，音醫〉母親的妹妹。[ 也作對母親同輩的女性的尊稱，這同於普通話 ]

*__姨仔__ ji⁻¹tsɐi²〈姨讀第 1 聲，音醫〉母親最小的妹妹（一般只是小孩使用）。[ 重見一 C3 ]

**家公** ka¹koŋ¹ 公公（丈夫的父親）。

**老爺** lou⁵jɛ⁴【舊】公公。

**大人公** tai⁶jɐn⁴koŋ¹【舊】公公。

**家婆** ka¹pʰɔ⁻²〈婆讀第 2 聲〉婆婆（丈夫的母親）。

**奶奶** nai⁴nai⁻²〈前字讀第 4 聲，後字讀第 2 聲〉【舊】婆婆。

7

一
人
物

**安人** ɔn¹jɐn⁴【舊】【敬】對婆婆的尊稱。
　[本是明清時六品官員之妻的封號]

**外父** ŋɔi⁶fu⁻²〈父讀第2聲，音斧〉岳
　父。

**外母** ŋɔi⁶mou⁵⁽⁻²⁾〈母又讀第2聲〉岳母。

**外母嬭** ŋɔi⁶mou⁻²na²〈母又讀第2聲，
　嬭音拿第2聲〉【謔】岳母。

## 一C2　祖輩、曾祖輩

**阿(亞)爺** a³jɛ⁴ 爺爺。

**阿(亞)嫲** a³ma⁴〈嫲音麻〉奶奶。

**嫲嫲** ma⁴ma⁴〈嫲音麻〉奶奶。

*__阿(亞)公__₁ a³koŋ¹ 外祖父。[重見一
　C3]

**公公** koŋ¹koŋ¹ 外祖父。

*__阿(亞)婆__₁ a³pʰɔ⁴ 外祖母。[重見一
　B4]

**婆婆** pʰɔ⁴pʰɔ⁻¹[第二個婆字讀第1聲，
　音坡] 外祖母。

**伯公** pak³koŋ¹ 伯祖（父親的伯父）。

**伯婆** pak³pʰɔ⁴ 伯祖母（父親的伯母）。

**叔公** sok¹koŋ¹ 叔祖（父親的叔叔）。

**叔婆** sok¹pʰɔ⁴ 叔祖母（父親的嬸母）。

**姑婆** kwu¹pʰɔ⁴ 父親或母親的姑媽、姑
　姑。

**姑太** kwu¹tʰai⁻²〈太讀第2聲〉同“姑婆”。

**舅公** kʰɐu⁵koŋ¹ 父親或母親的舅舅。

**妗婆** kʰɐm⁵pʰɔ⁴ 父親或母親的舅母。

**太公** tʰai²koŋ¹ 曾祖父；曾外祖父。

**太爺** tʰai²jɛ⁴ 曾祖父；曾外祖父。

**太婆** tʰai²pʰɔ⁴⁽⁻¹⁾〈婆常讀第1聲〉曾祖
　母；曾外祖母。

**阿(亞)太** a³tʰai³ 曾祖母；曾外祖母。

## 一C3　同　輩

*__阿(亞)哥__ a³kɔ¹ 哥哥。[重見一B1]

*__大佬__ tai⁶lou² 兄長。[重見一A2、一
　E3]

**阿(亞)嫂** a³sou² 嫂嫂。

*__細佬__ sɛi³lou² 弟弟。[重見一B1]

**弟弟** ti⁻⁴ti⁻²〈前一字第移切，後一字
　底椅切〉常用於對家中小弟的稱
　呼。[一般的“弟弟”（義為弟弟，
　或者作為對小男孩的昵稱，同於普
　通話）讀為 tɐi⁻⁴tɐi⁻²〈前一字第黎切，
　後一字音底〉與此不同]

**弟嫂** tɐi⁶sou² 弟媳婦。

**家姐** ka¹tsɛ⁻¹〈姐讀第1聲，音遮〉同
　父母的姐姐（包括同胞的和繼父母帶
　來的），近房的堂姐。[表姐或無親
　戚關係的不稱 ~ ]

**大姊** tai⁶tsi²〈姊音子，左椅切〉姐姐，
　特指最大的姐姐（長姐）。

**妹**₂ mui⁻²〈讀第2聲〉妹妹：你有幾
　個 ~ ？（你有多少個妹妹？）

**細妹** sɛi³mui⁻²〈妹讀第2聲〉妹妹：我
　個大 ~ 大過細嘅 ~ 兩歲。（我那大的
　妹妹比小的妹妹大兩歲。）

*__阿(亞)妹__₁ a³mui⁻²〈妹讀第2聲〉妹
　妹。

**阿(亞)妹**₂ a³mui⁻¹〈妹讀第1聲〉常用
　於對家中閨女，往往是大閨女的特
　定稱呼。[家中如果有兩個閨女，往
　往大的稱“~”小的稱“妹妹”]

**妹妹** mui⁻⁴mui⁻²〈前字讀第4聲，後字
　讀第2聲〉對家中小閨女的特定稱
　呼。[參見“阿（亞）妹₂”。也一般
　地指妹妹，用法與普通話相同，但
　較少用（多用“細妹”指妹妹）]

*__姊妹__ tsi²mui⁻²〈姊音子，妹讀第2聲〉
　姐妹；姐弟；兄妹：何仔屋企四 ~：
　兩個大佬，下便個細妹。（小何家
　裏四兄妹：兩個哥哥，下面一個妹
　妹。）[兄弟姐妹中只要有一人是女
　性，即可稱為 ~。重見一E2]

**老公** lou⁵koŋ¹ 丈夫。

*__阿(亞)公__₂ a³koŋ¹【俗】妻子對丈夫
　的稱呼，不用於當面稱呼：我 ~ 鍾

8

意餵雀。(我那老頭子喜歡養鳥。)
[ 重見一 C2 ]

**心抱（新婦）** sɐm¹pʰou⁵ 媳婦兒；妻
子：“娶着 ～，唔要老母。”（娶了
媳婦兒就跟母親疏遠。反映一種社
會現象的諺語。）[ 本字為 “新婦”。
重見一 C4 ]

**阿（亞）婆₂** a³pʰɔ⁻² 〈婆讀第 2 聲〉【俗】
丈夫對妻子的稱呼。[ 如婆字不變
調，意思不同，參見一B4、一C2 “阿
（亞）婆₁” ]

**黃面婆** wɔŋ⁴min⁶pʰɔ⁴【謔】【貶】妻子
（常常是城裏的男人對別人稱呼自己
在鄉下的妻子）。

**煮飯婆** tsy²fan⁶pʰɔ⁻²【謔】妻子。

**大婆** tai⁶pʰɔ⁻²〈婆讀第 2 聲〉【舊】【俗】
大老婆；正室。

**妾侍** tsʰip³si⁶⁽⁻²⁾〈侍可讀第 2 聲，音屎〉
【舊】小老婆；偏房。

**二奶** ji⁶nai⁻¹〈奶讀第 1 聲〉【舊】小老
婆。

**老襟** lou⁵kʰɐm¹ 連襟。

**大舅** tai⁶kʰɐu⁵ 大舅子。

**舅仔** kʰɐu⁵tsɐi²〈仔音擠第 2 聲，子矮
切〉小舅子。

**大姨** tai⁶ji⁻¹〈姨讀第 1 聲，音醫〉大姨
子。

**姨仔** ji⁻¹tsɐi²〈姨讀第 1 聲，仔音子矮
切〉小姨子。[ 重見一 C1 ]

**大伯** tai⁶pak³ 大伯子。

**叔仔** sok¹tsɐi²〈仔音擠第 2 聲，子矮
切〉小叔子。

**大姑** tai⁶kwu¹ 大姑子。

**姑仔** kwu¹tsɐi²〈仔音擠第 2 聲，子矮
切〉小姑子。

**老親** lou⁵tsʰɐn³〈親音襯〉【謔】親家。
[ 由於此詞另有不大好的意思，所以
不大使用，如用到則帶玩笑口吻。
重見一 E4 ]

**禾叉髀** wɔ⁴tsʰa¹pei²〈髀音比〉【喻】原

指禾叉（又取稻草的工具）的兩個分
叉（髀：大腿，喻指分叉），比喻同
輩的堂親（堂兄弟、堂姐妹等）。堂
親是同一祖宗的分支，所以有此比
喻：我嘅 ～ 兄弟。(我的堂兄弟。)

**老表** lou⁵piu² 同輩的表親（表兄弟、表
姐妹等）：我哋兩個係 ～。(我們倆是
表親。)

## 一 C4　後　輩

**仔（崽）** tsɐi²〈仔音擠第 2 聲，子矮
切〉①兒子。②泛指兒女：生 ～(生
孩子) [ 崽字另有書面語音 tsɔi²。重
見一 B1、二 D1、八 A8 ]

**女₁** nɵy⁻²〈讀第 2 聲，扭許切〉女兒。
[ 重見一 B2、一 E2、三 A19 ]

**仔仔** tsɐi²⁽⁻⁴⁾tsɐi²⁽⁻¹⁾〈此詞有 3 種讀法，
意思一樣：(1) 兩字都讀第 2 聲；
(2) 前字第 4 聲，後字第 2 聲；(3)
前字第 4 聲，後字第 1 聲〉【昵】對
兒子的昵稱（只用於幼年）。

**女女** nɵy⁻⁴nɵy⁻²〈前一字讀第 4 聲，後
一字讀第 2 聲〉【昵】對女兒的昵稱(只
用於幼年)。

**阿（亞）仔** a³tsɐi²〈仔音擠第 2 聲，子
矮切〉常用於對兒子的稱呼。

**阿（亞）女** a³nɵy⁻²〈女讀第 2 聲，扭許
切〉常用於對女兒的稱呼。

**死女包** sei²nɵy⁻²pau¹〈女讀第 2 聲，扭
許切〉【俗】【罵】死丫頭（對自家女
兒的罵稱）。

**衰女** sɵy¹nɵy⁻²〈女讀第 2 聲，扭許切〉
【罵】【昵】死丫頭（對自家女兒的罵
稱，口氣比 “死女包” 輕些；有時又
作為親昵的稱呼）。[ 又作 “衰女包” ]

**仔女** tsɐi²nɵy⁻²〈仔音子矮切，女讀第 2
聲〉兒女：啲 ～ 都大喇。(兒女們都
大了。)

**細路** sɐi³lou⁶ 孩子，兒女：你個 ～ 幾

大喇？（你的孩子多大了？）［重見一B1］

**孖仔** ma¹tsɐi²〈孖音媽，仔音子矮切〉孿生子（孖：成雙的）。

**孖女** ma¹nɵy⁻²〈孖音媽，女讀第2聲〉孿生姑娘（孖：成雙的）。

**頭長仔** tʰɐu⁴tsœŋ²tsɐi²〈長音生長之長，仔音子矮切〉最大的兒子，長（zhǎng）子。

**孻仔** lai¹tsɐi²〈孻音拉，仔音子矮切〉最小的兒子（孻：末尾）。

**孻女** lai¹nɵy⁻²〈孻音拉，女讀第2聲〉最小的女兒（孻：末尾）。

**阿（亞）孻** a³lai¹〈孻音拉〉【昵】對最小的孩子的昵稱（孻：末尾）。

**心肝椗** sɐm¹kɔn¹tɛŋ³〈椗音定第3聲，帝慶切〉極疼愛的孩子；心肝寶貝兒（椗：蒂）：個女係佢嘅～。（女兒是她的心肝寶貝。）

**香爐墩** hœŋ¹lou⁴tɐn⁻²〈墩音底隱切〉【喻】【譴】獨生子（靠他維持香火之意）。

**屐仔** kʰɛk⁶tsɐi²〈屐音劇，仔音子矮切〉【譴】【喻】年幼的子女（屐：木拖鞋）：屋企有隻～，行唔開。（家裏有個孩子，走不開。）

*  **心抱（新婦）** sɐm¹pʰou⁵ 兒媳：你個～待你幾孝順。（你的兒媳婦對你挺孝順。）［本字為"新婦"。重見一C3］

**家嫂** ka¹sou²【舊】公婆對兒媳的稱呼。［最初本應是小叔子對嫂嫂的稱呼，因父母隨兒子稱呼而發生演變］

**新家嫂** sɐn¹ka¹sou² 新娶的兒媳婦。

**姪** tsɐt⁻²〈讀第2聲〉姪子。

**姪仔** tsɐt⁶tsɐi²〈仔音子矮切〉姪子。

**姪抱（婦）** tsɐt⁶pʰou⁵ 姪媳婦。［參見"心抱"］

**外甥** ŋɔi⁶saŋ¹ 男子的外甥；女子的丈夫的外甥。［普通話"外甥"與"舅舅、舅母、姨媽、姨父"相對，而

廣州話"～"只與"舅父、妗母"相對，與"姨媽、阿（亞）姨、姨丈"相對的是"姨甥"］

**姨甥** ji⁴saŋ¹ 女子的外甥；男子的妻子的外甥。［參見"外甥"］

**外甥女** ŋɔi⁶saŋ¹nɵy⁻²〈女讀第2聲，扭許切〉男子的外甥女；女子的丈夫的外甥女。［參見"外甥"］

**姨甥女** ji⁴saŋ¹nɵy⁻²〈女讀第2聲，扭許切〉女子的外甥女；男子的妻子的外甥女。［參見"外甥"］

**野仔** jɛ⁵tsɐi²〈仔音擠第2聲，子矮切〉【貶】私生子（歧視的說法）。

**油瓶仔** jɐu⁴pʰɛŋ⁵tsɐi²〈瓶音婆贏切第5聲，仔音子矮切〉【貶】隨母出嫁的孩子（歧視的說法）。

**孫** syn¹ 孫子。

**塞（息）** sɐk¹〈音阻塞之塞〉曾孫。

**㷫₁** mɐk¹〈音麥第1聲〉玄孫。

## 一C5　家人合稱

*  **屋企** ok¹kʰei⁻²〈企讀第2聲，概起切〉家庭；家裏人：嗽要～同意至得。（這要家裏同意才行。）［重見三A25］

**外家** ŋɔi⁶ka¹ 岳家（對已婚男子而言）；娘家（對已婚女子而言）。［普通話指外祖父家或男子的外室，與廣州話完全不同］

**家爺仔嫲** ka¹jɛ⁴tsɐi²na²〈仔音子矮切，嫲音拿第2聲〉全家人；一家子（父母兒女等）：～都喺晒處。（一家子都在這兒。）

**仔嫲** tsɐi²na²〈仔音子矮切，嫲音拿第2聲〉母子：佢哋～幾好啊嘛？他們母子挺好吧？）

**仔爺** tsɐi²jɛ⁴〈仔音擠第2聲，子矮切〉父子：幾～一齊去玩。（父子幾個一起去玩。）

**兩仔嫲** lœŋ⁵tsɐi²na² 〈仔音子矮切，嫲音拿第 2 聲〉母子倆。

**兩仔爺** lœŋ⁵tsɐi²jɛ⁴ 〈仔音擠第 2 聲，子矮切〉父子倆。

**爺孫** jɛ⁴syn¹ 爺爺（或外公）和孫子：兩 ~（爺孫倆）。

**婆孫** pʰɔ⁴syn¹ 外婆（或奶奶）和孫子：~ 幾個唔知幾親熱！（婆婆孫子幾個不知多親熱！）

**嫲孫** ma⁴syn¹ 〈嫲音麻〉奶奶和孫子（嫲：奶奶）。

**兩公婆** lœŋ⁵koŋ¹pʰɔ⁻² 〈婆讀第 2 聲〉夫妻倆。

### 一 C6　其　他

**老祖** lou⁵tsou² 祖先。

**老宗** lou⁵tsoŋ¹ 本家；泛指同姓的人。

**親生** tsʰɐn¹saŋ¹ 〈生音生熟之生〉有直接血緣的；親：~ 大佬（親哥哥）｜~ 姊妹｜~ 舅父（親舅舅）[ 普通話 "親生" 只用於父母與子女間，廣州話使用範圍則較大 ]

**疏堂** sɔ¹tʰɔŋ⁴ 堂房的，從親的：~ 阿叔（堂叔）｜~ 大佬（堂哥）｜~ 家姐（堂姐）｜~ 細妹（堂妹）

**契** kʰɐi³ 拜認的，乾親的：~ 爺（乾爹）｜~ 嫲（乾媽）｜~ 仔（乾兒子）｜~ 家姐（乾姐姐）

**翻（返）生** fan¹saŋ¹ 〈生音絲坑切〉本義為復活。舊俗：已婚女子去世，其丈夫再娶，原來的岳家認他的新妻子為親人，稱為 "~ ×××"：~ 女｜~ 大姐｜~ 細妹 [ 重見二 C1 ]

### 一 D　各種體貌、狀態的人

#### 一 D1　各種體型的人

**高佬** kou¹lou² 高個子（男性）。

**長腳蜢** tsʰœŋ⁴kœk³maŋ⁻² 〈蜢讀第 2 聲〉【喻】【謔】腿長的人。

**冚企水魚** toŋ⁶kʰɐi⁵sɵy²jy⁻² 〈冚音洞，魚讀第 2 聲〉【喻】【謔】矮而胖的人（冚企：豎立；水魚：甲魚。豎立的甲魚矮寬而似人）。

**矮仔** ɐi²tsɐi² 〈仔音擠第 2 聲，子矮切〉矮子（男性）。

**矮仔嘜** ɐi²tsɐi²mɐk¹ 〈仔音子矮切，嘜音麥第 1 聲〉【貶】矮子（男性）。

**肥佬** fei⁴lou² 胖男人：嗰度坐住個 ~。（那兒坐着個胖子。）

**肥婆** fei⁴pʰɔ⁴ 胖女人。

**肥奶奶** fei⁴nai⁻⁴nai⁻² 〈前奶字讀第 4 聲，後奶字讀第 2 聲〉【謔】對上年紀的胖女人開玩笑的稱呼。

**肥仔** fei⁴tsɐi² 〈仔音擠第 2 聲，子矮切〉小胖子。

**肥仔嘜** fei⁴tsɐi²mɐk¹ 〈仔音子矮切，嘜音麥第 1 聲〉【昵】小胖子。

**肥妹** fei⁴mui⁻¹ 〈妹讀第 1 聲〉胖姑娘。

**大肚腩** tai⁶tʰou⁵nam⁵ 〈腩音南第 5 聲〉腹部特別肥胖的人：個 ~ 唔知走咗去邊。（那個大肚皮不知跑哪兒去了。）

**鋼筋** kɔŋ³kɐn¹ 【喻】【褒】瘦而結實的人：你咪睇佢瘦，佢 ~ 嚟㗎。（你別看他瘦，他像鋼筋那樣結實。）

**瘦骨仙** sɐu³kwɐt¹sin¹ 【喻】【謔】極瘦的人。

**鶴** hɔk⁻² 〈音學第 2 聲〉【喻】【謔】極瘦的人。

**阿（亞）奀** a³ŋɐn¹ 〈奀音銀第 1 聲，啊因切〉瘦小的人（一般指小孩。奀：瘦小）。

11

**豆丁** tɐu⁶teŋ¹【喻】個子小的人（一般指小孩）：你個～都想參加？（你這丁點兒大的孩子也想參加？）

## 一 D2　各種外貌的人

**靚仔** lɛŋ³tsɐi²〈靚音衣領之領第 3 聲，仔音子矮切〉【褒】漂亮英俊的男孩（靚：漂亮）。

**靚女** lɛŋ³nθy²〈靚音衣領之領第 3 聲，女讀第 2 聲〉【褒】漂亮姑娘。

**削仔** sœk³tsɐi²〈仔音子矮切〉【貶】模樣清瘦的男青年；小白臉。

**鬍鬚公** wu⁴sou¹koŋ¹〈鬚音蘇〉長着大鬍子的人。[ 又作 "鬍鬚佬" ]

**攣毛仔** lyn¹mou¹tsɐi²〈攣音亂第 1 聲，毛讀第 1 聲〉頭髮鬈曲的男青年（攣：彎曲）。

**長毛賊** tsʰœŋ⁴mou⁴tsʰak⁶【謔】頭髮長而亂的人。[ 原為清朝統治者對太平天國將士的詆毀性稱呼，現已沒有貶義 ]

**紅面關公** hoŋ⁴min⁶kwan¹koŋ¹【喻】滿臉通紅的人：飲咗兩啖酒啫，就變咗個～。（才喝了兩口酒，就滿臉通紅了。）

**大頭轟** tai⁶tʰɐu⁴kwɐŋ¹【謔】腦袋長得大的人。

**大眼賊** tai⁶ŋan⁵tsʰak⁶【謔】大眼睛的人。

**大眼金魚** tai⁶ŋan⁵kɐm¹jy²〈魚讀第 2 聲〉【喻】【謔】大眼睛的人。

\***猁（射）猁（喱）眼** sɛ⁶lei¹ŋan⁵〈猁音射，猁（喱）音離第 1 聲〉【喻】斜視的人。[ 重見二 C14 ]

\***大耳牛** tai⁶ji⁵ŋɐu⁴【喻】【謔】大耳朵的人。[ 重見一 G5 ]

\***豬頭** tsy¹tʰɐu⁴【喻】【貶】長得醜陋的人。[ 重見一 G4 ]

\***豆（痘）皮** tɐu⁶pʰei²〈皮讀第 2 聲，婆起切〉長麻子的人。[ 重見二 C11 ]

**污糟貓** wu¹tsou¹mau¹【喻】【謔】骯髒的孩子（污糟：髒）：你去邊度滾成個～啊！（你上哪兒蹭成了小髒貓啊！）

**烏面貓** wu¹min⁶mau¹【喻】【謔】臉上骯髒的孩子。

**花面貓** fa¹min⁶mau¹【喻】【謔】臉上很髒的小孩：你睇你個～，快啲洗下！（你看你臉上髒的，快點兒洗洗！）

\***大花面** tai⁶fa¹min⁻²〈面讀第 2 聲〉【喻】【謔】本指戲劇舞台上的大花臉，喻臉上很髒的人。[ 重見一 F4 ]

**宿包** sok³pau¹ 滿身汗臭或久未洗澡的人（宿：酸臭）。

**纏腳娘** tsin⁶kœk³nœŋ⁻¹〈纏音賤，娘讀第 1 聲〉纏腳婆娘，小腳女人。

**大腳式** tai⁶kœk³sek¹ 腳很大的人。

**西裝友** sɐi¹tsoŋ¹jɐu⁻²〈友讀第 2 聲，椅口切〉穿西服的人（略含貶義）。

**油脂仔** jɐu⁴tsi¹tsɐi²〈仔音子矮切〉穿奇裝異服的男青年。《油脂》為 70 年代末一部美國影片在香港放映時的中文譯名，片中主角一度被香港青年奉為偶像，其服裝被稱為 "油脂裝"，後成為奇裝異服的代名詞。

**油脂女** jɐu⁴tsi¹nθy⁻²〈女讀第 2 聲〉穿奇裝異服的女青年。[ 參見 "油脂仔" ]

**四眼佬** sei³ŋan⁵lou² 戴眼鏡的男人。

**四眼妹** sei³ŋan⁵mui⁻¹〈妹讀第 1 聲〉戴眼鏡的姑娘。

**四眼狗** sei³ŋan⁵kɐu² 【罵】對戴眼鏡的人辱罵的稱呼。

\***騎喱蜦** kʰɛ⁴lɛ⁴kwai¹〈喱音黎騎切，蜦音拐〉【喻】【貶】本指一種外貌奇特的樹蛙，比喻外貌或服飾古怪的人。[ 重見一 A3、二 D8 ]

## 一D3　各種身體狀況的人

**壽星公** seu⁶seŋ¹koŋ¹【喻】長壽的人；壽星。

**大隻佬** tai⁶tsɛk³lou²健壯的男人；壯漢（大隻：健壯）。

**軟腳蟹** jyn⁵kœk³hai⁵【喻】【謔】本是一種蟹的名稱，喻沒力氣的人：佢哋幾隻~冇法子搬得嗰呢嚿大石頭。（他們幾個手無縛雞之力的傢伙沒法兒搬動這塊大石頭。）

**拉（賴）尿蝦** lai⁶niu⁶ha¹〈拉音賴〉【喻】【謔】本是一種蝦的名稱，喻尿牀或尿褲子的小孩（拉尿：遺尿）。

**醉酒佬** tsɵy³tsɐu²lou²喝醉的男人；醉漢。

**大肚婆** tai⁶tʰou⁵pʰɔ⁻²〈婆讀第2聲〉孕婦。

**漚仔婆** ɐu³tsɐi²pʰɔ⁻²〈漚音歐第3聲，婆讀第2聲〉表現出妊娠反應的孕婦。[參見"漚仔"]

**坐月婆** tsʰɔ⁵jyt⁶pʰɔ⁻²〈婆讀第2聲〉坐月子的女人。

**單眼仔** tan¹ŋan⁵tsɐi²〈仔音擠第2聲，子矮切〉只有一隻眼睛的人（指年輕男性）；獨眼龍。

**盲公** maŋ⁴koŋ¹瞎子（指男性）。

**啞仔** a²tsɐi²〈仔音擠第2聲，子矮切〉啞巴（指年輕男性）。

**阿（亞）駝** a³tʰɔ⁻²〈駝唸第2聲，土裸切〉駝背的人（這是對殘疾人不禮貌的稱呼）。

**阿（亞）跛** a³pɐi¹瘸子（這是對殘疾人不禮貌的稱呼）。

**黃泡仔** wɔŋ⁴pʰau¹tsɐi²〈仔音擠第2聲，子矮切〉患浮腫病的人（指青年男性）。患者皮膚鼓脹發黃，故稱。

**病君** pɛŋ⁶kwɐn¹體弱多病的人：噉點得啊，變咗個~！（這怎麼行呢，成了個病夫！）

**病壞** pɛŋ⁶wai⁻²〈壞讀第2聲〉體弱多病的人。

**病貓** pɛŋ⁶mau¹【喻】病態慵懶的人：你睇嗰隻~！（你看那個病歪歪的傢伙！）

**肺癆柴** fɐi³lou⁴tsʰai⁴【喻】患肺結核的人（肺癆：肺結核）。因患者往往骨瘦如柴，故稱。

**虧柴** kwʰɐi¹tsʰai⁴【喻】身體孱弱的人（虧：體質虛弱）。此以柴喻瘦。

**廢柴** fɐi³tsʰai⁴同"虧柴"。

*****死老鼠** sei²lou⁵sy²【喻】【謔】病態萎靡的人。[重見一D4、一G3]

*****傻仔** sɔ⁴tsɐi²〈仔音擠第2聲，子矮切〉精神病患者；傻瓜（指年輕男性）。[重見一B1、一F4]

**癲佬** tin¹lou²精神病患者（指男性）。

**本地狀元** pun²tei⁶tsɔŋ⁶jyn⁴【謔】麻風病人。

**死鬼** sei²kwɐi²【俗】加在人名或稱呼之前，表示這個人已死：我嗰個~老公都有多少銀紙留落過我嘅。（我那死去的丈夫也還有一些錢留下給我。）

## 一D4　各種精神狀態的人

*****笑口棗** siu³hɐu²tsou²【喻】開心地笑的人：頭先係死老鼠，而家變咗~。（剛才垂頭喪氣，現在笑逐顏開。）[重見三B7]

*****開心果** hɔi¹sɐm¹kwɔ²【喻】本是一種堅果，喻自己開心，又能令人開心的人。[重見二E3]

*****死老鼠** sei²lou⁵sy²【喻】【謔】垂頭喪氣的人：碰倒一啲事就變咗~，真冇用！（碰上一點事就垂頭喪氣，真沒用！）[重見一D3、一G3]

**苦瓜乾** fu²kwa¹kɔn¹【喻】愁眉苦臉的人。

一
人
物

*烏頭 wu¹tʰɐu⁴【喻】本是魚名，喻精神委靡的人。[ 重見二D10 ]

失魂魚 sɐt¹wɐn⁴jy⁻²〈魚讀第2聲〉【喻】【謔】①精神恍惚的人：你今日點解成日賴低嘢㗎？～噉！(你今天怎麼整天落（là）下東西？丟了魂兒似的！) ②沒頭沒腦地亂闖的人：你條～！界你撞死我喇！(你這沒頭蒼蠅！我讓你撞死了！)

## 一 D5 其 他

*攝青鬼 sip³tsʰɛŋ¹kwɐi²〈青音池贏切第1聲〉【喻】【謔】詭秘地悄悄走動的人。[ 重見八C6 ]

撞死馬 tsɔŋ⁶sei²ma⁵【喻】【謔】走路橫衝直撞的人：你個～！因住啲啊！(你這亂撞的傢伙！小心點兒！)

哇鬼 wa¹kwɐi²【喻】【謔】吵吵鬧鬧的人（常用以指小孩）：呢班～，嘈到反晒天。(這群大呼小叫的傢伙，吵得翻了天。)

大聲公 tai⁶sɛŋ¹kɔŋ¹〈聲讀魚腥之腥〉大嗓門的人：成棟樓都能聽得見你個～把聲。(整幢樓都能聽見你這大嗓門的聲音。)

單料銅煲 tan¹liu⁻²tʰɔŋ⁴pou¹【喻】字面意思是很薄的銅鍋，可組成歇後語"一滾就熟"("滾"有"水開"和"一起玩樂"雙關意思)，喻容易與人稔熟的人。

爛瞓豬 lan⁶fɐn³tsy¹〈瞓音訓〉貪睡的人。[ 參見"爛瞓" ]

為食貓 wɐi⁶sek⁶mau¹【喻】【謔】嘴饞的人（為食：嘴饞）。

煙鏟 jin¹tsʰan²【喻】【謔】煙癮極大的人；煙鬼。

左撬仔 tsɔ²jau¹tsɐi²〈撬音衣敲切，仔音子矮切〉左撇子（指年輕男性）。[ 參見八A6"左撬" ]

## 一 E 各種社會身份、境況的人

### 一 E1 東家、僱工、顧客

波士 pɔ¹si⁻²〈士音屎，洗椅切〉【外】老闆。[ 英語 boss ]

老細 lou⁵sɐi³ 老闆：我哋嘅～對我哋都幾好嘅。(我們的老闆對我們還不錯。)

事頭 si⁶tʰɐu⁻²〈頭讀第2聲，體口切〉老闆；掌櫃。

事頭婆 si⁶tʰɐu⁴pʰɔ⁴ 老闆娘；女掌櫃。

屋主 ok¹tsy² 房東。

打工仔 ta²kɔŋ¹tsɐi²〈仔音擠第2聲，子矮切〉受僱工作的人；僱工（指男的）：住喺呢度嘅都係外地嚟嘅～。(住在這裏的都是外地來做工的。) | 我呢個總經理並唔係老細，亦都係～嚟。(我這個總經理並不是老闆，也只是被僱來做事的。) [ 參見七D1 "打工" ]

打工妹 ta²kɔŋ¹mui⁻¹〈妹讀第1聲〉受僱工作的女青年。[ 參見七D1 "打工" ]

工仔 kɔŋ¹tsɐi²〈仔音擠第2聲，子矮切〉僱工：你對啲～好，啲～先肯落力做㗎嘛。(你對那些僱工好，他們才肯下氣力幹活嘛。) | 而家請～唔容易。(現在僱工人不容易。)

*伙記 fɔ²kei³ 店員。[ 意義與普通話"伙計"相同，但廣州話"計"與"記"不同音。重見一A2 ]

工人 kɔŋ¹jɐn⁴ 傭人；保姆。[ 也有普通話"工人"的意思，但日常口語中使用不多 ]

*老媽子 lou⁵ma¹tsi² 上年紀的保姆：我請咗個～，辭咗原先嗰個保姆仔。(我請了個老保姆，把原來那個小保

姆辭了。）［重見一 C1］

**湊仔婆** tsʰ ɐu³tsɐi²pʰɔ⁻²〈仔音子矮切，婆讀第 2 聲〉帶孩子的女人，特指專帶孩子的老年保姆（湊仔：帶孩子）：我而家一日喺屋企做～，真係悶到死！（我現在整天在家裏帶孩子，真是悶得慌！）

**妹仔** mui⁻¹tsɐi²〈妹讀第 1 聲，仔音子矮切〉【舊】婢女。

**使婆** sɐi²pʰɔ⁻²〈婆讀第 2 聲〉【舊】女傭人：你唔好將阿媽當～至得㗎！（你可不能把媽媽當傭人來使喚啊！）［又作“使媽”］

**姐₂** tsɛ²【舊】對女傭人的稱呼（放在姓或名的後面）：劉～｜珍～｜［如果是尊稱，則要讀變調第 1 聲，參見一 A2“姐₁”］

**客仔** hak³tsɐi²〈仔音擠第 2 聲，子矮切〉顧客。

**熟客仔** sok⁶hak³tsɐi²〈仔音擠第 2 聲，子矮切〉熟客（客仔：顧客）。

**米飯班主** mɐi⁵fan⁶pan¹tsy²【喻】【噱】顧客。因顧客為生意人掙錢的來源，故言：佢哋都係～，邊得罪得㗎！（他們都是衣食父母，怎能得罪呢！）

**搭客** tap³hak³ 乘客。

## 一 E2　朋友、合作者、鄰里、情人、婚嫁人物

**親朋戚友** tsʰ ɐn¹pʰɐŋ⁴tsʰ ek¹jɐu⁵ 親戚朋友。

***老朋** lou⁵pʰɐŋ⁻²〈朋音彭第 2 聲〉老朋友：知心的朋友：我有個～想搵你幫下手。（我有個要好的朋友想找你幫個忙。）

**死黨** sei²tɔŋ²【喻】【謔】要好的、有事必相幫的朋友：我同佢係老朋兼～。（我跟他是非常要好的朋友。）

**老友記** lou⁵jɐu⁵kei³ ①交情很深的朋友：呢個係我嘅～。（這是我的老朋友。）②江湖上對不相識的人的稱呼，略有套近乎的口氣：～，唔使咁嬲啊！（朋友，不必那麼生氣嘛！）［又作“老友”］

**砂煲兄弟** sa¹pou¹hɛŋ¹tɐi⁶【喻】同吃一鍋飯的兄弟，喻一起混日子的親密朋友（砂煲：砂鍋）：我哋啲～，邊使計咁真㗎！（我們這些在一個鍋裏攪馬勺的兄弟，哪兒要算那麼清呢！）

**孖公仔** ma¹koŋ¹tsɐi²〈孖音媽，仔音子矮切〉【喻】原指黏連在一起的兩個泥人兒（一種玩具），喻非常要好、形影不離的一對朋友（孖：兩物黏連；公仔：小人兒）。

**FRIEND** fɛn¹〈音咖啡之啡，後面加恩之音尾〉朋友。［英語 friend，進入廣州話後讀音有所改變］

**豬朋狗友** tsy¹pʰɐŋ⁴kɐu²jɐu⁵【喻】【貶】不三不四的朋友。

**損友** syn²jɐu⁵【雅】壞朋友：交埋晒啲～，害死佢啊！（總是交一些壞朋友，要害死他的！）［源自《論語・季氏》：“益者三友，損者三友。友直，友諒，友多聞，益矣。友便辟，友善柔，友便佞，損矣。”］

***拍檔** pʰak¹tɔŋ³ 合作者；搭檔：幫你搵個新～。（給你找個新搭檔。）［重見七 E3、九 C10］

***戗（夾）檔** kɐp³(kap³)tɔŋ³ 同 “拍檔”。［重見七 E3、九 C10］

**同屋住（主）** tʰoŋ⁴ok¹tsy²〈住音主〉住同一所房子、同一幢樓的鄰居。［又作“同屋”］

**隔籬鄰舍** kak³lei⁴lɐn⁴sɛ⁵ 鄰居；街坊。

**隔籬二叔婆** kak³lei⁴ji⁶sok¹pʰɔ⁻²〈婆讀第 2 聲〉泛指鄰里的老太婆（隔籬：隔壁）：嗰日嚟咗好多親朋戚友，連

乜嘢～都嚟埋。(那天來了許多親戚朋友，連街坊上甚麼老太婆呀都來了。)

**拖友** tʰɔ¹jɐu⁻² 〈友讀第 2 聲，椅口切〉【俗】戀人。[ 參見 "拍拖" ]

*__女__₁ nθy⁻² 〈女讀第 2 聲，扭許切〉【俗】女戀人；女朋友：你條～唔嚟嘅？(你的女朋友怎麼不來？)[ 重見一 B2、一 C4、三 A19 ]

**契家佬** kʰɐi³ka¹lou² 【俗】【貶】情夫；姘夫。

**契家婆** kʰɐi³ka¹pʰɔ⁴⁽⁴⁻²⁾ 〈婆又可讀第 2 聲〉【俗】【貶】情婦；姘婦。

**新郎哥** sɐn¹lɔŋ⁴kɔ¹ 新郎。

**新人** sɐn¹jɐn⁴ 新娘。

**媒人婆** mui⁴jɐn⁴pʰɔ⁴ 媒婆。

**大葵扇** tai⁶kwʰɐi⁴sin³ 【謔】媒人。因舊戲曲中的媒婆總是手搖葵扇出場，故稱。

*__姊妹__ tsi²mui⁻² 〈妹讀第 2 聲〉女儐相。[ 重見一 C3 ]

**兄弟** hɛŋ¹tɐi⁶ 男儐相。

**大妗** tai⁶kʰɐm⁵ 〈妗音禽第 5 聲〉舊俗：除女儐相外，在婚禮上臨時找女子來陪伴新娘，年紀大的稱 "～"，年輕的稱 "大妗姐"。

**大妗姐** tai⁶kʰɐm⁵tsɛ² 〈妗音禽第 5 聲〉參見 "大妗"。

**翻(返)頭婆** fan¹tʰɐu⁴pʰɔ⁴ 【貶】再婚婦女；二婚頭 (這是歧視婦女的稱呼)。

## 一 E3　能人、內行人、有權勢者

**猛人** maŋ⁵jɐn⁴ 很有能耐、很有本事或很有來頭、很有勢力的人。[ 參見 "猛" ]

**頭**₁ tʰɐu⁻² 〈讀第 2 聲，土口切〉【貶】【謔】頭目；首領 (一般帶有貶義；如不帶貶義，則帶開玩笑的口吻)：

土匪～｜要同我哋嘅～商量過至得。(要跟我們的上司商量過才行。)

**王** wɔŋ⁻² 〈讀第 2 聲〉【喻】首領；最強的人：喺呢度佢做～。(在這兒他是霸主。)

**一哥** jɐt¹kɔ¹ 【謔】【喻】第一把手；最強的人：喺呢度我係～。(在這兒我說了算。)｜佢乜都想做～。(他在甚麼事情上都爭強好勝。)

*__大哥大__ tai⁶kɔ¹tai⁶ 【俗】原指黑社會的大頭目，轉指最有勢力或權力的人，又指德高望重的人。[ 重見三 A17 ]

*__大佬__ tai⁶lou² 【俗】黑社會的頭目。[ 重見一 A2、一 C3 ]

**老行專** lou⁵hɔŋ⁴tsyn¹ 〈行音銀行之行〉某一行業中的專家、權威：你係～喇，你話啦！(你是這一行中的權威了，你說吧！)

**萬能老倌** man⁶nɐŋ⁴lou⁵kwun¹ 【喻】原指甚麼都能演的演員 (老倌：戲曲演員)，比喻多面手。

**大粒癭** tai⁶nɐp¹mɛk⁻² 〈癭音墨第 2 聲〉【喻】【謔】大官 (癭：痣)：佢老豆係個～嚟㗎。(他老子是個大官兒。)[ 參見 "大粒"。]

**大粒嘢** tai⁶nɐp¹jɛ⁵ 〈嘢音野〉【喻】【謔】大官 (嘢：東西)。[ 參見 "大粒" ]

**大粒色** tai⁶nɐp¹sek¹ 【喻】【謔】大官 (色：骰子)。[ 參見 "大粒" ]

**財主佬** tsʰɔi⁴tsy²lou² 財主；有錢人。

*__大肚腩__ tai⁶tʰou⁵nam⁵ 〈腩音南第 5 聲〉有錢人 (特指有錢的商人)。[ 重見一 D1 ]

## 一 E4　不幸者、尷尬者、生手

**過氣老倌** kwɔ³hei³lou⁵kwun¹ 【喻】原指曾經走紅、後來衰微的戲曲藝人，比喻一度有權勢、地位或資財而後來失去了的人。

\***老親（襯）**lou⁵tsʰɐn³〈親音襯〉 被人捉弄的人：你想搵我做～啊？（你想把我當傻瓜捉弄嗎？）[ 重見一C4 ]

**較飛**kau³fei¹ 無辜的受害者或替罪羊：佢哋兩邊都推卸責任，我夾响中間做咗～。（他們兩邊都推卸責任，我夾在中間成了受害者。）｜食死貓、做～，我唔制！（背黑鍋、當替罪羊，我不幹！）

**馬命**ma⁵mɛŋ⁶〈命音務贏切第6聲〉【喻】辛苦勞碌的人；命苦的人：我一世係～。（我一輩子是辛苦勞碌的人。）

**豬仔**tsy¹tsɐi²〈仔音子矮切〉【喻】被出賣的人：你因住畀人當～賣咗啊！（你小心讓人給出賣了！）[ 參見"賣豬仔"。 ]

\***羊牯**jœŋ⁴kwu²【喻】任人宰割的人。[ 重見二D3 ]

\***扯線公仔**tsʰɛ²siŋ³koŋ¹tsɐi²〈仔音子矮切〉【喻】【貶】本義為提線木偶（公仔：小人兒），比喻受人操縱的人：呢個係～，後便仲有人嘅。（這個是傀儡，後面還有人的。）[ 重見三A19 ]

**二奶仔**ji⁶nai⁻¹tsɐi²〈奶讀第1聲，仔音子矮切〉【喻】原指庶子（二奶：小老婆），喻被歧視、得不到平等對待的人。

\***白鼻哥**pak⁶pei⁶kɔ¹【謔】本為對戲劇舞台上丑角的俗稱（鼻哥：鼻子），因戲台上常作才子的反襯角色，被考官黜落，所以比喻考試失敗的人。[ 重見一G6 ]

**失匙夾萬**sɐt¹si⁴kap³man⁶【喻】【謔】很難從家長手中拿到錢的富家子弟（夾萬：保險櫃）。

**大鄉里**tai⁶hœŋ¹lei⁻²〈里音李第2聲，黎起切〉【貶】土包子；鄉巴佬：我呢個廣州人嚟到深圳，變咗個～添！（我這個廣州人來到深圳，竟成了個鄉巴佬！）

**土佬**tʰou²lou²【貶】鄉巴佬；見識少的人。

**茄喱啡**kʰɛ¹lɛ¹fɛ¹〈茄讀第1聲，喱音拉啡切〉【外】無足輕重的人；不被人看重的人。[ 英語 carefree ]

**多事古**tɔ¹si⁶kwu² 麻煩很多的人：一陣又呢一陣又呶，你個人真係個～！（一會兒這一會兒那，你這人麻煩真多！）

**監躉**kam¹tɐn²〈監讀第1聲，躉音底很切〉坐牢的人；囚犯。

**初哥**tsʰɔ¹kɔ¹ 初次做某種事情的人；生手：做呢啲你就係～喇！（幹這個你就是生手了！）

**新仔**sɐn¹tsɐi²〈仔音子矮切〉新手，新入行的人。

**二打六**ji⁶ta²lok⁻²〈六讀第2聲〉不熟練的人；水平低的人：呢度個個都係～。（這兒人人都是半瓶醋。）

**倒瓤冬瓜**tou²nɔŋ⁴toŋ¹kwa¹〈瓤音囊〉【喻】徒有其表的人（倒瓤：瓜瓤壞掉）：講得咁響，原來係個～！（講得那麼好，原來徒有虛名！）｜你咪驚佢，佢係～嚟㗎咋。（你別怕他，他只是個紙老虎罷了。）

**磨心**mɔ⁶sɐm¹【喻】本指磨的中軸，比喻夾在互相矛盾的雙方中間的人：家婆同心抱嗌霎，做仔嘅就變咗～。（婆婆和兒媳爭吵慪氣，做兒子的就成了風箱老鼠。）

## 一 E5　鰥寡孤獨

**單身寡佬**tan¹sɐn¹kwa²lou² 單身漢。
**單身寡仔**tan¹sɐn¹kwa²tsɐi²〈仔音擠第2聲，子矮切〉單身漢（指年輕的）。

一
人
物

**寡佬** kwa²lou² 單身漢：佢到而家仲係〜。（他到現在還是光棍兒。）

**寡母婆** kwa²mou⁵pʰɔ⁻² 〈婆讀第 2 聲〉中年以上的寡婦。

**老姑婆** lou⁵kwu¹pʰɔ⁴ 老姑娘。

**自梳女** tsi⁶sɔ¹nɵy⁻² 〈女讀第 2 聲，扭許切〉【舊】舊時珠江三角洲農村地區的女子有終生獨身的風氣，凡矢志不嫁者，至成年即自行梳起髮髻（如出嫁則由別人代梳），稱"〜"。

**無主孤魂** mou⁴tsy²kwu¹wɐn⁴【喻】孤獨的、無處可歸的人。

**死剩種** sei² tsɐŋ⁶ tsoŋ²【喻】死剩下的獨苗。

### 一 E6　外地人、海外華人

**撈鬆（老兄）** lau¹soŋ¹ 〈撈音拉敲切〉【貶】對北方人不友好的稱呼。[ 這是對北方話"老兄"的不準確的摹仿 ]

**撈頭** lau¹tʰɐu⁴〈撈音拉敲切〉【貶】對北方人不友好的稱呼。[ 參見"撈鬆（老兄）" ]

**撈佬** lau¹lou²〈撈音拉敲切〉【貶】對北方男人不友好的稱呼。[ 參見"撈鬆（老兄）" ]

**撈婆** lau¹pʰɔ⁻²〈撈音拉敲切，婆讀第 2 聲〉【貶】對北方女人不友好的稱呼。[ 參見"撈鬆（老兄）" ]

**撈仔** lau¹tsɐi²〈撈音拉敲切，仔音子矮切〉【貶】對北方男孩不友好的稱呼。[ 參見"撈鬆（老兄）" ]

**撈妹** lau¹mui⁻¹〈撈音拉敲切，妹讀第 1 聲〉【貶】對北方女孩不友好的稱呼。[ 參見"撈鬆（老兄）" ]

**外江佬** ŋɔi⁶kɔŋ¹lou² 外省人（略帶歧視口吻）。

**唐人** tʰɔŋ⁴jɐn⁴ 華人；中國人（用於海外華人）。

**金山客** kɐm¹san¹hak³ 從美洲回來的華僑客人。[ 參見四 B9 "金山" ]

**金山伯** kɐm¹san¹pak³ 從美洲回來的華僑客人（指老年男性。）[ 參見四 B9 "金山" ]

**南洋伯** nam¹jœŋ⁻²pak³ 從東南亞回來的華僑客人（指老年男性）。[ 參見四 B9 "南洋" ]

### 一 E7　外國人

**番鬼佬** fan¹kwɐi²lou²【貶】對男性西洋人的不友好的稱呼；洋鬼子。[ 又作"鬼佬" ]

**老番** lou⁵fan¹【謔】西洋人。

**番鬼婆** fan¹kwɐi²pʰɔ⁻²〈婆讀第 2 聲〉【貶】對女性西洋人的不友好稱呼。[ 又作"鬼婆" ]

**番鬼仔** fan¹kwɐi²tsɐi²〈仔音擠第 2 聲，子矮切〉【貶】對西洋小孩的不友好的稱呼。[ 又作"鬼仔" ]

**番鬼妹** fan¹kwɐi²mui⁻¹〈妹讀第 1 聲〉【貶】對西洋年輕女性的不友好的稱呼。[ 又作"鬼妹" ]

**紅毛頭** hoŋ⁴mou⁴tʰɐu⁴ 對西洋人的不友好稱呼。[ "紅毛"本是明清時代中國人對荷蘭人的稱呼 ]

**紅番** hoŋ⁴fan¹ 對紅種人的不友好稱呼。

**黑鬼** hak¹(hɐk¹)kwɐi² 對黑種人的不友好稱呼。

**摩羅叉** mɔ¹lɔ⁻¹tsʰa¹〈羅讀第 1 聲，麼呵切〉【外】①對南亞地區人（膚色較黑）的不友好稱呼。②對黑種人的不友好稱呼。[ 西班牙文 moros ]

**日本仔** jɐt⁶pun²tsɐi²〈仔音擠第 2 聲，子矮切〉對日本人的不友好稱呼。

**蘿蔔頭** lɔ⁴pak⁶tʰɐu⁴ 對日本人的不友好稱呼。[ 這一稱呼起於三四十年代日本侵華時期 ]

## 一E8　其　他

**人客** jɐn⁴hak³ 客人（集體概念）：～都嚟齊嘞。（客人們都來齊了。）［廣州話“客人”是個體概念，“～”則是集體概念，可以説“一個客人”，但不能説“一個～”］

**地膽** tei⁶tam² 在一地生活很久、熟悉情況而又關係廣的人；地頭蛇。

**文膽** mɐn⁴tam² 為人出謀劃策的人；智囊。

**師爺** si¹jɛ⁴【喻】原指舊時的訟師，又指舊時官僚身邊的清客，比喻專門為人出計謀的人（略帶貶義）：你嗰位～呢勻冇幫你出倒好計喎！（你那位軍師這回沒為你提出好主意呢！）

**擁躉** joŋ²tɐn²〈躉音打很切〉某支球隊的球迷、某位影星或歌星的影迷或歌迷等；擁護者：我哋都係佢嘅～。（我們都是他的球迷。）

**發燒友** fat³siu¹jɐu⁻²〈友讀第2聲，椅口切〉【喻】【謔】對某事特別愛好、特別熱心的人：在座都係音響～。（在座的都是熱衷於玩音響的人。）｜我係個京劇～嚟㗎。（我可是個京劇迷呢。）

***公證** koŋ¹tsɐŋ³ 在發生爭執的雙方之間的不偏不倚的見證人；仲裁者：呢件事我可以做～。（這件事我可以做見證人。）［重見一F4］

***腳** kœk³【喻】牌局或遊戲等中的人手：少隻～，點玩啊？（少一個人，怎麼玩呢？）｜你嚟埋就夠～，開得枱嘞。（你也來就夠人玩牌了。）［重見二B4］

**冇尾飛陀** mou⁵mei⁵fei¹tʰɔ⁴〈冇音無第5聲，米老切〉【喻】【謔】到處跑而又去向不定、很難找的人（冇：沒有；飛陀：一種能飛的玩具，缺尾則飛行方向不穩定）：嗰隻～，你去邊度搵佢啫！（那個不知行蹤的傢伙，你上哪兒去找他呢！）

***夜遊鶴** jɛ⁶jɐu⁴hɔk⁻²〈鶴讀第2聲〉【喻】晚上外出的人：佢係～嚟嘅。（他老是晚上出去逛蕩。）［重見二D5］

**巡城馬** tsʰɵn⁴sɛŋ⁴ma⁵【喻】原指舊時在城牆上巡邏的騎兵，比喻滿城跑的人：我今日做咗～。（我今天滿城到處跑。）

# 一F　各種職業、行當的人

## 一F1　工人、機械人員

**工友** koŋ¹jɐu⁵【敬】工人。

**三行佬** sam¹hɔŋ⁻²lou² 建築工人。［參見七D2“三行”］

**泥水佬** nɐi⁴sɵy²lou² 泥瓦匠。

**鬥木佬** tɐu³mok⁶lou² 做細木工的工人。［參見七D2“鬥木”］

**咕哩** kwu¹lei¹〈咕音姑，哩音離第1聲〉【外】【俗】對搬運工人不尊重的稱呼。［英語 coolie］

**花王** fa¹wɔŋ⁴ 花匠；園丁；園林工。

**手作仔** sɐu²tsɔk⁻⁶tsɐi²〈作音鑿，仔音子矮切〉手藝人（手作：手藝）。

**仵作佬** ŋ⁵tsɔk⁻⁶lou²〈仵音五；作音鑿〉殯葬工人。

**細工** sɐi³koŋ¹ 做雜活的工人，小工（細：小）：我哋呢度要招兩個～。（我們這裏要招兩個小工。）

**學師仔** hɔk⁶si¹tsɐi²〈仔音擠第2聲，子矮切〉學徒。

**飛機師** fei¹kei¹si¹ 飛行員。

**大偈** tai⁶kɐi²〈偈音計第2聲，假矮切〉大副（船長的第一副手）。

## 一 F2　農　民

**耕田佬** kaŋ¹tʰin⁴lou² 農民。

**耕仔** kaŋ¹tsɐi²〈仔音擠第 2 聲，子矮切〉農民。

**農民頭** noŋ⁴mɐn⁴tʰɐu⁴【貶】對農民不友好的稱呼。

**攉佬** pɔk¹lou²〈攉音薄第 1 聲〉【貶】對農民侮辱性的稱呼。[ 參見 "攉" ]

## 一 F3　軍人、警察等

**兵士** peŋ¹si⁶ 士兵。

**兵哥** peŋ¹kɔ¹ 對軍人友好而略帶玩笑的稱呼。

**軍佬** kwɐn¹lou² 對軍人不嚴肅的稱呼。

**老二** lou⁵ji⁻²〈二音椅〉【俗】警察。[ 參見 "二叔" ]

**\*阿(亞)SIR** a³sœ⁴〈SIR 音時靴切第 4 聲〉【外】【敬】警察：嗰度企住兩個 ～。(那兒站着兩個警察。)[ 英語 sir。英國警察以 sir 稱呼上司，香港警察沿習，而讀音訛變。[ 重見一 A2、一 F4 ]

**差人** tsʰai¹jɐn⁴ 警察。為香港通用語。

**差佬** tsʰai¹lou² 對警察不嚴肅的稱呼。

**保安仔** pou²ɔn¹tsɐi²〈仔音子矮切〉保安隊員。

## 一 F4　教育、文藝、體育界人員

**\*阿(亞)SIR** a³sœ⁴〈SIR 音時靴切第 4 聲〉【外】【敬】對老師的尊稱。[ 英語 sir，進入廣州話後讀音發生變化。[ 重見一 A2、一 F3 ]

**學生哥** hɔk⁶saŋ¹kɔ¹〈生讀生熟之生〉男學生。

**學生妹** hɔk⁶saŋ¹mui⁻¹〈生讀生熟之生，妹讀第 1 聲〉女學生。

**小學雞** siu²hɔk⁶kɐi¹【謔】小學生（略帶輕視口吻）：～ 寫得出嘅嘅作文？（小學生能寫出這樣的作文？）

**中學雞** tsoŋ¹hɔk⁶kɐi¹【謔】中學生（略帶輕視口吻）：～ 做記者，真定假啊！（中學生當記者，是真還是假啊？）

**戲子佬** hei³tsi²lou²【舊】對男性戲曲演員不十分尊重的稱呼。

**大老倌** tai⁶lou⁵kwun¹【舊】地方戲曲的名藝人。[ 又作 "老倌" ]

**啲打佬** ti¹ta²lou²〈啲音低衣切〉吹嗩吶的人；吹鼓手（舊時為人做紅白喜事時吹奏鼓樂的人。啲打：嗩吶）。

**\*傻仔** sɔ⁴tsɐi²〈仔音擠第 2 聲，子矮切〉馬戲團的小丑。[ 重見一 A3、一 D3 ]

**\*大花面** tai⁶fa¹min⁻²〈面讀第 2 聲〉大花臉（戲曲中的一個行當）。[ 重見一 D2 ]

**\*二花面** ji⁶fa¹min⁻²〈面讀第 2 聲〉二花臉（戲曲中的一個行當）。[ 重見一 G1 ]

**公仔佬** koŋ¹tsɐi²lou²〈仔音子矮切〉【謔】以畫畫為業的人；畫家（指男性）。公仔：小人像）。

**摩度** mɔ¹tou⁻⁴〈摩讀第 1 聲，度讀第 4 聲〉【外】作繪畫寫生的對象或進行時裝表演的人；模特兒。[ 英語 model ]

**球員** kʰɐu⁴jyn⁴ 球類運動員；球隊隊員。

**球手** kʰɐu⁴sɐu² 同 "球員"。

**老波骨** lou⁵pɔ¹kwɐt¹【謔】老資格的、經驗老到的球類運動員（波：球）。

**\*龍門** loŋ⁴mun⁴ 守門員。[ 重見三 D9 ]

**跑手** pʰau²sɐu² 跑步運動員。

**\*長氣袋** tsʰœŋ⁴hei³tɔi⁻²【喻】【謔】耐力好的運動員（尤指中長跑和足球運動員）。[ 重見一 G3 ]

**球證** kʰɐu²tsɐŋ³ 球類運動裁判員。

**邊判** pin¹pʰun³ 司線員；巡邊員。

**邊旗** pin¹kʰei⁴ 足球巡邊員（因其手執旗子）。

\***公證** koŋ¹tsɐŋ³ 體育競賽或遊戲的仲裁人；裁判：想捉軍棋，之搵唔倒人做～。（想下軍棋，可是找不到人當裁判。）[ 重見一 E8 ]

## 一 F5　商人、服務人員

**生意佬** saŋ¹ji³lou² 生意人。

**商家佬** sœŋ¹ka¹lou² 商人。

**水客** sɵy²hak³ ①以長途販運貨物為業的人（珠江三角洲水網發達，舊時販運多從水路，所以販貨人稱為～）。②從水路或海上走私的人。[ 參見三 "水貨" ]

**炒友** tsʰau²jɐu⁻² 〈友讀第 2 聲，椅口切〉炒買炒賣的人；倒爺。

**候鑊** hɐu⁶wɔk⁻² 〈鑊讀獲第 2 聲〉廚師；掌勺兒（鑊：炒菜鍋）。

**火頭軍** fɔ²tʰɐu⁴kwɐn¹ 火夫；炊事員。[ 又作 "火頭" ]

**企堂** kʰei⁵tʰɔŋ⁻² 〈堂讀第 2 聲〉茶樓、酒樓等的招待員；跑堂。

**收買佬** sɐu¹mai⁵lou² 沿街叫喊買破爛的人；回收廢品者。

**姑娘** kwu¹nœŋ⁴ 護士：～，唔該幫佢探下熱。（護士，請替他量一下體溫。）[ 本是對天主教修女的稱呼，因舊時教會醫院的護士均由修女充任，所以轉為對護士的稱呼 ]

**黃綠醫生** wɔŋ⁴lok⁶ji¹sɐŋ¹ 庸醫；醫術低劣、靠行醫騙錢的醫生。

**執仔婆** tsɐp¹tsɐi²pʰɔ⁻² 〈婆讀第 2 聲〉舊式接生婆。

**艇家** tʰɛŋ⁵ka¹ 船家；以擺渡等為業的人。

**疍家** tɐŋ⁶ka¹【舊】舊時的水上居民，

以擺渡、水運、泊岸賣小吃等為業（近數十年多已上岸居住）。

## 一 F6　無正當職業者

**插手** tsʰap³sɐu² 扒手。

**三隻手** sam¹tsɛk³sɐu² 扒手。

**荷包友** hɔ⁴pau¹jɐu⁻² 〈友讀第 2 聲，椅口切〉扒手（荷包：錢包）。

**鉗工** kʰim⁴kɔŋ¹【謔】扒手。廣州話 "鉗" 有以手指取物之意，所以有此雙關語。

**賊佬** tsʰak⁶lou²【貶】①小偷（指入屋盜竊者）。②強盜；攔路搶劫者。

**賊仔** tsʰak⁶tsɐi²〈仔音擠第 2 聲，子矮切〉【貶】小偷（指入屋盜竊者）。

\***白撞** pak⁶tsɔŋ⁶【貶】白天入屋盜竊者：嚴拿～！[ 重見七 E19 ]

**拐子佬** kwai²tsi²lou²【貶】拐賣人口者；人販子。

**拆家** tsʰak³ka¹ 分銷毒品的犯罪分子。

**大耳窿** tai⁶ji⁵lɔŋ¹【喻】放高利貸的人：借～（借高利貸）。

**馬仔** ma⁵tsɐi²〈仔音擠第 2 聲，子矮切〉充當別人的跑腿、打手等的人（多指在黑社會中）。

**乞兒** hɐt¹ji⁻¹〈兒音衣〉乞丐，叫花子。

**老舉** lou⁵kɵy²【貶】【舊】妓女（舊時掛牌招客者）。

**雞** kɐi¹【喻】【舊】暗娼。

**烏龜** wu¹kwɐi¹【喻】【貶】皮條客；為賣淫的女人拉客的男人。

**散仔** san²tsɐi²【貶】遊手好閒的無業青年（男性）。

\***撈家** lou¹ka¹〈撈音勞第 1 聲〉無正當職業，以騙錢、打秋風等為生的人。[ 重見一 G2 ]

## 一F7　其　他

**師姑** si¹kwu¹ 尼姑。

**風水佬** foŋ¹søy²lou² 以看風水、相宅、相墓為業的人；堪輿家。

**南無佬** nam⁴mɔ⁴lou²〈無音讀摩擦之摩，讀第 4 聲〉做法事的人。[ 本當指口唸 "南無阿彌陀" 的人，即和尚，但實際上包括道士、巫師等 ]

**江湖佬** kɔŋ¹wu⁴lou² 流浪江湖以賣藝、賣藥為生的人。

*__執地__ tsɐp¹tei⁻²〈地讀第 2 聲，底起切〉以撿破爛為生的人。[ 重見七 D10 ]

# 一G　各種性格、品行的人

## 一G1　好　人

**人板** jɐn⁴pan²【褒】品質極好、可以樹立為榜樣的人（板：樣板）：阿良認真係個～嚟㗎！(阿良確實是個做人的榜樣啊！)

**好人好姐** hou²jɐn⁴hou²tsɛ²【褒】很好的人（一般用於年輕女性）：你噉嘅～，千祈咪同佢哋群埋一堆啊！(你這樣的好姑娘，千萬別跟他們混在一塊兒！)

*__好仔__ hou²tsɐi²〈仔音擠第 2 聲，子矮切〉【褒】好孩子，好青年（側重於指不沾染不良習氣）：戒咗煙啦？係喇，噉先至係個～噉樣啊嘛！(戒了煙了？對了，這才是個正派青年的樣子嘛！) [ 重見五 D1 ]

**剌家** mɐi¹ka¹〈剌音米第 1 聲〉【謔】【褒】讀書或鑽研問題很刻苦用功的人：好似你哋阿三噉嘅～而家難搵喇！(像你們老三這樣刻苦讀書的人現在難找了！) [ 參見七 D7 "剌" ]

**書蟲** sy¹tsʰoŋ⁴【喻】【謔】酷愛讀書的人。

*__二花面__ ji⁶fa¹min⁻²〈面讀第 2 聲，摸演切〉【喻】本是粵劇中的一個行當，多為好打抱不平的角色，喻打抱不平的人：佢哋個個都粒聲唔出，唯有我嚟做～啦。(他們個個都一聲不吭，那就只有我來扮演打抱不平的角色了。) [ 重見一 F4 ]

**開荒牛** hɔi¹fɐŋ¹ŋɐu⁴【喻】辛勞的開創者。

## 一G2　聰明人、老成人

*__叻（嚦）仔__ lɛk¹tsɐi²〈叻（嚦）音拉喫切第 1 聲，仔音子矮切〉【褒】聰明、能幹的人（用於年輕男性）：我老早就話阿標係個～嚟。(我早就說阿標是個聰明的孩子。) [ 參見五 E1 "叻"。重見五 E1 ]

*__叻（嚦）女__ lɛk¹nøy⁻²〈叻（嚦）音拉喫切第 1 聲，女讀第 2 聲〉【褒】聰明、能幹的姑娘 [ 參見五 E1 "叻"。重見五 E1 ]

**醒目仔** sɛŋ²mok⁶tsɐi²〈醒音寫影切，仔音子矮切〉【褒】聰明、機靈的男孩子。

**精仔** tsɛŋ¹tsɐi²〈精音之贏第 1 聲，仔音子矮切〉精明能幹的、精於算計的人(指年輕男性。有時略帶貶義)。

**世界仔** sɐi³kai¹tsɐi²〈仔音擠第 2 聲，子矮切〉精明能幹、善於交往但有時顯得不夠淳厚的年輕人（指男性。略含貶義）：阿寧十足十係個～嚟㗎。(阿寧是個十足精明的年輕人。) [ 參見七 E1 "撈世界" ]

*__撈家__ lou¹ka¹〈撈音勞第 1 聲〉善於在社會上混，有時用不正當手段謀利的人（略帶貶義）。[ 參見七 E1 "撈世界"。重見一 F6 ]

**人精** jɐn⁴tsɛŋ¹〈精音精神之精〉【喻】【謔】極為老於世故、極為精明的人

一
人
物

（略帶貶義）。

**扭計師爺** neu²kɐi⁻²si¹jɛ⁴〈計讀第 2 聲，假矮切〉【貶】善於出詭譎的主意為難人的人（師爺：舊時的訟師）。[ 參見七 E20 "扭計" ]

**奀頭佬** tɐp¹tʰɐu⁴lou²〈奀頭低洽切〉【貶】工於心計而又寡言少語的人（奀頭：低頭）。

**老人精** lou⁵jɐn⁴tsɐŋ¹〈精音精神之精，支英切〉【貶】過分老成的孩子。

**老奀茄** lou⁵ŋɐn¹kʰɛ²〈奀音銀第 1 聲〉【喻】【謔】原指到老也長不大的茄子，喻個子長不大卻顯得老氣的孩子（奀：瘦小）。

**老水鴨** lou⁵sɵy²ap⁻²〈鴨讀第 2 聲〉【謔】老成、世故的人（滷水鴨是家常菜餚；"滷水"與"老水"諧音）。[ 參見 "老水" ]

**老積散** lou⁵tsek¹san²〈散音丸散之散〉【謔】本為一種藥名，轉指老成的少年人（老積：老成）。

## 一 G3　各種性格的人

\***長氣袋** tsʰœŋ⁴hei³tɵi⁻²〈袋讀第 2 聲，朵海切〉【喻】【謔】說話囉嗦的人（長氣：囉嗦）。[ 重見一 F4 ]

**吱喳婆** tsi¹tsa¹pʰɔ²〈婆讀第 2 聲〉整天嘴巴不停的、愛說閒話的女人（吱喳：愛說話；愛說閒話）。

**尖嘴雞** tsim¹tsɵy²kɐi¹【喻】【謔】說話尖刻、嘴巴很厲害的人。

**鐵嘴雞** tʰit³tsɵy²kɐi¹ 同 "尖嘴雞"。

**大光燈** tai⁶kwɔŋ¹tɐŋ¹【喻】原指汽燈，喻愛咋呼的人。

\***大喊十** tai⁶ham¹sɐp⁶【謔】大驚小怪地大喊大叫的人：你正一係 ～ !未睇真就亂咁嗌!（你真是個大驚小怪的傢伙！沒看清楚就亂喊！）[ 重見一 G6 ]

**冇掩雞籠** mou⁵jim²kɐi¹loŋ⁴〈冇音無第 5 聲，米老切〉【喻】【貶】亂說話的人（像沒有籠蓋的雞籠一樣，讓雞隨便飛出來。冇：沒有；掩：籠蓋）：乜都界呢個 ～ 扠搞晒!（甚麼都讓這嘴上沒崗哨的傢伙攪黃了！）

**密實姑娘** mɐt⁶sɐt⁶kwu¹nœŋ⁴ 不愛說話的姑娘。[ 參見五 C4 "密實" ]

\***大快活** tai⁶fai³wut⁶ 性恪開朗、整天興高采烈的人：秀妹係個 ～ 嚟㗎，一日聽倒佢笑。（秀妹是個性恪開朗的人，整天聽見她笑。）[ 重見五 C1 ]

**大笑姑婆** tai⁶siu³kwu¹pʰɔ⁴【謔】喜歡大聲笑的女人。

**鼓氣袋** kwu²hei³tɵi⁻²〈袋讀第 2 聲，底海切〉【喻】愛生悶氣的人；氣鼓鼓的人；憋了一肚子氣的人：你睇你嬲到，變咗 ～ 喇!（你看你氣得，成了個鼓氣包了！）

**諸事理** tsy¹si⁶lei⁻¹〈理讀第 1 聲〉愛管閒事的人。

**八卦妹** pat³kwa³mui⁻¹〈妹讀第 1 聲〉【貶】愛管閒事而討人嫌的女孩子。[ 又作 "八妹"。參見 "八卦" ]

**八卦婆** pat³kwa³pʰɔ⁻²〈婆讀第 2 聲〉【貶】①愛管閒事而討人嫌的女人。②注重有迷信色彩的禮儀、有許多禁忌的女人。[ 本來是指以占卦算命為業的女人。參見 "八卦" ]

**八婆** pat³pʰɔ⁴【貶】愛管閒事的討厭女人。[ 此為 "八卦婆" 的簡稱，但含義稍窄 ]

**三姑六婆** sam¹kwu¹lok⁶pʰɔ⁴【貶】泛指各種愛管閒事且俗氣的老年婦女。[ 古代的三姑六婆指尼姑、道姑、卦姑、牙婆（買賣人口者）、媒婆、師婆（巫婆）、虔婆（鴇母）、藥婆（女郎中）、穩婆（接生婆），廣州話意義從此中變來 ]

**雞仔媒人** kɐi¹tsɐi²mui⁴jɐn⁻²〈仔音子矮切，人音隱〉【謔】愛管閒事的人：我今日都嚟做翻一次～啦！（我今天也來做一回管閒事的人吧！）

**艷薑** mɐŋ²kœŋ¹〈艷音摸肯切〉性格急躁的人（艷：急躁、煩躁）。

**短命種** tyn²mɐŋ²tsoŋ²〈命音未贏切第6聲，種讀第2聲〉【謔】性急的人（短命：性急）。

**腍佛** nɐm⁴fɐt⁶〈腍音泥淫切〉【喻】脾氣很好的人（腍：軟）。

**縮頭龜** sok¹tʰɐu⁴kwɐi¹【喻】【貶】性格儒弱、遇事退縮的人。

\***死老鼠** sei²lou⁵sy²【喻】【貶】性格懦弱、無陽剛氣的人（一般指男性）。[重見一D3、一D4]

**抽筋種** tsʰɐu¹kɐn¹tsoŋ²〈種讀種子之種，子擁切〉【喻】【訾】着急的人；急急忙忙地做事的人；毛毛躁躁的人（抽筋：緊張，着急）。

## 一G4　愚笨的人、糊塗的人

**阿（亞）福** a³fok¹【貶】傻頭傻腦的人：你睇佢，成個～噉！（你看他，整個兒一個傻瓜！）

**阿（亞）茂** a³mɐu⁶【貶】傻頭傻腦的人（"茂"為"謬"的諧音）：你呢個～！（你這傻瓜！）

**福頭** fok¹tʰɐu⁴【貶】傻頭傻腦的人。

**豬嘜** tsy¹mɐk¹〈嘜音麥第1聲〉【喻】【訾】像豬一樣蠢的人：你真係～！（你真是蠢豬！）

**豬頭** tsy¹tʰɐu⁴【喻】【貶】蠢人。[重見一D2]

**大冬瓜** tai⁶toŋ¹kwa¹【喻】【謔】【貶】舉止笨拙的人。

**大番薯** tai⁶fan¹sy⁴⁽⁻²⁾〈薯可以讀第2聲〉【喻】【貶】愚笨的人：學極都唔識，你十足～嚟㗎！（怎麼學都學不會，

你十足是個笨東西！）

**大轆木** tai⁶lok¹mok⁶【喻】【貶】大的原木，喻呆板而愚笨的人。

\***大泡禾** tai⁶pʰau¹wɔ⁴〈泡音拋，批敲切〉【喻】【謔】【貶】無能、窩囊的人：咁細件事都做唔成，你唔係成咗個～？（這麼小的事都辦不成，你豈不成了個窩囊廢？）[重見五E2]

**大嚿衰** tai⁶kɐu⁶sɵy¹〈嚿音舊〉塊頭大而愚笨的人（嚿：塊；衰：糟糕）。

**墨魚頭** mɐk⁶jy⁴tʰɐu⁴【喻】【貶】愚笨的、沒頭腦的人。

\***薯頭** sy⁴tʰɐu⁴【喻】【貶】笨人。[重見五E2、九C6]

**生水芋頭** saŋ¹sɵy²wu⁶tʰɐu⁻²〈頭讀第2聲，體口切〉【喻】【貶】煮熟後不麵的芋頭，喻傻頭傻腦的人。

\***大頭蝦** tai⁶tʰɐu⁴ha¹【喻】【貶】【謔】粗枝大葉的人；馬大哈。[重見五D3]

**倒米壽星** tou²mɐi⁵sɐu⁶seŋ¹【謔】老是捅婁子或把事情弄糟的人：死嘞，個～又嚟嘞！（糟了，那倒霉鬼又來了！）[參見"倒米"]

\***老懵懂** lou⁵moŋ²toŋ² 年老糊塗的人：你而家變成個～！（你現在變成個老糊塗！）[重見五B11]

**烏龍王** wu¹loŋ⁻²woŋ⁴〈龍讀第2聲，黎恐切〉【貶】非常糊塗的人（烏龍：糊塗）。

## 一G5　蠻橫的人、難調教的人

**霸王雞乸** pa³wɔŋ⁴kɐi¹na²〈乸音拿第2聲〉【喻】【貶】霸道、蠻橫的女人（霸王：霸道；雞乸：母雞）：我都費事去理嗰隻～！（我都懶得去睬那個不講理的女人！）

**傖雞婆** tsʰaŋ⁴kɐi¹pʰɔ⁴〈傖音撐第4聲〉

一
人
物

【貶】潑野的女人。[ 參見 "偷雞" ]

**老虎乸** lou⁵fu²na²〈乸音拿第 2 聲〉【喻】
【貶】母老虎，喻兇悍的婦人。

**大帝** tai⁶tɐi³【喻】【謔】難以駕馭的
人；極淘氣的孩子（常用於多數）：
呢班～！連總經理出面都搞唔掂！
（這幫蠻漢子！連總經理出面也玩不
轉！）| 嗰班～將間課室搞到亂晒
坑。（那群淘氣鬼把課室弄得亂七八
糟。）

*****爛命** lan⁶mɛŋ⁶〈命音唔病切〉【貶】破
罐破摔、視生命如兒戲的人：呢幾
隻嘢隻隻都係～，好惡搞啊！（這幾
個傢伙個個都是不要命的，很難搞
啊！）[ 重見八 A4 ]

**馬騮精** ma⁵⁽¹⁾lɐu¹tsɛŋ¹〈馬又可以讀第
1 聲，音媽〉【喻】【謔】非常調皮、
好動的小孩（馬騮：猴子）。

**扭計星** nɐu²kɐi⁻²sɛŋ¹〈計讀第 2 聲，假
矮切〉【貶】愛撒嬌的、要求達不到
就要哭鬧的小孩。[ 參見七 E25 "扭
計" ]

**扭紋柴** nɐu²mɐn⁴tsʰai⁴【喻】【貶】原指
紋理不直、不好劈的木柴，喻不聽
話、脾性乖戾的孩子。

**星君仔** sɛŋ¹kwɐn¹tsɐi²〈仔音子矮切〉
【謔】非常調皮的小孩：呢個細路正
一係～㗎喇。（這個小孩真正是個淘
氣蛋。）[ 又作 "星君" ]

**甩繩馬騮** lɐt¹sɛŋ⁻²ma⁵⁽¹⁾lɐu¹〈甩音拉一
切，繩讀第 2 聲，馬可讀第 1 聲，
騮音留第 1 聲）【喻】【謔】字面意
思是脫了繩套的猴子（甩：脫；馬
騮：猴子）。比喻非常調皮而難以約
束的孩子。

**濕水欖核** sɐp¹sɵy²lam⁻²wɐt⁶〈欖讀第 2
聲，核音屈第 6 聲〉【喻】【謔】橄
欖核兒放不穩，沾了水更滑，喻好
動、淘氣的孩子。

**生骨大頭菜** saŋ¹kwɐt¹tai⁶tʰɐu⁴tsʰɔi³【謔】

原義是肉根中長了硬纖維的劣質大
頭菜，構成歇後語 "種壞"（種為種
植之種；"種壞" 與 "縱壞" 諧音），
也直接比喻被嬌縱、寵壞了的孩子。

**爛喊貓** lan⁶ham³mau¹【喻】【謔】愛哭
的孩子。（喊：哭）[ 參見 "爛喊" ]

**喊包** ham³pau¹【貶】愛哭的孩子（喊：
哭）。

**牛精嘢** ŋɐu⁴tsɛŋ¹jɛ⁵〈嘢音野〉【喻】
【貶】不講道理、難以調教的人。[ 參
見 "牛精" ]

**牛王頭** ŋɐu⁴wɔŋ⁴tʰɐu⁴【喻】【貶】蠻橫
的、霸道的人。[ 參見 "牛王" ]

**倔尾龍** kwɐt⁶mei⁵lɔŋ⁻²〈龍讀第 2 聲，
黎恐切〉【喻】【貶】禿尾巴的龍，
是傳說中興風作雨的怪物，喻難調
教或愛闖禍的人。

*****大耳牛** tai⁶ji⁵ŋɐu⁴【喻】【貶】不聽勸
告的人，或對有益的訓誡老是忘記
的人。[ 重見一 D2 ]

**包頂頸** pau¹tɛŋ²kɛŋ²總是跟人頂嘴、
抬槓的人；不肯聽從訓誡的人（頂
頸：頂嘴）。

## 一 G6　有各種不良習氣的人

**敗家精** pai⁶ka¹tsɛŋ¹【貶】敗家子。

**二世祖** ji⁶sɐi³tsou²【喻】【貶】原指三
國時的阿斗，喻無能而奢侈的敗家
子。

**太子爺** tʰai³tsi²jɛ⁻²〈爺讀第 2 聲〉【喻】
【貶】只會享受而不必做事的年輕人
（指男性）：呢度冇得俾你做～㗎。
（在這兒你可不能白喫飯。）

**蛀米大蟲** tsy³mɐi⁵tai⁶tsʰoŋ⁴【喻】【貶】
只會喫飯而不會或不願做事的人。

**大食懶** tai⁶sek⁶lan⁵【貶】好吃懶做的
人。

**懶蛇** lan⁵sɛ⁴【喻】【貶】懶惰的人（冬
眠的蛇非常慵懶，所以用作比喻）：

呢條～瞓到而家仲瞓。(這條懶蟲睡到現在還睡。) [ 又作 "大蛇" ]

\***蛇王** sɛ²wɔŋ⁴【喻】【貶】很懶惰的人。[ 重見五 D5 ]

**死蛇爛鱔** sei²sɛ⁴lan⁶sin⁵【喻】【謔】【貶】極懶的人(俗以蛇為懶惰不願動彈的動物,而死後就更不動了;又因鱔似蛇,也指為懶物)。

**觀音兵** kwun¹jɐm¹peŋ¹【喻】【謔】特別熱衷於為女性奔走效勞的男人。

\***白鼻哥** pak⁶pei⁶kɔ¹【喻】【貶】本為對戲劇舞台上鼻子塗成白色的丑角的俗稱(鼻哥:鼻子),喻猥瑣而又喜歡追逐女性的人。[ 重見一 E4 ]

**鹹濕佬** ham⁴sɐp¹lou²好色而下流的男人。[ 參見 "鹹濕" ]

**鹹蟲** ham⁴tsʰɵŋ⁴【喻】同 "鹹濕佬"。

\***生雞** saŋ¹kɐi¹【喻】【貶】未閹的公雞,喻好色的男人。[ 重見三 D3 ]

\***花心蘿蔔** fa¹sɐm¹lɔ⁴pak⁶【喻】【謔】【貶】好女色而又感情不專一的男性:佢細妹行過三個男仔,個個都係～。(他妹妹談過三個男朋友,個個都是感情不專一的。) [ 重見二 E6。參見五 "花心" ]

**麻甩佬** ma⁴lɐt¹lou²〈甩音拉一切〉【貶】喜挑逗、調戲女性的男人。

**基佬** kei¹lou²【外】男性同性戀者。[ 英語 gay ]

**道友** tou⁶jɐu⁵【喻】吸毒者。[ 本為同教信徒之稱,吸毒者一般有秘密的鬆散聯繫,有如某些宗教團體,故以此作比喻。或以吸毒者一般極瘦,所以開玩笑地喻為仙風道骨的出家人 ]

**竹織鴨** tsok¹tsek¹ap⁻²〈鴨讀第 2 聲〉【喻】【貶】本指用竹篾織成、內部空心的鴨子(一種玩具),構成歇後語 "冇心"(無心,沒有感情),也直接比喻沒有感情的人:你使乜仲掛住嗰隻～呢!(你何必還惦着那個沒心沒

肺的人呢?)

**大炮友** tai⁶pʰau³jɐu⁻²〈友讀第 2 聲,椅口切〉【貶】吹牛皮撒謊的人(大炮:謊話):你咪聽個～!(你別聽那個吹牛皮大王的!)

**葫蘆王** wu⁴lou²wɔŋ⁴〈蘆讀第 2 聲,黎好切〉【貶】吹牛撒謊的人。

**冇耳藤唥** mou⁵ji⁵tʰɐŋ⁴kip¹〈冇音無第 5 聲,唥音劫第 1 聲〉【貶】字面意思是沒有提手的藤箱子(冇:沒有;耳:提手;唥:箱子),可構成歇後語 "靠托"("托" 有扛和拍馬屁兩重意思);也直接用作指拍馬屁的人。

**白鴿眼** pak⁶kɐp⁻²(kap⁻²)ŋan⁵【喻】【貶】對有權勢或有錢人阿諛奉承、對普通人則白眼相待的人;勢利小人。

**攪屎棍** kau³si²kwɐn³【喻】【貶】喜搬弄是非、製造事端的人。

\***大喊十** tai⁶ham³sɐp⁶【貶】光說不做的人:你聽嗰個～啦!佢唔係得個講?(你聽那個耍嘴皮子的!他不就是只會説?) [ 重見一 G3 ]

**花健仔** fa¹lɛŋ¹tsɐi²〈健音衣領之領第 1 聲,仔音子矮切〉花裏胡哨的小青年。[ 又作 "花健"。參見一 B1 "健仔" ]

**花健口** fa¹lɛŋ¹kʰɛŋ¹〈健音衣領之領第 1 聲,後字音卡健切〉同 "花健仔"。[ 參見一 B1 "健口" ]

**牙擦仔** ŋa⁴tsʰat³tsɐi²〈仔音子矮切〉【貶】自負、輕狂的年輕人(男性) [ 參見 "牙擦" ]

\***鐸(度)叔** tɔk⁶sok¹〈鐸音地落切〉【貶】吝嗇的男人:千祈唔好去求嗰個～!(千萬別去求那個吝嗇鬼!) [ 傳說以前有個叫～的演員專演吝嗇鬼,由此成為專稱;或因廣州話 "度" 有反覆算度之意,故用以概括吝嗇鬼的特徵。重見五 D5 ]

**孤寒鐸(度)** kwu¹hɔn⁴tɔk⁶〈鐸音地落

切〉【貶】吝嗇的人。[ 參見"孤寒"、"鐸（度）叔"]

**孤寒種** kwu¹hɔn⁴tsoŋ²【貶】 吝嗇的人。[ 參見"孤寒"]

**鐵沙梨** tʰit³saˡlei⁻²〈梨讀第 2 聲〉【喻】【貶】極吝嗇的人（沙梨：一種梨子）。

**大花灑** tai⁶faˡsa²【喻】亂花錢的人（花灑：澆花或洗澡用的蓮蓬頭）。水喻錢財，故言。[ 又作"大花筒"]

**大水喉** tai⁶sɵy²hɐu⁴ 同"大花灑"。

**跟屁蟲** kɐn¹pʰei³tsʰoŋ⁴【喻】【貶】人云亦云、亦步亦趨的人：人哋噉講你又嘅講，十足個～！（人家這麼説你也這麼説，十足是個應聲蟲！）

*跟尾狗** kɐn¹mei⁵kɐu²【喻】【貶】對人亦步亦趨、做事總是跟着別人的人：你做咗我唔做喇嘞，我唔做～嘞。（你做了我就不做了，我可不會跟在人家後面跑。）[ 重見二 D3 ]

**兩頭蛇** lœŋ⁵tʰɐu⁴sɛ⁴【喻】【貶】在發生矛盾的雙方之間兩頭討好、腳踏兩條船的人；騎牆者。

**吊靴鬼** tiu³hœˡkwei²【喻】傳説中一種吊掛在人的靴子後面的鬼，喻纏人的人或盯梢的人：呢只～，一日跟到我實（這個尾巴，整天跟得我緊緊的）。

**生蟲枴杖** saŋ¹tsʰoŋ⁴kwai²tsœŋ⁻²〈杖音蔣，子響切〉【喻】【貶】【謔】做事不牢靠、不能依靠的人（生蟲：長蛀蟲）：若果你靠佢呢個～，就實害死你。（如果你靠他這辦事不牢的傢伙，那就一定把你害苦了。）

**三腳凳** sam¹kœk³tɐŋ³【喻】【貶】【謔】同"生蟲枴杖"。

**賴貓君** lai⁻³mauˡkwɐn¹〈賴讀第 3 聲〉【貶】耍賴皮的人（賴貓：耍貓）。

**奸賴貓** kan¹lai⁻³mau¹〈賴讀第3聲〉【兒】【喻】【貶】耍賴皮的人。（奸賴：耍賴）

## 一 G7　壞人、品質差的人

**人渣** jɐn⁴tsa¹【喻】【貶】人類渣滓；最壞的人。

**爛頭蟀** lan⁶tʰɐu⁴tsɵt¹〈蟀音卒〉【喻】【貶】打架特別兇狠、不要命的流氓（爛：破損。蟀：蟋蟀。相傳頭部傷殘的蟋蟀相鬥時特別兇猛）。

**爛仔** lan⁶tsɐi²〈仔音子矮切〉【貶】小流氓；無賴漢。

**滾(韻)友** kwɐn²jɐu⁻²〈友讀第 2 聲，椅口切〉【貶】騙子（滾：騙）：畀個～滾咗添！（讓那騙子給騙了！）

**老千** lou⁵tsʰin¹【貶】騙子。

**撞棍** tsɔŋ⁶kwɐn³【貶】騙子。

**西南二伯父** sɐi¹nam⁴ji⁶pak³fu⁻²〈父讀第 2 聲，音苦〉【貶】縱容甚至唆使年輕人幹壞事的老年人（西南：廣東地名）。

**打齋鶴** ta²tsai¹hɔk⁻²〈鶴讀第 2 聲〉【貶】【喻】引誘人幹壞事的人。

**爛賭二** lan⁶tou²ji⁻²〈二讀第 2 聲〉【貶】嗜賭的人。[ 參見"爛賭"]。

**一窿蛇** jɐt¹loŋ¹sɛ⁴【喻】【貶】同一伙的壞人：佢同嗰幾個嘢都係～。（他跟那幾個傢伙都是一丘之貉。）

**石灰籮** sɛk⁶fui¹lɔ⁴【喻】【貶】到處做壞事、到處留下劣跡的人。因裝着石灰的籮筐放到哪裏都會漏下石灰。

**蠱惑友** kwu²wak⁶jɐu⁻²〈蠱音古；友讀第 2 聲〉【貶】奸詐、滑頭的人。[ 參見"蠱惑"]

**蠱惑仔** kwu²wak⁶tsɐi²〈蠱音古〉【貶】奸詐、滑頭的人。（指年少的男性）。[ 參見"蠱惑"]

**反骨仔** fan² kɐt¹ tsɐi²【貶】背信棄義的人（指男性）；叛變者。[ 參看五 G6 "反骨"]

**色狼** sek¹lɔŋ⁴【喻】【貶】狂暴的色鬼；性犯罪者（男性）。

27

**串仔** tsʰyn³tsɐi²〈仔音子矮切〉【貶】開散遊蕩且性關係曖昧的男青年；阿飛。[ 參見七 E27 "串" ]

**串女** tsʰyn³nɵy⁻²〈女讀第 2 聲，扭許切〉【貶】開散遊蕩且性關係曖昧的女青年；女阿飛。[ 參見 "串" ]

**馬達** ma⁵tat⁶【貶】女流氓。

**鱷魚頭** ɔk⁶yu⁴tʰɐu⁴【喻】【貶】【舊】舊時橫行一方的惡霸。

**大天二** tai⁶tʰin¹ji⁻²〈二讀第 2 聲，音椅〉【舊】舊時珠江三角洲一帶的土匪惡霸頭子。

# 一 G8　其　他

**化學公仔** fa³hɔk⁶koŋ¹tsɐi²〈仔音子矮切〉【喻】【謔】【貶】原指賽璐珞製成的洋娃娃，喻吃不了苦、經不起勞累或禁不住摔打的人（公仔：小人兒）：我即估你有幾猛，原來亦係個唔襟撞嘅～嘛！（我還以為你多有能耐，原來也是個不禁碰的泥人兒！）[ 參見 "化學" ]

**古老石山** kwu²lou⁵sɛk⁶san¹【喻】【貶】思想守舊的人。

**軟皮蛇** jyn⁵pʰei⁴sɛ⁴【喻】①疲疲沓沓、以無所謂的態度對待世事的人。②以軟抗硬的人：佢係～，你鬧佢有用。（他是個會來軟的人，你罵他沒用。）

*好人 hou²jɐn⁴ 與人為善的人；不得罪人的人（與 "醜人" 相對而言，略有 "老好人" 的含意）：～話好做又好做，話唔好做又唔做。（不得罪人說容易也容易，說不容易也不容易。）[ 重見五 Dl。參見七 E11 "做好人" ]

**醜人** tsʰɐu²jɐn⁴⁽⁻²⁾〈人又可讀作隱〉得罪人的人（與 "好人" 相對而言）：你做好人，我變咗～，我唔制！（你唱白臉，我成了唱紅臉的，我不幹！）| 呢勻我做咗～嘞。（這回我得罪人了。）[ 參見七 E11 "做醜人" ]

*頂趾鞋 tɛŋ²tsi²hai⁴【喻】【謔】把丈夫管得很嚴的女人。

*電燈膽 tin⁶tɐŋ¹tam²【喻】【謔】本義是燈泡，因廣州話稱不通人情為 "唔（不）通氣"，所以比喻不通人情的人，特指不知趣地妨礙情侶談情的人：人哋兩個咁好傾，你點解要埋去做～？！（人家兩個談得那麼投機，你幹嘛要不知趣地走過去？！）

**四方木** sei³fɔŋ¹mok⁶【喻】【貶】原指六面體的木塊，因要踢一踢才動一動，喻辦事不主動或不靈活的人。

**大眼乞兒** tai⁶ŋan⁵hɐt¹ji⁻¹〈兒讀第 1 聲〉【喻】【謔】想向人多要點兒東西的人（乞兒：乞丐）：畀咗咁多仲想要，你個～啊！（給了那麼多還想要，你這貪多的傢伙！）

# 二、自然物和自然現象

## 二A　非生物體及現象

### 二A1　日、月、星、雲

*日頭 jɐt⁶tʰɐu⁻² 〈頭讀第 2 聲〉太陽：~ 好猛，曬到皮都甩。(太陽很猛，曬得皮都掉了。) [ 重見四 A3 ]

熱頭 jit⁶tʰɐu⁻² 〈頭讀第 2 聲〉太陽：出 ~ 喇，都係戴翻頂太陽帽至好出街。(出太陽了，還是戴上太陽帽才好上街。)

月光 jyt⁶kwɔŋ¹ ① 月亮：今晚個 ~ 好圓。(今晚月亮很圓。) ② 月亮的光芒：今晚有晒 ~。(今晚連一線月亮光也沒有。)

峨眉月 ŋɔ⁴mei⁴jyt⁻² 〈月讀第 2 聲〉新月、月牙兒：今日係舊曆初一，怪唔之得淨係見到 ~ 啦。(今天是農曆初一，怪不得只見到月牙兒。)

半邊月 pun³pin¹jyt⁻² 〈月讀第 2 聲〉半個月亮：見到 ~，估都估到係初七初八啦。(看見半個月亮，猜也可以猜出是初七初八左右。)

星 sɛŋ¹ 星星：天上有幾粒 ~。(天上有幾顆星星。)

天光星 tʰin¹kwɔŋ¹sɛŋ¹ 啟明星。即天亮前出現於東方天空中的金星。

*掃把星 sou³ pa² sɛŋ¹【喻】彗星(掃把：掃帚)。[ 重見一 A3]

紅雲 hoŋ⁴wɐn⁴ 火燒雲：~ 蓋頂，搵定灣艇。(諺語：滿天火燒雲，趕快找地方停泊船隻。是說暴風雨將要來臨。)

## 二A2　地貌、水文、泥土、石頭

山坑 san¹haŋ¹ 山溝：轆咗入 ~。(掉進了山溝裏。)

山窿 san¹loŋ¹ 〈窿讀第 1 聲〉山洞：嗰座山上有個 ~，冇人敢入去㗎。(那座山上有個山洞，沒人敢進去的。)

山窿山罅 san¹loŋ¹san¹la³ 〈窿讀第 1 聲，罅音麗亞切〉大山裏的複雜地形(罅：縫兒)：呢度咸都係 ~。(這裏全是山洞山溝。)

草皮(披) tsʰou²pʰei⁻¹ 〈皮讀第 1 聲，音坡〉草坪；草地：呢塊 ~ 剪得真係靚，好似張地氈噉。(這塊草坪修剪得真漂亮，好像一張地毯那樣。)

斜 tsʰɛ³ 〈讀第 3 聲〉斜坡：落 ~(下坡)｜上嗰個 ~ 好喙氣 (上那個斜坡非常吃力。)

*坎 hɐm² 〈起飲切〉土坑：路邊有個大 ~。｜因住跌咗落個 ~ 度。(小心摔到坑裏。) [ 重見十 B2、十 C6 ]

沙₁ sa¹ 在江岸邊或江心沖積而成的平坦陸地。常用作地名：黃 ~ (在廣州)｜~ 頭角

海 hɔi² 江，河(特指珠江)：過 ~ (渡江) [ 也指海洋，則同於普通話 ]

海皮 hɔi²pʰei⁴ ① 江邊：今日咁熱，去 ~ 唞涼囉。(今天這麼熱，去江邊乘涼吧。) ② 海邊。

海傍 hɔi²pɔŋ⁶ 〈傍音磅，罷旺切〉海邊：青島嘅 ~ 好靚，我諗中國冇邊個地方有嗰度咁靚。(青島的海邊很美，我想中國沒哪個地方有那兒美。)

氹 tʰɐm⁵ 水坑：水 ~｜一場大水沖出一個大 ~。

29

**河涌(沖)** hɔ⁴tsʰoŋ¹〈涌音沖〉小河；河溝。

**涌(沖)** tsʰoŋ¹〈音沖〉小河；河溝：咿條 ~ 好淺㗎咋，渉過去啦。（這條小河很淺的，趟過去吧。）｜鯽魚 ~（地名，在香港）

**壍** tsʰim³〈潛第 3 聲，次厭切〉小河；河溝：以前咿度有條 ~ 㗎，起咗呢座大廈就填平嘞。（以前這地方有條小河溝，建了這座大廈後就填平了。）｜~ 口（地名，在廣州）

**瀝** lɛk⁶〈麗石切〉河流的小分支；汊道。

**滘** kau³〈音教〉小河；河溝。常用作地名：~ 西洲｜新 ~（在廣州）［參見 "漖"］

**漖** kau³〈音教〉小河；河溝。常用作地名：東 ~（在廣州）［ "漖" 與 "滘" 本為一字分化為二，作地名時習慣作不同寫法 ］

**圳** tsɐn³(tsɵn³)〈音震，又音進〉小河；河溝：水 ~（水溝）｜深 ~ 市（地名，在廣東省）

**山坑水** san¹haŋ¹sɵy² 山澗（山坑：山溝）。

**西水** sɐi¹sɵy² 洪水（珠江的洪水一般自西而下）：走 ~（洪水泛濫時離家逃避）

**西水大** sɐi¹sɵy²tai⁶ 洪水暴發：落咗咁耐雨，~ 嘞。（下了這麼久的雨，要發洪水了。）

**發大水** fat³tai⁶sɵy² 洪水暴發：呢度年年都 ~。（這兒年年都有洪水。）

**水乾** sɵy²kɔn¹ 退潮：~ 去沙灘執貝殼，夠寫意喇啩。（退潮後去沙灘撿貝殼，夠愜意了吧。）

**水大** sɵy²tai⁶ 漲潮：知唔知幾時 ~ 呢？（知不知道甚麼時候漲潮？）

**龍舟水** loŋ⁴tseu¹sɵy² 端午節期間的大水：洗 ~（端午節當日下河耍水，民俗以為可禳災）

**生水** saŋ¹sɵy² 活水；經常流動的水：東湖連住珠江，所以啲湖水係 ~ 嚟㗎。（東湖連接珠江，所以湖水是活水。）

*\***轉** tsyn⁶〈讀第 6 聲〉漩渦：呢度有 ~，唔好落去游水。（這兒有漩渦，別下去游泳。）［ 重見二 B1 ］

**泥** nɐi⁴ 泥土：泥度啲 ~ 又乾又硬，冇法子掘得喇。（這兒的泥土又乾又硬，沒辦法挖得動。）［普通話 "泥" 是濕的，"土" 是乾的，二者有區別；廣州話不說 "土"，而 "~" 則不分乾濕。］

**泥肉** nɐi⁴jok⁶ 可耕種的土層：呢窟田 ~ 好厚。（這塊地沃土土層很厚。）

**涬** pan⁶〈音辦〉爛泥：整到成身都係 ~。（弄得滿身是稀泥。）［ 又作 "泥涬" ］

**爛涬泥** lan⁶pan⁶nɐi⁴〈涬音辦〉爛泥：因住唔好跌落啲 ~ 度。（小心別跌到爛泥裏。）［ 又作 "爛涬"、"爛泥涬" ］

**麻石** ma⁴sɛk⁶ 花崗巖：呢條石級路咸嘩咛係用 ~ 砌成㗎。（這段台階全是用花崗巖砌成的。）

**雲石** wɐn⁴sɛk⁶ 大理石。在廣東以產於雲浮縣者最為著名，故名。

**石春** sɛk⁶tsʰɵn¹ 鵝卵石（春：卵）：~ 路（用鵝卵石鋪成的路）

**攝石** sip³sɛk⁶ 磁石（攝：磁吸）：想試下咿嚿係唔係 ~，好易啫，搵嚿鐵嚟，睇下黐唔黐唔係得囉。（想試一下這塊是不是磁石，很容易，找塊鐵來，看看是不是可吸住不就行了嗎。）

## 二A3　氣象、氣候

**天候(口)** tʰin¹hɐu⁻²〈候讀第 2 聲，音口〉天氣：~ 熱（天氣熱）｜今日 ~ 好。

**天時** tʰin¹si⁴ 天氣：呢兩日 ~ 唔好。

（這兩天天氣不好。）［普通話指天氣條件，與廣州話略有不同］

**好天** hou²tʰin¹ 晴天：落咗咁耐雨，過幾日應該～囉。（下了這麼久的雨，過幾天該天晴了吧。）｜今日好～。（今天是個大晴天。）

**天陰** tʰin¹jɐm¹ 陰天：今日～，睇嚟要帶把遮至好出門口。（今天陰天，看來要帶把雨傘才好出門。）

**天陰陰** tʰin¹jɐm¹jɐm¹ 天色陰沉沉的：～噉，唔係要落雨啊嘛？（天色陰沉沉的，不是要下雨吧？）

**陰陰天** jɐm¹jɐm¹tʰin¹ 同"天陰陰"：呢牌成日都～，就係落唔出雨。（這段時間整天都天色陰沉，就是不下雨。）

**漚雨** ɐu³jy⁵ 多日陰天並氣壓低，像要下雨而又不下（就像漚東西那樣經過長時間）：漚咗成個禮拜雨，今日先至落出。（整個星期天色陰沉，將雨不雨，直至今天才下起雨來。）

**雨㷫** jy⁵mei⟨㷫音微第１聲，麼禧切⟩微雨（㷫：小水點）：落～都會淋濕身㗎。（下小雨也會淋濕的。）

**㷫㷫雨** mei¹mei¹jy⁵⟨㷫音微第１聲，麼禧切⟩淅瀝小雨（㷫：小水點）：～啫，着件乾濕褸唔係得囉，唔使帶遮喇。（毛毛雨罷了，穿一件晴雨兩用衣不就行了嗎，不用帶傘了。乾濕褸：以防水布製成的厚衣，晴雨兩用。）

**雨毛** jy⁵mou⁻¹⟨毛讀第１聲⟩毛毛雨。

**雨粉** jy⁵fɐn² 毛毛雨：～一樣會濕身。（毛毛雨照樣會打濕衣服。）

**白撞雨** pak⁶tsɔŋ⁶jy⁵ 太陽雨（出太陽同時下雨）：～潲壞人。（太陽雨會把人淋壞。）

**過雲雨** kwɔ³wɐn⁴jy⁵ 短時陣雨：我睇係～嚟啫，我哋入店裏頭避下就行得㗎喇。（我看是陣雨罷了，我們進

店裏避一下就可以走了。）

**落雨** lɔk⁶jy⁵ 下雨：～喇，好收衫喇。（下雨了，快把衣服收起來。）

**雨㷫㷫** jy⁵mei¹mei¹⟨㷫音微第１聲，麼禧切⟩下小雨的樣子（㷫：小水點）：春遊有啲～先至夠情調喍嘛。（春遊遇上小雨淅瀝才夠浪漫呢。）

**雨粉粉** jy⁵fɐn²fɐn² 細雨飄零：外邊～喍，你有冇帶遮啊？（外面雨紛紛的，你帶雨傘沒有？）

**雨糠糠** jy⁵hɔŋ¹hɔŋ¹ 細雨飄零：～噉，都唔知落到幾時。（細雨飄零，都不知道下到甚麼時候。）

**落雨絲濕** lɔk⁶jy⁵si¹sɐp¹ 因下雨而潮濕：呢兩日～，我都唔想出街。（這兩天下雨，到處濕漉漉的，我都不想上街。）［又作"落雨濕濕"］

**落雪水** lɔk⁶syt³sɵy² 下很冷的小雨：呢幾日日日～，凍到攞命。（這幾天天天下冷颼颼的小雨，冷得要命。）

**橫風橫雨** waŋ⁴foŋ¹waŋ⁴jy⁵ 風雨橫掃：而家噉～，擔遮都照樣濕身喍。（現在這樣風大雨驟，打傘也照樣淋濕身體的。）

**打風打雨** ta²foŋ¹ta²jy⁵ 颳風下雨：秋天最多時～。（秋天常颳風下雨。）

**翻風** fan¹foŋ¹ 颳風：～喇，着多件衫先好出門口嘑。（颳風了，多穿件衣服才出門吧。）

**打風₁** ta²foŋ¹ 颳颱風：電視話要～喇。（電視上說要颳颱風了。）

**蕩西** tɔŋ⁶sɐi¹ 颱風的風向自東北轉向西北，是颱風過去的先兆：打風唔～，三日就翻歸。（諺語：颱風風向不變，三天後颱風又會回來。）

**風舊** foŋ¹kɐu⁶ 颱風、暴風：打～（颱颱風）

**雷公** lɵy⁴koŋ¹ 雷（本指傳說中的雷神，轉指雷）：打～｜呢個～夠晒響。（這個雷夠響的。）

**行雷** haŋ⁴lɵy⁴〈行音行路之行〉打雷：細路仔最怕~。(小孩子最怕打雷。)

**攝電** sip³tin⁶ 閃電：一個~，嚇我一驚。

**閃靚** sim²lɛŋ³〈靚音麗贏切第3聲〉閃電。

**天公** tʰin¹koŋ¹ 天（用於天氣，一般是指有風雨的天氣）：~落雨。(天下雨。)

**西斜熱** sɐi¹tsʰɛ⁴jit⁶ 夏日夕陽的熱輻射（一般就朝西的屋子而言）：呢間屋兜正~，熱天晚黑實好熱嘅。(這所房子正好兜着太陽西下射來的高溫，夏天晚上一定很熱。)

**正**₁ tseŋ³〈音正確之正〉猛烈的陽光或陽光反射造成乾燥的高溫：呢度咁~，點解唔去嗰頭避下熱頭啫？(這裏這麼燥熱，為甚麼不到那邊避一下太陽？)

**熱腥** jit⁶sɛŋ³〈腥音四贏切第3聲〉地面經太陽暴曬後突然淋上水而造成的潮濕的暑氣：頭先仲大熱頭，一下一朕過雲雨，成街~嘞。(剛才還大太陽，一下子一陣短時的陣雨，滿街是潮濕暑氣的氣味。)

**雪珠** syt³tsy¹ 冰雹：尋晚落咗場~，打到個瓦面"撐撐"聲。(昨晚下了場冰雹，打得房頂"乒乒乓乓"作響。)

**霧水** mou⁶sɵy² 露水：啲盆景要擺出去打下~至長得好㗎。(樹樁盆景要拿出去採採露水才長得好。) [又作"霧"]

**濕氣** sɐp¹hei³ 空氣中所含水氣：一落雨呢度~就好重。(一下雨這個地方就非常潮濕。)

**霞霧** ha⁴mou⁶ 霧。

\***哄**₁ hoŋ⁶ 日月暈：今晚個月光有~，聽日可能要落雨。(今晚月亮出現了月暈，明天可能要下雨。) [重見二A4]

**十月火歸天** sɐp⁶jyt⁶fɔ²kwɐi¹tʰin¹【諺】農曆十月天氣燥熱。

## 二 A4　灰塵、污跡、霧氣、氣味

**沙塵**₁ sa¹tsʰɐn⁴ 灰塵：架車行過，搞到~滾滾。(車子駛過，弄得塵土飛揚。)

**泥塵** nɐi⁴tsʰɐn⁴ 灰塵：張枱一個禮拜唔抹就~成寸厚。(這桌子一個星期沒擦就有成寸厚的灰塵。)

**塵灰** tsʰɐn⁴fui¹ 灰塵：四圍都係~。(到處是灰塵。)

**蓬塵** pʰong¹tsʰɐn⁴〈蓬音篷第1聲，批空切〉蒙在物體上面的塵土（蓬：蒙塵）：啲嘢梗係好耐冇人哦過嘅，咁厚~。(這些東西肯定很久沒人動過了，這麼厚的塵土。)

**煙屎** jin¹si² 煙垢：煙嘴裏頭積滿~。

**鏡面** kɛŋ³min⁻²〈面讀第2聲，摸演切〉長時間未換洗的衣物上較厚而有光澤的污垢。

\***哄**₁ hoŋ⁶〈讀第6聲，賀共切〉水銹；汗漬：把刀起晒~嘅，梗係用完冇抹乾嘞。(這把刀滿是水銹，一定是用完後沒有擦乾。)｜你件笠衫起晒~喇，仲唔洗！(你的汗衫都是汗漬，還不洗！) [重見二A3]

**漬** tsek¹〈音積〉水垢；污痕：水煲用得耐就會起~。(水鍋用久了就會有水垢。)｜張枱咁多~嘅，梗係啲菜汁嚟。(桌子這麼多污痕，一定是菜汁。)

**汗漬** hɔn⁶tsek¹〈漬音積〉衣服上的黑色霉點（往往沾汗後不及時洗就會出現）。

**烏雞** wu¹kɐi¹ 同"汗漬"。

霞氣 ha⁴hei³（凝結在玻璃等上的）霧氣：擋風玻璃上面有啲～，開咗個撥雨器刮咗佢喇。（擋風玻璃上有些霧氣，開動撥雨器把它刮掉吧。）

水氣 sθy²hei³（黏附於玻璃等上的）霧氣：鏡面上有～，邊度照得到人啊！（鏡子上有霧氣，哪裏能照得見人！）〔此與普通話"水汽"（呈氣態的水）意思不一樣〕

嚹 tsʰθy⁴〈音隨〉氣味（略帶貶義）：點解有一朕乜嘢～嘅？（怎麼有一股甚麼氣味？）｜一飄臭～。（一股臭味。）

爐味 lɔ³mei⁶〈爐音羅第3聲〉①燒橡膠等東西發出的特殊臭味（爐：燒焦）：唔知燒咗啲乜嘢，一朕～。（不知道燒了些甚麼，一股糊味。）②飯菜等的䒑煙味：啲湯有～，好難飲。（這湯有䒑煙味，很難喝。）

火爐嚹 fɔ²lɔ³tsʰθy⁴〈爐音羅第3聲，嚹音隨〉同"爐味"〔又作"火爐味"〕

## 二A5　水、水泡、火、火灰

蝦眼水 ha¹ŋan⁵sθy² 魚眼水（快開的水，因鍋底出現的小水泡形如蝦眼，故稱）。

倒汗水 tou³hɔn⁶sθy²〈倒音到〉【喻】凝結在鍋蓋上的蒸餾水。

*朦₁（泡）pʰɔk¹〈音撲第1聲〉水泡：你睇水面咁多水～，水底係唔係有人啊？（你瞧水面那麼多水泡，水底下是不是有人呀？）〔重見二C11〕

泡 pʰou⁵〈音抱〉水泡；泡沫：呢啲水咁多～，邋遢到死。（這些水那麼多泡泡，髒得要死。）｜番梘～（肥皂泡兒）

冇牙老虎 mou⁵ŋa⁴lou⁵fu²〈冇音無第5聲〉【喻】火（特指火災中的或能引起火災的火）：～唔玩得㗎。（火玩不得。）

火尾 fɔ²mei⁵ 火舌：手面畀～攞咗一下，就起咗個大朦。（手背讓火舌掃了一下，就起了個大泡。）

火屎 fɔ²si² ①燃燒物濺出的火星：咪行咁埋個風爐度，因住畀～炆穿件衫。（別走那麼近爐子，小心讓火星燒穿衣服。）②柴、炭等燃燒後的殘屑：啲～要淋濕至好倒啊。（餘燼要澆濕了才能倒掉。）

火灰 fɔ²fui¹ 灰燼；灰：燒剩一堆～。

煤屎 mui⁴si² 從廚房天花板、煙囪等處掉落下來的煙灰。

火燂煤 fɔ²tʰam⁴mui⁴ 廚房、房間等的牆壁、天花板被長期煙燻而積懸的煙灰塵土。〔又作"火燂塵"〕

鑊黸 wɔk⁶lou¹〈鑊音獲，黸音盧第1聲〉鍋底的爐垢；鍋黑子。

## 二A6　其　他

鉎 sɛŋ³〈試贏切第3聲〉銹：菜刀用完要抹乾，搽翻啲油，唔係會起～㗎。（菜刀用完要擦乾，抹上點兒油，要不會生銹的。）

裂 lit³〈讀第3聲〉裂紋；裂縫：個花樽有條～，不過唔漏水。（花瓶有條裂紋，不過不漏水。）

## 二B　人　體〔與動物身體部位通用的詞語亦收於此〕

## 二B1　頭頸部

頭殼 tʰɐu⁴hɔk³ 頭；頭骨：嚇到一味攬住個～。（嚇得只顧抱着頭。）｜呦條友仔瘦到剩低個～，梗係白粉仔嚟嘅。（這傢伙瘦得只剩腦袋，一定是個吸毒的。）

二　自然物和自然現象

**嘁₁** kʰek¹〈卡益切〉【俗】頭：你因住坎親個～啊！（你小心磕着頭！）

**頭殼頂** tʰeu⁴hɔk³tɛŋ²〈頂音底贏切第 2 聲〉頭頂：楊生未到五十，～啲毛就甩清光嘞。（楊先生沒到五十，頭頂上的頭髮就掉光了。）

**魂精** wɐn⁴tsɛŋ¹〈精音之贏切第 1 聲〉太陽穴：佢暈咗，快啲搉啲油落佢個～度啦。（他昏倒了，趕快在他的太陽穴上擦點油吧。）

**後尾枕** hɐu⁶mei⁵tsɐm² 後腦勺：一睇你就知係撈鬆啦，冇～嘅。（一看就知道你是北方人，沒有後腦勺的嘛。北方人的後腦勺較廣東人扁平）[ 又作"後枕" ]

**腦囟** nou⁵sɵn²〈囟音筍〉囟門：～未生埋。（囟門沒長攏。熟語，喻幼稚無知。）

**頭毛** tʰeu⁴mou⁻¹〈毛讀第 1 聲〉【俗】頭髮：細路仔，～都未出齊就學人電髮。（小孩兒，頭髮還沒長全就學人家燙髮？）

**髿（陰）** jɐm⁴⁽⁻¹⁾〈音淫，又音陰〉額前的劉海：師傅，唔該將啲～剪短啲，髿咗落嚟會遮住對眼。（師傅，請把額前的劉海剪短點兒，長了垂下來會把眼睛擋住。）

**髮腳** fat³kœk³ 髮際線；髮際線上的頭髮；髮根：～咁長嘅，你究竟有冇飛髮嚟？（髮根這麼長，你究竟理了髮沒有？）

**髮尾** fat³mei⁵ 髮梢：你啲～開晒叉喇，要做下頭髮護理至得囉。（你的髮梢都開叉了，要做一下頭髮護理才行啊。）

**滴水** tek¹sɵy²〈滴音的〉男性的鬢腳：啲～唔好留咁長，而家唔興㗎喇。（別把鬢腳留那麼長，現在不時興了。）

**孿毛** lyn¹mou⁻¹〈孿音亂第 1 聲，毛讀第 1 聲〉鬈髮（孿：彎曲）：成頭～嘅條友係邊個嚟㗎？（那個滿頭鬈髮的傢伙是誰？）

**\*轉** tsyn⁶〈讀第 6 聲，治願切〉頭髮呈旋渦狀處；旋兒：我個頭有兩個～。（我的頭髮有兩個旋兒。）[ 重見二 A2 ]

**面₁** min⁶ 臉：咪搲埋塊～啦。（別繃着臉。）| 你個～度有啲邋遢。（你的臉有點兒髒。）

**面缽** min⁶put³ 臉盤：嗰個女演員～好闊，一啲都唔靚。（那個女演員臉太寬，一點兒都不漂亮。）

**面珠** min⁶tsy¹ 臉蛋（一般用於小孩）：嚟，畀爹哋錫下個～。（來，讓爸爸親親臉蛋。）

**面珠墩** min⁶tsy¹tɵn¹〈墩音低因切〉臉蛋（一般用於小孩）：呢個 BB 好意，搲下個～至得。（這個小孩真有趣，得捏一下他的臉蛋。）

**下爬** ha⁶pʰa⁴ 下巴：～有粒瘤。（下巴有顆痣。）

**腮** sɔi¹ 腮幫子：鼓埋泡～。（鼓起腮幫子。形容生氣的樣子。）

**酒凹** tsɐu²nɐp¹〈凹音粒，那邑切〉酒窩：呢個妹妹仔左邊面上有個～。（這個小妹妹左邊臉上有個酒窩。）

**鬚** sou¹〈音蘇〉鬍子：佢啲～一路生到落頸度。（他的鬍子一直長到脖子。）| 老貓燒～（老貓也給燒掉鬍子。熟語，喻經驗老到者也有失敗的時候）

**羊咩鬚** jœŋ⁴mɛ¹sou¹〈鬚音蘇〉山羊鬍子（羊咩：羊）：呢個後生仔留咗執～，好肉酸啊。（這小伙子蓄了一撮山羊鬍子，好難看喲。）

**鬍鬎鬚** wu⁴lim⁴sou¹〈鬎音廉，鬚音蘇〉絡腮鬍子；連鬢鬍子。

**兩撇雞** lœŋ⁵pʰit³kɐi¹ 髭；向左右兩邊生長的嘴上鬚：留～啲人以為好有

型，有男人味喎。(蓄鬍的人認為很威風，有男子氣派。)

**牙骹（鉸）** ŋa⁴kau³〈骹（鉸）音教〉下頜骨關節（骹（鉸）：關節）：雞髀打人～軟。(吃了人家的嘴軟。諺語。雞髀：雞腿。)

**頸** kɛŋ²脖子：沖涼嗰陣時捽乾淨條～。(洗澡時把脖子搓搓乾淨。)｜揸～就命。(被掐住脖子，只好就範。熟語，喻被人抓住短處而聽命於人。)

**獨食罌** tok⁶sek⁶aŋ¹〈罌音啊坑切〉【謔】後頸窩（罌，小罐子）。

**喉核** hɐu⁴wɐt⁻²〈核音壺日切第2聲〉喉結：細路仔未有～㗎。(小孩子喉結還沒長起來。)

**喉欖** hɐu⁴lam²喉結：大～(喉結大。俗以為喉結大便能多吃，喻貪婪。)

## 二B2　五官、口腔、咽喉部

**眼** ŋan⁵眼睛：瞌埋雙～，瞓覺！(閉上眼睛，睡覺！)

**眼尾** ŋan⁵mei⁵眼角：你真係老咗喇，～都起晒魚尾雲囉。(你真的老了，眼角都見魚尾紋了。)｜～都唔睄下佢。(眼角都不瞧他一眼。)

**眼核** ŋan⁵wɐt⁶〈核音屈第6聲，壺日切〉眼珠：～光光。(眼珠發亮。)

**眼公仔** ŋan⁵koŋ¹tsɐi²〈仔音子矮切〉瞳仁（公仔：小人兒。因瞳仁可反映出對面的人影）。

**眼簷** ŋan⁵jim⁴〈簷音鹽〉上眼皮：雙～靚過單～。(雙眼皮比單眼皮漂亮。)

**眼肚** ŋan⁵tʰou⁵鬆弛而下垂凸出的下眼皮；眼袋：你嘅～墮晒落嚟，琴晚唔夠瞓咩？(你的下眼皮都垂下來了，昨晚睡不好嗎？)

**眼揖毛** ŋan⁵jɐp¹mou⁻¹〈揖音衣恰切，毛讀第1聲〉睫毛：你以為佢嗰啲～真係咁長咩？假㗎咋！(你以為她那些睫毛真的那麼長嗎？那是假的！)[又作"眼毛"]

**眼眉毛** ŋan⁵mei⁴mou⁴眉毛：而家啲女人真～都唔要，偏要紋眉。(現在的女人真眉毛都不要，偏要紋眉。)[又作"眼眉"]

**魚尾雲** jy⁴mei⁵wɐn⁴眼角的皺紋；魚尾紋。

**耳仔** ji⁵tsɐi²〈仔音子矮切〉耳朵：啲餸好好味，睇佢食到～郁埋。(這菜味道很好，瞧他吃得耳朵都動起來了。)

**耳珠** ji⁵tsy¹耳垂（耳垂渾圓如珠）：而家有啲耳環唔使穿～就可以戴㗎嘞。(現在有些耳環不用穿耳垂就能戴的。)

**耳窿** ji⁵loŋ¹〈窿讀第1聲〉耳孔：唔好亂咁夭～，會整穿個耳膜㗎。(別亂掏耳孔，會弄破耳膜的。)[又作"耳仔窿"]

**糠耳** hoŋ¹⁽²⁾ji⁵〈糠又讀第2聲〉不分泌黃色黏液的耳朵，其耳垢呈乾燥鬆散的糠狀。與"油耳"相對。

**油耳** jɐu⁴ji⁵分泌黃色黏液的耳朵，其耳垢潮濕有黏性。與"糠耳"相對。

**口唇** hɐu²sɵn⁴嘴唇：你～咁紅，使乜搽唇膏㗎。(你嘴唇那麼紅，哪用得着塗口紅呢。)

**口丫角** hɐu²a¹kok³嘴角：你～有少少爛，搽啲藍藥水就冇事㗎喇。(你的嘴角有點兒潰瘍，塗點龍膽紫就沒事了。)

**大板牙** tai⁶pan²ŋa⁴很大的門牙：嗰個嘢一笑就嚹出棚～嚟。(那傢伙一笑就露出一排大門牙來。)

**大牙** tai⁶ŋa⁴白齒；槽牙：個細路開始出～嘞。(這孩子開始長槽牙了。)

**煙屎牙** jin¹si²ŋa⁴因長期抽煙而被燻黃的牙齒（煙屎：煙垢）：睇見佢啲～

我就作嘔。(看見他滿是煙垢的黃牙我就噁心。)

**牙肉** ŋa⁴jok⁶ 齒齦：咽牌熱氣，～都痛埋。(這段時間上火，連齒齦也疼起來了。)

**脷** lei⁶〈音利〉【婉】舌頭：佢伸下條～，做咗個醜怪樣。(她伸了伸舌頭，做了個鬼臉。)｜擘大口，畀醫生睇下條～。(張大嘴巴，讓醫生看看舌頭。)[廣州話"舌"與"蝕"(蝕本即虧本)同音，因避忌而改稱為"利"，又造方言字作～]

**脷苔** lei⁶tʰɔi⁴〈脷音利〉舌苔。

**頸喉** kɛŋ²hɐu⁴ 喉嚨：～痛｜～乾涸(咽喉乾澀難受)

**喉嚨椗** hɐu⁴loŋ²tɛŋ³〈椗音定第3聲〉①懸雍垂，北方俗稱"小舌"(椗：蒂)。②咽喉部位：飽到上～。(飽得頂着咽喉。)

*\***吊鐘** tiu³tsoŋ¹ 懸雍垂，北方俗稱"小舌"。[重見二E7]

**鼻哥** pei⁶kɔ¹ 鼻子：中國人嘅～冇外國人咁高。(中國人的鼻子沒外國人高。)

**鼻哥尖** pei⁶kɔ¹tsim¹ 鼻尖：有隻烏蠅褸咗响你個～度。(有隻蒼蠅爬在了你的鼻尖上。)

**鼻哥窿** pei⁶kɔ¹loŋ¹〈窿音龍第1聲〉鼻孔。[又作"鼻窿"]

**聲喉** sɛŋ¹hɐu⁴〈聲音司贏切第1聲〉嗓門：你把～認真大。(你的嗓門真大。)

**豆沙喉** tɐu⁶sa¹hɐu⁴【喻】沙啞的嗓門：你嗰副～仲敢嚟卡拉OK？(你那一副公鴨嗓子還敢來卡拉OK？)

## 二 B3　軀　體

**心口** sɐm¹hɐu² 胸口；胸脯：兜～一捶搵埋去。(朝着胸口一拳打過去。)｜我敢拍～(我敢拍胸脯保證。)

*\***𡄽** nin¹〈音年第1聲，那煙切〉乳房。[重見二B5]

**膊頭** pɔk³tʰɐu⁴ 肩膀；～起枕。(肩膀長了老繭。)[又作"膊"]

**背脢** pui³mui⁴〈脢音梅〉背脊：你～出好多汗喎，件背心都濕晒嘞。(你的背脊上出了很多汗，背心都濕透了。)

**髀骨** pʰɛŋ¹kwɐt¹〈髀音批贏切第1聲〉胯骨：佢瘦到～好似把刀嗽突出嚟。(他瘦得那胯骨像把刀似的突出來。)

**小厴** siu²jim²〈厴音掩〉肋下：我～畀佢搲咗拳。(我的肋下給他打了一拳。)

**脥厴** nɐm⁴jim²〈厴音掩〉肋下(脥：軟)。

**肚臍煲** tʰou⁵tsʰi⁴pou¹ 肚臍(一般指小孩的)：唔好打出～！(別露出肚臍！)

**肚臍泵** tʰou⁵tsʰi⁴pɐm¹〈泵音波音切〉同"肚臍煲"。

**啤酒肚** pɛ¹tsɐu²tʰou⁵〈啤音不夜切第1聲〉因發胖而凸起的肚子。據說啤酒喝多了便有此體型，故云。

**肚腩** tʰou⁵nam⁵〈腩音南第5聲，那覽切〉肚皮；腹部；腹部的肥肉：睇下你個～，成個老細嗽款。(瞧瞧你的肚皮，整個兒老闆樣兒。)

**肚煲** tʰou⁵pou¹〈煲音保第1聲〉【喻】肚皮；腹部(煲：鍋。肚圓似瓦鍋)：冚好被啊，因住凍親個～。(蓋好被子，小心腹部着涼。)

**肚朕** tʰou⁵tɐm¹〈朕音低陰切〉肚皮；腹部：食咁多，因住～爆啊。(吃這麼多，小心撐破肚皮。)

**胳肋底** kak³lak¹tɐi²〈胳音格，肋音拉握切〉胳肢窩：咪撻人～啦，好肉酸㗎。(別撓人胳肢窩，很癢癢的。)

**腰圍** jiu¹wɐi² 腰身：你肥咗喎，～都粗晒。(你胖了，腰身都粗起來了。)

**腰骨** jiu¹kwɐt¹ 腰椎骨；腰桿子：～痛｜

挺起條～。(挺起腰桿。)

**尾龍骨** mei⁵loŋ⁴kwɐt¹ 尾椎骨：擔唔起咪鑒硬嚟啊，因住整傷條～。(挑不起別勉強，小心把尾椎骨給弄傷了。)

**屎朏(忽)** si²fɐt¹〈朏音忽〉屁股：呢個細路仔畀媽咪打到～開花。(這個小孩子讓媽媽打得屁股開花。)

**囉友(柚)** lɔ¹jɐu⁻²〈囉讀第1聲，友(柚)讀第2聲〉【喻】屁股。因屁股形似柚子，故云。

*\*八月十五** pat³jyt⁶sɐp⁶m⁵〈五本讀 ŋ⁵，受前字尾音同化為 m⁵〉【喻】屁股渾圓，似八月十五的月亮，故云：洗乾淨你個～準備踎墩都得嘞。(把你的屁股洗乾淨準備坐牢吧。)[ 重見四 A6 ]

**PAT-PAT** pʰɛt³pʰɛt³〈音婆嘅切〉【謔】原是紙尿片的商標，轉義指嬰幼兒的屁股：唔好曳啊，曳就打～㗎。(別淘氣，淘氣就要打屁股啦。)

**茅** mau⁵〈讀第5聲〉【俗】屁股：趷起個～。(蹺起屁股。)

**屎朏(忽)窿** si²fɐt¹loŋ¹ 屁股眼；肛門：～生瘡啊，你都折墮囉。(屁股眼長瘡啦，你夠倒霉的。)

**屎眼** si²ŋan⁵【俗】屁股眼；肛門。

**尻** kɐu¹【俗】男生殖器。

**𡳞** tsʰɐt⁶【俗】男生殖器。

**賓州** pɐn¹tsɐu¹【俗】男生殖器。

**祠堂** tsʰi⁴tʰɔŋ⁻²〈堂讀第2聲〉【喻】【謔】男性生殖器。宗祠為祭祀祖先之處，以喻"傳宗接代"的器官：拆～(攻擊陰部)

**朘朘** tsœ¹tsœ¹〈之靴切〉小男孩的生殖器。

**咕咕** kwu⁴kwu¹〈前一字讀第4聲，後一字讀第1聲〉同"朘朘"。

*\*雀仔** tsœk⁻²tsɐi²〈雀讀第2聲，仔音子矮切〉【喻】【謔】小男孩的生殖

器。[ 重見二 D5 ]

**慈姑椗** tsʰi⁴kwu¹tɐŋ³〈椗音定第3聲，帝凳切〉【喻】【謔】小男孩的生殖器。慈姑的外形近似小男孩的生殖器，故云。

**春(䐒)袋** tsʰɵn¹tɔi⁶【俗】陰囊 (春：卵)。廣州話把卵稱為"春"，～是形象的説法。

**春(䐒)子** tsʰɵn¹tsi²【俗】睾丸 (春：卵)。

**屄** hɐi¹【俗】女生殖器。

## 二 B4　四　肢

**手** sɐu² 上肢：擘開兩隻～有米八度。(伸開兩隻手臂約有一米八。)[ 普通話"手"僅指手腕以下部分，廣州話則指整個上肢 ]

**手瓜** sɐu²kwa¹ 上臂；上臂前部的肌肉：～起脹。(上臂肌肉發達。) | 唔多見你鍛煉，之你嘅～又幾粗個嘛。(很少看見你鍛煉，但你上臂肌肉倒挺發達的。)

**老鼠仔** lou⁵sy²tsɐi²〈仔音子矮切〉【喻】①二頭肌。上臂內側的肌肉，其隆起如老鼠狀，故稱：你隻～咁奀㗎。(你的二頭肌怎麼這麼小。) ②二頭肌受擊後隆起的疙瘩。

**踭** tsaŋ¹〈之坑切〉①肘：起～(用肘部撞人) ②腳跟：對鞋唔啱，磨到個～損咗。(鞋子不合腳，把腳跟磨破了。)

**手踭** sɐu²tsaŋ¹〈踭音之坑切〉肘：遞起～。(抬起胳膊肘。)

**手坳** sɐu²au³〈坳音阿孝切〉肘窩 (與手肘相對的內側凹部)。

**手骨** sɐu²kwɐt¹ 上臂骨；上臂：打出～(露出上臂)

**手眼** sɐu²ŋan⁵ 手腕骨突：你～咁大嘅。(你手腕的骨突怎這麼大。)

**手面** sɐu²min⁻²〈面讀第 2 聲，米演切〉手背：手板係肉，～又係肉。（手心是肉，手背也是肉。熟語，喻在取捨之間左右為難。）

**手板** sɐu²pan² 手掌：攤開～。

**手板心** sɐu²pan²sɐm¹ 手心：～起枕。（手掌心起了老繭。）

**手板堂** sɐu²pan²tʰɔŋ⁴ 手心：以前嘅卜卜齋，啲學生唔識背書就畀老師打～。（以前的私塾，學生不會背書就被老師打手心。）

**手指罅** sɐu²tsi²la³〈罅音厲亞切〉手指縫兒：佢就算識飛，都走唔出我嘅～。（他即使會飛，也走不出我的手指縫兒。）

**手指模** sɐu²tsi²mou⁴ 指模：打～（印指模）

*  **篸** tsʰam²〈音慘〉向一邊開口的指紋：箕：我咸都係～。（我的指紋全是箕。）[ 重見三 A9 ]

**籮₁（膗）** lɔ⁴ 封閉形的指紋。[ 民間不習慣寫“膗”而寫“籮” ]

**手指公** sɐu²tsi²koŋ¹ 大拇指：如果讚人好嘢，就咸起～。（如果稱讚別人了得，就豎起大拇指。）

**手指尾** sɐu²tsi²mei⁻¹〈尾讀第 1 聲〉小指：如果話人屎，就伸出～。（如果說別人草包，就伸出小指頭。）

**尾指** mei⁻¹tsi²〈尾讀第 1 聲〉小指。

**手甲** sɐu²kap³ 指甲：～咁長，好容易藏住啲污糟嘢㗎，都係剪咗佢啦。（指甲這麼長，很容易藏污納垢，還是剪掉它吧。）

**倒刺** tou³tsʰi³〈倒音到〉倒欠（手指甲側面或下方裂開翹起的小片尖形表皮）。

**脈門** mɐk⁶mun⁴ 寸口；掌後橈動脈搏動處。

*  **腳** kœk³ 下肢；特指膝蓋以下部分：～毛（腿上的毛）| 一隻～長一隻～短（一條腿長一條腿短）[ 普通話“腳”僅指腳腕以下部分，與廣州話不相同 ][ 重見一 E8 ]

**香雞腳** hœŋ¹kɐi¹kœk³ 極瘦的腿（香雞：香棒）：你睇你條～！（你看你那香棒似的瘦腿！）

**髀** pei²〈髀音比〉大腿：唔知點解今日條～有啲痞。（不知怎的今天這大腿有點兒酸痛。）

**大髀** tai⁶pei²〈髀音比〉大腿：拍～，唱山歌。（拍大腿，唱山歌。童謠）| 阿仔坐喺阿爸～度。（兒子坐在爸爸大腿上。）

**髀罅** pei²la³〈髀音比，罅音厲亞切〉腹股溝：我～嗰度起到粒核。（我腹股溝那個地方淋巴腫大。）

**膝頭哥** sɐt¹tʰɐu⁴kɔ¹ 膝蓋：～損咗好難好。（膝蓋破了很難好。）|～對上——唔就係畀（髀）囉。（膝蓋上面不就是大腿啦。歇後語，意為：給就是了。畀：給。畀、髀音同。）[ 又作“膝頭” ]

**波羅蓋** pɔ¹lɔ⁴kɔi³ 膝蓋骨：一下坎正個～，痛到我死。（一下子磕在膝蓋骨上，疼得我要死。）

**腳坳** kœk³au³〈坳音阿孝切〉膕窩，位於膝蓋背面：你做咩啊？猛咁撓個～嘅？（你幹嘛？老要搔膕窩？）

**腳瓜** kœk³kwa¹ 腿肚子：條涌好淺喋咋，～咁深水。（這條小河很淺，到腿肚子那樣深的水。）

**腳瓜瓤** kœk³kwa¹nɔŋ¹〈瓤音囊第 1 聲，那康切〉腿肚子：～冇肉。（腿肚子沒肉。腿肚子一般比較豐滿，連腿肚子都沒有肉，那就極瘦了。）

**腳瓜肬** kœk³kwa¹tɐm¹〈肬音低陰切〉同“腳瓜”。

**腳肚** kœk³tʰou⁵ 同“腳瓜”。[ 又作“腳肚瓤” ]

**腳骨** kœk³kwɐt¹ 小腿骨：打～（敲打小腿骨。熟語，喻收買路錢，引申為收好處費、敲榨勒索。）

**腳眼** kœk³ŋan⁵ 腳踝：得 ~ 咁淺水。（只有到腳踝那麼淺的水。）

**腳睜** kœk³tsaŋ¹〈睜音之坑切〉腳後跟：呢對鞋唔係幾啱，~ 都入唔倒。（這雙鞋不大合適，腳後跟都進不去。）

**腳板** kœk³pan² 腳；腳掌：個細路 ~ 零舍大。（這孩子腳特別大。）

**腳板底** kœk³pan²tɐi² 腳掌：地下咁多玻璃碎，仲係着翻對鞋啦，唔係好容易刮親 ~。（地上這麼多碎玻璃，還是穿上鞋吧，要不很容易扎傷腳掌。）

**腳面** kœk³min⁻²〈面讀第2聲，米演切〉腳背：~ 停球。（腳背停球。是足球的一種停球技巧。）

**腳趾罅** kœk³tsi²la³〈罅音厲亞切〉腳趾縫：我啲 ~ 爛，唔知係唔係生癬呢？（我的腳指縫潰爛，不知道是不是長癬？）

**腳趾公** kœk³tsi²koŋ¹ 大拇趾：呢對鞋唔啱着囉，個鞋頭頂實 ~。（這雙鞋不合穿了，鞋尖頂着大拇趾。）

**腳趾尾** kœk³tsi²mei⁻¹〈尾讀第1聲〉小拇趾：行運行到 ~。（走運走到小拇趾上。熟語，喻運氣極好。）｜隻襪穿咗個窿，走咗隻 ~ 出嚟。（那襪子破了個洞，小拇趾跑了出來。）

**腳甲** kœk³kap³ 腳趾甲。

## 二 B5　排泄物、分泌物

**頭皮** tʰɐu⁴pʰei⁴ 頭屑：你 ~ 咁多，要洗頭喇。（你頭屑這麼多，要洗頭了。）

**老泥** lou⁵nɐi⁴ 由汗液等形成的身體污垢：成身 ~，沖涼啦。（渾身污垢，洗澡吧。）

**頭泥** tʰɐu⁴nɐi⁴ 頭垢。

**耳屎** ji⁵si² 耳垢：用耳挖挖 ~。（用耳挖子掏耳垢。）

**牙屎₁** ŋa⁴si² 牙垢：你冇刷牙㗎？咁多 ~嘅。（你沒刷牙的嗎？這麼多牙垢。）

**眼屎** ŋan⁵si² 眼眵：你咁多 ~，係唔係熱氣啊？（你眼眵這麼多，是不是上火呀？）

**鼻屎** pei⁶si² 鼻涕凝結物：唔好用手指挖 ~，好容易挖損個鼻哥窿㗎。（別用手指掏鼻垢，很容易把鼻孔弄傷的。）

**鼻水** pei⁶sɵy² 清鼻涕：你仲流 ~，講明感冒未好囉。（你還在流清鼻涕，說明感冒還沒好。）

**眼淚水** ŋan⁵lɵy⁶sɵy² 淚水：笑到 ~ 都出埋。（笑得淚水都出來了。）

**茄** kʰɛ¹〈讀第1聲，卡些切〉【俗】糞便；屎：屙 ~（拉大便）。

**夜來香** jɛ⁶lɔi⁴hœŋ¹【婉】糞便。

**羊咩屎** jœŋ⁴mɛ¹si² 硬顆粒狀的糞便。形似羊糞，故名。往往是實熱症候的表現。

**口水** hɐu²sɵy² 唾液；痰：唔好喺度㖿 ~。（別在這兒吐痰。）｜~ 多多（唾液很多。喻話多。）

**口水痰** hɐu²sɵy²tʰam⁴ 痰：喉嚨痛，一日咳幾多 ~ 出嚟！（咽喉疼，整天咳出多少痰來！）

**口水溦** hɐu²sɵy²mei⁻¹〈溦音微第1聲〉唾沫星子（溦：小水點）：食人 ~。（熟語，吃別人吃過的東西。）｜跟人 ~。（拾人牙慧。）

**口水花** hɐu²sɵy²fa¹ 唾沫星子：~ 噴噴。（唾沫橫飛。）

***羍** nin¹〈音年第1聲，那煙切〉奶汁。［重見二 B3］

## 二 B6　其　他

**汗毛** hɔn³mou⁴ 寒毛。

**毛管** mou⁴kwun² 毛孔：沖完熱水涼 ~ 鬆，顧住凍親嘎！（洗完熱水澡毛孔開放，小心着涼啊！）

**枕** tsɐm² （手足等的）老繭：手～｜膊頭起～（肩膀長了老繭。）

**雞皮** kɐi¹pʰei⁴ 雞皮疙瘩：好核突啊！成身起～。（真噁心！渾身起了雞皮疙瘩。）

**瘰** mɐk⁻² 〈音墨第 2 聲〉痣（一般指色黑、不凸起的）：佢口丫角有粒～。（他嘴角有顆黑痣。）

**瘰屎** mɐk⁶si² 〈瘰音墨〉雀斑。

**黑瘰屎** hak¹(hɐk¹)mɐk⁶si² 〈瘰音墨〉顏色較深的雀斑。

**蚊飯** mɐn¹fan⁶ 【俗】【舊】血。蚊子以人血為食，故名。此為舊時的隱語。

*￼**脹** tsin² 〈音展〉腱子；結實、發達的肌肉：你睇嗰啲健美運動員一嚿嚿啲～，真係嚇死你。（你看那些健美運動員一塊塊的腱子，真是嚇死你。）[ 重見三 B1 ]

*￼**骹（鉸）** kau³ 〈音教〉骨關節：甩～。（骨關節脫臼。）[ 重見三 D5 ]

**橫丫腸** waŋ⁴a¹tsʰœŋ⁻² 〈腸讀第 2 聲，此響切〉盲腸：嗰日佢入醫院割咗條～，話係盲腸炎喎。（那天他進醫院切除了盲腸，聽説是因為得了闌尾炎。）

**長頸罌** tsʰœŋ⁴kɛŋ²aŋ¹ 〈罌音啊坑切〉【喻】【謔】胃（食道有如細長的瓶頸）：我個～裝唔落嘞。（我吃得很飽了。）

**鹹魚** ham⁴jy⁻² 【喻】【謔】屍體。

## 二 C　生理活動、狀態和現象

[ 生理活動與動作通用的詞語參見六 B、六 C、六 D；與動植物通用的詞語亦收於此 ]

### 二 C1　生與死

*￼**生₂** saŋ¹ 〈絲坑切〉①活：佢仲～㗎，快啲送去醫院啦。（他還活着，趕快送醫院吧。）②長（zhǎng）：～得好高。｜～咗好多草。（長了很多草。）[ 重見二 C9 ]

**生猛** saŋ¹maŋ⁵ 生命力旺盛的樣子：尋晚冇瞓覺都咁。（昨晚沒睡覺還這樣生龍活虎的。）｜啲魚幾～啊，買得過嘞。（這些魚多鮮活，值得買。）

**生勾勾** saŋ¹ŋɐu¹ŋɐu¹ 活生生：人哋個老豆仲～係度喺，你也噉講説話啫！（人家的父親還活得好好的，你怎麼説這種話！）

*￼**標** piu¹ 迅速往上長；長高：啲細路十零歲嗰陣時～得好快㗎。（小孩子十來歲的時候骨架長得很快。）｜啲秧猛～。（秧苗直往上冒。）[ 重見六 A3、六 B2 ]

**啲頭近** kɔ²tʰɐu⁴kʰɐn⁵ 〈啲音個第 2 聲，近音遠近之近〉【婉】【俗】死期不遠（啲：那）。

**三朝兩日** sam¹tsiu¹lœŋ⁵jɐt⁶ 〈朝音之邀切〉【婉】去世（只用於談論未來之事時）：而家早作安排，萬一老豆有個～，都好辦啲啊嘛。（現在早作安排，萬一父親有個山高水低，也好辦一些嘛。）

**過身** kwɔ³sɐn¹ 【婉】去世：嗰個阿伯～成兩年幾喇。（那位大伯去世有兩年多了。）

**過世** kwɔ³sɐi³ 同 "過身"。

**香** hœŋ¹ 【婉】死：佢老公～咗成十年咁滯喇。（他丈夫去世將近有十年了。）

**去大煙筒** hɵy³tai⁶jin¹tʰoŋ⁻¹ 〈筒音通〉【婉】【謔】死（大煙筒：火葬場）。

**瓜** kwa¹ 【俗】死：未～得，仲有一啖氣。（還沒死，還有一口氣。）

**瓜老親（襯）** kwa¹lou⁵tsʰɐn³ 〈親音襯〉同 "瓜"：咁容易就～咩！（哪有那麼容易就沒命！）｜嗰個衰人瓜咗老襯喇。（那個壞蛋死掉了。）

**直** tsek⁶【俗】死。人死則硬直，故稱。［又作“瓜直”、“死直”］

**攤直** tʰan¹tsek⁶【謔】【俗】死。

**拉柴** lai¹tsʰai⁴【俗】死：上個月佢老豆拉咗柴喇。（上個月他父親死了。）｜你去～啦！（你去死吧！）［又作“瓜柴”］

**褸蓆** lɐu¹tsɛk⁶〈褸音拉優切〉【俗】死。舊時多以草蓆蓋屍體，故云（褸：蒙蓋）。

*__早唞__ tsou²tʰɐu²〈唞音透第2聲〉【罵】【喻】快點兒死（唞：歇息）：你哋噉嘅人仲唔去～！（你這樣的人還不趕快去死！）［重見七E25］

**仆街** pʰok¹kai¹〈仆音批屋切〉【喻】【罵】死在馬路上（仆：趴）。這是罵人不得好死。

*__收檔__ sɐu¹tɔŋ³〈檔音上當之當〉【喻】【諱】死。［重見七A4、七D5］

**釘** tɛŋ¹〈低贏切第1聲〉【諱】死（取義於給棺材蓋上釘）：琴日仲生勾勾，今日話～就～咗嘞。（昨天還活蹦亂跳，今天説掛就掛了。）

**翻（返）生** fan¹sɐŋ¹〈生音絲坑切〉復活：我呢勻係死咗又～嘅。（我這回是死而復生。）［重見一C6］

## 二C2　年少、年老

**細個** sɐi³kɔ³ 年紀小：你仲～，識乜嘢啊！（你年紀還小，懂甚麼！）

**細細個** sɐi³sɐi³kɔ³ 年紀很小：我～就跟舅父搵食喇。（我年紀很小就跟着舅舅幹活掙錢了。）

**人仔細細** jɐn⁴tsɐi²sɐi³sɐi³〈仔音制第2聲〉小孩子年紀小小：你咪睇剛仔～，好識諗嫲嫲歡喜㗎。（你別看剛仔小小人兒，很會哄奶奶高興。）

**嫩** nyn⁶（年紀）小：學揸車，你仲～啲。（學駕駛，你還小了點兒。）

*__後生__ hɐu⁶saŋ¹ 年輕：你仲～，唔知搵食艱難。（你還年輕，不知道生活的艱苦。）［重見一B1］

**大個** tai⁶kɔ³ 長大（不是指長大的過程，是指長大了的狀況）：幾個月唔見～咗。（幾個月不見長大了。）｜你～啲唔好蝦人細個。（你大些，不要欺負人家小的。）

**幾十歲** kei²sɐp⁶(a⁶)sɵy³〈十又讀啊第6聲〉老，上年紀：有啲嘢～都可以從頭學嘅。（有些東西上了年紀也可以從頭學。）｜你都～人嘞，仲同啲後生仔女玩埋一齊嘅？（你已經是個上年紀的人了，還跟那些年輕人一起玩？）

**老嚙嚙** lou⁵ŋɐt⁶(ŋɛt⁶)ŋɐt⁶(ŋɛt⁶)〈嚙音餓核切，又音餓夜切加上核的音尾〉很老的樣子：嗰個老坑～都仲行得咁快。（那老頭非常老了還走得那麼快。）

**老禽騎** lou⁵kʰɐm⁴kʰɛ⁴ 老態龍鍾（略帶貶義）。

## 二C3　性交、懷孕、生育

**做愛** tsou⁶ɔi³【外】性交。［英語 make love 的意譯。］

*__瞓（眠）覺__ fɐn³kau³〈瞓（眠）音訓，覺音教〉【婉】同房；性交（本義是睡覺）。［重見二C5］

**行埋** haŋ⁴mai⁴〈行音行路之行〉【婉】同房；性交（字面意思是“走到一起”）。

**屌** tiu²〈音吊第2聲〉【俗】性交（是從男方的角度説的）。

**大肚** tai⁶tʰou⁵ 懷孕：佢啱結婚就大咗肚。（她剛結婚就懷上了。）

*__論盡__ lɵn⁶tsɐn⁶【婉】原義為累贅、不方便，轉指懷着孩子：你而家～就唔好郁動得咁犀利喇。（你現在懷着

孕就不要活動得那麼厲害了。)〔重見九 B12、九 C3〕

**有身己** jɐu⁵sɐn¹kei² 懷孕:家嫂~嘞,要食多啲好嘢至得㗎。(媳婦懷孕了,要多吃點好東西才行呀。)

**粗身大勢** tsʰou¹sɐn¹tai⁶sɐi³ 懷孕:你老婆而家~,啲粗重嘢唔做得㗎喇。(你妻子現在懷孕,那些粗重活兒不能做的了。)

**有咗** jɐu⁵tsɔ² 懷孕了;有了(咗:了):老公,我~喇。(當家的,我有了。)

**漚仔** ɐu³tsɐi²〈漚音區第 3 聲,仔音子矮切〉【喻】(孕婦)有妊娠反應;處於妊娠反應期(像漚東西一般長期慢慢變化,故稱):~好辛苦。(熬妊娠反應很難受。)

**生仔** saŋ¹tsɐi²〈仔音子矮切〉生小孩:你老婆幾時~啊?(你妻子甚麼時候生小孩呀?)

**蘇(臊)** sou¹【婉】分娩:我太太下個月~。(我太太下個月生孩子。)

**坐月** tsʰɔ⁵jyt²〈月讀第 2 聲〉坐月子。

**出世** tsʰɵt¹(tsʰyt¹)sei³ 出生:我喺香港~嘅。(我在香港出生的。)

**孖生** ma¹saŋ¹〈孖音媽,生音生熟之生〉孿生;雙胞出生(孖:雙):呢兩個細路係~嘅。(這兩個孩子是雙生的。)

## 二 C4 餓、飽、渴、饞

**肚餓** tʰou⁵ŋɔ⁶ 餓:你而家肚唔~?(你現在肚子餓不餓?)|我仲未~(我還沒餓。)

**餓過飢** ŋɔ⁶kwɔ³kei¹ 餓過了頭,反而沒了飢餓感:我~,而家唔想食嘢嘞。(我餓過頭了,現在不想吃東西了。)

**紮炮** tsat³pʰau³ 捱餓:我呢度~紮咗成個禮拜喇!(我這兒餓肚子已經餓了一個星期了!)

**飽到上心口** pau²tou³sœŋ⁵sɐm¹hɐu² 極飽(心口:胸口):我今晚食咗三碗飯,~(我今天晚上吃了三碗飯,飽極了。)

**夠喉** kɐu³hɐu⁴ 飽:食多碗先~。(多吃一碗才飽。)

**落膈** lɔk⁶kak³〈膈音隔〉俗以為吃飽飯片刻之後,食物下降到橫膈膜以下,即為~,在此之前不宜作激烈運動或腦力勞動等:啱食飽飯未曾~,又做嘢?(剛吃飽飯,東西在肚子裏還沒安穩,又幹活兒了?)

**口乾** hɐu²kɔn¹ 渴:好~啊,去買啲飲料囉?(真渴呀,去買點飲料好嗎?)

**頸渴** kɛŋ²hɔt³ 同"口乾":~飲茶啦。(渴就喝茶嘛。)

**喉乾頸涸** hɐu⁴kɔn¹kɛŋ²kʰɔk³ 非常渴:做到~,冇啲嘢飲。(乾得嗓子冒煙,沒點兒東西喝。)

**作渴** tsɔk³hɔt³ 渴;因某種原因而引起渴感:食咗嗰啲嘢好~。(吃了那些東西覺得很渴。)

**為食** wɐi⁶sek⁶ 饞:~鬼(饞鬼)|唔好咁~,望住人哋食嘢。(別那樣饞,看着別人吃東西。)

**開胃** hɔi¹wɐi⁶ 胃口好:今餐真~!(這一頓胃口真好!)〔普通話指使食慾增進(一般指某些藥物或食物的作用),廣州話也有這個意義。〕

**大食** tai⁶sek⁶ 吃得多;胃口大:佢好~喇,一餐食三大碗。(他很能吃,一頓吃三大碗。)

**細食** sɐi³sek⁶ 吃得少;胃口小:點解今餐你咁~嘅?(怎麼這一頓你這麼沒胃口?)

**冇飯癮** mou⁵fan⁶jɐn⁵〈冇音無第 5 聲〉不愛喫飯;沒胃口:我個仔~嘅,瘦蜢蜢噉。(我兒子喫飯提不起口,瘦猴似的。)

**神仙肚** sɐn⁴sin¹tʰou⁵【喻】【謔】不必

喫飯也不餓的肚子：咁晏唔食飯都頂得順，你真係～嘞！（這麼晚不喫飯也頂得住，你那真是神仙的肚子！）

## 二 C5 瞓、睡、醉、醒

**打喊路** ta²ham³lou⁶ 打呵欠：嗰個細路哥猛～，實係眼瞓嘞。（那個小孩老打呵欠，一定是睏了。）

**眼瞓（睏）** ŋan⁵fɐn³〈瞓（睏）音訓〉疲乏欲睡；睏：我好～，瞓先嘞。（我很睏，先去睡了。）

**瞌眼瞓（睏）** hɐp¹ŋan⁵fɐn³〈瞌音洽，瞓（睏）音訓〉打瞌睡：揸車千祈唔得～！（開車千萬不能打瞌睡！）

**烏眉瞌睡** wu¹mei⁴hɐp¹sɵy⁶〈瞌音恰〉昏昏欲睡；打瞌睡：你哋呢班嘢，一上班就～，琴晚冇瞓覺啊？（你們這幫傢伙，剛上班就昏昏欲睡，昨晚沒睡覺嗎？）

**瞓（睏）** fɐn³〈音訓〉睡：你幾時去～啊！｜我一日～六七個鐘度啦。（我每天睡六七個小時左右吧。）[重見六 B2]

**瞓（睏）覺** fɐn³kau³〈瞓（睏）音訓，覺音教〉睡覺：做晒功課先畀～。（做完功課才讓睡覺。）[重見二 C3]

**覺覺豬** kau⁴kau⁻¹tsy¹〈第一字音教第4聲，第二字音教第1聲〉【兒】睡覺：阿仔，～喇！（兒子，睡覺了！）

**見周公** kin³tsɐu¹koŋ¹【譃】睡覺。這是從《論語》中孔子說"吾不復夢見周公"的話中演變來的：坐响度就去～喇？（坐着就睡着覺啦？）

**搵周公** wɐn²tsɐu¹koŋ¹ 同"見周公"（搵：找）。

**瞇** mei¹〈音眉第1聲，麼嬉切〉閉目養神；小睡片刻：我响牀度～下，佢嚟你就叫我。（我在牀上養養神，他來你就喊我。）[重見六 C1]

**淰** nɐm⁶〈怒任切〉（睡得）熟；（睡得）很死：細路仔瞓得～。（小孩子能睡得死。）[重見九 B2]

**好瞓（睏）** hou²fɐn³〈瞓（睏）音訓〉睡得好；睡得死：佢咁～嘅，個收音機開到咁大聲都嘈佢唔醒。（他睡得真死，收音機聲音那麼響也沒把他吵醒。）｜琴晚好～，落雨都唔知。（昨晚睡得非常香，連下雨也不知道。）

**大覺瞓（睏）** tai⁶kau³fɐn³〈覺音教，瞓（睏）音訓〉睡大覺：你一天黑就～，怪唔之得咁肥啦。（你天一黑就睡大覺，怪不得這麼胖。）

**大被冚過頭** tai⁶pʰei⁵¹kʰɐm²kwɔ³tʰɐu⁴〈被音棉被之被，冚音啟飲切〉蒙頭大睡（冚：蓋）：都成10點鐘嘞，仲喺度～。（都10點了，還在這兒睡大覺。）

**菢被竇** pou⁶pʰei⁵tɐu³〈菢音暴；被音棉被之被，竇音鬥〉【喻】長時間待在被窩裏（菢竇：母雞抱窩）：成朝～，真係冇你修。（整個上午窩在被窩裏，真拿你沒辦法。）

**爛瞓（睏）** lan⁶fɐn³〈瞓（睏）音訓〉①嗜睡：佢好～㗎，可以由朝瞓到晚。（他很嗜睡，可以從早上睡到夜晚。）②睡時好輾轉反側，好蹬被子等：我個仔認真～成日都扽被嘅。（我兒子睡覺非常不老實，老是蹬被子。）

**反瞓（睏）** fan²fɐn³〈瞓（睏）音訓〉睡時好輾轉反側，好蹬被子等；睡不安穩：細路仔好少唔～嘅，唔係扽被，就係轆嚟轆去。（小孩子睡覺很少有安穩的，不是蹬被子，就是滾來滾去。）

**惡瞓（睏）** ɔk³fɐn³〈瞓音訓〉同"反瞓"。

43

**打鼻鼾** ta²pei⁶hɔn⁴ 打鼾；打呼嚕：如果我哋宿舍有人～就弊囉，實冇覺好瞓嘅。（如果我們宿舍有人打鼾就糟了，肯定睡不好覺。）

**扯鼻鼾** tsʰɛ²pei⁶hɔn⁴ 打鼾；打呼嚕：佢一聲好大，嘈到我哋瞓唔着覺。（他打呼嚕聲音挺大，吵得我們睡不着覺。）

**晏覺** an³kau³〈晏音阿贊切，覺音教〉午覺（晏：晏晝，即中午）：瞓～（睡午覺）

**發夢** fat³mɔŋ⁶ 做夢：我好少～嘅。（我很少做夢。）｜琴晚發咗個夢，好得人驚。（昨晚上做了一個夢，很可怕。）

**發開口夢** fat³hɔi¹hɐu⁶mɔŋ⁶ 說夢話：～自己唔知嘅。（說夢話自己是不知道的。）

**發夜遊夢** fat³jɛ⁶jɐu⁴mɔŋ⁶ 夢遊。

**鬼砥** kwɐi²tsak³〈砥音責〉夢魘（砥：壓）。

**醉酒** tsɵy³tsɐu² 喝醉：我雖然～咋，乜都知㗎。（我雖然醉了，可甚麼都知道。）

**飲大咗** jɐm²tai⁶tsɔ²〈咗音左〉喝多了；醉了（咗：了）：我～幾杯，嘔到亂晒龍。（我多喝了幾杯，吐得一塌糊塗。）

**扎醒** tsat³sɛŋ²〈醒音絲贏切第2聲〉驚醒；突然醒來：一～，原來已經十點鐘嘞。（突然醒來時，原來已經十點鐘了。）｜半夜～，原來係發夢。（半夜驚醒，原來是做夢。）

**醒瞓（睏）** sɛŋ²fɐn³〈醒音絲贏切第2聲，瞓（睏）音訓〉容易醒；能按時醒來：佢個人好～㗎，有小小動靜就會醒。（他這人特警醒，有一點點動靜就會醒。）｜我不溜～，從來唔使校鬧鐘都知醒。（我一向睡得醒，從來不用調鬧鐘也能按時醒來。）

**知醒** tsi¹sɛŋ²〈醒音絲贏切第2聲〉知道該在甚麼時候醒來；能按時醒來：怕唔～就校鬧鐘啦。（怕不能按時醒來就調好鬧鐘吧。）

## 二C6　呼　吸

***唞氣** tʰɐu²hei³〈唞音透第2聲〉①呼吸：撳住個鼻度點～啊？（捏着鼻子怎麼呼吸？）｜閂到實晒冇定～。（關得嚴嚴的沒地方呼吸空氣。）②呼氣：唞啖氣出嚟。（呼一口氣出來。）③喘氣：癐到佢猛～。（累他直喘氣。）

**唞大氣** tʰɐu²tai⁶hei³〈唞音透第2聲〉深呼吸；急促地呼吸；大聲呼吸；喘氣。

**扯氣** tsʰɛ²hei³ 急促地呼吸：佢身熱到咁嘢嘅，猛咁～。（他高燒燒得非常厲害，呼吸非常急促。）

***嘛** hœ⁴〈音靴第4聲〉哈（氣）；張口呼氣：～出的氣一朕酒嘅。（哈出的氣一股酒味。）〔重見十一B1〕

**嗍（欨）氣** sɔk³hei³〈嗍（欨）音朔，細惡切〉①喘氣（嗍：吸）：爬上山死咁～。（爬上山拚命喘氣。）②吸氣：出力～。（使勁吸氣。）

***氣咳** hei³kʰɐt¹ 氣喘吁吁：走到～。（跑得氣喘吁吁。）

**氣嘛氣喘** hei³hœ⁴hei³tsʰyn²〈嘛音靴第4聲〉氣喘吁吁：行呢幾步路都～，真係老咗囉。（走這幾步也氣喘吁吁，真是老了。）

**隔夜風爐都吹得着** kak³jɛ⁶fɔŋ¹lou⁻²tou¹tsʰɵy¹tɐk¹tsœk⁶〈爐讀第2聲，着音着火之着〉連熄滅後隔了一夜的爐子也吹得着。形容喘氣喘得很厲害的樣子：爬咗幾層樓，就～，唞係幾喈喇。（爬了幾層樓梯，就氣喘吁吁，不行了。）

*局₁ kok⁻¹〈音菊〉屏息；憋：～住唳氣。(憋着氣。)｜喺水底～咗三分鐘。(在水下憋了三分鐘。)[ 重見七 E5、九 A7 ]

二 C7　感　覺 [ 對食物的感覺參見九 B21、九 B22 ]

覺 kɔk³ 感到；覺得：呢個地方～痛。(這個地方覺得疼。)｜而家唔～有乜事。(現在不覺得有甚麼事。)[ 普通話說 "覺得"，廣州話也可以這麼說，但口語中更常說 "～"。但這只限於指生理上感覺到，如果指心理上的感受，還是要說 "覺得" ]

見 kin³〈病人〉覺得：～頭暈｜你而家～點？(你現在覺得怎樣？)｜呢兩日～好咗好多。(這兩天覺得好多了。)

自在 tsi⁶tsɔi⁶ 舒服：你瞓喺度咁～啊！(你躺在這兒這麼舒服！)[ 普通話是自由而不受拘束之意，與此不同 ]

鬆 sɔŋ¹ 因傷、病情轉緩而患者感覺較為舒服：食咗兩劑藥，今日見～咗啲嘞。(吃了兩劑藥，今天覺得輕鬆一些了。)

辛苦 sɐn¹fu² 感覺難受：背脊度扯住痛，真係～！(背脊上一扯一扯地疼，真難受！)[ 普通話 "辛苦" 是辛勞、勞苦之意，廣州話也有這個意思 ]

刺(赤) tsʰɛk³〈次吃切〉疼痛；刺痛：頭～｜畀火焫親嗰度好～啊！(讓火燙傷那地方好疼啊！)[ 重見九 B1 ]

喪 hɐn⁴ 癢：啲風癩～到死！(這風團癢得要死！)

痹 pei³〈音臂，閉戲切〉麻；麻木：對腳～到企唔起身。(腿麻得站不起來。)｜一陣陣噉～嘅。(一陣一陣地發麻。)

捹₁ la²〈麗啞切〉皮膚、黏膜、傷口等受強烈刺激或侵蝕而感到疼痛：搽碘酒好～啊！(塗碘酒刺激得很痛啊！)

*肉酸 jok⁶syn¹ 胳肢窩等處被搔癢或類似的感覺：唔好噉摸我啦，好～啊！(別這樣摸我，弄得我直癢到心裏！)[ 重見五 A4，九 A13 ]

骨痹 kwɐt¹pei³〈痹音臂〉同 "肉酸"(痹：麻)。

痟 jyn¹〈音冤，衣圈切〉酸痛：行到對腳～到乜嘢噉。(走得兩條腿酸痛得甚麼似的。)

痟痛 jyn¹tʰoŋ³〈痟音冤〉酸痛：做咗一日，周身～。(幹了一天，全身又酸又痛。)

牙痟 ŋa⁴jyn¹〈痟音冤〉倒牙；因吃了酸東西或咬了硬東西而使牙齒酸軟(痟：酸痛)：食咗一粒酸梅就～嘞。(吃了一顆梅子就倒了牙了。)

牙軟 ŋa⁴jyn⁵ 同 "牙痟"。

癐 kwui⁶〈忌匯切〉疲倦：做咗成日嘢，好～啊！(幹了一天活，很累喲！)

癐賴賴 kwui⁶lai⁻⁴lai⁻⁴〈癐音忌匯切，賴音黎鞋切〉疲倦不堪：爬到上山頂，個個都～。(爬到山頂上，每個人都疲倦不堪。)

*暈浪 wɐn⁴lɔŋ⁶ 暈船(有時也可以指暈車等)：我坐唔慣船，坐親實～。(我坐不慣船，一坐就暈船。)[ 重見五 A1 ]

昏昏沌沌 fɐn¹(wɐn¹)fɐn¹(wɐn¹)tɐn⁶tɐn⁶〈昏音婚，又音溫；沌音燉〉昏昏然；暈乎乎：我畀個賊佬攞咗一棍，～乜都唔知。(我給那個賊打了一棍子，昏昏沉沉甚麼也不知道。)

暈酡酡 wɐn⁴tʰɔ⁴tʰɔ⁴〈酡音陀〉暈乎乎：燒咗幾日，而家仲～。(燒了幾天，現在還暈乎乎的。)｜飲咗兩杯，～噉。(喝了兩杯，醉暈暈的。)

涸 $k^hɔk^3$〈契惡切〉鼻、喉感到乾燥難受：喉嚨～到死。(喉嚨乾得很難受。)

*嘞₁ $lɛk^1$〈拉北切〉眼睛、喉嚨等處黏膜因受刺激或發炎而感到難受或疼痛：隻眼入咗沙，好～。(眼睛進了沙子，很難受。)[ 重見九 B21 ]

口齤脷素 $hɐu^2hai^4lei^5sou^3$ 嘴巴淡而澀(齤：澀；脷：舌)。

口淡 $hɐu^2t^ham^5$ 嘴巴感到淡而無味，食慾不振。

口苦 $hɐu^2fu^2$ 嘴巴感到有苦味，食慾不振。

*矇₁ $mɔŋ^4$〈音蒙〉看東西看不清楚；眼睛模糊：人老眼就～。(人老眼睛就模糊。)[ 重見九 A10 ]

*矇查查 $mɔŋ^4ts^ha^4ts^ha^4$〈矇音蒙〉同"矇"[ 重見五 B11、九 A10 ]

神仙腳 $sɛn^4sin^1kœk^3$【喻】【謔】走了遠路站了很久都不覺得累的腿：我癐到死佢仲話冇事，真係～嚟嘅！(我累得要死了他還說沒事，真是一雙神仙的腿！)

## 二C8　排　泄

*屙 $ɔ^1$〈音阿膠之阿，啊呵切〉排泄(糞便、尿液)：～屎(拉屎)｜～尿(拉尿)[ 重見二 C10 ]

*拉₁(賴) $lai^6$〈拉音賴〉遺(屎、尿)：～屎(遺屎)｜～尿(遺尿，遺尿狀或尿褲子)[ 普通話"拉"是正常的大小便(相當於廣州話的"屙")，而廣州話"～"是大小便沒忍住排了出來 ][ 重見七 A11 ]

出恭 $ts^hɵt^1(ts^hyt^1)koŋ^1$【雅】大便：我慣咗朝早～。(我習慣早上大便。)[ 此語常見於明清小說，源自科舉考試時考生中途上廁所要領取"出恭入敬"牌 ]

紮馬 $tsap^3(tsat^3)ma^5$〈紮音志鴨切，又音志壓切〉【喻】【謔】大便。本指中國武術之站樁，因大便姿勢相似，故云：起身第一件事就係～。(起牀後第一件事就是大便。)

爆□ $pau^3nɐn^1$〈第二字音那因切〉【俗】拉尿。

屙鎖鏈 $ɔ^1sɔ^2lin^{-2}$〈屙音啊呵切，鏈讀第2聲〉【俗】【謔】拉屎拉很久。

放低二兩 $fɔŋ^3tɐi^1ji^6lœŋ^2$【婉】【俗】小便。把尿液排出，即把一定重量放下，故云：你等下我，我去～先。(你等一下，我先去小便。)

放輕 $fɔŋ^3hɛŋ^1$〈輕聲哈贏切第1聲〉【婉】【俗】大小便：邊度有廁所啊？我想～啊。(哪裏有廁所呀？我想方便。)[ 參見"放低二兩" ]

放水₁ $fɔŋ^3sɵy^2$【婉】【俗】小便。

急屎 $kɐp^1si^2$ 有便意(指大便)：個肚有啲唔啱，成日～。(肚子有點兒不妥，整天想大便。)[ 又作"屎急" ]

急尿 $kɐp^1niu^6$ 有便意(指小便)。[ 又作"尿急" ]

屙風 $ɔ^1foŋ^1$〈屙音啊呵切〉【俗】放屁。

標汗 $piu^1hɔn^6$【喻】大出汗(標：噴射)：天口熱，猛咁～。(天氣熱，一個勁地出汗。)

## 二C9　健康、力大、體弱、患病、痊癒

*實淨 $sɐt^6tsɛŋ^6$ (身體)結實：三哥身子夠晒～。(三哥身子夠結實的。)[ 重見九 B4、九 D4 ]

*硬淨 $ŋaŋ^6tsɛŋ^6(tsaŋ^6)$〈淨又音治硬切〉(身體)結實(一般用於老人)：阿伯咁大年紀仲係咁～。(大伯這麼大年紀還是那麼硬朗。)[ 重見九 B4、九 D4 ]

精神 $tsɛŋ^1sɐn^4$ 身體狀況好：食咗啲嘢

藥，～咗好多。(吃了那種藥，身體好多了。)〔普通話此詞有"活躍、有活力"之意，與廣州話相近而不同〕

**食得瞓(睏)得** sek⁶tɐk¹fɐn³tɐk¹〈瞓(睏)音訓〉能吃能睡（食：吃；瞓：睡；得：能夠）。

**食飯快，屙屎粗** sek⁶fan⁶fai³,ɔ¹si²tsʰou¹〈屙音啊呵切〉【熟】【謔】【俗】喫飯吃得快，拉屎拉得粗（屙：排泄）。消化和排泄功能好是身體好的表徵，所以用來稱讚人健康。

**大力** tai⁶lek⁶ 力氣大：阿鼎生得矮細啲，之佢好～喫。(阿鼎長得矮小一點，可他力氣很大的。)〔普通話指大的力量，與此不同〕

**好力** hou²lek⁶ 力氣大：你～啲，你嚟！(你力氣大點兒，你來！)

**夠力** kɐu³lek⁶ 有足夠的力氣(幹某事)：咁重，要兩個人先～。(這麼重，要兩個人才夠力氣。)｜我～擔起佢。(我能把它挑起來。)

**孱** san⁴〈音散第4聲，時閒切〉因病而身體孱弱：病得兩病成個人～晒。(病了一場整個人全垮了。)

**衢** kwʰɐi¹ 身體虛弱：身子～就更之要多啲鍛煉先得喇！(身子弱就更加要多些鍛煉才行了！)

**虛** hθy¹ 身體虛弱：佢就算唔病，個人都係～喫啦。(就算不病，他這人都是比較虛弱的。)〔本為中醫術語〕

**寒底** hɔn⁴tɐi² 體弱畏寒（底：身體的底子）：你着咁多衫嘅，咁～嘅？(你穿這麼多衣服，這麼怕冷啊？)〔"寒"本指中醫術語"寒症"，但在口語中有所不同〕

**半條命** pun³tʰiu⁴mɛŋ⁶〈命音馬贏切第6聲〉【喻】體弱多病：你睇我～噉，點學你噉去鍛煉啊？(你看我只剩半條人命的樣子，怎麼能像你那樣去鍛煉呢？)

**熱氣** jit⁶hei³ 上火：唔好食咁多油炸嘢啦，好～喫。(別吃那麼多油炸食品，很容易上火的。)〔"熱"本為中醫術語〕

**打敗仗** ta²pai⁶tsœŋ³【喻】【謔】生病：點啊，～啊？(怎麼啦，不舒服？)

**唔自然** m⁴tsi⁶jin⁴【婉】不舒服；有病（唔：不）：今朝覺得有啲～。(今天早上覺得有點不舒服。)

**唔自在** m⁴tsi⁶tsɔi⁶ 同"唔自然"（自在：舒服）：如果真係～就好去睇醫生喇。(要是真的不舒服就該去看醫生了。)

**唔聚財** m⁴tsθy⁶tsʰɔi⁴【謔】不舒服；有病。〔廣州郊區有的地方對"自在"二字的讀音近於"聚財"二字〕

**唔精神** m⁴tseŋ¹sɐn⁴ 同"唔自然"（精神：身體狀況好）。

**惹** jɛ⁵ 傳染：～倒感冒。(染上感冒。)｜呢種病唔會～人嘅。(這種病不會傳染別人的。)

*發 fat³ 患(病)；疾病發作：～青光(患青光眼)｜～羊吊(癲癇病發作)〔重見二C11、七A5〕

*生₂ saŋ¹〈司坑切〉長(瘡、瘤等)：～瘡｜～癬〔重見二C1〕

**斷尾** tʰyn³mei⁵ (疾病)徹底痊癒：醫生話食呢隻藥就可以～嘞。(醫生説吃這種藥就可以徹底治好了。)

**埋口** mai⁴hɐu² 傷口痊癒：聽講食多啲生魚會快啲～喫。(聽説多吃點兒鱧魚傷口會早點痊癒。)

**收口₁** sɐu¹hɐu² 同"埋口"。

## 二C10　症　狀

**身熱** sɐn¹hɐŋ³〈熱音慶〉發熱；發燒：有乜頭暈～，邊個睇你啊！(有甚麼頭痛發熱的，誰會來看你！)

\*發冷 fat³laŋ⁵ 患病時畏寒：我一味～，冚幾張被都唔喐。(我一味覺得冷，蓋幾張被子都還不行。)［重見二C13］

咳 kʰɐt¹ 咳嗽：～咗成個禮拜，打咗十幾支針先好。(咳嗽咳了整個星期，打了十幾支針才好。)

屙肚 ɔ¹tʰou⁵〈屙音啊呵切〉拉肚子；腹瀉：唔知食咗乜嘢邋遢嘢，～添。(不知吃了甚麼不乾淨的東西，拉起肚子來了。)［又作"肚屙"］

屙啡啡 ɔ¹fɛ⁴fɛ²〈屙音啊呵切〉【俗】拉肚子。

\*屙 ɔ¹〈啊呵切〉拉肚子：又～又嘔。(又拉又吐。)［重見二C8］

嘔 ɐu² 嘔吐：～血｜～出嚟就舒服啲。(吐出來舒服點兒。)

\*噦 œt⁶〈音阿靴切第6聲加上日字的音尾〉小量地嘔吐；噯酸(胃內酸性液體逆流到口腔)；乾嘔：～酸水｜一咳親肚裏頭啲嘢就好似想～上嚟噉。(一咳嗽肚子裏頭的東西就好像要反上來似的。)［重見二C16、十一B2］

嘔電 ɐu²tin⁶【謔】吐血：激到佢當堂～。(氣得他當場吐血。)

作嘔 tsɔk³ɐu² 噁心想吐。

翳 ɐi³〈音矮第3聲〉(胸)悶：個心好～。(胸很悶。)［重見五A2、七E12、九A2、九A10、九B1］

心翳 sɐm¹ɐi³〈翳音矮第3聲〉胸悶：覺得好～。(覺得胸很悶。)［參見"翳"］

乞嗤 hɐt¹(ɐt¹)tsʰi¹〈乞又音啊一切，嗤音差衣切〉噴嚏：今日你打咗好多～，係唔係感冒啊。(今天你打了很多噴嚏，是不是感冒了？)

嚘嚘聲 ɐŋ⁴ɐŋ²sɐŋ¹〈第一字音阿衡切，第二字音阿肯切，聲音司贏切第1聲〉呻吟：成日聽你～，邊度唔妥

啊？(整天聽見你在哼哼，哪兒不舒服？)

鼻塞 pei⁶sɐk¹ 鼻子不通氣兒。

盟鼻 mɐŋ⁴pei⁶ 鼻子不通氣兒(盟：封閉)。

鼻腍 pei⁶nɐm⁴〈腍音泥淫切〉因鼻腔發炎而造成阻塞，呼吸不順暢，説話不清楚。［又作"腍鼻"］

扤牙 ŋɐt⁶ŋa⁴〈扤音兀，毅日切〉磨牙；睡眠時上下牙齒相磨發出聲響。一般認為這與營養不良或患腸道寄生蟲病有關(扤：研磨)。

跔 kʰœ⁴〈音其靴切第4聲〉(手腳)因寒冷而僵硬，動作不便。

腿 tɐy³〈對對〉浮腫。

黃泡髧熟 wɔŋ⁴pʰau¹tɐm³sok⁶〈髧音對暗切〉皮膚發黃而浮腫。

黃熟 wɔŋ⁴sok⁶ 同"黃泡髧熟"：佢面口咁～，係唔係去檢查下啊？(他臉色這麼黃，是不是去檢查一下？)

## 二C11 損傷、疤痕

損 syn²(皮膚)損傷；較小的傷：畀玻璃劙～手。(給玻璃劃傷手。)｜整～(弄傷)

爛₁ lan⁶ 潰瘍：尋日整損嗰度開始～嘞。(昨天弄傷的地方開始潰瘍了。)

損手爛腳 syn²sɐu²lan⁶kœk³ 手腳損傷或潰瘍：屋企點都要有啲藥，～都有得搽下咖嘛！(家裏怎麼也要有一些藥，手破腳傷甚麼的也可以塗一塗嘛！)

\*瘀 jy²〈音於第2聲〉(皮下)瘀血：～咗啲嘛，冇乜大事。(只是有點兒瘀血，沒甚麼大事。)［重見二E1、七C5、七E13］

瘀黑 jy²hɐk¹(hak¹)〈瘀音於第2聲〉因瘀血而使皮膚發黑。

\*發 fat³ 傷口、瘡癤等發炎、潰爛：唔

知食咗啲乜唔啱嘅嘢，個瘡又試～嘞。（不知道吃了甚麼不合適的東西，那個瘡又發炎了。）[ 重見二C9、七A5 ]

**瘢** na¹〈音那第 1 聲〉傷口痊癒後留下的疤痕：大笪～（大塊的疤痕）

**瞞雞** mɐŋ¹kɐi¹〈瞞音媽亨切〉眼皮上的疤瘌：你睇嗰個人，又有～又有豆皮。夠晒醜樣嘞！（你瞧那個人，又有疤瘌，又麻子。真醜！）[ 又作"瞞" ]

*__豆（痘）皮__ tɐu⁶pei⁻²〈皮讀第 2 聲，婆起切〉麻子（出天花後留下的痘疤）：接種天花預防針，就唔會有～㗎喇。（接種天花頂防針，就不會有麻子了。）[ 重見一D2 ]

**焦** tsiu¹ 痂：個傷口結咗～，噉就快脆好㗎喇。（傷口已經結了痂，那就快好了。）

*__𢞵（厴）__ jim²〈音掩〉痂：傷口上便嗰塊～仲唔煎得住。（傷口上的痂還不能揭下來。）[ 重見二D1 ]

**楞** lɐŋ³〈音拉亨切第 3 聲〉皮肉被棍棒等毆打後突起的傷痕：藤條～（藤鞭子毆打後留下的傷痕）

*__膔₁（泡）__ pʰɔk¹〈音撲第 1 聲〉① 頭部經撞擊而鼓起的疙瘩：求先個頭撞嚟門度，而家起咗個～。（剛才頭撞在門上，現在起了個包。） ② 皮膚或黏膜上因燙傷、摩摸或其他原因引起的水泡、血泡：漻起咗成串～。（燙得起了一大串泡。）| 行到腳板底起～。（走得腳底起泡。）[ 重見二A5 ]

**瘤** lɐu⁻²〈讀第 2 聲，麗口切〉頭部經撞擊而起的疙瘩。

**嗄₁** sap³〈四鴨切〉（聲音）沙啞：講到聲喉～都唔得。（説到嗓子都啞了也還是不行。）

**破** tsʰak³〈音拆〉（聲音）沙啞：佢呢兩日把聲都～晒。（他這兩天嗓子全沙啞了。）

**沙₂** sa¹（聲音）沙啞：點解你講話咁～聲嘅？（怎麼你説話聲音這麼沙啞？）

**濁** tsok⁶ 嗆（qiāng）；因水進入鼻腔或氣管而感到難受：畀水～親。（讓水嗆着了。）| ～到好辛苦。（嗆得很難受。）

*__骾（鯁）__ kʰɐŋ²〈卡肯切〉噎（食物堵在食道裏）：食得咁擒青，因住～親啊！（吃得這麼急，小心噎着！）[ 普通話是骨頭等卡在食道裏，廣州話也有這個意思。重見六C2 ]

## 二C12　體表疾患

**暗瘡** ɐm³tsʰɔŋ¹ 粉刺：後生仔女都會出～㗎喇。（青年男女都會長粉刺的。）

**青春痘** tsʰɐŋ¹tsʰɵn¹tɐu⁻²〈青音差英切，痘讀第 2 聲〉【喻】粉刺。

**酒米** tsɐu²mɐi⁵ 粉刺。

**瘌痢（鬎鬁）** lat³lei¹〈瘌（鬎）音辣第 3 聲，痢（鬁）音利第 1 聲〉禿瘡；生在頭上使人脱髮的皮膚病：生～（長禿瘡）| ～頭（長禿瘡的頭）

**生蛇** saŋ¹sɛ⁴〈生音絲坑切〉帶狀皰疹。病毒引起的成群水疱，沿周圍神經呈帶狀分佈，形如蛇，故名。中醫學上稱為"蛇丹"。

**大孖瘡** tai⁶ma¹tsʰɔŋ¹〈孖音媽〉癰。因常有多個膿頭同時出現，故名（孖：並聯）。[ 又作"孖瘡" ]

**癩** lai³〈音賴第 3 聲，拉隘切〉疥瘡；疥蟲引起的傳染性皮膚病。[ 又作"癩瘡"、"癩渣" ]

**香港腳** hœŋ¹kɔŋ²kœk³ 手足癬；腳氣病。

**飯蕊** fan⁶jɵy⁵〈蕊音鋭第 5 聲，以呂切〉瘊子，即尋常疣，皮膚上的一種丘疹。

49

**風癗** foŋ¹nan³〈癗音難第 3 聲〉風團；蕁麻疹，北方俗稱"風疹塊"。皮膚表面奇癢的疙瘩（癗：疹）。

**鹹粒** ham⁴nɐp¹ 因發炎或刺激等形成的皮膚表面紅色小疹粒，奇癢。

**癗** nan³〈音難第 3 聲〉因蚊蟲叮咬或刺激等形成的皮膚表面疹塊：頭先界條狗毛蟲躝過，而家起咗～。（剛才讓一條毛毛蟲爬過，現在起了疹團。）

**蘿蔔仔** lɔ⁴pak⁶tsɐi²〈仔音子矮切〉【喻】凍瘡：我一到冬天就生～。（我每逢冬天就長凍瘡。）[ 又作"蘿蔔"]

**爆破（拆）** pau⁶tsʰak³〈破音拆〉手腳皮膚皸裂（多因寒冷或浸水等）：乾性皮膚特別容易～。| 我隻手凍天一濕水就～。（我的手冬天一浸水就皸裂。）

**熱痱（痱）** jit⁶fɐi²〈痱（痱）音費第 2 聲，火矮切〉痱子：細路仔沖完涼最好搽番啲爽身粉，唔係好容易出～㗎。（小孩子洗澡後最好上點爽身粉，要不很容易長痱子。）

**眼挑針** ŋan⁵tʰiu¹tsɐm¹ 麥粒腫。即"急性瞼腺炎"。

**發雞盲** fat³kɐi¹maŋ⁴ 夜盲症（雞是夜盲的，故稱）。

**發青光** fat³tsʰɛŋ¹kwɔŋ¹〈青音差嬴切第 1 聲〉青光眼。

**生飛蝨** saŋ¹fɐi¹tsi¹ 長口瘡：你～啊？梗係熱氣喇。（你長口瘡嗎？一定是上火了。）

**爛口角** lan⁶hɐu²kɔk³ 口角炎：～，搽啲藍藥水就冇㗎喇。（口角炎，塗點兒龍膽紫就會好的。）

**白蝕** pak⁶sek⁶〈蝕音食〉白癜風、白斑病。中醫稱"白駁風"。

**白椰菜花** pak⁶jɛ⁴tsʰɔi³fa¹ 淋病一類的性病。因病灶形似花椰菜而得名（椰菜花：花椰菜）。

**發風（瘋）** fat³foŋ¹ 患麻風病。[ 普通

話的"發瘋"等於廣州話的"發癲"，與此不同 ]

**油蜘** jɐu⁴tsi¹ 繡球風，一種陰囊皮膚病。

**臭狐** tsʰɐu³wu⁴ 狐臭：生～。

## 二 C13  體內疾患（含扭傷）

**爛喉痧** lan⁶hɐu⁴sa¹〈痧音沙〉猩紅熱。溶血性鏈球菌引起的急性傳染病。兒童發病較多。

**肺癆** fɐi³lou⁴ 肺結核病：～以前好難醫㗎，而家呢種病就閒事嘞。（肺結核病以前很難治療，現在這種病就沒甚麼大不了啦。）

**大熱症** tai⁶jit⁶tsɐŋ³ 傷寒。

**CANCER** kʰɛn¹sa²〈讀作兩個字音，前一字音溪爺切第 1 聲加上恩的音尾，後一字音灑〉【外】癌症。[ 英語 cancer ]

**出痘** tsʰɵt¹(tsʰyt¹)tɐu⁻²〈痘讀第 2 聲，底口切〉出花兒。中醫學稱"痘瘡"，通稱"天花"。

**出麻** tsʰɵt¹(tsʰyt¹)ma⁻²〈麻讀第 2 聲，摸啞切〉麻疹，俗稱"痧子"、"瘄子"。由病毒引起的一種急性傳染病，多見於小兒。

**發羊吊** fat³jœŋ⁴tiu³ 癲癇；抽羊角瘋。腦病的症狀之一，突然發作的暫時性大腦功能紊亂。大發作時北方俗稱"羊癇風"，最常見。

**扯哈** tsʰɛ²ha¹ 哮喘。發作時患者有"哈哈"的哮鳴音，且呼吸急促，如被牽扯，故稱。

**牽哈** hin¹ha¹ 同"扯哈"。

**掹哈** mɐŋ¹ha¹〈掹音媽亨切〉同"扯哈"（掹：扯）。

*__發冷__ fat³laŋ⁵ 患瘧疾。[ 重見二 C10 ]

**甜尿** tʰim⁴niu⁶ 糖尿病：～手尾好長嘅。（糖尿病治療時間很長。）

**癪（積）** tsek¹〈音積〉疳癪，小兒腸胃類疾病：呢個細蚊仔唔多想食嘢，梗係生～嘞。（這個小孩子不大吃東西，一定是患了疳積。）

**癪（積）滯** tsek¹tsɐi⁶〈癪音積〉腸胃類疾病；消化不良：啲肥膩嘢唔好食咁多，好～㗎。（太油膩的東西不能吃太多，很容易患腸胃病的。）

**熱癪（積）** jit⁶tsek¹〈癪音積〉消化不良、積食且內熱。[又作"熱滯"]

**滯** tsɐi⁶ 消化不良：個細路有啲～，要食啲藥至得。（這孩子有點消化不良，要吃點藥才行。）

**濕熱** sɐp¹jit⁶ 因中醫所說的"濕邪"而導致的腸胃不適：個肚嘰哩咕嚕，梗係～嘞。（肚子嘰哩咕嚕，一定是腸胃不適。）

***濕滯** sɐp¹tsɐi⁶ 同"濕熱"。[重見九C3]

**肚腍** tʰou⁵nɐm⁴〈腍音那淫切〉肚子不舒服；腸胃不適（腍：軟）。

**屙痢** ɔ¹lei⁶〈屙音啊呵切〉患痢疾。

**凍親** toŋ³tsʰɐn¹ 着涼（親：表示遭受的詞尾）：夜晚瞓覺冚好被，因住～啊。（晚上睡覺要蓋好被子，小心着涼了。）

**冷親** laŋ⁵tsʰɐn¹ 同"凍親"。

**焗親** kok⁶tsʰɐn¹〈焗音局〉因悶熱而中暑（焗：悶。親：表示遭受的詞尾）：大熱天時瞓覺使咩冚被瞓，會～㗎。（大熱天睡覺哪用蓋被子呀，會中暑的。）

**焗傷風** kok⁶sœŋ¹foŋ¹〈焗音局〉因悶熱受暑而傷風（焗：悶）。

**感暑** kɐm²sy² 中暑；因中暑而傷風。

**生蟲** saŋ¹tsʰoŋ⁴〈生音絲坑切〉長蟲；寄生蟲疾病：乜你食極都唔肥嘅，梗係～喇。（怎麼你吃得很多卻不胖，一定是長蟲子了。）

**蠱脹** kwu²tsœŋ³ 血吸蟲類寄生蟲疾病：個肚咁大嘅，生～啊？（肚子這麼大，長蟲子了？）

**膽生石** tam²saŋ¹sɛk⁶〈生音絲坑切〉膽結石：～要及早醫啊，唔係痛起上嚟攞命㗎。（膽結石要及時治療，否則疼起來要命的。）

**生沙淋** saŋ¹sa¹lɐm⁴⁽⁻²⁾〈淋又讀第2聲〉患泌尿系統結石病。

**大頸泡** tai⁶kɛŋ²pʰau¹ 甲狀腺腫大：你條頸咁粗嘅，係唔係～啊？（你的脖子這麼粗，是不是甲狀腺腫呀？）

**蛾喉** ŋɔ⁴hɐu⁴ 乳蛾，即扁桃腺炎。

**癧** lek⁶〈癧音歷〉淋巴腺腫。

**頸癧** kɛŋ²lek⁶〈癧音歷〉瘰癧。北方俗稱"癧子頸"。頸項間結核的總稱。

**腦充血** nou²tsʰoŋ¹hyt³ 腦溢血：高血壓好易引起～。（高血壓很容易引發腦溢血。）

**褪腸頭** tʰɵy³tsʰœŋ⁻²tʰɐu⁻²〈褪音替訓切，頭讀第2聲〉脫肛。即"直腸脫垂"。

**盲腸炎** maŋ⁴tsʰœŋ⁻²jim⁴〈腸讀第2聲，此響切〉闌尾炎：啱啱食完飯唔好跑，會得～㗎。（剛吃過飯別跑，會得闌尾炎的。）

**攪腸痧** kau²tsʰœŋ⁴sa¹〈痧音沙〉腸梗阻：亂咁食嘢，～你就知味道。（亂吃東西，患上腸梗阻你就後悔莫及了。）

**小腸氣** siu²tsʰœŋ⁴hei³ 疝氣：有～，最好割咗佢，唔係好麻煩㗎。（患有疝氣，最好手術治療，否則很麻煩的。）

**時症** si⁴tsɐn³ 流行病。

**屈親** wɐt¹tsʰɐn¹ 扭傷（屈：扭；親：表示遭受的詞尾）：隻腳～，（腳扭傷了。）| ～隻手。（扭傷了手。）

**瞓（瞓）戾頸** fɐn³lei²kɛŋ²〈瞓（瞓）音訓，戾音麗第2聲〉落（lào）枕；睡覺時因姿勢不合適或受風寒等而致脖子或肩背部疼痛，轉動不便（瞓：睡；戾：反扭；頸：脖子）。

二　自然物和自然現象

## 二 C14　精神病

**癲** tin¹ 神經病：～佬（精神病患者）｜發～（發瘋）

**神經** sɐn⁴kɛŋ¹ 精神病。

**黐筋** tsʰi¹kɐn¹〈黐音次第1聲，差衣切〉【俗】精神病。

**黐總制（掣）** tsʰi¹tsoŋ²tsɐi³〈黐音次第1聲，差衣切〉【喻】【俗】精神病。大腦出問題，猶如總控制開關串線，故云（總制（掣）：總開關、總控制器；黐：黏連）。

**黐線** tsʰi¹sin³〈黐音次第1聲，差衣切〉【喻】【俗】精神病。以機器線路黏連為喻。[ 參閱 "黐總制（掣）" ]

**搭錯線** tap³tsʰɔ³sin³ 同 "黐線"。

**發花癲** fat³fa¹tin¹ 患伴隨性幻覺的精神病。

**\*發噏瘋** fat³ŋɐp¹foŋ¹ 患伴隨多語症狀的精神病。[ 重見七 C7 ]

## 二 C15　殘疾、生理缺陷

**跛** pɛi¹〈音閉第1聲，巴威切〉手足殘疾：～手～腳（瘸手瘸腳）｜阿～（瘸子）

**盲** maŋ⁴ 瞎：～咗一隻眼。（瞎了一隻眼。）[ 與普通話意義相同，但普通話不單獨使用，只用於某些詞中 ]

**盲眼** maŋ⁴ŋan⁵ 瞎：嗰個老坑係～嘅。（那個老頭是瞎的。）

**哨牙** sau³ŋa⁴ 門牙露出：～仔（門牙露出的人）

**齙牙** pau⁶ŋa⁴〈齙音包第6聲，罷校切〉門牙向前突出。

**崩口** pɐŋ¹hɐu² 豁嘴：～人忌～碗。（熟語：豁嘴的忌諱缺口子的碗。意謂有所忌諱。）

**寒背** hon⁴pui³ 輕微駝背：咁後生就～，幾時到老噃。（這麼年青就輕微駝背，怎麼活到老喲。）

**\*猞（射）猁（喱）眼** sɛ⁶lei¹ŋan⁵〈猞音射，猁音利第1聲〉斜視眼：BB仔嘅～係可以矯正㗎。（嬰幼兒的斜視眼是可以矯正的。）[ 重見一 D2 ]

**鬥雞眼** tɐu³kɐi¹ŋan⁵ 內斜視；鬥眼兒。

**到眼** tou³ŋan⁵ 同 "鬥雞眼"。[ "到" 是 "鬥" 的變音 ]

**黐脷根** tsʰi¹lei⁶kɐn¹〈黐音次第1聲，脷音利〉因舌頭發育不良而發音不清晰：你～㗎？講嘢一嚿嚿嗽。（你大舌頭嗎？說話含糊不清。）

**口牙** nɛk¹ŋa⁻²〈第一字音那塞切，牙讀第2聲〉同 "黐脷根"。

**口窒窒** hɐu²tsɐt⁶tsɐt⁶ 口吃，結巴。

**漏（溜）口** lɐu³hɐu²〈漏（溜）讀3聲，拉幼切〉口吃：講話～嗰個人你識嘅咩？（說話口吃的那個人你認識的嗎？）

**口吃吃** hɐu²kɐt⁶hɐt⁶〈吃音吉第6聲，勁日切〉口吃的樣子：～講唔出嘢。（結結巴巴説不出話。）[ "㗎" 簡體亦作 "吃"，但廣州話此二字不同音 ]

**吃口吃舌** kɐt⁶hɐu²kɐt⁶sit⁶〈吃音吉第6聲，勁日切〉口吃；結巴。

**口口吃吃** ki¹ki¹kɐt⁶kɐt⁶〈前二字音雞衣切，吃音勁日切〉結結巴巴。

**孖指** ma¹tsi²〈孖音媽〉六指；歧指（孖：並聯。多出的手指與正常手指相並，故稱）：～可唔可以動手術切咗佢㗎？（歧指能不能動手術把它切掉呢？）

**鴨乸蹄** ap³na²tʰɐi⁴〈乸音拿第2聲，那啞切〉扁平足。

## 二 C16　其　他

**左撬** tsɔ²jau¹(ŋau¹)〈撬音衣敲切，又音勾敲切〉習慣用左手使用器具（撬：拿）：我而家先知道佢係～嘅。（我現在才知道他是個左撇子。)

**脾胃** pʰei⁴wɐi⁶ 消化道的情況：呢一牌個～都仲算好。(這陣子消化還算好。)

**行經** haŋ⁴keŋ¹ 來月經。

**姑婆** kwu¹pʰɔ⁴【俗】【婉】月經。

**大姨媽** tai⁶ji⁴ma¹【俗】【婉】月經。

**司肶** si¹jek⁶〈肶音億〉嗝兒：食得飽過頭，打～添。(吃得太飽，打起嗝兒來了。)｜猛咁打～，飲水啦。(拚命打嗝兒，喝水吧。)

*****噎** œt⁶〈阿靴切第 6 聲加上日字的音尾〉嗝兒：打咗個～。(打了個嗝兒。)[ 重見二 C10、十一 B2 ]

**趙聲** tʰɔŋ³sɛŋ¹〈聲音司贏切第 1 聲〉假咳；清嗓子。

**眼尾(眉)跳(條)** ŋan⁵mei⁴tiu⁴〈尾音眉，跳音條〉眼皮跳動。迷信認為不吉利，實際上是一種自然的生理現象。

**攝** sip³ 受涼：頭先着少件衫，～咗下，而家鼻塞嘞。(剛才少穿一件衣服，受了涼，現在鼻子不通氣了。)

**受得** sɐu⁶tɐk¹ 人的身體能適應藥物或食物：我唔～咁熱氣。(我吃這麼熱性的東西身體受不了。)

## 二D　動　物

### 二 D1　與動物有關的名物 [ 與人類共通的身體部位參見二B，作食物而分解的動物部位參見三B ]

*****公** koŋ¹ 動物雄性：牛～(公牛)｜雞～(公雞)｜豬～(公豬)[ 注意"～"在詞中的位置跟普通話正好相反。重見一 B3 ]

*****嬤** na²〈音拿第 2 聲，泥啞切〉動物雌性：牛～(母牛)｜雞～(母雞)｜豬～(母豬)[ 重見一 C1 ]

*****仔(崽)** tsɐi²〈音擠第 2 聲，子矮切〉動物幼子：牛～(小牛)｜雞～(小雞)[ 重見一 B1、八 A8、一 C4 ]

**春(蠢)** tsʰɐn¹(禽、魚、蝦等的)卵：雞～(雞蛋)｜鯉魚～(鯉魚卵)[ 重見二 B1 ]

**子** tsi² ① 魚蝦等的卵(一般很小)。② 動物的睾丸。

**蝨嬤春(蠢)** sɐt¹na²tsʰɐn¹〈嬤音拿第 2 聲，泥啞切〉蟣子(蝨子的卵。蝨嬤：蝨子)。

**嗉** søy³〈音碎〉(禽類的)嗉囊：雞～(雞嗉囊)

**冠** kwan¹〈音關〉鳥類頭上的紅色的肉質突起；冠子：呢隻雞嘅～咁紅嘅。(這隻雞的冠子這麼紅。)[ 此字一般讀作 kwun¹〈音官〉，在此處讀音則較特殊 ]

**象拔(鼻)** tsœŋ⁶pɐt⁶〈鼻音拔〉象鼻子。[ "鼻"讀如"拔"是特殊讀法 ]

**鞭₁** pin¹【婉】動物的雄勢：狗～(雄犬的生殖器官)｜鹿～(雄鹿的生殖器官)

**翼** jek⁶ 翅膀：雞～(雞翅膀)｜蟻～(螞蟻翅膀)

*****尾** mei⁵ 尾巴：牛～｜馬騮條～(猴子的尾巴)[ 重見三 B2、四 B5 ]

*****衣** ji¹ 動物體內組織的膜：牛腑上便嗰朕～(牛腱子肉外面那層膜)[ 重見二 E1 ]

**潺** san⁴〈音時閒切〉(魚類等身上的)黏液。

**魚膘(泡)** jy⁴pʰɔk¹〈膘(泡)音撲第 1 聲〉魚鰾。

**魚獲** jy⁴wɔk⁻²〈獲讀第 2 聲〉雄魚的精液；魚白。

**厴** jim²〈音掩〉(蟹腹下的)軟蓋、(螺螄等的)掩蓋殼口的薄片。[ 重見二 C11 ]

剛 kɔŋ⁶〈讀第 6 聲，競望切〉（蟹、蝦等的）螯：食蟹至好食蟹～，肉最多。（吃螃蟹最好吃蟹螯，肉最多。）

蜆殼 hin²hɔk³（蜆音顯）貝殼：執～（撿貝殼）

蛇脫 sɛ⁴tʰyt³ 蛇蛻（蛇脫下的皮）。

屈頭雞 wɐt¹tʰɐu⁴kɐi¹ 在蛋內已成形、但孵不出來的雞。

蟢蟧絲網 kʰɐm⁴lou⁴si¹mɔŋ⁻¹〈蟢音禽，蟧音勞，網讀第 1 聲〉蜘蛛網：（蟢蟧：蜘蛛）間屋好耐冇人住，蒙晒～。（那間房子很久沒有人住了，到處佈滿蜘蛛網。）

竇 tɐu³〈音鬥〉巢；穴；窩：雀～（鳥巢）｜蟻～（蟻穴）｜狗～（狗窩）

雞塒 kɐi¹si⁴〈塒音時〉木製、固定的雞窩。

貓魚 mau¹jy⁻²〈魚讀第 2 聲〉用來餵貓的小魚蝦：而家市場邊有～賣喋。求其執啲魚鰓、魚腸翻嚟餵隻貓啦。（現在市場哪有小魚蝦賣喲。隨便撿點魚鰓、魚腸回來餵貓吧。）

麻糖雞□ ma⁴tʰɔŋ⁴kɐi¹nɐn¹〈最後一字音那恩切〉雞的咖啡色稀屎。因似麻糖，故名。

蜜蠟 mɐt⁶lap⁶ 蜂蠟；黃蠟。

魚花 jy⁴fa¹ 魚苗（一般指人工養殖淡水魚類的魚苗）：～場（魚苗養殖場）

## 二 D2　動物的動作和生理現象
[ 與人類共通的動作和生理現象參見六 B、六 C 及二 C ]

骲（齙）pau⁶(piu⁶, pɛu⁶)〈音包第 6 聲，又音表第 6 聲，又音啤加上尸字音尾的第 6 聲〉豬用嘴巴向前拱。[ 重見六 B2、九 A7 ]

*拉₂ lai¹ 用嘴叼：畀老鼠～咗嚿豬肉去。（那塊豬肉被老鼠叼走了。）[ 重見七 D11 ]

觕 tsʰau¹〈音抄〉（牛、羊等）以角觸人：唔好逗啲牛啊，～你喋。（別碰那些牛，牠會用角撞你的。）

*啄 tœŋ¹〈多央切〉（禽類）啄：畀隻哥～親。（給八哥啄了。）[ 此與普通話的 "啄" 字義一樣，但讀音相去甚遠。此字書面語音 tœk³〈帶約切〉。重見七 E5 ]

*褸 lɐu¹〈褸第 1 聲，拉優切〉（昆蟲等）伏，駐足（於）：唔好畀啲烏蠅～啲餸啊。（別讓蒼蠅伏在菜上。）｜畀甲由～過唔好食。（蟑螂爬過了的不要吃。）[ 重見三 A1、六 D7、七 B1、九 B15 ]

針 tsɐm¹ 叮咬；蜇：畀蚊～到成腳瘌。（讓蚊子叮得滿腿是疹子。）｜黃蜂～人。（馬蜂蜇人。）

□ tœ³〈音帝靴切第 3 聲〉（蜂類）蜇：好生畀蜜蜂～親。（小心讓蜜蜂蜇了。）

爛竇 lan⁶tɐu³（竇音鬥）貓、狗不在固定、習慣的地方拉屎尿（竇：窩）。

生蝨 saŋ¹tsɐt¹ ①貓狗等長疥瘡等皮膚病：～狗（癩皮狗）②貓狗等身上長蝨子等寄生小蟲。

起水 hei²sɵy² （母豬）發情。

翻草 fan¹tsʰou² （牛羊等）反芻。

*浮（蒲）頭 pʰou⁴tʰɐu⁴〈浮音蒲，婆豪切〉（魚等）游上水面（為呼吸或捕食等）。[ 重見九 Bl6 ]

散春（䲒）san³tsʰɐn¹〈散音散發之散〉（魚、蝦等）產卵（春：卵）。魚蝦在水中邊游動邊產卵，四處散佈，故稱。

菢 pou⁶〈音部〉孵（卵）：～蛋（孵蛋）

菢竇 pou⁶tɐu³〈菢音部，竇音鬥〉抱窩（菢：孵；竇：窩）：～雞乸（抱窩的母雞）

## 二 D3　家畜、家禽、狗、貓

**頭牲** tʰɐu⁴saŋ¹〈牲音生熟之生〉家畜家禽的總稱。

**畜生(牲)** tsʰok¹saŋ¹〈生(牲)音生熟之生〉牲畜；牲口。[也泛指禽獸，則與普通話相同]

**豬郎** tsy¹lɔŋ⁴ 配種用的公豬：而家好少見到～嘞，咸唪唥採用人工授精喇。(現在很少看見配種用的公豬了，全採用人工授精技術了。)

**乳豬** jy⁵tsy¹ 處於哺乳期的小豬。

**菜牛** tsʰɔi³ŋɐu⁴ 專供屠宰的肉用牛(與"耕牛"、"奶牛"相對)。

**牛牯** ŋɐu⁴kwu²〈牯音古〉閹割了的公牛。

**羊咩** jœŋ⁴mɛ¹【兒】羊：～唔咬人㗎。(羊是不會咬人的。)

*****羊牯** jœŋ⁴kwu²〈牯音古〉公羊。[重見一 E4]

**門口狗** mun¹hɐu¹kɐu² 看家狗：農村好興養隻～㗎看門口㗎。(農村人家習慣養條看門狗看門。)

*****跟尾狗** kɐn¹mei⁵kɐu² 飼養為寵物的狗(因好跟隨人左右，故名)：城裏而家興養～。(城裏現在時興養寵物狗。)[重見一 G6]

**番狗** fan¹kɐu² 哈巴狗。

**生蝨貓** saŋ¹tsi¹mau¹ 身上長蝨子的貓；癩皮貓：人養貓你養貓，你養隻～嚟。(別人養貓，你也養貓，你竟養了隻癩皮貓。)

**貓仔** mau¹tsɐi²〈仔音擠第 2 聲，子矮切〉①小貓。②小公貓。

**貓女** mau¹nɵy⁻²〈女讀第 2 聲〉小雌貓：～好爛賣㗎。(小雌貓總到處拉屎。)

**貓兒** mau¹ji⁻¹〈兒讀第 1 聲，音醫〉小貓(只出現於兒歌中)：～擔凳姑婆坐。(小貓端凳子給姑奶奶坐。)

**三鳥** sam¹niu⁵ 雞、鵝、鴨的總稱：而家正係食～嘅時候，價錢平啊嘛。(現在正是吃雞、鵝、鴨的時候，價錢便宜呀。)

*****生雞** saŋ¹kɐi¹〈生音生熟之生〉公雞：～唔多好食。(公雞不太好吃。)[重見一 G6]

**雞項** kɐi¹hɔŋ⁻²〈項讀第 2 聲〉未下蛋的小母雞：白切雞最好搵～嚟整。(白切雞最好用未下過蛋的小母雞來做。)

**雞嫲婆** kɐi¹na²pʰɔ⁴〈嫲音拿第 2 聲，泥啞切〉老雞婆子。[又作"雞婆"]

**童子雞** tʰoŋ²tsi²kɐi¹ 筍雞(羽毛尚未長全的小雞)。

**雞健** kɐi¹lɛŋ¹〈健音拉贏切第 1 聲〉比小雞稍大的雞。

**騸(線)雞** sin³kɐi¹〈騸音線〉閹雞：～最啱攞嚟蒸，皮爽肉滑。(閹雞最好是蒸煮，皮脆肉滑。)

**力行雞** lek⁶hɔŋ⁴kɐi¹〈行音銀行之行〉【外】來航雞(一種著名的卵用雞)：呢個農場淨係養～嘅。(這個農場光養來航雞。)[英語 leghorn]

**打針雞** ta²tsɐm¹kɐi¹ 注射激素使迅速生長的肉用雞：咿啲都唔知係唔係～嚟嘅，啲肉咁削嘅。(這些不知道是不是注射過激素的雞，肉這麼鬆軟。)

**大種雞** tai⁶tsoŋ²kɐi¹ 洋雞(其體形特別大)：～平好多，事關啲人唔鍾意食啊嘛。(外來雞便宜很多，因為人們不喜歡吃。)

**本地雞** pun²tei⁶kɐi¹ 當地所產的雞(與"大種雞"相對)：～貴好多，一斤～可以買兩斤大種雞。(當地產的雞貴很多，一斤當地產的雞的價錢可以買兩斤外地產的雞。)

**竹絲雞** tsok¹si¹kɐi¹ 泰和雞，北方俗稱"烏骨雞"。一種白毛而皮、肉、骨皆黑的雞。廣東人認為食之大補。

二 自然物和自然現象

**泥鴨** nɐi⁴ap⁻² 〈鴨讀第 2 聲〉旱鴨子，圈養的鴨子：～好食啲，夠肥啊嘛。(旱鴨子較好吃，夠胖。)

**番鴨** fan¹ap⁻² 〈鴨讀第 2 聲〉洋鴨；麝香鴨：～食得多冇益㗎，聽講有毒㗎。(洋鴨吃多了沒好處，聽説會引發傷口潰瘍。俗以為洋鴨容易引發傷口潰瘍等)

**白鴿** pak⁶kap³⁽⁻²⁾(kɐp³⁽⁻²⁾) 〈鴿常讀第 2 聲〉鴿子 (不一定是白色的)：佢屋企養咗好多～。(他家裏養了很多鴿子。)

**乳鴿** jy⁵kap³⁽⁻²⁾(kɐp³⁽⁻²⁾) (鴿可讀第 2 聲〉尚在哺乳期的雛鴿：燒～ (烤雛鴿)

## 二 D4　獸類、鼠類、野生食草動物

**馬騮** ma⁵⁽⁻¹⁾lɐu¹ 〈馬可讀第 1 聲，騮音留第 1 聲〉猴子：去動物公園睇～。(到動物園看猴子。) [古書中寫作"馬留"]

**飛鼠** fei¹sy² 蝙蝠。

**蝠鼠** fok¹sy² 蝙蝠。

**山貓** san¹mau¹ 小靈貓，即"香貍"。哺乳綱，靈貓科。

**熊人** hoŋ⁴jɐn⁴ 熊。熊常作人立，故名。泛指熊類，其中常見者為狗熊等。

**熊人婆** hoŋ⁴jɐn⁴pʰɔ⁴ 熊類的泛稱。[參見"熊人"]

**大笨象** tai⁶pɐn⁶tsœŋ⁶ 大象：～其實一啲都唔笨，識得吹口琴、跳舞，連針都執得起。(大象其實一點兒也不笨，會吹口琴、跳舞，甚至連針也可以撿起來。)

**騷鼠** sou¹sy² 鼴。哺乳綱，鼴鼠科。體矮胖，外形似鼠，善挖土。廣東的鼴為缺齒鼴。

**葵鼠** kwʰɐi⁴sy² 豚鼠，亦稱天竺鼠：而

家～都畀人當寵物養。(現在豚鼠也被人當作寵物來養。)

**白老鼠** pak⁶lou⁵sy² 小白鼠。小家鼠的一個變種，通常作實驗用，現也作寵物。

**坑渠老鼠** haŋ¹kʰɵy⁴lou⁵sy² 經常活動於污水渠中的老鼠 (坑渠：污水渠)；家鼠：頭先睭隻～幾大隻啊！(剛才那隻污水渠裏的老鼠真大啊！)

**黃猄(麖)** wɔŋ⁴kɛŋ¹ 〈猄 (麖) 音基贏切第 1 聲〉黃麂，一種鹿科動物。

**箭豬** tsin³tsy¹ 豪豬。

**山豬** san¹tsy¹ 野豬。

## 二 D5　鳥　類

*****雀仔** tsœk³⁽⁻²⁾tsɐi² 〈雀又讀第 2 聲，仔音子矮切〉小鳥的泛稱：好多人退咗休都玩下～。(很多人退休後都養養小鳥。) [重見二 B3]

**雀** tsœk⁻² 〈雀讀第 2 聲〉同"雀仔"：打～ (打鳥)

**釣魚郎** tiu³jy⁴lɔŋ⁴ 翠鳥。因常棲水面樹枝上，伺機捕魚，故稱。

**白頭郎** pak⁶tʰɐu⁴lɔŋ⁴ 白頭鵯，北方俗稱"白頭翁"。因頭部有白色羽毛，故名。

**沙佳** sa¹tsɵy¹ 〈佳音追〉廣東地區常見的一種鷸。

**了(鷯)哥** liu¹kɔ¹ 〈了(鷯) 讀第 1 聲〉八哥。

**相思** sœŋ¹si¹ 黃雀，亦稱為"蘆花黃雀"。鳥綱，雀科。

**桂林相思** kwɐi³lɐm⁴sœŋ¹si¹ 相思鳥，亦稱"紅嘴相思鳥"。鳥綱，畫眉科。

**山雞** san¹kɐi¹ 雉，即野雞。泛指雉科各種類。

**雉雞** tsʰi⁴kɐi¹ 〈雉音遲〉雉：～尾 (雉尾羽。常用作戲劇中武將的冠飾。)

**禾花雀** wɔ⁴fa¹tsœk⁻² 〈雀讀第 2 聲〉黃

胸鴉，即"寒雀"。鳥綱，雀科。

**蜆鴨** hin²ap³⁽²⁾〈鴨多讀第 2 聲〉野鴨。

**吱喳** tsi¹tsa¹ 鵲，即喜鵲。

**朱屎喳** tsy¹si²tsa¹ 同"吱喳"。

**麻甩** ma⁴lɐt¹〈甩音拉一切〉麻雀。

**麻鷹** ma⁴jeŋ¹ 鳶，亦即"老鷹"。

**崖鷹** ŋai⁴jeŋ¹ 同"麻鷹"。

***夜遊鶴** jɛ⁶jɐu⁴hɔk⁻²〈鶴讀第 2 聲〉池
　鷺。鳥綱，鷺科。常夜間活動，故
　名。[ 重見一 E8 ]

**婆奧** pʰɔ⁴ou¹〈奧讀第 1 聲〉一種夏天
　出現的候鳥。以其叫聲作"婆奧"之
　音，故名。

# 二 D6　蟲　類

**蟲蟲蟻蟻** tsʰoŋ⁴tsʰoŋ⁴ŋɐi⁵ŋɐi⁵ 昆蟲的
　泛稱：呢間屋好多〜，要搵支殺蟲
　水翻嚟噴下至得。(這間房子有很多
　蟲子，要找瓶殺蟲劑回來噴一下才
　行。)

**蟻** ŋɐi⁵ 螞蟻。

**飛翼** fei¹jek⁶ 白色有翅母蟻，常於雨夜
　飛入室內。

**白翼** pak⁶jek⁶ 同"飛翼"。

**黃絲蟻** wɔŋ⁴si¹ŋɐi⁵ 一種黃赤色的螞
　蟻。

**織崒** tsek¹tsɵt¹〈崒音卒〉蟋蟀：鬥〜
　[ 此實即"蟋蟀"二字的變音。又作
　"崒"]

**崒子** tsɵt¹tsi²〈崒音卒〉蟋蟀：白雲
　山〜——得把聲。(白雲山的蟋蟀
　——只會叫。歇後語。據說白雲山產
　的蟋蟀光會叫，而不善鬥。喻光會
　咋呼之徒。)

**大頭狗** tai⁶tʰɐu⁴kɐu² 油葫蘆。蟋蟀的
　近似種，較一般蟋蟀略大。

**灶蝦** tsou³ha¹ 灶馬。一種類似蟋蟀的
　昆蟲，常在灶旁活動。

**甲由** kat⁶tsat⁶⁽⁻²⁾〈甲音架壓切第 6 聲；

由音炸壓切第 6 聲，又讀第 2 聲〉
　蟑螂：攞支殺蟲水嚟噴下啲〜啦。
　(拿支殺蟲水來噴噴那些蟑螂。)

**烏蠅** wu¹jeŋ¹〈蠅音英〉蒼蠅：〜褸馬
　尾——一拍兩散。(蒼蠅伏在馬尾巴
　上——一拍打兩下飛散。歇後語，謂
　一刀兩斷。)

**屎蟲** si²tsʰoŋ⁴ 蛆。蠅類的幼蟲。因常
　見於糞便中，故名。

**蠄蟧** kʰɐm⁴lou⁻²〈蠄音禽，蟧音勞第 2
　聲〉蜘蛛；特指大蜘蛛。

**禾蟲** wɔ⁴tsʰoŋ⁻²〈蟲讀第 2 聲〉疣吻沙
　蠶。廣東人常食用，多採自稻田，
　故名。

**蝨乸** sɐt¹na²〈乸音拿第 2 聲〉蝨，通稱
　"蝨子"。昆蟲綱，蝨目。種類甚多。
　寄生於人和哺乳動物的體表，吸食
　血液。

**狗蝨** kɐu²sɐt¹ 蚤，即"跳蚤"：呢張牀
　實係好多〜㗎，睇下我，成身都係
　叔。(這張牀一定有很多跳蚤，瞧
　我，渾身都是疹子。)

**木蝨** mok⁶sɐt¹ 臭蟲。

**狗毛蟲** kɐu²mou⁴tsʰoŋ⁴ 毛毛蟲：睇下
　嗰條〜，好核突啊。(瞧瞧那條毛毛
　蟲，真難看。)

**馬騮狂** ma⁵lɔŋ⁴kʰɔŋ⁴ 螳螂：〜係益蟲
　嚟㗎。(螳螂是益蟲。)

**舂米公** tsoŋ¹mɐi¹koŋ¹〈舂音鐘〉一種
　黑色昆蟲，腰細，尾部不停上下擺
　動，有如舂米動作，故稱。

**牛屎螂** ŋɐu⁴si²lɔŋ⁴ 蜣螂。[ 又作"牛屎
　龜"]

**笨(坌)屎蟲** pɐn⁶si²tsʰoŋ⁴ 同"牛屎螂"。

**黃蜂** wɔŋ⁴foŋ¹ 胡蜂；馬蜂。因其體帶
　黃色，故名。

**竹蜂** tsok¹foŋ¹ 一種野蜂，因其善於竹
　筒築巢，故名。

***崩沙(蝴蜨)** pɐŋ¹sa¹ 一種鳳蝶。[ 重
　見三 B7 ]

二
自然物和自然現象

**沙蟬** sa¹sim⁴ 蟬。

**呦兒** au¹ji⁻¹〈呦音啊敲切，兒音醫〉【兒】蟬：～喊，荔枝熟。(知了叫，荔枝熟。諺語。)

**紅蟲** hoŋ⁴tsʰoŋ⁻²〈蟲讀第 2 聲〉①水蚤。常作金魚、熱帶魚等的飼料。②子孑。蚊子的幼蟲。

**沙蟲₁** sa¹tsʰoŋ⁻²〈蟲讀第 2 聲〉①疥蟎：斬腳趾避～。(砍掉腳趾來避免長疥癬。熟話，喻因噎廢食。)②子孑，蚊子的幼蟲。

**水蟲** søy²tsi¹ 水蚤等水生浮游昆蟲：～乾。(水蚤等水生浮游昆蟲乾品，多用以飼觀賞魚。)

**水鉸剪** søy²kau³tsin² 〈鉸音較〉一種水生昆蟲，學名"水黽"，北方叫"水馬"、"水爬蟲"。足長，體形似剪刀。或謂以常在平靜的水面迅速游動，似將水面剪開，故名(鉸剪：剪刀)。

**塘(蟷)尾** tʰoŋ⁴mei¹〈尾音尾第 1 聲〉蜻蜓，昆蟲綱，蜻蜓目，差翅亞目昆蟲的通稱。

**蠶蟲** tsʰam⁴tsʰoŋ⁻²〈蟲讀第 2 聲〉①蠶的幼蟲。②蠶蛹。廣東人常食用。

**放光蟲** foŋ³kwoŋ¹tsʰoŋ⁻²〈蟲讀第 2 聲〉螢火蟲：雞食～——心知肚明。(雞吃螢火蟲——肚子裏明亮。歇後語，喻心裏明白。)

**草蜢** tsʰou²maŋ⁻²〈蜢音猛第 2 聲〉蚱蜢。[又作"蜢"]

**土狗** tʰou²keu² 螻蛄。古稱"杜狗"。

**沙蝨** sa¹set¹ 甘薯象鼻蟲。一種甘薯害蟲，蛀食薯塊，使變黑變苦：你買翻嚟嘅番薯淨係生～嘅。(你買回來的番薯全是蟲蛀了的。)

**百足** pak³tsok¹ 蜈蚣。因其多足，故名。

**穀牛** kok¹ŋeu⁻²〈牛讀第 2 聲〉穀、米、豆類及其製成品(麵粉等)中常見的褐黑色小蟲，包括昆蟲學上所指穀盜、穀蠹、米象等，為貯藏穀物的主要害蟲。

**蝨** tsi¹ 寄生在人或動物及植物體表的小蟲的泛稱：生～貓(長蝨子的貓)。

**蚊蝨** men¹tsi¹〈蝨音支〉蚊、蚋、蠓等小型吸血飛蟲的泛稱：你咪睇呢塊草皮好似好乾淨，其實好多～㗎。(你別看這塊草地好像挺乾淨，其實有很多小咬。)

**蚊公** men¹koŋ¹ 大蚊子：你見過咁大隻～未？成寸長㗎。(你見過這麼大的蚊子沒有？有一寸長喲。)

**蚊蟲** men¹tsʰoŋ⁴ ①子孑，蚊的幼蟲。②蚊、蚋、蠓等的泛稱。

**臭屁辣** tsʰeu³pʰei³lat³〈辣音辣第 3 聲〉椿象。

**水甲由** søy²kat⁶tsat⁶⁽⁻²⁾〈甲音架壓切第 6 聲；由音治壓切第 6 聲，又多讀第 2 聲〉龍蝨。種類很多。一般指黃緣龍蝨。廣東地區常食用。

**桂花蟬** kwei³fa¹sim⁴ 一種田鱉，為肉食性昆蟲，生活在水田或沼澤中。若進入魚塘，則捕食魚苗。體型可達七、八厘米。廣東人以為食物。

**黃蟺(犬)** woŋ⁴hyn² 〈蟺音犬〉蚯蚓。

**蟻蜞** woŋ⁴kʰei⁴⁽⁻²⁾〈蜞音其，又可讀第 2 聲〉螞蟥；水蛭。

**蜞乸** kʰei⁴⁽kʰɛ⁴⁾na² 〈蜞音其，又音騎，乸音拿第 2 聲〉同"蟻蜞"：西洋菜要洗乾淨啲，唔係連～都食埋落肚。(水薸菜要洗得乾淨點，要不連螞蟥也吃進肚子裏去了。)

**山蜞** san¹kʰei⁴ 旱螞蟥。

## 二 D7　爬行類

**水魚** søy²jy⁻²〈魚讀第 2 聲〉鱉。即"甲魚"、"團魚"。

**腳魚** kœk³jy⁻²〈魚讀第 2 聲〉同"水

魚”。因其有腳，故名。

**山瑞** san$^1$sɵy$^6$ 山瑞鱉。體型較普通鱉稍大。

**草龜** tsʰou$^2$kwɐi$^1$ 金龜。別稱“山龜”、“秦龜”、“烏龜”。爬行綱，龜科。

**金錢龜** kɐm$^1$tsʰin$^4$kwɐi$^1$ 水龜。亦稱“黃喉水龜”。爬行綱，龜科。頭部綠色，有黃色帶狀紋；上頜橄欖綠，下頜黃色。廣東人喜養為寵物。

**蝻(蚺)蛇** nam$^4$sɛ$^4$〈蝻（蚺）音南〉蟒蛇。

**青竹蛇** tsʰɛŋ$^1$tsok$^1$sɛ$^4$〈青音差羸切第 1 聲〉竹葉青。一種體色為綠色的毒蛇。

**飯鏟頭** fan$^6$tsʰan$^2$tʰɐu$^4$ 眼鏡蛇。因其頸部變扁平時如飯鏟，故名。

**過山風** kwɔ$^3$san$^1$foŋ$^1$ 眼鏡王蛇。

**過基峽** kwɔ$^3$kei$^1$hap$^6$(kap$^3$)〈峽又音甲〉銀環蛇。

**銀腳帶** ŋɐn$^4$kœk$^3$tai$^3$ 銀環蛇。

**金腳帶** kɐm$^1$kœk$^3$tai$^3$ 金環蛇。一種毒蛇。

**水律** sɵy$^2$lɵt$^{-2}$〈律讀第 2 聲〉烏梢蛇，一種無毒蛇。去內臟的乾燥品即中藥的“烏蛇”。

**三索線** sam$^1$sɔk$^3$sin$^3$ 三索錦蛇。一種無毒蛇。

**過樹榕** kwɔ$^3$sy$^6$joŋ$^4$ 灰鼠蛇。一種無毒蛇。

**四腳蛇** sei$^3$kœk$^3$sɛ$^4$ 蜥蜴的泛稱。

**簷(鹽)蛇** jim$^4$sɛ$^{-2}$〈簷音鹽，蛇音寫〉壁虎。常在屋簷活動，故稱。但廣州人往往誤解“簷”為“鹽”，遂有壁虎食鹽為生的傳說。

**雷公蛇** lɵy$^4$koŋ$^1$sɛ$^4$ 鱷蜥。

**草龍** tsʰou$^2$loŋ$^{-2}$〈龍讀第 2 聲〉草蜥。

**五爪金龍** ŋ$^5$tsau$^2$kɐm$^1$loŋ$^4$ 巨蜥。

## 二 D8 兩棲類

**蛤乸** kɐp$^3$na$^2$〈蛤音急第 3 聲，乸音拿第 2 聲〉蛙和蟾蜍的總稱：邊有咁大隻～隨街跳？（哪有這麼大一隻蛤蟆滿街跳？熟語，喻沒有這樣的好事情從天而降。）

**蟾蠩** kʰɐm$^4$kʰɵy$^2$〈蟾音禽，蠩音渠第 2 聲〉蟾蜍：～散（蟾酥。中藥名，蟾蜍科動物大蟾蜍等耳後腺及皮膚腺分泌物的乾製品。）

**田雞** tʰin$^4$kɐi$^1$ 各種食用蛙的泛稱，以青蛙為主。因美味如雞而多生長水田中，故名：苦瓜～，正菜嚟𠵱。（苦瓜炒青蛙，真是好菜。）

**蛤蚧** kɐp$^3$kwai$^2$〈蛤音急第 3 聲，蚧音拐〉蛙類的泛稱。

**石蛤** sɛk$^6$kɐp$^3$〈蛤音急第 3 聲〉石蛙：香港邊度有～㗎，去到山區就有嘞。（香港哪裏有石蛙呀，到了山區才有。）

*__騎喱蚧__ kʰɛ$^4$lɛ$^4$kwai$^2$〈喱音黎爺切，蚧音拐〉雨蛙。常棲灌木上，四肢特別長。[ 重見一 D2、一 A3 ]

**青蛘** tsʰɛŋ$^1$jœŋ$^2$〈青音差羸切第 1 聲，蛘音椅響切〉一種背部有縱向金黃色條紋的小型蛙。

## 二 D9 淡水魚類

**塘魚** tʰɔŋ$^4$jy$^{-2}$〈魚讀第 2 聲〉人工養殖的淡水魚類的泛稱。

**河鮮** hɔ$^4$sin$^1$ 淡水魚類（多指野生）的泛稱。這是食用角度的指稱。

**鯇魚** wan$^5$jy$^{-2}$〈鯇音彎第 5 聲，魚讀第 2 聲〉草魚。

**黑鯇** hak$^1$(hɐk$^1$)wan$^5$〈鯇音彎第 5 聲〉青魚。北方俗稱“螺螄青”。

**大頭魚** tai$^6$tʰɐu$^4$jy$^{-2}$〈魚讀第 2 聲〉鱅魚。即“胖頭魚”。

大魚 tai⁶jy⁻²〈魚讀第 2 聲〉同 "大頭魚"。

扁魚 pin²jy⁻²〈魚讀第 2 聲〉鏈魚。形體側扁，故名。[ 此與 "鯿魚" 不同。"鯿" 廣州話音 pin¹〈音邊〉]

土鯪魚 tʰou²lɐŋ²jy⁻²〈鯪音黎贏切，魚讀第 2 聲〉鯪魚。

生魚 saŋ¹jy⁻²〈生音先生之生，魚讀第 2 聲〉鱧。即 "黑魚"、"烏鱧"。

塘蝨 tʰɔŋ⁴sɐt¹ 鯰魚。

福壽魚 fok¹sɐu⁶jy⁻²〈魚讀第 2 聲〉羅非魚。通稱 "非洲鯽魚"、"越南魚"。

鯽魚 tsɛk¹jy⁻²〈鯽音則〉鯽魚。[ "鯽" 其實就是 "鯽" 的口語音（書面語音為 tsɛk¹），是專為其口語而造的方言字。不同於規範漢字表示墨魚的 "鯽" 字。]

桂花魚 kwɐi³fa¹jy⁻²〈魚讀第 2 聲〉鱖。亦稱 "鰲花魚"、"桂魚"。

黃鱔 wɔŋ⁴sin⁵⁽⁻²⁾〈鱔又讀第 2 聲〉鱔。

長魚 tsʰœŋ⁴jy⁻²〈魚讀第 2 聲〉【俗】鱔。因其體形細長，故名。

狗尾靚 kɐu²mei⁵lɛŋ³〈靚音黎贏切第 3 聲〉鬥魚。一種著名觀賞魚。雄魚善鬥（靚：漂亮）。

花手巾 fa¹sɐu²kɐn¹【雅】鬥魚（手巾：手帕）。因其形體美麗，故名。[ 參見 "狗尾靚" ]

## 二 D10　海水魚類

海鮮 hɔi²ɕin¹ 海產魚類、貝類的總稱。這是食用角度的指稱。

鹹水魚 ham⁴sɵy²jy⁻²〈魚讀第 2 聲〉海水魚類的泛稱：食～有益過塘魚。（吃海水魚比吃淡水養殖的魚類有好處。）

紅三（衫）hɔŋ⁴sam¹ 金線魚。紅色，具黃色縱帶多條。

金絲劃 kɐm¹si¹wak⁶ 同 "紅三"。

大地魚 tai⁶tei⁶jy⁻²〈魚讀第 2 聲〉比目魚的一種。

左口魚 tsɔ²hɐu²jy⁻²〈魚讀第 2 聲〉比目魚的一種，兩眼都在左側，口亦偏左。

撻沙魚 tʰat³sa¹jy⁻²〈撻音吐壓切，魚讀第 2 聲〉比目魚。鰈形目魚類的總稱。包括鰜、鮃、鰈、鰨、舌鰨各科魚類。

剝皮牛 mɔk¹pʰei⁴ŋɐu⁴ 綠鰭馬面魨及其近似種屬。北方人俗稱 "馬面魚"、"象皮魚"、"剝皮魚"。體長橢圓形，皮厚韌，食用前須剝去，故名。

池魚 tsʰi⁴jy⁻²〈魚讀第 2 聲〉圓鰺。

沙甸魚 sa¹tin¹jy⁻²〈甸讀第 1 聲，魚讀第 2 聲〉【外】沙丁魚。[ 英語 sardine ]

白飯魚 pak⁶fan⁶jy⁻²〈魚讀第 2 聲〉銀魚。

老鼠斑 lou⁵sy²pan¹ 一種名貴石斑魚。因其嘴似老鼠而名。

龍躉 lɔŋ⁴tɐn²〈躉音打隱切〉體型巨大的石斑魚。

吞那魚 tʰɐn¹na⁵jy⁻²〈魚讀第 2 聲〉【外】金槍魚。[ 英語 tuna ]

青乾 tsʰɛŋ¹kɔn¹〈青音差贏切第 1 聲〉金槍魚。

雞泡魚 kɐi¹pʰou⁵jy⁻²〈泡音抱，魚讀第 2 聲〉河豚。肉鮮美，唯肝臟、生殖腺及血液含有劇毒。

柴魚 tsʰai⁴jy⁴ 鰹魚。即 "明太魚"。體長可達 1 米，藍色。廣東人常製成魚乾以煮湯或煮粥：～花生粥（用鰹魚乾和花生煮的粥）

馬鮫郎 ma⁵kau¹lɔŋ⁴〈鮫音交〉馬鮫。舊時廣東人認為海中美味。

馬伍 ma⁵ŋ⁵ 同 "馬鮫郎"。

牙帶魚 ŋa⁴tai³jy⁻²〈魚讀第 2 聲〉帶魚。

白鱔 pak⁶sin⁵ 鰻鱺，即鰻魚。

風鱔 foŋ¹sin⁵ 同 "白鱔"。

油䱍 jɐu⁴tsɵy¹ 一種海魚，學名 "裸胸鱔"，通稱 "花鱔"。

曹白 tsʰou⁴pak⁶ 鰳：中國北方稱 "鰽魚"、"白鱗魚"，南方又稱 "鯗魚"。

黃花筒 wɔŋ⁴fa¹tʰoŋ⁻² 〈筒音桶〉小黃魚。

狗棍 kɐu²kwɐn³ 蛇鯔。

*烏頭 wu¹tʰɐu⁴ 鯔。[重見一 D4]

大眼雞₁ tai⁶ŋan⁵kɐi¹ 大眼鯛，眼大，故名。

白倉（鯧）pak⁶tsʰɔŋ¹ 鯧。["倉" 實際上是 "鯧" 的音變] 為名貴食用魚類。

鳳尾魚 foŋ⁶mei⁵jy⁻² 〈魚讀第 2 聲〉鳳鱭。

三文魚 sam¹mɐn⁴jy⁻² 〈魚讀第 2 聲〉【外】鮭魚之一種。[英語 salmon]

## 二 D11　蝦、蟹

蝦公 ha¹koŋ¹ 大蝦。

蝦毛 ha¹mou⁻¹ 〈毛讀第 1 聲〉小蝦：咁細嘅蝦，直情係～嚟啫，點食啊。（這麼小的蝦，不過是小蝦罷了，怎麼吃呀。）

明蝦 mɛŋ⁴ha¹ 對蝦。

基圍蝦 kei¹wɐi⁴ha¹ 一種人工養殖蝦，在鹹淡水交界處築堤圍養，故名（基圍：堤圍）。

蝦春（鰆）ha¹tsʰɐn¹ 一種浮游甲殼動物，包括橈足類、枝角類、端足類、糠蝦類等。其個體小，數量大，人們誤以為蝦之卵（春：卵）。

打橫 ta²waŋ⁴【俗】蟹。以其橫行，故名。

肉蟹 jok⁶hai⁵ 厚肉豐膏的蟹。

膏蟹 kou¹hai⁵ 雌蟹：食蟹梗係食～喇，你識唔識揀～啊？（吃蟹肯定要吃雌蟹，你會不會挑選雌蟹？）

水蟹 sɵy²hai⁵ 瘦小的蟹。

花蟹 fa¹hai⁵ 甲殼有紅色花紋的海蟹。

老虎蟹 lou⁵fu²hai⁵ 一種殼上有老虎紋斑的蟹。

蝦瘌 ha¹lat³ 〈瘌音辣第 3 聲，厲壓切〉一種小蟹，生活在稻田、溝邊等處。

## 二 D12　軟體動物（含貝殼類）、腔腸動物

墨魚 mɐk⁶jy⁴ 烏賊。體內墨囊發達，遇敵即放出墨汁而逃走，故名。

八爪魚 pat³tsau²jy⁴ 章魚。頭上生 8 腕，腕間有蹼相連，長短相等或不相等，故名。

沙蟲₂ sa¹tsʰoŋ⁻² 〈蟲讀第 2 聲〉星蟲。一種海生腔腸動物，北方稱 "沙腸子"，可食用。

蠔 hou⁴ 牡蠣。

青口 tsʰɛŋ¹hɐu¹ 〈青音差嬴切第 1 聲〉貽貝。即 "淡菜"。

帶子 tai³tsi² 江珧貝。[參見 "江瑤柱" 條。]

象鼻（拔）蚌 tsœŋ⁶pɐt⁶pʰɔŋ⁵ 〈鼻音拔；蚌音旁第 5 聲，抱朗切〉【喻】太平洋潛泥蛤。為著名海鮮。因其肉形似象鼻，故名。

蜆 hin² 〈音顯〉各種貝類的總稱。[亦特指河蜆，則與普通話一樣]

石螺 sɛk⁶lɔ⁻² 〈螺讀第 2 聲〉螺螄。田螺科若干小型種的通稱。較田螺小而殼較硬。

東風螺 toŋ¹foŋ¹lɔ¹⁻² 〈螺讀第 2 聲〉蝸牛。大者達 7 至 8 厘米，可食用。

白鮓 pak⁶tsa² 〈鮓音紙啞切〉白海蜇。

# 二 E　植 物 [作食物或藥物而經

過加工的植物製品參見三B、三
D10]

## 二 E1　與植物有關的名物和現象

**冧₁** lɐm¹〈音林第1聲,拉堪切〉蓓蕾,
花蕾(含苞未放的花):呢樖花出咗
3個~。(這棵花長出了3個花蕾。)

**花冧** fa¹lɐm¹〈冧音林第1聲,拉堪
切〉同"冧"。

**框₁** kwʰaŋ²〈音誇橫切第2聲〉草本植
物的莖、稈:菜~|草~

**\*纈** lit³〈音列第3聲,例熱切〉節。植
物莖上着生葉與分枝的部分:樹~
|竹~|蔗~[重見三C1]

**雞₂** kɐi¹ 植物節上長出的芽:蔗~|
竹~

**\*棕** teŋ³〈音定第3聲,笫慶切〉①蒂;
花或瓜果跟枝莖相連的部分:花~
(花蒂)|蘋果~(蘋果蒂)②引申
為與本體相連的部分:茨菰~(茨
菰球莖的頂芽)[重見六D1、九
B14]

**藤** tʰɐŋ⁴ 某些作物的軟莖:番薯~(甘
薯秧)|花生~

**汭** jɵy⁵〈音銳第5聲〉植物分泌的乳汁
或黏液:木瓜~(番木瓜的白色分
泌液)|蕉~(芭蕉的黏液)

**\*萊** hap³〈去峽切〉枯萎了的包裹式葉
子:菜~(枯萎了的菜幫子)|蔗~
[重見十B2]

**骨** kwɐt¹ 植物的稈兒;硬莖:麻~(麻
稈兒)|青~白菜(有綠色稈莖的白
菜)

**軟(蘰)** jyn⁵〈蘰音遠〉植物的柔枝嫩
莖:菜~(蔬菜的嫩莖)

**簕** lak⁶(lɐk⁶)〈音勒〉植物的刺。

**薑** kʰœŋ²〈音強第2聲,啟響切〉①

根;維管植物(蕨類和種子植物)體
軸的地下部分:菜~|樹~②食用
植物中的粗纖維:呢~嚼唔爛就磟
出㗎。(菜裏的粗纖維嚼不爛就吐
來。)

**銀(仁)** ŋɐn⁴ 籽;植物的種子。

**\*核(㯩)** wɐt⁶〈戶日切〉果核;籽:
冇~柑桔(無核柑桔)|西瓜~[意
義範圍較普通話大些]

**穀** kok⁴ 稻的籽實;稻穀:一籮~|一
粒~

**\*衣** ji¹ 植物組織的皮、膜:花生~(花
生仁的薄皮)|樹皮裏便仲有一
浸~。(樹皮裏面還有一層膜。)[重
見二D1]

**禾稈草** wɔ⁴kɔn²tsʰou² 稻草:~冚珍
珠。(稻草蓋珍珠。熟語,喻外表寒
磣,內裏風光。)[又作"禾稈"]

**藕瓜** ŋɐu⁵kwa¹ 藕節。

**藕筒** ŋɐu⁵tʰoŋ⁻²〈筒音桶〉藕尾。因其
細長而中空如筒狀,故名。

**松毛** tsʰoŋ⁴mou⁴〈松音蟲〉松樹的針狀
葉;松針。[廣州話"松樹"之松與
"鬆緊"之鬆不同音]

**松雞** tsʰoŋ⁴kɐi¹〈松音蟲〉松樹的球果。

**榕樹鬚** joŋ⁴sy⁶sou¹〈鬚音蘇〉榕樹尚
未長入土中的氣根。因形如鬍鬚,
故名。

**椰衣** jɛ⁴ji¹ 椰子果實外包的厚纖維
層:~掃把(用椰皮纖維做的掃帚)

**樹頭** sy⁶tʰɐu⁴ ①樹根接近樹幹的部位
或露出地面的部位。②樹被砍伐後
剩下的樹樁。

**蒜子** syn³tsi² 蒜瓣兒。

**乾包** kɔn¹pau¹ 木波羅之果肉較乾而脆
者,香而不膩,品質較佳。與"濕
包"相對。

**濕包** sɐp¹pau¹ 木波羅之果肉水分較多
而軟爛者,味極濃甜,品質略遜於
"乾包"。

**䃓瓜** lai$^1$kwa$^1$〈䃓音拉〉拉秧瓜；拉秧之前收的最後一批瓜(䃓：最後的)。

**熟** sok$^6$ 瓜果等因受揉壓等而變軟（內部組織受破壞，容易腐爛)：啲人揀嚟揀去又唔買，撚到我啲橙～晒。(那些人挑來挑去又不買，捏得我的橙子全蔫了。)

***瘀** jy$^2$〈音於第 2 聲〉瓜菜等因受揉壓等而受損傷。[ 重見二 C11、七 C5、七 E13 ]

**黃** wɔŋ$^4$ 某些作物和瓜果等成熟（成熟時由青轉黃)：啲禾下個月就～㗎喇。(稻子下個月就成熟了。)

**倒瓤** tou$^2$nɔŋ$^4$〈瓤音囊，泥航切〉瓜類過熟，瓜瓤腐爛(北京口語叫“婁”)：買咗個～西瓜。(買了個熟爛了的西瓜。)

**盼** p$^h$an$^3$ 穀粒殼內空癟或不飽滿；秕：～穀(秕子)

***燶** noŋ$^1$〈音農第 1 聲，那空切〉葉子等枯萎：咁耐冇雨，啲草～晒。(這麼久沒下雨，那些草全乾枯了。)[ 重見九 B23 ]

**標芽** piu$^1$ŋa$^4$ 長芽(標：竄)：啲樹仔～嘞。(這棵小樹冒芽了。) ｜薯仔～就唔食得㗎嘞。(馬鈴薯長芽就不能吃了。)

**起心**$_1$ hei$^2$sɐm$^1$ 抽薹：白菜～。

**爛生** lan$^6$saŋ$^1$〈生音生熟之生〉粗生；(植物）能適應惡劣的環境：呢種花好～嘅，好易種嘅。(這種花很粗生的，很容易種的。)

## 二 E2　穀　物

**禾** wɔ$^4$ 稻。通常指水稻：種～｜收～(收割稻子)

**禾青** wɔ$^4$ts$^h$ɛŋ$^1$〈青音差贏切第 1 聲〉水稻幼苗。水稻植株未轉黃前顏色青綠，故名。

**禾秧** wɔ$^4$jœŋ$^1$ 水稻秧苗。

**粟米** sok$^1$mɐi$^5$〈粟音縮〉玉米。

**包粟** pau$^1$sok$^1$〈粟音縮〉同“粟米”。

**高粱粟** kou$^1$lœŋ$^4$sok$^1$〈粟音縮〉高粱。

**狗尾粟** kɐu$^2$mei$^5$sok$^1$〈粟音縮〉粟。北方通稱“穀子”，去殼後叫“小米”。成熟時穗把粗而短毛密佈，形如狗尾，故名。廣州人常作鳥飼料。

**鴨腳粟** ap$^3$kœk$^3$sok$^1$ 雞爪穀。

**黃粟** wɔŋ$^4$sok$^1$〈粟音縮〉黍子。北方又俗稱“黃米”。因籽實為黃色，故名。

## 二 E3　水果、乾果

**生果** saŋ$^1$kwɔ$^2$〈生音生熟之生〉水果的總稱。水果一般生食，故稱：買埋咁多～做乜嘢，食唔晒會爛㗎。(買那麼多水果幹嘛，吃不完會爛掉的。)

**碌柚** lok$^1$jɐu$^{-2}$〈碌音錄第 1 聲，柚音由第 2 聲，椅口切〉柚子。[“碌”是壯語“果子”的意思 ]

**沙田柚** sa$^1$t$^h$in$^4$jɐu$^{-2}$〈柚音由第 2 聲，椅口切〉柚子。以廣西沙田所產最優，故以泛指一般柚子。

**奇異果** k$^h$ei$^4$ji$^6$kwɔ$^2$ 獼猴桃。

**天然白虎湯** t$^h$in$^1$jin$^4$pak$^6$fu$^2$t$^h$ɔŋ$^1$【喻】【謔】西瓜。白虎湯，方劑名，功能清熱氣、瀉胃火。西瓜正有這種功效，故稱。

**桔** kɐt$^1$〈音吉〉橘子。[ 普通話“桔”是“橘”字的另一種寫法，兩字讀音相同。廣州話兩字不同音。廣州話“～”與“吉”同音，被視為吉祥之果，過年時居家、送禮必備；又盆栽灌木型桔樹，亦為常見的年節觀賞植物。]

**大蕉** tai$^6$tsiu$^1$ 芭蕉。在各種蕉類中果型較大，故稱。

**香牙蕉** hœŋ¹ŋa⁴tsiu¹ 蕉的一種，果皮薄，色淡。

**龍牙蕉** loŋ⁴ŋa⁴tsiu¹ 蕉的一種，與 "香牙蕉" 相似。

**粉蕉** fɐn²tsiu¹ 粉芭蕉的簡稱。一種形近芭蕉，但較芭蕉味美的水果。

**菩提子** pʰou⁴tʰɐi⁴tsi² 葡萄。本義是菩提樹的果子，因形似葡萄，故用以轉指葡萄。

**提子** tʰɐi⁴tsi² "菩提子" 的簡稱。[進口紫葡萄，初從廣東北運，帶去 "~" 一名。現今北方將葡萄與提子分為兩類，但廣州所有葡萄均稱~。]

**雪梨** syt³lei⁴ 梨子。[本指南方的一個梨子品種，後泛指各種梨子，包括北方品種，如鴨梨等。]

**欖** lam² 橄欖。

**雞屎果** kɐi¹si²kwɔ² 番石榴。

**錐仔** jœy¹tsɐi² 〈錐音衣虛切，仔音子矮切〉錐栗。

**風栗** foŋ¹lɵt⁻² 〈栗音律第 2 聲〉栗子；板栗。

**合桃** hɐp⁶tʰou⁴ 胡桃；核桃。[廣州話 "合"，與 "核" 不同音。]

**香瓜** hœŋ¹kwa¹ 甜瓜。

**南棗** nam⁴tsou² 紅棗的一種，果形較大。

**水柿** sɵy²tsʰi² 〈柿音恥〉柿子的一種。味澀，須用石灰水浸泡後才可食用。

**雞心柿** kɐi¹sɐm¹tsʰi² 〈柿音恥〉柿子的一種。果小，形如雞心，故稱。

**蔗** tsɛ³ 甘蔗的簡稱。

**山稔** san¹nim¹ 〈稔音念第 1 聲，那闆切〉一種形似楊桃的水果。味極酸，難以生吃。通常製成果脯。

**銀稔** ŋɐn⁴nim² 〈稔音念第 2 聲〉人面子。一種喬木的果實，味酸，可製果脯。核有數個小孔，如人臉上的口鼻。

**士多啤梨** si⁶tɔ¹pɛ¹lei² 〈啤音波些切，梨讀第 2 聲〉【外】草莓。[英語 strawberry]

**車厘子** tsʰɛ¹lei⁴tsi² 【外】櫻桃。[英語 cherry]

**布冧** pou³lɐm¹ 〈冧音林第 1 聲，拉音切〉【外】西洋李子。[英語 plum]

**蛇果** sɛ⁴kwɔ² 【外】原產美國的一種紅蘋果。[其英語名為 delicious，"蛇" 是其省譯。]

**啤梨** pɛ¹lei⁻² 〈啤音波些切，梨讀第 2 聲〉【外】洋梨。又名 "西洋梨"。["啤" 為英語 pear 的音譯]

\***開心果** hɔi¹sɐm¹kwɔ² 美國產的一種堅果。經製作後，堅果外殼部分爆裂，便於剝吃，故稱。[重見一 D4]

**牛油果** ŋɐu⁴jɐu⁴kwɔ² 美洲產的一種堅果。果肉淡綠色或淡黃色，黏稠而香，形如牛油，故名。

## 二 E4　莖葉類蔬菜

**青菜** tsʰɛŋ¹tsʰɔi³ 〈青音差贏切第 1 聲〉綠葉類蔬菜總稱。[普通話 "青菜" 指小白菜，與此不同。]

**郊菜** kau¹tsʰɔi³ 市郊所產蔬菜的泛稱：~牛肉 (蔬菜炒牛肉)

**白菜** pak⁶tsʰɔi³ 小白菜；菘菜。[植物學上稱菘菜為~，跟廣州話一致；但北京口語中 "白菜" 指結球白菜，即廣州話的 "黃芽白"。]

**大白菜** tai⁶pak⁶tsʰɔi³ 一種植株很大的白菜。[北方 "大白菜" 指結球白菜，即廣州話的 "黃芽白"，與此不同。]

**匙羹白** tsʰi¹kɐŋ¹pak⁶ 〈匙音遲，羹音更改之更〉一種植株很大的白菜，葉柄肥厚，柄端彎曲，有如瓷製匙，故名 (匙羹：湯匙)。[又作 "匙羹菜"]

**白菜仔** pak⁶tsʰɔi³tsɐi² 〈仔音子矮切〉未充分長大即採收的白菜。

**白菜薸** pak⁶tsʰɔi³pʰɔ¹〈薸音坡，批呵切〉同 "白菜仔"（薸：棵）。

**矮腳白菜** ɐi²kœk³pak⁶tsʰɔi³ 塌棵菜，一種塌地而生的白菜。

**菜心** tsʰɔi³sɐm¹ 菜薹。白菜的一個變種。生長迅速，容易抽薹。有綠葉菜薹和紫葉菜薹兩種。廣東通常所見為綠葉菜薹。因一般以其嫩薹（菜心）作蔬菜，故名。[ 此與普通話 "菜心" 指一般的蔬菜嫩薹意思不同，故近年北方稱此菜為 "廣東菜心"。]

**菜心薸** tsʰɔi³sɐm¹pʰɔ¹〈薸音坡，批呵切〉未充分長大即採收的菜薹（薸：棵）。

**黃芽白** wɔŋ⁴ŋa⁴pak⁶ 結球白菜，北方又稱 "大白菜"、"黃芽菜"。

**紹菜** siu⁶tsʰɔi³ 同 "黃芽白"。

**濕熱菜** sɐp¹jit⁶tsʰɔi³【俗】結球白菜。俗以為多食此菜會引起濕邪傷胃，故稱。

**芥蘭** kai³lan⁻²〈蘭讀第 2 聲〉花莖甘藍。北方亦稱 "芥藍"。[ 廣州話 "蘭" 與 "藍" 不同音 ]

**芥蘭頭** kai³lan⁻²tʰɐu⁴〈蘭讀第 2 聲〉擘藍。北方又稱 "苤藍"、"球莖甘藍"。莖部膨大成球形，可鮮食或醃製。

**椰菜** jɛ⁴tsʰɔi³ 結球甘藍。北方俗稱 "捲心菜"、"包菜"、"洋白菜"、"蓮花白"。甘藍的一個變種。

**椰菜花** jɛ⁴tsʰɔi³fa¹ 花椰菜。北方俗稱 "花菜"。[ 又作 "菜花" ]

**西蘭花** sɐi¹lan⁴fa¹ 青花菜。北方俗稱 "荷蘭花椰菜"。似花椰菜而花冠較小，綠色或紫色。[ 又作 "西蘭菜" ]

**大芥菜** tai⁶kai³tsʰɔi³ 一種植株很大的芥菜，北方稱 "蓋菜"。

**莙薘菜** kwɐn¹tat⁶tsʰɔi³ 葉用莙薘菜。北方稱 "牛皮菜"、"厚皮菜"。

**豬乸菜** tsy¹na²tsʰɔi³〈乸音拿第 2 聲〉同 "莙薘菜"（豬乸：母豬）。

**鹽西（芫荽）蔥** jim⁴sɐi¹tsʰɔŋ¹ 蔥芫荽。北方一般稱 "胡荽"，俗稱 "香菜"。[ "芫荽" 本讀為 jyn⁴sɵy¹〈音元雖〉，變讀如 "鹽西" ]

**玻璃生菜** pɔ¹lei¹saŋ¹tsʰɔi³〈生音生熟之生〉泛指脆嫩的生菜。

**油麥（蕒）菜** jɐu⁴mɐk⁶tsʰɔi³〈蕒音麥〉長葉萵苣。生菜之一變種。

**唐蒿** tʰɔŋ⁴hou¹ 茼蒿。北方俗稱 "蓬蒿"、"蒿子"。[ "唐" 是 "茼" 的音變 ]

**西洋菜** sɐi¹jœŋ⁴tsʰɔi³ 豆瓣菜。學名 "水蘿菜"。[ 簡稱 "西菜" ]

**蕎（藠）頭** kʰiu²tʰɐu⁴〈蕎（藠）音橋第 2 聲，啟擾切〉薤，北方俗稱 "茇子"。葉叢生，細長中空。鱗莖可作蔬菜，一般加工製作醬菜。鱗莖乾製品可入藥，稱 "薤白頭"。

**蒜心** syn³sɐm¹ 蒜苗；蒜薹。

**韭黃** kɐu²wɔŋ⁴ 經軟化栽培的韭菜。葉細長扁平而柔軟，黃白色。

**芽菜** ŋa⁴tsʰɔi³ 豆芽菜。

**大豆芽菜** tai⁶tɐu⁻²ŋa⁴tsʰɔi³〈豆讀第 2 聲〉黃豆芽：～炒豬腸（黃豆芽炒豬腸）[ 簡稱 "大豆芽"。參見 "芽菜" ]

**銀芽** ŋɐn⁴ŋa⁴【雅】綠豆芽：～肉片（綠豆芽炒豬肉片）[ 參見 "芽菜" ]

**細豆芽菜** sɐi³tɐu⁻²ŋa⁴tsʰɔi³〈豆讀第 2 聲〉綠豆芽。

**西芹** sɐi¹kʰɐn⁻²〈芹讀第 2 聲〉西洋旱芹。

**潺菜** san⁴tsʰɔi³〈潺音山第 4 聲，時閒切〉落葵。北方俗稱 "胭脂菜"、"藤菜"、"滑菜" 等。因煮熟後有黏液分泌出來，故名（潺：動物黏液）。

**通心菜** tʰɔŋ¹sɐm¹tsʰɔi³ 蕹菜。北方俗稱 "空心菜"、"藤藤菜"。[ 又作 "通菜" ]

**抽筋菜** tsʰɐu¹kɐn¹tsʰɔi³【俗】蕹菜。相傳多吃會導致抽筋，故名。

二
自然物和自然現象

## 二 E5　瓜類、豆類、茄果類食用植物

**節瓜** tsit³kwa¹ 毛瓜。冬瓜的一個變種。果呈長筒形或扁圓形，較冬瓜小，滿佈短粗毛。為夏季常見蔬菜。

**絲瓜** si¹kwa¹ 棱角絲瓜。[ 絲瓜有兩種：普通絲瓜，果實外形光滑，北方徑稱為 "絲瓜"，南方則稱為 "水瓜"；棱角絲瓜，果實有棱角，北方少見。廣州話的～專指棱角絲瓜。]

**勝瓜** seŋ³kwa¹ 同 "絲瓜"。[ 廣州郊區有的地方 "絲" 與 "輸" 同音，為避諱而改稱 "勝"。廣州市區 "絲" 與 "輸" 不同音，亦因 "勝" 字面吉利而採用此名稱。]

**水瓜** sθy²kwa¹ 普通絲瓜：～打狗——唔見咗一橛。(絲瓜打狗——少了一截。歇後語)。[ 參見 "絲瓜"]

**涼瓜** lœŋ⁴kwa¹ 苦瓜。因 "苦" 字不吉，人有所避忌，又因此瓜性寒涼，故稱。

**芙達** fu⁴tat⁶〈芙音扶〉苦瓜 (只用於兒歌中)：子薑辣，買～，～苦，買豬肚。

**蒲達** pʰou⁴tat⁶ 同 "芙達"。

**白瓜** pak⁶kwa¹ 菜瓜。甜瓜的一個變種。莖葉與甜瓜相似，果實長筒形，皮綠白或濃綠色。常見為綠白色者，故名。

**青瓜** tsʰɛŋ¹kwa¹〈青音差贏切第 1 聲〉黃瓜。

**木瓜** mok⁶kwa¹ 番木瓜。其果實為水果，又作蔬菜。[ 此與別稱 "榠樝" 的 "木瓜" 是完全不同的種類 ]

**木瓜公** mok⁶kwa¹koŋ¹ ①不結果實的番木瓜植株。②內瓤無籽的番木瓜果實，肉質較厚而味較佳。

**番瓜** fan¹kwa¹ 南瓜。

**荷蘭豆** hɔ⁴lan¹tɐu⁻²〈蘭讀第 1 聲，豆讀第 2 聲〉莢用豌豆。其豆莢比一般豌豆薄而軟，可作蔬菜。[ 中國自古種植豌豆，但以豌豆嫩莢為蔬菜，則是自國外傳入，可能與明代末年在中國東南沿海頻繁活動的荷蘭人有關。簡稱 "蘭豆"]

**麥豆** mɐk⁶tɐu⁻²〈豆讀第 2 聲〉豌豆。一般指所收穫的豌豆籽實。

**豆角** tɐu⁶kɔk³⁽²⁾〈角可讀第 2 聲〉豇豆。有長豇豆、普通豇豆和飯豇豆三種。廣州話通常指第一種。[ 北方話 "豆角" 泛指各種莢用豆類蔬菜，與此不同。]

**青豆** tsʰɛŋ¹tɐu⁻²〈青音差贏切第 1 聲，豆讀第 2 聲〉豆莢為草綠色或深綠色的長豇豆。

**白豆** pak⁶tɐu⁻²〈豆讀第 2 聲〉①豆莢為白綠色的長豇豆。②黃豆。色近於白，故稱。

**眉豆** mei¹tɐu⁻²〈豆讀第 2 聲〉普通豇豆或飯豇豆的籽實。

**紅豆** hoŋ⁴tɐu⁻²〈豆讀第 2 聲〉赤豆，亦即 "小豆"。

**赤小豆** tsʰɛk³siu²tɐu⁻²〈豆讀第 2 聲〉同 "紅豆"。

**綠豆公** lok⁶tɐu⁶koŋ¹ 質地特別堅實、煮不爛的綠豆。

**四季豆** sei³kwɐi³tɐu⁻²〈豆讀第 2 聲〉菜豆。北方俗稱 "雲豆"。

**龍牙豆** loŋ⁴ŋa⁴tɐu⁻²〈豆讀第 2 聲〉扁豆。北方又稱 "鵲豆"、"蛾眉豆"。

**矮瓜** ɐi²kwa¹ 茄子。

**茄瓜** kʰɛ²kwa¹〈茄讀第 2 聲〉同 "矮瓜"。

**秋茄** tsʰɐu¹kʰɛ²〈茄讀第 2 聲〉秋天成熟收穫的茄子。

**燈籠椒** tɐŋ¹loŋ⁴tsiu¹ 柿子椒，一種甜椒。無辣味或辣味很淡，果實圓形或長圓形，有縱向凹溝，似燈籠，故名。

**青椒** tsʰɛŋ¹tsiu¹ 一種果實較大的辣

66

椒。果實長形，辣味不濃。因通常在果實為綠色、尚未轉為橙紅色時即採收，故名。

**尖嘴辣椒** tsim¹tsɵy⁴lat⁶tsiu¹ 果實長形、尾尖的辣椒。一般較辣。

**指天椒** tsi²tʰin¹tsiu¹ 一種極辣的小辣椒。長在植株上時尖底朝天，故名。

## 二 E6　塊莖類食用植物

**薯仔** sy⁴tsɐi²〈仔音子矮切〉馬鈴薯。以其比甘薯小，故稱（仔：表示小的詞尾）。

**荷蘭薯** hɔ⁴lan⁻¹sy⁴〈蘭讀第 1 聲〉同"薯仔"。[ 此薯從國外傳入，可能與明代末年在中國東南沿海頻繁活動的荷蘭人有關 ]

**檳榔薯** pɐn¹lɔŋ⁴sy⁴ 一種肉質紫色的甘薯。因色似檳榔汁，故名。

**紅心番薯** hɔŋ⁴sɐm¹fan¹sy⁴⁽⁻²⁾〈薯可讀第 2 聲〉同"檳榔薯"。[ 人對紫色和紅色有時相混 ]

**檳榔芋** pɐn¹lɔŋ⁴wu⁶⁽⁻²⁾〈芋音戶，又讀第 2 聲〉一種肉質紫色的芋頭。因色似檳榔汁，故名。

**荔浦芋** lɐi⁶pʰou²wu⁶⁽⁻²⁾〈芋音戶、又讀第 2 聲〉同"檳榔芋"。因以廣西荔浦所產最為著名，故名。

**甘筍** kɐm¹sɵn² 胡蘿蔔。

**紅蘿蔔** hɔŋ⁴lɔ⁴pak⁶〈蔔音白〉同"甘筍"。

**爬齒蘿蔔** pʰa⁴tsʰi²lɔ⁴pak⁶〈蔔音白〉一種細長的蘿蔔。廣東人常用來煮湯。

**爬子蘿蔔** pʰa⁴tsi²lɔ⁴pak⁶〈蔔音白〉同"爬齒蘿蔔"。

***花心蘿蔔** fa¹sɐm¹lɔ⁴pak⁶〈蔔音白〉肉質鬆軟、斷面往往帶暗斑的蘿蔔，味道較差。[ 重見一 G6 ]

**子薑** tsi²kœŋ¹ 嫩薑。

**薑芽** kœŋ¹ŋa⁴ 同"子薑"。

**沙葛** sa¹kɔt³⁽⁻²⁾〈葛多讀第 2 聲〉豆薯。

亦稱"涼薯"[ ～為廣州話固有名稱，後因部分天主教、基督教徒以"葛"與英語 God(上帝) 音近而避諱，所以"豆薯"，"涼薯"的名稱也通行 ]

**菱角** lɛŋ⁴kɔk³ 菱的果實，因其萼片發育成硬角，故名。

**茭筍** kau¹sɵn²〈茭音交〉茭白。因類竹筍，故名。

**馬蹄** ma⁵tʰɐi⁻²〈蹄讀第 2 聲，音體〉荸薺。

**蓮藕** lin⁴ŋɐu⁵ 藕。

## 二 E7　花、草、竹、樹

**紅棉** hɔŋ⁴min⁴ 木棉。紅棉於 1932 年和 1982 年兩度被推為廣州市花。

**白蘭** pak⁶lan⁻²〈蘭讀第 2 聲〉白蘭花的簡稱。

**含笑** hɐm⁴siu³ 含笑花的簡稱。

**蓮花** lin⁴fa¹ 荷花。

***吊鐘** tiu³tsoŋ¹ 吊鐘花的簡稱。北方別稱"鈴兒花"。[ 重見二 B2 ]

**雞公花** kɐi¹koŋ¹fa¹ 雞冠花。

**聖誕花** sɛŋ³tan³fa¹ 一品紅，北方俗稱"猩猩木"。花小，花下的葉子為鮮紅色，形如花瓣。為著名觀賞植物。因開花時間在冬季，與聖誕節相先後，故名。

**霸王花** pa³wɔŋ⁴fa¹ 令箭荷花。可供觀賞用。其花之乾製品亦稱～，為廣東人熬湯的常用配料。

**劍花** kim³fa¹ 同"霸王花"。

**臭花** tsʰɐu³fa¹ 馬櫻丹。北方別稱"五色梅"、"五色繡球"、"七變花"。因有強烈的氣味，故名。

**怕醜草** pʰa³tsʰɐu²tsʰou² 含羞草(怕醜：害羞)。

**酸味草** syn¹mei⁻¹tsʰou²〈味讀第 1 聲〉酢漿草。莖和葉含草酸，有酸味，故名。

二

自
然
物
和
自
然
現
象

**酸味仔** syn¹mei⁻¹tsɐi²〈味讀第 1 聲，仔音子矮切〉雀梅藤。果實小，味酸，故名。

**雞屎藤** kɐi¹si²tʰɐŋ⁴ 一種藤本植物，有強烈氣味類似雞糞，故名。

**滑蕨** wat⁶kʰyt³〈蕨音決〉蕨菜，即蕨的幼苗，可食用。因質地細嫩，故名（滑：食物嫩而可口）。

**黃狗毛** wɔŋ⁴kɐu²mou⁻¹〈毛讀第 1 聲〉金毛狗。北方亦稱“金毛狗脊”。蕨類植物，密生金黃色長茸毛，形如狗頭，故名。其根狀莖可入藥。

**黃狗頭** wɔŋ⁴kɐu²tʰɐu⁴ 同“黃狗毛”。

**狼萁** lɔŋ¹kei¹〈狼讀第 1 聲，其音機〉芒萁。一種蕨類植物，莖細長。舊時常作燃料。

**入地金牛** jɐp⁶tei⁶kɐm¹ŋɐu⁴ 紫金牛。北方亦稱“老勿大”、“平地木”。

**魚腥草** jy⁴sɛŋ¹tsʰou²〈腥音思贏切第 1 聲〉蕺菜。有特異氣味，略似魚腥味，故名。

**瓜子菜** kwa¹tsi²tsʰɔi³ 馬齒莧。肉質草本植物，葉形似瓜子，故名。

**臭草** tsʰɐu³tsʰou² 茅香。北方俗稱“香草”。

**篙竹** kou¹tsok¹ 撐篙竹。別稱“油竹”，為華南良種竹材。常作船篙，故名。

**茅竹** mau⁴tsok¹ 毛竹。[廣州話“毛（mou⁴）”與“茅”不同音]

**觀音竹** kwun¹jɐm¹tsok¹ 羅漢竹。北方亦稱“龜甲竹”。毛竹的一個比較罕見而極富觀賞價值的變種。其特徵為竿較原種稍矮小，下部節間短縮而膨脹，諸節交互呈斜面地相連接。

**佛肚竹** fɐt⁶tʰou⁵tsok¹ 同“觀音竹”。以其膨脹如佛肚，故名。

**金竹** kɐm¹tsok¹ 金鑲玉竹。表皮金黃、間有綠色縱紋的竹子。

**四方竹** sei³fɔŋ¹tsok¹ 一種方莖、皮青的竹子。原產於廣東南海西樵山。

**霸王樹** pa³wɔŋ⁴sy⁶【俗】榕。因此樹可憑氣根不斷擴展地盤，故稱（霸王：橫行霸道）。

**森樹** sɐm¹sy⁶ 楝樹。亦稱“苦楝”。

**水橫枝（梔）** sɵy²waŋ²tsi¹〈梔音枝〉梔子。北方亦稱“黃梔子”、“山梔”。常作盆景。

**火簕秧** fɔ²lɐk⁶(lak⁶)jœŋ¹〈音勒〉一種肉質植物。扁者無枝無葉，圓者多枝葉。叢生成樹。四棱有芒刺。

**黐頭婆** tsʰi¹tʰɐu⁴pʰɔ⁴〈黐音差衣切〉蒼耳子。因常黏附於人頭髮上，故名（黐：黏）。

**茶仔** tsʰa⁴tsɐi²〈仔音子矮切〉茶樹籽。舊時人常取以研粉為洗頭劑。

**樹仔頭** sy⁶tsɐi²tʰɐu⁴〈仔音子矮切〉樹椿盆景。將木本植物栽在盆中，經過多年修剪、綁紮、施肥等精細管理和藝術加工，使樹幹蒼勁有力，枝葉青翠繁茂的一種盆栽植物。一般莖幹矮小，樹齡數十年或百餘年，而高僅數寸或數尺。

## 二 E8　其　他 [附微生物]

**雲耳** wɐn⁴ji⁵ 木耳。又稱“黑木耳”。

**雪耳** syt³ji⁵ 銀耳，又名“白木耳”。

**冬菇** toŋ¹kwu¹ 香菇。

**花菇** fa¹kwu¹ 香菇的一種，其乾製品頂蓋上龜裂成花紋，質量最佳。

**香信（蕈）** hœŋ¹sɵn³ 香菇的一種，形體較大，質量稍次。

**菌** kwʰɐn² 蕈；蘑菇：啲爛樹頭度生啲～出嚟。（那些腐爛樹椿上長出一些蕈來。）

**花旗參** fa¹kʰei⁴sɐm¹〈參音深〉西洋參。原產北美洲，故稱（花旗：美國國旗）。通常指其乾燥品。中醫以根入藥，性涼，味苦甘，功能養陰、清火、生津。

**淮(懷)山** wai⁴san¹ 薯蕷。北方通稱"山藥"。舊時以河南沁陽縣（舊屬懷慶府）所產最為著名，稱"懷山藥"。廣州話的～即"懷山藥"的簡稱，但已不專指沁陽所產。

**薏米** ji³mɐi⁵〈薏音意〉薏苡。北方俗稱"藥玉米"、"回回米"。特指薏苡的種仁。常用來煮湯，能清熱利濕。

**水草** sɵy²tsʰou² 某些形態細長的水生植物的泛稱。[ 普通話也把某些水生植物稱為"水草"，但不一定是形態細長的。]

**水浮蓮** sɵy²fɐu⁴lin⁴ 某些大型水生漂浮或直立草本植物的泛稱，包括大藻、鳳眼藍等。可作豬飼料或綠肥。[ 普通話"水浮蓮"專指大藻，廣州話的含義較寬泛一些 ]

**浮(蒲)藻** pʰou⁴pʰiu²〈浮音葡，藻音漂第 2 聲〉某些小型、微型水生漂浮植物的泛稱，有時特指浮萍。

**浮(蒲)蕎** pʰou⁴kʰiu²〈浮音葡，蕎音橋第 2 聲〉同"浮藻"。["蕎"是"藻"的音變 ]

**魚茜** jy⁴sɐi¹〈茜音西〉金魚藻。為魚類的餌料，又可作豬的飼料。

**青才** tsʰɛŋ¹tsʰɔi⁴〈青音差嬴切第 1 聲〉青苔：嘚大石頭上便生滿～。(那大石頭上長滿青苔。)["才"是"苔"的音變 ]

**微菌** mei⁴kwʰɐn²【舊】細菌。

# 三、人造物

## 三A　生活用品和設施

### 三A1　衣、褲、裙

**衫** sam¹ 衣服：翻風嘞，着多件～啦。（颱風了，多穿件衣服吧。）

**面衫** min²sam¹〈面讀第 2 聲，摸演切〉外衣：熱就除低件～啦。（熱就脫掉外衣吧。）

**飲衫** jɐm²sam¹【謔】赴宴禮服（飲：赴宴）：今日去飲咩？着住件～。（今天赴宴嗎？穿上這麼件禮服。）

**裇衫** sɵt¹sam¹〈裇音恤〉【外】襯衣：你件～好靚喎。（你的襯衣很漂亮。）[ 英語 shirt ]

**底衫** tɐi²sam¹ 內衣：咪着住～出街啦，失禮死啊。（別穿着內衣上街，太丟人了。）

**笠衫** lɐp¹sam¹ ①套頭衫；各種不開襟針織上衣的泛稱（笠：套）。②汗衫（短袖無領的薄套頭衫，一般作內衣）。

**過頭笠** kwɔ³tʰɐu⁴lɐp¹ 長袖套頭衫（笠：套）。

**厚笠** hɐu⁵lɐp¹ 厚絨衣（笠：套）。

**薄笠** pɔk⁶lɐp¹ 薄絨衣；秋衣（笠：套）。

**文化衫** mɐn⁴fa³sam¹ 汗衫（短袖無領的薄套頭衫）。因較背心斯文一些，舊時常為文化人所喜愛，故名。

**飛機裇** fei¹kei¹sɵt¹〈裇音恤〉【外】夾克。因其形與飛行服相近。故名。[ “裇” 為英語 shirt 的音譯。簡作“機裇” ]

**T裇** tʰi¹sɵt¹〈裇音恤〉【外】有領短袖套頭衫。一般無紐扣，或領口處僅有紐扣兩三枚。因整體形狀像英文字母 T，故名。[ “裇” 為英語 shirt 的音譯。]

**波裇** pɔ¹sɵt¹〈裇音恤〉【外】①球衣；運動服：呢件～係球王比利着過㗎。（這件球衣是球王比利穿過的。）②絨衣。[ 英語 ball shirt ]

**士鈙裇** si⁶pʰut³sɵt¹〈裇音恤〉【外】運動服：着住～，就算唔係運動員都幾醒㗎。（穿上運動服，就算不是運動員也挺精神的。）[ 英語 sport shirt ]

***褸** lɐu¹〈音樓第 1 聲，拉歐切〉大衣：喺香港冇乜機會着～㗎咋。（在香港，沒甚麼機會穿大衣。）[ 重見二 D2、六 D7、七 B1、九 B15 ]

**大褸** tai⁶lɐu¹〈褸音拉歐切〉大衣（褸：大衣）。通常指長度及膝的大衣。

**中褸** tsɔŋ¹lɐu¹〈褸音拉歐切〉短大衣（褸：大衣）。其長度一般僅及臀部。

**雪褸** syt³lɐu¹〈褸音拉歐切〉毛皮大衣（褸：大衣）。於極冷大穿着，故稱“雪”。

**太空褸** tʰai³hoŋ¹lɐu¹〈褸音拉歐切〉羽絨服（褸：大衣）。因外形似宇航服，故名。

**乾濕褸** kɔn¹sɐp¹lɐu¹〈褸音拉歐切〉晴雨衣（褸：大衣）。與羽絨服相似，只是面料使用防水布；並附有連衣帽，故可起到雨衣的作用。

**雨褸** jy⁵lɐu¹〈褸音拉歐切〉雨衣（褸：大衣）：外便落緊雨，着翻件～至好出門啊。（外面正在下雨，穿上雨衣才好出門。）

**褸裙** lɐu¹kwʰɐn⁴〈褸音拉歐切〉一種大衣式連衣裙（褸：大衣），適於秋冬穿着。

**對胸衫** tøy³hoŋ¹sam¹ 泛指在胸前開襟的上衣，與套頭衫和側襟衫相對而言。

**大襟衫** tai⁶kʰɐm¹sam¹ 側襟衫，為中式女上衣，紐扣在右側腋下。

**老西** lou⁵sɐi¹【謔】西裝。通常指套裝：今晚去飲，梗係要着～喇。（今晚赴宴，當然要穿西裝。）

**單吊西** tan¹tiu³sɐi¹ 單件西裝（只有上衣不配褲子）：呢牌好興～。（這段時間流行穿單件西裝）[又作"單吊"]

**唐裝衫** tʰoŋ⁴tsoŋ¹sam¹ 中式便服（唐：指代中國）：而家冇乜人着～㗎喇。（現在沒多少人穿中式便服了。）[簡作"唐裝"]

**裙褂** kwʰɐn⁴kwa³ 中式女禮服。通常是新娘在婚禮上穿的禮服。

**夾衲** kap³nap⁶〈衲音納〉夾衣。通常有夾層裏子，比普通外衣要厚些。適宜在稍涼的季節穿着。

**龜背** kwɐi¹pui³ 棉背心。因形同龜殼，故名。

**棉衲** min⁴nap⁶〈衲音納〉棉襖：絲～

**直身裙** tsek⁶sɐn¹kwʰɐn⁴ 下襬較窄的西裝連衣裙：唔係人人着～都好睇嘅。（不是人人穿西裝連衣裙都好看的。）

**卸肩裝** sɛ³kin¹tsoŋ¹ 露肩女裝。

**面褲** min⁻²fu³〈面讀第 2 聲，摸演切〉穿在外面的褲子。與"底褲"相對。

**𤿚腸褲** lap⁶tsʰœŋ⁻²fu³〈腸讀第 2 聲，此響切〉【喻】褲管很窄的褲子。

**牛頭褲** ŋɐu⁴tʰɐu⁴fu³ 短褲。

**底褲** tɐi²fu³ 內褲；襯褲。與"面褲"相對。

**褲頭** fu³tʰɐu⁴ 褲衩。[重見三 A3]

**孖煙筒** ma¹jin¹tʰoŋ¹〈孖音媽，筒音通〉【喻】【謔】褲腿稍長的短內褲。

因其形似舊式輪船上兩個並排的煙筒，故名（孖：並聯）。

**熱褲** jit⁶fu³ 超短內褲。

**開裲褲** hoi¹noŋ⁻²fu³〈裲音囊第 2 聲，那講切〉（嬰兒穿的）開襠褲（裲：褲襠）。

## 三 A2　其他衣物、鞋、帽

**屎片** si²pʰin⁻²〈片讀第 2 聲，婆演切〉尿布；嬰、幼兒的臀圍。其功能是承接遺糞、遺尿，故名。

**尿片** niu⁶pʰin⁻²〈片讀第 2 聲，婆演切〉同"屎片"。

**口水肩** hɐu²søy²kin¹ 圍嘴兒；嬰、幼兒的圍領。其功能是承接唾液或食物汁液，防止弄髒衣服，故名。

**孭帶** mɛ¹tai⁻²〈孭音麼些切，帶讀第 2 聲〉背帶。用以背負嬰、幼兒的織物（孭：背）。

**胸圍** hoŋ¹wɐi⁴【雅】乳罩；抹胸。

**文胸** mɐn⁴hoŋ¹【雅】乳罩。

**犁罩** nin¹tsau³〈犁音年第 1 聲，那煙切〉【俗】乳罩（犁：乳房）。

**領呔(太)** lɛŋ¹tʰai¹〈領音禮贏切第 5 聲，呔(太)音太第 1 聲〉【外】領帶：着西裝唔打～，始終唔係咁好睇。（穿西裝不打領帶，始終不怎麼好看。）[英語 tie。又簡作"呔(太)"]

**頸巾** kɛŋ²kɐn¹ 圍巾。

**手巾仔** sɐu²kɐn¹tsɐi²〈仔音子矮切〉手帕。

**面巾** min⁶kɐn¹ 洗臉毛巾（面：臉）。

**原子襪** jyn⁴tsi²mɐt⁶〈襪音勿〉尼龍襪子。[在 40 年代後期及以後一段時期，大量新產品被標榜以"原子"之名，尼龍襪子即其中之一]

**手襪** sɐu²mɐt⁶〈襪音勿〉手套。

*****手袖** sɐu²tsɐu⁶ 袖套：戴對～嚟做嘢。（戴一副袖套來幹活。）[重見三 A3]

**水鞋** søy²hai⁴ 雨鞋；雨靴：長筒～（雨靴）

**懶佬鞋** lan⁵lou¹hai⁴ 棉布便鞋。通常沒有鞋帶子，可為懶人省去一道繫鞋帶的工序，故名。

**高踭鞋** kou¹tsaŋ¹hai⁴〈踭音之坑切〉高跟鞋（踭：腳後跟）。

**鬆糕鞋** soŋ¹kou¹hai⁴【喻】以一種泡沫塑料做鞋底的厚底鞋，鞋底似發糕狀，故稱（鬆糕：發糕）。

**波缽** pɔ¹put³【外】球鞋；球靴；運動鞋：先頭嗰腳踢到～都甩埋。（剛才那一腳連球靴也踢飛了。）[ 英語 ball boot ]

**鞋碼** hai⁴ma⁵ 鞋釘；鞋掌。打在鞋底上以保護鞋底免受磨損的器物。通常以金屬製成。

**鞋踭** hai⁴tsaŋ¹〈踭音之坑切〉鞋跟（踭：腳後跟）。

**鞋嘴** hai⁴tsøy² 鞋尖兒：～尖過頭，唔好睇。（鞋尖兒太尖了，不好看。）

**鞋抽** hai⁴tsʰɐu¹ 鞋拔子（抽：向上提）。

**屐** kʰɛk⁶〈音劇〉木拖鞋；趿拉板兒。

**膠拖** kau¹tʰɔ¹ 橡膠或塑料拖鞋。

**唅帽** kip¹(kɛp¹)mou⁻²〈唅音劫第 1 聲，又音機些切加劫字的音尾；帽讀第 2 聲〉【外】鴨舌帽。[ 英語 cap ]

**巴黎帽** pa¹lɐi⁴mou⁻²〈 帽 讀 第 2 聲 〉【外】貝雷帽。[ 英語 barret ]

## 三 A3　衣物各部位及有關名稱

**假膊** ka²pɔk³ 衣服墊肩；義肩（膊：肩）。通常以海綿或質地堅挺的針織品製成。有墊肩的衣服，穿上使人感覺肩較平。

**衫尾** sam¹mei⁵ 衣服後襬。

*__手袖__ sɐu²tsɐu⁶ 衣袖。[ 重見三 A2 ]

**雞翼袖** kɐi¹jek⁶tsɐu⁶ 極短的袖子（雞翅膀比一般鳥翅短）。

**企領** kʰei⁵lɛŋ⁵〈領音黎贏切第 5 聲〉豎領（企：豎）。

**樽領** tsɵn¹lɛŋ⁵〈樽音准第 1 聲，領音黎贏切第 5 聲〉圍住脖子的豎領。形如瓶口，故名（樽：瓶）。

**反領** fan²lɛŋ⁵〈領音黎贏切第5聲〉翻領。

**杏領** hɐŋ⁶lɛŋ⁵〈領音黎贏切第 5 聲〉圓領，近胸處成淺角如杏果形，故稱。

**褲裲** fu³nɔŋ⁶〈裲 音囊第 6 聲〉褲襠：個～大得滯。（褲襠太大了。）[ 又作"裮" ]

*__褲頭__ fu³tʰɐu⁴ 褲腰（通常指繫皮帶的部分）。[ 重見三 A2 ]

**褲腳** fu³kœk³ 褲腿。

*__褲頭帶__ fu³tʰɐu⁴tai⁻²〈帶讀第 2 聲〉束繫褲腰的帶子（布帶或鬆緊帶）。[ 重見三 A18 ]

*__橡筋__ tsœŋ⁶kɐn¹ 鬆緊帶。[ 重見三 A18 ]

**厘士** lei¹si⁻²〈厘讀第 1 聲，士讀第 2 聲〉【外】花邊、飾邊；網狀織物。[ 英語 lace ]

**袋₁** tɔi⁻²〈讀第 2 聲，底海切〉口袋；兜兒：衫～（衣兜兒）| 褲～。

**紐** nɐu² 紐扣；扣子：衫～（衣服上的紐扣）| 褲～（褲子的紐扣）

**紐門** nɐu²mun⁴ 扣眼（固定紐扣的孔）：開～。（造扣眼。）

**紐公** nɐu²koŋ¹ 子母扣中凸出一邊；中式紐扣中帶圓頭的一邊。與"紐乸"相對。

**紐乸** nɐu²na²〈乸音拿第 2 聲，那啞切〉子母扣中凹入的一邊；中式紐扣中成圈狀的一邊。與"紐公"相對（乸：母）。

**啪紐** pak¹nɐu¹〈啪音伯第 1 聲〉摁紐；子母扣兒。扣摁紐通常會發出"啪"的聲響，故稱。

**油脂(柔姿)裝** jɐu⁴tsi¹tsɔŋ¹ 奇裝異服 [ 參見一 D2 "油脂仔" ]

## 三 A4　牀上用品

**牀鋪被薦** tsʰɔŋ⁴pʰou¹pʰei⁵tsɛk⁶ 鋪蓋；牀上用品的總稱。

**被鋪** pʰei⁵pʰou¹ 鋪蓋；被褥。

**墊褥** tin³jok⁻² ⟨褥音肉第 2 聲⟩ 褥子。

**牀薦** tsʰɔŋ⁴tsin³ 同 "墊褥"（薦：墊）。

**棉胎** min⁴tʰɔi¹ 棉被的內胎。

**經** kaŋ¹ ⟨加坑切⟩ 棉被內胎上的縱橫棉線，作用在使棉花固定成形。[ 此字一般讀 keng¹⟨音京⟩，在這個意義上則讀為特別的音。]

**被袋** pʰei⁵tɔi⁻² ⟨袋讀第 2 聲⟩ 被罩；棉被的外套。[ 普通話 "被袋" 指裝被子等的圓筒形袋子，廣州話也有這個意思。]

**氈** tsin¹ ⟨音煎⟩ 毯子：羊毛～（羊毛毯子）｜電熱～（有電發熱裝置的毛毯）

**毛巾氈** mou⁴kɐn¹tsin¹ ⟨氈音煎⟩ 毛巾毯。

**朱被** tsy¹pʰei⁵ 一種毛巾毯。其捲曲經紗露出較短，形如珠粒，故名。

**冘頭肉** tsɐm²tʰɐu⁴jok⁻² ⟨肉讀第 2 聲⟩ 枕頭芯子（肉：內含物）。

**冚牀布** kʰɐm²tsʰɔŋ⁴pou³ ⟨冚音禽第 2 聲⟩ 牀罩（冚：蓋）。用以覆蓋牀上被具的織物，以保持被具及牀的清潔。

**罨傘帳** lɔ⁴san³tsœŋ³ 吊傘式蚊帳。

## 三 A5　飾物、化妝品

**頸鏈** kɛŋ²lin⁻² ⟨鏈音第 2 聲，黎演切⟩ 項鏈：鑽石～（鑽石項鏈）｜金～（金項鏈）

**手鈪** sɐu²ak² ⟨鈪音阿客切第 2 聲⟩ 手鐲子。[ 又作 "鈪" ]

**金鈪** kɐm¹ak² ⟨鈪音阿客切第 2 聲⟩ 金鐲子。

**玉鈪** jok⁶ak² ⟨鈪音阿客切第 2 聲⟩ 玉鐲子。

**火鑽** fɔ²tsyn³ 紅寶石。因其色如火，故名：呢粒～好好火㗎。（這顆紅寶石挺紅的。）

**頂夾** tɛŋ²kip⁻² ⟨頂音底贏切第 2 聲，夾音劫第 2 聲⟩ 髮夾子。

**襟章** kʰɐm¹tsœŋ¹ 胸章。

**口唇膏** hɐu²sɵn⁴kou¹ 口紅；唇膏：今年嘅～流行橘紅色。（今年的口紅流行橘紅色。）

**眼影** ŋan⁵jeŋ² 【外】眼瞼膏。一種塗抹在眼瞼上的化妝品，使眼睛產生深邃而大的效果。[ 英語 eye shadow 的意譯詞 ]

**粉底** fɐn²tei² 脂粉。正式化妝前塗抹的底層白色脂粉，以增加化妝的效果及易於卸妝。

**水粉** sɵy²fɐn² 脂粉。因其含有一定的水份。故稱。

**雪蛤膏** syt³kɐp⁻²kou¹ ⟨蛤音急第 2 聲⟩ 蛤蜊油。狀如雪花膏，但多無香味。主要用以防止皮膚皸瘃，同時兼有化妝品的功用。因其以蛤蜊殼盛貯，故名。

**花士令** fa¹si⁶leŋ² ⟨令讀第 2 聲，麗影切⟩ 【外】凡士林。本指一種白色或黃色的油脂狀石油產品，現多指作化妝品原料的脂狀石油產品。[ 英語 vaseline ]

## 三 A6　鐘錶、眼鏡、照相器材

**時辰鐘** si⁴sɐn⁴tsoŋ¹ 【舊】鐘。

**滴口鐘** tek⁶tak⁶tsoŋ¹ ⟨第二字音第額切⟩ 【兒】鐘（"滴口" 為摹仿鐘走的聲音）。

***呤鐘** laŋ¹tsoŋ¹ ⟨呤音冷第 1 聲，拉坑切⟩ 鬧鐘（呤：摹仿鈴聲的象聲詞）。[ 重見三 A8 ]

**佗錶** tʰɔ⁴piu¹ ⟨佗音駝，錶音標⟩ 懷錶；掛錶（佗：負於身前）。

三
人
造
物

三
人
造
物

腕錶 wun²piu¹〈錶音標〉【舊】手錶。

錶面 piu¹min⁻²〈錶音標，面讀第 2 聲〉
① 手錶或懷錶上有時間標度的錶
盤。② 錶盤上的透明護面。

錶蓋 piu¹kɔi³〈錶音標〉錶盤上的透明
護面。

錶肉 piu¹jok⁻²〈錶音標，肉讀第 2 聲〉
手錶或懷錶的機芯（肉：內含物）：
機械～（機械錶的機芯）

鏈 lin⁻²〈讀第 2 聲，黎演切〉① 鐘、
錶的發條：有晒～喇，快啲上翻～
啦。（發條走完了，快給它上發條
吧。）② 手錶或懷錶的錶鏈、錶帶
（指金屬的）。

錶鏈 piu¹lin⁻²〈錶音標，鏈讀第 2 聲〉
① 金屬錶帶：鍍金～② 手錶或懷錶
的發條：上～。

眼枷 ŋan⁵kʰa¹(ka¹)〈枷音卡，又音加〉
眼鏡。

墨超 mɐk⁶tsʰiu¹ 太陽鏡。

眼鏡髀 ŋan⁵kɛŋ⁻²pei²〈鏡讀第 2 聲，髀
音比〉眼鏡腿（髀：大腿）。

失打 sɐt¹ta²【外】照相機快門。照相
機上控制曝光時間的重要部件。
有機械或電子控制等結構。[ 英語
shutter ]

菲林 fei¹lɐm⁻²〈林讀第 2 聲〉【外】膠
片；膠捲。[ 英語 film ]

咪紙 mei¹tsi²〈咪音米第 1 聲〉【外】印
相紙；放大紙。[ 英語 bromide paper
的半音譯詞 ]

相 sœŋ²〈讀第 2 聲，洗響切〉照片：
彩色～｜黑白～

## 三 A7　紙　類

雞皮紙 kɐi¹pʰei⁴tsi² 牛皮紙。一種包裝
紙，因其表面粗糙、色黃褐近雞皮
而得名。

紙皮 tsi²pʰei⁴ 牛皮紙。

咭紙 kʰat¹tsi²【外】硬卡紙（咭：卡片）。
[ "咭" 為英語 card 的音譯 ]

印水紙 jɐn³sɵy²tsi² 吸墨紙。紙質粗鬆、
吸水性強。供書寫時吸乾墨水用。

皺紋紙 tsɐu³mɐn⁴tsi² 皺紙。一般是指
生活用皺紙（包括衛生、餐巾及醫藥
用紙等）。

草紙 tsʰou²tsi² 廁紙。因以前的廁紙多
以草稈為原料，製作粗糙，紙中常
殘存草稈。故名。現多改用皺紙，
而其名則沿用未改。

大姨媽紙 tai⁶ji⁴ma¹tsi²【謔】婦女月經
用紙。多以皺紙為之。[ 參看 2C1
"大姨媽" ]

過底紙 kwɔ³tɐi²tsi² 複寫紙。

炭紙 tʰan³tsi²【舊】複寫紙。

## 三 A8　自行車及其零部件、有關用具

[ 與其他車類通用者均列於此 ]

單車 tan¹tsʰɛ¹ 自行車；腳踏車。

瘦馬 sɐu³ma⁵〈喻〉【謔】自行車。

*轆（碌）lok¹〈音鹿第 1 聲，拉屋切〉
車輪：單車～（自行車輪子）｜汽
車～ [ 重見六 A5、六 B4、十 C2 ]

呔（肽）tʰai¹〈音太第 1 聲〉【外】車
胎：補～｜車～有啲漏氣。（輪胎有
點漏氣。）[ 英語 tire。與普通話輪
胎的 "胎" 同，但廣州話 "～" 與
"胎" 字不同音 ]

鋼線 kɔŋ³sin⁻²〈線讀第 2 聲，音癮〉自
行車及三輪車等車輪的鋼質輻條。

框₂ kwʰaŋ¹ 自行車及三輪車等的輪
（套着輪胎的鋼圈）：跌到～都殼埋
（摔得連車輪鋼圈也扭彎了。）

狗髀架 kɐu³pei²ka⁻²〈髀音比，架真
假之假〉【喻】自行車及三輪車的三
角形車架（髀：腿）。

喉嘴 hɐu⁴tsɵy² 自行車輪胎上的氣門
（給輪胎加氣的閥門）：～漏氣。

沙罨 sa¹kʰɐm²〈罨音禽第 2 聲〉車輪子上的擋泥板（罨：蓋）：不銹鋼～

鏈罨 lin²kʰɐm²〈鏈讀第 2 聲，罨音禽第 2 聲〉自行車或摩托車鏈條的護罩（罨：蓋）：大～（全罩式自行車鏈罩）｜細～（半罩式自行車鏈罩）

舦（軑）tʰai⁵〈音太第 5 聲，肚蟹切〉自行車、三輪車、摩托車等的車把。[ 重見三 D2、三 D3 ]

制₁（掣）tsɐi³ 剎車裝置：你架車嘅～靈唔靈？（你的車子剎車靈不靈？）[ 重見三 A15、七 A10 ]

煞制 sat³tsɐi³ 同 "制"。

呤鐘 laŋ¹tsoŋ¹〈呤音冷第 1 聲〉自行車、三輪車的鈴鐺（呤：形容鈴聲的象聲詞）：～唔響。（車鈴鐺不響。）[ 重見三 A6 ]

坐泄 tsɔ⁶sit⁻¹〈泄讀第 1 聲〉【外】自行車、三輪車、摩托車等的鞍座：單車～（自行車鞍座）[ 英語 seat。又簡作 "泄" ]

卻踏 kœk³tap⁶ 自行車等的腳蹬：左邊～（左邊的腳蹬）｜右邊～（右邊的腳蹬）。

後尾架 hɐu⁶mei⁵ka⁻²〈架音真假之假〉自行車或摩托車的車後架。[ 又作 "書尾架" ]

單車泵 tan¹tsʰɛ¹pɐm¹〈泵音波音切〉【外】打氣筒（給自行車等輪胎加氣的工具）。[ "泵" 為英語 pump 的音譯 ]

## 三 A9　衛生和清潔用品、用具

臭丸 tsʰɐu³jyn² 萘丸；衛生球；樟腦丸。一種驅蟲劑，常用作熏衣物用。因散發出一種難聞的氣味，故名。

梘（鹼）kan²〈音間第 2 聲〉肥皂。[ 傳統上以鹼（碳酸鈉）為日常洗滌劑，

後改用肥皂，仍沿用此名稱，而另寫作 "梘"。]

番梘 fan¹kan²〈梘音間第 2 聲〉肥皂（梘：肥皂），特指洗衣皂。因傳自國外，故名 "番"。

香梘 hœŋ¹kan²〈梘音間第 2 聲〉香皂；具有不同香氣的高級肥皂。

藥梘 jœk⁶kan²〈梘音間第 2 聲〉藥性皂。供清潔皮膚用的一種洗滌劑。製法與普通肥皂同，但加入適量的殺菌劑，故稱：硼酸～（加入硼酸的藥性皂）

洗衫梘 sɐi²sam¹kan²〈梘音間第 2 聲〉洗衣皂。供家庭洗滌衣物用的肥皂。

梘粉 kan²fɐn²〈梘音間第 2 聲〉洗衣粉。

香波 hœŋ¹pɔ¹【外】洗髮劑。清潔頭髮的洗滌用品，通常為液態，有一定的香味。[ 英語 shampoo ]

洗頭水 sɐi²tʰɐu⁴sɵy² 液態洗髮劑。

梘（鹼）沙 kan²sa¹〈梘（鹼）音間第 2 聲〉十水合碳酸鈉結晶。外形似沙，故名。有強去油污作用，現一般用於工廠工人等洗油垢用的洗滌劑。

掃把 sou³ba² 掃帚。

地拖 tei⁶tʰɔ¹ 拖把。

雞毛掃 kɐi¹mou⁴sou⁻² 〈掃音嫂〉雞毛撣子。

*簪 tsʰam²〈音慘〉簸箕：垃圾～（裝垃圾的簸箕）[ 重見二 B4 ]

*枱布 tʰɔi⁻²pou³〈枱音台第 2 聲〉擦桌布（枱：桌子）。[ 重見三 A13 ]

碗布 wun²pou³ 洗碗布。

## 三 A10　一般器皿、盛器、盛具

缸瓦 kɔŋ¹ŋa⁵ 陶瓷器皿的總稱：石灣～（佛山市石灣地區所產的陶瓷器皿）

甕 oŋ³〈阿紅切第 3 聲〉缸。鼓形，陶質。多用於貯物：米～（米缸）｜水～（水缸）

**甕缸** oŋ³koŋ¹〈甕音阿紅切第 3 聲〉同"甕"。

**埕** tsʰeŋ⁴〈音程〉罈子。略近圓形，陶質：桐油~（裝桐油的罈子）｜一~酒。

**銻** tʰap³〈音塔〉一種底寬口小的罈子，陶質。

*__**埕埕銻銻**__ tsʰeŋ⁴tsʰeŋ⁴tʰap³tʰap³〈埕音程，銻音塔〉罈罈罐罐；各種陶瓷器皿的總稱。[ 重見五 B6 ]

**冚盅** hɐm⁶tsoŋ¹〈冚音含第 6 聲〉帶蓋的罐子（冚：蓋），多為陶質。可用以貯物，也可作烹飪器。

**罌** aŋ¹〈啊坑切〉瓶子；罐子。多有蓋，通常為陶瓷、玻璃等質地。用以貯物：鹽~（鹽罐子）｜糖~（糖罐子）

**錢罌** tsʰin⁴aŋ¹〈罌啊坑切〉儲錢的罐子。

**水壺** sɵy²wu⁴⁽²⁾〈壺常讀第 2 聲〉①熱水瓶。②旅行水壺。

**暖水壺** nyn⁵sɵy²wu⁴⁽²⁾〈壺常讀第 2 聲〉熱水瓶。

**樽** tsɵn¹〈音遵，資詢切〉瓶子：玻璃~｜酒~｜藥~

**花樽** fa¹tsɵn¹〈樽音資詢切〉花瓶（樽：瓶）。

*__**屉**__ tsɐt¹〈音質〉瓶塞：我頭先將個~躉喺度略，唔見咗嘅？（我剛才把塞子放這兒，怎不見了？）[ 重見六 D5 ]

**嘜** mɐk¹【外】空罐頭盒子（一般指圓柱體的）。舊時多用作盛貯器或量器。[ 英語 mug ]

**面盆** min⁶pʰun⁴⁽²⁾〈盆又可讀第 2 聲〉洗臉盆：~最好分開嚟用，唔係好易交叉傳染疾病㗎。（洗臉盆最好各用各的，否則很容易造成疾病的互相傳染。）

**喪口盅** loŋ²hɐu²tsoŋ¹〈喪音浪第 2 聲〉漱口缸（喪口：漱口）：咪用人哋個~啦。（別用別人的漱口缸。）

**痰罐** tʰam⁴kwun³ 痰盂。

**屎銻** si²tʰap³〈銻音塔〉①一種陶質舊式馬桶。②痰盂。

**尿壺** niu⁶wu⁻² 〈壺讀第 2 聲，可虎切〉夜壺。

**煙灰盅** jin¹fui¹tsoŋ¹ 煙灰缸。

**煙灰罌** jin¹fui¹aŋ¹〈罌音啊坑切〉煙灰缸。

**唊₁（篋）** kip¹〈音劫第 1 聲〉手提箱：旅行~（旅行箱）

**皮唊（篋）** pʰei⁴kip¹〈唊（篋）音劫第聲〉皮革手提箱。

**藤唊（篋）** tʰɐŋ⁴kip¹〈唊（篋）音劫第聲〉藤編手提箱。

**公事包** koŋ¹si⁶pau¹ 公文包：唔該摞個~畀我。（請把公文包拿給我。）

**水桶袋** sɵy²tʰoŋ²tɔi⁻²〈袋讀第 2 聲，打海切〉背囊。多以皮革、帆布等縐製。因其形如水桶，故名。

**絡₁** lɔk⁻²〈讀第 2 聲〉網兜。以尼龍絲、麻絲等編織而成。

**線絡** sin³lɔk⁻²〈絡讀第 2 聲〉同"絡"。

**漁絲袋** jy⁴si¹tɔi⁻²〈袋讀第 2 聲，打海切〉尼龍絲網兜（漁絲：尼龍絲）。

**手抽** sɐu²tsʰɐu¹ ①手提籃（指窄而深者，抽：提）。②手提袋。[ 又作"抽"]

**籮₂** lɔ⁻²〈讀第 1 聲，拉呵切〉①小手提籃子。②小簍子：字紙~（廢紙簍）

**窩籃** wɔ¹lam⁻¹〈籃讀第 1 聲〉圓而淺的小手提籃。因其形如窩，故名。

**挽手** wan⁵sɐu² 籃子、箱子等的提手：弊！個~斷咗添。（糟！提手斷了。）

**耳** ji⁵ 籃子、箱子及器皿等的提手：鑊~（鍋的提手）｜唊~（箱子的提手）

**笠₁** lɐp¹ 疏眼竹簍。常用以裝載各種貨物：一~荔枝｜呢種碗咁大個~先躉 30 隻。（這種碗這麼大一隻簍子才放 30 個。）

## 三 A11　廚具、食具、茶具

*煲 pou¹ 深壁鍋。〔圓底無壁的炒鍋廣州話叫"鑊"，平底淺壁者叫"平底鑊"均不稱"～"。重見七 B2、七 E15、十 F2〕

瓦煲 ŋa⁵pou¹〈煲音保第 1 聲〉沙鍋。

沙煲 sa¹pou¹〈煲音保第 1 聲〉同"瓦煲"。

銻煲 tʰei¹pou¹〈銻音梯，煲音保第 1 聲〉鋁鍋（銻：鋁）。

水煲 sɵy²pou¹〈煲音保第 1 聲〉水鍋；燒水壺。

企身煲 kʰei⁵sɐn¹pou¹〈煲音保第 1 聲〉體形較高的沙鍋（企：豎立），用以熬湯、粥。

罉（鐺）tsʰaŋ¹〈差坑切〉①特指斜壁平底蓋鍋，多為陶質，主要用來燒飯。②各種平底鍋的泛稱：成～飯宿晒。（整鍋飯全餿了。）〔燒水鍋雖也是平底，但不可稱為"～"〕

瓦罉（鐺）ŋa⁵tsʰaŋ¹〈罉（鐺）音差坑切〉陶質平底蓋鍋（罉：平底蓋鍋）

鑊 wɔk⁶〈音獲〉炒鍋。通常為圓底，也有平底的。多用作煎、炒等。質地多為金屬（鐵、不銹鋼、鋁等）。

鑊鏟 wɔk⁶tsʰan²〈鑊音獲〉鍋鏟。

飯鏟 fan⁶tsʰan² 鍋鏟（專用於鏟飯者）。

敦盅 tɐn⁶tsoŋ¹ 隔水蒸東西用的陶瓷容器。似杯而大，無耳；雙層蓋，以隔水蒸汽（燉：隔水久蒸）。〔參看七 B2 "燉"〕

羔盤 kou¹pʰun⁻²〈盤讀第 2 聲，鄙碗切〉蒸糕用的盤子。通常為金屬（銅、鋁等）質地。

少煲罌罉（鐺）sa¹pou¹aŋ¹tsʰaŋ¹〈煲音保第 1 聲，罌音啊坑切，罉（鐺）音差坑切〉各種炊具的總稱。

籬 lei¹〈籬離第 1 聲，拉禧切〉一種帶疏眼的器皿，用以洗蔬菜等，可瀝

去水份。為常見的廚具。過去多以竹編，今多用塑料製成。

擂漿棍 lɵy⁴tsœŋ¹kwɐn³ 杵(擂：搗磨)。舊時搗磨食物時一般事先浸泡或加少許水，搗成漿狀，故稱"擂漿"。

砂盆 sa¹pʰun⁴ 家用小臼。為陶製品，圓形。

缽頭 put³tʰɐu⁴ 缽。淺圓柱體的陶質器皿。多用於盛放菜餚或蒸飯。今已少用。

碟 tip⁶⁽⁻²⁾〈常讀第 2 聲〉碟子；盤子。多用於盛放菜餚、調料等：菜～（菜盤子）｜豉油～（醬油碟子）〔普通話大為"盤子"，小為"碟子"。廣州話無此區分〕

兜₁ tɐu¹ ①金屬或搪瓷碗，一般較大。在家中則一般盛湯或菜。②給貓、狗、雞等吃食用的小碗。

鎊（錪）pʰaŋ¹〈音彭第 1 聲，批坑切〉有蓋且較大的金屬食器和炊器的泛稱。有時也指其他金屬容器，如鐵桶等。

殼 hɔk³ 勺；瓢：飯～｜水～〔舊時的勺、瓢多以老葫蘆瓜外殼製成，故稱〕

羹 kɐŋ¹〈音更換之更〉湯匙；小勺兒。

匙（持）羹 tsʰi⁴kɐŋ¹〈匙音持，羹音更換之更〉同"羹"。

碗碗碟碟 wun²wun²tip⁶tip⁶ 各種食具的總稱。

茶杯碟 tsʰa⁴pui¹tip⁻²〈碟讀第 2 聲〉茶具的總稱：買翻套～。（買一套茶具。）

焗盅 kok⁶tsoŋ¹〈焗音局〉有蓋茶碗（焗：悶）。多為陶瓷質地。

## 三 A12　燃具、燃料

風爐 foŋ¹lou⁻²〈爐讀第 2 聲，音佬〉燃柴或燃煤、炭的爐子。

三
人
造
物

77

**火水爐** fɔ²søy²lou⁴ 使用煤油作燃料的爐子（火水：煤油。）

**煤氣罐** mui⁴hei³kun³ 液化石油氣鋼瓶（煤氣：液化石油氣）：～唔能夠放喺溫度高得滯嘅地方。（液化石油氣鋼瓶不能放在溫度過高的地方。）

**火筒** fɔ²tʰoŋ⁴ 吹火竹筒。

**火水燈** fɔ²søy²tɐŋ¹ 煤油燈。使用煤油作燃料以照明的燈具（火水：煤油）。今天在城市已少見。

**大光燈** tai⁶kwɔŋ¹tɐŋ¹ 汽燈（加入壓縮空氣助燃的煤油燈）。較普通煤油燈亮，故名。

**洋燭** jœŋ⁴tsok¹ 蠟燭。因是從西方傳入的燃具，故稱"洋"：點～。

**燈筒** tɐŋ¹tʰoŋ⁻² 〈筒音桶〉煤油燈的長筒形防風玻璃罩。

**火機** fɔ²kei¹ 打火機。

**煤氣** mui⁴hei³ 液化石油氣：～爐（液化石油氣爐）[ 液化石油氣與煤氣本不相同，但一般人不加區分 ]

**邊爐氣** pin¹lou⁴hei³ 火鍋爐具使用的鋼瓶裝液化石油氣（邊爐：火鍋）。其鋼瓶通常較小型，便於搬動，故適於吃火鍋。一般見於火鍋店。

**火水** fɔ²søy² 火油（民用煤油）。舊時常用的燈具或爐具燃料。

**松柴** tsʰoŋ⁴tsʰai⁴ 〈松音蟲〉松木柴火，為舊時居民常用的燃料。

**雜柴** tsap⁶tsʰai⁴ 松木以外其他木質的柴火，與"松柴"相對，質較差。

## 三 A13　傢具及有關器物

**傢俬** ka¹si¹ 傢具的總稱：買～。| 間屋擺滿～。（房子裏擺滿傢具。）

**大牀** tai⁶tsʰɔŋ⁴ 雙人牀：一個人瞓張～，打關斗都得喇。（一個人睡一張雙人牀，可以在上面打跟斗了。）

**獨睡** tok⁶søy⁻² 〈睡讀第 2 聲，音水〉單人牀：B 仔咁大嘞，都好應該買張～畀佢瞓嘞。（孩子這麼大了，也很應該買張單人牀給他了。）

**梳化牀** sɔ¹fa⁻²tsʰɔŋ⁴ 〈化讀第 2 聲〉【外】席夢思牀。因其質地似"梳化"（沙發），故名。[ 英語 sofa ]

**轆架牀** lok¹ka⁻²tsʰɔŋ⁴ 〈轆音鹿第 1 聲，架音真假之假〉雙層牀：咁細個房，要放～至瞓得兩個人。（房間這麼小，只有放雙層牀才能睡兩個人。）

**檳牀** kɔŋ³tsʰɔŋ⁻² 〈牀讀第 2 聲，音廠〉一種可睡可坐的長椅，通常為木或竹製品。

**梳化** sɔ¹fa⁻² 〈化讀第 2 聲〉【外】沙發。[ 英語 sofa ]

**梳化椅** sɔ¹fa⁻²ji² 〈化讀第 2 聲〉同"梳化"。

**木梳化** mok⁶sɔ¹fa⁻² 〈化讀第 2 聲〉一種木質坐椅。因其形制（較矮，一般帶扶手）、用途（一般擺設於客廳）與"梳化"（沙發）相近，故名。

**屏₁** pʰɛŋ¹ 〈音批贏切第 1 聲〉椅子等的靠背：椅～ | 牀～。

**挨屏** ai¹pʰɛŋ¹ 〈屏音批贏切第 1 聲〉同"屏₁"（挨：倚靠）。

**懶佬椅** lan⁵lou²ji² 躺椅。

**馬札** ma⁵tsap⁶ 〈札音閘〉摺疊式躺椅。

**橋凳** kʰiu⁻²tɐŋ³ 〈橋讀第 2 聲，啟曉切〉板凳；長條凳。

**日字凳** jɐt⁶tsi⁶tɐŋ³ 凳面為長方形的單人木凳。因其長方凳面似日字形，故稱。

**凳仔** tɐŋ³tsɐi² 〈仔音子矮切〉矮凳；小凳子。

**枱** tʰɔi⁻² 〈音台第 2 聲，體海切〉桌子：寫字～（書桌）| 食飯～（飯桌）。

***枱布** tʰɔi⁻²pou³ 〈枱音台第 2 聲〉鋪枱布。[ 重見三 A9 ]

**枱枱凳凳** tʰɔi⁴tʰɔi⁴tɐŋ³tɐŋ³ 〈枱音台〉

桌、椅、凳等的總稱：將啲～擔翻晒翻去。(把桌椅凳子全都搬回去。)

**高櫃** kou¹kwɐi⁶ 大衣櫥；立櫃。

**大櫃** tai⁶kwɐi⁶ 同"高櫃"。

**企身櫃** kʰei⁵sɐn¹kwɐi⁶ 同"高櫃"(企身：形體豎立的)。

**入牆櫃** jɐp⁶tsʰœŋ⁴kwɐi⁶ 壁櫃。

**五筒櫃** ŋ⁵tʰoŋ⁻²kwɐi⁶〈筒音桶〉五斗櫥(有五個抽屜的櫃子。筒：櫃筒，即抽屜)。[又作"五斗櫃"]

\***飾櫃** sek¹kwɐi⁶ 有開放式櫥格或帶玻璃櫃門、可擺設飾物及工藝品等的櫃子。[重見三 D11]

**櫳(籠)** loŋ⁵〈音隴，裏勇切〉衣箱(通常為木製，較大)：樟木～。

**夾萬** kap³man¹ 保險箱；保險櫃。

**地氈** tei⁶tsin¹ 地毯。

**布障** pou³tsœŋ³ 布幔。分隔房間用的帷幕式材料。

**櫃筒** kwɐi⁶tʰoŋ⁻²〈筒音桶〉抽屜：我張枱有三個～。(我的桌子有三個抽屜。)[不論桌子、櫃子或其他傢具上的抽屜都一律稱為～]

**箍臣** kwʰu¹sɐn⁴【外】坐墊；靠墊：你張木梳化點解唔鋪～嘅？(你那張木沙發怎麼不鋪上坐墊？)[英語 cushion]

## 三 A14　家用電器、音響設備

\***電燈膽** tin⁶tɐŋ¹tam² 燈泡。通常指白熾燈燈泡。因燈泡其形似膽囊，故名。[又作"燈膽"][重見一 G8]

**光管** kwɔŋ¹kun² 管式熒光燈；燈管兒。

**火牛** fɔ²ŋɐu⁴【喻】鎮流器。通常指用於熒光燈的鎮流器。

**士撻膽** si⁶tʰat¹tam²〈撻讀第 1 聲〉【外】熒光燈啟輝器；繼電器。由裝有熱雙金屬片的氖管和小電容組成，接在熒光燈啟動電路中。[英語 starter]

**雪櫃** syt³kwɐi⁶ 電冰箱；大型冰櫃。

**焗爐** kok⁶lou⁴ 烤爐。烘烤食品的電氣器具(焗：悶)。

**電飯煲** tin⁶fan⁶pou¹〈煲音保第 1 聲〉電飯鍋(煲：鍋)

**風扇** foŋ¹sin³ 電扇。

**鴻運扇** hoŋ⁴wɐn⁶sin³ 轉葉電扇，帶斜向送風葉片的電扇，送出的風力柔和，接近自然風。["鴻運"是廣州最早推出這種電扇時使用的商標。]

**風筒** foŋ¹tʰoŋ⁻²〈筒音桶〉電熱吹風器；電吹風。

**燙斗** tʰɔŋ³tɐu²〈斗音升斗之斗〉熨斗(現一般指電熨斗)。

**隨身帶** tsʰɵy⁴sɐn¹tai³【俗】便攜式收錄機。因可隨身攜帶，故名。

**卡式機** kʰa¹sek¹kei¹【外】盒式收錄機。["卡式"為英語 cassette tape recorder 的省譯]

**咪₁** mei¹【外】傳聲器；麥克風。[英語 microphone 簡作 mike，普通話"麥克風"是全稱的音譯，廣州話"～"是其簡稱的音譯]

**咪頭** mei¹tʰɐu⁴ 同"咪₁"。

**咪高峰** mei¹kou¹foŋ¹【外】傳聲器。[英語 microphone。參見"咪₁"]

**唱碟** tsʰœŋ³tip⁻²〈碟讀第 2 聲〉唱片。因其形如碟，故名：密紋～(高密度槽紋唱片)│激光～[又簡作"碟"]

**大碟** tai⁶tip⁻²〈碟讀第 2 聲〉同"唱碟"。

**身歷聲** sɐn¹lek⁻²seŋ¹〈聲音星〉【外】立體聲：我架電視機有～嘅。(我的電視機是有立體聲的。)[英語 stereo 的音譯而兼顧意譯]

## 三 A15　用電設施、水暖設施

\***制₁(掣)** tsɐi³ 泛指電源、自來水、煤氣等的開關：電燈～│水～[重見三 A8、七 A18]

三
人
造
物

大制(掣) tai⁶tsɐi³ 總開關：打～（合上電閘）｜閂～（關上自來水總開關）

鮑魚制(掣) pau¹jy⁴tsɐi³ 總開關電閘（制：開關）。因其形如鮑魚，故名。

光暗制(掣) kwɔŋ¹ɐm³tsɐi³ 燈具上可調節光線強弱的開關（制：開關），實際上是電流流量控制器。

拖板 tʰɔ¹pan² 活動插座。因帶有較長電源線，可以拉到不同地方，所以稱"拖"。

插蘇 tsʰap³sou¹【外】插頭：電視機～｜電燙斗～（電熨斗插頭）["蘇"為英語 socket 的音譯]

表士 piu¹si⁻²〈士音屎〉【外】保險絲。[英語 fuse]

灰士 fui¹si⁻²〈士音屎〉同"表士"。[廣州用"表士"，香港用"灰士"]

火線 fɔ²sin³ 電源正極線。

水線 sɵy²sin³ 電源負極線；回路線。

地線 tei⁶sin³ 接地線。

拖線 tʰɔ¹sin³ 接地線。

電錶 tin⁶piu¹〈錶音標〉電度錶。北方俗稱"火錶"亦稱"千瓦時計"。累計電能的儀錶。交流電度錶的結構常為感應式，分單相及三相兩種類型；單相錶一般用於照明用戶，三相錶用於電力用戶。直流電度錶多為電動式結構。

喉管 hɐu⁴kwun² 水管（包括金屬和塑料、橡膠等所製）。

水喉通 sɵy²hɐu⁴tʰoŋ¹ 水管（一般指金屬的）。

水喉 sɵy²hɐu⁴ ①水龍頭。自來水管上放水口處的小閥。②水管。

水喉制(掣) sɵy²hɐu⁴tsɐi³ 水龍頭(制：開關)。[又作"水制(掣)"]

街喉 kai¹hɐu⁴ ①設在馬路邊或巷子裏的公用水龍頭。現已少見，舊城區偶有遺存。②馬路上的自來水管，一般較粗。

煤氣喉 mui⁴hei³hɐu⁴ 輸送煤氣的管道。主幹線通常掩埋於地底。

電燈杉 tin⁶tɐŋ¹tsʰam³〈杉音次喊切〉電線杆。過去電線杆多以杉木等木材做成，故名。

# 三 A16　文具、書報

墨水筆 mɐk⁶sɵy²pɐt¹ 鋼筆。

原子筆 jyn⁴tsi²pɐt¹ 圓珠筆。[普通話舊亦稱～，廣州話沿用至今]

墨筆 mɐk⁶pɐt¹ 毛筆。

蟹爪筆 hai⁵tsau²pɐt¹ 小楷毛筆。

筆嘴 pɐt¹tsɵy² （鋼筆、圓珠筆等的）筆尖兒：～倔咗。（筆尖兒禿了。）

筆鎝 pɐt¹tʰap³⁽⁻²⁾〈鎝音塔，又讀第2聲〉（鋼筆、圓珠筆、毛筆等的）筆套：支筆冇咗～。（這支筆沒了筆套。）

間尺 kan³tsʰɛk⁻²〈間音間隔之間，尺讀第2聲〉文具尺；小型直尺。這是據其用途而命名（間：畫直線）

萬字夾 man⁶tsi⁶kap⁻²〈夾讀第2聲〉回形針。因其可用以夾住多張紙（"萬字"形容紙上的字多），故稱：大號～

撳釘 kɐm⁶tɛŋ¹〈釘音低贏切第1聲〉圖釘。通常用手撳，故稱（撳：摁）：彩色～

鉛筆刨 jyn⁴pɐt¹pʰau⁻²〈刨讀第2聲〉捲筆刀。

膠擦 kau¹tsʰat⁻²〈擦讀第2聲〉橡皮（擦鉛筆跡的文具）。

粉擦 fɐn²tsʰat⁻²〈擦讀第2聲〉粉筆擦子；黑板擦子。

字紙籮 tsi⁶tsi²lɔ⁻¹〈籮讀第1聲〉廢紙簍。

簿 pou⁻²〈音補〉本子：英語～｜筆記～｜一本～[與普通話無大不同，但普通話口語罕用，而廣州話常用]

拍紙簿 pʰak³tsi²pou⁻²〈簿音補〉【外】

白紙本子。紙頁上沒有印刷格子或行距，通常用於起草、畫畫、筆算等。[ 英語 pad ]

**公仔書** koŋ¹tsɐi²sy¹〈仔音子矮切〉小人書；連環圖（公仔：小人兒）。

**通勝** tʰoŋ¹sɐŋ³【婉】通書；舊式曆書。[ 廣州話 "書"、"輸" 音同，避諱改稱 "勝" ]

**新聞紙** sɐn¹mɐn⁴tsi²【舊】報紙。

**馬經** ma⁵keŋ¹ 有關賽馬的專門報刊：刨～。（啃賽馬報刊。）

### 三 A17　通郵、電訊用品

**士擔** si⁶tam¹〈擔音擔任之擔〉【外】【舊】郵票。[ 英語 stamp ]

**甫士咭** pʰou²si⁶kʰɐt¹〈甫音普，咭音咳〉【外】明信片：去外地旅行，佢會買翻啲～做紀念。（到外地旅行，他會買點兒明信片作紀念。）[ 英語 postcard ]

**信咭** sɐn³kʰɐt¹〈咭音咳〉明信片。[ "咭" 為英語 card 的音譯 ]

**信肉** sɐn³jok⁻²〈肉讀第 2 聲〉信瓤兒（肉：內含物）：封信做咩冇～嘅？（這封信怎麼沒信瓤兒？）

* **大哥大** tai⁶kɔ¹tai⁶ 早期的移動式手提無線電話機，外形較後來的手機大。[ 重見一 E3 ]

### 三 A18　其他日用品

**電筒** tin⁶tʰoŋ⁻²〈筒音桶〉手電筒。

**電芯** tin⁶sɐm¹ 電池；化學電池：大～｜五號～

**電** tin⁶ 電池（只用於數量詞後面）：兩嚿～（兩節電池）

* **塔** tʰap³⁽²⁾〈常讀第 2 聲〉鎖（一般指明鎖）。[ 重見七 B4 ]

**鎖匙** sɔ²si⁴〈匙音時〉鑰匙。

**遮** tsɛ¹ 傘：洋～（洋傘）｜紙～（油紙傘）[ "傘" 與 "散" 同音相忌，改稱 "～"，以其作用在遮擋風雨陽光等 ]

**縮骨遮** sok¹kwɐt¹tsɛ¹ 摺疊傘（骨：傘枝；遮：傘）。

**遮骨** tsɛ¹kwɐt¹ 使傘撐開的輻狀傘枝。

* **葵扇** kwʰɐi⁴sin³ 蒲扇。[ 重見三 A19 ]

**鏡架** kɛŋ³ka⁻²〈架音真假之假〉鏡框。

* **褲頭帶** fu³tʰɐu⁴tai⁻²〈帶讀第 2 聲〉皮帶。[ 重見三 A3 ]

**織針** tsek¹tsɐm¹ 打毛線衣物的工具，似針而粗長。

**鉸剪** kau³tsin²〈鉸音教〉剪刀：細～（小剪刀）｜不銹鋼～（以不銹鋼製造的剪刀）

**鬚刨** sou¹pʰau⁻²〈鬚音蘇，刨音跑〉剃鬚刀。修剪鬍子的工具。有電動和手動兩種類型：電～（電動剃鬚刀）

**盲公竹** maŋ⁴koŋ¹tsok¹ 盲人的導向竿（其質地不一定是竹子）。

**士的** si⁶tek¹【外】【舊】手杖。[ 英語 stick ]

**藤條** tʰɐŋ⁴tʰiu⁻²〈條讀第 2 聲，體曉切〉藤鞭子。父母體罰兒女的用具。實際上少有人家中專備此物，往往以雞毛撢子（廣州話叫 "雞毛掃"）代替。

**扣針** kʰɐu³tsɐm¹ 別針。[ 普通話 "別針" 有時也指可以別在衣襟上的小型胸飾，廣州話 "～" 無此用法 ]

**襟章** kʰɐm¹tsœŋ¹ 胸章。

**荷蘭水蓋** hɔ⁴lan⁻¹sɵy²kɔi³〈蘭讀第 1 聲〉【喻】【謔】勳章。因其形似汽水瓶蓋，故稱（荷蘭水：汽水）：界心機做嘢，講唔定整番個～。（用心幹活，說不定能弄上一個勳章。）

**膠箍** kau¹kwʰu¹ 橡皮筋圈兒。

**橡筋箍** tsœŋ⁶kɐn¹kwʰu¹ 同 "膠箍"。

* **橡筋** tsœŋ⁶kɐn¹ 同 "膠箍"。[ 重見三 A3 ]

花灑 fa¹sa² ①澆花壺，一種澆花工具，通常由貯水容器和蓮蓬狀出水噴頭構成。②淋浴噴頭。因外形酷似澆花用的噴頭，故名。

### 三 A19　娛樂品、玩具

*啤 pʰɛ¹〈音披爺切第 1 聲〉【外】①撲克。②數字相同、可以一齊出的兩張撲克；對兒：你出親～實輸。(你要是出對兒一定輸。) [ 英語 pair ] [ 重見十 B1、十 C1 ]

順 sɵn⁻²〈讀第 2 聲〉數字順序相連、可以一齊出的 5 張撲克。

同花 tʰoŋ⁴fa¹ 花色一樣，可以一齊出的 5 張撲克。

同花兼夾順 tʰoŋ⁴fa¹kim¹kap³sɵn⁻²〈順讀第 2 聲〉花色一樣而同時數字順序相連、可以一齊出的 5 張撲克。[ 簡作 "同花順" ]

夫佬 fu¹lou²【外】3 張數字相同捎帶另兩張數字相同、共 5 張可以一齊出的撲克：～ 6(3 張 6 加一對兒) [ 英語 full house ]

四大天王 sei³tai⁶tʰin¹woŋ⁴ 4 張數字相同捎帶另 1 張、共 5 張可以一齊出的撲克：～ 10(4 張 10 加 1 張)

花 fa¹ ①撲克的花色(黑桃、紅桃等)。②同 "同花"。

*葵扇 kwʰɐi⁴sin³ 黑桃，撲克花色之一。因其形似蒲扇而得名。[ 重見三 A18 ]

杏桃 hɐŋ⁶tʰou⁻²〈桃音土〉紅桃，撲克花色之一。

*階磚 kai¹tsyn¹ 方塊，撲克花色之一。因其形似地板磚而得名。[ 重見三 D5 ]

煙士 jin¹si⁻²〈士音屎〉【外】撲克 A：葵扇～ (黑桃 A) [ 英語 Ace。簡稱 "煙" ]

傾₁ kʰeŋ¹【外】撲克 K：紅桃～ (紅桃

K) [ 英語 King ]

*女₂ nɵy⁻¹⁽⁻²⁾〈讀第 1 聲，又讀第 2 聲〉撲克 Q (其圖像為女性，故稱)：梅花～ (梅花 Q) [ 重見一 B2、一 C4、一 E2 ]

積 tsek¹【外】撲克 J：階磚～(方塊 J) [ 英語 Jack ]

D ti²〈底椅切〉【外】撲克 2。2 字似鴨子，取英語 duck(鴨子) 之第一字母為稱。

鬼 kwɐi² 撲克的王 (小丑)。彩色者為 "大鬼"，黑白者為 "細鬼"。

大鬼 tai⁶kwɐi² 參見 "鬼"。

細鬼 sɐi³kwɐi² 參見 "鬼" (細：小)

公頭 koŋ¹tʰɐu⁻²〈頭讀第 2 聲〉中國象棋的將或帥：坐上隻～ (老帥往上走。) [ 又作 "公" ]

麻雀 ma⁴tsœk⁻²〈雀 讀第 2 聲〉麻將牌：打～。(搓麻將。)

色仔 sek¹tsɐi² 骰子。

擰螺 neŋ⁶lɔ⁻²(lɔk⁻²)〈擰音拿認切，螺讀第 2 聲，又音羅學切第 2 聲〉陀螺 (擰：旋轉)：玩～。

定螺 teŋ⁶lɔ⁻²(lɔk²)〈定音大認切，螺讀第 2 聲，又音羅學切第 2 聲〉同 "擰螺"。因其能穩定地高速旋轉，故名。

公仔 koŋ¹tsɐi²〈仔音子矮切〉小人兒，如以陶土、塑料等製作的人物塑像、圖畫人像等：畫～。

公仔紙 koŋ¹tsɐi²tsi² 舊時小孩的一種玩具，是印有各種人物、走獸、花鳥等圖案的小硬紙片 (公仔：小人兒)，有的還能把上面的圖案反貼出來到筆盒、手臂等上。

彈叉 tan⁶tsʰa¹〈彈音但〉彈弓。通常以樹椏杈或相類似的材料纏上橡皮筋而成：玩～。(玩彈弓。)

玻子 pɔ¹tsi² 玻璃珠子。小孩常作彈打遊戲。

玻珠 pɔ¹tsy¹ 同“波子”。

噏紙 kip¹tsi² 〈噏音劫第 1 聲〉紙炮。在兩層紙中夾入少許火藥而成，因形似火槍的火帽，故名（噏：火帽）。一般作玩具槍的彈藥。

*扯線公仔 tsʰɛ²sin³koŋ¹tsɐi² 〈仔 音 子矮切〉提線木偶（公仔：小人兒）。木偶表演藝術的道具。[ 重見一 E4 ]

戲飛 hei³fei¹ 【外】戲票；電影票：我有兩張～，請你睇戲囉。(我有兩張戲票，請你看戲。) [ 飛，英語 fare，原僅指車船費（票），廣州話中詞義有所擴大 ]

戲橋 hei³kʰiu⁻² 〈橋讀第 2 聲，啟曉切〉演出節目説明書;(戲劇、音樂等的) 內容簡介。

升氣球 seŋ¹hei³kʰɐu⁴ 可以上升的氣球。日常所見小型者為玩具。其中型者可攜帶儀器、標語等升空，大型者可作載人航空器。

紙鷂 tsi²jiu⁻² 〈鷂音擾〉風箏：放～。[ 又簡作“鷂”]

大頭佛 tai⁶tʰɐu⁴fɐt⁶ 在舞獅（一種遊藝活動）時，有一人手執蒲扇、頭戴面具逗引“獅子”，其所戴面具為全套式（從上套入頭中），繪笑面人像，稱為“～”(其實與佛無關)。亦以此稱此一角色。

## 三 A20　喜慶用品

金豬 kɐm¹tsy¹ 舊俗：新婚後 3 天，夫妻同回女家，男家依例送給女家的烤豬。其色紫黃，故名“金”。如完整，表示新娘為處女；如被截去尾巴或剝掉皮，則表示新娘並非處女。

賀咭 hɔ⁶kʰɐt¹ 〈咭音咳〉賀卡；印有祝賀套語的卡片兒（咭：卡片）：生日～｜新婚～｜新年～｜聖誕～｜結婚周年紀念～[ 簡作“咭”。為英語 card 的音譯 ]

紅色炸彈 hoŋ⁴sek¹tsa³tan⁻² 〈彈音單第 2 聲〉【喻】【謔】請帖。請帖通常為紅色，而被請者免不了要花錢送禮，令人心驚，故謔為“炸彈”。

利市(是)封 lɐi⁶si⁻⁶foŋ¹ 〈利音麗，市音是〉裝“利市”的小紅紙包或小紅紙袋。[ 參見八 C2“利市 (是)”]

舅仔鞋 kʰɐu⁵tsɐi²hai⁴ 〈仔音子矮切〉舊俗：男子娶妻須送給新娘的兄弟每人一雙鞋，稱為“～”(舅仔：小舅子)：着～。(姐妹出嫁。)

揮春 fɐi¹tsʰɵn¹ 春聯。

手信(贐) sɐu²sɵn³ 上門拜訪時所帶的禮物：去探未來外母，帶咩～好啊？(去探望未來丈母娘，帶甚麼禮物好呢？)

## 三 A21　喪葬品、祭奠品、喪葬場所

靈灰 leŋ⁴fui¹ 骨灰。迷信觀念以為人死而有靈，故稱。

金塔 kɐm¹tʰap³ 〈塔音塔〉裝骨殖的陶罐子。其外塗有金黃色釉，故名（塔：罐子）。舊俗：土葬若干年後開墳，將骨殖裝入罐內繼續存放或改葬。

金埕 kɐm¹tsʰeŋ⁴ 〈埕音程〉同“金塔”（埕：罐子）。

四塊半 sei³fai³pun³ 【謔】棺材。棺材由 4 塊長木板、兩塊小木板製成，故稱。

長生板 tsʰɵŋ⁴saŋ¹pan⁻² 〈生音生死之生〉【婉】棺材。

神主牌 sɐn⁴tsy²pʰai⁻² 〈牌讀第 2 聲〉供奉祭祀的牌位；神主。

靈屋 leŋ⁴ok¹ 祭奠用紙屋。

金銀紙 kɐm¹ŋɐn⁴tsi² 紙錢。紙錢上多黏有金色或銀色的箔，故稱。

楮錢 kʰɐi¹tsʰin⁴ 同“金銀紙”。

**香雞** hœŋ¹kɐi¹ 香經燃燒後剩下的竹桿兒。

**大煙筒** tai⁶jin¹tʰoŋ⁻¹〈筒音通〉【謔】火葬場。焚屍爐一般都有一巨型煙筒，故名。

**亂葬崗** lyn⁶tsɔŋ³kɔŋ¹ 亂墳崗。今已少見。

**山墳** san¹fɐn⁴ 墳墓。墳如山形，故稱：近牌呢度又多翻好多～。（這段時間這裏又添了許多墳墓。）[又作"山"]

**家山** ka¹san¹ 祖墳（山：墳）：～發。（祖墳的風水起發家的作用。意謂託祖宗的福。）

### 三 A22　煙、毒品

**煙仔** jin¹tsɐi²〈仔音子矮切〉捲煙；香煙：食～。

**針嘜** tsɐm¹mɐk¹〈嘜音麥第1聲〉【謔】自捲紙煙。用捲煙紙把煙絲捲成圓錐形的紙煙，其形如針般一頭尖一頭粗，故稱。

**大轆竹** tai⁶lok¹tsok¹〈轆音鹿第1聲〉用粗竹竿製成的水煙筒。今城市中少見。

**黑米** hak¹(hɐk¹)mɐi⁵【喻】【謔】①香煙。因煙絲色澤近黑，而香煙對於吸煙者猶如不可須臾斷絕的糧食，故稱。②鴉片煙。

**福壽膏** fok¹sɐu⁶kou¹【謔】鴉片煙。吸食鴉片只會損福折壽，這個名稱是故意說反話。

**白粉** pak⁶fɐn² 海洛因；白麵兒。

**丸仔** jyn²tsɐi²〈仔音子矮切〉丸狀毒品。

### 三 A23　證明文件等

**派士鉢** pʰa³si⁶put³【外】護照：出國要辦理～個嘛。（出國要辦護照。）[英語 passport。廣州"派"本音 pʰai³，此處譯英語是用上海話音]

**拉臣** lai¹sɐn⁴【外】執照；牌照。如駕駛執照等：借架車畀你？你有冇～㗎？（借輛車給你？你有駕駛執照嗎？）[英語 license]

**車牌** tsʰɛ¹pʰai⁴ 駕駛執照：考～（考駕駛執照）｜攞～（取得駕駛執照）[簡作"牌"]

**屋契** ok¹kʰɐi³ 房契：買屋冇～唔啱手續個嘛。（買房子沒有房契不符合手續。）

**財神咭** tsʰɔi⁴sɐn⁴kʰɐt¹〈咭音咳〉信用卡（咭：卡）：你辦咗～未啊？（你辦理了信用卡沒有？）["咭"是英語 card 的音譯]

**醫生紙** ji¹sɐŋ¹tsi² 病假證明；病假單：我今日有～，所以唔使番工。（我今天有病假單，所以不用上班。）

**打針紙** ta²tsɐm¹tsi² 防疫注射證明。

**痘紙** tɐu⁶tsi² 預防天花接種證明。

**出世紙** tsʰɵt¹(tsʰyt¹)sɐi³tsi² 出生證：登記戶口要～㗎。（登記戶口要憑出生證。）

**紗紙** sa¹tsi² 文憑；畢業證書：我讀埋呢一年就攞到～喇。（我讀完這一年就可以拿文憑了。）

**出水紙** tsʰɵt¹(tsʰyt¹)sɵy²tsi² 提貨單。

### 三 A24　貨　幣 [錢財參見八C2，貨幣單位參見十D1]

**銀紙** ŋɐn⁴tsi² ①錢：冇～唔得。但係～多過頭有時仲衰。（沒錢不行，但是錢太多了有時更糟糕。）②紙幣：全部係～，冇個銀仔。（全是紙幣，沒一個硬幣。）

**紙** tsi² 錢（不限於紙幣。用在表示錢的數量詞後面）：10緡～（10塊錢）｜1毫～（1毛錢）

**散紙** san²tsi² 零錢（紙：錢）：攞張 50 緡去暢啲～。（拿 1 張 50 塊去換一些零錢。）

**碎紙** søy³tsi² 零錢（紙：錢）：冇晒～。（一點兒零錢也沒有。）

**濕柴** sɐp¹tshai⁴【喻】【謔】面值很小的零錢：贖咗一大拃～畀我。（找給我一大把零錢。）[ 舊指 1949 年以前流通的急劇貶值的法幣、金圓券等，比喻其像燒不着的那濕木柴一樣沒用 ]

**銀仔** ŋɐn²tsɐi²〈銀讀第 2 聲，仔音子矮切〉硬幣（銀：銀圓；仔：表示小的詞尾）：原來你呢度收埋咁多～。（原來你這兒藏起那麼多鋼鏰兒。）

**銀** ŋɐn²〈讀第 2 聲〉①【舊】銀圓：大～②【俗】錢：袋度冇晒～。（口袋裏一點錢也沒有。）

**西紙** sɐi¹tsi² 外幣（紙：鈔票）。

**坡紙** pɔ¹tsi² 新加坡貨幣（紙：鈔票）。

**叻幣** lek¹pɐi⁶〈叻音力第 1 聲〉新加坡貨幣（叻：叻埠，即新加坡）。

**港紙** kɔŋ²tsi² 香港貨幣；港幣（紙：鈔票）。

**綠背** lok⁶pui³ 美鈔。因其主體顏色為綠色，故稱。

**金牛** kɐm¹ŋɐu⁴【喻】【俗】面額 1000 元的港幣。以其價值高，主體顏色又為金黃，故稱。

**紅底** hoŋ⁴tɐi²【俗】面額 100 元的港幣。因其主體顏色為紅色，故稱。

**紅三魚** hoŋ⁴sam¹jy²〈魚讀第 2 聲〉【喻】【俗】面額 100 元的港幣。[ 參見"紅底"、二 D10 "紅三（衫）"]

**青蟹** tshɛŋ¹hai⁵〈青音差贏切第一聲〉【喻】【俗】面額 10 元的港幣。因其主體顏色為綠色，故稱。

**刞紙** tsek¹tsi²【外】支票。[ 英語 cheque ]

# 三 A25　住　宅

**\*屋企** ok¹khei²〈企讀第 2 聲，其起切〉家庭的住所：返～（回家）| 呢度就係我～。（這兒就是我家。）[ 重見一 C5 ]

**企₁** khei²〈其起切〉同"屋企"：返～（回家）| 喺～（在家）[ 只用於某些特定的詞組中 ]

**歸** kwɐi¹ 同"企₁"：返～（回家）[ 今少用。]

**屋** ok¹ 房子；樓房：一間～（一所房子）| 起～（建樓房）[ 普通話"屋"也是房子的意思，但一般不單獨使用；而普通話"屋子"則指房間，相當於廣州話"房"而不同於"～"。參見"房"]

**吉屋** kɐt¹ok¹【婉】空置的房子：～求租。（空房子徵求租賃者。）[ 廣州話"空"、"凶"同音，避忌改稱"吉"。]

**丁屋** tɐŋ¹ok¹ 為新生的男孩子建造的房屋（丁：男丁）。

**單位** tan¹wɐi²〈位讀第 2 聲，壺矮切〉【外】套間；單元。包括起居室、會客室、廚房、洗盥室等。[ 英語 apartment 的意譯。此與普通話"單位"意思相去較遠 ]

**棚寮** phaŋ⁴liu⁴ 建築工人的臨時簡易住房。

**茅寮** mau⁴liu⁴ 茅屋；簡易竹木棚屋：而家仲有人住～嘅咩？（現在還有人住茅棚嗎？）

**寮屋** liu⁴ok¹ 同"茅寮"。

**艇屋** thɛŋ⁵ok¹ 疍民或水上人家亦屋亦舟的居所。今已罕見。

**白鴿籠** pak⁶kɐp⁻²(kap⁻²)loŋ⁴【喻】狹小的居屋：我住～住咗成 20 年咁滯。（我住極狹小的房子住了將近 20 年。）

**廳** tʰɛŋ¹ 客廳：入嚟〜度傾下偈。(進來客廳聊聊天。)

**房** fɔŋ⁻²〈房音仿，第2聲〉房間；內室：兩〜一廳（兩室一廳）｜行咗入〜。(走進了房間。)[普通話"房"也有房間的意思，但不單獨使用；如單獨使用，則指"房子"，相當於廣州話"屋"。參見"屋"]

**睡房** sɵy⁶fɔŋ⁻² 臥室：呢間屋有兩間房，其中一間係〜。(這間房子有兩間內室，其中一間是臥室。)

**士多房** si⁶tɔ¹fɔŋ⁻²〈房音仿〉【外】儲物間：呢個單位仲有埋〜。(這個套間還有雜物房。)["士多"為英語store的音譯]

**屎坑** si²haŋ¹ ①廁坑。②〈俗〉廁所。

**沖涼房** tsʰoŋ¹lœŋ⁴fɔŋ⁻²〈房音仿〉盥洗室；洗澡間（沖涼：洗澡）：係人屋企都有〜㗎喇。(每個人家裏都有盥洗室。)

**尾房** mei⁵fɔŋ⁻²〈房音仿〉最靠裏的房間：我喺〜瞓。(我在最裏間的屋子睡。)

**地庫** tei⁶fu³ 地下室。通常作貯物用：唔係間間屋都有〜嘅。(不是每所房子都有地下室的。)

**地牢** tei⁶lou⁴ 地下室：〜商場（利用大型建築物的地下室開設的商場）[或寫作"地牢"，誤]

**閣仔** kɔk³⁽⁻²⁾tsɐi²〈閣常讀第2聲，仔音子矮切〉在房間內架起的小閣樓，一般非常矮窄，可作貯物用，居住面積緊張時亦常作起居用：嗰陣時我瞓〜瞓咗好多年。(那時候我睡小閣樓睡了好多年。)

### 三A26　廢棄物

**潲水** sau³sɵy²〈潲音哨〉泔水；泔腳。通常用作飼料。

**菜腳** tsʰɔi³kœk³ 殘羹剩菜。通常用作飼料。

**米水** mɐi⁵sɵy² 淘米水。

**瓦渣** ŋa⁵tsa¹ 瓦礫。

**紙碎** tsi²sɵy⁻²〈碎讀第2聲，音水〉紙屑；碎紙。

**布碎** pou³sɵy⁻²〈碎讀第2聲，音水〉碎布。紡織品經裁剪後的廢棄物。

**布頭布尾** pou³tʰɐu⁴pou³mei⁵ 碎布。紡織品經裁剪後的廢棄物。

**威士** wɐi¹si⁻²〈士音屎〉【外】棉紗屑；廢棉紗。工廠中常用以擦拭油污。[英語waste]

**煙頭** jin¹tʰɐu⁻²〈頭讀第2聲，體口切〉煙蒂；煙屁股。

**木糠** mok⁶hɔŋ¹ 鋸末；木屑。因形同細糠，故名。

## 三B　食　物 [穀物、蔬菜瓜果等參見二E]

### 三B1　畜　肉 [與其他肉類共通的名稱亦列於此]

**紅肉** hoŋ⁴jok⁶ 豬、牛等的肉。因其色紅，故稱。與"白肉"相對。

**雜** tsap⁶ 供食用的禽畜內臟；雜碎。

**上雜** sœŋ⁶tsap⁶〈上音上面之上〉禽畜的肝、心、腎等內臟（為雜碎中較上乘的部分。雜：雜碎）：豬〜

**上水（碎）** sœŋ⁶sɵy²〈上音上面之上〉同"上雜"。

*__下欄__ ha⁶lan⁴〈下音下面之下〉禽畜肉類中品質較次的部分；下水：豬〜[重見八C1、八C2]

**膶** jɵn²〈音潤第2聲，椅准切〉禽畜的肝臟。[廣州話喜以水喻財，則"乾"為不吉之語；"肝"與"乾"同音相避，改稱"潤"（變調為第2聲），另創方言字作"膶"]

**豬橫脷** tsy¹waŋ⁴lei⁶〈脷音利〉豬胰臟。因其形似舌，故稱（脷：舌頭）。

**豬尿煲** tsy¹niu⁶pou¹〈煲音保第 1 聲〉豬膀胱；豬小肚。

**肚** tʰou⁵ 家畜的胃：牛草～（牛的蜂巢胃）

**粉腸** fɐn²tsʰœŋ⁻² 家畜的小腸：豬～｜牛～

**膏** kou¹ 家畜的脂肪；板油：豬～

*膇** tsin²〈音展〉豬、牛等腿部帶筋的肉；腱子肉：牛～［重見二 B6]

**脢肉** mui⁴jok⁶〈脢音梅〉（豬）裏脊（脢：背脊）：糖醋～（醋溜裏脊）

**腩** nam⁵ 豬、牛、魚等腹部的肉。

**間花腩** kan³fa¹nam⁵〈間讀第 3 聲，腩音南第 5 聲〉五花肉。

**豬踭** tsy¹tsaŋ¹〈踭音之坑切〉豬蹄膀；豬肘子（踭：肘）。

**豬手** tsy¹sɐu² 豬前腿；豬前肢。

**豬腳** tsy¹kœk³ 豬後腿；豬後肢。

**豬紅** tsy¹hoŋ⁴【婉】豬血。["血"字不吉利，避忌改稱"紅"]

**豬網油** tsy¹moŋ⁵jɐu⁵ 豬網膜。

**大菜** tai⁶tsʰɔi³（西餐中的）牛肉。牛肉在西餐中常是主菜，故稱。

**牛柳** ŋɐu⁴lɐu⁵ 牛裏脊：黑椒～（黑胡椒煎牛裏脊）

**牛白腩** ŋɐu⁴pak⁶nam⁵〈腩音南第 5 聲〉牛腹部的肉。［又作"牛腩"]

**坑腩** haŋ¹nam⁵〈腩音南第 5 聲〉牛肋骨下的肉。

**牛百頁（葉）** ŋɐu⁴pak³jip⁶ 牛的蜂巢胃。因有多層頁狀物，故稱。

**香肉** hœŋ¹jok⁶ 狗肉。

**三六** sam¹lok⁶【謔】狗肉。["三六九"是廣州人熟悉的戲劇人物；廣州話"九"、"狗"音同，以"～"指"九"（狗）是隱尾謎格。或謂三加六等於九，故以"三六"指九]

# 三 B2　禽肉、水產品肉類

**白肉** pak⁶jok⁶ 雞或魚等的肉。因其色澤呈白色，故稱。與"紅肉"相對。

**腑胵（扶翅）** fu⁴tsʰi³〈腑音扶，胵音翅〉雞、鵝、鴨等禽類的內臟。

**雞球** kɐi¹kʰɐu⁴ 雞肉塊。

**尾脽** mei⁵tsɵy¹〈脽音追〉雞、鴨等靠近肛門部位的肉：雞～有乜好食嘅，一朕雞屎味。（雞屁股有甚麼好吃呀，一股雞糞味。）

*尾** mei⁵ 同"尾脽"。［重見二 D1、四 B5]

**腎₁** sɐn⁻²〈音神第 2 聲，時隱切〉雞鴨等的胃臟；肫。［與一般所說腎臟的"腎"字既不同音也不同義]

**雞忘記** kɐi¹moŋ⁴kei³ 雞的脾臟。據傳吃此器官，人會健忘，故稱。

**雞殼** kɐi¹hɔk³【喻】去掉大部分肉和內臟的雞骨架。

**雞紅** kɐi¹hoŋ⁴ 雞血。["血"字不吉，避忌改稱"紅"]

**鴨撲** ap³pʰɔk³【喻】去掉大部分肉和內臟的鴨骨架（撲：袼褙）。

**刺身** tsʰi³sɐn¹【外】生吃用的魚、蝦肉。［來自日語]

**魚腩** jy⁴nam⁵〈腩音南第 5 聲〉魚腹部的肉（腩：腹肉）。

**飽腸** pau²tsʰœŋ⁻²〈腸讀第 2 聲，此響切〉帶有未完全消化掉的食物的魚腸。

**魚頭雲** jy⁴tʰɐu⁴wɐn⁻²〈雲音穩第 2 聲〉鱅魚魚頭內的白色半透明組織，人視為美味：豉汁蒸～

**魚生** jy⁴saŋ¹〈生音生熟之生〉生魚片。常以草魚的裏脊肉切片而成。過去常生吃，故稱。

**蝦碌（碌）** ha¹lok¹〈轆（碌）音鹿第 1 声〉去殼的蝦肉段子（轆：圓柱形的一截）：～滑蛋（蝦肉段子炒蛋）

**蝦球** ha1kʰɐu4 蝦肉塊。

**土魷** tʰou2jɐu-2〈魷讀第 2 聲〉【婉】乾魷魚。[ 俗以水喻錢，故避言“乾”。在內地實行簡化字之前很久，民間已經使用“干”字來代替筆畫很多的“乾”字。在寫“干魷”時，為避“干”字，遂將其倒過來寫，變成“土”字，同時也照此讀。]

## 三 B3 米、素食的半製成品

**占米** tsim1mɐi5〈占讀第 1 聲〉①非黏性籼稻米，為廣東人主要食用米，品種很多。古代自占城（今越南南部）傳來，故名。②泛指非黏性米，與糯米相對。

**銀占** ŋɐn4tsim1〈占讀第 1 聲〉一種非黏性米，屬晚稻米，米粒細長，質量較佳。

**肥仔米** fei4tsɐi2mɐi5〈仔音子矮切〉粳稻米。因其顆粒肥短，故名（肥仔：小胖子）。

**火攪米** fɔ2kau2mɐi5【舊】用碾米機碾出的精米。早期機器都由火力蒸汽機驅動，故名。

**米骨** mɐi5kwɐt1 米心（碾過或碓過的精米）。

**粉** fɐn2 米粉；米粉條：炒～(炒米粉條)

**沙河粉** sa1hɔ4fɐn2 寬米粉條。為食用米粉條中最常見的。以廣州沙河地區所產最為著名，故稱。

**河粉** hɔ-2fɐn2〈河讀第 2 聲，音可〉“沙河粉”的簡稱。

**河** hɔ-2〈讀第 2 聲，音可〉“沙河粉”的簡稱（只用於特定詞組中）：炒～(炒粉條) ｜牛～（牛肉炒粉條）

**豬腸粉** tsy1tsʰœŋ4fɐn2 捲狀粉條。因其形如豬腸，故名。

**腸粉** tsʰœŋ-2fɐn2〈腸讀第 2 聲，音搶〉同“豬腸粉”。

**腸** tsʰœŋ-2〈音搶〉“豬腸粉”的簡稱(只用於特定詞組中)：蝦～（包裹蝦肉的粉條)

**拉腸** lai1tsʰœŋ-2〈腸音搶〉一種現場蒸製的捲狀粉條。過去多用布蒸墊，蒸好後拉出、刮下，故名。今多改用金屬蒸盤，仍沿用舊名。

**瀨粉** lai6fɐn2〈瀨音賴〉圓條狀粗粉條。其手工製作方法是把粉漿少量而連貫地懸空倒進沸水中，使入水即煮熟，形成條狀，加調味料即可食用，故名（瀨：慢慢倒)。後改機械製作，仍沿用舊名。

**麵** min6 ①麵條：蛋～（和蛋製作的麵條)｜蝦子～(拌有蝦糜的麵條）②同“麵餅”。

**麵餅** min6pɛŋ2 繞成團狀的乾麵條。其形如餅，故稱：鞋底～（形狀如鞋的團狀乾麵條)｜波紋～（麵條呈波浪形的團狀麵條)

**伊麵** ji1min6 經油炸處理的麵條。據說為清代書法家伊秉綬家廚所傳，本稱“伊府麵”，後簡稱為～。

**濕麵** sɐp1min6 繞成團狀的半濕麵條。

**炒麵** tsʰau2min6 同“濕麵”。因其可以炒製（乾麵條則不可以炒)，故稱。

**豆腐㶸** tɐu6fu6pʰɔk1〈㶸音撲第 1 聲〉炸豆腐。切成小方塊、經油炸處理的豆腐(㶸：泡)。[ 又簡作“豆㶸”]

**豆腐膶** tɐu6fu6jɵn2〈膶音潤第 2 聲〉豆腐乾。切成小方片、經乾燥處理的豆腐。[ 廣州人喜以水喻財，故以“乾”字不吉，避忌改稱為“潤”，寫方言字作“膶”。又簡作“豆膶”]

**支竹** tsi1tsok1 腐竹。

**甜竹** tʰim4tsok1 一種豆製乾品，片狀，味甜，故稱。

**豆沙** tɐu6sa1 豆泥。製成泥狀的豆製品。常用以作餡料：～包（豆泥餡包子)

豆茸(蓉) tɐu⁶joŋ⁴ 同"豆沙"。

沖菜 tsʰoŋ¹tsʰɔi³ 一種泡菜,用球莖甘藍等醃製而成。[外省也有叫"沖菜"的菜品,與廣東的～完全不同]

梅菜 mui⁴tsʰɔi³ 一種蔬菜,專用於醃製。特指這種蔬菜的醃製品。

欖角 lam⁵kɔk⁻² 〈角讀第 2 聲〉欖豉;醃製的烏欖。以生烏欖去核後壓扁切成兩半醃製而成,呈三角形,故名。

菜脯 tsʰɔi³pʰou² 〈脯音普〉醃蘿蔔乾。

蓮茸(蓉) lin⁴joŋ⁴ 蓮子泥。以蓮子製成的泥狀餡料:～月(以蓮子泥作主要餡料的月餅)

椰茸(蓉) jɛ⁴joŋ⁴ 椰子肉末。製成粉末狀的椰子肉。通常用作餡料:～角(以椰子肉末作主要餡料的餃子狀點心)

椰絲 jɛ⁴si¹ 以椰子肉刨成的細絲。通常用作餡料:～角(以椰子肉細絲作主要餡料的餃子狀點心)

花生肉 fa¹sɐŋ¹jok⁶ 花生米;花生仁兒。

菜膽 tsʰɔi³tam² 菜芯;蔬菜芯莖:蠔油～

菜軟(蔤) tsʰɔi³jyn⁵ 〈蔤音軟〉嫩菜薹(蔤:嫩莖):牛肉～(嫩菜薹炒牛肉)

菜乾 tsʰɔi³kɔn¹ 乾菜。以新鮮蔬菜曬製焙製或經其他脫水工藝製成。

葱度 tsʰoŋ¹tou⁻² 〈度讀第 2 聲,音搗〉切成約 1 寸長的葱段。

齋滷味 tsai¹lou⁵mei⁻² 〈味讀第 2 聲,摸起切〉素什錦。以米、麵等製成的形似肉類的食品。例如"齋叉燒"、"齋燒鵝"等(齋:素)。

### 三 B4　葷食的半製成品

魚滑 jy⁴wat⁻² 〈滑讀第 2 聲〉魚糜;魚肉泥。通常以淡水魚類製成:鯪～

魚丸 jy⁴jyn² 魚肉丸子。

魚蛋 jy⁴tan⁻² 〈蛋讀第 2 聲〉魚肉丸子。因形如蛋,故稱。

魚腐 jy⁴fu⁶ 經過油炸處理的魚糜塊。其形似豆腐,故稱。

蠔豉 hou⁴si⁻² 〈豉音屎〉牡蠣乾:～髮菜(牡蠣乾煮髮菜。因"～髮菜"音近"好市發財",俗以為這道菜吉利)

旺菜 woŋ⁶tsʰɔi³ 淡菜。["淡"有生意清淡之義,避忌而改稱"旺"]

鹹蝦 ham⁴ha¹ 醃蝦醬。

肉滑 jok⁶wat⁻² 〈滑讀第 2 聲〉肉糜;肉泥。以牛、豬等的肉絞成的食品:牛～｜豬～

風腸 foŋ¹tsʰœŋ⁻² 〈腸音搶〉臘腸;廣式香腸。因製作過程中須經風吹,故稱:～蒸飯

紅腸 hoŋ⁴tsʰœŋ⁻² 〈腸音搶〉西式香腸。其色粉紅,故稱。

金銀膶 kɐm¹ŋɐn⁴jɵn² 〈膶音潤第 2 聲〉夾肥肉的臘豬肝。肥肉白色,豬肝紫紅色,故雅稱"金銀"。[廣州話喜以水喻財,故忌言"乾"。因"肝"與"乾"同音,改稱"潤",又作方言字"膶"]

### 三 B5　飯　食

盒仔飯 hɐp⁶tsɐi²fan⁶ 〈仔音子矮切〉盒飯。以泡沫塑料盒盛放,故稱。

飯盒 fan⁶hɐp⁻² 〈盒讀第 2 聲〉同"盒仔飯"。[也指盛飯的盒子,則與普通話相同]

碟頭飯 tip⁶tʰɐu⁻²fan⁶ 〈頭讀第 2 聲,體口切〉蓋澆飯;配有菜餚的份飯,由飯店出售。以盤子盛放,故名(碟:盤子)。[又作"碟飯"]

碗頭飯 wun²tʰɐu⁻²fan⁶ 〈頭讀第 2 聲,體口切〉同"碟頭飯",但以大碗盛放。

**煲仔飯** pou¹tsɐi²fan⁶〈煲音保第 1 聲，仔音子矮切〉用小沙鍋連飯帶肉菜一起燜的飯（煲仔：小鍋）。

**生菜包** saŋ¹tsʰɔi³pau¹〈生讀沙坑切〉用生的生菜葉子包裹的帶肉炒大米飯，食用時連生菜一起吃。

**爛飯** lan⁶fan⁶ 煮得很軟的飯：我個胃唔好，餐餐要食～。（我的胃不好，每一頓都要吃很軟的飯。）

**炒米飯** tsʰau²mɐi⁵fan⁶ 一種炒飯，用生米或半熟的米下鍋炒，不斷加水，直至炒成飯（與用煮熟再炒的"炒飯"不同）。

**冷飯** laŋ⁵fan⁶ 剩飯：炒～｜琴晚剩翻好多～。（昨晚有很多剩飯。）

**餶餶** mɐm¹mɐm¹〈餶音媽音切〉【兒】小孩的飯食：BB，食～喇。（寶貝兒，喫飯了。）

**飯公** fan⁶koŋ¹ 飯糰：大～

**飯焦** fan⁶tsiu¹ 鍋巴。

**米皇** mɐi⁵woŋ⁴ 粥。

**艇仔粥** tʰɛŋ⁵tsɐi²tsok¹〈仔音子矮切〉一種具有地方風味的粥品，粥內有槍烏賊、海蜇、魚肉、炒花生米等。舊時專由水上人家在小艇上售賣，故稱。

**及第粥** kɐp⁶(kʰɐp⁶)tɐi²tsok¹〈第音底〉一種有地方風味的粥品。傳說最初為迎合科考士子的心理而創，內有肉丸（諧"狀元"音，廣州話"丸"、"元"同音）、牛膀（牛胰臟，諧"榜眼"音，後因牛胰臟味不佳而改用豬肝）、腰花（諧"探花"音）等。

**魚生粥** jy⁴saŋ¹tsok¹〈生音生熟之生〉魚片粥。製作時，在碗內放入生魚片、葱等配料，然後澆入滾粥，利用粥的熱力燙熟魚片（魚生：生魚片）。

**爛頭粥** lan⁶tʰɐu⁴tsok¹ 煮得非常爛而稠的粥，一般是給小兒吃的。

**嘻嘻粥** kɐu⁻⁴kɐu⁻²tsok¹〈前一嘻字音舊第 4 聲，後一字讀第 2 聲〉麵糊塗湯。因中有麵糊糰，故稱（嘻：糰塊）。

**撈麵** lou¹min⁶ 拌麵條（撈：拌）：蠔油～

**牛河** ŋɐu⁴hɔ⁻²〈河音可〉牛肉片炒寬粉條。[ 參看三 B3 "河" ]

## 三 B6　菜　餚

**餸** soŋ³ 菜餚的總稱（可指烹製好的，也可指未加工的原料）：好～（好菜）｜多啲食～。（多吃點兒菜。）
[ 廣州人稱以菜佐餐為"送"，佐餐之菜亦為"送"，而創方言字寫作"餸" ]

**唐餐** tʰɔŋ⁴tsʰan¹ 中式菜餚（唐：指代中國）。相對"西餐"而言。

**招牌菜** tsiu¹pʰai⁴tsʰɔi³ 飯店、酒樓推出的具有自己特色的菜式。

**蒸水蛋** tsen¹sɵy²tan⁻²〈蛋讀第 2 聲〉蛋羹。通常以雞蛋為主要用料，加入適量的水，充分攪拌後，蒸煮若干時間即成。[ 又作"水蛋" ]

**□水蛋** fak³sɵy²tan⁻²〈第一字音費客切，蛋讀第 2 聲〉同"蒸水蛋"（□：攪拌）。

**三蛇羹** sam¹sɛ⁴kɐŋ¹ 以銀環蛇、金環蛇和過樹龍的肉為主要用料熬成的羹湯。為粵菜中的著名菜式。

**五蛇羹** ŋ⁵sɛ⁴kɐŋ¹ 以銀環蛇、金環蛇、過樹龍、三索錦蛇和白花蛇的肉為主要用料熬製的羹湯。為粵菜中的著名菜式。

**湯水** tʰɔŋ¹sɵy² 湯：廣州人食飯，最緊要係喫～。（廣州人喫飯，最要緊的是湯。）

**例湯** lɐi⁶tʰɔŋ¹ 餐廳、酒樓日常提供的普通湯。

**上湯** sœŋ⁶tʰɔŋ¹〈上音上面之上〉以雞、

三
人造物

肉、魚等為主要用料熬製的烹飪用湯（上：上乘）：～雲吞麵（配以烹飪用湯的餛飩麵條）

**高湯** kou¹tʰɔŋ¹ 同"上湯"。

**羅宋湯** lɔ⁴soŋ³tʰɔŋ¹【外】俄式番茄湯。["羅宋"為英語 Russian 的音譯]

**燉品** tɐn⁶pɐn² 以高級滋補藥物（例如人參等）和肉類（例如雞肉、兔肉等）或雞蛋經長時間蒸製的湯或半流質食品。[參看七 B2"燉"]

**五柳魚** ŋ⁵lɐu⁵jy⁻² 〈魚讀第 2 聲〉拌以五種甜味泡菜的醋溜魚。通常以草魚為主要用料。

**酸甜** syn¹tʰim⁻² 〈甜讀第 2 聲，體掩切〉糖醋食物；醋溜食物：～排骨｜～炸蛋

**滷味** lou⁵mei⁻² 〈味讀第 2 聲，摸起切〉醬滷肉類、雜碎等的總稱。

**燒臘** siu¹lap⁶ 烤製肉食與臘製肉食的總稱（燒：烤製）。

**燒鵝** siu¹ŋɔ⁻² 〈鵝讀第 2 聲，五可切〉烤鵝：脆皮～（外皮酥脆的烤鵝）｜～飯

**火鵝** fɔ²ŋɔ⁻² 〈鵝音五可切〉同"燒鵝"。

**燒鴨** siu¹ap³⁽³⁻²⁾〈鴨又讀第 2 聲〉燒鴨：金牌～（名牌烤鴨）

*__叉燒__ tsʰa¹siu¹ ①烤肉條。以烤肉叉子叉着燒烤，故名：上肉～（肥瘦參半的烤肉條）｜脢～（烤瘦肉條）②一種味極濃的紅燒肉。[烤肉條質優價貴，飯店時以紅燒肉頂替，久而久之，名稱相混。重見七 D10]

**脆皮雞** tsʰɵy³pʰei⁻²kɐi¹ 〈皮讀第 2 聲，婆起切〉烤雞。因其外皮酥脆，故稱。

**鹽焗雞** jim⁴kok⁶kɐi¹ 〈焗音局〉以大量熱鹽燜熟的雞（焗：燜）。為客家名菜。

**白切雞** pak⁶tsʰit³kɐi¹ 整隻在沸水中浸熟的雞。其肉白嫩，食時切塊，蘸用特配調味料。

**白斬雞** pak⁶tsam²kɐi¹ 同"白切雞"。

**霸王鴨** pa³wɔŋ⁴ap⁻² 〈鴨讀第 2 聲〉以糯米等充填鴨腹而做成的菜餚。

**咕嚕肉** kwu¹lou¹jok⁶ 〈咕音姑，嚕音魯第 1 聲〉醋溜炸肉；醋溜炸裏脊。[或訛寫作"古老肉"]

**大肉** tai⁶jok⁶ 紅燒五花豬肉，一般切得塊兒很大。

**龍虎鳳** loŋ⁴fu²foŋ⁶ 以蛇、貓、雞的肉為主要用料烹製而成的菜餚。此以蛇、貓、雞分別雅稱為龍、虎、鳳。

**大馬站** tai⁶ma⁵tsam⁶ 蝦糕、肥肉燒豆腐。原是廣州的一處地名，後因此處所製的燒豆腐以價廉物美著稱，故名。

**冬瓜盅** toŋ¹kwa¹tsoŋ¹ 以冬瓜、肉類做成的菜餚。用一節去掉瓤的冬瓜豎放作容器，內盛各種肉類及佐料，經充分蒸煮而成。是以冬瓜作"盅"，故名。

**扒** pʰa⁻² 〈音爬第 2 聲，普啞切〉【外】肉排。一種西餐菜餚（在西餐中是主菜）：牛～｜豬～ [法語 pièce de résistance 的省譯，原義為"主菜"]

**沙律** sa¹lɵt⁻² 〈律讀第 2 聲〉【外】色拉；涼拌雜菜。一種西餐菜餚。[英語 salad]

## 三 B7　中式點心

**茶果** tsʰa⁴kwɔ² 泛指各種點心（一般是指中式點心）。

**炒米餅** tsʰau²mɐi⁵pɛŋ² 以炒熟的米粉做成的乾餅，味甜。

**雞仔餅** kɐi¹tsɐi²pɛŋ² 〈仔音子矮切〉一種以糖醃肉作餡的餅食。[又稱"小鳳餅"]

**湯丸** tʰɔŋ¹jyn⁴ 湯圓。[廣州話"丸"、"圓"音近]

**雲吞** wɐn⁴tʰɐn¹ 廣式餛飩：～麵（餛飩煮麵條）［"～" 即普通話 "餛飩" 的摹音，但風味與北方餛飩已不同］

**叉燒包** tsʰa¹siu¹pau¹ 以紅燒肉作餡的包子（叉燒：紅燒肉）。

**生肉包** saŋ¹jok⁶pau¹〈生音生熟之生〉以生肉糜作餡，然後蒸熟的包子。

**粉果** fɐn²kwɔ² 一種用米粉或澄面作皮，配上肉、蘑菇、筍絲作餡，然後蒸熟的點心。據傳為一名叫 "娥姐" 的婦女所創製，故又稱 "娥姐粉果"。

**粉角** fɐn²kɔk⁻²〈角讀第 2 聲〉一種鹹點心，形似餃子。

**盲公餅** maŋ⁴koŋ¹pɛŋ² 一種以花生仁、芝麻等製成的小甜餅。據傳為廣東佛山一盲人所創製，故名。

**糯米糍** nɔ⁶mɐi⁵tsʰi⁴〈糍音慈〉一種以糯米粉作厚皮，以糖、豆泥等作餡，然後蒸熟的點心。

**裹蒸粽** kwɔ²tsɐŋ¹tsoŋ⁻²〈粽音腫〉一種近似粽子的食品：肇慶～（肇慶：廣東地名）［本名 "裹蒸"，與粽子有別，因用料、製法與粽子有相近之處，遂稱為 "～"］

**糯米雞** nɔ⁶mɐi⁵kɐi¹ 一種食品，以荷葉等包裹糯米、雞塊蒸熟。

**餺䱽（鐺）** pɔk³tsʰaŋ¹〈餺音博，䱽（鐺）音差坑切〉一種薄烙餅。有鹹、甜兩種。多以糯米粉做成，與用麵粉所製的烙餅稍有不同（䱽：平底鍋）。［近年常訛為 "薄餐" pɔk⁶tsʰan¹］

**油器** jɐu⁴hei³ 油炸米麵製品的總稱：～白粥（油炸米麵食品和素粥。以前廣州人家的標準早餐。）

**油炸鬼** jɐu⁴tsa³kwɐi² 油條。一種油炸食品。［據傳起源於油炸以麵粉捏成的秦檜夫婦像。如此則 "鬼" 當是 "檜" 之音轉］

**炸麵** tsa³min⁶ 同 "油炸鬼"。

**煎堆（䭔）** tsin¹tɵy¹〈䭔音堆〉以米粉、芝麻、爆米花、糖漿等製成的球狀或扁圓形油炸食品。是春節時的年宵食物之一。

**油角** jɐu⁴kɔk⁻²〈角讀第 2 聲〉形如餃子的油炸食品，有鹹、甜兩類。是春節時的年宵食物之一。其形如菱角，故稱。

**角仔** kɔk³⁽²⁻²⁾tsɐi²〈角可讀第 2 聲，仔音子矮切〉同 "油角"。

**糖環** tʰɔŋ⁴wan⁴ 一種環狀的油炸甜麵食。為春節時的年宵食物之一。

**蛋馓** tan⁶san²〈馓音丸散之散〉一種以蛋、芝麻拌入麵粉中製成的片狀油炸食品，通常為鹹味。是春節時的年宵食物之一。

**鹹煎餅** ham⁴tsin¹pɛŋ² 油餅。實際上是炸而不是煎的。

*  **笑口棗** siu³hɐu²tsou² 開口笑。一種油炸食品。熟時外形像豁裂的棗子，又豁口如人笑，故名。［重見一 D4］

**開口棗** hɔi¹hɐu²tsou² 同 "笑口棗"。

**破口棗** tsʰak³hɐu²tsou²〈破音拆〉同 "笑口棗"（破：裂）。

*  **崩沙（蹦紗）** pɐŋ¹sa¹ 一種油炸食物，形如蝴蝶。［"～" 本為一種鳳蝶。重見二 D6］

**缽仔糕** put³tsɐi²kou¹〈仔音子矮切〉裝在小缽中蒸成的發麵糕，一般有蝦米等用料。

**鬆糕** soŋ¹kou¹ 發糕。

### 三 B8　西式點心

**西餅** sɐi¹pɛŋ² 西式糕點的總稱：一打～（12 塊西式糕點）

**曲奇** kʰok¹kʰei⁴【外】小甜餅：奶油～［英語 cookie］

**多士** tɔ¹si⁻²〈士音屎〉【外】烤麵包片；吐司：奶油～（塗有奶油的烤麵包

片)〔英語 toast〕

**油多** jɐu⁴tɔ¹【外】"牛油多士"的簡稱。〔參見"多士"〕

**戟** kek¹【外】糕餅：蛋～〔英語 cake〕

**班戟** pan¹kek¹【外】薄煎餅。〔英語 pancake〕

**克力架** hak¹(hɐk¹)lek⁶ka⁻²〈架音真假之假〉【外】鬆脆餅：奶油～〔英語 cracker〕

**披莎** pʰei¹sa¹【外】意大利式薄餅；比薩餅。〔意大利語 pizza〕

**威化** wɐi¹fa³【外】脆餅。多有夾層：椰汁～。〔英語 wafer〕

**撻** tʰat¹〈讀第 1 聲〉【外】露餡餅：蛋～｜椰～〔英語 tart(來自法語 tarte、土耳其語 tartes)〕

**布甸** pou³tin¹【外】布丁。一種鬆軟的甜點心。〔英語 pudding〕

**蛋卷** tan⁶kyn² 以蛋作主要原料加入麵粉中，擀薄後捲成筒形，經烘烤而成的點心。味甜，酥脆，色澤通常金黃。

## 三 B9　調味品、食品添加劑

**黃糖** wɔŋ⁴tʰɔŋ⁴ 紅糖。其色紅中帶黃，故稱。

**蜜糖** mɐt⁶tʰɔŋ⁴ 蜂蜜（一般指經過一定加工而成為食品的）。

**片糖** pʰin³tʰɔŋ⁴ 一種紅糖。製為片塊狀，故稱。

**冰片糖** peŋ¹pʰin³tʰɔŋ⁴ 一種優質紅糖。呈半透明，如冰，故稱。

**生鹽** saŋ¹jim⁴〈生音生熟之生〉未經細加工的粗鹽。與"熟鹽"相對。

**熟鹽** sok⁶jim⁴ 經過細加工的鹽。與"生鹽"相對。

**幼鹽** jɐu³jim⁴ 同"熟鹽"（幼：細）。

**生油** saŋ¹jɐu⁴〈生音生熟之生〉①花生油的簡稱。②未經熟加工的食用油。

一般不直接食用。與"熟油"相對。

**熟油** sok⁶jɐu⁴ 經過熟加工（例如炸過食品或煮沸）的食用油。可直接食用。與"生油"相對。

**豬膏** tsy¹kou¹ 豬油。煎炸豬的脂肪而取得的動物性油脂，冷凝後呈乳白色膏體狀。

**豉油** si⁶jɐu⁴〈豉音是〉醬油：～撈飯（醬油拌飯）

**抽油** tsʰɐu¹jɐu⁻²〈油讀第 2 聲〉醬油。〔"抽"為醬油製作中的一道工藝。一說"抽"為"秋"之訛。〕

**生抽** saŋ¹tsʰɐu⁴〈生音生熟之生〉一種色淡味濃的醬油。常作調味或蘸用。

**白油** pak⁶jɐu⁻²〈油讀第 2 聲〉一種淡色的蘸用醬油。

**老抽** lou⁵tsʰɐu¹ 一種色濃味淡的醬油。常作醃製食品或紅燒食品用。〔參見"抽油"〕

**朱油** tsy¹jɐu⁻²〈油讀第 2 聲〉一種色濃的醬油。

**麵豉** min⁶si⁻²〈豉音屎〉豆瓣醬；黃醬。因其黏稠如麵漿，故稱。

**豉汁** si⁶tsɐp¹〈豉音是〉豆豉汁。把豆豉搗爛，加入糖、油、茨粉調和而成。

**南乳** nam⁴jy⁵ 一種以芋頭為主要原料製成的調味品。較腐乳大，紅色，味鹹。

**魚露** jy⁴lou⁶ 一種魚肉的提取液。可用以醃製食品，也可直接食用。

**沙爹** sa¹tɛ¹ 沙茶醬。〔"爹"是摹仿潮汕方言"茶"字之音〕

**蒜茸(蓉)** syn³joŋ⁴ 蒜泥。蒜頭的搗碎物：～豆苗（放入了蒜泥的炒豆苗）

**薑茸(蓉)** kœŋ¹joŋ⁴ 薑泥。薑的搗碎物。通常用作蘸料。

**薑葱** kœŋ¹tsʰoŋ¹ 薑、葱的搗碎物加油、鹽等。

三
人
造
物

**芥辣** kai³lat⁶ 芥末醬。芥菜籽的製成物，色黃或綠，味辣。

**古月粉** kwu³jyt⁶fɐn² 胡椒粉。[ "胡" 字拆為 "古月" 二字 ]

**生粉** saŋ¹fɐn² 〈生音生熟的生〉芡粉。勾芡用的澱粉，如豆粉等。

**酒餅** tsɐu²pɐŋ² 釀酒酵母。其形如小餅，故稱。

**包種** pau¹tsoŋ² 〈種音種子之種〉發麵。含有酵母，做包子需用，故稱。

**大菜糕** tai⁶tsʰɔi³kou¹ 瓊脂。

**忌廉** kei⁶lim¹ 〈廉音拉閹切〉【外】奶油；奶酪：～餅乾。[ 英語 cream ]

**果占** kwɔ²tsim¹ 〈占音尖〉【外】果醬：～曲奇（果醬小甜餅）[ "占" 為英語 jam 的音譯 ]

**芝士** tsi¹si⁻² 〈士音屎〉【外】奶酪：～焗排骨（奶酪焗排骨）[ 英語 cheese ]

**噏汁** kip¹tsɐp¹ 〈噏音劫第 1 聲〉【外】番茄汁：～豬扒（番茄汁煎豬排）[ 英語 ketchup 的音譯 ]

**谷古** kok¹kwu² 【外】可可粉。[ 英語 cocoa ]

**咖喱** ka³lɛ¹(lei¹) 〈咖音嫁，喱音拉些切，又音利第 1 聲〉【外】咖喱粉；咖喱醬：～牛肉（咖喱粉烹牛肉）[ 英語 curry ]

**泡打粉** pʰau¹ta²fɐn² 【外】發酵粉劑。製麵包等的添加劑。[ 英語 powder ]

**伊士** ji¹si⁻² 〈士音屎〉【外】酵母。[ 英語 yeast ]

## 三 B10　飲　料

**傻仔水** sɔ⁴tsɐi²sɵy² 〈仔音子矮切〉【謔】酒。酒喝多了，常導致胡言亂語，行為失常，故稱（傻仔：傻瓜）。

**爆頭牌** pau³tʰɐu⁴pʰai⁴ 劣酒。

**土炮** tʰou²pʰau³ 【喻】本地產的劣質酒。

**雙蒸** sœŋ¹tseŋ¹ 經兩次蒸餾的燒酒，酒精含量較低。

**拔蘭地** pɐt⁶lan⁻¹tei⁻² 〈蘭讀第 1 聲，地音第 2 聲〉【外】白蘭地。葡萄釀製的餐酒。[ 英語 brandy ]

**冧酒** lɐm¹tsɐu² 〈冧音林第 1 聲，拉切〉【外】蘭姆酒。一種甜酒。[ 英語 rum ]

**鉢酒** put⁻¹tsɐu² 〈鉢讀第 1 聲〉【外】葡萄牙所產的餐酒。[ 英語 port ]

**谷爹** kok¹tɛ¹ 【外】雞尾酒；調和酒。[ 英語 cocktail ]

**老番涼茶** lou⁵fan¹lœŋ⁴tsʰa⁴ 【喻】【謔】啤酒。據說啤酒具有降火的藥效，類似廣東人常飲用的 "涼茶" 又源自外國，故稱（老番：洋人）。

**番鬼佬涼茶** fan¹kwɐi²lou²lœŋ⁴tsʰa⁴ 同 "老番涼茶"（番鬼佬：洋人）。[ 又作 "鬼佬涼茶" ]

**清酒** tsʰeŋ¹tsɐu² 【外】日本米酒。[ 源自日語。]

**涼水** lœŋ⁴sɵy² 以某些帶涼性的食物或藥物熬成的飲料，如綠豆湯、竹蔗水等，為暑天飲料。

**涼茶** lœŋ⁴tsʰa⁴ 一種以藥材熬煎的飲料。功能解暑、降火。為夏季常用的飲料。

**七星茶** tsʰɐt¹seŋ¹tsʰa⁴ 一種以七味中藥配製而成的兒童飲料，有開胃、利尿等功用。

**茶包** tsʰa⁴pau¹ 袋泡茶。耐水紙袋內裝着適量茶葉，可直接置於開水中泡用。

**齋啡** tsai¹fɛ¹ 不加糖、奶的咖啡（齋：素）。

**荷蘭水** hɔ⁴lan⁻¹sɵy² 〈蘭讀第 1 聲〉【舊】汽水。因源自國外，故稱（荷蘭：西洋的代稱）。

**滾水** kwɐn²sɵy² 開水；煮開過的水（滾：沸）。

茶 tsʰa⁴ 開水。〔可以指茶葉泡出的飲料（這同普通話一樣），也可以指白開水〕

飯湯 fan⁶tʰɔŋ¹ 米湯（飯開時舀出來的湯）。

## 三 B11　零食、小吃

口頭立濕 hɐu²tʰɐu⁴lɐp⁶sɐp¹ 零食；零吃兒（立濕：零碎）：屋埋咁多～，邊有胃口食飯啊？（喫這麼多零食，哪有食慾喫飯呀？）〔又作"口立濕"〕

鹹酸 ham⁴syn¹ 醋醃瓜菜的總稱。

送口果 soŋ³hɐu²kwɔ² 用以佐服中藥的果脯。

糖 tʰɔŋ⁻² 〈讀第 2 聲，體講切〉糖果：水果～｜奶～〔此字不變調讀 tʰɔŋ⁴ 〈音唐〉指一般的食糖，變調讀第 2 聲則指糖果〕

香口膠 hœŋ¹hɐu²kau¹ 口香糖。

爆穀 pau³kok¹ 以高溫炒或烘稻穀，使其爆開，去殼後作零食，類似爆米花。

朱古力 tsy¹kwu⁻¹lek⁻¹ 〈古音姑，力讀第 1 聲〉【外】巧克力。〔英語 chocolate〕

拖肥 tʰɔ¹fei⁴ 【外】 太妃糖。〔英語 toffee〕

啫喱 tsɛ¹lei² 〈啫音遮，喱音裸起切〉【外】果凍。〔英語 jelly〕

米通 mɐi⁵tʰoŋ¹ 米花糕。以爆米花、糖漿為主要材料製成。

嘉應子 ka¹jeŋ³tsi² 蜜餞李子。舊以嘉應州（今廣東梅州）所製最為出名，故稱。〔又簡作"應子"〕

飛機欖 fei¹kei¹lam⁻² 醃橄欖。有甜、辣兩種。舊時小販常沿街叫賣這種零食，遇有樓上顧客，小販即施展拋物絕技，橄欖如飛機般飛至顧客手中，故稱。

啄啄欖 tœŋ¹tœŋ¹lam⁻² 〈啄音低央切〉同"飛機欖"。因小販常敲響鐵板以招徠生意，發出"啄啄"之聲，故稱。

和味欖 wɔ⁴mei⁶lam⁻² 同"飛機欖"（和味：味道好）。

摩登瓜子 mɔ¹tɐŋ¹kwa¹tsi² 向日葵子。實際上並非瓜子，但習慣稱瓜子。

南乳肉 nam⁴jy⁵jok⁶ 五香花生仁。據說製作時需以南乳調味，故稱。〔參見三 B9 "南乳"〕

鹹脆花生 ham⁴tsʰɵy⁵fa¹sɐŋ¹ 同"南乳肉"。

鹹柑 ham⁴kɐm¹ 鹽醃柑皮。一般做成小顆粒。

鹹薑 ham⁴kœŋ¹ 鹽醃薑片或薑絲。一般做成紅色，為常見的零食。

糖冬瓜 tʰɔŋ⁴toŋ¹kwa¹ 糖醃冬瓜條。為常見零食及普通年貨。

京果 keŋ¹kwɔ² 北方所產的乾果及果脯的總稱。

番薯糖 fan¹sy⁴tʰɔŋ⁻² 〈糖讀第 2 聲〉甘薯塊煮糖水。

蛋茶 tan²tsʰa⁴ 〈蛋讀第 2 聲〉糖水煮雞蛋（雞蛋先煮熟剝殼再放入糖水中煮）。

糖水 tʰɔŋ⁴sɵy² 甜品的總稱。通常為流質或半流質：煲～。（煮甜品。）

豆腐花 tɐu⁶fu⁶fa¹ 豆腐腦。

薑醋 kœŋ¹tsʰou³ 以薑、醋為主要材料製成的食品。原供產婦食用，現已成為小吃：～豬手（以薑、醋等燴製的豬前腿）｜～蛋（以薑、醋等燴製的蛋）

豬腳薑 tsy¹kœk³kœŋ¹ 以薑、醋等燴製的豬後腿。〔參見"薑醋"〕

冰 peŋ¹ 冷飲：食～（吃冷飲）｜～室（冷飲店）

雪糕 syt³kou¹ 冰淇淋。

奶昔(色) nai⁵sek¹ 【外】牛奶加冰淇

淋的混合食品。[ 英語 milk shake 的
半意半音譯詞 ]

**新地** sɐn¹tei⁻²〈地讀第 2 聲，底起切〉
【外】水果、堅果雜拌冰淇淋；聖
代。[ 英語 sundae ]

**雪批** syt³pʰɐi¹【外】冰棍形的冰淇淋：
牛奶～[ 英語 ice pie 的半意半音譯
詞。]

**雪條** syt³tʰiu⁻²〈條讀第 2 聲，體曉切〉
冰棍：紅豆～

# 三C 一般工具、原料、零件等

## 三C1 一般工具

**架撐** ka³tsʰaŋ¹〈撐音差坑切〉工具的總
稱：電工～｜鬥木～[ 當是古漢語
詞 "家生" 的變音 ]

**士巴拿** si⁶pa¹na⁻²〈拿讀第 2 聲〉【外】
扳手。裝拆機器時用來旋緊或旋
鬆螺栓螺帽等的一種工具。[ 英語
spanner ]

**焫雞** nat³kɐi¹ 電烙鐵；烙鐵(焫：燙)。

**電筆** tin⁶pɐt¹ 測電螺絲刀。其形似筆，
故稱。

**螺絲批** lɔ⁴si¹pʰɐi¹ 螺絲起子；螺絲刀。
裝拆螺釘用的手工具。

**鉗₁** kʰim⁻²〈讀第 2 聲，其掩切〉①鉗
子。②鑷子。

**鶴嘴鋤** hɔk⁶tsɵy²tsʰɔ⁻²〈鋤讀第 2 聲，
此可切〉十字鎬；鎬。因其形似鶴
的嘴巴，故稱。

**番啄** fan¹tœŋ¹〈啄音低央切〉鎬。因
自國外引入，故名之曰 "番"。

**鐵筆** tʰit³pɐt¹ 鐵製撬槓：雖然而家機械
化程度好高，之仲要用到～。(雖然
現在機械化程度很高，可還要使用
撬槓。)

**擔挑** tam³tʰiu¹〈擔讀第 3 聲〉扁擔。

**擔竿** tam³kɔn¹〈擔讀第 3 聲〉同 "擔
挑"。

**擔潤** tam³jɵn⁻²〈擔讀第 3 聲，潤讀第 2
聲〉同 "擔挑"。[ 本作 "擔竿"，因
廣州話喜以水喻財，"乾" 為不吉之
字，"竿" 與之同音，亦避諱而改稱
"潤" ]

**竹篙** tsok¹kou¹ 長竹竿。一般以撐篙竹
或青皮竹竿風乾而成，可作船篙、
搭架、晾衣等用。

**竹升** tsok¹sɐŋ¹【婉】粗竹槓。一般用
以搬運重物。[ 廣州話 "槓"、"降"
音同，搬運重物避忌説 "降"，故改
稱 "升" ]

**軚** lip¹〈音獵第 1 聲〉【外】垂直電梯；
電動升降機。特指裝設於建築物內
的乘人電梯，也指某些工作場所 (如
車間、建築工地等) 的載物升降
機。[ 英語 lift ]

**纜** lam⁶ 粗繩；纜繩：攞條～嚟。(拿
一根粗繩子來。)

**威吔** wɐi¹ja²〈吔音也第 2 聲，椅啞切〉
【外】鋼絲繩；鋼纜。[ 英語 wire ]

**鐵線** tʰit³sin⁻²〈線讀第 2 聲，音癬〉鐵
絲。

**漁絲** jy⁴si¹ 尼龍絲。因常用以織製漁
網或作釣魚線，故稱。

**膠絲** kau¹si¹ 尼龍絲。

***纈** lit³〈音列第 3 聲，利歇切〉結 (在
條狀物上打的疙瘩)：打～｜打咗個
死～。(打了個死結。)[ 重見二 El ]

**通** tʰoŋ¹ 管子；特指金屬管：鐵～｜
鋼～

## 三C2 金屬、塑料、橡膠、石油製品

**鋼骨** kɔŋ³kwɐt¹ 鋼筋：～水泥。

**白鐵** pak⁶tʰit³ 鍍錫鐵皮和鍍鋅鐵皮的

合稱。

**星鐵** seŋ¹tʰit³ 鍍鋅鐵皮。

**銻** tʰɐi¹〈音梯〉鋁。[ 鋁與銻本為不同的金屬，但在外觀上均呈銀白色，廣州人相混 ]

**飛機銻** fei¹kei¹tʰɐi¹〈銻音梯〉【舊】鋁合金。製造飛機用為原料，故名。[ 參見 "銻" ]

**金磚** kɐm¹tsyn¹ 金錠。為方便運輸，金屬的成品多鑄成塊狀，形近磚塊，故稱。

**膠** kau¹ 橡膠和塑料的統稱。

**塑膠** sou³(sɔk³)kau¹〈塑又讀索〉塑料。[ 塑料本與橡膠不同，但廣州人多混淆。"塑" 本音 sou³，但多訛讀 sɔk³ ]

**發泡膠** fat³pʰou⁵kau¹〈泡音抱〉泡沫塑料。

**生膠** saŋ¹kau¹〈生音絲坑切〉未經硫化的橡膠。

**熟膠** sok⁶kau¹ 經過硫化的橡膠。

**雪油** syt³jɐu⁻²〈油讀第 2 聲。椅口切〉潤滑脂；黃油。稠厚的油脂狀半固體或固體。

**機油** kei¹jɐu⁻²〈油音椅口切〉【外】潤滑油。[ 英語 grease ]

**偈油** kɐi²jɐu⁻²〈偈音計第2聲，假矮切〉同 "機油"。

**電油** tin⁶jɐu⁴ 汽油。

**蠟青** lap⁶tsʰɛŋ¹〈青音差贏切第 1 聲〉瀝青。

## 三 C3　機器及零件等

**摩打** mɔ¹ta²〈摩讀第 1 聲〉【外】馬達。發動機。[ 英語 motor ]

**波子** pɔ¹tsi² 滾珠。製造滾珠軸承的零件。[ "波" 為英語 ball 的音譯 ]

**波珠** pɔ¹tsy¹ 同 "波子"。

**啤令** pɛ¹leŋ²〈啤音波爹切，令讀第 2

聲〉【外】滾動軸承。[ 英語 bearing ]

**螺絲** lɔ⁴si¹ 螺栓。緊固件的一種，常與螺母組合使用。[ 普通話指螺釘，廣州話則既可指螺釘，也可以指螺栓 ]

**絲帽（母）** lɔ⁴mou⁻²〈帽（母）讀第 2 聲，摸好切〉螺母；螺帽。

**牙** ŋa⁻²〈讀第 2 聲，鵝啞切〉①螺紋：嗰度有～，可以擰上去嘅。(那兒有螺紋，可以擰上去的。) ②齒輪的齒：崩咗兩隻～。(齒輪上斷了兩個齒。)

**倒牙** tou³ŋa⁻²〈倒音到，牙讀第 2 聲〉左旋螺紋。一般的螺紋是右旋的，所以稱左旋為 "倒"。

**搪環** tʰɔŋ⁵wan⁴〈搪音唐第 5 聲，肚網切〉手輪。一種輪形的螺紋開關把手。日常所見如自來水總開關、液化石油氣瓶開關等的把手。

**敆口** kɐp³(kap³)hɐu²〈敆音鴿，又音計鴨切〉接口（機件之間的接合處。敆：合）。

**窩釘** wɔ¹tɛŋ¹〈釘音低贏切第 1 聲〉鉚釘（窩：鉚）。用以連接金屬構件的零件。一般為圓柱形。

**彈弓** tan⁶koŋ¹ 彈簧：～牀 [ 普通話指發射彈丸的工具，廣州話也有同樣的用法 ]

**攝鐵** sip³tʰit³ 磁鐵（攝：磁吸）。

**神農茶** sɐn⁴noŋ⁴tsʰa⁴【謔】本是一種藥茶，因廣州話稱不正常為 "神"，故謔稱常出故障的機器為～：呢架～，整一次神一次。(這架壞機器，修一回壞一回。)

## 三 C4　其　他

**杉** tsʰam³〈次喊切，音置第 3 聲〉上下皆為碗口般粗的長杉木材，也泛指其他木質的類似木材。一般可用作支撐、搭設等。

三
人
造
物

三
人
造
物

**青** tsʰɛŋ¹〈音差贏切第 1 聲〉搪瓷釉：甩～（掉釉）

**啤盒** pɛ¹hɐp⁻²〈盒讀第 2 聲〉【外】用厚卡紙切型、壓棱後摺成的紙盒，廣泛用於各種產品包裝等（啤：機械壓製）。[英語 press]

**引** jɛn⁵ 導火索：炮仗～（爆竹導火索）｜濕水炮仗——死～（癮）。（濕了水的鞭炮，導火索失效。歇後語。"引"、"癮"音同"死癮"謂癮頭大。）

**生埃** saŋ¹ai¹〈生音生熟之生，埃音唉〉【外】氰化物；山奈。白色晶體，有劇毒，常用於電鍍、鋼的淬火、金屬熱處理等。[英語 cyanide]

**雪** syt³ 人造冰。通常為半米左右的長方體，以便於運輸。多用於冷藏食物等。[南方無雪，人誤以冰為"～"]

**生雪** saŋ¹syt³〈生音生熟之生〉同"雪"。

**雪種** syt³tsoŋ²〈種音種子之種〉冰箱等製冷設備的冷凍劑（一般指氟里昂。雪：冰）。

**水喉水** sɵy²hɐu⁴sɵy² 自來水（水喉：水管）。

**鐳射** lɵy⁴sɛ⁶【外】激光：～唱碟（激光唱片）[英語 laser]

# 三 D　社會各業及公共設施、用品

## 三 D1　農副業、水利設施及用品

**基** kei¹ ①堤壩：大～口（地名）②田埂。

**田基** tʰin⁴kei¹ 田埂；田與田之間的小道。

**桑基** soŋ¹kei¹ 魚塘與魚塘之間的壟。珠江三角洲的農民多於其上植桑，故名。

**壢** lɛk⁶〈音歷吃切第 6 聲〉畦；田壟：一～番薯｜起～（分壟）

**水塘** sɵy²tʰɔŋ⁴〈圳音進〉水庫。[此為香港用法。廣州説"水庫"，而"水塘"指池塘]

**水圳** sɵy²tsɵn³〈圳音進〉水渠。供灌溉、排水用。

*****壆** pɔk³〈音博〉①堤壩。②壟：草菇～（草菇壟）[重見三 D4]

**基圍** kei¹wɐi⁴ 堤壩。通常指防波堤。

**地塘** tei⁶tʰɔŋ⁴ 晾曬糧食等的曬場：月光光，照～。（童謠：月亮光，照曬場。）

**禾塘** wɔ⁴tʰɔŋ⁴ 同"地塘"。

**牛欄** ŋɐu⁴lan⁻¹〈欄讀第 1 聲〉牛圈。

**豬欄** tsy¹lan⁻¹〈欄讀第 1 聲〉豬圈。

**豬陸** tsy¹lok⁶ 豬圈。

**風櫃** foŋ¹kwɐi⁶ 手搖風車。一種將癟穀、糠與飽滿的穀粒分開的工具：而家喺珠江三角洲啲農村都好少見到～嘞。（現在在珠江三角洲的農村很少看見手搖風車了。）

**滴露** tek⁶lou⁶ 殺蟲藥：而家啲農民好倚賴～，呢個唔係好現象。（現在的農民很依賴殺蟲藥，這不是一個好現象。）

**肥水** fei⁴sɵy² 對農田有肥效的水。

**肉糠** jok⁶hɔŋ¹ 複碾稻穀生產出來的帶有碎米的細糠，為牲畜的精飼料。

**老糠** lou⁵hɔŋ¹ 初碾稻穀生產出來的粗糠，為牲畜的粗飼料。

**竹笪** tsok¹tat³〈笪音達第 3 聲，帝壓切〉粗竹蓆。用以圍囤儲存糧食、飼料等物。也用以墊曬、晾農產品等。[又簡作"笪"]

**黐網** tsʰi¹mɔŋ⁵〈黐音次第 1 聲，妻衣切〉刺網。網上佈滿彈性網眼，用以卡住魚身（黐：黏）。捕魚時，在水下施網，然後敲擊船身驚嚇魚羣撞向刺網。待取下刺網上卡住的魚後，又可進行新一輪的捕魚。

**笭** lɛŋ¹〈音拉嬴切第 1 聲〉捕魚蝦用的小竹籠。

**巴士** pa¹si⁻²〈士音屎〉【外】公共汽車：搭～（乘坐公共汽車）［英語 bus］

**直通巴士** tsek⁶tʰoŋ¹pa¹si⁻²〈士音屎〉【外】直達長途公共汽車：可以坐～去深圳。（可以乘坐直達長途公共汽車到深圳。）［參見"巴士"］

**中巴** tsoŋ¹pa¹【外】中型公共汽車。一般可乘坐 20 來人。［"巴"為"巴士"之省稱。參見"巴士"］

**小巴** siu²pa¹【外】小型公共汽車。一般只能乘坐 20 人以下。［"巴"為"巴士"之省稱。參見"巴士"］

**的士** tek¹si⁻²〈士音屎〉【外】①計程車：打～（召計程車）②小轎車（現罕用）。［英語 taxi。簡作"的"］

**嚹嚹車** put¹put¹tsʰɛ¹〈嚹音鉢第 1 聲〉【兒】汽車（"嚹嚹"是摹擬喇叭聲）。

**市虎** si⁵fu²【喻】【謔】城市裏的汽車。汽車可以傷人，故云。

**VAN仔** wɛn¹tsɐi²〈前字音烏些切加溫之字尾，仔音子矮切〉【外】客貨兩用小汽車。［英語、法語 van 的半音譯詞］

**泥頭車** nɐi⁴tʰɐu⁴tsʰɛ¹ 運送餘泥、沙石的車。

**三腳雞** sam¹kœk³kɐi¹【喻】小型三輪汽車。現已少見。

**房車** foŋ⁴tsʰɛ¹ 小轎車：名貴～

**座駕** tsɔ⁶ka³【謔】私人小汽車：我嘅～琴日送咗入廠修理。（我的小汽車昨天送進廠裏修理。）

**錢七** tsʰin⁴tsʰɐt¹【謔】老爺車，舊機器等。

**電單車** tin⁶tan¹tsʰɛ¹ 機器腳踏車；兩輪摩托車。

**鐵馬** tʰit³ma⁵【喻】【謔】兩輪摩托車。

**拖頭** tʰɔ¹tʰɐu⁴ 集裝箱車的駕駛室部分。

**拖卡** tʰɔ¹kʰa¹【外】拖掛車廂（卡：車廂）。［"卡"為英語 car 的音譯］

**後卡** hɐu⁶kʰa¹ 同"拖卡"。

**掛接車** kwa³tsip³tsʰɛ¹ 拖掛車廂。

**直通車** tsek⁶tʰoŋ¹tsʰɛ¹ 直達列車（特指廣州、香港之間的直達列車）。

**餐卡** tsʰan¹kʰa¹【外】（火車的）餐車（卡：車廂）：不如唔食盒飯，去～點翻幾個小菜啦。（倒不如別吃盒飯，到餐車點幾個小菜吧。）［"卡"為英語 car 的音譯］

**貨卡** fɔ³kʰa¹【外】（火車的）貨車皮（卡：車廂）：客車一般冇～。（客車一般不掛貨車皮。）［"卡"為英語 car 的音譯］

**手車** sɐu²tsʰɛ¹ 手推車：借部～畀我運啲嘢得唔得啊？（借輛手推車給我運點兒東西行不行？）

**木頭車** mok⁶tʰɐu⁴tsʰɛ¹ 裝載貨物，以便沿街叫賣的手推車（今罕見）。

**豬籠車** tsy¹loŋ⁴tsʰɛ¹ 木板手推車；排子車。

**\*軚（軚）** tʰai⁵〈音太第 5 聲〉汽車方向盤：右～車（方向盤位於駕駛室右部的汽車）［重見三 A8、工 D3］

**逼力** pek¹lek⁶【外】刹車裝置。［英語 brake］

**腳制** kœk³tsɐi³ 腳踏刹車裝置（制：刹車裝置）。

**手制** sɐu²tsɐi³ 手動刹車裝置（制：刹車裝置）：～壞咗。（手動刹車裝置壞了。）

**自動波** tsi⁶toŋ⁶pɔ¹ 自動檔，（汽車等的）自動換檔、自動變速裝置（波：變速檔）：買咗架～車。（買了一架自動換檔的汽車。）

**棍波** kwɐn³pɔ¹ 手動換檔裝置（波：變速檔）：呢個～有幾檔㗎？（這個手動換檔裝置有幾檔呀？）

**波棍** pɔ¹kwɐn³ 換檔桿；變速桿（波：變速檔）：～喺右手邊。（換檔桿在右邊。）

**波箱** pɔ¹sœŋ¹ 變速箱。

**火嘴** fɔ²tsøy² （內燃機的）火花塞（火花點火式內燃機中裝在氣缸蓋上的電點火設備）。

### 三 D3　船隻及其部件、飛機

**電船** tin⁶syn⁴【舊】汽艇。有時亦指輪船。

**電扒** tin⁶pʰa⁴〈扒音爬〉【舊】汽艇；摩托艇（扒：划船）。

**火船** fɔ²syn⁴【舊】輪船；火輪。舊以燃煤蒸汽機推動，故稱"火"，後改為內燃機，仍沿舊名。

**座艙** tsɔ⁶tsʰɔŋ¹ 客輪中僅設座位、不設臥鋪的客艙。[ 普通話指飛機艙，與廣州話不同 ]

**艔** tou²〈音搗〉原指接載旅客渡江的小艇，後兼指輪渡及內河客船：搭～過海。（坐輪渡過江。）[ 此由"渡"讀變調而成 ]

**橫水艔** waŋ⁴søy²tou²〈艔音搗〉 接載旅客渡江的小艇，現已少見。[ 參見"艔" ]

**花尾艔** fa¹mei⁵tou²〈艔音搗〉 一種無動力內河客船（由拖輪拖帶），船尾漆有花紋，故名。現已少見。[ 參見"艔" ]

**拖艔** tʰɔ¹tou²〈艔音搗〉同"花尾艔"。

**小輪** siu²lɵn⁴ 接載旅客渡江或海峽的小型輪船。

**飛翔船** fei¹tsʰœŋ⁴syn⁴【外】氣墊船。一種利用空氣的支承力開離水面的船，是速度較快的交通工具。[ 英語

hovercraft 的意譯。]

**大眼雞₂** tai⁶ŋan⁵kɐi¹【喻】【謔】一種漁船。船頭錨孔如眼，故稱。

*****舦** tʰai⁵〈音太第 5 聲〉船舵：把～[ 重見三 A8、三 D2 ]

**悝** lei⁵〈音李〉船帆：有風唔好駛盡～。（有風別把帆完全張開。喻做事勿做得太盡。）

**車葉** tsʰɛ¹jip⁻²〈葉讀第 2 聲〉螺旋槳：唔好游埋船尾嗰度，因住界～打親。（別游近船尾那兒，小心給螺旋槳打着。）

**太空穿梭機** tʰai³hoŋ¹tsʰyn¹sɔ¹kei¹【外】航天飛機。[ 英語 space shutle 的意譯。簡作"穿梭機" ]

### 三 D4　交通設施

**立交橋** lap⁶(lɐp⁶)kau¹kʰiu⁴ 多立體交叉路。[ 普通話亦有此詞，但與廣州話不完全相同。兩線相交而又各自獨立的立體交叉橋樑（跨線橋）廣州話稱"旱橋"，多線相交、相交點一般有互通的轉彎車道的才稱為"～" ]

**旱橋** hɔn⁵kʰiu⁴ 跨線橋。[ 參見"立交橋" ]

**斑馬線** pan¹ma⁵sin³ 人行橫道線。通常以白色漆料在馬路上塗平行條紋為標誌，因形如斑馬的花紋，故名。

**孖站** ma¹tsam⁶〈孖音媽〉兩條以上不同路線的公共汽車共用的車站（孖：並聯）：嗰個係 2 路同 5 路嘅～，落咗車唔使行，就企嗰度等就得嘞。（那是 2 路和 5 路共用的車站，下了車不用走，就站那兒等就行了。）

*****壆** pɔk³〈音博〉公路（尤指高速公路）的護牆。[ 重見三 D1 ]

**徑** kaŋ³〈音耕第 3 聲〉【舊】小路：呢度有條～過去。（這兒有條小路過去。）[ "徑"照字讀keŋ³，此為特殊讀音 ]

**車路** tsʰɛ¹lou⁶ 鐵路；鐵道。[ 此為香港用法。廣州稱 "鐵路" ]

**車軌** tsʰɛ¹kwɐi² 鋼軌。

**埠（埗）頭** pou⁶tʰɐu⁴〈埠（埗）音步〉碼頭。旅客上下船、貨物裝卸的設施。

**避風塘** pei⁶foŋ¹tʰɔŋ⁴ 避風港。供船隻暫避颱風的港灣。

## 三 D5　建築用具、材料及場所

**灰匙** fui¹tsʰi⁻²〈匙音恥〉抹泥刀。作塗抹灰漿等用，使灰漿熨平地黏附在牆壁上、磚縫裏。

**灰斗** fui¹tɐu²〈斗音升斗之斗〉盛放灰漿的容器。舊多以木料製成，形如小木桶。今多以塑料代之。

**磚刀** tsyn¹tou¹ 砌牆刀。作砌磚、劈碎磚頭等用。

**棚架** pʰaŋ⁴ka⁻²〈架讀第 2 聲，音真假之假〉建築工程中腳手架、升降架、支撐架等的總稱。[ 又簡作 "棚" ]

**排柵** pʰai⁴san¹〈柵音山〉腳手架。

**石米** sɛk⁶mɐi⁵ 建築用石粒。常拌在灰漿裏用坉牆。其小如米粒，故名。

**石屎** sɛk⁶si² ①建築用的碎石，為搗製混凝土的原料。②混凝土：搗～｜鋼筋～｜～樓

**紅毛泥** hoŋ⁴mou⁴nɐi⁴ 水泥；洋灰（紅毛：西洋人）。

**白灰** pak⁶fui¹ 石灰。石灰石鍛燒而成的建築原料，其色白，故名。

**灰水** fui¹sɵy² 以石灰、水等製成的刷牆用稀灰漿。

**青磚** tsʰɛŋ¹tsyn¹〈青音妻贏切第 1 聲〉青灰色的砌牆用磚。與紅磚相對：而家諗怕都要去到西關嗰頭至見到～大屋囉。(現在恐怕要到西關那裏才見得到青磚建的大屋子了。西關：廣州市區西部的老城區。)

**紅磚** hoŋ⁴tsyn¹ 紅色的磚牆用磚，與青磚相對：～屋 (以紅磚砌成的房子)

**泥磚** nɐi⁴tsyn¹ 未經燒製的風乾大塊磚。舊日農村住宅建築多用：～屋 (泥磚砌的房子)

*__**階磚**__ kai¹tsyn¹ 地板磚：睇嚟都要換咗啲～至得，唔係跟唔上潮流囉。(看來要把地板磚換掉重鋪才行，否則就跟不上潮流了。)[ 重見三 A19 ]

**花階磚** fa¹kai¹tsyn¹ 有圖案花紋的地板磚。通常以陶土做成，表面附有彩釉。

**光瓦** kwɔŋ¹ŋa⁵ 透明瓦。舊時多以可透光的貝殼製成，今一般為鋼化玻璃。

**海鏡** hɔi²kɛŋ³ 本為一種海貝的名稱 (學名 "海月")，其殼半透明，磨製為透明瓦，仍沿用此名。

**蠟青紙** lap⁶tsʰɛŋ¹tsi²〈青音差贏切第 1 聲〉油氈。油氈中一種主要的材料是瀝青，故名 (蠟青：瀝青)。

**桐油灰** tʰoŋ⁴jɐu⁴fui¹ 泥子；油灰。其中一種主要的原料是桐油，故名。常用以鑲嵌玻璃窗等。

**窗花** tsʰœŋ¹fa¹ 窗櫺。因常設計成各種圖案花紋，故名。

**窗枝** tsʰœŋ¹tsi¹ 窗柵欄。因多以竹、木、鐵質的枝狀物構成，故名。

**窗門** tsʰœŋ¹mun⁻²〈門讀第 2 聲，摸碗切〉①窗戶：呢間房冇～嘅，焗到死。(這間房子沒窗戶，悶得要命。)②窗扇：落雨嘞，閂翻個～啦。(下雨了，把窗扇關上吧。)

*__**戌**__ sɵt¹〈音恤〉門窗的插銷：個～甩咗。(這插銷掉了。)[ 重見七 B4 ]

**窗鈎** tsʰœŋ¹ŋɐu¹ 窗釘錦。用以固定張開的窗扇，免受風等吹搖。

**錫鈎** tap³ŋɐu¹〈錫音搭〉門窗等的釘錦兒。

**鐵閘** tʰit³tsap⁶ 鐵柵門。通常附加在裏門外，以鋼鐵造成，推拉如閘門，故稱。

趟櫳 tʰɔŋ³lɔŋ² 廣州舊式房屋的櫳柵式拉門。以小碗口粗木為橫柵，橫向推拉啟閉（趟：順着方向推拉）。

*餃(鉸) kau³〈音教〉（門窗）合頁。本義為關節，因合頁轉動自如似人的關節，故稱。[ 重見二 B6 ]

門槧 mun⁴tsʰam⁵〈第二字音似覽切〉門坎兒。

桁桷 haŋ²kɔk⁻²〈桁音坑第 2 聲，桷音角第 2 聲〉椽子。安放在樑上支撐屋面和瓦片的木條。南方地區的椽子多是板條型的。[ 又單作 "桁"、"桷" ]

泥口 nɐi⁴hɐu² 建築工地。因建築工地常堆置砂石、餘泥等，故名。

地盤 tei⁶pʰun⁴ 建築工地。

## 三 D6　建築物及其構件

唐樓 tʰɔŋ⁴lɐu⁻²〈樓讀第 2 聲，羅嘔切〉中式樓房。[ "唐" 為中國的代稱 ]

石屎樓 sɛk⁶si²lɐu⁻²〈樓讀第 2 聲〉鋼筋混凝土樓房（石屎：混凝土）：而家起嘅咸都係～。（現在建的全都是鋼筋混凝土樓房。）

假石屎樓 ka²sɛk⁶si²lɐu⁻²〈樓讀第 2 聲〉外牆用水洗石粒灰漿塗抹的磚木結構樓房，因外觀近似鋼筋混凝土樓房，故名（石屎：混凝土）。

騎樓 kʰɛ⁴lɐu⁻²〈樓讀第 2 聲，麗嘔切〉①馬路兩旁橫跨人行道的建築物。此為南方特有的建築形式，因南方多雨，這種建築可供行人避雨。②建築物側面的陽台。

騎樓底 kʰɛ⁴lɐu⁴tɐi² 上有架空建築物的人行道：去～避雨。

天棚 tʰin¹pʰaŋ²〈棚讀第 2 聲〉建築物頂部的陽台；曬台：有～幾好啊，可以用嚟曬衫啊嘛。（有曬台挺好，可以用來晾衣服呀。）

曬棚 sai³pʰaŋ⁻²〈棚讀第 2 聲〉同 "天棚"。

露台 lou⁶tʰɔi⁴ 陽台（通常指建築物側面的陽台）。

欄(攔)河 lan⁴hɔ⁴ 欄杆：天棚唔整～好牙煙個噃。（陽台不修欄杆，很危險呀。）

石級 sɛk⁶kʰɐp¹ 台階。廣州地區的舊式建築多以花崗巖等石料鋪設台階，今多用水泥，仍沿用此稱：呢間屋嘅～真係用麻石整個噃。（這所房子的台階真是用花崗巖鋪成的。）

步級 pou⁶kʰɐp¹ ①台階。②梯級：電梯壞咗，行～啦。（電梯壞了，走樓梯吧。）

冷巷 laŋ⁵hɔŋ⁻²〈巷讀第 2 聲，許講切〉①兩座建築物之間的狹窄通道。②建築物內部的走廊（一般指暗廊）。

單褕牆 tan¹jy²tsʰœŋ⁴〈褕音俞第 2 聲〉一行磚砌成的牆壁（厚度為一塊磚的寬度）。

雙褕牆 sœŋ¹jy²tsʰœŋ⁴〈褕音俞第 2 聲〉兩行磚砌成的牆壁（厚度為兩塊磚的寬度）。

板障 pan²tsœŋ³ 把房屋分隔成各個單間的板牆。通常以膠合板等板材構築。

瓦背頂 ŋa⁵pun³⁽⁻²⁾tɛŋ²〈背可讀第 2 聲，頂音底贏切第 2 聲〉房頂。舊式房屋的屋頂多以瓦覆蓋，故名。今鋼筋混凝土屋頂有時也沿用此稱：隻貓走咗上～。（那隻貓上了房頂。）

瓦背 ŋa⁵pun⁻²〈背讀第 2 聲〉同 "瓦背頂"。

瓦面 ŋa⁵min⁻²〈面讀第 2 聲，摸演切〉同 "瓦背頂"。

瓦坑 ŋa⁵haŋ¹ ①瓦壟的凹槽（坑：溝），用以排泄屋頂上的雨水等。②房頂。

瓦簷 ŋa⁵jim⁴(jɐm⁴)〈簷音鹽，又音吟〉屋簷：～水（屋簷滴下來的水）

[ "簷" 書面語音 sim⁴〈音禪〉]

**簷口** jim⁴(jɐm⁴)hɐu²〈簷音鹽，又音吟〉① 屋簷。② 屋簷下之處：企响～度。(站在屋簷下。)

**坑渠** haŋ¹kʰɵy⁴ 下水道：污水渠：～老鼠 (出沒於下水道的老鼠)

**吊渠** tiu³kʰɵy⁴ 沿牆垂直安裝的污水渠。

**沙井** sa¹tsɛŋ² 沉沙井。污水渠中起沉澱泥沙雜物作用的井形設施。

**水圍基** sɵy²wɐi⁴kei¹ 砌在天井、井台、洗刷台、廚房備料台四周等處作攔水之用的條狀突起。

## 三 D7　布料、製衣用具

**斜** tsʰɛ⁻²〈讀第2聲，音扯〉厚斜紋布；卡其布。

**的斜** tek¹tsʰɛ⁻²〈斜讀第2聲，音扯〉【外】滌綸卡其布。[ "的" 為英語 dacron 的省譯。參見 "斜" ]

**竹紗** tsok¹sa¹ 府綢。用小號 (細支) 紗線作經緯的平紋織物。

**綢仔** tsʰɐu⁻²tsɐi²〈綢讀第2聲，仔音子矮切〉絲綢。

**黑膠綢** hak¹(hɛk¹) kau¹tsʰɐu⁻²〈綢讀第2聲，恥嘔切〉香雲紗。因其質地如絲綢，表面如附黑色膠狀物，故稱。

**薄絨** pɔk⁶jɔŋ⁻²〈絨音擁〉薄呢子；毛料。

**堅固呢** kin¹kwu³nɐi⁻²〈呢讀泥第2聲，那矮切〉【舊】牛仔布。

**冷** laŋ⁻¹〈讀第1聲，拉坑切〉【外】毛絨：～衫 (毛絨衣) | ～褲 (毛線褲子) [ 法語 laine ]

**連仁** lin⁴jɐn⁴【外】亞麻、亞麻布及其製品。[ 英語 linen ]

**茄士咩** kʰɛ¹si⁶mɛ¹〈茄讀第1聲〉【外】開司米。山羊毛絨織物。[ 英語 cashmere ]

**家機布** ka¹kei¹pou³ 舊時用土織布機織出的土布。

**扣布** kʰɐu³pou³ 未經漂白的粗白布。

**皮草** pʰei⁴tsʰou² 毛皮。因毛皮表面有如草般的絨毛，故稱：～大樓 (毛皮大衣)

**豬肚綿** tsy¹tʰou⁵min⁴ 加工成片狀的絲綿。

**鈒骨機** tsap⁶kwɐt¹kei¹〈鈒音閘〉包邊機；包縫機。把布的邊緣包起來的機器 (鈒骨：為衣料包邊)。

**衣車** ji¹tsʰɛ¹ 縫紉機。[ 簡稱 "車" ]

**線轆** sin³lok¹〈轆音鹿第1聲，拉屋切〉線圈；線團。通常指繞成有芯軸 (木芯或硬紙芯等) 的圓柱形的線圈 (轆：輪子)。

## 三 D8　傢具製造用料

**夾板** kap³pan² 膠合板：三～ (三合板) | 五～ (五合板)

**酸枝** syn¹tsi¹ 紅木。熱帶地區所產豆科、紫檀屬的木材。多產於東南亞一帶，中國廣東、雲南有引種栽培。木材花紋美觀，材質堅硬，耐久，為貴重傢具及工藝美術品等用材。

*****櫼** tsim¹〈音尖〉楔子。上粗下銳的小木橛，插進榫縫中使接榫固定。[ 重見六 D5 ]

**方** fɔŋ¹ 方木 (橫截面為方形的長木條)。

**漆油** tsʰɐt¹jɐu⁻²〈油讀第2聲，椅口切〉油漆。通常指含有乾性油和顏料或兼含樹脂等的黏液狀塗料。

**油₁** jɐu⁻²〈讀第2聲，椅口切〉油漆。[ 此字讀第4聲時指食用或藥用油，又作動詞，指上漆，與讀第2聲的意義不同 ]

**大油** tai⁶jɐu⁻²〈油讀第2聲，椅口切〉色漆。

**叻咔** lek1ka2〈叻音力第 1 聲，咔音真假之假〉【外】①清漆。②紫膠；蟲膠漆。北方俗稱“洋乾漆”。[ 英語 lacquer ]

**士叻** si6lek1〈叻音力第 1 聲〉【外】蟲膠漆。[ 英語 slick ]

**天拿水** tʰin1na-2sɵy2〈拿讀第 2 聲〉【外】香蕉水（一種甲苯、酯、酮、醚、醇等混合溶劑）。[ 英語 thinner ]

## 三 D9　體育用品、樂器

**波**1 pɔ1【外】球：打～｜踢～ [ 英語 ball ]

**乒乓波** peŋ1peŋ1pɔ1〈乒音兵，乓音巴亨切〉【外】乒乓球（既指這種運動，又指這種球）。[ 英語 ping-pong ball ]

**波板** pɔ1pan2 乒乓球拍（波：球）：冇～點打波啫？（沒乒乓球拍怎麼打球呀？）[“波”為英語 ball 的音譯 ]

**波枱** pɔ1tʰɔi-2〈枱音台第 2 聲，體海切〉球枱（乒乓球或台球等。波：球；枱：桌）。[“波”為英語 ball 的音譯 ]

*__龍門__ loŋ4mun4（足球、水球、手球等的）球門：個波彈喺～條柱度。（球彈在球門的柱子上。）[ 重見一 F4 ]

**雞**3 kɐi1 哨子：一聲長～，比賽開始。

**銀雞** ŋɐn4kɐi1 同“雞3”。

**雪屐** syt3kʰɛk6〈屐音劇〉旱冰鞋（雪：冰；屐：木拖板）：滑～（溜旱冰）

**演**1 jin2 毽子：踢～。

**龍船** loŋ4syn4 龍舟：扒～。（划龍舟。）｜賽～。

**水抱** sɵy2pʰou5 救生圈（包括兒童游泳用的充氣浮圈等）。

**韆鞦** tsʰin1tsʰɐu1 鞦韆。一種體育活動用具。

**蹍蹍板** ŋɐn3ŋɐn3pan2〈蹍音銀第 3 聲〉蹺蹺板。一種兒童體育用具。用木架支持住一塊長木板的中心，兩人對坐兩端，輪流用腳蹬地，使身體隨木板上下起落（蹍：上下彈動）。

**色士風** sek1si6foŋ1【外】薩克斯管，一種管樂器。[ 英語 saxophone ]

**啲打** ti1ta2〈啲音低衣切〉嗩吶。一種簧管樂器。[ 此以樂器的鳴聲為其名稱 ]

**企身琴** kʰei5sɐn1kʰɐm4 立式鋼琴（企：豎立）。

**鑔鑔** tsʰa4tsʰa2〈前一字音查，後一字音查第 2 聲〉鈸。[ 又單作“鑔”，讀第 2 聲。普通話“鑔”為小鈸，廣州話不分大小同為此稱 ]

## 三 D10　醫療設施、場所、藥物

**紅十字車** hoŋ4sɐp6tsi6tsʰɛ1 救護車。因車身通常漆有紅十字標誌，故名：佢暈低咗，睇嚟都係叫架～啦。（他昏倒了，看來還是叫輛救護車來吧。）[ 又作“十字車”)

**救傷車** kɐu3sœŋ1tsʰɛ1 救護車。

**白車** pak6tsʰɛ1 救護車：因車身通常為白色。故名。[ 此為香港用法 ]

**探熱針** tʰam3jit6tsɐm1 體溫表；體溫計：先擺～探下熱。（先用體溫表量一下體溫。）

**聽筒** tʰɛŋ1tʰoŋ-2〈聽音廳，筒音桶〉聽診器。

**針筒** tsɐm1tʰoŋ-2〈筒音桶〉注射器；針管兒。

**藍藥水** lam4jœk6sɵy2 甲基紫溶液；紫藥水。

**紅汞水** hoŋ4hoŋ3sɵy2〈汞音紅第 3 聲〉汞溴紅（亦稱“紅汞”）溶液；紅藥水。

**寶塔餅** pou2tʰap3pɛŋ2 小兒用驅蟲藥。因其呈塔狀，故名。今罕見。

**藥餅** jœk6pɛŋ2【舊】【喻】藥片。製成片劑的西藥的總稱。因形如小餅，故名：～一日食兩粒。（藥片一天吃兩片。）

**火酒** fɔ²tsɐu² 酒精。即"乙醇"。一般用作消毒。因其亦可作燃料，故名。

**拉蘇** lai¹sou¹【外】煤酚皂溶液。即含 50% 煤酚的肥皂溶液，其 1～2% 溶液用於手等的消毒。〔英語 lysol。普通話或譯作"來蘇兒"。〕

**吸火罐** kʰɐp¹fɔ²kwun³ 拔火罐。一種利用熱力排出罐內空氣，形成負壓，使罐緊吸在施治部位，造成充血現象，從而產生治療作用的方法。

**湯藥** tʰɔŋ¹jœk⁶ 中藥水劑：煲～（熬中藥。）〔重見八 C2〕

**生草藥** saŋ¹tsʰou²jœk⁶〈生音生熟之生〉中草藥。通常指未經炮製的草藥，故稱"生"。

**清補涼** tsʰɐŋ¹pou¹lœŋ⁻²〈涼讀第 2 聲，裸響切〉一種熬湯用的配套中成藥，具有清熱滋補的功效：～煲豬肉。

**雞腎衣** kɐi¹sɐn⁵ji¹〈腎讀第 5 聲〉雞內金（腎：禽胃）。

**百子櫃** pak³tsi²kwɐi⁶ 中草藥店用的多抽屜藥櫃。

**斫船** ŋan⁴syn⁴〈斫音顏〉中藥房用以搗碎藥材的船狀藥碾。

**鑼戥** lei⁴tɐŋ²〈戥音等〉小型桿秤，為中藥房常用的衡具。

**癲狂院** tin¹kwʰɔŋ⁴(kʰɔŋ⁴)jyn⁻²〈院音丸〉精神病院（癲狂：神經病）。

### 三 D11　商店、交易場所、商業用品

**舖頭** pʰou³tʰɐu⁻²〈舖音破耗切，頭讀第 2 聲〉商店的泛稱：成條街都係～。（整條路都是商店。）

**士多** si⁶tɔ¹【外】雜貨店；小商店。〔英語 store〕

**便利店** pin⁶lei⁶tim³ 晝夜營業（24 小時營業）的雜貨店。

**精品店** tsɛŋ¹pɐn²tim³ 專營中小型高級商品的商店。通常較為小型：聽講你嗰度開咗間～噃。（聽説你那裏開了一間專營高級商品的商店。）

**檔口** tɔŋ³hɐu²〈檔音上當之當〉貨攤：佢喺街尾開咗個～。（他在街盡頭設了個貨攤。）〔又作"檔"〕

**檔攤** tɔŋ³tʰan¹〈檔音上當之當〉同"檔口"。

**菜欄** tsʰɔi²lan⁻¹〈欄音第 1 聲〉菜棧；蔬菜批發店：我樓下係～，日日晨早流流就嘈到死。（我樓下是個蔬菜批發市場，每天大清早就吵翻了天。）

**果欄** kwɔ²lan⁻¹〈欄音第 1 聲〉水果批發店：你喺～做嘢，咪大把生果食？（你在水果批發市場幹活，豈不是有很多水果吃？）

**海味舖** hɔi²mei⁻²pʰou⁻²〈味音摸起切，舖音普〉專營海產乾貨的商店：去～買斤土魷。（到海產店買一斤槍烏賊乾。）

**魚欄** jy⁴lan⁻¹〈欄讀第 1 聲〉水產店（兼營零售與批發者）。

**南北行** nam⁴pɐk¹hɔŋ⁻²〈行音海港切〉經營轉口貿易的商行：去～買埋啲參茸海味。（到經營轉口貿易的商行買點兒人參鹿茸海產。）

**大金魚缸** tai⁶kɐm¹jy⁴kɔŋ¹【喻】【謔】股票交易所：今日又去～蒲啊。（今天又到股票交易所蹓躂了？）

**寫字樓** sɛ²tsi⁶lɐu⁴ 辦公樓（特指商用辦公樓）。

**票房** pʰiu³fɔŋ⁴ 劇院、車站、運動場等的售票處：去～買飛。（到售票處買票。）

**圩（墟）** hɵy¹〈音虛〉①農村集市：～日（趕集的日子）｜趁～（趕集）②地名用字。

三

人
造
物

**圩(墟)場** høy¹tsʰœŋ⁴〈圩(墟) 音虛〉農村集市。

**街市** kai¹si⁵ 菜市場（舊時利用原有街巷，在路旁設攤而形成的，一般為露天的。現已有專門的室內菜市場，有時仍沿用舊稱）：落～買餸。(到菜市場買餸。)

**櫃面** kwɐi⁶min⁻²〈面讀第 2 聲，摸演切〉櫃枱：唔該去嗰便～畀錢。(請到那邊的櫃枱交錢。)

*****飾櫃** sek¹kwɐi⁶ ① 櫥窗：～入便嗰款衫有冇得賣㗎？(櫥窗裏的那種衣服有賣的嗎？) ②售貨櫃：唔該畀～嗰種筆我睇下吖。(請把櫥櫃裏的那種筆拿給我看看嗎？)[ 重見三 A13 ]

**米尺** mɐi¹tsʰɛk³ 一米長、公制刻度的尺子。一般用於商店、工場等。

**鞫** jyn²〈音遠第 2 聲，椅犬切〉秤盤；稱重時的載具（如籮筐、桶、瓶等，扣除其重量即為所稱物的淨重）：將要稱嘅嘢放落個～度。(把要稱的東西放進秤盤裏。)｜呢個重量未除～喋。(這個重量沒扣除載具的。)

**膠紙袋** kau¹tsi²tɔi⁻²〈袋讀第 2 聲〉塑料薄膜包裝袋。

**紙角** tsi²kok⁻²〈角讀第 2 聲〉以舊報紙、書紙等黏成的三角形包裝袋。以前雜貨店等常用，今多被塑料包裝袋所取代。

**鹹水草** ham⁴sɵy²tsʰou² 茳芏乾製品。多用作捆綁商品。今除菜場外，多被塑料帶子所取代。

**告白** kou³pak⁶ 廣告：賣 ～。(做廣告。)

**街招** kai¹tsiu¹ 張貼在街頭的海報或廣告：四圍都係～。(到處都是街頭廣告。)

**招紙** tsiu¹tsi² ① 海報；廣告：黏 ～。(貼海報。) ②貼在商品上、印有商標等的紙。

**仿單** fɔŋ²tan¹【舊】產品説明書。

## 三 D12　飲食、服務、娛樂場所及用品

**食肆** sek⁶si³〈肆音四意切〉酒樓、餐廳、飯館的總稱：你睇下廣州幾多～，就知點解話"食在廣州"嘞。(你看看廣州多少酒樓飯館，就知道為甚麼説"喫在廣州"了。)

**茶樓** tsʰa⁴lɐu⁴ 酒樓；飯館：四周圍都係～，請人食飯認真方便。(到處都是酒樓，請人喫飯真方便。)[ 不僅賣茶水，更主要的是賣酒食 ]

**茶居** tsʰa⁴kɵy¹ 同"茶樓"：去～開飯。(到酒樓喫飯。)

**茶寮** tsʰa⁴liu⁴【雅】酒樓；飯館。

**餅家** pɛŋ²ka¹ 專門經銷米、麵製點心的店舖：羊城～

**冰室** peŋ¹sɐt¹ 專門提供冷飲的店舖（冰：冷飲）：四季～

**吧廳** pa¹tʰɛŋ¹〈吧音巴〉【外】原指旅館、飯店的就餐間，今多指供喝酒、就餐的西餐廳。[ 英語 bar ]

**大牌(排)檔** tai⁶pʰai⁴tɔŋ³〈檔音上當之當〉佔用馬路邊營業、較低檔的飲食店（檔：攤子）：去～食飯可以慳翻啲。(到馬路旁營業的飲食店喫飯可以省點兒。)[ 佔用馬路邊營業須有特批的營業證，為備檢查，店主往往將營業證放大掛出，人稱"大牌"，故名，後即作此類飲食店的通稱 ]

**熟食檔** sok⁶sek⁶tɔŋ³〈檔音上當之當〉出售燒烤、滷味食品的專門店（檔：攤子）：去～斬翻斤燒鵝。(到燒味店買斤烤鵝。)

**樓面** lɐu⁴min⁻²〈面讀第 2 聲，摸演切〉餐廳、酒樓的營業大廳：～冇位啦，唔該入細房啦。(大廳沒有位子了

請到小房間去吧。）

**卡位** kʰaˈweiˈ²〈位讀第 2 聲，壺矮切〉餐廳、酒樓中的一種座位，因形似火車車廂中的座椅，故名（卡：火車車廂）。［"卡"為英語 car 的譯音］

**菜牌** tsʰɔiˈpʰaiˈ²〈牌讀第 2 聲〉飯館中的菜單，一般做成硬卡式或硬簿式。

**餅印** pɛŋˈjenˈ 餅模子（做點心的一種用具）。

**飛髮舖** feiˈfatˈpʰouˈ²〈舖音普〉理髮店（飛髮：理髮）：去～飛翻個髮至得。（得到理髮店剃個頭。）

**髮廊** fatˈlɔŋˈ 理髮店。

**影相舖** jɛŋˈsœnˈpʰouˈ²〈相音想，舖音普〉照相館（影相：照相）：呢度有冇～啊？（這裏有沒有照相館呀？）

**黑房** hakˈ(hɐkˈ)fɔŋˈ²〈房音仿〉用以沖洗底片、照片的工作間；暗室。

**板（辦）** panˈ 照相館為顧客照相，先洗一樣張讓顧客看，認為滿意後才正式洗印，此樣張稱為"～"：兩日後嚟睇～。（兩天後來看照片樣張。）

**泡水館** pʰauˈsɵyˈkwunˈ〈泡音炮〉出售開水兼營澡堂的店舖。今已罕見。

**皮樓** pɔˈlɐuˈ 彈子房。打彈子（即台球）的場所（波：球）。

**馬場** maˈtsʰœŋˈ 賽馬場的簡稱：去～睇賽馬。（到賽馬場看賽馬。）

## 三 D13　軍警裝備及設施、民用槍械

**豆火** tynˈfɔˈ 手槍：孭～嗰個實係個軍官。（背短槍那個一定是個軍官。）

**枸仔** kɐuˈtsɐiˈ²〈仔音子矮切〉【俗】【喻】【謔】手槍。

**曲尺** kʰokˈtsʰɛkˈ³【喻】曲尺手槍。因其形似曲尺，故名。又因舊時多為飛行員佩帶，也稱"航空曲"。

**航空曲** hɔŋˈhoŋˈkʰokˈ 參見"曲尺"。

**大頭六火** taiˈtʰɐuˈlokˈfɔˈ² 一種土製手槍。

**漏底** lɐuˈteiˈ² 一種老式步槍，子彈從彈槽下方推入。

**快掣** faiˈtsɐiˈ³〈掣音制〉連發的槍：～駁殼（連發駁殼槍）

**炮** pʰauˈ³【俗】【謔】槍：孭住支～。（背着一根槍。）

**雞₄** kɐiˈ 扳機：攞～（扣扳機）［此實為對北方話"機"的不正確類推讀音］

**菠蘿彈** pɔˈlɔˈtanˈ²〈彈音單第 2 聲〉【喻】菠蘿形手榴彈。

**噏₂** kipˈ〈音劫第 1 聲〉舊指舊式火槍的發火帽，後指子彈或炮彈底部的發火裝置；底火。

**鎖鐐** sɔˈliuˈ 手銬。拘手的刑具：用～塔實佢。（用手銬銬着他。）

**手扣** sɐuˈkʰɐuˈ 手銬。

**火燭車** fɔˈtsokˈtsʰɛˈ 消防車；救火車（火燭：火災）。

**水炮** sɵyˈpʰauˈ 消防車上的高壓水龍頭。因其狀如炮，故名。

**滅火喉** mitˈfɔˈhɐuˈ 消防水帶（喉：水管）。

**消防喉** siuˈfɔŋˈhɐuˈ 消防水龍頭；消防栓（喉：水龍頭）。

**風槍** foŋˈtsʰœŋˈ 汽槍。

**粉槍** fɛnˈtsʰœŋˈ 霰彈獵槍。舊以鐵屑、火藥等混合物作彈藥的一種獵槍。

**砂槍** saˈtsʰœŋˈ 同"粉槍"。

**差館** tsʰaiˈkwunˈ²〈差音出差之差〉警署：呢條友仔搶嘢，拉佢去～！（這個傢伙搶東西，把他抓到警署去！）［此詞流行於香港，近年廣州也有用於指派出所或公安局的］

**監倉** kamˈtsʰɔŋˈ 監獄。監禁犯人的場所：佢喺～踎咗十年。（他在監獄裏蹲了十年。）

**花廳** fa¹tʰɛŋ¹【謔】監獄。逮捕證英語為 warrant，譯音為"花令"。監獄稱～即由此而來。

### 三 D14　其他生產用品與產品

**字粒** tsi⁶nɐp¹ 印刷用鉛字：執～。(排字。)

**線路板** sin³lou⁶pan² 印刷電路板。收音機、電視機等電器的重要構件：收音機～。(收音機的印刷電路板。)

**原子粒** jyn⁴tsi²nɐp¹ 晶體管。

**漆皮線** tsʰɐt¹pʰei⁻²sin³〈皮讀第 2 聲，婆起切〉漆包線。

**褡膊** tap³pɔk³〈褡音答〉搬運工人的墊肩布。

**風炮** foŋ¹pʰau³ 風鎬。一種輕型採掘工具。

**行貨₁** hɔŋ⁴fɔ³〈行音銀行之行〉普通產品(與精品或專門訂造的產品相對而言)：呢啲係～嚟嘅啫，邊度都買倒啦。(這些只是大路貨，在哪兒都買得到。)

**行貨₂** hɔŋ⁻²fɔ³〈行讀第 2 聲，口講切〉正規工廠的產品(與偽劣產品相對而言)。

**水貨** sɵy²fɔ³ ①仿冒、偽劣產品：地攤有咩好嘢呀，咸唪唥都係～。(地攤上有啥好東西，全都是仿冒、偽劣產品。) ②走私貨。

**老鼠貨** lou⁵sy²fɔ³【喻】【貶】賊贓：呢間舖頭專賣～，琴日畀人封咗嘞。(這間商店專門出售賊贓，昨天給查封了。)

### 三 D15　其他器物及場所

**籌** tsʰɐu⁻²〈讀第 2 聲，此口切〉號兒；牌兒(一般是用作某種憑證的物品；可以是紙質，也可以是其他)：派～(發號兒)｜攞～(掛號兒)｜喺呢度買咗～去嗰度攞。(在這兒買了號兒到那兒去拿。)

**飛** fei¹【外】票(包括車船票、戲票及其他門票等)：買～｜冇～唔畀入。(沒票不讓進。)[英語 fare]

**竇口** tɐu⁻³hɐu²〈竇音鬥爭之鬥〉【喻】【謔】本義是窩，指特定的人經常逗留、活動的地方，如住處、工作場所、商業機構的本部、某些團體的會址、不良團伙的聚集點等：呢度係我哋嘅～。(這兒是我們的窩兒。)

**律師樓** lɵt⁶si¹lɐu⁴ 律師事務所。提供法律諮詢、訴訟等服務的機構。

**卜卜齋** pɔk¹pɔk¹tsai¹〈卜音薄第 1 聲〉【舊】私塾：舊時老脰喺～讀書㗎咋。(過去爸爸只是在私塾讀書。)

**安老院** ɔn¹lou⁵jyn⁻²〈院讀第 2 聲，音丸〉養老院：有咗～，啲孤寡老人就唔使蔽翳囉。(有了養老院，那些孤寡老人就不用憂愁了。)

**齋堂** tsai¹tʰɔŋ⁴ 佛寺：去～食齋。(到佛寺吃素。)

**山寨廠** san¹tsai⁶tsʰɔŋ² 原指作坊式小工廠。近年指仿造他人產品的工廠。

**垃圾崗** lap⁶sap³kɔŋ¹ 垃圾堆置場：個屋企好似個～噉。(家裏像個垃圾堆置場。)

**泥尾** nɐi⁴mei⁵ 公共清卸餘泥區。

# 四、時間與空間

## 四 A　時　間 [ 時間的計量單位見十 E I ]

### 四 A1　以前、現在、以後

**舊底** kɐu⁶tɐi² 過去；以前：～珠江好闊喫！（以前珠江很寬的啊！）

**舊時** kɐu⁶si⁴⁽²⁾〈時可讀第 2 聲，音屎〉過去；以前。

**舊陣時** kɐu⁶tsɐn⁶si⁴⁽²⁾〈時可讀第 2 聲，音屎〉過去；以前。

**主時** wɔŋ⁵si⁴⁽²⁾〈時可讀第 2 聲，音屎〉過去；以前。

**主陣** wɔŋ⁵tsɐn⁶⁽²⁾〈陣可讀第 2 聲，子很切〉過去；以前。

**主陣時** wɔŋ⁵tsɐn⁶si⁴⁽²⁾〈時可讀第 2 聲，音屎〉過去；以前。

**主年時** wɔŋ⁵nin⁴⁽²⁾si⁴〈年常讀第 2 聲，泥演切〉往年。

**大早** tai⁶tsou² 很早以前；較早時：我～就聽聞你捉棋好劫。（我早就聽説你下棋很行。）｜～你去咗邊啊？而家嚟放馬後炮！（早你上哪兒去了？現在來放馬後炮！）[ 重見四 A2、四 A3 ]

**咸豐嗰年** ham⁴fɔŋ¹kɔ²nin⁴〈嗰音個第 2 聲〉【謔】很久以前（咸豐：清朝的一個年號）：～嘅事你仲講佢做乜嘢？（那麼久以前的事你還提它做甚麼？）

**細時** sɐi³si²⁻²〈時讀第 2 聲；音屎〉小時候：你～好肥嘅。（你小的時候很胖的。）

**而家** ji⁴⁽¹⁾ka¹〈而又可讀為第 1 聲，音

衣〉現在：～好過舊時好多喇。（現在比從前好多了。）

**家下** ka¹ha⁵ 現在。

**家陣** ka¹tsɐn¹⁻²〈陣讀第 2 聲，子很切〉現在。

**家陣時** ka¹tsɐn⁶si¹⁻²〈時讀第 2 聲，洗椅切〉現在。

**現今** jin⁶kɐm¹ 現在。

**現時** jin⁶si⁴ 現在。

**第日** tɐi⁶jɐt⁶ ①以後；將來（第：第二）：呢件事～先講。（這件事以後再説。）②第二天。

**第時** tɐi⁶si⁴ 以後；將來：～你大咗，自不然就識喫嘞。（將來你長大了，自然就懂了。）

**第世** tɐi⁶sɐi³ 下一輩子。

### 四 A2　最初、剛才、後來

**初時** tsʰɔ¹si⁴ 早先；最初。

**初初** tsʰɔ¹tsʰɔ¹ 早先；最初：呢件事～係佢提起先嘅。（這件事最初是他先提起的。）

**初不初** tsʰɔ¹pɐt¹tsʰɔ¹ 同 "初初"。

**開初** hɔi¹tsʰɔ¹ 同 "初初"。

**起頭** hei²tʰɐu⁴ 早先；最初。[ 又作 "起先" ]

***先** sin¹ ①早先；最初：阿何仔～唔制嘅，後尾仲係應承咗。（小何起初不肯的，後來還是答應了。）②剛才：我～行開咗，冇聽倒。（我剛才走開了，沒聽到。）[ 重見九 B19、九 D20、九 D24、九 D26 ]

**先先** sin¹sin¹ ①早先；最初。②剛才。[ 又作 "先不先" ]

109

先時 sin¹si⁴ ①早先；最初。②剛才。

頭頭 tʰɐu⁴tʰɐu⁻² 〈後一字讀第 2 聲，體口切〉①早先；最初。②剛才。

早時 tsou²si⁴ ①早先；最初。②剛才。

*大早 tai⁶tsou² 剛才：～唔見你嘅？（剛才怎麼沒看見你？）［重見四 A1、四 A3］

在早 tsɔi⁶tsou² 早些時；剛才。

先頭 sin¹tʰɐu⁴ 剛才。

頭先 tʰɐu⁴sin¹ 剛才：～入嚟嗰個人係邊個？（剛才進來的那個人是誰？）

求先 kʰɐu⁴sin¹ 剛才。

*啱啱 ŋam¹ŋam¹ 〈啱音巖第 1 聲〉剛才：你～唔喺度，有電話搵你。（你剛才不在，有電話找你。）［重見九 D23］

啱先 ŋam¹sin¹ 〈啱音巖第 1 聲〉剛才。

*正話 tseŋ³wa⁶ 〈正音正確之正〉剛才：就係～嘅事之嘛。（就是發生的剛才的事嘛。）［重見九 D22、九 D23］

後嚟 hɐu⁶lɐi⁴ 〈嚟音黎〉後來。

後尾 hɐu⁶mei⁻¹ 〈尾讀第 1 聲〉後來：啲人～都冇再嚟嘞。（那些人後來也沒再來了。）

*尾後 mei⁻¹hɐu⁶ 後來：～點啫？（後來怎麼樣呢？）［重見四 B5］

收尾 sɐu¹mei⁻¹ 〈尾讀第 1 聲〉後來。

蚊尾 mɐn¹mei⁻¹ 〈尾讀第 1 聲〉後來。［年輕女子多用］

*尾尾 mei⁻¹mei⁻¹ 〈兩字均讀第 1 聲〉後來。［年輕女子多用。重見四 B5］

*蠄尾 lai¹mei⁻¹ 〈蠄音拉，尾讀第 1 聲〉後來。［年輕女子多用。重見四 B5］

*最尾 tsɵy³mei⁻¹ 〈尾讀第 1 聲〉時間上的最後：～都係佢嚟先搞得掂。（最後還是他來才能弄妥。）［重見四 B5］

*日頭 jɐt⁶tʰɐu⁻² 〈頭讀第 2 聲，體口切〉白天：今日～唔得閒。（今天白天沒空。）［重見二 A1］

*大早 tai⁶tsou² 清早：嗰日～，天未光齊，就見佢出門嘞。（那天大清早，天蒙蒙亮，就看見他出門了。）［重見四 A1、四 A2］

朝 tsiu¹ 〈音焦，知邀切〉早上；上午：我～～都跑步。（我每天早上都跑步。）｜我喺度等咗你成～。（我在這兒等了你整個上午。）

朝頭早 tsiu¹tʰɐu⁴tsou² 〈朝音焦，知邀切〉早上；上午：晚頭夜早瞓，～早起。（晚上早睡，早上早起。）［又作“朝早”］

上晝 sœŋ⁶tsɐu³ 〈上音是讓切〉上午：聽日～我嚟搵你。（明天上午我來找你。）

晏晝 an³tsɐu³ 〈晏音阿閒切第 3 聲〉①中午：瞓～覺（睡午覺）②下午：落班嗰陣時（下午下班的時候）

下晝 ha⁶tsɐu³ 〈下音廈〉下午。

下晏 ha⁶an³ 〈下音廈，晏音阿閒切第 3 聲〉下午。

挨晚 ai¹man⁻¹ 〈晚讀第 1 聲〉傍晚：嗰日～先返到呢度。（那天傍晚才回到這兒。）

蹣光黑 nam³kwɔŋ¹hak¹(hɐk¹) 〈蹣音南第 3 聲，怒喊切〉從天還亮到天黑這段時間；傍晚（蹣：跨）。

齊黑 tsʰɐi⁴hak¹(hɐk¹) 天剛黑的時候。

晚黑 man⁵hak¹(hɐk¹) 晚上：～我會喺屋企。（晚上我會在家。）

晚頭黑 man⁵tʰɐu⁴hak¹(hɐk¹) 晚上。

晚頭夜 man⁵tʰɐu⁴jɛ⁻² 〈夜讀第 2 聲〉晚上。

夜晚黑 jɛ⁶man⁵hak¹(hɐk¹) 晚上：日頭唔做，留到～嚟做。（白天不做，留到晚上來做。）

## 四 A4　昨天、今天、明天

**尋日** tsʰɐm⁴jɐt⁶(mɐt⁶)〈日字受前一字影響，有時變讀為物〉昨天：～朝早你去咗邊？（昨天早上你到哪兒去了？）

**琴日** kʰɐm⁴jɐt⁶(mɐt⁶)〈日字受前一字影響，有時變讀為物〉昨天。

**尋晚** tsʰɐm⁴man⁵ 昨晚上：我～好夜先瞓。（昨晚我很晚才睡。）

**尋晚黑** tsʰɐm⁴man⁵hak¹(hɐk¹) 昨晚上。

**尋晚夜** tsʰɐm⁴man⁵jɛ⁶ 昨晚上。

**琴晚** kʰɐm⁴man⁵ 昨晚上。[ 又作"琴晚黑"、"琴晚夜"]

**前日** tsʰin⁴jɐt⁶ 前天。

**前晚** tsʰin⁴man⁵ 前天晚上。[ 又作"前晚黑"、"前晚夜"]

**大前日** tai⁶tsʰin⁴jɐt⁶ 大前天。

**大前晚** tai⁶tsʰin⁴man⁵ 大前天晚上。[ 又作"大前日晚"]

**今日** kɐm¹jɐt⁶(mɐt⁶)〈日字受前一字影響，有時變讀為物〉今天。[ 普通話也用此詞，但限於書面語；廣州話則是口語常用詞 ]

**今朝** kɐm¹tsiu¹ 今天早上；今天上午：我～冇返工。（我今天上午沒上班。）[ 又作"今朝早"]

**今晚** kɐm¹man⁵ 今天晚上。[ 普通話也用此詞，但多見於書面語；廣州話則是口語常用詞。又作"今晚黑"、"今晚夜"]

**聽日** tʰɛŋ¹jɐt⁶〈聽音他英切〉明天：噉就～下晝啦！（那就明天下午吧！）

**聽朝** tʰɛŋ¹tsiu¹〈聽音他英切〉明天早上；明天上午：～9點集中。[ 又作"聽朝早"]

**聽晚** tʰɛŋ¹man⁵〈聽音他英切〉明天晚上。[ 又作"聽晚黑"、"聽晚夜"]

**後日** hɐu⁶jɐt⁶ 後天：仲係定喺～晚黑好啲。（還是定在後天晚上好些。）

**後朝** hɐu⁶tsiu¹ 後天早上；後天上午。[ 又作"後朝早"]

**後晚** hɐu⁶man⁵ 後天晚上。

**大後日** tai⁶hɐu⁶jɐt⁶ 大後天：～朝早(大後天早上。)

**大後日晚** tai⁶hɐu⁶jɐt⁶man⁵ 大後天晚上。

## 四 A5　去年、今年、明年

**舊年** kɐu⁶nin⁴⁽⁻²⁾〈年可讀第 2 聲，泥演切〉去年。

**舊年時** kɐu⁶nin⁴⁽⁻²⁾si⁴〈年可讀第 2 聲，泥演切〉去年。

**今年時** kɐm¹nin⁴⁽⁻²⁾si⁴〈年可讀第 2 聲，泥演切〉今年。

**出年** tsʰɵt¹(tsʰyt¹)nin⁴⁽⁻²⁾〈年可讀第 2 聲，泥演切〉明年。

**出年時** tsʰɵt¹(tsʰyt¹)nin⁴⁽⁻²⁾si⁴〈年讀第 2 聲，泥演切〉明年。

## 四 A6　時節、時令

**新曆年** sɐn¹lek⁶nin⁴ 公曆元旦。

**舊曆年** kɐu⁶lek⁶nin⁴ 春節。

**人日** jɐn⁴jɐt⁻²〈日讀第2聲〉正月初七。

**新年頭** sɐn¹nin⁴tʰɐu⁴ 正月初一至元宵節的日子。

**新正頭** sɐn¹tsɛŋ¹tʰɐu⁴〈正讀第1聲〉正月期間。

**五月節** ŋ⁵jyt⁶tsit³ 端午節。

**龍舟節** loŋ⁴tsɐu¹tsit³ 端午節。

*__八月十五__ pat³jyt⁶sɐp⁶m⁵(ŋ)⁵〈五字受前一字影響而閉唇，音唔（不）第 5 聲〉中秋：舊年我冇喺香港過～。（去年我沒在香港過中秋。）[ 重見二 B3 ]

**冬** toŋ¹ 冬至：過～（歡度冬至）｜"～大過年"（民諺：冬至比春節更重要）｜再過兩日就係～嘞。（再過兩天就是冬至了。）[ 以前人非常看重冬至]

**冬節** toŋ¹tsit⁶ 冬至。

**年晚** nin⁴man⁵ 接近除夕的日子（一般是指農曆）：～囉噃，仲畀咁多嘢我做？（離過年沒幾天了，還給我那麼多活兒？）｜都～嘞，我也都未買。（都要過年了，我還甚麼都沒買。）

**挨年近晚** ai¹nin⁴kɐn⁶man⁵〈近音緊第6聲，技紉切〉同"年晚"。

**年卅晚** nin⁴sa¹man⁵〈卅音沙，斯蝦切〉農曆除夕（是指除夕這一天，不僅僅指這天晚上）。[ 有時農曆十二月只有 29 天，但也習慣把除夕稱為～ ]

**熱天** jit⁶tʰin¹ 天氣熱的時節；夏天。

**大熱天時** tai⁶jit⁶tʰin¹si⁴ 極度炎熱的日子：～，冇晒胃口。（大熱天兒，一點兒胃口也沒有。）

**冷天** laŋ⁵tʰin¹ 天氣冷的時節；冬天。

**凍天** toŋ³tʰin¹ 同"冷天"。

**年頭** nin⁴tʰɐu⁴ 年初。

**年尾** nin⁴mei⁵ 年底。

***月頭** jyt⁶tʰɐu⁴ 年初。[ 重見十 E1 ]

**月尾** jyt⁶mei⁵ 月底。

## 四 A7　時刻、時段

**半晝** pun³tsɐu³ 半天時間（上午或下午）；半晌：呢啲工夫～就做得完。（這些活兒半晌就能幹完。）

***鐘** tsoŋ¹ 特定的時間；時刻：而家係幾多～喇？（現在是多少鐘點了？）｜仲未夠～。（還沒到點。）｜已經過～喇！（已經過了時辰了！）[ 重見十 E1 ]

**鐘數** tsoŋ¹sou³ 特定的時間；時刻：夠～未？（到鐘點了嗎？）｜睇住～（看着時間）

***沓正** tap⁶tsɛŋ³〈沓音踏，正音鄭第3聲〉正好到某一時點：我係～5 點

到嘅。（我是正好 5 點到的。）｜～3 點半我哋就走。（整 3 點半我們就走。）

***沓** tap⁶〈音踏〉鐘錶的長針指在某個數字上：6點～5（6點25分）｜兩點～2（兩點 10 分）[ 重見六 D5、十 C3 ]

**一陣** jɐt¹tsɐn⁶⁽⁶⁻²⁾〈陣可讀第 2 聲，子很切〉一會兒：我喺度坐～。（我在這兒坐一會兒。）

***一陣間** jɐt¹tsɐn⁶⁽⁶⁻²⁾kan¹〈陣可讀第 2 聲，子很切〉一會兒。[ 常快讀為"因間" jɐn¹kan¹ ][ 重見九 D23 ]

**一牌(排)** jɐt¹pʰai⁴⁽⁴⁻²⁾〈牌（排）可讀第 2 聲〉一段時間，可以是一會兒，也可以是若干日子；從説話者的口氣，是要表示時間不短（但也不會非常長）：我喺度等咗～喇喇。（我在這兒等了好一陣子了。）｜王生有冇嚟打拳嘞，唔知做乜呢？（王先生有些日子沒來打拳了，不知道做甚麼事呢？）

**一輪** jɐt¹lɵn⁴ 一段時間（一般是若干日子）：我喺佢間店度做過～。（我在他那間店裏幹過一段時間。）

**幾時** kei²si⁴⁽⁴⁻²⁾〈時可讀第 2 聲，洗椅切〉①甚麼時候。②無論甚麼時候：你～嚟都得。（你甚麼時候來都行。）

**好日** hou²jɐt⁻²〈日讀第 2 聲〉好些日子：我～唔見六叔嘞。（我好些日子沒看見六叔了。）

**一日到黑** jɐt¹jɐt⁶tou³hak¹⁽hɐk¹⁾ 一天到晚：～冇得閒過，做到冇晒表情。（一天到晚沒空閒過，幹得人也蔫了。）

***成日** sɛŋ⁴jɐt⁶〈成音時贏切〉一整天：今日～我都冇出過門。（今天一整天我都沒出過門。）[ 重見四 A7 ]

**分分鐘** fɐn¹fɐn¹tsoŋ 所有時間，每時每刻：我而家～都注意住㗎。（我現

112

在每時每刻都在注意着。）

**不時** pɐt¹si⁴ 每時每刻：你要～諗實呢件事。（你要時刻想着這件事。）［也表示"時常"、"隨時"之意，則同於普通話］

**頭尾** tʰɐu⁴mei⁵ 連頭帶尾：前後兩頭的時間都算上：呢次～去咗 6 日。（這次連頭帶尾去了 6 天。）

**一頭半個月** jɐt¹tʰɐu⁴pun³kɔ³jyt⁶ 一個、半個月的時間；不多的日子：我～就去睇佢一次。（我一個月、半個月的就去看他一次。）

**一時三刻** jɐt¹si⁴sam¹hak¹(hɐk¹) 很短的時間：咁多嘢～點搵得齊啊？（這麼多東西一時間哪找得齊呢？）

**瞬下眼** tsam²ha⁵ŋan⁵〈瞬音斬，下音厚也切〉極短的時間（瞬：眨）；瞬間：～唔見咗。（一眨眼不見了。）｜～就到嘞。（眨眼工夫就到了。）

## 四 A8　這時、那時、早些時

**呢個時候** nei¹(ni¹)kɔ³si⁴hɐu⁶〈呢音你第 1 聲，又音你衣切〉這個時候（呢：這）。

**咿個時候** ji¹kɔ³si⁴hɐu⁶〈咿音衣〉這時候（咿：這）。

**嗰時** kɔ²si⁴⁽⁴⁻²⁾〈嗰音個第 2 聲，時可讀第 2 聲〉①那時候（嗰：那）。②當時：～我緊張到死，邊諗得咁多嘢！（當時我緊張得要死，哪想到那麼多呢！）

**嗰陣** kɔ²tsɐn⁶⁽⁶⁻²⁾〈嗰音個第 2 聲，陣可讀第 2 聲〉①那時候。②當時。

**嗰陣時** kɔ²tsɐn⁶si⁴⁽⁴⁻²⁾〈嗰音個第 2 聲，時可讀第 2 聲〉①那時候：我哋細個～（我們小的時候）②當時。

**呢牌（排）** nei¹(ni¹)pʰai⁴⁽⁴⁻²⁾〈呢音你第 1 聲，又音你衣切；牌（排）可讀第 2 聲〉最近這些日子：你～好忙啊？

（你這段時間很忙嗎？）

**呢輪** nei¹(ni¹)lɵn⁴〈呢音你第 1 聲，又音你衣切〉同"呢牌（排）"。

**咿牌（排）** ji¹pʰai⁴⁽⁴⁻²⁾〈咿音衣；牌（排）可讀第 2 聲〉同"呢牌"。［又作"咿輪"］

**嗰牌（排）** kɔ²pʰai⁴⁽⁴⁻²⁾〈嗰音個第 2 聲，牌（排）可讀第 2 聲〉那一段日子：～我成日响圖書館見到佢。（那些日子我老是在圖書館見到他。）［又作"嗰輪"］

**先牌（排）** sin¹pʰai⁴⁽⁴⁻²⁾〈牌（排）可讀第 2 聲〉前些日子：～佢病咗一輪，而家好翻啲喇。（前些時候他病了一些天，現在好些了。）［又作"先一牌（排）"、"先嗰牌（排）"、"先一輪"、"先嗰輪"］

**早牌（排）** tsou²pʰai⁴⁽⁴⁻²⁾〈牌（排）可讀第 2 聲〉同"先牌（排）"。［又作"早一牌（排）"、"早嗰牌（排）"、"早一輪"、"早嗰輪"］

**上牌（排）** sœŋ⁶pʰai⁴⁽⁴⁻²⁾〈上音是讓切，牌（排）可讀第 2 聲〉同"先牌（排）"：～熱到死。（前一陣子熱得要死。）［又作"上一牌（排）"、"上嗰牌（排）"、"上一輪"、"上嗰輪"］

**前嗰牌（排）** tsʰin⁴kɔ²pʰai⁴⁽⁴⁻²⁾〈嗰音個第 2 聲，牌（排）可讀第 2 聲〉同"先牌（排）"：聽講你～去咗天津？（聽說你前一段時間到天津去了？）［又作"前一牌（排）"、"前嗰輪"、"前一輪"］

## 四 A9　其　他

**大日子** tai⁶jɐt⁶tsi² 重要的、喜慶的日子，指大的節日等，對個人來說特指壽辰，有時也指結婚日：凡親～就忙到我死。（每逢大節日就忙得我要死。）｜阿媽，今日係你嘅～，你唎㗎啦！(媽，今天您是壽星，您歇着吧！)

**牛一** ŋɐu⁴jɐt¹【謔】生日("生"字拆為"牛、一"二字)。

**圩(墟)日** høy¹jɐt⁻²〈日讀第 2 聲〉趁集的日子。

**閒日** han⁴jɐt⁻²〈日讀第 2 聲〉①不趁集的日子。②泛指平日或有空閒的日子：住得咁近，~多嚟行下啦！(住得這麼近，平時多來走動走動吧！)

**今個** kɐm¹kɔ³ 用於"月、星期、禮拜"，表示當前的：~月(這個月) | ~禮拜六 (這個週六)

**流流** lɐu⁴lɐu⁴ 正當…時候 (一般是表示正當好時候，後面所接的句子往往是要阻止不好的事情)：新年~，唔好講啲咁作嘔嘅嘢！(過新年的時候，別說這些這麼噁心的東西！)

## 四 B　空　間 [空間、面積、位置的計量單位見十 E2]

### 四 B1　地方、處所、位置、方位

**定₁** tɛŋ⁶〈音地贏切第 6 聲〉方位；地方：我知~㗎嘞。(我知道方位。) | 搵笪~坐下。(找個地方坐一下。)

**定方** tɛŋ⁶fɔŋ¹〈定音地贏切第 6 聲〉地方：呢度冇~洗手嘅。(這兒沒地方洗手。)

\***度₁(道)** tou⁶ 表示不定指的處所、位置；這裏，那裏：王經理而家就喺~。(王經理現在就在這兒。) | 本書喺佢~，唔喺我~。(那本書在他那兒，不在我這兒。) [ 廣州話"呢度(道)"是近指，相當於普通話"這裏"，"嗰度(道)"是遠指，相當於普通話"那裏"，而"度(道)"則含

糊地不近指也不遠指，在普通話裏沒有相應的詞。重見十 E2 ]

**呢度(道)** nei¹(ni¹)tou⁶〈呢音你第1聲，又音你衣切〉這裏：我喺~住咗十幾年。(我在這兒住了十幾年。)

**呢處** nei¹(ni¹)sy³〈呢音你第 1 聲，也可讀你衣切；處音書第 3 聲〉這裏。

**吚度(道)** ji¹tou⁶〈吚音衣〉這裏。[ 又作"吚處"]

**嗰度(道)** kɔ²tou⁶〈嗰音個第 2 聲，假可切〉那裏：~係蘿架撐嘅定方。(那兒是放工具的地方。) [ 又作"嗰處"]

**第度(道)** tɐi¹tou⁶ 別的地方：你去~睇下啦。(你到別處看看吧。) [ 又作"第處"]

\***邊** pin¹ 哪裏：而家去~？ (現在上哪兒去？) [ 重見八"A8"]

**邊度(道)** pin¹tou⁶ 哪裏：你知唔知~有呢隻洗頭水賣？ (你知道哪兒有這種洗髮素賣嗎？) [ 又作"邊處"]

**呢吶** nei¹(ni¹)tɐt¹〈呢音你第 1 聲，又音你衣切；吶音低一切〉【俗】這裏。

**吚吶** ji¹tɐt¹〈吚音衣，吶音低一切〉【俗】這裏。

**嗰吶** kɔ²tɐt¹〈嗰音個第 2 聲，吶音低一切〉【俗】那裏。

**邊吶** pin¹tɐt¹〈吶音突第 1 聲，低一切〉【俗】哪裏。

**位** wɐi⁻²〈讀第 2 聲，壺矮切〉①位置：斜~ (斜的位置) | 唔啱~ (位置不對) | 度下個~ (量一下位置) ②座位：你嘅~喺嗰度。(你的位子在那兒。)

**呢便** nei¹(ni¹)pin⁶〈呢音你第 1 聲，又音你衣切〉這邊；這面 (呢：這)：~大過嗰便。(這邊比那邊大。) [ 又作"呢邊"、"呢頭"]

**吚便** ji¹pin⁶〈吚音衣〉這邊；這面 (吚：這)。[ 又作"吚邊"、"吚頭"]

四 時間與空間

**嗰便** kɔ²pin⁶〈嗰音個第 2 聲，假可切〉那邊；那一面：我嚟呢便搵佢，佢又走咗去～。（我到這邊來找他，他又跑到那邊去了。）[ 又作“嗰邊”、“嗰頭”]

**第便** tɐi⁶pin⁶ 另一邊；另一面。

**邊便** pin¹pin⁶ 哪一邊：唔知～係 A 座呢？（不知道哪一邊是 A 座呢？）

**邊邊₁** pin¹pin¹ 哪一邊：你頭先話～仲未搞掂？（你剛才説哪一邊還沒弄好？）

## 四 B2　上下、底面

**上高** sœŋ⁶kou¹〈上音是讓切〉上邊，上面：就薑喺～啦！（就放在上邊吧！）

***上便** sœŋ⁶pin⁶〈上音是讓切〉上邊，上面：叫佢上嚟～。（叫他到上面來。）[ 重見四 B9 ]

**面₂** min⁻²〈面讀第 2 聲，摸演切〉同“面頭”。

**面頭** min⁻²tʰɐu⁴〈面讀第 2 聲，摸演切〉物體最上層的表面：嗰沓書～嗰本就係嘞。（那疊書上面那一本就是了。）| 喺蛋糕嘅～瀨一浸奶油。（在蛋糕的上面倒一層奶油。）

**最面** tsɵy³min⁻²〈面讀第 2 聲，摸演切〉同“面頭”。[ 又作“最面頭”]

**下低** ha⁶tɐi¹〈下音廈〉下邊，下面：～唔夠大。（下邊小了點兒。）

***下便** ha⁶pin⁶〈下音廈〉下邊，下面：～係個花園。（下面是個花園。）[ 重見四 B9 ]

**落便** lɔk⁶pin⁶ 下邊，下面。[ 又作“落邊”、“落低”]

**下底** ha⁶tɐi⁶〈下音廈〉（物體的）下面，底下：牀～（牀底下）| 橋～（橋底下）

**底₁** tɐi² ①物體的下面：蓆攝～（蓆子底下）②容器等內部的最底下：收

埋籠～。（收藏在木箱底裏。）

**屚(㞘)** tok¹〈音督，多哭切〉①容器等內部的最底下；長條空間的最裏端（不與外部空間相通）：個桶～剩得啲渣喺度。（桶底下只剩了些渣子在那兒。）| 巷～嗰度有扁樹。（死胡同的盡頭那兒有一棵樹。）②物體的底部：個煲個～座正火頭就會熄。（鍋底正正座在火頭上，火就會熄滅。）[ 又作“屚屚”]

**屚底** tok¹tɐi²〈屚音督，多哭切〉①容器等內部的最底下：最尾喺櫃筒～搵倒出嚟。（最後在抽屜最底下找了出來。）②物體的底部。

## 四 B3　前後左右、旁邊、中間、附近

**前便** tsʰin⁴pin⁶ 前邊，前面：我哋行去～攞啦！（我們到前邊兒去取吧！）

**後便** hɐu⁶pin⁶ 後邊，後面：佢就企喺我～。（他就站在我後面。）

**後底** hɐu⁶tɐi² 後邊，後面。

**後背** hɐu⁶pui³ ①後邊，後面。②背後的一面：前便咁靚，～好邋遢。（前面那麼漂亮，背後好髒。）[ 又作“後背底”]

**背底** pui³tɐi² 同“後背”。

**邊跟** pin¹kɐn¹ 旁邊；近旁：坐喺新郎哥～嗰個係邊個啊？（坐在新郎邊上的那個人是誰？）

**側跟** tsɛk¹kɐn¹ 同“邊跟”。

**側便** tsɛk¹pin⁶ 旁邊：佢哋公司就喺廣場～。（他們公司就在廣場旁邊。）[ 又作“側邊”]

**邊邊₂** pin¹pin¹ 旁邊；靠邊兒的地方：匿埋～（躲在邊兒上）

**橫邊** waŋ⁴pin¹ 旁邊；側面：個波出咗～界外。（球出了邊線。）

**身跟** sɐn¹kɐn¹ ①身邊。②旁邊。

**右便** jɐu⁶pin⁶ 右邊。

**右手便** jɐu⁶sɐu²pin⁶ 右邊。［又作"右手邊"］

**左便** tsɔ²pin⁶ 左邊。

**左手便** tsɔ²sɐu²pin⁶ 左邊。［又作"左手邊"］

**一便** jɐt¹pin⁶（物體或地方的）一邊，一面：～高～低｜行埋～（走到一邊去）

**兩便** lœŋ⁵pin⁶（物體或地方的）兩邊，兩面：～要對稱｜～啲牆好高。（兩面的牆很高。）

**四便** sei³pin⁶ 四面，四周：嗰度～係水，得一道橋過得去。（那裏四面是水，只有一座橋能過去。）

**中心** tsoŋ¹sɐm¹ 中央；中間：呢便三、四年級，嗰便二年級同埋五、六年級，畀新生企～。（這邊三、四年級，那邊二年級和五、六年級，讓新生站中間。）［普通話"中心"指與四周距離相等的位置，廣州話則可以是指較寬泛、範圍較大的中央或中間的位置］

**正中** tsɛŋ³tsoŋ¹〈正音鄭第3聲〉正中央；中心：個亭喺草地～。（亭子在草地正中央。）

*__半□□__ pun³lɛŋ¹kʰɐŋ¹〈後二字分別音拉亨切和卡亨切〉半中腰：行到～又行返轉頭。（走到一半又往回走。）［重見八A1］

*__埋便__ mai⁴pin⁶ 靠得很近的地方：我行到去～先認出佢嚟。（我走到跟前才把他認出來。）［重見四B4］

*__開便__ hɔi¹pin⁶ 離開稍遠（但又不太遠）的地方：車站就喺公園門口～。（車站就在公園門口外面不遠處。）［重見四B4］

**對開** tɵy³hɔi¹ 離開不遠的地方；對面：佢哋間店就喺中央公園～。（他們的店舖就在離中央公園不遠處。）｜我哋屋企門口～就係海皮。（我們家門口對面就是江邊。）

**對出** tɵy³tsʰɵt¹(tsʰyt¹) 同"對開"。

**隔籬** kak³lei⁴〈籬音離〉隔壁：楊伯住喺我～。（楊大伯住在我家隔壁。）

## 四 B4　內　外

**入便** jɐp⁶pin⁶ 裏邊；裏面：呢～幾闊落㗎。（這裏頭挺寬敞的。）［又作"入邊"］

**裏便** lɵy⁵pin⁶〈裏音呂〉裏邊；裏面。［又作"裏底"］

*__埋便__ mai⁴pin⁶ 靠裏邊的位置（埋：靠裏邊）：佢坐咗去～。（他坐到靠裏頭的地方去了。）［注意與"入便"的區別："冰箱入便"指冰箱裏的任何地方，"冰箱埋便"指冰箱裏靠裏的位置。又作"埋底"。參見"開便"。重見四B3］

**出便** tsʰɵt¹(tsʰyt¹)pin⁶ 外邊；外面：你喺～等下我。（你在外面等我一下。）［又作"出邊"］

**外便** ŋɔi⁶pin⁶ 外邊；外面。［又作"外底"］

**外出** ŋɔi⁶tsʰɵt¹(tsʰyt¹) 外邊；外面：～好凍下。（外邊挺冷的。）

*__開便__ hɔi¹pin⁶ 靠外邊的位置（開：靠外邊）：你喺枱面～嗰沓嘢度搵下睇見唔見？（你在桌面上靠外邊的那一疊東西那兒找一找看有沒有？）［注意與"出便"的區別："櫃筒嘅出便"是指抽屜的外面，"櫃筒嘅開便"是指抽屜裏靠外邊的位置。參見"埋便"。重見四B3］

**外皮** ŋɔi⁶pʰei⁻²〈皮讀第2聲，婆起切〉物體的表皮；表面：時間咁長，～點都會有啲花嘅，唔緊要嘅。（時間那麼長，表面怎麼也會有點磨花的，不要緊的。）

**內籠** nɔi⁶loŋ⁻²〈籠讀第2聲，裸孔切〉

物體的內部空間：度佢個～有成米二咁滯。（量它的內部差不多有一米二。）

## 四 B5　排列位置

**頭位** tʰɐu⁴wɐi⁻²〈位讀第 2 聲，壺矮切〉最前頭的位置：邊個排～？（誰排在最前頭？）

*頭₂ tʰɐu⁴ 最前頭的位置。[ 重見十 F1 ]

*尾後 mei⁵hɐu⁶ 排列上在後面的位置：佢將我排咗喺～。（他把我排在了後邊兒。）[ 重見四 A2 ]

**薖尾** lai¹mei⁻¹〈薖音拉，尾讀第 1 聲〉最後的位置（薖：最後）。[ 年輕女子多用。重見四 A2 ]

*尾尾 mei⁻¹mei⁻¹〈兩字均讀第 1 聲〉最後的位置：薖咗喺～咖度。（放在了最後那兒。）[ 年輕女子多用。重見四 A2 ]

*尾尾屎 mei⁻¹mei⁻¹si²〈兩個尾字均讀第 1 聲〉【兒】【貶】倒數第一，最後。[ 重見 D2 ]

**尾** mei⁻¹〈尾讀第 1 聲〉最後的位置：小林喺頭，我喺中間，小方排～。（小林在頭裏，我在中間，小方排在最後。）[ 重見二 D1、三 B2 ]

*最尾 tsɵy³mei⁻¹〈尾讀第 1 聲〉最後的位置：～嗰笪位先至最靚啊！（最後那個位置才是最好的呢！）[ 重見四 A2 ]

**尾二** mei⁻¹ji⁻²〈尾讀第 1 聲，二音椅〉倒數第二。

## 四 B6　到　處

**周圍** tsɐu¹wɐi⁴ 到處：搞到～邋邋遢遢！（弄得到處髒不拉嘰！）[ 普通話"周圍"指環繞在外圍的部分，與此不同 ]

**四周** sei³tsɐu¹ 到處：喺間屋度～搵下

啦。（在屋子裏到處找一找吧。）[ 與普通話的"四周"意思不同。參見"周圍" ]

**四周圍** sei³tsɐu¹wɐi⁴ 到處。

**四圍** sei³wɐi⁴ 到處。

**度度（道道）** tou⁶⁽⁻²⁾tou⁶〈前 一 字 可讀為堵，朵好切〉所有的地方；處處：～去過晒嘞，都有得賣。（每一處全去過了，都沒賣的。）

**通處** tʰoŋ¹sy³ 所有的地方；處處。

## 四 B7　邊角孔縫

**斥角** sak³kɔk³〈斥音細客切〉邊角；角上的位置：我就要呢～定方夠嘞。（我就要這個角的地方夠了。）

**角落頭** kɔk³lɔk⁻¹tʰɐu⁻²〈落 讀第 1 聲，頭讀第 2 聲〉角落。

**一字角** jɐt¹tsi⁶kɔk³ 角落：掉手掉埋～。（一甩手扔到角落裏去。這是一句慣用語，表示不屑一顧）｜縮喺～做乜嘢？（躲在角落裏幹甚麼？）[ 又作"一二角" ]

**旮旯角** kʰa³la¹kɔk³〈旮音契亞切，旯音拉哈切〉角落。

*旮旯 kʰa³la¹〈旮音契亞切，旯音拉哈切〉①角落。②兩物之間的間隙；縫兒：响條門～度望入去。（從門縫裏望進去。）[ 重見九 D10 ]

**罅** la³〈音賴亞切〉兩物之間的間隙；縫兒：手指～｜門～

**窿** loŋ¹〈讀第 1 聲，拉空切〉窟窿；孔洞：呢度穿咗個大～。（這裏穿了個大窟窿。）

**窿窿罅罅** loŋ¹loŋ¹la³la³〈窿讀第 1 聲，罅音賴亞切〉不平整的角落；旮旮旯旯的地方：連～都掃得乾乾淨淨。

**凹位** nɐp¹wɐi⁻²〈凹音粒，位讀第 2 聲〉凹下去的位置：嗰個～啱好蘑得落。（那個凹下去的位置正好放得下。）

四 時間與空間

界 kai³ 界線；邊界：喺度畫條～。(在這兒畫一條界線。) ｜唔界過～！(不許超過界線！)

## 四 B8 地 段

**地頭** tei⁶tʰɐu⁴ ①地段 (從地方的好或差的角度而言)：呢處開間店幾好，個～幾旺下。(這裏開個店子不錯，這地段挺旺的。) ②【俗】勢力範圍；管轄下的地方；地盤：呢度係大隻李嘅～。(這兒是李大塊頭的地盤。)

**馬路面** ma⁵lou⁶min⁻² 〈面讀第 2 聲，摸演切〉馬路邊：入巷嘅舖位梗係平過～好多啦！(進巷子裏的舖子租金當然比馬路邊上的要便宜得多了！)

**舖位** pʰou³wɐi⁻² 〈舖讀第 3 聲，位讀第 2 聲〉店舖所佔用的地方：呢個～一個月兩千銀。(這個舖子一個月租金兩千塊。)

**檔位** tɔŋ³wɐi⁻² 〈檔讀上當之當，位讀第 2 聲〉店舖或售貨攤子所佔用的地方 (檔：攤子)。

**車位** tsʰɐi¹wɐi⁻² 〈位讀第 2 聲，壺矮切〉①可供車子 (一般是汽車) 停放的位子：晏啲就冇～嘅喇。(晚點兒就沒有停車的位子了。) ②能讓車子通過的位置：啱好有一架～咁闊。(剛好有能過一輛汽車那麼寬的地方。)

*__地下__ tei⁶ha⁻² 〈下讀第 2 聲，起啞切〉樓房的底層；一樓：我住～。｜金都大廈嘅～係餐廳。(金都大廈的底層是餐廳。) [ 重見四 B10 ]

**轉角** tsyn³kɔk³ 〈轉音鑽，志怨切〉拐角處：佢去到一度唔見咗。(他走到拐角那兒不見了。)

**轉彎位** tsyn³wan¹wɐi⁻² 〈轉音鑽，著怨切〉拐彎的地方：喺前便個～蹇低我。(在前面那個拐彎處讓我下車。)

## 四 B9 地 區

**省** saŋ² "省城" 的簡稱，特指廣州；有時又指廣東 (常常 "省港" 連用)：～港航線 (廣州到香港航線) ｜～港盃賽 (廣東足球隊與香港足球隊一年一度的盃賽)

**西關地** sɐi¹kwan¹tei⁻² 〈地讀第 2 聲，底起切〉對廣州西關地區 (市區西部商業區) 略帶感情色彩的稱呼：過多幾年～就變晒喺啦！(再過幾年西關地區就會全變樣了！)

**香港地** hœŋ¹kɔŋ²tei⁻² 〈地讀第 2 聲，底起切〉對香港略帶感情色彩的稱呼：喺～搵食都唔係咁輕鬆㗎！(在香港這地方混飯吃也不是那麼輕鬆的！)

*__上便__ sœŋ⁶pin⁶ 〈上音是讓切〉港澳人指稱內地，特指廣東或廣州；而家啲香港人都知道喺～置產有利可圖。(現在香港人都知道在內地購置物業有利可圖。) [ 原來專指廣州。廣州和香港為嶺南主要城市，並稱 "省港"，地理上一南一北，所以分稱 "上便"、"下便"。又作 "上邊"。參見七 B5 "上嚟"。重見四 B2 ]

**四邑** sei³jɐp¹ 〈邑音入第 1 聲，衣恰切〉廣東省的新會、台山、開平、恩平四縣 (今改設市) 的統稱。[ 此四縣 (市) 語言接近 (屬粵方言之四邑片，與廣州話有相當不同之處)、民俗相似，其本地人及廣東其他地方的人一向把這四縣 (市) 視為特殊於周邊各縣市的地區。 ]

**五邑** ŋ⁵jɐp¹ 〈邑音入第 1 聲，衣恰切〉江門原屬新會縣，後獨立設市，與 "四邑" 合稱 "五邑"：～大學 (設在江門市的一所大學)

**南路** nam⁴lou⁶ 指舊時高、廉、雷、瓊四州之地，包括今廣東西南部、廣

四 時間與空間

西東南一部分和海南省。

**南洋** nam⁴jœŋ⁻²〈洋讀第 2 聲，椅響切〉
指亞洲東南部的半島和群島，也泛
指東南亞地區。﹝舊時廣東人出國謀
生，到東南亞的極多；目前東南亞
的華僑和已入本地籍的華人亦以廣
東人居多。﹞

**星加坡** seŋ¹ka³pɔ¹〈加音嫁，坡音波〉
【外】新加坡。﹝與"新加坡"同為
Singapore 的音譯﹞

**星馬** seŋ¹ma⁵【外】新加坡和馬來西亞
的合稱 (星：星加坡，即新加坡)。

**金山** kɐm¹san¹ 本指美國舊金山 (三藩
市)，泛指北美洲。﹝上世紀有無數
中國勞工被強迫或誘騙到北美洲 (最
初主要是在金礦工作)，為今北美
華人的主要源頭，其中以廣東人居
多。﹞

**荷里活** hɔ⁴lei⁵wut⁶【外】好萊塢，美
國地名，為美國電影業集中地。﹝英
語 Holly-wood﹞

**鄉下** hœŋ¹ha⁻²〈下讀第 2 聲，起啞切〉
老家；原籍：我～响番禺。(我老家
在番禺。)

## 四 B10　其　他

*__地下__ tei⁶ha⁻²〈下讀第 2 聲，起啞切〉
地上，地面；地板：呢度～真邋
遢！(這兒地上真髒！)｜阿仔，唔
好坐～！(兒子，別坐在地上！)﹝重
見四 B8﹞

**地** tei⁻²〈讀第 2 聲〉地上：跌咗頂帽
落～。(把帽子掉地上了。)

*__身位__ sɐn¹wei⁻²〈位讀第 2 聲，壺矮
切〉① 身體所在、所佔的位置：對
方後衞已經攞咗～。(對方後衞已經
佔了位置。) ② 如身體的長度或寬
度：8 號選手足足快對手一個～。

**水路** sɵy²lou⁶ 路程：廣州去長沙有幾
遠～？(廣州到長沙有多遠路程？)
﹝廣州附近多水網，出門多從水路，
所以習慣以～稱路程，包括陸路在內﹞

**對₁** tɵy³ 放在表方位的詞語前，表示相
對的位置：樓梯～上有個天窗。(樓
梯上面有個天窗。)｜你鼻哥～落冇
嘴咩？(你鼻子下面沒嘴巴嗎？)｜
馬路～埋有個郵筒 (馬路邊上有個郵
筒。)

# 五、心理與才能

## 五A　心　情

### 五A1　高興、興奮、安心

**歡喜樂笑** fun¹hei²lɔk⁶siu³ 高高興興。

*__心爽__ sɐm¹sɔŋ² 心裏舒服；愉快：今日玩得好～。[重見五 C1]

**精神爽利** tseŋ¹sɐn⁴sɔŋ¹lei⁶ 心情舒暢；精神飽滿：一覺瞓醒，～。(一覺睡醒，心清神爽。)

**快樂不知時日過** fai³lɔk⁶pɐt¹tsi¹si⁴jɐt⁶kwɔ³【熟】心情高興的時候日子過得特別快。

*__熒__ heŋ³〈音慶〉【喻】【俗】本義是熱，比喻興奮：一講到呢樣佢就～嘞。(一說到這個他就來勁了。)[重見五 A3、七 B5、九 B1]

*__暈浪__ wɐn⁴lɔŋ⁶【喻】【貶】因得意、興奮等而忘乎所以：讚你幾句就暈晒浪啦？(誇你幾句就飄飄然了？)[重見二 C7]

**得戚** tɐk¹tsʰek¹【貶】得意洋洋：一次半次叻咗之嘛，使乜咁～嚿！(不過偶然佔了先，何必那麼得意忘形！)

**鬆毛鬆翼** soŋ¹mou⁴soŋ¹jek⁶【喻】【貶】顯出得意的樣子：唔好有些少成績就～。(不要有一點點成績就得意忘形。)

**心適** sɐm¹sek¹ ① 安心：睇見啲仔女個個都過得幾好，我都～咯！(看見兒女們個個都過得挺好，我也安心了！) ② 【貶】用於說反話，指要把事情弄糟為止：搞到噉，你～啦！(弄成這個樣子，你該如願了吧！) | 你個爛賭二，唔輸埋老婆唔～！(你這賭鬼，不把老婆輸掉不安心！)

**安樂** ɔn¹lɔk⁶ 安心：聽講阿嫲嘅病好好多嘞，我先～啲。(聽說奶奶的病好很多了，我才安心點兒。)

**氣順** hei³sɐn⁶ 心情舒暢；沒意見：做嘢最緊要～，條氣一順，乜都啱。(做事情最要緊的是心情舒暢，心情舒暢了，甚麼都好辦。)

### 五A2　憂愁、憋氣、頭痛、操心

*__憂__ jɐu¹ 為…而發愁：唔～食唔～着，仲想點？(不愁吃不愁穿，還想怎樣？[重見五 A6]

**蔽翳** pɐi³ɐi³〈翳音矮第 3 聲〉發愁；憂悶：我一日為呢單嘢～。(我整天為這件事發愁。) | 你使乜～成嘅嘞！(你何必愁成這個樣子呢！)

*__屈__₁ wɐt¹ 把氣憋在心裏：有乜你就講啦，唔好一實响个心度啊！(有甚麼你就說吧，別憋在心裏啊！)[重見七 A14]

**屈氣** wɐt¹hei³ 憋氣。

**揼氣** tɐn³hei³〈揼音薹第 3 聲〉心裏生氣；憋氣。

**悶** mun⁶ 心情煩悶；幽悶：諗起就～。(想起來心就煩。)

**心揞** sɐm¹ɐp¹〈揞音啊邑切〉心情幽悶(揞：捂；悶)。

*__翳__ ɐi³〈音矮第 3 聲〉心情煩悶；憋氣：呢排個心好～。(這些日子心裏很煩悶。)[重見二 C10、七 E12、九 A2、九 A10、九 B1]

120

**翳氣** ɐi³hei³〈翳音矮第 3 聲〉因受了氣而心情煩躁或抑鬱；憋氣：無厘頭界佢鬧一餐，真係～！（無端被他罵一頓，真是憋氣！）

**揸頸** tsa¹kɛŋ²〈揸音渣，之啊切〉受氣而不能發泄；憋氣；生悶氣（揸：用力抓；捏）：喺嗷嘅人手下做嘢好～啊！（在這樣的人手下做事很憋氣啊！）

**局氣** kok⁻¹hei³〈局讀第 1 聲，公屋切〉憋氣；生悶氣（局：憋悶）：噉又界人話，噉又界人話，真～！（這樣也被人説，那樣也被人説，真憋氣！）

**痟氣** jyn¹hei³〈痟音冤，衣圈切〉心裏不痛快；反感（痟：酸痛）。

**條氣唔順** tʰiu⁴hei³m⁴sɵn⁶ 心情不舒暢；有意見（唔：不）：我唔係志在銀紙多少，係～！（我不是在乎錢多少，是心裏有氣！）[ 參見五 A1“氣順”]

**頂心頂肺** teŋ²sɐm¹teŋ²fɐi³【喻】窩心；因某事耿耿於懷，感到極為難受：我諗起呢件事就～。（我想起這事心裏就堵得慌。）

**梗心梗肺** ŋɐŋ²sɐm¹ŋɐŋ²fɐi³〈梗音我肯切〉【喻】同“頂心頂肺”（梗：硌）。

**唔安樂** m⁴ɔn¹lɔk⁶ 心裏不安（多指因抱歉或內疚等而感到不安）：要你等咁耐，我真係好～。（要你等那麼久，我真是很不安。）

**頭刺(赤)** tʰɐu⁴tsʰɛk³〈刺音赤，賜吃切〉【喻】感到為難或討厭（刺：痛）：呢單嘢真～！（這件事真令人頭痛！）

**頭大** tʰɐu⁴tai⁶【喻】因事情難辦而費心思：我應付呢便都經已～嘞，嗰便又嚟！（我應付這頭已經夠傷腦筋了，那一頭又來了！）

**頭綯** tʰɐu⁴pʰɐu³〈綯音派漚切〉同“頭大”（綯：虛而鬆軟）。

**霎氣** sap⁸hei³〈霎音細鴨切〉操心；費心思（可能伴隨費口舌）；因事情難辦而生氣：做小學老師好～㗎！（當小學老師很操心！）[ 重見七 E14 ]

***冇心機** mou⁵sɐm¹kei¹〈冇音舞〉心情不好；沒情緒（冇：沒有）：我今日～。[ 重見五 B8 ]

## 五 A3　生氣、煩躁

[ 發脾氣參見七 E22 ]

***嬲** nɐu¹〈呢歐切〉生氣；發火：唔好搞到你老豆～啦！（別弄得你父親發火吧！）[ 重見五 B6 ]

**嬲爆爆** nɐu¹pau³pau³ 很生氣：做乜～嘅？（幹嗎氣呼呼的？）

**火滾** fɔ²kwɐn² 【喻】惱火；生氣：呢種事唔到你唔～。（這種事不由人不生氣。）

**火起** fɔ²hei² 【喻】冒火兒；生氣：佢越講越～。（他越説越氣。）

**一把火** jɐt¹pa¹fɔ² 【喻】生氣：聽佢噉講我真係～。（聽他這麼説我真惱火。）

**撞火** tsɔŋ⁶fɔ² 【喻】生氣。

**火紅火綠** fɔ²hoŋ⁴fɔ²lɔk⁶ 【喻】怒氣大：呢件事自有四叔作主，你使乜～啫？（這事有四叔作主，你何必怒火衝天呢？）

**火遮眼** fɔ²tsɛ¹ŋan⁵ 【喻】因憤怒而失去判斷力或自制力：佢一時～，講咗啲唔等使嘅嘢。（他一時火氣上來，説了些無益的話。）

**眼火爆** ŋan⁵fɔ²pau³ 【喻】對眼前的事物感到氣憤：噉搞法，邊個睇倒都～啦！（這樣搞，誰見了都會氣憤的！）

***激** kek¹ 生氣：嗰日佢聽倒呢件事好～啊！（那天他聽到這件事好氣啊！）[ 重見七 E12 ]

**激氣** kek¹hei³ 生氣：乜嘢事咁～啊？（甚麼事那麼生氣？）

**激夭** kek¹ŋɐn¹〈夭音銀第 1 聲，我因切〉十分生氣（含有雖惱怒而又無奈之意。夭：瘦小。這裏以因生氣而消瘦來形容生氣的程度）：撞着呢種事真係～。（碰上這種事情真氣人。）

*勞氣** lou⁴hei³ 生氣；發火：球證要個 8 號仔同對方龍門握下手，叫佢哋咪咁～。（裁判要 8 號跟對方的守門員握一下手，叫他們不要那麼動氣。）[ 重見七 C6 ]

*殸** heŋ³〈音慶〉【喻】【俗】本義是熱，比喻生氣：你咪搞得我～起上嚟嘅！（你可別弄得我生起氣來啊！）[ 重見五 Al、七 B5、九 B1 ]

*吹脹** tsʰθy¹tsœŋ³【喻】因無可奈何而生氣；生氣而無可發泄：點都搞佢唔哠，真係～！（怎麼也弄不好，真是氣壞了。）[ 重見七 E15 ]

**吹爆** tsʰθy¹pau³【喻】被激怒。

*躁** tsʰou³ ①煩躁：呢兩日有啲～，坐唔落嚟做嘢。（這兩天有點煩躁，坐不下來做事情。） ②暴躁；因生氣而顯得粗暴：一啲小事，使乜咁～啊！（一點小事，何必那麼暴躁呢！）[ 重見五 C3 ]

*艋** mɐŋ²〈摸肯切〉煩躁；暴躁：未話得佢兩句，佢就～起上嚟。（沒說他幾句，他就煩躁起來。）[ 重見五 C3 ]

*艋艋** mɐŋ²tsɐŋ²〈艋音摸肯切，艋音子肯切〉同“艋”。[ 重見五 C3 ]

*驚** kɛŋ¹〈哥贏切第 1 聲〉害怕；驚慌：我先唔～佢。（我才不怕他。）| 咁～做乜嘢？（幹嘛這麼驚慌！）[ 重見五 A6 ]

**驚青** kɛŋ¹tsʰɛŋ¹〈驚音哥贏切第 1 聲，青音車贏切第 1 聲〉驚慌；慌張：

佢驚驚青青噉走落嚟。（他慌慌張張地跑下來。）

**慌失失** foŋ¹sɐt¹sɐt¹ 慌張：乜嘢事咁啊？（甚麼事那麼慌張？）[ 又作“失失慌” ]

**寒** hɔn⁴【喻】害怕：諗起嗰日，我而家都仲～。（想起那天，我現在還在怕。）

*窒** tsɐt⁶ 對某人或事害怕：你～咗佢啊？（你怕了他嗎？）[ 重見六 D12 ]

**失驚無神** sɐt¹kɛŋ¹mou⁴sɐn⁴〈驚音加贏切第 1 聲〉受到突然的驚嚇而恐懼慌張：嘭一聲，嚇到佢～，面都青晒。（嘭的一聲，他吃了一驚，臉都嚇青了。）

**打突兀** ta²tɐt⁶ŋɐt⁶ 吃驚（一般指吃驚而不露聲色）：我一聽，心裏頭打個突兀。（我聽了心裏吃了一驚。）

**魂魄唔齊** wɐn⁴pʰak³m⁴tsʰɐi⁴【喻】極為驚懼（唔：不）：嗰次算係執翻條命仔，真係～！（那一回算是揀回了小命一條，真是魂兒都丟了一半兒！）

*失魂** sɐt¹wɐn⁴【喻】驚懼。[ 重見五 B5 ]
*掹掹震** tʰɐn⁴tʰɐn²tsɐn³〈前一掹音蹄痕切，第二字音體很切〉【喻】本指顫抖，比喻極害怕：佢又唔咬你，你使乜～啫？（牠又沒咬你，你幹嘛嚇得直抖？）[ 重見六 B4 ]

*震掹掹** tsɐn³tʰɐn⁴tʰɐn⁴〈掹音蹄痕切〉同“掹掹震”。[ 重見六 B4 ]

**掹雞** tʰɐn⁴kei¹〈掹音蹄痕切〉【喻】害怕；慌張（掹：發抖）：唔使～，有大佬喺度。（別害怕，有哥哥在這兒。）

**手掹腳震** sɐu²tʰɐn⁴kœk³tsɐn³【喻】手足顫抖，比喻害怕：一聽講話祥哥要嚟，佢就淨識得～嘞。（一聽説祥哥要來，他就光會發抖了。）

**有得震冇得瞓** jɐu⁵tɐk¹tsɐn³mou⁵tɐk¹fɐn³【喻】以睡不着覺比喻極為害怕（震：發抖；冇：沒有；瞓：睡覺）。

五
心
理
與
才
能

［“震”同“瞓”押韻］

**驚到囉柚冇肉** kɛŋ¹tou³lɔ¹jɐu²mou⁵jok⁶〈囉音羅第 1 聲，冇音無第 5 聲〉【熟】【喻】【謔】嚇得連屁股上的肉也沒了（囉柚：屁股；冇：沒有），是極言受驚之甚。

**驚到鼻哥窿冇肉** kɛŋ¹tou³pei⁶kɔ¹lɔŋ¹mou⁵jok⁶〈冇音無第 5 聲〉同“驚到囉柚冇肉”。以本來就沒有肉的鼻孔來說（鼻哥窿：鼻孔），更帶玩笑口吻。

***發矛** fat³mau⁴ 害怕。［此與普通話“發毛”基本一樣，不過廣州話“矛”與“毛”不同音；此外，～有別的意思為“發毛”所沒有。重見五 A7 ］

**知死** tsi¹sei² 知道情勢不好：今勻～哩？（這回知道厲害了吧？）｜你仲出聲！都唔～嘅！（你還說話！不知死活！）

***醜** tsʰɐu² ① 羞；難為情：大家一笑，佢就～到面都紅晒。（大家一笑，她就羞得滿臉通紅。） ② 羞恥：你個人真係唔知～嘅！（你這人真是不知羞恥！）［重見七 C5 ］

***醜怪** tsʰɐu²kwai³ 羞；難為情：我唔敢去，好～啊！（我不敢去，好難為情啊！）［重見九 A13 ］

***醜死怪** tsʰɐu²sei²kwai³ 同“醜怪”。［重見九 A13 ］

**怕醜** pʰa³tsʰɐu² 怕羞，害臊：呢個細路女好～嘅。（這個小女孩很害羞。）

**羞家** sɐu¹ka¹ 感到害羞：男仔着女仔衫，～囉！（男孩子穿女孩子衣服，羞啊！）

**丑扭擰擰** nɐu²nɐu²neŋ⁶neŋ⁶ 害羞的樣子（略帶貶義）：～做乜嘢，咪咁啦！（扭捏捏捏幹嘛呢，別這樣嘛！）

**肉酸** jok⁶syn¹【喻】難為情：咁多人，好～嘅。（那麼多人，很難為情的。）［重見二 C7、九 A13 ］

***定₂** teŋ⁶〈敵認切〉鎮定；鎮靜：大家～啲嚜！（大家鎮靜點兒！）｜啲頭都咁～，你緊乜嘢！（頭兒們那麼若無其事，你着甚麼急！）［重見五 A6、五 C5、九 B8 ］

**佟定** tam⁶teŋ⁶〈佟音冷淡之淡，定音敵認切〉鎮定；心境從容：到咁緊張嘅時候佢兩個仲～乜嘢嘅。（到這麼緊張的時候他倆仍非常鎮定。）

***定過抬油** teŋ⁶kwɔ³tʰɔi⁴jɐu⁴【喻】極為從容鎮定。［重見九 B8 ］

**緊₁** kɐn² 着急；緊張：我睇佢好似好～噉。（我看他好像很着急的樣子。）

**着緊** tsœk⁶kɐn²〈着讀第 6 聲，治藥切〉着急；緊張：唔使咁～。（不用這麼着急。）

**肉緊** jok⁶kɐn²【喻】① 緊張；着急；特指旁觀者的乾着急：～到佢！（看她緊張的！）｜我哋仲～過佢自己。（我們比他自己更緊張。）｜戥人～仲辛苦。（替人着急更難受。） ② 性格急躁。

**抽筋** tsʰɐu¹kɐn¹【喻】① 緊張；着急：你使乜咁～啊！（你何必那麼性急呢！） ② 對某事極其熱衷（常常指突然爆發出熱衷）：佢抽起條筋，飯都唔食就走咗去。（他興頭起來，飯也不吃就跑去了。）

**情急** tsʰeŋ⁴kɐp¹ 心急：你唔使咁～嘅。（你不必那麼着急。）［與普通話略有不同 ］

***猴(喉)急** hɐu⁴kɐp¹【喻】性急；心急：你睇～到佢！（你看他性急的！）［重見九 C8 ］

**一額汗** jɐt¹ŋak⁶hɔn⁶ 心情緊張：你都唔知，嗰陣我～呀！（你不知道，當時我好緊張啊！）

### 五 A6　掛念、擔心、放心

**掛住** kwa³tsy⁶ 掛念；牽掛：唔使~
我。(不用掛念我。)[又作"掛"]

**掛望** kwa³mɔŋ⁶ 同 "掛住"。

**記掛** kei³kwa³ 同 "掛住"。

**心掛掛** sɐm¹kwa³kwa³ 心中掛念：一頭
開會一頭~廠裏頭啲事。(一邊開會
一邊掛念着廠裏的事。)

**＊顧住** kwu³tsy⁶ 惦念：呢度有人照管，
你唔使成日~嘅。(這兒有人照料，
你不必總記掛着。)[重見五 B4]

**慌住** fɔŋ¹tsy⁶ 擔心：我~阿良唔認得
路。(我怕阿良認不得路。)｜你上咗
士，就唔使~佢隻馬。(你撑了士，
就不必擔心他的馬。)[又作"慌"]

**慌怕** fɔŋ¹pʰa³ 同 "慌住"。

**＊驚** kɛŋ¹〈哥贏切第 1 聲〉擔心：我~
唔記得，仲係寫住好。(我怕忘了，
還是寫下來的好。)[重見五 A4]

**驚住** kɛŋ¹tsy⁶〈驚音哥贏切第 1 聲〉擔心。

**心怕** sɐm¹pʰa³ 擔心：我仲~佢唔知
添！(我還怕他不知道呢！)

**＊憂** jɐu¹ 擔心：有地址，~佢搵唔倒
㗎？(有地址，怕他找不到這兒
來？)[重見五 A2]

**＊定₂** tɛŋ⁶〈敵認切〉不必擔心(常用於
表示不以為然或譏諷的場合)：你~
啲啦，有你份！(你放心，有你的一
份！)[重見五 A5、五 C5、九 B8]

**大安指擬** tai⁶ɔn¹tsi²ji⁵ 過分放心而放
任不管：呢度唔係好穩陣㗎，你唔
好~嘑。(這兒不是很穩當的，你別
太放心了。)

**大安主義** tai⁶ɔn¹tsy²ji⁶ 同"大安指擬"。

### 五 A7　其　他

**戥** tɛŋ⁶ 心裏為別人感到(高興、難過
等)：你有個咁好嘅心抱，我真係~

你歡喜！(你有這麼好的兒媳，我真
替你高興！)｜講啲嘅嘅嘢，做佢朋
友都~佢面紅！(説這樣的話，做他
的朋友都替他臉紅！)

**＊發矛** fat³mau⁴ 因憤怒、緊張或驚慌等
而心情極為衝動：輸到發晒矛。(輸
得紅了眼。)[重見五 A4]

**＊冇癮** mou⁵jɐn⁵〈冇音無第 5 聲〉無
聊；沒意思(冇：沒有)：玩親都輸，
真~！(玩起來總是輸，真沒勁！)
[重見五 B5]

## 五 B　思想活動與狀態

### 五 B1　思考、回憶

**諗** nɐm²〈泥飲切〉思索；考慮；想：
要~條計至得。(要想個法子才
行。)｜我~你唔會制。(我想你不
會答應。)

**諗落** nɐm²lɔk⁶〈諗音泥飲切〉細想
之後有所感(諗：想。有時帶有重新
下結論的意思)：呢單嘢~都係有啲
唔對路。(這件事細想還是有點不對
勁。)

**＊度₂** tɔk⁶〈音鐸，毒學切〉【喻】本義
是量長度，比喻仔細考慮；反覆衡
量：我~咗好耐，覺得都係唔得。
(我細想了很久，覺得還是不行。)
[重見七 A17]

**諗嚟度去** nɐm²lɐi⁴tɔk⁶hθy³〈諗音泥飲
切，嚟音黎，度音蕩學切〉反覆思
考(諗：想；嚟：來；度：細想)：
三叔~，成晚冇瞓。(三叔思來想
去，整夜沒睡。)

**諗計** nɐm²kɐi⁻²〈諗音泥飲切，計讀第
2 聲〉想辦法：你諗個計睇點搞㗎
佢。(你想個辦法看怎樣把它弄妥
當。)

**度竅** tɔk⁶kʰiu⁻²〈度音毒學切，竅音啟曉切〉【喻】想主意：三個人一齊嚟～。(三個人一齊來想竅門。)

**諗翻轉頭** nɐm²fan¹tsyn³⁽²⁾tʰɐu⁴〈諗音泥飲切，轉可讀第 3 聲或第 2 聲〉① 重新思考 (諗：想；翻轉頭：回過頭)：而家～，家英係啱嘅。(現在回過頭看，家英是對的。) ②回憶。

**諗翻** nɐm²fan¹〈諗音泥飲切〉回想；回憶 (諗：想；翻：回)：～嗰陣時，真係好笑。(回想起當時，真是好笑。)

## 五 B2　猜想、估計

*\**估** kwu²① 猜想：你～下邊個嚟咗？(你猜一下誰來了？)｜～唔倒係你!(想不到是你!) ②以為：我～你唔嚟啦!(我當你不來了!) [ 重見八 C3 ]

**仲(重)估** tsoŋ⁶kwu²〈重音重要之重，治用切〉以為；還以為：我哋～落雨添。(我們還以為下雨呢。)

**即估** tsek¹kwu² 以為：我～呢件衫係你嘅。(我以為這件衣服是你的。)

**斷估** tyn³kwu²〈斷音段第 3 聲，到怨切〉猜想 (斷：憑)：呢啲事靠～唔得嘅。(這些事靠瞎猜是不行的。)｜我～佢都唔會嚟㗎喇!(我猜他是不會來的了!)

*\**撞** tsɔŋ⁶ 胡亂猜測；蒙 (mēng)：唔識靠～邊處～得倒嘅啫!(不懂靠蒙哪能蒙得到呢!) [ 重見七 A5、七 A15、七 D8 ]

**思疑** si¹ji⁴ 猜疑：我硬係～呢裏頭有乜景轟。(我總是懷疑這裏頭有甚麼蹊蹺。)｜你唔係～我啊嗎? (你不是疑心我吧?)

**足用神** tsok¹⁽³⁾joŋ⁶sɐn⁴ 着意揣度別人的想法和用意：你有心思去捉人用神，不如搞啱你自己先啦!(你有心思去揣度別人想甚麼，不如先把你自己弄妥當了再說吧!)

*\**諗住** nɐm²tsy⁶〈諗音泥飲切〉估計 (諗：想)：我～佢都到咁滯嘞。(我思量着他也快到了。) [ 重見五 B7 ]

*\**諗怕** nɐm²pʰa³〈諗音尼飲切〉恐怕(表示一種估計。諗：想)：咁晏咯，～佢都唔嚟㗎嘞。(這麼晚了，恐怕他不來了。)｜個天～要落雨。(這天恐怕要下雨。) [ 重見九 D31 ]

**睇白** tʰɐi²pak⁶〈睇音體，土矮切〉估計；眼看 (表示對事情的判斷，而實際結果則可能是另一個樣子。睇：看)：我～實夠鐘嘞，卒之都趕倒。(我估摸着準過時間了，最後還是趕得上。)｜佢～要跌落嚟，好在又企翻穩。(他眼看要掉下來了，幸好又站穩了。)

**批中** pʰɐi¹tsoŋ³ 準確地估計到：次次都畀我～。(每一次都讓我估計得很準。)

*\**一箸夾中** jɐt¹tsy⁶kap³tsoŋ³〈箸音住〉【熟】【喻】一下子就猜中；準確地估計到 (箸：筷子)：嗱，畀我～喇係咪? (喏，讓我一下猜個準，對不對?) [ 重見七 A5 ]

*\**睇死** tʰɐi²sei²〈睇音體，土矮切〉預先斷定 (睇：看)：我～佢實要行呢一步。(我斷定他一定會走這一步。) [ 重見五 B3 ]

## 五 B3　低估、輕視、誤會、想不到

*\**睇死** tʰɐi²sei²〈睇音體，土矮切〉把人看得很差，而且好不了 (睇：看)：佢覺得畀人～咗，嘛就拼爛囉。(他覺得人家把他看死了，那不就破罐破摔啦。) [ 重見五 B2 ]

**睇衰** tʰɐi²sɵy¹〈睇音體，土矮切〉把人看得很差 (睇：看)：你自己做好嚟，

五
心理與才能

就冇人～你㗎嘞。(你自己幹好了，就沒人把你看扁了。)

**睇小** tʰɐi²siu²〈睇音體，土矮切〉 小看，低估 (睇：看)：你千祈咪～佢啊!(你千萬別小看他呀!)

**睇低** tʰɐi²tɐi¹〈睇音體，土矮切〉 小看：低估 (睇：看)。

**當冇嚟** tɔŋ³mou⁵lɐi⁴〈當音上當之當，冇音無第5聲，嚟音黎〉【熟】【俗】只當某人沒來，意思是不放在眼內，極端輕視 (輕視的對象如出現，則放在"當"字之後。不一定限於對人，也可以對事物)：再加20斤我都一樣當佢冇嚟!(再加20斤我也照樣不當一回事!) | 到佢哋嘅冠軍出場，就唔能夠～個囉噃。(到他們的冠軍出場，就不能太掉以輕心了。)

**會錯意** wui⁶tsʰɔ³ji³ 領會錯別人的意思；誤會：你～喇，我唔係呢個意思。(你誤會了，我不是這個意思。)

**表錯情** piu²tsʰɔ³tsʰɛŋ⁴ 因誤會別人的意思而作出不合適的熱情反應；自作多情：人哋同你講多兩句話你就即估人鍾意你啦?你～之嘛?(人家跟你多說兩句話你就以為人家喜歡你了?只是你自作多情吧?)

**捉錯用神** tsok¹³tsʰɔ³joŋ⁶sɐn⁴ 揣摸別人的用意揣摸錯了；誤會別人的用意：你估佢真係想要咩?你～喇!(你以為他真的想要嗎?你猜錯他的心思了!)[ 參見五B2"捉用神" ]

**諗唔到** nɐm²m⁴tou³〈諗音那飲切〉 想不到 (諗：想；唔：不)：～你咁快返到嚟。(想不到你這麼快回來了。)

**誰不知** sɵy⁴pɐt¹tsi¹ 誰知：我諗住好快，～整咗足足3日。(我估計很快，誰知弄了整整3天。)

**勢** sɐi³ 無論如何；怎麼也… (後接否定詞語，用於估測的句子，表示事

情出乎意外)：～估唔到呢場波噉樣輸咗。(怎麼也想不到這場球這樣輸了。) | 三哥～冇諗倒會喺度見到阿娣。(三哥無論如何沒想到會在這見到阿娣。)

## 五 B4　專心、留意、小心

**畀心機** pei²sɐm¹kei¹〈畀音比〉用心；認真 (畀：給)：～做好佢。(認認真真把它做好。)[ 參見"心機" ]

**疊埋心水** tip⁶mai⁴sɐm¹sɵy²【喻】專心致志；心不旁騖 (埋：合攏)：我打算呢個月～搞喐呢一單先講。(我打算這個月集中精力弄妥這一件事說。)

**沓埋心水** tap⁶mai⁴sɐm¹sɵy²【喻】同"疊埋心水"(沓：疊)。

**埋頭埋腦** mai⁴tʰɐu⁴mai⁴nou⁵ 埋頭 (做某事)：一日～睇書。(整天埋頭看書。)

**迷頭迷腦** mɐi⁴tʰɐu⁴mɐi⁴nou⁵ 同 "埋頭埋腦"。

**上心** sœŋ⁵sɐm¹〈上音上去之上〉放在心上；對要做的事情留心：佢對你呢件事好～㗎。(他很把你這件事放在心上。)

**打醒精神** ta²sɛŋ²tsɛŋ¹sɐn⁴〈醒音洗贏切第2聲〉提起精神；集中注意力：關鍵時候要～!

**打醒十二個精神** ta²sɛŋ²sɐp⁶ji⁶kɔ³tsɛŋ¹ sɐn⁴〈醒音洗贏切第2聲〉提起十二分精神；高度集中注意力。

**睺(候)** hɐu⁻¹〈讀第1聲，哈歐切〉(對某些情況或人等)注意；留意：我～咗佢好耐喇。(我注意他很久了。) | ～住界人打荷包!(小心讓人掏錢包!)[ 重見五B7、六C1、七E6 ]

**因住** jɐn¹tsy⁶ 當心：～嗰度有個石級

（當心那兒有個台階！）

**好生（聲）** hou²sɛŋ¹〈生（聲）音施贏切第 1 聲〉小心；當心：～啲行。（小心點走路。）

\***顧住** kwu³tsy⁶ 當心：～個頭！（小心腦袋！）[ 重見五 A6 ]

\***睇** tʰɐi²〈音體〉留意；當心（常後連“住”）：～上便！（留意上面！）｜你要～住啊！（你要小心哪！）[ 重見六 C1、七 E6 ]

**醒定** sɛŋ²tɛŋ⁶〈醒音洗影切〉當心；小心：嘑，～啲㗎，錯親唔得㗎喋！（噯，當心點兒，一錯了可不得了！）

\***醒神** sɛŋ²sɐn⁴〈醒音洗影切〉 ① 當心；小心：我會～㗎喇。（我會小心的了。） ② 警覺；特指睡覺時很警覺：我好～嘅，啲啲都會醒。（我很警覺的，一點動靜都會醒。）[ 重見五 B10、五 E1 ]

**小心駛得萬年船** siu²sɐm¹sɐi²tɛk¹man⁶nin⁴syn⁴【熟】【喻】小心行事可保長久無虞。

### 五 B5　分心、不留意、無心

\***失魂** sɐt¹wɐn⁴【喻】神不守舍：點解今日你失咗魂嘅，同你講乜都聽唔見嘅？（怎麼你今天丟了魂似的，跟你說甚麼都聽不見？）[ 重見五 A4 ]

**有心冇神** jɐu⁵sɐm¹mou⁵sɐn⁴ 心不在焉；精神不集中（冇：沒有）。

**心肝唔黐肺** sɐm¹kɔn¹m⁴na¹fɐi³〈黐音拿第 1 聲，呢哈切〉【貶】神不守舍；心不在焉（唔：不；黐：黏）：佢坐喺度，一副～嘅樣。（他坐在那兒，一副魂不守舍的樣子。）[ 重見五 D3 ]

**冇覺眼** m⁴kɔk³ŋan⁵ 沒注意；沒看見（唔：不）：～有着紅衫嘅人㗎過。（沒在意有穿紅衣服的人來過。）

**冇覺眼** mou⁵kɔk³ŋan⁵〈冇 音 毛 第 5 聲〉同 “唔覺眼”（冇：沒有）。

**唔覺意** m⁴kɔk³ji³ 不留神；不小心(唔：不)：～踩親人隻腳。（不留神踩了別人的腳。）｜對唔住，我係～嘅。（對不起，我不是有意的。）

**唔經唔覺** m⁴keŋ¹m⁴kɔk³ 不知不覺(唔：不。一般用於指對時間的流逝)：～又差唔多到龍舟節嘞。（不知不覺又快到端午節了。）

**無（冇）心裝載** mou⁴⁽⁵⁾sɐm¹tsɔŋ¹tsɔi³【喻】對某些事情沒心思加以考慮：你唔好同我講呢啲，我而家～啊。（你別跟我說這些，我現在沒心思想它。）

**冇心裝** mou⁵sɐm¹tsɔŋ¹〈冇音無第 5 聲〉【喻】同“無心裝載”（冇：沒有）：佢都～嘅，梗係唔記得啦！（他都沒有這份心思，當然會忘記了！）

\***冇心** mou⁵sɐm¹〈冇音無第 5 聲〉 無心；不想（做某事。冇：沒有）：我原本～買嘅。（我原來沒想着要買的。）｜都～做，點做得好呢？（都不想幹，怎麼幹得好呢？）[ 重見五 B6 ]

\***費事** fɐi³si⁶ 不想做某事：由佢啦，～整嚟整去。（由它去吧，懶得弄來弄去。）｜唔好喇，～喇。（不要了，算了。）[ 重見九 D28 ]

\***冇癮** mou⁵jɐn⁵〈冇音無第 5 聲〉沒癮頭；沒興趣做某事（冇：沒有）：玩麻雀我～嘅。（對玩麻將我是沒興趣的。）[ 重見五 A7 ]

### 五 B6　喜歡、心疼、憎惡、忌諱
[ 可參見九 C13 ]

**歡喜** fun¹hei² 喜歡；喜愛：王小話佢～曉瑩。（王小說他喜歡曉瑩。）[ 普通話和廣州話都使用“喜歡”和“歡

五　心理與才能

喜"，但普通話更多用"喜歡"，廣州話更多用"歡喜"]

**鍾(中)意** tsoŋ¹ji³ 喜歡；愛：我～你！│明仔好～食生果。(小明很愛吃水果。)

**樂** ŋau⁶〈音咬第6聲〉【舊】喜歡(現極罕用)：你咁曳，我唔～你！(你這麼淘氣，我不喜歡你！)

**生蟛貓入眼** saŋ¹tsi¹mau¹jɐp⁶ŋan⁵〈蟛音之〉【熟】看見一個人就喜歡上了(一般指男女之間。略含貶義。生蟛：動物長癲瘡)：你就～嘞，人哋鍾意你先得㗎！(你就癲蛤蟆看上天鵝了，可是要人家喜歡你才行啊！)

**鄉下興** hœŋ¹ha⁻²hɐŋ¹〈下讀第2聲，起啞切〉【謔】本意是自己家鄉時興(鄉下：老家)，用於對某樣東西別人說不好，自己卻喜歡時，開玩笑地說"雖然此地不時興這個，我們家鄉卻時興"：你理得我咁多啦，我～呢。(你管我幹嘛呢，我自己喜歡嘛。)

*惜 sɛk³〈音錫，四吃切〉疼愛：邊有老豆老母唔～仔女嘅啫！(哪有父母不疼兒女的呢！) [重見六C2]

*痛(疼) tʰoŋ³ 疼愛：阿婆好～個孫。(阿婆很疼孫子。) [實即"疼"，用法與普通話一樣，但廣州話習慣讀成"痛"的音。重見六C2]

**痛(疼)惜** tʰoŋ³sɛk³〈惜音錫〉疼愛：外孫內孫一樣～。[與普通話的"痛惜"意思不同。]

*蔫韌 jin¹jɐn⁶(ŋin¹ŋɐn⁶)〈蔫音煙，又音我煙切；韌音刃，又音餓刃切。兩字的聲母要保持一致〉【喻】【謔】男女之間感情親密：佢兩個出雙入對，～到鬼噉。(他倆到哪兒都形影不離，親密得不得了。) [重見九B4]

*埕埕甏甏 tsʰeŋ¹tsʰeŋ⁴tʰap³tʰap³〈埕音程，甏音塔〉【謔】男女之間感情好。本指罌罌罐罐(埕、甏：罌

子)，以"埕"與"情"同音雙關。[重見三A10]

**長情** tsʰœŋ⁴tsʰeŋ⁴〈長讀長短之長〉感情深長：阿良對三妹好～嘅。(阿良對三妹用情很深。)

**爛₂** lan⁶ 酷嗜；癖好極深(略含貶義)：～賭│～瞓(愛睡懶覺)│～打(打架很兇)

**爛癮** lan⁶jɐn⁵ 癮頭大；嗜好深(略含貶義)：佢好～捉棋嘅。(他非常嗜好下棋。)│呢隻仔打機最～。(這孩子玩遊戲機最上癮。)

**有癮** jɐu⁵jɐn⁵ 有癮頭；有癖好。

**大癮** tai⁶jɐn⁵ 癮頭大；癖好深：阿伯好～捉棋。(老伯下棋的癮頭很大。)

**肉刺(赤)** jok⁶tsʰɛk³〈刺音赤，賜吃切〉【喻】心疼(包括對人和財物等。刺：痛)：我～個孫啊！(我心疼孫子啊！)│3000緡一下就冇咗，～到佢死。(3000塊錢一下子就沒了，他心疼得要死。)

**肉痛** jok⁶tʰoŋ³【喻】心疼(一般限於對財物)。

*冇心 mou⁵sɐm¹〈冇音無第5聲〉對人沒感情(冇：沒有)：我知到佢對我～㗎嘞！(我知道他對我沒有那份心了！) [重見五B5]

*嬲 nɐu¹〈呢歐切〉憎恨；怨恨：我已經唔～你喇。(我已經不怨你了。)│大倫好～阿偉達。(大倫對偉達意見很大。) [重見五A3]

**憎** tsɐŋ¹ 憎恨；討厭：我而家～死佢喇。(我現在恨死他了。)│垃圾亂人見人～。(亂扔垃圾的人，人人見了都討厭。)

**眼瘊** ŋan⁵jyn¹〈瘊音冤，衣圈切〉【喻】對眼前的事物感到反感、討厭(瘊：酸痛)：一班友喺度整蠱做怪，你唔～我都～啊！(一幫傢伙在那兒耍鬼花樣，你不討厭我都討厭！)

**飽** pau²【喻】感到厭惡；令人厭惡（取喻於飽則沒胃口，有如厭惡令人倒胃）：我睇見佢個貓樣就～喇！（我看見他那副嘴臉就噁心！）

**飽死** pau²sei² 同 "飽"：呢啲話都講得出口，真係～！（這些話也說得出口，真是討厭！）

**睇唔過眼** tʰei²m⁴kwɔ³ŋan⁵（對不好的事情）看不過去，往往帶有要加以干涉的意思：呢件事我就～嘞，要話下佢先得。（這事我就看不過去，要說他一下才行。）

**避忌** pei⁶kei⁶ 忌諱：呢個阿婆好～人哋話佢老。（這個老太太很忌諱別人說她老。）

**\*棹忌** tsau⁶kei⁶〈棹音治效切〉忌諱：你唔好講呢啲，佢～㗎。（你不要說這些，他忌諱的。）[重見九C3]

**崩口人忌崩口碗** peŋ¹hɐu²jen⁴kei⁶peŋ¹hɐu²wun²【熟】人總是忌諱自己的痛處（崩口：兔唇；缺口）。

## 五 B7　願意、盼望、羨慕、妒忌、打算、故意

**制₂** tsei³ 願意：一個月2000人工，你～唔～？（一個月工資2000塊，你幹不幹？）｜咁好喎，梗～啦！（這麼好哇，當然願意啦！）

**恨** hen⁶ ①巴望；盼望（得到）：大家都～你嚟。（大家都盼你來。）｜阿婆話佢～食皮蛋粥。（外婆說她很想吃松花蛋煮粥。）｜呢啲嘢冇人～。（這些東西沒人想要。）　②羨慕：睇咗你嗰間一廳三房，真係～到我死！（看了你那套三室一廳，真把我羨慕死了！）

**宜得** ji⁴tek¹ 巴不得：底下啲人～佢快啲講完散會。（下面的人巴不得他快點講完散會。）｜人哋～你搞唔掂，

你就要搞唔掂佢哋睇！（別人希望你弄不好，你就要弄好了給他們看！）

**望** mɔŋ⁶ 巴望；盼望；指望：我都唔～你養我咯，就～你對我呢個老豆好啲啫。（我也不指望你養我，只想你對我這老父親好點就是了。）

**日望夜望** jɐt⁶mɔŋ¹jɛ⁶mɔŋ⁶ 日夜盼望：我～望乜嘢？望你有出息咋！（我日盼夜盼盼甚麼？就是盼你有出息啊！）

**呷醋** hap³tsʰou³【喻】妒忌（多指男女感情方面的）；吃醋。

**眼熱** ŋan⁵jit⁶【喻】妒忌；羨慕：睇見人哋好你就～。（看見人家好你就眼紅。）

**眼緊** ŋan⁵ken² 對別人得到利益感到妒忌和不滿：唔係我～你哋，實在係噉樣分配唔公平啊嘛！（不是我眼紅你們，實在是這樣分配不公平嘛！）

**眼見心謀** ŋan⁵kin³sem¹meu⁴【貶】看見了就想得到（有貪心的意思）。

**起心₂** hei²sem¹ 生出想得到某種東西的念頭（多指不好的念頭）：佢見倒嗰個女仔就起咗心。（他見到那個女孩子就動了念頭。）[又作 "起意"]

**起瘨** hei²tʰam⁴【喻】【貶】生出想得到某種東西的壞念頭。

**\*睺（候）** heu¹〈讀第1聲，哈歐切〉希望得到；想要（常用於否定）：我真係懶得～呢個嘅嘢嘅。（我才懶得要這樣的東西。）[重見五B4、六C1、七E6]

**\*睺（候）斗** heu¹teu²〈候音哈歐切，斗音底口切〉希望得到；想要；感興趣（常用於否定）：個個都唔～。（人人都不感興趣。）[重見七D5]

**啱心水** ŋam¹sem¹sθy²〈啱音巖第1聲〉合心意（啱：合適）：呢件衫梗啱佢心水喇。（這衣服肯定合她的心意了。）

**合心水** hɐp⁶sɐm¹sɵy² 同 "啱心水"。

**心思思** sɐm¹si¹si¹ 惦念着；老是想着或盼着（某事）：見倒人去玩，佢又～。（看見別人去玩，他也想去。）｜林仔成日～諗住點儲錢自己開間舖。（小林整天想着怎樣攢錢自己開個舖子。）

**心嘟嘟** sɐm¹jok¹jok¹〈嘟音旭，衣哭切〉動了心想做某事（嘟：動）：講到人人都～。（説得大家都動了心。）

**想話** sœŋ²wa⁶ 打算；想（做某事）：琴日我～嚟都嚟唔倒。（昨天我打算來卻來不了。）｜經理～叫你嚟做呢個科長，點啊？（經理想讓你來當這個科長，怎麼樣？）

*****諗住** nɐm²tsy⁶ 同 "想話"（諗：想）。［重見五 B2］

**志在** tsi³tsɔi⁶ ①在乎：你唔～，我好～喫。（你不在乎，我可是很在乎。）②心目中的目標在於（有表示 "沒有其他目的" 的意思）：我呢次嚟～睇下呢度嘅投資環境。（我這次來是想要看看這裏的投資環境。）｜佢哋雖然意見唔同，之都係～搞掂生意。（他們雖然意見不同，但都是為了做好生意。）

**特登** tɛk⁶tɐŋ¹ 故意；特意：我係～嚟睇你喫。（我是特地來看你的。）

**專登** tsyn¹tɐŋ¹ 故意；特意：佢唔係失手，係～嘅。（他不是失手，是故意的。）

*****翻（返）** fan¹ 表示要做某事（用於表示動作行為的詞語後面，口吻比較輕微）：有啲眼瞓，瞓～覺先。（有點睏，先睡上一覺。）｜你要去就着～件企理啲嘅衫啦。（你要去就穿上件像樣點兒的衣服嘛。）｜佢見人哋買，佢又買～一個。（他看見別人買，他也買上一個。）｜朝朝茶樓，整～兩件，勝過神仙啦！（每天早上在茶樓，吃上兩個點心，比神仙還快活！）｜我都嚟講～兩句啦。（我也來説上兩句吧。）［重見六 A2、九 D18］

## 五 B8　有耐心、下決心、沒耐心、猶豫

**有心機** jɐu⁵sɐm¹kei¹ 有耐心：～就做得好。

**好心機** hou²sɐm¹kei¹ 很有耐心：做呢樣嘢要好～先得喫。（幹這個要很耐心才行。）

**立實心腸** lɐp⁶(lap⁶)sɐt⁶sɐm¹tsʰœŋ⁴ 下定決心：～冇話做唔嘅嘅。（只要下決心沒有幹不好的。）

**立定心水** lɐp⁶(lap⁶)tɛŋ⁶sɐm¹sɵy² 下定決心。

**的起心肝** tɛk¹hei²sɐm¹kɔn¹【喻】下定決心；決心為達到目的而準備付出較大的代價（的：向上提起）：就算慳啲，都要～幫個仔買部電腦。（就算省儉一點，也要下決心給兒子買一台電腦。）

*****神心** sɐn⁴sɐm¹【喻】做事情有恆心：嗰個人好～喫，日日都嚟練個零鐘頭嘅。（那個人挺有恆心的，天天來練個把小時。）原指迷信的人對神靈很虔誠。［重見五 D1］

*****冇心機** mou⁵sɐm¹kei¹〈冇音舞〉沒有耐心（冇：沒有）：做做下～。（幹着幹着失去耐性。）［重見五 A2］

**冇好氣** mou⁵hou²hei³〈冇音舞〉沒有耐心；沒心思（冇：沒有）。

**心大心細** sɐm¹tai⁶sɐm¹sɐi³ 猶豫不決：我而家～，唔知去唔去好。（我現在拿不定主意，不知道去還是不去好。）

**心多多** sɐm¹tɔ¹tɔ¹ 不專心一意；面臨多種選擇而游移不定；做事情興趣

130

容易轉移：如果～，也都想做下，實係乜都唔得。（如果三心二意，甚麼都想幹一下，一定甚麼都幹不成。）

**花心** fa¹sɐm¹ ①同"心多多"。②男子在感情上不專一：我見過啲咁鍾意扮靚嘅男人有幾個係唔～嘅！（我見過的這麼愛打扮的男人沒幾個是感情專一的！）

## 五 B9　服氣、不服氣、後悔、無悔

**忿氣** fɐn⁶hei³ 服氣：係噉我都仲～啲。（這樣子我還比較服氣。）［又作"忿"。比較常用於否定形式。參見"唔忿氣"、"唔忿"］

**唔忿氣** m⁴fɐn⁶hei³ 不服氣；忍不下氣：輸咗～（輸了不服氣）｜咁唔公平，我～！（這麼不公平，我吞不下這口氣！）

**唔忿** m⁴fɐn⁶ ①同"唔忿氣"。②對某人不服氣（後面緊接不服的對象）：周仔最～阿勝。

**唔抵得頸** m⁴tɐi²tɐk¹kɛŋ² ①氣不過（唔：不；抵：忍；頸：性子）：我～，就話咗佢兩句。（我氣不過，就說了他兩句。）②不服氣：佢～，仲想嚟多次。（他不服輸，還想再來一次。）

**唔抵得** m⁴tɐi²tɐk¹ ①心裏忍不住（唔：不；抵：忍）：睇開本書，就～要一直睇落去。（那書看開了頭，就忍不住要一直看下去。）②氣不過。

**唔忿巢** m⁴fɐn⁶tsʰau⁴【貶】①上年紀的婦女不甘於韶華逝去（因而加意妝扮。唔忿：不服；巢：皺，這裏指臉上出現皺紋）。②【喻】想做力不能及的事；能力不及卻不甘人後：唔得嘛咪去囉，何必～呢！（不行就別去了嘛，何必不甘下風呢！）

**唔□** m⁴kœ⁴〈後一字音哥靴切第4聲〉覺得吃虧而不服氣；不甘心（唔：不）：畀佢哋噉樣就攞咗去，真係～嘞！（讓他們這樣就拿走了，真是不甘心！）

**扰心口** tɐm²sɐm¹hɐu³〈扰音底飲切〉【喻】極為懊悔（扰：捶；心口：胸口）：而家先嚟～有乜用？（現在捶胸頓足吃後悔藥有甚麼用？）

**死唔眼閉** sei²m⁴ŋan⁵pɐi³【喻】死不瞑目（唔：不），比喻：①留下遺憾；心有不甘（有時不跟臨死的心情有關，則帶誇張口吻）：做極都做唔倒，真係～！（怎麼做也做不好，真遺憾！）②【謔】死心：唔輸埋最尾一分錢你都～！（不把最後一分錢輸掉你都不死心！）

**死得眼閉** sei²tɐk¹ŋan⁵pɐi³【喻】死而瞑目，比喻：①沒有遺憾（有時不跟臨死的心情有關，則帶開玩笑口吻）：個孫都娶埋心抱，我都～咯。（孫子也娶了媳婦，我死也瞑目了。）｜你要將啲手尾執清，佢先～嘅。（你要把收尾工作全搞好，他才心安。）②【謔】死心：你掃埋佢嗰隻卒，佢就～。（你把他那個卒子也吃掉，他就死心了。）

## 五 B10　知道、明白、懂得、領悟

**知** tsi¹ 知道：我～佢今日走，不過唔～幾點鐘。（我知道他今天走，不過不知道幾點鐘。）［意思和普通話一樣，但普通話習慣說"知道"］

**知到** tsi¹tou³ 知道。［同普通話的"知道"完全一樣，但廣州話"到"與"道"不同音］

**明** mɛŋ⁴⁽⁻²⁾〈又讀第2聲〉懂；明白：一講就～｜噉都唔～？（這還不明白？）

**曉** hiu² 懂；會：講極佢都唔～。(怎麼說他都不懂。)｜你～做啦嘛？(你會做了吧？)

**識** sek¹ 懂；會：我～英語。｜佢乜都唔～。(他甚麼也不會。)

**心水清** sɐm¹sɵy²tsʰeŋ¹【褒】頭腦清醒；思路清晰：佢咁一嘅人邊會畀你呃得倒？(他頭腦那麼清醒的人怎麼會讓你騙得了？)｜佢病咁耐心水仲係好清。(他病了那麼久頭腦還是很清楚。)

**心知肚明** sɐm¹tsi¹tʰou⁵mɛŋ⁴ 心裏明白：大家～，唔講嘢。(大家心裏有數，不說罷了。)

*****醒** sɛŋ²〈音洗影切〉領悟；醒悟：一點就～｜你到而家先～咩！(你到現在才明白過來嗎！) [重見五 E1]

**醒起** sɛŋ²hei²〈醒音洗影切〉①醒悟；明白過來：等到佢～都遲喇。(等他明白過來已經晚了。) ②想起來：後尾我～條鎖匙蟹咗喺褸袋度。(後來我想起來那鑰匙放了在大衣口袋裏。)

*****醒神** sɛŋ²sɐn⁴〈醒音洗影切〉領悟暗示：我瞇咗下眼，佢即刻～。(我眨了眨眼，他立即領悟了。) [重見五 B4、五 E1]

**醒水** sɛŋ²sɵy²〈醒音洗影切〉①領悟，醒悟。②警覺：條友鬼咁～，一睇唔係路就鬆咗人。(那傢伙非常警覺，一看不對頭就跑了。)

**又話** jɐu⁶wa⁶ 字面意思是 "也說"，實際上表示 "曾經說過有某種打算"：阿寶～今個月中旬去旅遊，唔見佢去嘅？(阿寶曾說這個月中旬去旅遊，沒見他去呢？)｜～食藥又唔食。(說吃藥也不吃。)

**又知** jɐu⁶tsi¹ 字面意思是 "也知道"，用於疑問 (多有反問的意味)，表示 "怎麼知道"：你～係佢？(你怎麼知道是他？)｜人仔細細，～咁多！(小小人兒，哪來知道那麼多！)

**睇化** tʰɐi²fa³ 看透 (世事等)；因看透而不再執着 (略有解嘲的意味)：我而家都～喇，唔理咁多事喇！(我現在都看破了，不管那麼多事了！)

**化** fa³ 對世事等看得透；因看得透而思想開通：事到如今，乜都～喇！(事到如今，甚麼都看透了！)

## 五 B11　不知道、糊塗、閉塞

**呃晒** ak¹sai³〈呃音啊黑切〉完全不知道 (呃：騙；晒：全部)：你問我啊？～！

**一頭霧水** jɐt¹tʰɐu⁴mou⁶sɵy²【喻】不明白怎麼回事 (霧水：露水)：唔係珍姐話我知，我都～。(要不是珍姐告訴我，我也摸不着頭腦。)

*****矇查查** moŋ²tsʰa⁴tsʰa⁴ ①不了解；不知道：呢件事我～。(這事兒我不清楚。) ②【貶】糊裏糊塗：點解咁～㗎？(你怎麼這麼糊塗？) [重見二 C7、九 A10]

*****霞霞霧霧** ha⁴ha⁴mou⁶mou⁶【喻】①不知道；不清楚。②糊塗。[本義是因煙霧遮擋而看不清楚。重見九 A10]

**懵** moŋ²【貶】糊塗：你都～嘅！(你真糊塗！)

**大懵** tai⁶moŋ²【貶】非常糊塗。

**懵閉閉** moŋ²pɐi³pɐi³【貶】懵懵懂懂；糊裏糊塗：畀人呃晒啲錢都仲～。(讓人把錢全騙走了還懵懵懂懂。) [又作 "懵懵閉"]

**懵盛盛** moŋ²seŋ⁶seŋ⁶【貶】同 "懵閉閉"。

**面懵懵** min⁶moŋ²moŋ²【貶】糊塗。

**懵上心口** moŋ²sœŋ⁵sɐm¹hɐu² 非常糊塗 (心口：胸口)：咁簡單道題都計錯，你認真係～喇！(這麼簡單的題目都算錯，你真是糊塗透頂了！)

五　心理與才能

\*老懵懂 lou⁵moŋ²toŋ² 老糊塗。〔重見一 G4〕

迷迷懵懵 mɐi⁴mɐi⁴moŋ²moŋ²【貶】糊糊塗塗。

烏龍 wu¹loŋ⁻²〈龍讀第 2 聲〉糊塗：呢條數越整越～。(這筆賬越搞越糊塗。)

烏啄啄 wu¹tœŋ¹tœŋ¹〈啄音低央切〉①糊塗：你做到經理都仲～嘅!(你當了經理也還稀裏糊塗的!)②不知道；不清楚。

烏口口 wu¹sœ⁴⁽⁻²⁾sœ⁴〈後二字音時靴切第 4 聲,第二字又可讀第 2 聲〉同"烏啄啄"。

盲摸摸 maŋ⁴mɔ²mɔ²【喻】對情況不了解；糊裏糊塗：～嘅就話做喎,點做啫?(甚麼也不知道就說幹,怎麼幹啊?)

早知燈係火,唔使盲摸摸 tsou²tsi¹tɐŋ¹hɐi⁶fɔ²,m⁴sɐi²maŋ⁴mɔ²mɔ²【熟】【喻】早知道情況,就用不着糊裏糊塗地瞎碰了（係:是;唔:不;盲摸摸:不了解情況）。〔這句話一般是在碰了釘子或走了彎路,了解情況之後才說的。"火"與"摸"押韻〕

唔化 m⁴fa³【貶】不開通；不明事理；固執(多指執着於舊有的思維方式):楊伯咁老都仲係～。(楊伯這麼老了還是看不開。)|你都～嘅,嗽點擇得落嚟嗎!(你真是沒腦筋,這怎麼拿得下來呢!)〔參見五 B10 "化"〕

\*盟塞 mɐŋ⁴sɐk¹【喻】【貶】本義是閉塞不通(盟:封閉),比喻不開通;思想閉塞、落後:你嘅講啲後生就話你～㗎喇。(你這麼說那些年輕人就說你思想落後了。)〔重見九 B5〕

## 五 B12　膽大、膽小

冇膽 hou²tam² 膽子大:要搵個～啲嘅

嚟至得。(要找一個大膽點兒的來才行。)

粗膽 tsʰou¹tam² 大膽(略帶魯莽的意思):你咁～嘅嘢都夠膽做!(你那麼大膽,這都敢做!)

夠膽 kɐu³tam² 膽子大;有足夠的膽量(去做某事):佢個人真係～。(他這人膽子真大。)|如果你唔～去就畀我去,我～。(如果你不敢去就讓我去,我不怕。)

夠膽死 kɐu³tam²sei² 膽子大(略帶貶義)。

夠膿 kɐu³pʰɔk¹〈膿音撲第 1 聲〉膽子大(膿:泡,指膽子):若果唔係真係～,邊敢做呢啲事啊!(要不是真的有膽量,哪敢做這樣的事!)

沙膽 sa¹tam²【貶】大膽;斗胆:居然去犯佢,你都算～喇!(居然去招惹他,你也算是膽大包天了!)

膽生毛 tam²saŋ¹mou⁴〈生音西坑切〉【喻】【貶】大膽(生:長)。

水煲咁大隻膽 sθy²pou¹kɐm³tai⁶tsɛk³tam²〈煲音保第 1 聲,咁音甘第 3 聲,隻音脊〉【喻】【謔】大膽(水煲:煮水壺;咁:那麼)。

放膽 fɔŋ³tam² 放開膽子(去做某事):你即管～去做。(你儘管放開膽子去做。)

冇有怕 mou⁵jɐu⁵pʰa³〈冇音無第 5 聲〉【謔】①不怕:我先至～啊!(我才不怕呢!)②不用怕:有我响度,～!(有我在這兒,別怕!)〔廣州話以"唔"為不,這裏以"冇有"為不,是摹仿外鄉的說法,所以帶玩笑口氣〕

細膽 sɐi³tam² 膽小(細:小)。

冇膽 mou⁵tam²〈冇音無第 5 聲〉沒膽量;膽小(冇:沒有):我呢個人好～嘅。(我這人膽子很小的。)

生人唔生膽 saŋ¹jɐn⁴m⁴saŋ¹tam²〈生音

西坑切〉【貶】膽小（生：長；唔：不）：嗰條衰仔～，冇啲用！（那個孬種沒點兒膽子，一點兒用也沒有！）

## 五 B13　其　他

**認(形)住** jeŋ⁴tsy⁶〈認音形〉①一種心理現象，近於幻覺，心中想着一件事，就總覺得這是真的存在似的；或者經歷過的事總覺得還沒過去（多是指不好的事）：佢話佢成日一間屋裏頭有人。（她說她老是感到房子裏有人。）｜琴日睇咗個現場，返嚟就一直～。（昨天看了那現場，回來後心裏就一直撥不開。）②憑直覺感到（多是指不好的事）：我～今日要出事。

**吊癮** tiu³jen⁵【喻】癮頭得不到滿足時的感覺：有得睇冇得食，真係～。（看得到吃不到，真不好受。）

**以心為心** ji⁵sɐm¹wɐi⁵sɐm¹ 將心比心。

**心淡** sɐm¹tʰam⁵〈淡音鹹淡之淡〉①心灰意冷：咁多次都唔得，乜都～啦！（這麼多次都不行，怎麼說也灰心了！）②對某人感到灰心失望；特指感情上得不到回報而失望（但一般不用於男女感情上）：你整到老母～就唔好啦！（你弄得母親對你失望就不好啦！）｜遇着噉嘅朋友真係～嘞！（攤上這樣的朋友真是令人灰心！）

**負氣** fu³hei³〈負氣庫〉心中因不滿而產生抗拒心理：話得啱你就要聽得嚟嘛，咁～點得嘅呢！（說得對你就得聽嘛，這樣一肚子不滿怎麼行呢！）〔與普通話表示賭氣不同〕

**計帶** kɐi³tai³ 介意；計較：佢唔係特登嘅，你何必～？（他不是故意的，你何必介意？）｜搵對象最緊要人好，第啲都唔好～咁多。（找對象最緊要是人要好，別的都不要計較那麼多。）

**爛₃** lan⁻²〈讀第2聲〉【貶】自以為很…。放在其他詞語前面，表現說話者對別人的行為或心理的一種評價，認為是令人厭惡的：～叻（自以為能幹）｜你就～大方，係我出錢㗎！（你就大方了，可是我出的錢！）｜佢～熱情嘅，我先唔睬佢。（他假惺惺地表示熱情，我才不理睬他。）｜使乜～正經啊！（何必假正經呢！）

**爛個唔** lan⁻²kɔ³m⁴〈爛讀第2聲〉同"爛₃"。〔又作"爛個"〕

## 五 C　性　格

### 五 C1　和善、爽朗

**好頸** hou²kɛŋ²【褒】脾氣好：我老豆好～嘅，對我哋從來大聲都冇句。（我父親脾氣很好，從來沒大聲對我們說過話。）

**腍善** nɐm⁴sin⁶〈腍音泥淫切〉性格和善（略帶軟弱的意味。腍：軟）：你咪睇佢平日咁～，發起惡嚟不得了。（你別看他平時那麼和善，發起火來不得了。）

**疏爽** sɔ¹sɔŋ²【褒】性格豪放爽朗：為人～。

\***爽脆** sɔŋ²tsʰɵy³ 豪爽；做事乾脆爽快：佢份人幾～㗎。（他那人挺豪爽的。）｜～啲啦，成個女人噉！（乾脆點兒嘛，整個兒一個女人似的！）〔重見九 B4〕

\***心爽** sɐm¹sɔŋ²【褒】性格爽快；爽朗。〔重見五 A1〕

**直腸直肚** tsek⁶tsʰœŋ⁴tsek⁶tʰou⁵【褒】性格爽直；心直口快：佢係噉嘅，你唔好怪啊。（他是這樣心直口快的，你別介意。）

*　**大快活** tai⁶fai³wut⁶【褒】性格開朗、樂觀：我個人一向～，就算聽日拉柴我今日都要笑。（我這人一向樂觀，哪怕明天見閻王我今天也要笑。）［重見一G3］

**開氣** hɔi¹hei³ 性格開朗、樂觀。

**大癲大廢** tai⁶tin¹tai⁶fɐi³【謔】性格開朗、樂觀、愛笑鬧，略帶傻氣，大大咧咧（廢：傻）。

### 五C2　軟弱、小氣、慢性子

*　**腍** nɐm⁴〈泥淫切〉【喻】本義為軟，比喻和善而軟弱；不容易發脾氣：見倒人哋脾氣～就蝦人哋，噉都得嘅！（看人家脾氣好就欺負人家，這怎麼行！）［重見九B4］

*　**軟腍腍** jyn⁵nɐm⁴nɐm⁴〈腍音泥淫〉【喻】性格軟弱。［重見九B4］

*　**腍啤啤** nɐm⁴pɛ⁴pɛ⁴〈腍音泥淫切，啤音部爺切〉【喻】①性格軟弱，不喜與人爭鋒（腍：軟）：阿富個人～，扶唔起嘅，想幫都幫唔倒佢啦！（阿富這人蔫呼呼的，扶不起來，想幫他都幫不了。）②慢性子：我做嘢要快手嘅，同佢噉個～嘅人唔啱嘅。（我做事要快，跟他這個慢性子的人合不來。）［重見九B4］

*　**粞糯** nɐp⁶nɔ⁶〈粞音粒第6聲，那入切〉慢性子：佢個人好～嘅。（他這人性子很慢。）［重見九C8］

*　**薄皮** pɔk⁶pʰei⁻²〈皮讀第2聲，普起初〉受人指責時容易哭（一般用於小孩或女青年）：呢個細路真係～，一話就喊。（這孩子臉皮兒真薄，一說就哭。）

*　**眼坑淺** ŋan⁵haŋ¹tsʰin²①容易哭：呢個細路眼坑咁淺嘅！（這個孩子那麼容易哭！）②心眼小：你哋啲女人就

係～，咁啲事都睇唔開。（你們女人就是心眼小，這麼些事情也想不開。）［又作"眼淺"］

**小氣(器)** siu²hei³ 氣量小：話咪由人話囉，使乜咁～嘢！（說就讓人說去嘛，幹嗎氣量那麼小呢！）

### 五C3　脾氣壞、倔強、固執、淘氣

**醜頸** tsʰɐu²kɛŋ²【貶】脾氣不好：你咁～，第日點同人相處啊？（你脾氣那麼壞，將來怎麼跟人相處呢？）

**火頸** fɔ²kɛŋ²【貶】脾氣暴躁。

*　**艵** mɐŋ²〈摸肯切〉脾氣大；容易煩躁。［重見五A3］

*　**艵艵** mɐŋ²tsɐŋ²〈艵音摸肯切，艵音子肯切〉同"艵"。［重見五A3］

*　**躁** tsʰou³ 性格暴烈；容易發火。［重見五A3］

*　**牛皋** ŋɐu⁴kou¹【喻】【貶】脾氣粗魯。［原為說岳故事中的人物，脾氣粗魯］［重見五D7］

**牛** ŋɐu⁴【喻】【貶】①脾氣粗魯。②脾氣倔強：話佢唔聽嘅，～到死。（說他不聽的，倔得要死。）

**硬頸** ŋaŋ⁶kɛŋ²【喻】【貶】①脾氣倔強：呢個細路好～嘅。（這孩子很倔。）②固執：聽下人講，唔好咁～啦！（聽一下別人的話，別那麼固執吧！）

**牛頸** ŋɐu⁴kɛŋ²【喻】【貶】同"硬頸"。

**死牛一便頸** sei²ŋɐu⁴jɐt¹pin⁶kɛŋ²【喻】【貶】固執（一便：一邊兒）：佢～，我都冇佢計。（他固執得很，我也拿他沒辦法。）

**要頸唔要命** jiu³kɛŋ²m⁴jiu³mɛŋ⁶〈命音磨贏切第6聲〉【喻】脾氣倔；為鬧意氣不惜一切（唔：不）。

*　**曳** jɐi⁵⁽⁴⁾〈音以蟻切，又音疑危切〉【貶】小孩調皮，難調教：嗰班細路～到啊，睇見你就頭大！（那群孩

135

子調皮得不得了，看見你就頭疼！）
［重見九 D2 ］

**扭紋** nɐu²mɐn⁴【喻】【貶】小孩難調教
或難侍候；淘氣：咁～嘅細路我湊
唔咭。（這麼淘氣的孩子我帶不了。）

**百厭** pak³jim²【貶】字面意思是人人都
討厭，指小孩淘氣；頑皮：我個仔
好～嘅，喺學校成日打交。（我兒子
很淘氣的，在學校老是打架。）

**反斗** fan²tɐu²〈斗音升斗之斗〉【貶】
小孩好動；淘氣：男孩～啲唔怕
嘅。（男孩子淘氣一點兒不要緊。）

**韌皮** ŋɐn¹pʰei⁴〈韌音銀第 1 聲，勾因
切〉①【貶】小孩不聽話；頑皮；
淘氣：個細路～，話極佢都係嘅。
（這孩子頑皮，怎麼說他也還是這
樣。）②小孩不怕疼：佢好～嘅，
打針都唔喊。（他不怕疼的，打針都
不哭。）

**跳皮** tʰiu³pʰei⁴ 調皮；頑皮。

**刁喬扭擰** tiu¹kʰiu⁴nɐu²neŋ⁶〈擰讀第 6
聲〉【貶】刁鑽古怪：一陣要噉一陣
要噉，真係～。（一會兒要這樣一會
兒要那樣，真是又刁鑽又古怪。）

**爛喊** lan⁶ham³【貶】（小孩）愛哭（爛：
嗜）：～嘅細路冇用嘅！（愛哭的小
孩是沒用的！）

## 五 C4　愛多事、嘮叨、挑剔

**八卦** pat³kwa³【喻】【貶】①愛管閒
事；喜打探人隱私；喜道人長短（一
般用於女人）：三嬸最～㗎嘞，邊家
兩公婆嗌交佢實知嘅。（三嬸最好管
閒事了，哪家兩夫婦吵架她一定知道
的。）②講究迷信禁忌或舊禮儀：佢
哋屋企啲～嘢零舍多嘅。（他們家那
一套舊的講究特別多。）［又作"八"］

**諸事** tsy¹si⁶【貶】愛管閒事。

**嗲** tsʰɐm³〈尋第 3 聲，砒勘切〉【貶】

愛嘮叨：你個人咁～嘅！（你這人這
麼嘮叨！）

**嗲氣** tsʰɐm³hei³〈嗲音尋第 3 聲，次暗
切〉同"嗲"：我好憎人～嘅。（我很
討厭人嘮叨個沒完。）

**嗲贅** tsʰɐm³tsθy⁶〈嗲音次暗切，贅音
治銳切〉同"嗲"。

**嗲嗺** tsʰɐm³tsiu⁶〈嗲音次暗切，嗺音趙〉
同"嗲"（嗺：咀嚼）

\***吟嗲** ŋɐm⁴⁽³⁾tsʰɐm⁴⁽³⁾〈吟音牙含切，又
音餓暗切；嗲音沉，又音次暗切〉
同"嗲"。［重見七 C7 ］

\***長氣** tsʰœŋ⁴hei³ 愛嘮叨；健談。

\***巴喳** pa¹tsa¹〈喳音渣〉【貶】愛咋呼：
女仔之家咁～，唔驚嫁唔出去啊？
（女孩子家那麼愛咋呼，不怕嫁不出
去嗎？）［重見七 C8 ］

**口疏** hɐu²so¹ 心裏留不住話，有甚麼都
要說出來：你唔想畀人知就咪話三
姨知，佢個人～到死嘅。（你不想讓
人知道就別告訴三姨，她這人嘴巴
沒崗哨的。）

\***揀擇** kan²tsak⁶ 愛挑剔：你就咪咁
啦。（你就別那麼挑剔了吧。）［重
見七 A10 ］

**俺憸（淹尖）** jim¹tsim¹〈俺音閹，憸音
尖〉【貶】愛挑剔：買樣嘢揀嚟揀
去，男人老狗仲～過啲師奶！（買一
樣東西挑來挑去，大男人比女人還
挑剔！）

**俺憸腥悶** jim¹tsim¹sɛŋ¹mun⁶〈俺音閹，
憸音尖，腥音司贏切第 1 聲〉【貶】
極為挑剔。

## 五 C5　文靜、內向

\***定₂** teŋ⁶〈敵認切〉性格文靜；穩重：
個仔大啲就～嘅嘞。（這孩子大點兒
就文靜一些了。）［重見五 A5 、五
A6 、九 B8 ］

**定性** teŋ⁶seŋ³〈定音敵認切〉性格文靜；穩重：呢個細路幾～。(這個孩子挺文靜。)｜佢好在係讀書能～。(他的好處是讀書能靜得下心來。)

**靜** tseŋ⁶ 文靜：我鍾意～嘅女仔。(我喜歡文靜的姑娘。)

**口密** hɐu²mɐt⁶ ①不愛説話；性恪內向。②嘴嚴；不亂説話：阿二好～嘅，唔怕。(老二嘴巴很嚴的，不怕。)

*__密實__ mɐt⁶sɐt⁶ 同"口密"：呢個女仔真係～嘅啫，坐咁耐唔見佢講一句話。(這女孩子真是不愛説話，坐那麼久沒見她説過一句話。)[ 重見九 B5 ]

**古縮** kwu²sok¹【貶】性格內向，不善交際：阿全仔初嚟嗰陣時好～嘅，而家好好多喇。(小全子剛來的時候蔫頭蔫腦的，現在好多了。)

### 五 C6　其　他

**疑心多病症** ji⁴sɐm¹tɔ¹pɛŋ⁶tseŋ³ 多疑：你使乜咁～啫！(你何必那麼疑心呢！)

**伸神化化** sɐn⁴sɐn⁴fa³fa³【貶】性情古怪、行為乖戾：佢係咁～㗎嘞，你咪理佢。(他是這樣古古怪怪的了，你別管他。)

**轉性** tsyn³⁽²⁾seŋ³〈轉讀第 3 聲或第 2 聲，志怨切或子丸切〉性情改變：個女大大下轉咗性，而家定好多喇。(這閨女長大了就改了性情，現在安分多了。)｜佢都會～？我唔信！(他的脾性也會變？我不信！)

### 五 D　品　行

*__好心__ hou²sɐm¹【褒】心腸好：我知到你～。(我知道你的心地好。)

*__好人__ hou²jɐn⁴ 為人好；心腸好：先生，你真係～嘅啫！(先生，你真是好心腸！)[ 重見一 G8 ]

**好人士(事)** hou²jɐn⁴si⁻²〈士（事）音屎〉同"好人"：阿王婆不溜好～㗎。(王婆婆的為人一向很好的。)

*__好仔__ hou²tsɐi²〈仔音子矮切〉品質、行為好（專指男青年）：你個孫認真～噃，對你好孝義。(你的孫子真好，對你很孝順。)[ 重見一 G1 ]

*__有心__ jɐu⁵sɐm¹【褒】對人關心；有感情：呢個女婿對外母幾～，成日嚟睇佢。(這個女婿對岳母多關心，整天來看她。)[ 重見七 E25 ]

*__神心__ sɐn⁴sɐm¹【喻】有誠意：佢對我有咁～？哼！(他能對我那麼好？哼！)[ 原指迷信的人對神靈很虔誠。重見五 B8 ]

**淳善** sɐn⁴sin⁶【褒】善良淳厚：呢度啲人都好～。(這兒的人都很厚道。)

**淳品** sɐn⁴pɐn²【褒】品性淳和：佢個男朋友望上去幾～下嘅。(她的男朋友看上去挺淳樸的。)

**抵諗** tɐi²nɐm²〈諗音泥飲切〉【褒】能忍讓，不怕吃虧，不計較自身利益：我知你不溜都好～嘅。(我知道你一向都是很不計較的。)｜你哋攞多啲啦，我～的喇嘞。(你們多拿點兒吧，我虧點兒就是了。)[ 又作"抵得諗" ]

**為得人** wɐi⁶tɐk¹jɐn⁴【褒】樂於幫助別人；肯為別人着想：我哋個同屋住唔話得，好～。(我們的鄰居沒説的，很能替人着想。)｜你～，人哋又會為你嘛。(你肯幫助別人，別人也會幫助你呀。)

**好相與** hou²sœŋ¹jy⁵【褒】好相處；與人為善（相與：相處）：陳姨個人好～嘅。(陳姨這人對人很好的。)

*__恰恰唔__ tʰɐp¹tʰɐp¹tim⁶〈恰音他恰切，

五 心理與才能

啋音第艷切〉【喻】原指非常妥貼，比喻馴服聽話（一般指由不馴服變得馴服）：你真本事，治到班友～。（你真有本事，治得那幫傢伙服服貼貼。）［重見九C1］

**忠直** tsoŋ¹tsek⁶【褒】忠厚而正直：七叔教我做人要～。

**忠心** tsoŋ¹sɐm¹【褒】（對某人）忠誠：諸葛亮對劉備好～。（諸葛亮對劉備很忠誠。）

**君真** kwɐn¹tsɐn¹【褒】講信義：我做生意好～㗎。（我做生意很講君子信義的。）

**牙齒當金使** ŋa⁴tsʰi²toŋ³kɐm¹sɐi²〈當音當作之當〉【喻】【褒】字面意思是牙齒可以當作金子來使用，比喻講信用；說話算數：你即管問下人，我幾時唔係～嘅？（你儘管問一下人，我甚麼時候不是一諾千金？）

**貴格** kwɐi³kak³【褒】氣質高貴。

## 五D2　勤奮、懂事、老成

**勤力** kʰɐn⁴lek⁶ 勤奮：佢讀書嗰時咁～，後尾做嘢又係咁。（他唸書那個時候那麼勤奮，後來工作也是那麼勤奮。）

**生性** saŋ¹sɐŋ³〈生音生長之生〉【褒】懂事：咁大個嘞，好～喇！（這麼大了，該懂事了。）

**老積（漬）** lou⁵tsek¹ 老成；老氣橫秋的：王仔個女細細個，之講起話嚟～到死。（小王的女兒年紀小小，可說起話來老成得不得了。）

**老水** lou⁵sɵy² 同"老積（漬）"：佢而家～過嗰陣時好多喇。（他現在比那時候老成多了。）

**人細鬼大** jɐn⁴sɐi³kwɐi³tai⁶【謔】年紀雖小卻很老成或很精明（細：小）。

**鴨細扶翅大** ap³sɐi³fu⁴tsʰi³tai⁶【喻】【謔】比喻年紀雖小卻很老成或很精明（細：小；扶翅：鳥類的肶肝），常與"人細鬼大"連用：呢個細路真係人細鬼大，～。（這孩子人雖小，點子可真不少。）

## 五D3　不懂事、健忘、粗心

**腦囟未生埋** nou⁵sɵn²mei⁶saŋ¹mai⁴〈囟音筍，生音生長之生〉【熟】【喻】囟門還沒長合，比喻幼稚或沒腦筋：咁大個人都唔識用腦，～嘅。（這麼大的人還不會動腦筋，像囟門還沒長合似的。）

**大唔透** tai⁶m⁴tʰɐu³【貶】字面意思是沒完全長大（唔：不），指大人性格等像小孩一樣：老竇都做咗嘞，仲同細蚊仔玩埋一堆，真係～！（父親都當了，還跟小孩玩到一塊，真係長不大！）

**未大透** mei⁶tai⁶tʰɐu³ 同"大唔透"。

*__唔臭米氣__ m⁴tsʰɐu³mɐi⁵hei⁶【喻】【貶】幼稚；不懂事（唔：不；臭：帶某種氣味）：20歲咁滯㗎喇，仲係～！（快20歲了，還是不懂事！）［重見五D6］

**冇性** mou⁵sɐŋ³〈冇音無第5聲〉①不懂事：佢咁細，～㗎嘛，打佢做乜？（他那麼小，不懂事嘛，打他幹嗎？）②【貶】沒有人性：咁條友仔～嘅，你話佢因住佢攞刀斬你。（這傢伙沒人性的，你數落他，小心他拿刀劈你！）

*__心肝唔黐肺__ sɐm¹kɔn¹m⁴na¹fɐi³〈黐音拿第1聲，呢哈切〉【貶】不懂感情（唔：不；黐：黏）。［重見五B5］

**冇耳性** mou⁵ji⁵sɐŋ³〈冇音無第5聲〉【貶】對別人說的話總是忘記，健忘：交帶親你都唔記得，真係～（每次交待你都忘記，真是健忘！）

138

**冇記性** mou⁵kei³seŋ³〈冇音無第 5 聲〉【貶】健忘；記性差：年紀大吃就～，你有怪莫怪啊！（年紀大了記性就差了，你多多包涵！）

*  **大頭蝦** tai⁶tʰɐu⁴ha¹【喻】【謔】【貶】粗心大意；馬大哈：你咁～㗎，戴住副眼鏡都會唔見咗嘅。（你夠馬大哈的，戴着的眼鏡也會丟了。）[ 重見一 G4 ]

**高竇** kou¹tɐu⁻³〈竇音鬥爭之鬥〉高傲：睇下人都得啩，使乜咁～嘢！（對人搭理一下總可以吧，幹嗎那麼高傲呢！）

**大資爺** tai⁶tsi¹jɛ⁻²〈爺讀第 2 聲〉高傲；傲慢：先做個噉嘅官仔就咁～？有冇搞錯啊！（才當個這樣的小官兒就這麼傲慢？怎麼回事嘛！）

**大枝嘢** tai⁶tsi¹jɛ⁵〈嘢音野〉同 “大資爺”（嘢：東西）。

**大賣** tai⁶mai⁻²〈賣讀第 2 聲〉【喻】【貶】高傲；架子大（賣：客飯的一份）：條友咁鬼～，我費事睬佢！（這傢伙這麼傲慢，我懶得理他！）

**大嘢** tai⁶jɛ⁵〈嘢音野〉同 “大賣”（嘢：東西）。

**大款** tai⁶fun²【喻】【貶】高傲；架子大（款：架子）。

**焦即** tsiu¹tsek¹【貶】有傲視他人之意；輕浮地在人前顯示自己的長處：先叻咗一勻，就～成噉！（才顯了一回能，就這麼輕飄飄了！）

**少塵**₂ sa¹tsʰɐn⁴ 驕傲而輕浮；好炫耀或誇誇其談：呢個後生仔真～！（這年輕人真輕浮！）

**白霍** pak⁶fɔk³ 同 “沙塵”。

**少塵白霍** sa¹tsʰɐn⁴pak⁶fɔk³ 同 “沙塵”。

**爛叻** lan⁻²lɛk¹〈爛讀第 2 聲，叻音拉吃切第 1 聲〉【貶】自以為能幹；想表現自己的能幹（爛：自以為是；叻：能幹）：人哋咁老卓嘅都唔得，你仲～？（人家那麼老到的也不行，你還想顯能？）

**爛醒** lan⁻²seŋ²〈爛讀第 2 聲，醒音星第 2 聲〉同 “爛叻”（醒：精明能幹）。

**縮骨** sok¹kwɐt¹【喻】【貶】自私；吝嗇；善於打個人小算盤：飲茶有份，睇數就行埋便，條友認真～嘞！（喝茶吃東西有他一份，會賬時就躲一邊兒去，這傢伙真是隻鐵公雞！）

**孤寒** kwu¹hɔn⁴【貶】吝嗇：咁～嘅人，想同佢借錢，好難喇！（這麼吝嗇的人，想跟他借錢，難哪！）

*  **鑠(度)叔** tɔk⁶sok¹〈鑠（度）音地落切〉【貶】吝嗇。[ 重見一 G6 ]

**算死草** syn³sei²tsʰou²【貶】字面意思是 “把草計算得死去”，指精打細算（連稻草也不放過），形容非常吝嗇：條友～，費事同佢講。（那傢伙摳門得很，懶得跟他說。）

**知微麻利** tsi¹mei¹ma⁴lei⁶【貶】心眼小；愛斤斤計較：同啲咁～嘅人打交道都幾麻煩。（跟這麼計較的人打交道真是麻煩。）

**知微** tsi¹mei⁴ 同 “知微麻利”。

**諗縮數** nɐm²sok¹sou³〈諗音尼飲切〉【貶】為自己打算；打小算盤（諗：想）：噉就想攞多啲，你都幾識～嘢！（這樣就想多拿點兒，你也挺會打小算盤的！）

**大王眼** tai⁶wɔŋ⁴ŋan⁵【喻】貪心或胃口大（貶義不明顯）：你真係～嘞，咁多仲話未夠喉！（你真貪心，這麼多還說不夠！）

五

心理與才能

139

**大喉欖** tai⁶hɐu⁴lam⁻² 同 "大王眼"（喉欖：喉結）。

**發錢寒** fat³tsin⁻²hɔn⁴【喻】【謔】整天想着錢；財迷心竅（貶義不十分明顯。一般不用於非常富裕的人。發寒：因身體虛弱而畏寒）。

**蛇** sɛ⁴【喻】【貶】懶惰：做嘢咪咁～先得㗎！（幹活不能那麼懶！）[ 參見一 G6 "懶蛇" ]

*<br>**蛇王** sɛ⁴wɔŋ⁴【喻】【貶】非常懶惰：嗰個嘢夠曬～嘞，成半晝都未曾見佢喐過手。（那個傢伙真是懶透了，整整半天兒沒見他動手幹過一下。[ 重見一 G6。參見一 G6 "懶蛇" ]

**好食懶飛** hou³sek⁶lan⁵fei¹〈好音愛好之好〉【喻】【貶】好吃懶做。

## 五 D6　奸詐、缺德、負義、下賤、淫蕩

**陰濕** jɐm¹sɐp¹【貶】陰險：嗰隻契弟～到死！（那個兔崽子陰險得很！）

**奸** kan¹【貶】奸詐；狡猾。

**奸狡** kan¹kau²【貶】奸詐；狡猾：同啲咁～嘅人打交道，真係要顧住啲先得。（跟這麼奸詐狡猾的人打交道，得小心着點兒才行。）

*<br>**奸詭** kan¹kwɐi²【貶】奸詐；狡猾。[ 重見九 D11 ]

*<br>**鬼（詭）馬** kwɐi²ma⁵【貶】奸詐；狡猾。[ 重見九 D11 ]

*<br>**折墮** tsit³tɔ⁶【貶】缺德；沒良心：邊個咁～，喺度倒垃圾。（誰那麼造孽，在這兒倒垃圾。）[ 重見九 C3 ]

*<br>**抵死** tɐi²sei²【貶】該死：嗰條友好～嘅！（那個傢伙真該死！）[ 重見九 C3 ]

*<br>**衰** sɵy¹【貶】品格不好；壞（在實際用法上，口氣可重可輕，有時則轉化為親昵的罵人話）：嗰個嘢好～

嘅，成日做埋晒啲乞人憎嘅嘢。（那傢伙很壞的，整天幹些討人厭的事情。）| 你真係～嘅啫，我唔睬你！（你真壞，我不理你！）[ 重見九 C2、九 C3、九 D2 ]

**反骨** fan²kwɐt¹【喻】【貶】負心；忘恩負義的：我對佢咁好，佢居然咁～！（我對他這麼好，他居然這麼負心！）[《三國演義》裏說諸葛亮看出魏延 "腦後有反骨"，廣州話此語殆源於此 ]

**紙紮下巴** tsi²tsat³ha⁶pʰa⁴〈巴音爬〉【喻】【貶】說話不算數；不講信用：你有名～嘅，信你都幾難。（你不講信用是出了名的，誰相信你。）

**誓願當食生菜** sɐi⁶jyn²tɔŋ³sek⁶saŋ¹tsʰɔi³〈當音當作之當〉【熟】【貶】說話從不算數；全無信義（誓願：發誓；當食生菜：極為輕易）。

**絕情** tsyt⁶tsʰeŋ⁴【貶】不講情義：咁～嘅事你都做得出？（這麼無情無義的事你也幹得出來？）

*<br>**唔臭米氣** m⁴tsʰɐu³mei⁵hei³【喻】【貶】沒人情味（唔：不；臭：帶某種氣味）：你個人真係～㗎，大佬求到都唔畀面！（你這人真是不近人情，哥哥求上門來也不給面子！）[ 重見五 D3 ]

**賤格** tsin⁶kak³【貶】下賤：托呢種人嘅大腳？我先冇咁～啊！（拍這種人的馬屁？我才沒那麼賤呢！）

*<br>**生雞** saŋ¹kɐi¹〈生音生熟之生〉【喻】【貶】（男人）好色。[ 重見一 G6 ]

**鹹濕** ham⁴sɐp¹【貶】好色；下流：佢個波士好～嘅，成日對啲女仔喐手喐腳。（她的老闆很下流的，整天對女孩子動手動腳。）[ 又作 "鹹" ]

**姣** hau⁴〈音效第 4 聲〉【貶】（女子）輕佻；放蕩。

**姣屍扽督** hau⁴si¹tɐn³tok¹〈姣音效第

五
心理與才能

聲，拖音帝訓切〉【貶】（女子）輕佻；放蕩。

**\*爛笪笪** lan⁶tat³tat³〈笪音達第 3 聲，帝壓切〉【喻】【貶】不知羞恥；人格卑下（尤指女性在性關係方面）：個健妹～，係男人就黐埋去。（那女孩全無羞恥，是男人就黏上去。）[ 重見九 B10 ]

### 五 D7　蠻橫、粗野 [ 霸道參見七 E20；兇狠參見九 C13 ]

**牛精** ŋɐu⁴tsɛŋ¹〈精音之英切〉【喻】【貶】蠻不講理；不馴服：你再～，我都搞得你嘅。（你再蠻橫，我也能擺弄得了你。）

**牛王** ŋɐu⁴wɔŋ⁴ 同 "牛精"。

**牛臯** ŋɐu⁴kou¹【喻】【貶】粗野。[ 原為說岳故事中的人物，脾氣粗魯。重見五 C2 ]

**刁蠻** tiu¹man⁴【貶】任性而刁鑽，不講理（一般用於女性）：個女界你縱到～到死。（女兒讓你慣得極為任性、不講理。）

**倉雞** tsʰaŋ⁴kɐi¹〈倉音橙第 4 聲，瓷盲切〉【貶】（女人）蠻不講理；潑辣：姐姐仔唔好咁～，好難嫁得出去㗎！（小姐別那麼潑辣，這樣很難嫁出去的！）

**昏蠻** fan¹man⁴【貶】蠻橫；野蠻：撞親人仲鬧人，真係～到晒譜！（撞了人還罵人，真是蠻橫得沒邊兒了！）

**蠻班辦** man⁴pan¹pan⁶【貶】蠻不講理：你個人～嘅，我費事睬你啊！（你這人蠻不講理，我懶得理睬你！）

**黃□□** waŋ⁴paŋ¹paŋ⁶〈第二字音波坑切，第三字讀第二字的第 6 聲〉同 "蠻班辦"。

**狼戾** lɔŋ⁻¹lɐi²〈狼讀第 1 聲；戾音麗第 2 聲，裸矮切〉【貶】蠻橫；大發脾氣的樣子：～到佢！（蠻橫得他這樣子！）

## 五 E　才　智

### 五 E1　有文化、聰明、能幹、狡猾、滑頭

**知書識墨** tsi¹sy¹sek¹mɛk⁶ 有文化：你係個～嘅人。（你是個有文化的人。）

**\*醒** sɛŋ²〈洗影切〉【褒】聰明；機靈：呢個健仔認真～。（這個小伙子確實聰明伶俐。）[ 重見五 B10 ]

**醒目** sɛŋ²mok⁶〈醒音洗影切〉【褒】聰明；機靈：搵幾個～啲嘅嚟畀我。（找幾個機靈點兒的來給我。）

**\*醒神** sɛŋ²sɐn⁴〈醒音洗影切〉【褒】聰明；機靈。[ 重見五 B4、五 B10 ]

**卓** tsʰœk³ 精明；機靈（略帶貶義）。

**老卓** lou⁵tsʰœk³ 做事老到、精明（卓：精明）：先升炮再退士，呢一着都算～喇。（先進炮再退士，這一招也算老到了。）

**精** tsɛŋ¹〈音鄭第 1 聲〉①【褒】聰明；機靈：你個細路一望落就知係～嗰類嘅。（你的小孩一看就知道是屬於聰明那一類的。）②精明，有時含過分為自己打算或取巧的意思（略帶貶義）：你夠晒～嘞，我先唔制啊！（你可夠精明的，我才不幹哪！）

**精叻** tsɛŋ¹lɛk¹〈精音鄭第 1 聲，叻音拉吃切第 1 聲〉【褒】精明能幹：呢個仔而家～咗好多喇。（這孩子現在精明能幹多了。）

**精乖** tsɛŋ¹kwai¹〈精音鄭第 1 聲〉精明乖巧。

**面懵心精** min⁶moŋ²sɐm¹tsɛŋ¹〈精音鄭第 1 聲〉表面裝糊塗，心裏精明得很。

**精靈** tseŋ¹leŋ⁻¹〈精音之英切，靈讀第 1 聲〉【褒】聰明；機靈。

**眉精眼企** mei⁴tseŋ¹ŋan⁵kʰei⁵〈精 音 之 英切〉精明，有時含滑頭的意思（略帶貶義）：好似佢噉～嘅人會做啲咁傻嘅事咩？（像他這樣精明的人會做出這麼傻的事嗎？）

**話頭醒尾** wa⁶tʰɐu⁴seŋ²mei⁵【褒】字面意思是說了開頭就能明白後面（話：說；醒：明白），指人聰明、領悟力強：個健仔～，我都少唯好多口水。（這小伙子説一知二，我也省了許多口舌。）

**有諗頭** jɐu⁵nɐm²tʰɐu⁴〈諗音泥飲切〉【褒】有頭腦；善於思考（諗：想）：阿清係個～嘅人。（阿清是個很有頭腦的人。）

**高張** kou¹tsœŋ¹ 原指打牌技術高明(張：指麻將或撲克牌)，泛指高明：諗唔到佢咁～。（沒想到他有這麼高明的一手。）

**叻(嚦)** lɛk¹〈拉吃切第 1 聲〉【褒】能幹；有能耐；有本事：楊仔好～嘅，乜都識。（小楊能幹得很，甚麼都會。）｜冇人學得佢咁～。（沒人能像他這麼能幹。）

***叻仔** lɛk¹tsɐi²〈叻音拉吃切第 1 聲，仔音子矮切〉【褒】能幹；有能耐(用於男孩子)。[ 重見一 G2 ]

***叻女** lɛk¹nɵy⁻²〈叻音拉吃切第 1 聲，女讀第 2 聲〉【褒】能幹；有能耐(用於女孩子)。[ 重見一 G2 ]

**麻叻** ma⁴lɛk¹〈叻音拉吃切第 1 聲〉同"叻 (嚦)"。

**麻利** ma⁴lei⁶ 同"叻(嚦)"：佢學嘢好～，一學就識。（他學東西很有本事，一學就會。）[ 與普通話意思不同 ]

**本事** pun²si⁶【褒】能幹；有能耐：諗唔到你咁～嘢！（想不到你這麼有本事！）

***使得** sɐi²tɐk¹ 能幹；有能耐：你呢個業餘候鑊都幾～個噃，九大簋都整倒出嚟。（你這個業餘廚師還挺有能耐的，一大桌菜也能做出來。）[ 重見九 D4 ]

***巴閉** pa¹pɐi³ 有能耐；有本事（略帶貶義）：你好～咩？又唔見你做畀我睇下？（你就那麼能？怎麼沒見你做給我看看？）[ 重見七 C8、九 D1 ]

***掯** kʰɐŋ³【俗】【喻】本義是煙、酒味道濃烈，比喻人有能耐：嗰個嘢好～喋，你咪睇小佢啊！（那傢伙很厲害的，你別小看他呀！）[ 重見九 B22 ]

**手硬** sɐu²ŋaŋ⁶【喻】有本事；有辦法（常指專為自己謀利。略含貶義）：你～你唔係搵倒囉。（你有能耐你不就能賺到錢囉。）

**抵手** tɐi²sɐu² 能幹；手巧。

**多計** to¹kɐi⁻²〈計讀第 2 聲〉計謀多：矮仔～。（諺語：矮人點子多。）

**識精** sek¹tseŋ¹〈精音鄭第 1 聲〉【貶】精明；滑頭；會取巧：咁～咪，攞咗人哋嘅落嚟，壘自己嘅上去。（這麼滑頭，拿別人的下來，放自己的上去。）

**精埋一便** tseŋ¹mai⁴jɐt¹pin⁶〈精音鄭第 1 聲〉【貶】把聰明用在不好的方面（精：聰明，精明；埋：靠近；便：一邊）。

**精出骨** tseŋ¹tsʰɵt¹(tsʰyt¹)kwɐt¹〈精音鄭第 1 聲〉【貶】過於精明（一般是指精於為自己打算。出骨：露骨）。

**鬼(詭)搲** kwɐi²wɐt⁶〈搲音屈第 6 聲，互核切〉【貶】狡猾；詭計多端：佢嘢～到死。（那傢伙狡猾得很。）

**蠱惑** kwu²wak⁶〈蠱音古〉同"鬼搲"。

### 五 E2　愚笨、無能、見識少

**慧** ŋɐŋ⁶〈音昂第 6 聲，餓項切〉【貶】

傻；笨；呆：做嘢冇樣啱，咁～嘅！（做事沒一樣做得好，真笨！）

**戇居** ŋɔŋ⁶kɵy¹〈戇音昂第 6 聲，餓項切〉【貶】同“戇”：夠晒～（夠傻的）

**戇居居** ŋɔŋ⁶kɵy¹kɵy¹〈戇音昂第 6 聲，餓項切〉【貶】同“戇居”。

**雺戇** sap³ŋɔŋ⁶〈雺音細鴨切，戇音餓項切〉【貶】傻（用於指責人行為不合常理）：嗰個唔要要呢個，你真係～嘅！（那個不要要這個，你真是傻瓜！）

**喪** sɔŋ³ 同“雺戇”。

**傻戇戇** sɔ⁴ŋɔŋ⁶(kaŋ¹)ŋɔŋ⁶(kaŋ)¹〈戇音餓項切，又音耕〉【貶】傻頭傻腦。［又作“傻傻戇戇”。“戇”字有兩種讀法，後一種讀法又寫作“傻耕耕”、“傻更更”。］

**傻撈撈** sɔ⁴lau⁻³lau⁻³〈撈音老孝切〉【貶】傻頭傻腦。［又作“傻傻撈撈”］

**黐孖筋** tsʰi¹ma¹kɐn¹〈黐音癡，孖音媽〉【喟】（腦裏）兩根並排的筋黐在一起（黐：黏；孖：並排），指癡傻。常作罵人話：～！噉都畀人呃。（真傻！這樣也讓人騙。）

**廢₁** fɐi³ 傻；蠢：你真係～嘅，噉點攞得上嚟啫！（你真傻，這樣怎麼能拿上來呢？）

**巔癲廢廢** tin¹tin¹fɐi³fɐi³ 瘋瘋癲癲；傻裏傻氣。

**唔諗嘢** m⁴nɐm²jɛ⁵〈諗音泥飲切，嘢音野〉【貶】不會想；沒頭腦（唔：不；諗：想；嘢：東西）：係～嘅人先至講啲噉嘅說話嘅嘛！（只有沒頭腦的人才會說這樣的話。）

**冇腦** mou⁵nou⁵〈冇音無第 5 聲〉【貶】沒頭腦；傻（冇：沒有）。

**人頭豬腦** jɐn⁴tʰɐu⁴tsy¹nou⁵【喟】【貶】蠢笨。

**食塞米** sek⁶sɐk¹mɐi⁵【喟】【貶】白喫飯而不會做事：一啲咁多嘢都要問

人，話你～真係冇冤枉你！（一丁點兒事也要問別人，說你白喫飯真的沒冤枉你！）

**食枉米** sek⁶wɔŋ²mɐi⁵ 同“食塞米”。

**十隻手指孖埋** sɐp⁶tsɛk⁶sɐu²tsi²ma¹mai⁴〈孖音媽〉【喟】【貶】手指頭黏在一起（孖：並聯；埋：合攏），比喻甚麼也不會做：娶個心抱返嚟係～嘅，仲要我服侍佢，真係激死人！（娶個媳婦回來是甚麼也不會幹的，還要我服侍她，真是氣死人！）［又作“十指孖埋”］

**薯** sy⁴【喟】【貶】笨：你咪話佢～，佢有時叻過你。（你別說他笨，有時他比你能幹。）

*****薯頭** sy⁴tʰɐu⁴【喟】【貶】笨頭笨腦。［重見一 G4、九 C6］

**鈍** tɐn⁶【貶】鈍拙；笨：呢個細路都係～啲，學嘢慢。（這孩子是笨些，學東西慢。）［普通話“鈍”也有笨的意思，但一般不單獨使用］

**蠢鈍** tsʰɐn⁶tɐn⁶【貶】愚蠢；鈍拙。

**滯雞** tsɐi⁶kɐi¹【貶】遲鈍；笨拙。

*****吽哣** ŋɐu⁶tɐu⁴〈吽音餓後切，哣音弟後切〉【貶】遲鈍；呆。［又作“吽”。重見九 A15］

*****木獨** mok⁶tok⁶【貶】木訥；遲鈍：個人咁～，好難教個嘛。（這人這麼遲鈍，很難教的呀。）［重見九 A15、九 B22］

**低張** tɐi¹tsœŋ¹ 原指打牌技術拙劣（張：指麻將或撲克牌），泛指想法、計謀拙劣：呢條計～得滯。（這條計策太拙劣。）

*****死咕咕** sei²kwu⁴kwu⁴〈咕讀第 4 聲〉【貶】（做事等）呆板；不靈活：你噉～噉，點做生意啊？（你這樣呆呆板板的，怎麼做生意呢？）［重見九 C14］

**少塊膶** siu²fai³jɐn²〈膶音潤第 2 聲〉

【喻】【貶】笨；傻乎乎（膶：動物的肝。此以肝臟不全喻笨，又把人比作動物）。

\***大泡禾** tai⁶pʰau¹wɔ⁴【喻】【貶】無能：邊有咁～嘅嗻，嗷都搞唔咭！（哪有這麼沒用的，連這都搞不好！）[ 重見一 G4 ]

\***兜踎** tɐu¹⁽⁶⁾mɐu¹〈兜又音豆，踎音摩歐切〉【貶】無能；窩囊。[ 重見九 C6 ]

**未見過大蛇屙屎** mei⁶kin³kwɔ³tai⁶sɛ⁴ɔ¹si²【熟】【喻】【謔】見識不多。

### 五 E3　會説不會做

**會彈唔會唱** wui⁵tʰan⁴m⁴wui⁵tsʰœŋ³〈彈音彈琴之彈〉【熟】字面意思是只會彈琴不會唱歌（唔：不），因"彈"有指責之意，所以成為雙關語，意指只會説別人，自己不會做：我講你即管聽啦，我都係～嘅嘛。（我説你聽就是了，我也不過是會説不會做的。）

**識彈唔識唱** sek¹tʰan⁴m⁴sek¹tsʰœŋ³〈彈音彈琴之彈〉同"會彈唔會唱"。

**得把口** tɐk¹pa²hɐu²【喻】【貶】字面意思是只有嘴巴，指人只會説，不會做：你～，你識做咩？（你就會説，你會做嗎？）

**得把牙** tɐk¹pa²ŋa⁴ 同"得把口"：唔好～啦，一唔係做嚟睇下。（別只是説吧，要不做來看看。）

**得把聲** tɐk¹pa²sɛŋ¹〈聲音司贏切第 1 聲〉同"得把口"。

**聲大大，冇嘢賣** sɛŋ¹tai⁶tai⁶, mou⁵jɛ⁵mai²〈聲音司贏切第 1 聲，冇音無第 5 聲，嘢音野〉【熟】【喻】【貶】叫賣的聲音很大，而實際上沒有東西賣，比喻只會説，不會做。["大"與"賣"押韻 ]

### 五 E4　其　他

**半桶水** pun³tʰoŋ²sɵy²【貶】半懂不懂；懂得不多：我都係～㗎咋。（我也不過是半瓶醋。）

\***三板斧** sam¹pan²fu²【謔】【貶】能耐有限：佢亦就係～，你唔靠得晒佢㗎。（他也就那麼點兒能耐，你不能全靠他。）[ 來自舊時説書謂唐朝程咬金的武藝只在三板斧。重見八 B2 ]

**周身刀，冇把利** tsɐu¹sɐn¹tou¹, mou⁵pa²lei⁶【熟】【喻】【貶】全身都是刀，可沒有一把是鋒利的（周身：全身；冇：沒有），比喻樣樣都懂一點，但沒一樣精通。

**除咗笨仲有精** tsʰɵy⁴tsɔ²pɐn⁶tsoŋ⁶jɐu⁵tsɛŋ¹〈精音之贏切第 1 聲〉【熟】【謔】意思是多少還有聰明之處（咗：了；仲：還；精：精明），往往用於開玩笑地説人不笨：你都～，識得問佢攞翻張收條。（你還夠笨到家，懂得向他要收條。）[ 又作"除笨有精" ]

# 六、運動與動作

[ 包括人與動物共通的動作。動物特有的動作參見二 D2 ]

## 六 A　運　動

### 六 A1　泛指的運動

*嘟 jok¹〈音郁，衣屋切〉動：你唔好～。(你別動。)｜一個人攞得～咁多咩？(一個人拿得動那麼多嗎？)｜隻狗仔識～嘞。(那小狗會動了。)｜一啲風都冇，連樹葉都～都唔～。(一點兒風也沒有，連樹葉也一動不動。) [ 重見七 E23 ]

嘟動 jok¹toŋ⁶〈嘟音衣屋切〉動 (嘟：動)：食飽飯～得太犀利唔好。(喫飽飯動得太厲害不好。)｜係風吹到窗簾～。(是風吹得窗簾動。) [ 使用範圍比 "嘟" 要小 ]

嘟嘟貢 jok¹jok¹koŋ³〈嘟音及屋切〉動個不停 (嘟：動；貢：鑽動)：你點解成日～嘅？(你怎麼老是動來動去？)｜條蟲仔喺度～。(那小蟲在動來動去。)

嘟嚟嘟去 jok¹lɐi⁴jok¹hθy³〈嘟音衣屋切，嚟音黎〉動來動去 (嘟：動；嚟：來)：咪～！(別動來動去！)

咿咿嘟嘟 ji¹ji¹jok¹jok¹〈咿音衣，嘟音衣屋切〉動來動去：個袋裏頭乜嘢東東响度～啊？(那袋子裏甚麼東西在動來動去？)

嘟下嘟下 jok¹ha⁵jok¹ha⁵〈嘟音衣屋切，下讀第5聲〉一動一動：嗰度點解～嘅？(那個地方怎麼一動一動的？)｜佢瞓着覺手指都仲～。(他睡着覺手指也還一動一動的。)

嘟嘟下 jok¹jok¹ha⁻²〈嘟音衣屋切，下

讀第2聲〉一動一動 (一般指動的時間較短)：個公仔對眼仲識～嘅。(那洋娃娃的眼睛還會一動一動的。)

### 六 A2　趨向運動

*嚟 lɐi⁴〈音黎〉來：你幾時～？｜架車～緊嘞。(車子正來呢。)｜攞支筆～。(拿一支筆來。) [ "嚟" 其實就是 "來" 的口語音 (書面語音 loi⁴)，這是專為其口語音而造的方言字。重見九 D22、九 D31、十一 A1 ]

上 sœŋ⁵〈讀第5聲〉由低處到高處；上：～樓｜行～山頂。(走上山頂。) [ 此與普通話 "上" 一樣。但廣州話 "上" 字有兩種讀法：高處的意思 ("上面") 讀第6聲，由低到高的意思 ("上去") 讀第5聲，這種區別是普通話所沒有的 ]

*上嚟 sœŋ⁵lɐi⁴〈上讀第5聲，嚟音黎〉上來 (嚟：來)：～二樓傾啊。(上來二樓談吧。)｜將份文件攞～畀我。(把那份文件拿上來給我。) [ 重見七 B6 ]

起嚟 hei²lɐi⁴〈嚟音黎〉表示向上；起來 (用在表示動作的詞後面)：爬～｜企～ (站起來)

起上嚟 hei²sœŋ⁵lɐi⁴〈上讀第5聲，嚟音黎〉同 "起嚟"：將支竹咸～。(把那竹竿豎起來。)

*起身 hei²sɐn¹ 同 "起嚟"：將個煲稱～。(把鍋提起來。) [ 重見七 B1、九 D22 ]

起身嚟 hei²sɐn¹lɐi⁴〈嚟音黎〉同 "起嚟"：張紙飛～。(那張紙飛起來。)

145

**落** lɔk⁶ 由高處到低處;下:～樓梯│跌～底下。(掉到下面去。)│跳～河裏頭。(跳下河裏。)

**落嚟** lɔk⁶lɐi⁴〈嚟音黎〉下來(嚟:來):～底下。(到下面來。)│叫晒大家都～。(叫大家全下來。)│因住跌～啊!(小心摔下來!)

*__落去__ lɔk⁶hɵy³ 下去:～樓下坐啦。(到樓下坐一坐。)│將張凳搬～。(把凳子搬下去。)[ 重見七B6、九D22 ]

**低** tɐi¹ 由高處到低處;下(用在其他表示動作的詞後面):躉～(放下)│瞓～(躺下)│跌～(蹺倒)│大家坐～傾。(大家坐下談。)

*__入__ jɐp⁶ 進入:～咗道門。(進了一扇門。)│裝～個樽度。(裝進瓶子裏。)[ 重見六D7 ]

**入嚟** jɐp⁶lɐi⁴〈嚟音黎〉進來(嚟:來):請～!│佢行咗～嘞。(他走進來了。)

**入去** jɐp⁶hɵy³ 進去:唔好隨便～。(不要隨便進去。)│出力逼～。(使勁擠進去。)

**出嚟** tsʰɵt¹(tsʰyt¹)lɐi⁴〈嚟音黎〉出來:你即刻～!(你馬上出來!)│一啲都倒晒～。(全部都倒出來。)

*__埋__ mai⁴ ①向…靠近;靠:架船～岸嘞。(船靠岸了。)│車～站。②用在表示動作的詞語後面,表示向內合攏、收攏、靠近、靠裏等意思:收～(收起來)│縮～一嚿(縮作一團)│行～便。(走到一邊去。)│閂～窗。(關上窗子。)[ 重見九B17、九D21 ]

**埋嚟** mai⁴lɐi⁴〈嚟音黎〉靠過來;過來:大家都～睇下。(大家都過來看看。)│你哋哄～做乜嘢?(你們湊過來幹甚麼?)│行～啦!(走過來吧!)

**過嚟** kwɔ³lɐi⁴〈嚟音黎〉過來:唔該你～下。(勞駕你過來一下。)│攞啲嘢～。(把東西拿過來。)

**埋去** mai⁴hɵy³ 靠過去;過去:～埋便。(到靠裏邊兒去。)│你咪～。(你別靠過去。)│將啲布碎掃～角落頭。(把碎布掃到角落裏去。)

**開嚟** hɔi¹lɐi⁴〈嚟音黎〉由與某物靠近到與之離開(從說話者的角度說則從遠到近):佢而家～嘞。(他現在過來了。指離開某個地方而過來)│你仲係行～好啲。(你還是離開那邊,走過這邊來好一些。)

**開去** hɔi¹hɵy³ 由與某物靠近到與之離開(從說話者的角度說則從近到遠):我哋最好～嗰度傾。(我們最好到那邊去談。指離開此處而到彼處)│將呢幾樣嘢搬～。(把這幾樣東西搬移走。)

*__褪__ tʰɐn³〈音吞第3聲,替訓切〉倒退:唔好再～喇,後面係水塘嚟㗎。(別再往後退了,後面是個池塘。)[ 重見六A7 ]

**倒褪** tou³tʰɐn³〈倒音到,褪音吞第3聲〉倒退:冇頂到上去,反為～咗十幾公分。(沒頂上去,反而倒退了十幾厘米。)

**褪後** tʰɐn³hɐu⁶〈褪音吞第3聲〉往後退:企第一排嘅人～啲!(站第一排的人往後退一點兒!)

*__翻(返)__ fan¹ 回:～屋企(回家)│～上樓。(折回樓上去。)│行～呢便嚟。(走回這邊來。)│～入去(回到裏頭去)│你～落嚟。(你回到下面來。)[ 重見五B7、九D18 ]

**翻嚟** fan¹lɐi⁴〈嚟音黎〉回來:而家先～。(現在才回來。)│掉咗又執～。(扔了又撿回來。)

**翻去** fan¹hɵy³ 回去:我哋架車10點鐘～。(我們的車子10點鐘回

六

運動與動作

去。）｜你唔好落～喇。（你別回到下面去了。）｜咸唪唥蘦～。（全部放回去。）

**翻轉頭** fan¹tsyn³tʰɐu⁴〈轉讀第 3 聲，志算切〉往回；掉頭：唔記得攞鎖匙，又試～去攞。（忘了拿鑰匙，又回頭去拿。）

**掉轉頭** tiu⁶tsyn³tʰɐu⁴〈轉讀第 3 聲，志算切〉轉過相反的方向；掉頭；倒過來：～行翻去。（掉頭走回去。）

**屈尾十** wɐt¹mei⁵sɐp⁶ 掉頭；轉向相反方向（屈：彎曲）：佢喺度企咗一下，一個～又走咗。（他來站了一下，一個 180 度又走了。）

## 六 A3　液體的運動

***揼** tɐp⁶〈弟入切〉（液體）大滴地滴下；（雨點）淋：嗰度成日有水～落嚟嘅。（那兒老是有水珠滴下來。）｜唔帶遮就～濕身嘞。（不帶傘就淋濕身子了。）〔重見六 A6、六 D4〕

***撇** pʰit³（雨水等）斜着灑落；渻：窗口～雨，～濕咗張枱。（窗戶渻雨，把桌子都渻濕了。）〔重見六 D8、十 D1〕

**渧** tɐi³〈音帝〉滴：張被喺度～下水先睍出去，唔係樓下有意見㗎。（這被子在這兒把水滴乾了再睍出去，不然樓下有意見。）

**嗲嗲渧** tɛ⁴(tœ⁴)tɛ²(tœ²)tɐi³〈前一嗲字音爹第 4 聲，又音弟靴切第 4 聲；後一字讀前一字的第 2 聲；渧音帝〉不斷地往下滴：外母見女婿，口水～（諺語，謂岳母總是比較喜歡女婿的。）

**嗲** tɛ⁴(tœ⁴)〈音爹第 4 聲，又音弟靴切第 4 聲〉（液體）不斷線地懸空而下（形成細小的水柱，比滴的分量大）：

呢度漏雨到直程係～落嚟嘅。（這裏漏雨漏得簡直是不斷線地下來的。）

**溜** lɐu⁶（音漏，賴後切）（液體）沿垂直面或陡坡流下（一般不是很大量的）：噉樣沖滾水，沖一半～一半。（這樣灌開水，灌一半兒流掉一半兒。）

**瀉** sɛ²〈音寫〉不該倒而倒出；溢出：睇住啊，啲油～喇。（看好了，油要溢出來了。）｜倒～籮蟹。（熟語：倒出了一籮筐的螃蟹。喻亂了套。）｜啲沙～晒出嚟。（沙子全灑出來了。）〔此詞一般用於液體，也可用於某些顆粒狀、在某種情況下可以"流動"的物體〕

**盪** tʰɔŋ⁵〈音唐第 5 聲〉①（液體）搖晃：佢擔住嗰兩桶水一下～下。（他挑着的兩桶水晃盪晃盪的。）②因搖晃而溢出：因住碗粥～出嚟淥親啊。（小心碗裏的粥晃出來燙着。）〔此字書面語音 tɔŋ⁶（當第 6 聲）〕

**彈₁** tan⁶〈音但，弟限切〉（水珠）飛濺：你噉就～到埲牆污糟晒喇。（你這樣就把牆壁全濺髒了。）

**瓚** tsan³〈音贊〉濺：～咗成身水。（濺了一身水。）

***澈(唧)** tsit¹〈音節第 1 聲〉濺；噴：佢踏咗落氹水度，～到成身水。（他一腳踩到水窪裏，水濺了一身。）｜消防員攞住支水炮對住啲火係噉～。（消防員手持消防水龍朝着大火一個勁兒地噴。）〔重見六 D9〕

***標** piu¹ 噴；冒（出來）：水喉爆咗，啲水～晒出嚟。（水管破裂了，水噴射出來。）〔重見二 B6、六 B3〕

**咇** pit¹ 噴射；濺：啲水～到四圍都係。（噴得到處都是水。）

## 六 A4　搖擺、晃動、抖動

*擞 ŋou⁴〈音傲第4聲，娥豪切〉搖晃；搖擺：地震震到成棟樓～下～下。（地震震得整座樓一搖一晃。）[ 重見六 D3 ]

擞擞岌 ŋou⁴ŋou⁴ŋɐp⁶〈擞音蛾豪切，岌音毅入切〉搖搖晃晃（擞：搖；岌：晃動）：嗰張凳～嘅，邊個敢坐？（那張凳子搖搖晃晃的，誰敢坐？）[ 又作"擞擞岌岌" ]

搖搖岌岌 jiu⁴jiu⁴ŋɐp⁶ŋɐp⁶〈岌音毅入切〉搖搖晃晃（岌：晃動）：天線界風一吹就～，電視圖像咪唔真囉。（天線讓風一吹就搖搖晃晃，電視圖像就不清晰了嘛。）

岌 ŋɐp⁶〈毅入切〉搖晃；晃動：～得咁犀利，唔哧嘟！（晃得這麼厲害，這不行啊！）

岌岌貢 ŋɐp⁶ŋɐp⁶koŋ³〈岌音毅入切〉晃來晃去（岌：晃動；貢：鑽動）：個櫃隻腳長隻腳短，梗係～啦。（這櫃子一條腿長一條腿短，當然搖搖晃晃了。）

*揾 wɐt⁶〈音屈第6聲，戶核切〉晃動：左搖右～[ 重見六 D3 ]

翕 jɐp⁶(jap⁶)〈音入，又音二鴨切第6聲〉搖擺；左右或上下擺動：見嗰面旗仔呢頭～下，嗰頭～下，好似係個乜嘢信號。（只見那面旗子向這頭擺幾下，向那頭搖幾下，好像是個甚麼信號。）

*篩 sɐi¹〈音西〉水平方向猛地擺動；晃動：架車一～，爭幾回趴屎。（車子一晃，差點兒撲倒。）[ 重見六 A5 ]

*擢 tsʰɔk³〈次惡切〉前後方向猛地搖晃；向前一衝又突然停住：架車～下～下嘅行。（車子一衝一刹地走。）[ 重見六 D2、七 C11 ]

*掏 feŋ⁶〈付認切〉甩動；擺動：條繩～嚟～去，我執唔倒。（那繩子甩來甩去，我抓不到。）｜吹到連支旗杆都兩頭～。（吹得連旗杆也左右搖擺。）[ 重見六 D3 ]

*□ fek⁶(fɐk⁶)〈付亦切，又音付麥切〉甩動；擺動。[ 重見六 D3 ]

*□ fak³〈費客切〉（枝狀物）猛地擺動或倒下（尤指有可能造成傷害或破壞的）：嗰邊拆緊棚，因住界竹枝～親啊。（那邊正在拆腳手架，小心讓竹竿打着。）[ 重見六 D4、七 A17 ]

抚₁ ŋɐt⁶〈音兀，毅日切〉搖晃着挪動：個櫃冇辦法托得起，惟有～過去。（那櫃子沒辦法抬得起來，只有搖晃着挪過去。）

*踉 ŋɐn³〈音銀第3聲，毅訓切〉上下彈動；抖動：支竹～下～下。（那竹子上下抖動着。）[ 重見六 B2、六 D11 ]

震 tsɐn³ 震動；顫抖：連垛牆都～埋。（連牆壁也顫動了。）｜佢隻手有啲～。（他的手有點抖。）[ 普通話也有相近的意思，但使用範圍比廣州活小得多 ]

## 六 A5　轉動、滾動

擰 neŋ⁶〈讀第6聲〉轉動：啲風吹到個風鈴～下～下。（風把風鈴吹得一轉一轉的。）

擰轉 neŋ⁶tsyn³〈擰讀第6聲，轉讀第3聲〉扭轉；掉轉方向：～身行開。（轉身走開。）｜點解個路牌成個～咗嘅？（怎麼那路牌整個轉了個向？）

車轉 tsʰɛ¹tsyn³〈轉讀第3聲〉轉過來；掉轉方向（一般用於較大的東西）：將張枱～佢。（把桌子轉過來。）

黐車嗽轉 tsʰi¹tsʰɛ¹kɐm²tsyn³〈黐音差衣切，嗽音敢，轉讀第3聲〉飛快地轉：部機一開，個電錶就～。（這機子一開，那電錶就轉得飛快。）

**陀陀擰** tʰɔ⁴tʰɔ⁻²nɛŋ⁶〈後一陀字讀第 2 聲，擰讀第 6 聲〉團團轉：嗰張樹葉喺水度～，好得意啊。（那片樹葉在水中團團轉，真有趣。）

**探探轉** tʰɛm⁴(tɛm⁴)tʰɛm²(tɛm²)tsyn³〈前一探字音提淫切，後一字音體飲切；或者前字音弟淫切，後字音底飲切；轉讀第3聲〉團團轉：啲風吹到啲樹葉～。（風把那些樹葉吹得團團轉。）

\***篩** sɐi¹〈音西〉（球形物）旋轉：呢個波係～嘅，龍門好難接。（這個球是旋轉的，守門員很難接。）[ 重見六 A4 ]

\***轆（碌）** lok¹〈音鹿第 1 聲，拉屋切〉①滾：嗰石頭～落山囉！（那石頭滾到山下去啦！）｜我玩保齡球係亂～㗎咋。（我玩保齡球是亂滾一氣的。）②滾壓：畀石頭～親隻腳。（讓石頭滾下來壓了腳。）[ 重見三 A8、六 B4、十 C2 ]

## 六 A6　掉下、滑下、塌下

**跌** tit³ 從高處落下：個花樽～咗落嚟，～到爛晒。（那花瓶掉了下來，摔得粉碎。）[ 普通話 "跌" 也有落下的意思，但使用範圍非常狹窄 ]

\***揸** tɐp⁶〈第入切〉從高處落下：支筆～落地，當堂斷開兩撅。（那支筆掉到地上，當場斷成兩截。）[ 重見六 A3、六 D4 ]

\*□ sœ⁴〈音時靴切第 4 聲〉①往下滑：～滑梯（滑滑梯）｜嗰度斜得滯，蓋親上去都～翻落嚟。（那兒太陡了，放上去都滑下來。）②（高聳的東西）斜着崩塌：嗰啉磚～咗成邊落嚟。（那摞磚頭整半邊塌了

下來。）[ 重見十一 B1 ]

**冧₂** lɐm³〈音林第 3 聲，勒暗切〉倒塌：～樓（樓房倒塌）｜成埲牆～咗。（整堵牆塌了。）

**漏** lɐu⁶（飛機）下墜：打～咗兩架敵機。（打下了兩架敵機。）

\***冚₁** kʰɐm²〈音禽第 2 聲，啟飲切〉沉重的、成堵的物體向一個方向迅速傾倒：成埲牆～落嚟。（整堵牆倒下來。）｜一個大浪～埋嚟（一個大浪打過來。）[ 重見六 D4、六 D7 ]

## 六 A7　其　他

\***褪** tɐn³〈音吞第 3 聲，太訓切〉移動；挪：呢排枱～過嗰便半公尺度。（這排桌子向那邊移動大約半米。）[ 重見六 A2 ]

\***行₁** haŋ⁴〈何盲切〉前進；移動；走：呢度好多車～嘅。（這兒很多車子過的。）｜個鐘唔～嘞。（鐘停了。）[ 重見六 D11、七 B9、七 B11、七 E24 ]

\***揩** hai¹（在邊角部位輕輕地）碰撞；一擦而過（有可能造成損害的）：嗰架巴士～低咗架單車。（那輛公共汽車把那輛自行車碰倒了。）｜兩架的士～咗下。（兩輛計程車擦了一下。）[ 重見六 D10 ]

\***趷** kɐt⁶〈巨日切〉向上翹：呢頭一撳，嗰頭就～起。（這頭一按，那頭就翹起來。）[ 重見六 D11 ]

\***蓬** pʰoŋ¹〈批空切〉（塵土）揚起：掃到灰塵～起晒。（掃得塵土飛揚。）[ 重見九 B15 ]

**喐不得其正** jok¹pɐt¹tɐk¹kʰɐi⁴tsɛŋ³〈喐音衣屋切〉動彈不得（喐：動）：前後左右頂死晒，～。（前後左右全頂死了，沒法兒動彈。）

149

# 六 B　軀體動作

## 六 B1　軀幹部位動作

**挨₁** ai¹〈讀第 1 聲〉靠：～喺張櫈屏度。(靠在椅背上。) | 去牀度～下。(到牀上靠一靠。)

**\*伏** pok⁶〈部肉切〉趴；伏：你～喺度唔好郁。(你趴在這兒別動。) [ 與普通話 "伏" 的一個義項差不多，但讀音不很相應。另有書面語音 fok⁶〈父肉切〉。重見七 E6 ]

**\*仆** pʰok¹〈披屋切〉趴：佢～喺嗰度做乜？(他趴在那兒幹甚麼？) [ 重見六 B4 ]

**偏** wu³〈音烏第 3 聲〉俯：～低身 (俯下身子) | ～低頭 (俯下腦袋。指連上身一起俯下，不是一般的低頭。)

**軀(偃)** jin²〈音演〉挺 (胸、腹)：～胸凸肚 (腆胸挺腹。是說姿態醜陋。)

**戾** lɐi²〈羅矮切〉扭轉 (身體等)：～身就走。(轉身就跑。) | ～轉個頭。(把頭扭過去。) ["戾" 字書面語音 lɵy⁶〈音淚〉]

**篩身篩勢** sɐi¹sɐn¹sɐi¹sɐi³〈篩音西〉左右扭動身體 (篩：搖晃)。一般用於小孩撒嬌：唔好～啊，我唔鍾意㗎！(別扭來扭去地撒嬌，我不喜歡這樣！) [ 又作 "篩身" ]

**\*孭** mɛ³〈摸夜切第 1 聲〉背負：～仔婆 (背負小孩的婦人) | ～柴落山。(把柴火背下山。) [ 重見七 A3 ]

**佗** tʰɔ⁴〈音駝〉扛負；特指負於身前：佢將個書包～喺前面。(他把書包掛在胸前。) | 佢心口～住個襟章。(他胸前掛了一枚胸章。)

**\*托** tʰɔk³ (用肩) 扛：～米 | ～杉 (扛木頭) [ 普通話 "托" 是手部動作，廣州話是肩部動作 ]

**起擔** hei²tam³〈擔讀第 3 聲，帝喊切〉挑東西上肩 (彎腰擔着扁擔直起身，使擔子離地)。

**起膊** hei²pɔk³ 扛東西上肩 (膊：肩膀)。

**轉膊** tsyn³pɔk³〈轉讀第 3 聲，志勸切〉挑、扛東西換肩 (膊：肩膀)。

**拗腰** au²jiu¹〈拗音啞考切〉向後彎腰。

**\*叱** tɐt¹〈音突第 1 聲，低一切〉【貶】坐：未做得兩下嘢就又～响度嘞。(還沒幹幾下就又坐在那兒了。) [ 重見六 D5、七 A12 ]

## 六 B2　全身動作

**捵** tin²〈音典〉打滾；翻滾：～得幾～就唔郁嘞。(打了幾個滾就不動了。)

**捵牀捵蓆** tin²tsʰɔŋ⁴tin²tsɛk⁶〈捵音典，蓆音治石切〉在牀上打滾 (捵：打滾。一般用以形容痛苦)：痛到佢～。(痛得他滿牀打滾。)

**捵地** tin²tei⁻²〈捵音典，地讀第 2 聲〉在地上打滾 (捵：打滾)：個細路一扭計就～。(這孩子一撒野就在地上打滾。)

**轆(碌)地** lok¹tei⁻²〈轆(碌)音拉屋切，地讀第 2 聲〉在地上打滾 (轆：滾)：畀人打到～。(被人打得直打滾。)

**轆(碌)地沙** lok¹tei⁶sa¹〈轆(碌)音鹿第 1 聲，拉屋切〉在地上打滾 (指在地上玩耍。轆：滾)：咁大個仲～嘅？(這麼大了還滿地滾？)

**□地** lœ²tei⁻²〈第一字音羅靴切第2聲，地讀第 2 聲〉(用身體) 在地上揩擦；滾爬：唔好～！(別拿身體在地上蹭！)

**嘟身嘟勢** jok¹sɐn¹jok¹sɐi³〈嘟音旭〉身子動來動去 (嘟：動)：乖乖哋坐响處，咪～。(乖乖地坐在這兒，別動來動去。)

**震震貢** tsɐn³tsɐn³koŋ³ 身子動來動去（震：抖動；貢：鑽動）：個細路～，我冇法子睇書。（那小孩動來動去，我沒辦法看書。）

**囉囉攣** lɔ¹lɔ¹lyn¹〈囉讀第1聲〉身子不停地動（一般是因不安或不舒服等）：個仔有啲燒，成晚～。（兒子有點發燒，整晚翻來覆去。）

*__躝__ lan¹〈音蘭第1聲〉爬行：咁大個仔仲喺地下一～嚟～去。（這麼大的孩子還在地上爬來爬去。）｜隻蟻～咗上蛋糕喇。（螞蟻爬上蛋糕了。）[重見七A15]

**擒** kʰɐm⁴ 攀爬：～樹（爬樹）｜～上嚡大石頭上便。（爬上大石頭上面。）

**擒高擒低** kʰɐm⁴kou¹wa⁴tɐi¹〈擒音娃第2聲〉攀上爬下（擒：攀；擒：攀抓）：佢喺棚架度～，做到成頭汗。（他在腳手架上爬上爬下，幹得滿頭大汗。）

**四腳爬爬** sei³kœk³pʰa⁴pʰa⁻²〈後一爬字讀第2聲〉【虐】爬在地上；手腳並用地爬：嚇到佢當堂～。（嚇得他當場趴在地上。）

*__標__ piu¹ 衝；躥；迅疾地奔跑：一見倒佢就～埋去。（一看見他就衝過去。）｜成個人喺窗口～出去。（整個人從窗口飛出去。）｜條魚一～唔知～咗去邊。（那條魚一躥不知道躥哪兒去了。）[重見二B6、六A3]

*__跦__ lɵy¹〈音雷第1聲，拉虛切〉（頭向前或向下）鑽：死咁～埋去。（拚命鑽進去。）[重見六B4]

*__蜎__ kyn¹〈音捐〉爬着鑽；蠕動：你～落牀下底做咩啊？（你鑽到牀底下幹嘛？）｜條蟲仔～下～下。（那小蟲不斷地蠕動着。）[重見七A15]

*__貢__ koŋ³ 爬着鑽；蠕動：你～落枱底執翻隻筷子啦。（你鑽進桌子底下撿回那隻筷子。）｜好似條屎蟲噉～嚟

去。（好像蛆一般動來動去。）[重見七A15]

*__瞓（睏）__ fɐn³ 躺：～上張牀，等我檢查下。（躺到牀上去，讓我檢查一下。）[重見二C5]

*__䟴__ ŋɐn³〈音銀第3聲，毅訓切〉利用彈力向高處跳；彈跳：一～就上咗瓦背頂。（一跳就上了房頂。）[重見六A4、六D11]

*__扎__ tsat³ 猛然跳起；向高處跳起：聽倒吟鐘聲，佢即刻～起身。（聽到鬧鐘響，他馬上跳起來。）｜嚇到我成個～起。（嚇得我整個人跳起來。）[重見七A5]

*__扎扎跳__ tsat³tsat³tʰiu³ 不斷地跳（扎：向高處跳）：啲蝦買翻嚟仲係～嘅。（這些蝦買回來還是活蹦亂跳的。）[重見七E22]

**生蝦噉跳** saŋ¹ha¹kɐm²tʰiu³〈生音生死之生，噉音敢〉【喻】【貶】像活蝦似的亂跳：嗰啲係乜嘢舞啊，～！（那是甚麼舞哇，亂跳一氣！）

*__打觔斗__ ta²kwan¹tɐu²〈斗音升斗之斗〉翻筋斗；打空翻：孫悟空好叻㗎，打個觔斗十萬八千里。（孫悟空好厲害，翻個筋斗十萬八千里。）[重見六B4]

**打大翻** ta²tai⁶fan¹ 打空翻。

*__舭（䑝）__ pau⁶(piu⁶, pɛu⁶)〈音包第6聲，又音表第6聲，又音啤加上戶字音尾的第6聲〉用身體（包括肘部等）把別人擠開：你嗰度又唔係有定，猛～過嚟做乜啫？（你那兒又不是沒地方，拚命挨過來幹甚麼？）[重見二D2、九A7]

**逼（偪）** pek¹ 推擠：將佢～埋一便。（把他擠到一旁。）｜死～死～先咗出嚟。（拚命擠才擠了出來。）[重見九A3、九B6]

**借** tsɛ³ 讓開；閃開：好在我快啲～

六　運動與動作

開，一唔係實濕親嘅。(幸好我趕快閃開，不然肯定燙着了。)

**騎脾馬** kʰɛ⁴pɔk³ma⁵【喻】(小孩) 騎在大人的肩膀上 (脾:肩)。

**豎葱** sy⁶tsʰoŋ¹【喻】倒立;拿大頂。

\***倒掟頭** tou³tɛŋ³tʰɐu⁴〈倒音到, 掟音帝贏切第 3 聲〉倒立;拿大頂。[ 重見九 B13 ]

## 六 B3　頭部動作

**覘(擔)** tam¹〈音擔任之擔〉抬(頭):～高頭睇下。(抬起頭看一看。)｜～天望地 (東張西望)

**頣** ŋɔk⁶〈音岳〉仰(頭):～高個頭。(仰起頭。)

**炭頭** ŋɐŋ⁶tʰɐu⁻²〈炭音餓入切, 頭讀第 2 聲〉點頭:你問佢得唔得, 佢實～嘅。(你問他行不行, 他肯定點頭。)

**撍頭** nɛŋ⁶tʰɐu⁴⁽⁻²⁾〈撍音耐認切, 頭可以讀第 2 聲〉搖頭:佢猛咁～, 實係唔掂喇。(他一個勁兒地搖頭, 肯定不行了。)

**抆頭** wɛŋ⁶tʰɐu⁴⁽⁻²⁾〈抆音戶認切, 頭可以讀第 2 聲〉搖頭。

**哹頭** tɐp¹tʰɐu⁴〈哹音低邑切〉低頭;垂下腦袋:佢哹低頭, 一粒聲都唔出。(他低下頭, 一句話也不說。)｜唔好～! 挺胸! (別低頭! 挺胸!)

## 六 B4　被動性動作、發抖

**揗跤** tɐp⁶kau¹〈揗音第入切〉踭倒;跌交 (揗:踭):咁大個仔仲會～㗎! (怎麼這麼大的人了還會踭倒!)

\***打關斗** ta²kwan¹tɐu²〈斗音斗升之斗〉跌倒;踭跟頭:條路好踎, 髻成個～。(這條路很滑, 他整個人跌倒了。)｜呢度好難行, 因住～啊。

(這裏不好走, 小心跌倒。)[ 重見六 B2 ]

\***仆** pʰok¹〈批屋切〉踭;朝前踭倒:～低响地下。(踭倒在地上。)[ 重見六 B1 ]

\***轆(碌)** lok¹〈音六第 1 聲, 拉屋切〉踭;翻滾着踭倒:未行得兩步就～低咗。(沒走幾步就倒下了。)[ 重見三 A8、六 A5、十 C2 ]

**一仆二轆(碌)** jɐt¹pʰok¹ji⁶lok¹〈仆音批屋切, 轆(碌)音拉屋切〉連滾帶爬:佢哋～嘅行咗半個鐘先到。(他們連滾帶爬地走了半個小時才到。)[ 又作 "一仆一轆(碌)" ]

**趴屎** pʰa¹si²【俗】【謔】撲倒;朝前踭倒:一踏冇踏正, 成個～。(一踩沒踩正, 整個人踭了個嘴啃泥。)

\***跩** lɵy¹〈音雷第 1 聲, 拉虛切〉(頭朝下) 倒下;栽:佢～咗喺度, 暈咗。(他栽倒在那兒, 昏了過去。)[ 重見六 B2 ]

\***舂** tsoŋ¹〈音忠〉(頭朝下) 踭倒;栽:佢喺隻船度～咗落水。(他從船上栽進水裏。)｜敵機～落嚟。(敵機栽下來。這是把飛機比作人。)

\***撻** tat³〈音笡, 帝壓切〉(橫着) 踭倒;從高處摔下來:成個～低响地。(整個人踭倒在地上。)｜喺三樓～落嚟, 仲有命嘅! (從三樓摔下來, 還有命嗎!)[ 重見六 D3 ]

**撻生魚噉撻** tat³saŋ¹jy⁻²kɛm²tat³〈撻音帝壓切, 生音生死之生, 魚讀第 2 聲, 噉音敢〉【喻】像摔鱧魚那樣摔, 比喻摔得很重。[ 參見六 D3 "撻" ]

**蹟** kwan³〈音慣〉踭倒:佢噉咗下, 就～低咗。(他絆了一下, 就踭倒了。)

\***蹎** sin³〈音扇〉滑倒:地下濕, 因住～親。(地上濕, 小心滑倒。)[ 重見九 A7 ]

**抌(磕)** hem²〈可飲切〉碰撞（往往指會對身體造成損害的）：～親個膝頭哥。（碰傷了膝蓋。）｜～頭埋牆。（把頭往牆上撞。熟語，形容愚不可及或極度後悔時的表現。"～"本是被動性動作，此處用為主動性動作，表示反常行為。）

**浸₁** tsɐm⁶〈讀第6聲，治任切〉溺水：一個人去水庫游水，～死都冇人知啊！（獨自到水庫游泳，淹死也沒人知道！）

**畀** pei²〈音比〉在表示被動的句子裏，引出做出動作的人或物；被；讓；給：佢～人揼咗一身。（他被人打了一頓。）｜你諗唔倒～我攞哩！（你想不到讓我耍了吧！）｜條魚～貓擒走咗。（魚被貓叼走了。）｜～眼釘刮親。（被釘子刺傷。）［重見七A10、七E7］

**親₁** tshɐn¹ 放在表動作等的詞語後面，表示身體或心理遭受（不好的或可能造成損害的）：屈～隻手。（扭傷了手。）｜抌～個頭。（撞傷了頭。）｜畀你嚇～。（讓你嚇着。）｜琴日凍～嘞。（昨天受了涼。）

**打冷震** ta²laŋ⁵tsɐn³ 發抖：哆嗦（不一定是由於寒冷）：佢凍到～。（他冷得發抖。）｜佢驚到猛～。（他害怕得直哆嗦。）［又作"打震"］

**啲啲震** ti⁴ti²tsɐn³〈第一個啲字音第移切，第二個字音底椅切〉不停地顫抖：你做咩～啊？凍定係驚啊？（你幹嗎不停地顫抖？是冷還是害怕？）

**揗揗震** thɐn⁴thɐn⁻²tsɐn³〈第一個字音提人切，第二個字音體隱切〉顫抖：我坐喺佢身跟，都覺得佢猛咁～。（我坐在他身旁，都感覺到他抖得厲害。）［重見五A4］

**震揗揗** tsɐn³thɐn⁴thɐn⁴〈揗音吞第4聲，蹄人切〉顫抖：常伯點都係老喇，行路～。（常大伯怎麼說也是老了，走路顫顫巍巍。）［重見五A4］

**揗** thɐn⁴〈音吞第4聲，蹄人切〉顫抖：佢而家寫字隻手都猛咁～嘅。（他現在寫字那手也不斷地發抖。）［重見七A2、七A15］

## 六C　五官動作

### 六C1　眼部動作

**擘** mak³〈馬客切〉睜：～開對眼。（睜開眼睛。）｜對眼～咁大做乜啊？（眼睛睜那麼大幹甚麼？）［重見六C2、六D6、六D12］

**瞠₁** tshaŋ³〈音撐第3聲〉～唔開眼。（睜不開眼睛。）

**睩** lok¹〈音錄第1聲，拉屋切〉①用力睜大（眼）：對眼～到燈籠咁大。（眼睛瞪得像燈籠那麼大。）②睜大眼睛注視（往往表示不滿、憤怒等）：～咗佢一眼。（瞪了他一眼。）

**睇** thei²〈音體〉看：～電影｜～書｜你頭先～見乜嘢？（你剛才看見甚麼？）｜叫佢快啲嚟～下。（叫他快點兒來看一看。）［重見五B4、七E6］

**眈** tam¹〈音擔任之擔〉望；注意地看：你去～～佢喺度做乜？（你去望一望他在幹甚麼？）

**眈天望地** tam¹thin¹mɔŋ⁶tei⁶〈眈音擔任之擔〉東張西望：～嘅，冇啲體統！（東張西望的，沒點兒體統！）

**睺(候)** heu¹〈音後第1聲，蝦歐切〉注意地看：你响度～乜嘢啫？（你在這兒看甚麼？）［重見五B4、五B7、七E6］

**脧** tsɔŋ¹〈音裝〉窺視：～下媽咪喺廚房整乜餸。（偷偷看一看媽媽在廚房做甚麼菜。）

**瞄** miu²〈音妙第 2 聲，摸曉切〉瞥視：～下嗰度賣乜東東。（瞥一眼那裏賣甚麼東西。）

*__擸__₁ lap³〈音蠟第 3 聲，賴甲切〉掃視：我～咗佢一眼，好似好熟口面噉。（我掃了他一眼，好像很面熟。）〔重見六 D1、六 D10、七 A10〕

**睄** sau⁴〈音哨第 4 聲，時矛切〉睨視：佢雙眼～嚟～去，好鬼鼠啊。（他那雙眼到處睨視，鬼鬼祟祟的。）｜擸眼尾嚟～。（用眼角的餘光來看。）

**覵** lɐi⁶〈音麗〉嚴厲地看：你媽媽～實你啊，你仲喐嚟喐去。（你媽媽看着你呀，你還動來動去的。）

**掘** kwɐt⁶ 盯；蹬；嚴厲地看：我去親嗰度，嗰個人都擸對眼～實我。（我每次去那兒，那個人都拿眼睛緊緊盯着我。）

*__喼__ kʰɐp⁶〈音級第 6 聲，確入切〉盯；目不轉睛地看：你噉都有嘅，一路擸對眼嚟～實嗰個女仔！（你怎麼能這樣，一直用眼睛死盯着那個女孩子！）〔重見六 C2、七 E6〕

**單**₁ tan¹ ①閉一隻眼睜一隻眼：我～唔倒眼嘅。（我沒法兒閉一隻眼睜一隻眼。）②用一隻眼睛（閉上另一隻）來看：～下條方直唔直。（閉上一隻眼睛來瞄一瞄那木方直不直。）③【俗】看：等我埋去～一～先。（讓我過去先看一看。）

**偷眼屎** tʰɐu¹ŋan⁵si² 偷看：要睇就大大方方睇，使乜～啫！（要看就大大方方看，何必偷看呢！）

*__瞌__ hɐp¹〈合音第 1 聲〉閉（眼）：～埋雙眼詐諦瞓着。（閉上眼睛假裝睡着。）

*__瞇__ mei¹〈音微第 1 聲，麼禧切〉閉（眼）：～埋眼梗係睇唔倒啦！（閉上眼睛當然看不見了！）〔普通話指眼皮微微合上，與廣州話有所不同。重見二 C5〕

**瞸** hip³〈音協〉閉（眼）。

**矇**₂ moŋ¹〈音蒙第 1 聲，麼空切〉瞇縫：畀熱頭劅到～起眼。（讓太陽晃得瞇起眼睛。）

**瞤** tsam²〈音斬〉眨：睇到眼都唔～下。（看得眼睛也不眨。）｜你點解猛～眼嘅？入咗沙咩？（你幹嗎老眨眼睛？進了沙子嗎？）

**霎**₂ sap³(jap³)〈音細鴨切，又音意鴨切〉眨。

**眨** sip³〈音攝〉眨。

**瞤眉瞤眼** tsam²mei⁴tsam²ŋan⁵〈瞤音斬〉擠眉弄眼：你兩個～，有乜鬼怪嘢呢！（你們倆擠眉弄眼的，有甚麼怪的事吧！）

**丟眼角** tiu¹ŋan⁵kɔk³ ①使眼色：你唔使～，有嘢就打明嚟講。（你不用使眼色，有甚麼就明說。）②以眼神傳遞感情；送秋波。

## 六 C2　嘴部（含牙、舌）動作、鼻部動作 〔説話參見七C〕

*__食__₁ sek⁶ 喫：～飯｜～嘢(吃東西)〔重見七 B13〕

**刷** tsʰat³【俗】大喫：呢隻香蕉你～埋佢啦。（這隻香蕉你把它喫了吧。）｜出咗糧，去邊度～番餐啊？（發了工資，到哪兒大喫一頓呀？）

*__碇（噇）__ tsaŋ⁶〈自硬切〉【喻】拚命地喫：一啖～咗六碗飯。（一下子塞了六碗飯。）｜條友真～得。（這傢伙真能喫。）〔重見六 D5〕

□ tsʰu²〈似虎切〉【俗】【謔】喫：而家呢個年頭有得～就～，點知聽日仲有冇命歡㗎。（現在這個年頭有喫的就喫，誰知道明天還有沒有命受。）〔這是對普通話"喫"字音的模仿〕

154

**喫** jak$^{3}$〈意客切〉【俗】【謔】喫。[“喫”讀書音 hɛk$^{3}$，口語不用（一般説“食”），而“喫”的口語音 jak$^{3}$，見於郊縣，在市區則用於較俗或開玩笑的場合。]

**噍** tsiu$^{6}$〈音趙〉①咀嚼：～香口膠。（嚼口香糖。）｜～骨頭。〈啃骨頭。〉②【謔】喫：呢碟菜冇人食，等我～咗佢。（這碟菜沒有人喫，讓我喫了它。）

**⿰口粦** lɵn$^{1}$〈音輪第 1 聲，拉津切〉細細地啃：～骨（啃骨頭）

**梅** mui$^{-2}$〈讀第 2 聲〉（沒牙齒的人用牙齦）嚼：我老喇，冇牙噍喇，惟有～下～下咋。（我老了，沒牙齒嚼了，只能用牙齦磨。）

***⿰口岳** k$^{h}$ɐp$^{6}$〈音級第 6 聲，契合切〉大口咬；迅速地咬：一啖～咗半隻餅。（一口咬了半個餅。）[ 重見六 C1、七 E6 ]

**噬** sɐi$^{4(6)}$〈音西第 4 聲，又讀第 6 聲〉大口咬：咪畀隻狗～你一啖嗄！（別讓那狗咬你一口啊！）

**啗（擔）** tam$^{1}$〈音擔任之擔〉叼：～住口煙。（叼着一根煙捲兒。）｜麻鷹～雞仔。（老鷹叼小雞。）

***骾** k$^{h}$ɐŋ$^{2}$〈卡肯切〉勉強下嚥：難食都要死～，唔係肚餓㗎嘛。（難吃也要拚命往下嚥，不然肚子餓呀。）[ 重見二 C11 ]

***飲** jɐm$^{2}$ 喝：～水（喝水）｜～酒（喝酒）[ 重見七 B3 ]

**啜（歠、嘬）** tsyt$^{3}$〈音絕第 3 聲，志乙切〉①吸（食）：～奶（吸奶；吃奶）｜～田螺（把田螺的肉從殼中吸出吃之）｜用吸管～汽水（用吸管吸飲汽水）②吻：～面珠（吻臉蛋）

**嗒$_{1}$** tap$^{1}$〈音答第 1 聲〉含咂：～糖（把糖含在嘴中細咂。）｜～真啲味。（咂出真滋味。）

**嗒$_{2}$** tɛp$^{1}$〈音爹加上答的音尾〉小口地吸（飲料等）：～一啖酒食一粒南乳肉。（咂一口酒吃一顆五香花生米。）

**呷** hap$^{3}$〈何鴨切〉大口喝；吸飲：再～多啖。（再喝一大口。）

***嗍（欶）** sɔk$^{3}$〈音索，細惡切〉①吸飲：出力～一啖。（使勁吸一口。）②深吸氣。③深吸着氣聞：你～下係乜嘢味？（你嗅嗅這是甚麼氣味？）

*□ p$^{h}$u$^{4}$〈葡湖切〉用力吐；用強烈氣流往外吐；用嘴噴：我啱啱呷一啖就～咗出嚟。（我剛喝一口就一下吐了出來。）[ 重見十一 B2 ]

**⿰口累** lœ$^{1}$〈拉靴切〉慢慢地用舌頭頂着往外吐；將啖痰～喺手巾仔度。（把痰吐在手絹上。）｜食人唔～骨。（吃人連骨頭也不吐。喻殺人不眨眼。）

**⿰口賴** lai$^{2}$〈音賴第 2 聲，了解切〉舔：食完飯，仲～乾淨啲汁。（吃完飯，還把菜汁舔乾淨。）

**斂** lim$^{5(-2)}$(lɛm$^{5(-2)}$)〈可讀第 2 聲；又音例野切加上斂的音尾，也可讀第2聲〉舔、舐：佢用條脷～下個嘴唇，又試講落去。（他用舌頭舔一下嘴唇，又繼續講下去。）｜連汁都～埋。（連汁也舔乾淨。）

***痛（疼）** t$^{h}$oŋ$^{3}$〈疼音痛〉親吻：～佢一啖。（吻他一下。）[ 重見五 B6 ]

***惜** sɛk$^{3}$〈惜音錫〉吻：等爹哋～下先。（先讓爸爸親一下。）[ 重見五 B6 ]

**嘴** tsɵy$^{2}$【俗】吻：你有冇～過女朋友啊？（你吻過女朋友沒有？）

***擘** mak$^{3}$〈磨客切〉張（嘴）：～大嘴（張大嘴巴）[ 重見六 C1、六 D6、六 D12 ]

**⿰口醫** ji$^{1}$〈音醫〉齜：～開棚牙（齜牙）

***⿰口醫牙唪哨** ji$^{1}$ŋa$^{4}$paŋ$^{6}$sau$^{3}$〈⿰口醫音醫，唪音步橫切第 6 聲〉齜牙咧嘴：嗰個嘢～，好鬼難睇啊。（那個人齜牙咧嘴的，真難看。）[ 重見七 C1 ]

**奪** tyt¹〈讀第 1 聲〉嚟：～長條嘴。(嚟
起嘴巴。)

*□ kœ¹〈哥靴切〉嚟：～起個嘴。(嚟
起嘴巴。)〔重見六 D6〕

**扁嘴** pin²tsθy²撇嘴（表示不以為然或
小孩要哭）：佢聽咗，一便～一便
擰頭。(他聽了，一邊撇嘴一邊搖
頭。)｜佢一～，啲眼淚水就揬落
嚟。(他一撇嘴，眼淚就往下掉。)

**吵** miu²〈音妙第 2 聲，摸曉切〉努嘴；
抿嘴：～嘴

*哄₂ hoŋ⁶〈讀第 6 聲〉嗅；湊近去聞。
〔重見七 A14〕

**壅**₁ oŋ¹〈啊空切〉聳（鼻子）：～起個
鼻。(聳起鼻子。)

# 六 D　四肢動作

## 六 D1　拿、抓、提等

*拎 neŋ¹〈音寧第 1 聲，那英切〉①拿：
幫我～樽墨水過嚟啊。(幫我拿瓶墨
水過來。) ②提：你～住咁大抽生
果去邊啊？(你提這麼大一袋水果
上哪？)〔重見七 A10〕

*搦 nek¹〈那益切〉拿：～碗湯畀隔籬
阿婆飲啦。(拿碗湯給隔壁的老奶奶
喝吧。)〔重見七 A10、七 E15〕

*攞 lɔ²〈音羅第 2 聲，拉可切〉①拿：
你～住咁多嘢行唔快，畀啲我～
啦。(你拿那麼多東西走不快，給點
我拿吧。) ②伸出（手）：～隻手出
來，睇下拎咗啲乜。(把手伸出來，
看看拿了些甚麼東西。)〔重見七
A10、七 E15〕

*揸 tsa¹〈音渣〉拿；抓；掐；～住轆
竹。(拿着根竹子。)｜出力～到
實。(用力抓緊。)｜畀人～住頸，
郁都唔郁得。(被人掐住脖子，動彈

不得。)〔重見七 D4〕

**鉗** kʰim⁴以兩個手指探取。

*攋 lap³〈音蠟第 3 聲，拉鴨切〉（用
手掌或手臂向自己方向）撥攏；攬
取：一伸手咸唪唥～過嚟。(一伸
手全部攬過來。)〔重見六 C1、六
D10、七 A10〕

*捌₂ la²〈音喇第 2 聲，拉啞切〉抓：一
手～落去，至攞得幾粒花生。(一手
抓下去，才拿到幾顆花生。)〔重見
十 C3〕

*撍 tsʰɐm⁴(tsʰim⁴)〈音尋，又音潛〉抽
取；撥出：～籌（抓鬮；抽籤）｜
求其～一張出嚟。(隨便抽一張出
來。)｜～毛（拔毛）

**撢** ŋɐm⁴(jɐm⁴)〈牙淫切，又音淫〉掏：～
條鎖匙出嚟開門。(掏鑰匙出來開
門。)

*擙 ou¹〈音澳第 1 聲，啊蒿切〉（往高
處、遠處）取物：個波放到咁高，
我點～嗎。(那個球放得這麼高，我
怎麼夠得着啊。)

**插** tsʰap³挾扶：要兩個人响兩便～住
佢先企得起身。(要兩個人在兩邊挾
着他才站得起來。)

**摸**₁ mɔ²〈讀第 2 聲〉（用手在水中）撈
捕：去涌仔度～魚～蝦。(到小河溝
裏捉小魚蝦。)

*搲 wa²(wɛ²)〈音話第 2 聲，又音壺野
切第 2 聲〉①抓緊；攀牢：～住唔
好鬆手，唔係就跌落去㗎喇。(抓緊
別鬆手，要不就掉下去了。) ②靠
手和臂向上攀：夾硬～上去。(硬
用手抓着爬上去。)〔重見六 D10〕

*攫（扳）man¹〈音慢第 1 聲，咪班切〉
抓牢：你～住個扶手就唔驚啦。(你
抓住那扶手就不怕了。)〔重見六
D6、七 A4〕

**拖** tʰɔ¹挽（手）；拉（手）：過馬路要～
住媽咪。(過馬路要拉着媽媽的手。)

\***抽（搊）** tsʰɐu¹ 提：你～住咁多嘢，好唔方便個噃。(你提着這麼多東西，很不方便的。)［重見十 C3］

**掅** tsʰeŋ³〈音秤，次慶切〉①提起：佢好大力，成百斤嘢都～得起。(他力氣很大，一百斤的東西也可以提起來。) ②揪住（人）：～佢去派出所。(把他揪去派出所。)

**摵** tsʰek¹〈音戚，妻益切〉①提起；往上提：你仲趴喺地下度，我就～你起身。(你還趴在地下，我就把你提起來。) ②揪住（人）。

**的** tek¹ 提（向上提）；揪：～起個箱。(提起箱子。)｜～佢翻差館。(把他揪回警察局。)

**挽** wan⁵⁽²⁾〈可讀第 5 聲，也可讀第 2 聲〉提着（某物）：～住個旅行篋。(提着一個手提箱。)｜若然我跑你唔過，就同你～鞋。(要是我跑不贏你，就給你提鞋子。)

\***椗** teŋ³〈音定第 3 聲，帝慶切〉提（手下垂着提）：你見我兩隻手都～住咁多嘢都唔嚟幫下手。(你看見我兩隻手都提着那麼多東西也不來幫一下忙。)［重見二 E1、九 B14］

**優** jɐu¹（把褲子、襪子、鞋幫子等往上）提：～褲（把褲子往上提）｜～鞋（把鞋幫子拉上）

**擔** tam¹（音擔任之擔〉①搬（凳子、梯子等）：～張椅嚟！(搬一張椅子來！)｜唔～梯嚟點上啊？（不搬梯子來怎麼上去？) ②舉（傘、旗等）：落雨要～遮。(下雨要打傘。) ③挑；扛：～水｜～鋤頭（扛鋤頭）［普通話也有“肩挑”的意思，但一般多用“挑”，少用“擔”，廣州話則完全不用“挑”］

## 六 D2　推、拉、按、托、捏、摸等

**挬** oŋ²〈啞恐切〉推：～門（推門）｜～佢出門口。(推他出門口。)

**趙** tʰɔŋ³ 朝某一方向順着推或拉：～開鐵閘。(拉開鐵閘門。通常指有方向性導軌的鐵閘門。)

**掹** mɐŋ¹⁽³⁾〈音萌第 1 聲，又讀第 3 聲〉拉；扯；抽；拔：～斷條繩。(把繩子拉斷。)｜～條竹出嚟。(抽一根竹子出來。)｜～草（拔草）

\***擢** tsʰɔk³〈次惡切〉猛然拉動：～下條繩，睇下夠唔夠實淨。(使勁扯一下繩子，看看夠不夠牢靠。)［重見六 A4、七 C11］

\***繃** mɐŋ¹〈音盲第 1 聲，麼坑切〉拉緊；繃緊：你出力～就～得緊㗎嘞。(你使勁拉就能繃緊。)［此與普通話“繃”用法相近，但讀音不很相應。此字書面語音 pɐŋ¹］

\***兜**₂ tɐu¹ ①從底下托：我～起佢，你嚟挬。(我把它托起，你來推。) ②用手掌掬：～啲水洗下面。(掬水洗把臉。)［重見六 D4、六 D9］

**掗**₁ tɐu⁶〈音豆，大後切〉（輕輕地）托：～起個櫃。(把櫃子托起來。)｜～住下就得嘞。(稍微托住一下就行了。)

**撳** kɐm⁶〈音金第 6 聲，舊任切〉按、摁：～門鐘。(按門鈴。)｜牛唔飲水～唔得牛頭低。(牛不喝水按不低牛頭。喻不能勉強。)

\***扤**₂ ŋɐt¹〈牙一切〉使勁摁：你咁大力，梗係會將個樽枳～咗入樽啦。(你這麼使勁，當然會把瓶塞摁進瓶子裏囉。)［重見六 D8、七 E5］

**撚**₁ nin²〈音年第 2 聲，那演切〉捏；掐：你唔係買，就唔好將啲蘋果～嚟～去。(你不買，就別把蘋果捏來捏去的。)｜唔好～人條頸，～死人

㗎。(別掐人家的脖子，會把人掐死的。)

**揞** em²〈音暗第 2 聲，啞飲切〉(用手)摀：～住嘴偷笑。(摀着嘴巴偷偷地笑。)

**掂** tim³〈音店〉碰，觸摸：咪～我架電腦。(別碰我的電腦。)｜唔好攞隻手～個鏡頭。(別用手觸摸相機的鏡頭。)

**逗** teu³〈讀第 3 聲，帝漚切〉觸摸：呢啲嘢唔～得㗎。(這些東西不能摸的。)｜你唔識就咪亂～。(你不懂就別亂動。)

**擸₂** lip³〈音獵第 3 聲，厲協切〉順着方向撫摸(一般指對狗、貓等順毛撫摸)：一路～住隻貓就瞇埋眼唔喐嘞。(一直順着毛撫摸，那貓就閉上眼睛不動的了。)

## 六 D3　扨、搖、翻開、抖開等

**捉** teŋ³〈帝贏切第 3 聲〉扔：～石頭(扔石頭)｜～落水(扔進水裏)

**掉** tiu⁶ 扔：嗰張報紙我～咗喇。(那張報紙我扔了。)

**擗** pʰɛk⁶〈音劈第 6 聲，賠石切〉(使勁地)扔：～咗落坑渠裏。(扔進污水渠裏。)

**抌** weŋ⁶⁽¹⁾〈音泳，又讀第 1 聲〉(使勁地)扔；甩：～上半天空。(扔到半空中。)

**揼₁** tɐm²〈底飲切〉【外】①扔：你將我本書～到去邊啊？(你把我那本書扔到哪兒了？)②傾倒：～垃圾。[英語 dump]

*__**揸**__ tat³〈音笪，帝壓切〉(使勁地)向下摔(軟的物體)：～生魚(把鱧魚摔死。據傳鱧魚有別類名"化骨龍"，吃之使人化為肉汁。加以區別惟有"摔"一法，摔之有腳現者即為"化

骨龍"。此說並無科學根據)[重見六 B4]

**摜** kwan³〈音慣〉向下摔：一～就～成兩邊。(一摔就摔裂成兩塊。)

*__**揈**__ feŋ⁶〈吷認切〉①甩；掄：佢～下條竹嗰啲水。(他掄動竹竿甩掉上面的水。)②扔：一～唔知～咗去邊。(一扔不知扔到哪裏去了。)[重見六 A4]

*□ fek⁶(fɛk⁶)〈付亦切又音付麥切〉甩；掄：～下支筆。(把筆甩一甩。)[重見六 A4]

*__**車**__ tsʰɛ¹ 使勁掄動(重物)；掄着向橫裏扔：阿長仔火滾起上嚟，捼起張凳就～過去。(小長子惱火起來，抓起一張凳子就掄過去。)[重見七 B4、七 D4]

**糝** sɐm²〈音審〉撒；把顆粒狀的東西分散着扔出去：～啲芝麻喺面。(撒一些芝麻在上面。)｜一個坑～幾粒種。(每個坑撒幾顆種子。)

**摋(搓)** tsʰai¹〈音猜〉推擊(球)：排球｜你哋淨係喺度～，點解唔扣嘅？(你們只是托球，怎麼不扣呢？)

*__**捐**__ wɐt⁶〈音屈第 6 聲，戶核切〉晃；輕輕地甩：～熄支蠟燭。(把蠟燭晃滅。)[重見六 A4]

*__**撒**__ ŋou⁴〈音傲第 4 聲，娥豪切〉搖：～下條柱，睇下～唔～得喎。(搖一搖那根柱子，看看搖不搖得動喎。)[重見六 A4]

**抄** tsʰau³〈讀第 3 聲，次孝切〉亂翻，翻找：你～我個櫃筒做咩嘢？(你亂翻我的抽屜幹嘛？)｜～翻本書嚟未？(書找到沒有？)

**啡** fɛ³(hɛ³)〈音咖啡之啡第 3 聲，又音去夜切第 3 聲〉翻開；扒開：將啲嘢～到亂晒。(把東西都翻亂了。)｜將拃生草藥～開嚟晾佢。(把那把草藥扒開來晾乾。)

余 tʰɐn²〈體很切〉把內層翻轉到外面來：豬腸梗要～轉嚟先洗得乾淨略。（豬腸當然要翻轉過來才能洗得乾淨。）

*敨（㪲）tʰɐu²〈音透第 2 聲，體口切〉展開；抖開：～開塊布。[ 重見七 B1 ]

抰 jœŋ²〈音央第 2 聲，椅響切〉抖開：～被（把被子抖開）｜你唔～開嚟點睇得真呢？（你不把它抖開來怎麼看得清楚呢？）

*抌 tɐn³〈帝訓切〉抓着容器或口袋底部抖動或躑，使其中的東西盡數倒出：將袋裏頭啲嘢～晒出嚟。（把口袋裏的東西全抖出來。）[ 重見六 D4、六 D5、九 B8 ]

## 六 D4　捶、敲、抽打等

扰 tɐm²〈底飲切〉捶擊：一捶～埋去。（一拳打過去。）｜唔垂意～爛咗塊玻璃。（不小心把玻璃打碎了。）

*揹 tɐp⁶〈第入切〉捶擊：～石仔。（把大塊的石頭捶成小塊。）｜～咗佢一餐。（揍了他一頓。）[ 重見六 A3、六 A6 ]

㨗₂ fɐŋ⁴〈逢衡切〉（用拳頭）打：你咁大力，界人～一拳點得㗎！（你力氣那麼大，讓人一拳怎麼得了！）

㩧 tsiu⁶〈音趙〉（用拳頭）打：兜心口～埋去。（照着胸口捶過去。）

揢 lœy⁴〈音雷〉【俗】（用拳頭）打。[ 重見六 D8、七 D1、七 E23 ]

㩟（敲）kʰɔk¹〈音確第 1 聲〉（用指節）敲擊：～門（敲門）｜～頭（敲腦袋）

㨣 tsɔk⁶（用指節）敲擊：～咗佢個頭一下。（敲了一下他的頭。）

打包踭 ta²pau¹tsaŋ¹〈踭音之坑切〉用胳膊肘撞擊人（踭：肘）。

起踭 hei²tsaŋ¹〈踭音之坑切〉同"打包踭"。

*抌 tɐn³〈帝訓切〉撞擊：一掌將嗰個嘢～開一便。（一掌把那傢伙打到一旁。）[ 重見六 D3、六 D5、九 B8 ]

摑 kwak³〈架劃切第 3 聲〉打耳光：～佢一巴。（打他個耳光。）[ 此詞普通話也有，但較少用 ]

升₁ sɐŋ¹ 摑：一巴～過去。（一巴掌摑過去。）

*冚₁ kʰɐm²〈音禽第 2 聲，卡飲切〉摑：我～你啊喇！（看我不掌你的嘴！）[ 重見六 A6、六 D7 ]

毆 ɐu¹⁽³⁾〈音歐，又讀第 3 聲〉用力打（用拳頭或器械）：一嘢～落去。（一下打下去。）

㩧₁ pɔk¹〈音駁第 1 聲〉（用棍棒等）敲、打：佢界人～到成頭血。（他被人打得滿頭是血。）

扮 pan³〈讀第 3 聲，布盼切〉（用棍棒使勁地）打：你再有百厭就～跛你隻腳！（你再調皮就打斷你的腳！）

㩒（鏗）hɐŋ¹〈時肯第 1 聲〉（用棍棒）敲擊：你試～下條水喉通，睇下係唔係有嘢塞住咗。（你試試敲一下水管，看看是不是有甚麼東西堵住了。）｜界人～穿個頭。（讓人給打破了頭。）

*拍₁ pʰak³（用棍棒）打：你咁衰，～你啊嘩！（你這麼壞，打你啊！）[ 重見七 E15 ]

摘₁ nam³〈音南第 3 聲，那喊切〉（用長棍子）打：一條竹篙～埋嚟。（一根竹竿打過來。）

㨝（箾）sɔk¹〈音索第 1 聲〉（用細棍子）打：淨係夾餸唔食飯，用筷子～㗎。（光吃菜不喫飯，就用筷子打了。）

*□ fak³〈費客切〉（用軟而韌的枝狀物）抽打：呢個爸爸打細路都唔錫住嘅，～到個仔成身起晒楞。（這個爸爸打小孩一點兒也不留情，打得

他兒子渾身鞭子痕。）〔重見六 A4、
七 A17〕

□ fit¹〈飛熱切第 1 聲〉（用細軟的條狀
物）輕輕地抽打：佢～隻牛，趕佢
行。（他輕輕地抽打牛，趕牠走。）

**鞭**₂ pin¹ 用力抽打：兜頭兜面噉嚟～。
（劈頭蓋臉地抽打。）

***兜**₂ teu¹ ①朝着（人體部位。一般用
於有傷害性的動作等）：一殼水～頭
淋落嚟。（一瓢水當頭淋下來。）｜
風沙～口～面噉吹。（風沙撲面而
來。）｜～心口一捶。（朝着胸口一
拳。）②使用（肢體擊打別人）：～
捶扰過嚟。（掄拳打過來。）｜～
巴冚佢。（揮巴掌摑他。）｜～踭撞
人。（用胳膊肘撞人。）〔重見六
D2、六 D9〕

## 六 D6　揭、折、撕、揉、挖等

**蕫（囤）**ten²〈音燉第 2 聲，底很切〉
放：～响處，我等陣會攞嚟喇。（放
在這兒，我待會兒會拿的。）｜～入
櫃筒。（放進抽屜裏。）

**擠** tsɐi¹ 放：～低啦，佢翻嚟我講界佢
聽係你攞嚟嘅。（放下吧，他回來我
會告訴他是你送來的。）

***吶** tɐt¹〈音突第 1 聲，多一切〉【貶】
（隨便）放：你嘅嘢唔好亂咁～啦。
（你的東西別亂放。）〔重見六 B1、
七 A12〕

**座** tsɔ⁶ 放（較大、較重的東西）：個鋼
琴～喺處啦。（鋼琴就放在這兒吧。）

***執** tsɐp¹ 撿：喺地下～倒支筆。（在地
上撿到一支筆。）｜～翻本書。（把
書撿起來。）〔重見七 A11、十 C3〕

***㽉** lɛm⁶〈音林第 6 聲，例任切〉堆
砌：～堆（把物件疊成堆）｜將啲
磚～起佢。（把這些磚頭摞起來。）
〔重見十 C3〕

***沓** tap⁶〈音踏〉疊；疊：～好嘢啲書。
（把書疊好。）〔重見四 A7、十 C3〕

**㩒** tɔŋ⁶〈音洞〉把成疊的東西（書、紙
等）豎起在平面上頓，使之整齊：
將收嚟嘅作業簿～齊，擠喺老師枱
面。（把收來的作業本頓整齊，放在
老師桌面上。）〔重見九 A5〕

***扽** tɐn³〈帝訓切〉①用力猛放；蹾：
將個樽～一～，裝多啲都仲得。（把
瓶子蹾一蹾，還可以多裝一些。）｜輕
輕蹾，唔好～，會爛㗎。（輕輕放，別
用力放，會打破的。）②同「㩒」：～
齊沓紙。（把那疊紙頓齊）。〔重見六
D3、六 D4、九 B8〕

**啷** lɔŋ³〈音郎第 3 聲，例鋼切〉（以物
體）墊高、架起：～起張枱。（把桌
子墊高。）｜有得～腳先夠高。（有
東西墊腳才夠高。）

**薦** tsin³〈音箭〉墊；鋪在底下：要～
多張被先夠暖。（要多墊一張被子才
夠暖和。）

**㩒（揳、攝）**sip³〈音攝〉（在縫中）塞
入（薄物）：～枱腳。（在桌子腳下塞
進薄物使平衡。）

***攕** tsim¹〈音尖〉（在縫中）打入（薄
物）：呢條罅要～實佢先至得。（這
條縫要攝緊才行。）〔重見三 D8〕

***窒** tsɐt⁶〈音質〉塞：你將件衫～
咗去邊啊？（你把衣服塞到哪兒
了？）｜～住條罅。（把縫填上。）
〔重見三 A10〕

***磳** tsaŋ⁶〈治硬切〉硬塞：～爆。（硬塞
以致爆裂。）〔重見六 C2〕

## 六 D6　揭、折、撕、揉、挖等

**煎**₁ tsin¹（沿表層）揭剝：～皮拆骨。
（剝皮抽骨。）｜成浸～起。（整一層
揭起來。）

**煙** jin¹ 同「煎」。

**剝** mok¹〈音莫第 1 聲〉剝：～蛋殼[ 與普通話意思一樣，但語音上不十分對應 ]

**搴** kʰin²〈啟演切〉掀、揭（開）：～開被。（掀開被子。）｜～開蓋。（揭開蓋子。）

**拗** au²〈啞考切〉①弄彎；折：～成幾撅。（折成幾段。）②扳：～手瓜(扳手腕)｜～過嚟呢便。（扳過這邊來。）

***攔(扳)** man¹〈音慢第 1 聲，咪班切〉扳：將條鐵窗枝都～攞咗。（把那條鐵窗格子都扳彎了。）[ 重見六 D1、七 A4 ]

**屈₃** wɐt¹ 扭；弄彎；弄彎使斷：攞鐵線～幾個鈎仔。（拿鐵絲彎成幾個小鈎子。）

**剒** lɔk¹〈音洛第 1 聲〉用鉗子等拔：～眼釘出嚟。（把釘子拔出來。）

**搣** mit¹〈音滅第 1 聲〉①撕：～張紙畀我。（撕一張紙給我。）②用力捏皮肉使疼痛；擰：～到人鬼死咁痛。（把人擰得疼死了。）

**批** tsʰi²〈音此〉撕扯：你咪係咁～張被啦，爛㗎。（你別這樣撕扯被子，會破的。）

**擘(掰)** mak³〈磨客切〉掰；撕：將呢塊餅～開兩份。（把這塊餅掰成兩份。）｜佢睇都唔睇就將封信～咗。（她看也不看就把信撕了。）[ 重見六 C1、六 C2、六 D12 ]

***□** kœ¹(kʰœ¹)〈哥靴切，又音卡靴切〉揉搓成團：未寫得兩隻字就～咗掉落字紙籮。（沒寫兩個字就抓成一團扔進廢紙簍。）[ 重見六 C2 ]

**捽** tsɵt¹〈音卒〉①揉（使皺）：～皺啲紙。（把紙揉皺。）②搓；互相摩擦：～㷫雙手，就可以體會摩擦產生熱嘅原理嘞。（把手搓熱，就能體會到摩擦產生熱的原理了。）

**□** jɵt¹〈音衣術切第 1 聲〉揉（使皺）：

呢隻布一～就皺。（這種布一揉就皺。）

**夭** jiu¹〈衣囂切〉往深處小塊地挖；摳：～耳屎｜～一嚙出嚟。（摳一塊出來。）

***拼** pʰɛŋ¹〈音批嬴切第 1 聲〉打掉；拆掉：將埲牆～咗去。（把這堵牆拆掉。）[ 重見七 E23 ]

## 六 D7　裝、蓋、綁、聯結等

***入** jɐp⁶ 把物品裝進容器內：～錢落錢罌。（把錢裝進儲錢罐子。）[ 重見六 A2 ]

**袋₂** tɔi⁶ 裝入袋內：你啲銀紙～好啲。（你的錢放好點兒。專指放在口袋裏）｜攞個膠袋～住。（用塑料袋裝着。）

***撆** pɐt¹(pʰɐt¹)〈音畢，又音匹〉用簸箕裝起：～垃圾｜～一簽泥。（撮一簸箕土。）[ 重見六 D9 ]

**笠₂** lɐp¹（自上而下地）罩；套；扣：畀人攞麻包袋～住個頭。（讓人用麻袋套住腦袋。）｜頂帽～到落眼眉。（帽子壓到眉毛。）[ 重見七 D10、七 E9 ]

***冚₁** kʰɐm²〈音禽第 2 聲，啟飲切〉蓋：大被～過頭。（用被子蓋着頭。謂酣然而睡。）｜攞個蓋～住啲餸，咪畀烏蠅襒。（拿蓋子蓋住菜，別讓蒼蠅爬了。）｜用邊隻油嚓油至～得住原先嗰隻色啊？（刷哪種油漆才能蓋住原先的顏色？）[ 重見六 A6、六 D4 ]

**扱** kʰɐp¹〈音級〉（用蓋子等）倒扣；蓋：蒸嘢至緊要－實個蓋。（蒸東西最重要的是蓋嚴蓋子。）｜～轉個盆。（把盆子倒扣。）

***樓** lɐu¹〈音樓第 1 聲，拉歐切〉（用布等）蒙蓋：攞塊濕布～住嚙麵。（用

濕布把把麵糰蓋住。）[ 重見二 D2、
三 A1、七 B1、九 B15 ]

*揢（罨）ɐp¹〈啊邑切〉封蓋；捂；
敷：～膏藥｜攞膠布～實。（用塑料
布捂緊。）[ 重見七 D8 ]

絡₂ lɔk⁶〈音落〉①用網或網絡狀容器
罩或裝：搵個線絡～住就穩陣嘞。
（用個網兜裝着就穩妥了。）②用繩
索等兜住：咪界條帶～倒頸。（別讓
帶子勒着脖子。）

綁 pɔŋ² 綁；打結：～鞋帶（繫鞋
帶）｜～到實一實。（捆得結結實
實。）[ 意義與普通話相去不遠，但
使用範圍比普通話廣得多 ]

絢 tʰou⁴〈音淘〉（用繩索）捆綁；拴
緊：～實隻貓。（把那隻貓拴好。）

找（抓）tsau² （用鐵絲等）捆紮：～好
個圍欄。（把欄杆捆紮好。）

索 sɔk³ （用繩子）勒緊：～實個袋，就
唔怕甩甩落嚟。（用繩子勒緊那個袋
子，就不怕它掉下來。）

攬₁ lam⁻⁶〈音濫〉①（用繩、帶等）圍；
（不是很緊地）繞：～頸巾（圍圍
巾）｜～皮帶（束皮帶）｜喉中間～兩
道。（在中間繞兩道。）②佩戴（徽
章）：～起個襟章。（佩着個胸章。）
｜佢～住上尉肩章。（他戴着上尉肩
章。）

*繞（繡）kʰiu⁵〈音橋第 5 聲，舅了切〉
纏繞：～線｜～兩～就綁個纈。（繞
兩下就打個結。）[ 與普通話 "繞"
的用法基本一樣，但語音不很對
應。重見九 B14 ]

*駁₁ pɔk³ （把兩件以上長條物體）
首尾連接起來：～水喉。（接水
管。）｜～長條繩。（把繩子接長。）
[ 重見七 B7 ]

擯 pɐn³〈音賓第 3 聲〉編（辮子）：喉
頭殼頂～條辮。（在頭頂上編一根辮
子。）

織 tsek¹ 編織：～蓆（編蓆子）｜～冷衫
（打毛線衣）

黏 nim⁴〈音念第 4 聲〉黏貼：～郵票至
寄得信。（貼上郵票才能發信。）｜
兩張紙～埋一齊。（兩張紙黏在一
塊。）

*黐 tsʰi¹〈音癡，妻衣切〉黏貼：攞
啲膠水～翻本書。（用膠水把書糊
好。）[ 重見七 A6、七 A15、九 B3 ]

扣 kʰɐu³ 用別針等把物體固定在紙、
布等上；別：攞扣針～實。（用別針
別緊。）｜～住個襟章。（別着個胸
章。）

碼 ma⁵ 用螞蟥釘把兩樣東西釘在一
起：搵碼釘將兩嚿枕木～實。（用螞
蟥釘把兩塊枕木釘緊。）

## 六 D8　砍、削、戳、碾等

批 pʰɐi¹(pʰei¹)〈音批，又音披〉削：～
皮（削皮）｜～蘋果（削蘋果）

*斬 tsam² 砍：～柴（劈柴）｜點～都
唔斷。（怎麼砍也砍不斷。）[ 重見
七 A6、七 B2 ]

斫 tœk³〈音琢，帝約切〉剁：～開一
嚿嚿。（剁成一塊一塊。）｜～豬肉

剦（鍧）kai³〈音界〉裁割；鋸開：～
紙（裁紙）｜～玻璃（裁玻璃板）｜～
木（鋸木頭）

*劏 tʰɔŋ¹〈音湯〉（一般指切開比較大
的口子）：喉中間～開。（從中間切
開。）[ 重見七 B2 ]

殺₁ sat³ 切（一般指把物體切開）：將呢
邊西瓜～開幾嚿。（把這半邊西瓜
開幾塊。）

*撇 pʰit³ 薄薄地切：肉片～得越薄越
好。[ 重見六 A3、十 D1 ]

*片 pʰin⁻²〈讀第 2 聲，婆演切〉切成一片
狀：將啲紅蘿蔔～成一片片。（把胡
蘿蔔切成一片片。）

劘(咪) mɐi¹〈音米第 1 聲〉用指甲
掐；用小刀等刻：你買就買，唔好
攞手指甲～我哋菜先得㗎！（你要買
就買，別用指甲掐我的菜嘛！）｜張
枱界細路～到花晒。（那桌子讓孩子
刻得斑斑駁駁。）

釘 tɛŋ¹〈音低贏切第 1 聲〉用指甲掐：～
狗蝨（掐跳蚤）

刮 kɐt¹〈音吉〉刺；扎：喺箱上便～
個窿。（在箱子上扎個洞。）｜界玻
璃～親。（被玻璃片割傷。）

*錐 jɵy¹〈音銳第 1 聲，衣虛切〉（用
錐子等）扎：～穿張枱。（把桌子扎
穿。）

*乱(督) tok¹〈音督，得屋切〉扎；
捅：～窿（扎個洞）｜～背脊。（捅脊
樑背。喻背後咒罵）[ 重見七 B9 ]

簽 tsʰim¹（用尖的東西）捅；刺：一～
一個窿。（一捅一個洞。）｜～牙（剔
牙）

抌 tsʰoŋ³〈音衝第 3 聲，次控切〉捅；
戳：攞條竹嚟～個黃蜂竇落嚟。（拿
根竹子來把那馬蜂窩杵下來。）

*對₂ tɵy⁻²〈讀第 2 聲，打許切〉捅；
戳：用條棍～下佢，睇下隻老鼠死
咗未。（用根棍子捅捅牠，看看這隻
老鼠死了沒有。）｜界人攞支槍～
住，唔敢郁。（被人用槍頂着，不敢
動。）[ 重見七 E5、七 E11 ]

抳(泥) nɐi⁴〈音泥〉碾（使成泥狀）：
煠熟啲薯仔，跟住～爛佢，嗽就係
鬼佬啲"土豆泥"囉。（把馬鈴薯煮
熟了，然後碾爛，這就是洋人的"土
豆泥"。）

研 ŋan⁴〈音顏〉①研磨；滾軋：～成
粉（碾成粉末）｜～麵（用擀麵杖擀
麵）②用刀在棍形物外圍滾動着用
力切：將條蔗～開一橛橛。（把甘蔗
切成一截截。）

*擂 lɵy⁴（用杵臼）磨；研：將啲川貝～

幼佢。（把川貝研成細末。）[ 重見
六 D4、七 D1、七 E23 ]

扤₂ ŋɐt⁶〈餓瞎切第 6 聲〉反覆移動着
摩擦：條繩差唔多～斷咗。（繩子差
不多磨斷了。)[ 重見六 D2、七 E5 ]

*鏟 tsʰan²從物体表面刮去一層；
搶：～刀磨鉸剪。（搶刀磨剪
子。）｜～咗啲鑊黸去。（把鍋黑子
刮掉。）[ 重見七 D6 ]

喝₁ hɔt³ 把刀在石頭或缸沿等處用力摩
擦，以使其鋒利；鋼(gàng)；礜：～
一～把菜刀。（把菜刀鋼一鋼。）

## 六 D9　洗、舀、倒、拌等

哴 lɔŋ²〈音浪第 2 聲，羅擋切〉涮洗
（器皿等）：～痰罐（涮痰盂）｜攞滾
水～下個碗。（用開水把碗涮一涮。）

*揁 saŋ²〈音省〉用力刷洗（器具
等）：～下個煲。（把鍋刷洗一
下。）｜攞沙嚟～。（用沙子擦洗。）
[ 重見七 C6 ]

捼(挼) nɔ⁴(nœ⁴)〈音挪，又音泥靴切
第 4 聲〉粗粗地搓洗：唔使點捽嘅，
就嗽～下得喇。（不用怎麼用力搓，
就這麼粗粗搓洗一下就行了。）

*撆 pɐt¹(pʰɐt¹)〈音畢，又音批一切〉
舀：～水｜～湯｜～飯 [ 一般用於液
體或糊狀物，也用於粉狀或顆粒狀
物体。重見六 D7 ]

*兜₂ tɐu¹（用手掌）掬：冇手巾，就
嗽～啲水嚟洗面啦。（沒有毛巾，就
這樣掬水來洗臉吧。）[ 一般用於液
体，也用於粉狀或顆粒狀物體。重
見六 D2、六 D4 ]

*潷(泌) pei³〈音秘，閉戲切〉①把器
皿中的液體倒出：～半碗湯過嚟。
（把湯倒半碗過來。）②把器皿中的
液体慢慢倒出，使沉積物留下。

瀬(酹) lai⁶〈音賴〉把液體或糊狀物

控制着份量，少量地、慢慢地向下倒：～啲麻油。（下一點兒麻油。）

**斟** tsɐm¹〈音針〉少量地倒（液体）：～啲豉油落隻碟仔度。（往小碟子裏倒一點醬油。）［普通話“斟”主要用於茶和酒，廣州活使用範圍較寬］

**露** lou⁶ 用兩個器皿把熱水倒來倒去使之涼；折（zhē）：啲水好熱，～下至好飲。（這些水很熱，折一下才能喝。）

***滷（唧）** tsit¹〈音節第1聲〉①按住出水口（如水龍頭等），借水的壓力使其噴射或濺射：撳住個膠喉，～到鬼死咁遠。（捏住那橡膠水管，把水噴得非常遠。）②隔着軟的容器把液體或膏狀物擠出來：～牙膏（擠牙膏）［重見六 A3］

**淋** lɐm⁴ 澆：～花［普通話也用此詞，但少見於口語中］

**戽** fu³〈音褲〉用手舀水向遠處或高處澆：噉～先～得嗰幾滴水，成盆淋落去啊嘛！（這樣用手撩水才澆那麼幾滴水，整盆地澆下去嘛！）

**摳** kʰɐu¹〈音球第1聲，卡歐切〉拌和；攙和：～顏色。（調顏料。）｜～啲水落湯度。（對些水在湯裏。）

***撈**₁ lou¹〈音勞第1聲，拉高切〉（用攪拌器具把物料）攪拌：水～油點～得埋嚿。（水摻油怎麼能攪拌在一塊呢。喻水火不容。）｜豉油～飯。（醬油拌飯。）［重見七 A13］

**挭** kaŋ³〈嫁硬切第3聲〉①插到底攪拌（一般用於較稠的液体）：～下啲粥，咪畀佢黐底。（把粥攪一攪，別叫黏鍋底了。）②撈（沉澱物）：～渣。

***撩** liu²〈讀第2聲，羅擾切〉粗粗地攪拌：落啲糖，～兩下。（放點糖，攪兩下。）［重見六 D10］

**林** lɐm⁵〈讀第5聲〉在粉狀或醬狀物中沾一下就拿出來（一般用於食物）：炸魚要先～下麵粉。（炸魚要先蘸一下麵粉。）

**㮇** tʰim⁵〈妥染切〉在液體中蘸：～墨水｜～豉油（蘸醬油）

## 六 D10　其他手部動作

**翕手** jap⁶(jɐp⁶)sɐu²〈翕音義鴨切第6聲，又音義合切〉招手：～打部的士過嚟。（招手叫計程車過來。）

**耍手** sa²sɐu² 擺手（表不同意等）：佢猛咁～話“咪搞！”（他拚命搖手說“別！”）

**打手影** ta²sɐu²jeŋ² 打手勢：佢同你～。（他和你打手勢。）

***撓** ŋau¹〈勾敲切〉用手指抓爬（一般指在皮膚上）：～痕（撓癢）｜～損咗。（把皮膚抓破了。）［此與普通話“撓”的一個義項相同，但語音不很對應。重見七 A10］

***搲** wa²(wɛ²)〈音娃第2聲，又音壺寫切〉撓；抓爬：～到塊面一條條手指痕。（把臉抓得一條條手指印。）［重見六 D1］

**嘰** tsit¹(kit¹)〈音節第1聲，又音結第1聲〉撓癢癢；胳肢（抓人腋下等處，使人發癢）：咪～人啦，鬼死咁肉酸。（別胳肢我，癢癢死了。）

**押** ap³(jap³,jip³)〈音鴨，又音意鴨切、意協切〉①（把物件）掖（在褲腰等地方）：～個荷包喺褲頭。（把錢包掖在褲腰。）②捲（起衣袖或褲腿）：～衫袖（捲起袖子）

***擸**₁ lap³〈音臘第3聲〉捋（衣袖、褲腿等）：～高褲腳浭過去。（捋起褲腿趟水過去。）［重見六 C1、六 D1、七 A10］

***指手督（厾）腳** tsi²sɐu²tok¹kœk³ 指手劃腳（督：戳），用手比劃、指點（實際上不涉及腳）。［重見七 E5］

**摺** tsip$^3$〈音接〉摺疊：～被（疊被子）｜～衫（疊衣服）｜將張紙～埋。（把那張紙摺起來。）[ 普通話此字簡化為“折”，但廣州話此二字不同音 ]

**登**$_1$ tɐŋ$^1$ 撐開（布、袋口等）：～起窟布睇下究竟有幾大。（把這塊布撐開看到底有多大。）｜～衡個麻包袋口。（把麻袋口兒盡量撐開。）

*__揇__$_2$ nam$^3$〈音南第 3 聲，那喊切〉用手掌測量（長度）：～下睇有幾長。（用手掌拃一下，看看有多長。）[ 重見十一 E2 ]

**拂（撥）** p$^h$ut$^3$〈音潑〉搧：～扇｜～蚊（用扇子把蚊子從蚊帳裏趕出去）｜細火一～就熄，大火越～就越衡。（小火一搧就滅，大火越搧就越旺。）[“拂”字另有書面語音 fɐt$^1$〈音忽〉]

**攬**$_2$ lam$^{-2}$〈讀第 2 聲〉摟抱：個細路要～住個公仔瞓覺。（那小孩要摟着洋娃娃睡覺。）

**攬頭攬頸** lam$^{-2}$t$^h$ɐu$^4$lam$^{-2}$kɛŋ$^2$〈攬讀第 2 聲〉【貶】摟摟抱抱；摟着頭肩部（有不莊重的含意）。

**攬身攬勢** lam$^{-2}$sɐn$^1$lam$^{-2}$sɐi$^3$〈攬讀第 2 聲〉【貶】摟摟抱抱；摟着腰身（有不莊重的含意）。

*__撩__ liu$^2$〈讀第 2 聲，羅擾切〉用長竿子往高、遠處撥：個羽毛球打咗上瓦面，搵支竹嚟～至得。（羽毛球打上房頂了，找根竹子來撥才行。）[ 重見六 D9 ]

**減** kam$^2$ 從器皿中往外撥（一般用於飯菜等）：將啲餸～晒落碗。（把盤子裏的菜全撥到碗裏。）

**鋼** kɔŋ$^{-6}$〈讀第 6 聲〉以兩硬物相撞擊（往往是比比看哪一方堅硬）：攞我把刀同你把刀～下啊嗱！（拿我的刀跟你的刀碰一碰看誰的硬！）

**壅**$_2$ oŋ$^1$〈啊空切〉（以泥土）埋：咁鶻突！～咗隻死老鼠佢啦。（這麼難看！把那隻死老鼠埋起來吧。）

**抆**$_1$ mɐn$^2$〈音文第 2 聲，摸很切〉①（以紙張等）揩拭：～屎（擦屁股）②（以灰漿等）抹牆壁等，使之平整：～牆

**撟** kiu$^2$〈音嬌第 2 聲，幾曉切〉拭擦：～汗｜～眼淚｜偷食唔～嘴。（熟語：偷喫不擦嘴。喻佔了便宜不懂得掩蓋）

*__揩__ hai$^1$ 使兩物相揩擦，並使一物上的液體或糊狀物、粉狀物沾到另一物上；抹（mǒ）：啲鼻涕唔好～落埲牆度！（鼻涕別抹在牆上！）｜～到成身邋邋遢遢！（抹得全身髒不拉嘰。）[ 重見六 A5 ]

*□ lœ$^2$〈音黎靴切第 2 聲〉反覆揩擦；輾轉揩擦；使軟、硬物相揩擦，並使軟物沾上液體或糊狀物、粉狀物：攞啲菜～乾淨個碟啲汁。（用菜抹乾淨盤子上的汁。）[ 重見七 E5 ]

## 六 D11　腿部動作

*__行__$_1$ haŋ$^4$〈音坑第 4 聲，何彭切〉步行；走：好近嘛，唔使搭車喇，～啦。（很近的，不用坐車了，步行吧。）[ 重見六 A7、七 B9、七 B10、七 E24 ]

*__走__ tsɐu$^2$ 跑：足球有咩好睇啫，咪就係啲人喺度～嚟～去？（足球有啥好看的，不就是一些人在那跑來跑去？）[ 重見七 B6 ]

**走起** tsɐu$^2$hei$^2$ 跑起來：睇白落大雨喇，～嚹！（眼看要下大雨了，快跑吧！）

*__趯__ tɛk$^3$〈音笛第 3 聲，帝錫切〉跑：先頭你哋～咗去邊啫？（剛才你們跑哪兒去了？）｜～嚟～去（跑來跑去）[ 重見七 E15 ]

**操** tsʰou¹【俗】步行：由咽度～去戲院要幾耐度？（從這裏步行到劇院大約要多長時間？）［意義來自做步操］

*__蹍__ nam³〈音南第3聲，那喊切〉 ① 跨：條坑渠咁窄，～都～得過去啦。（這溝渠這麼窄，就這樣跨過去都可以。） ②用腳步測量長度：～下呢度有幾長。（用腳步量一下這裏有多長。）［重見十E2］

**納** nap⁻³〈讀第3聲，那鴨切〉跨：三步～埋兩步走過去。（三步並作兩步跑過去。）

*__企__₂(**徛**) kʰei⁵ 站立：你愣居居～响道做咩啊？（你愣愣地站在這幹嘛？）｜～咗一日，坐下啦。（站了一天，坐一坐吧。）［重見九A5］

**跍** mɐu¹〈音謀第1聲，麼歐切〉蹲：～低，唔准企起身！（蹲下，不許站起來！）｜～响牆角落。（蹲在牆角。）

*__踉__ ŋɐn³〈音銀第3聲，毅訓切〉抖（腿）：佢隻腳～下～下。（他的腿一抖一抖的。）｜～～腳（抖着腿。形容悠遊自在的樣子。）［重見六A4、六B2］

*__趷__ kɐt⁶〈音吉第6聲，巨日切〉 ①跛行：佢尋日屈親隻腳，而家行路都要～下～下。（他昨日扭傷腳，現在走路一瘸一拐的。） ②踮（起腳尖）：～高腳睇真啲。（踮起腳尖看清楚點兒。）［重見六A7］

**踗** nim¹〈音念第1聲〉踮：～起腳睜。（踮起腳跟。）［與普通話意思沒有不同，但語音上不十分對應］

**踉高** ŋɐn³kou³〈踉音銀第3聲〉踮起（腳跟）。

**打倒褪** ta²tou³tʰɐn³〈倒讀第3聲，褪音替訓切〉倒行（褪：倒退）：喺呢個巨無霸前便，佢驚到～。（在這個龐然大物面前，他嚇得直往後退。）

**浭** kaŋ³〈個硬切第3聲〉涉水：水唔係好深，～過去啦。（水不是很深，趟過去吧。）

**踹** jai²〈椅挨切第2聲〉踩：隻腳～落地。（腳踩在地上。）［意思同普通話一樣，但語音上不十分對應。此字又讀tsʰai²〈此挨切第2聲〉，則與普通話語音相對應］

**踏** tsʰa¹〈音叉〉誤踏；亂踩（到水或爛泥等之中）：因住咪～落氹水度。（小心別踩到那灘水裏去。）［普通話是一般的踩，與廣州話稍有不同］

**踏錯腳** tsʰa¹tsʰɔ³kœk³〈踏音叉〉（走路時）失腳；踩錯了步子（有可能造成蹉跤的）：落樓梯嗰陣時一下～，幾乎轆落去。（下樓梯的時候踏了個空，幾乎滾下去。）

**踜** tɐm⁶〈大任切〉踩：～下隻腳，將鞋上便的泥拖落嚟。（踩一下腳，把鞋上的泥抖掉。）

**蹬** jaŋ³(tsʰaŋ³)〈音撐第3聲，又音衣坑切第3聲〉 ①蹬：庭仔好爛瞓㗎，成日都～被嘅。（小庭睡覺很不老實，老是把被子蹬掉。） ②【俗】走：田雞過河——各有各～。（青蛙過河——各蹬各的腿。歇後語，謂各走各的路。這是取"～"有蹬和走的兩義相關）［義項②一般只讀jaŋ³］

**省** saŋ² 使勁踢：畀佢～咗一腳，痛到轆地。（被他用勁踢了一腳，疼得直打滾。）

**擘一字** mak³jɛt¹tsi⁶〈擘音馬客切〉劈叉（兩腿向相反方向分開成"一"字形。擘：肢體分開）。

## 六D12 其 他

**遞** tɐi⁶ 抬起（肢體）：～高隻手。（把手抬起來。）｜唔該～～隻腳。（勞駕把腳抬一抬。）

\*登<sub>2</sub> tɐŋ¹ 翹起；抬起（肢體）：～起手指公。（翹起大拇指。）｜～起隻腳。（抬起腳。）

\*擘 mak³〈馬客切〉張開（肢體）：～開手掌｜～開大髀（又開大腿）［重見六 C1、六 C2、六 D6］

\*脛 ŋa⁶〈音牙第 6 聲，餓廈切〉叉開（肢體）：～開兩隻腳。（叉開兩條腿。）［重見七 A12］

\*嗷<sub>2</sub> kʰek¹〈卡益切〉①絆別人的腳：5 號～低咗對方嘅邊鋒，畀球證紅牌罰咗落場。（5 號絆倒了對方的

邊鋒，被裁判紅牌罰下了場。）②被絆：～親嚤石頭。（被石頭絆了腳。）［重見七 E14、九 B12］

戽被 fu³pʰei⁵〈戽音褲，被音棉被之被〉（小孩睡着後）把被子掀開、蹬開：細路哥～好易凍親。（小孩子蹬被子很容易着涼。）

\*窒 tset⁶ 動作突然停止：行行下一下～住。（走着走着一下子突然停下。）｜寫大字一筆過，中間唔～得嘅。（寫毛筆字一筆寫過，中間不能停的。）［重見五 A4］

六 運動與動作

# 七、人類活動

[ 思想活動參見五Ｂ；生理活動參見二Ｃ ]

## 七Ａ　一般活動

### 七Ａ1　過日子

*歎 tʰan³ 享受：老豆剩低大把錢，佢有排～啦。（父親給他留下很多錢，夠他享受好一陣子了。）[ 重見九C5 ]

歎世界 tʰan³sɐi³kai³ 享福：梁婆退咗休，喺屋企～囉。（梁婆退休了，在家裏享福呢。）

辛苦搵嚟自在食 sɐn¹fu²wɐn²lɐi⁴tsi⁶ tsɔi⁶sek⁶〈搵音穩，嚟音黎〉【熟】辛辛苦苦地賺了錢，就該舒舒服服地喫（搵：賺錢；嚟：來；食：喫）。[ 一般用於要吃好東西或好好享受一下的時候 ]

挨₂（捱）ŋai⁴〈牙鞋切〉 ① 苦熬日子：～番薯（靠吃番薯度日）② 辛苦撫養（子女等）：阿媽辛辛苦苦～大你。（媽媽千辛萬苦把你養大。）[ 第①個意義普通話也有，但用法不完全相同 ]

捱生捱死 ŋai⁴saŋ¹ŋai⁴sei²〈捱音牙鞋切，生音生死之生〉苦熬日子；千辛萬苦地工作、生活。

捱世界 ŋai⁴sɐi³kai³〈捱音牙鞋切〉（消極地）捱日子：陳仔喺咿處都係嘅嗻，佢都就快出國喇。（小陳在這兒只不過是捱日子罷了，他都快出國了。）

撈世界 lou¹sɐi³kai³〈撈音勞第1聲〉（積極地）混日子：近排又喺邊度～啊？（最近又在哪兒混呀？）

*撈₂ lou¹（積極地）混日子：三哥呢兩年～得唔錯。（三哥這兩年混得不錯。）[ 重見七D1 ]

### 七Ａ2　做事、擺弄、料理、安排

*整 tsɛŋ² 做；幹（事情）；搞（東西）：你成個上晝喺度～啫？（你整個上午在搞甚麼？）｜呢啲事情好難～得掂嘅。（這些事情很難弄得好的。）[ 重見七D2 ]

殺₂ sat³ 幹（活）；完成（工作）：連呢啲都～埋佢啦。（把這些也幹了吧。）

嘟手 jok¹sɐu²〈嘟音郁，衣屋切〉動手幹（嘟：動）：要做即刻就～啦。（要幹立刻就動手幹吧。）

搞作 kau¹tsɔk³ 搞；弄（指某種做法）：噉～好牙煙個嘛！（這樣弄很危險的。）｜你哋諗下點～好啲。（你們想一下怎麼搞好點兒。）

*揗 tʰɐn⁴〈音吞第4聲，蹄人切〉忙碌地幹（往往指做瑣碎的事）：～咗成朝，先做好兩隻。（忙了整個上午，才做兩個。）[ 重見六B4、七A15 ]

舞 mou⁻²（讀第2聲）忙碌地幹；弄：咁多家務，有牌～啊。（這麼多家務，夠忙上一陣子的了。）｜～咗成日先～掂。（弄了一整天才弄好。）

*撚₂ nɐn²〈那隱切〉精心地擺弄：～花（種花）｜～翻幾味。（做上幾味小菜。）[ 重見七E17 ]

頂檔 tɛŋ²tɔŋ³〈檔音上當之當〉【喻】原指臨時頂別人的位子看管攤子（檔：販攤），比喻臨時頂替做事：經理有

168

嚓，副經理照樣～得嘛。（經理沒來，副經理照樣可以代替他嘛。）

**\*輪** lɐn⁴ 輪流；挨個兒排着（做某事）：放假值班就係由我哋 5 個人嚓～。（放假值班就是由我們 5 個人輪流。）［重見七 A14、十 E1、十 F2］

**埋手** mai⁴sɐu² 入手；下手（埋：靠近）：呢件事唔係幾好～。（這件事不大好下手。）｜由邊度～？（從哪兒入手？）

**落手** lɔk⁶sɐu² 同 "埋手"（落：下）。

**洗濕個頭** sɐi²sɐp¹kɔ³tʰɐu⁴【喻】事情幹開了頭，就不能不幹到底（一般指不好的事或有風險的事）：而家經已～咯，點收倒手啊？（現在已經幹開了，怎麼罷得了手？）

**三扒兩撥** sam¹pʰa⁴lœŋ⁵put⁶〈扒音爬〉動作簡單、麻利地做事：洪師傅～就搞咭咗。（洪師傅三下兩下就弄好了。）

**執豆噉執** tsɐp¹tʰɐu²kɐm²tsɐp¹〈豆讀第 2 聲，噉音敢〉【喻】像撿豆子一般地撿（執：撿，收拾；噉：那樣），比喻輕而易舉地對付某人或做好某事等：上半場就三比零嘞，真係～！（上半場就三比零了，贏得真輕鬆！）｜呢啲噉嘅工夫，～啦！（這種活兒，易如反掌！）

**賣食冇黐牙** sɛt⁶sek⁶mou⁵tsʰi¹ŋa⁴〈冇音無第 5 聲，黐音癡〉【熟】【喻】一定吃掉而不會黏牙（黐：黏），比喻有絕對把握做某事：如果畀着我嚓～。（要是讓我來就十拿九穩。）

**一眼關七** jɐt¹ŋan⁵kwan¹tsʰɐt¹ 同時注意着、照顧到多方面的情況（七：指前、後、左、右、上、下、中）：佢坐喺度要～，唔係咁易做㗎。（他坐在那兒要同時關照幾個方面，不是那麼容易幹的。）

**搏命** pɔk³mɛŋ⁶〈命音磨贏切第 6 聲〉【喻】拚命幹活；盡全力工作：唔使為嗰啲獎金～啩？（用不着為那點獎金把命拚上吧？）［重見七 E14、九 D19］

**搏到盡** pɔk³tou³tsɐn⁻⁶ 盡全力（工作）：你唔後生喇，～唔得㗎。（你不年輕了，豁盡全力地幹是不行的。）

**扰扰拆** tɐm⁴tɐm⁴tsʰak⁻⁶〈扰音第淫切，拆讀第 6 聲〉不賣力地幹；不正經地幹：噉樣～，幾時先做得完啊？（這樣三天打魚兩天曬網的，甚麼時候幹得完哪？）

**盡人事** tsɐn⁶jɐn⁴si⁻²〈事音屎〉盡能力來辦事（但結果如何不能預料。取 "謀事在人，成事在天" 的意思）：係唔係都要～嘅，唔得就有計啦。（不管怎樣都要盡力而為，不行就沒辦法了。）

**盡地一煲** tsɐn⁶tei⁻²jɐt¹pou¹〈地音底起切〉【喻】孤注一擲地做某事：我今勻係～，冇退路㗎喇。（我這回是孤注一擲，沒有退路了。）

**瞓晒身落去** fɐn³sai³sɐn¹lɔk⁶hɵy³〈瞓音訓〉【喻】字面意思是把整個身子躺下去（瞓：躺，晒：完全），比喻全力投入去幹某事：～就冇得褪軚㗎喇。（全力投入就不能退縮了。）［又作 "瞓身落去"］

**頂硬上** teŋ²ŋaŋ⁶sœŋ⁻³〈上讀第 3 聲，音相貌之相〉克服巨大困難艱苦，硬頂着幹：我今勻諗住～，搞到底為止。（我這次準備硬着頭皮幹下去，幹到底為止。）［此本為搬運工人的號子］

**落手落腳** lɔk⁶sɐu²lɔk⁶kœk³ 親自動手（做事）：你指點下得嘞，使乜～啊！（你指點一下行了，何必親自動手呢！）

**親力親為** tsʰɐn¹lek⁶tsʰɐn¹wɐi⁴ 親自幹：做乜嘢都要～，唔好指意人哋。（做甚麼事情都要親自幹，別指望別人。）

**一腳踢** jɐt¹kœk³tʰɛk³【喻】包乾；包攬：佢嗰份工係～嘅。（他那份工作是包乾的。）｜買菜、糴米、煮飯～。（包攬買菜、買米、煮飯所有的活兒。）

**照板煮糊** tsiu³pan²tsy²wu⁻²〈糊讀第 2 聲〉【喻】照着樣子做；依樣畫葫蘆（板：樣板）：呢啲嘢眼見工夫嚟嘅，～得㗎喇。（這些活兒只不過一看就會做，依樣畫葫蘆得了。）

**照板煮碗** tsiu³pan²tsy²wun²同"照板煮糊"。

**支支整整** tsi¹tsi¹tseŋ²tseŋ²瑣瑣碎碎地弄來弄去：～又半日時間冇咗。（左弄一點右弄一點又是半天時間沒有了。）

**打理₁** ta²lei⁵ 料理；管理：成頭家都靠家嫂～。（整個家都靠兒媳料理。）

**校正** kau³tsɛŋ³〈校音教，正音志贏第 3 聲〉把事情、程序安排得正好（一般是指時間上的）：能唔能夠～趟部長嚟嗰兩日，大家都唔使出差呢？（能不能安排得趙部長來的那兩天，大家都不用出差呢？）

**預** jy⁶預計；事先作出計劃和安排：呢啲～咗要使 3000 緡。（這預計要花 3000 塊錢。）｜～埋你份㗎喇。（把你也算在內了。）｜已經～得好鬆喇。（計劃中已經留有很大餘地了。）

**\*打** ta² 預計：將各種因素～埋㗎喇。（把各種因素估計進去了。）[ 重見七 A17、九 B15、九 D25 ]

**走趲** tsɐu²tsan²〈趲音盞〉（辦事的）迴旋、進退；（小範圍內的）重新安排或商量：啲資金幾回冇得～咁滯。（資金幾乎沒有調配的餘地。）｜諗辦法～一下。（想辦法迴旋一下。）

**見步行步** kin³pou⁶haŋ⁴pou⁶〈行音何盲切〉【喻】看一步走一步，比喻無法作長遠打算，只能就目前情況來行事：～，第日先算。（看一步走一步，以後再説。）

**睇嚟湊** tʰɐi²lɐi⁴tsʰɐu³〈睇音體，嚟音黎〉看着情況來行事（含有消極的口氣。睇：看；嚟：來）：而家唯有～啦。（現在只能看着辦吧。）

**騎牛搵馬** kʰɛ⁴ŋɐu⁴wɐn²ma⁵〈搵音穩〉【喻】暫且依靠一件（個）尚能差強人意的事物（人），同時去尋找更好的（搵：找）：喺度做住先，～，搵倒好工嘛跳囉！（暫且在這兒幹着，騎驢找馬，找到好的工作就跳槽嘛！）

**\*兩睇** lœŋ⁵tʰɐi²〈睇音體〉注意事情有兩種可能的發展而作兩手準備（睇：看）：我建議你仲係要～噃。（我建議你還是要兩手準備。）[ 重見九 D31 ]

**馬死落地行** ma⁵sei²lɔk⁶tei⁶haŋ⁴〈行音何盲切〉【熟】【喻】事情不順利、原來的做法行不通時，改用另一方法（比原來的較差，但也勉強可行）來繼續做（落：下；行：走）。

**打定輸數** ta²tɛŋ⁶sy¹sou³ 預先考慮好事情不順利時的對策；作好不成功的準備（定：預先）：呢件嘢我係～嘅喇。（這件事我是準備着不成功的了。）[ 又作"打輸數" ]

**點算** tim²syn³ 怎麼辦（點：怎樣）：唔見咗車票睇你～！（不見了車票看你怎麼辦！）

**點辦** tim²pan⁶ 同"點算"；冇鎖匙開唔倒門，～呢？（沒有鑰匙開不了門，怎麼辦呢？）

**點算好** tim²syn³hou² 該怎麼辦（點：怎樣）：你話～？（你説該怎麼辦？）[ 又作"點辦好" ]

## 七 A3　領頭、主管、負責

**打頭鑼** ta²tʰɐu⁴lɔ⁴【喻】原指演戲時打開場鑼，比喻領頭（幹某事）：好啦，我嚟~啦。（好吧，我來開個頭吧。）

**扯頭纜** tsʰɛ²tʰɐu⁴lam²【喻】原指領頭拉纜，比喻領頭（幹某事）：同老闆講數，不如搵陳仔~。（和老闆談判，不如找小陳領頭。）

**頂頭陣** teŋ²tʰɐu²tsɐn⁶【喻】打頭陣；領頭（幹某事）。

**話事** wa⁶si⁶ 說了算；作主：嚟到我度就係我~。（來到我這兒就是我說了算。）｜你哋呢度邊個~？（你們這兒誰說了算？）

**揸手** tsa¹sɐu² 掌管：全部賬目都係佢~。（全部賬目都是他掌管。）

**揸莊** tsa¹tsɔŋ¹〈揸音渣〉【喻】本指打牌時做莊家，比喻掌握控制權；主管：我哋經理住咗院，而家係副經理~。（我們經理住了醫院，現在是副經理管事。）

**揸□** tsa¹fit¹〈後字非必切〉主管：你~你話點嘞。（你管事你說怎樣吧。）

**擔綱** tam¹kɔŋ¹【喻】原指抬着網的總綱，比喻負總責：有佢~，乜都咕啦！（有他挑這擔子，沒有不行的！）

**攝網頂** lap³mɔŋ⁵tɛŋ²〈攝音拉鴨切，頂音底贏切第2聲〉【喻】抓住網的總綱（攝：攬取），比喻掌握最高制約權：佢响呢個公司係~嘅人物。（他在這個公司是最有權的人物。）［重見九 D1］

**擔戴** tam¹tai³ 承擔責任：呢件事我~唔起。（這件事我擔待不起。）［此為普通話"擔待"的擤音。廣州話"戴"、"待"不同音］

**自把自為** tsi⁶pa²tsi⁶wɐi⁴〈為讀行為之為〉自作主張；自行其是：做嘢咪咁~至得㗎。（做事情別那麼自行其是才行啊。）

**睇數** tʰɐi²sou³〈睇音體〉【喻】原指結賬、付賬，比喻承擔責任：出親事好大鑊個嘛，邊個~先？（一旦出事妻子挺大的，先得說清楚誰來負這個責任？）［重見七 B7、七 D6］

**孭** mɛ¹〈音咩，麼些切〉【喻】本義是背起，比喻承擔責任：有我~起，你哋即管放手做。（責任有我背着，你們儘管放手幹。）［重見六 D1］

## 七 A4　完成、收尾

**殺起** sat³hei² 完成：呢度聽日可以~。（這裏明天可以完成。）

**殺攤** sat³tʰan¹ 完成；結束：嗰單工程經已~嘞。（那項工程已經做完了。）

**撈雞** lou¹kɐi¹〈撈音勞第1聲〉【俗】完成：今日落班之前~得。（今天下班之前能完成。）［又作"撈"，重見七 A5、七 A6］

**搞啱** kau²tim⁶〈啱音店第6聲，第艷切〉完成（啱：妥當）：快快脆脆~去消夜。（快手快腳弄完了去吃夜宵。）

**大吉利市（是）** tai⁶kɐt¹lɐi⁶si⁶〈利音麗〉【謔】完成：做埋呢啲咁多就~嘞。（幹完這一點點就大功告成了。）［重見九 C1］

**收科** sɐu¹fɔ¹【喻】【貶】原指戲劇中人物動作的結束（科：舊戲曲用語，指人物動作），比喻收場：呢單嘢實冇好~。（這件事一定沒有好收場。）｜死嘞，點~呢？（糟了，怎麼收場呢？）［重見八 A1］

**收檔** sɐu¹tɔŋ³〈檔音上當之當〉【喻】【謔】（工作等）結束；停止：食飯喇，仲唔~？（吃飯了，還不停下來？）｜你哋咁荏嘅嘢，快啲~！

（你這麼差的東西，快收起來！）[ 重見二 C1、七 D5 ]

*收山 seu¹san¹ 同 "收檔"。[ 重見七 D1 ]

*係噉先 hɐi⁶kɐm²sin¹（噉音敢）字面意思是 "暫且這樣"（係：是；噉：這樣；先：暫且），表示事情告一段落：呢件事大家都咪計較嘞，～啦。（這件事大家都別計較了，就這樣吧。）[ 重見七 E25 ]

散檔 san³tɔŋ³〈散音散佈之散，檔音上當之當〉（活動等）結束：嗰個展會前日都～喇。（那個展會前天就已經散了。）[ 重見七 E3 ]

埋尾 mai⁴mei⁵ 收尾；做收尾的工作：你哋走啦，我～得喇。（你們走吧，我煞尾就行了。）

執手尾 tsɐp¹sɐu²mei⁵ ①做收尾工作：你嚟做先，等我嚟～。（你先幹，讓我來做收尾工作。）②做別人遺留下來的麻煩事：啲公司挖完路，就由道路公司嚟～。（那些公司挖完路，就由道路公司重新把路鋪好。）

跟手尾 kɐn¹sɐu²mei⁵ 同"執手尾"。[ 又作"跟手" ]

執蘇州屎 tsɐp¹sou¹tsɐu¹si²【喻】為別人遺留下的麻煩事做善後工作：我好怕幫人～嘅。（我很怕替別人做善後工作。）

屈釘尾 wɐt¹tɛŋ¹mei⁵〈釘音低贏切第 1 聲〉【喻】把木板上露出的釘尖兒弄彎（屈：弄彎），以免傷人，比喻對惹出麻煩的事情作出妥善處理：嗰日嗰件事唔係我同你～，睇你點收科！（那天那件事如果不是我替你善後，看你怎麼收場！）

*攣（扻）man¹〈音慢第 1 聲〉挽回；扭轉（不利的局面）：咿單嘢睇嚟都係冇得～㗎嘞。（這件事看來是無可挽回的了。）| ～得翻幾多係幾多

啦。（能挽回多少算多少吧。）[ 重見六 D1、六 D6 ]

好頭好尾 hou²tʰɐu⁴hou²mei⁵ 善始善終：執埋啲手尾啦，～啊嘛。（把最後的這點兒活幹完吧，善始善終嘛。）

有頭有尾 jɐu⁵tʰɐu⁴jɐu⁵mei⁵ 有始有終：老細至鍾意嗰啲做嘢～嘅夥計。（老闆最喜歡那些幹活有始有終的夥計。）

有頭冇尾 jɐu⁵tʰɐu⁴mou⁵mei⁵〈冇音無第 5 聲〉有始無終（冇：沒有）：我個仔做咩都係～嘅。（我的兒子幹甚麼事都是有始無終。）

有頭威冇尾陣 jɐu⁵tʰɐu⁴wɐi¹mou⁵mei⁵tsɐn⁶〈冇音無第 5 聲〉【熟】【喻】有始無終；虎頭蛇尾：咪睇佢而家成日對住副圍棋，卒之實係～。（別看他現在整天對着那副圍棋，可最終一定是半途而廢。）

耷尾 tɐp¹mei⁵〈耷音低恰切〉【喻】有始無終；做事缺乏後勁（耷：下垂）：佢個人～嘅，你咪指意佢（他這人虎頭蛇尾的，你別指望他。）

跟 kɐn¹ 對已完成的工作（一般是別人完成的）作復查（一般是檢查工作質量）：啲工仔做嘅嘢我都要～一～先至發貨㗎。（工人們做的活兒我都要復查一下才發貨的。）

跟眼 kɐn¹ŋan⁵ 同"跟"（主要是用眼睛看）：你唔使做，跟下眼得嘞。（你不用幹，看一看質量就行了。）

## 七 A5　成功、走運、碰運氣

*搞掂 kau²tim⁶〈掂音店第 6 聲〉弄妥；成功（掂：妥當）：我早就話你實得掂嘅。（我早就說你一定能成）。

*撈雞 lou¹kɐi¹【俗】成功：諗住唔得㗎嘞，卒之都仲係～。（原以為是不行的了，最後還是成了。）[ 重見七

A4，七 A6 ]

**得米** tɐk¹mɐi⁵【喻】得手：呢匀~嘞。(這回得手了。)

**得記** tɐk¹kei³【俗】成功；得手。

**丸贏** tsɐŋ¹jɛŋ⁴ 在比賽或競爭中佔上風。

**扎** tsat³【喻】本義是向上跳，比喻事業迅速發展、地位上升等：佢間公司辦咗好多年喇，係近牌~起。(他的公司辦了好多年了，是最近發展得快。)[ 重見六 B2 ]

**一箸夾中** jɐt¹tsy⁶kap³tsoŋ³〈箸音住，中音打中之中〉【喻】事情一下就做成功；碰巧地一下碰上成功 (箸：筷子)：佢居然~，得咗個頭彩。(他居然一下子碰上，得了個頭彩。) [ 重見五 B2 ]

**發** fat³ 發跡；(事業) 等變得興盛，趨於興旺；飛黃騰達；特指獲得大量錢財，發財：阿發呢兩年真係~咗。(阿發這兩年真的發了跡。)[ 重見二 C9、二 C11 ]

**發達** fat³tat⁶ 同 "發"：呢匀畀我中咗獎就~囉。(這回要讓我中了獎就發財了。) | 我就唔信你成世冇~嘅日。(我就不相信你一輩子沒有飛黃騰達的一天。) [ 與普通話意思不很相同 ]

**撈起** lou¹hei²〈撈音勞第 1 聲〉發跡(撈：混日子)：佢舊時同我哋一齊撈嘅之嘛，而家就~喇。(他以前不過是跟我們一起混的，現在就發跡了。)

**龍穿鳳** loŋ⁴tsʰyn⁴foŋ⁶⁽⁻²⁾〈鳳又讀第 2 聲〉【喻】發跡；飛黃騰達；變得富裕：你唔好睇死人，佢可能有朝一日~㗎。(你別把人看扁了，他可能有朝一日飛黃騰達的。)

**行運** haŋ⁴wɐn⁶〈行音何盲切〉走運(行：走)：你今匀認真係~嘞！(你這次真是走運了！)

**行運行到腳趾公** haŋ⁴wɐn⁶haŋ⁴tou³kœk³tsi²koŋ¹〈行音何盲切〉【熟】

【喻】非常走運 (行：走；腳趾公：大拇趾)。意為運氣來到大拇趾，要想不走也不行。

**跛腳鷯哥自有飛來蜢** pɐi¹kœk³liu¹ko¹tsi⁶jɐu⁵fei¹lɔi⁴maŋ⁻²〈跛音閉第 1 聲，了讀第 1 聲，蜢讀第 2 聲〉【熟】【喻】跛腳的八哥鳥也會碰上送上門來的炸蜢 (鷯哥：八哥)，比喻不濟的人有好運氣。

**執倒** tsɐp¹tou²【喻】撿來的 (執：撿；倒：得到)，喻走運；有福氣：娶倒噉嘅太太，你直情~啦。(娶了這麼一位太太，你實在是撿來的福氣。)

**\*博** pɔk³ ① 碰運氣：得唔得都去~下啦。(行不行都去碰碰運氣吧。) ② 利用機會，加以努力，以期取得成果 (但能否取得成果難以預知)：為人一世，能夠有幾回~啊！(人生一世，能有幾次可施以努力的機會呢！) [ 重見七 A6 ]

**博彩** pɔk³tsʰɔi²【喻】碰運氣 (彩：彩票)：我不過係嚟嘅嘛。(我不過是來碰運氣的。)

**撞彩** tsoŋ⁶tsʰɔi²【喻】碰運氣；走運 (彩：彩票)：呢次畀佢搞得啱，完全係~。(這一次讓他弄妥，完全是碰上運氣。)

**\*撞** tsoŋ⁶ 碰 (運氣)：係咪都~下，~唔倒一回事。(不管怎麼樣都碰碰運氣，碰不到是另一回事。) [ 重見五 B2，七 A15、七 D8 ]

**撞手神** tsoŋ⁶sɐu²sɐn⁴ (在抓鬮、打牌等活動中) 碰手氣：玩呢啲嘅一半靠夠膽，一半靠~。(玩這些東西一半靠大膽，一半靠碰手氣。)

**食屎食着豆** sek⁶si²sek⁶tsœk⁶tɐu⁻²〈着音着火之着，豆讀第 2 聲〉【熟】【俗】【喻】【貶】吃屎吃到了豆子，比喻：① 碰巧得到好處：畀佢~，執倒條好籌。(讓他碰上運氣，拈到好

人類活動

圈。）②沒本事的人碰巧做成了事：咁水皮都攞倒高分，係～嘅！（這麼差也拿到高分，是瞎貓捉到死老鼠罷了！）

## 七 A6　得益、漁利

\*擸（扳）車邊 man¹tsʰɛ¹pin¹〈擸（扳）音慢第1聲〉沾光：有筍嘢啊，畀我哋～得唔得先？（有好東西嗎，讓我們沾點兒光行不行？［重見七B6］

\*黐 tsʰi¹〈音癡，妻衣切〉【喻】沾光；揩油：你發咗達，都畀舊日老朋～下啩。（你發財了，也讓舊日老朋友沾點光吧？）［重見六D7、七A15、九B3］

\*託賴 tʰɔk³lai⁶ 有賴於：我今次升職加薪，都係～大家。（我這次升職加薪，全仗大夥兒。）｜～各位，我哋公司至有嘅嘅業績。（有賴於各位，我們公司才有這樣的成績。）［重見七E25］

冷手執個熱煎堆 laŋ⁵sɐu²tsɐp¹kɔ³jit⁶tsin¹tɐy¹【喻】【熟】不須努力而意外地得到好處（執：撿；煎堆：一種油炸食品）：我哋舞嚟舞去得個吉，倒轉畀阿卓～。（我們忙來忙去一場空，反而讓阿卓撿了好處。）

\*撈雞 lou¹kɐi¹〈撈音勞第1聲〉【俗】得到好處；獲益（往往指不十分正當的）：你唔做就想～，有冇搞錯！（你不幹就想得益，你弄錯了吧！）［重見七A4、七A5］

撈靜水 lou¹tseŋ⁶sɵy²〈撈音勞第1聲〉【喻】從別人不注意的地方或在別人不注意的時候獲得較大好處。

\*執死雞仔 tsɐp¹sei²kɐi¹tsɐi²〈仔音子矮切〉【喻】得到意外的好處；買到便宜的東西：冇諗到先蝕咗一筆，呢度又執翻死雞仔。（沒想到先虧了一筆，這裏又意外賺回一筆。）［又作"執死雞"。重見七B13］

有便宜唔使頸 jɐu⁵pʰin⁴ji⁴m⁴sei²kɛŋ¹〈便音婆然切〉由於於己有利，對原來不高興的事也就不再計較（唔：不；使頸：使性子）。

飲頭啖湯 jɐm²tʰɐu⁴tam⁶tʰɔŋ¹【喻】喝第一口湯（啖：口），比喻在他人之先獲取最早的利益：做生意最緊要～，一落後就有戲睇喇。（做生意最要緊是搶在頭裏賺到錢，一落後就沒戲了。）［參看八A4"頭啖湯"］

\*博 pɔk³【貶】伺機漁利：你條契弟鬼鬼鼠鼠噉跟住晒，～乜嘢啊？（你這兔崽子鬼鬼祟祟地老是跟着，想幹甚麼？）［重見七A5］

博亂 pɔk³lyn⁶【貶】趁亂漁利；渾水摸魚；乘人不注意搞鬼（博：伺機漁利）：攞我手抽做乜啊？想～啊你！（拿我手提袋幹嘛？想渾水摸魚你！）

博懵 pɔk³mɔŋ²【貶】趁人不注意或一時糊塗之機取利（博：伺機取利）：好多對眼掘實㗎，你咪～啊！（好多雙眼睛盯住的，你別渾水摸魚哪！）

博傻 pɔk³sɔ⁴【貶】假裝糊塗，伺機取利（博：伺機取利）：講明每人三個你仲攞多個，～咩！（講明每人三個你還多拿一個，裝瘋賣傻呀！）

扭 nɐu²【喻】用曲折的計謀取得（好處等）：佢殘棋工夫好嘢，噉樣～咗隻士。（他的殘棋工夫了得，這樣弄了一個士。）｜睇住嚟啦，佢噉樣卒之會畀人～晒啲錢走。（看着吧，他這樣最後會被人把錢全騙走。）

扭六壬 nɐu²lok⁶jɐm⁴〈壬音淫〉【喻】【貶】處心積慮，用各種計謀來達到某種不良目的。

\*食水 sek⁶sɵy²【喻】【貶】不正當地謀

174

利(往往指在過往錢款中進行剋扣)：畀佢經經手就～食到百分之二十，好揦脷啊！(讓他經一下手就剋扣百分之二十，好心疼啊！)｜食咗水都冇人知。(吞了錢款也沒人知道。)〔廣州人喜以水喻錢。重見七D4〕

**刮削** kwat³sœk³【喻】【貶】剝刮錢財：加班費梗要照發，唔通仲～咗去咩！(加班費當然要照發，難道還能剋扣掉嗎！)

**刮龍** kwat³loŋ⁻²〈龍讀第2聲〉【喻】【貶】以不正當手段剝刮錢財：呢間店好～嘅，第日唔好嚟。(這家店子敲得好厲害，以後別來。)

**刮粗龍** kwat³tsʰou¹loŋ⁻²〈龍讀第2聲〉【喻】【貶】以不正當手段剝刮大筆錢財。

*__斬__ tsam²【喻】【貶】商店等要價高，剝刮顧客：去過幾家，畀人～到怕。(到過幾家，被敲怕了。)〔重見六D8、七B2〕

**鏟地皮** tsʰan²tei⁶pʰei⁴【喻】貪官污吏搜刮民財。

七A7　失敗、出錯、失機、觸霉頭

**鈴鈴都掉埋** leŋ¹leŋ¹tou¹tiu⁶mai⁴【熟】【喻】字面意思是連鈴鐺也扔掉了(鈴鈴：鈴鐺，此指道士的法鈴；掉：扔；埋：連同)，是形容道士作法失敗，比喻失敗得很慘，極其狼狽：輸埋呢一盤就～嘞。(連這盤也輸掉就是一敗塗地了。)

**老貓燒鬚** lou⁵mau¹siu¹sou¹〈鬚音蘇〉【喻】經驗很老到的人失手砸鍋(鬚：鬍鬚)。

*__冚__ tsʰɐm⁴ 失勢；因失勢而銷聲匿跡：佢～咗囉噃，聽講冇做經理好耐嘞。(他失勢了，聽說沒當經理很一段時間了。)

**臨天光賴尿** lɐm⁴tʰin¹kwɔŋ¹lai⁶niu⁶【喻】【熟】接近成功時出了問題；功虧一簣(天光：天亮；賴尿：尿牀)。

**衰收尾** sɵy¹sɐu¹mei⁵ 事情到後段出問題；先成功後失敗(衰：弄糟)：呢件事開頭幾順下嘅，誰不知～。(這件事開始挺順的，誰知後來弄糟了。)

*__甩底__ lɐt¹tei² 〈甩音拉一切〉【喻】事情弄糟；失敗(甩：脫落)：一唔垂意就會～。(一不小心就會弄糟。)〔重見七E13、七E18〕

**撞板** tsɔŋ⁶pan²【喻】出婁子；砸鍋；失敗：未準備就喐手，實～啦！(沒準備好就動手，肯定砸鍋！)

**冧下底破柴——撞板** tsʰɔŋ⁶ha⁶tɐi²pʰɔ³tsʰai³tsɔŋ⁶pan²【歇】出婁子；砸鍋(破柴：劈柴)。

**撞板多過食飯** tsɔŋ⁶pan²tɔ¹kwɔ³sek⁶fan⁶【熟】砸鍋比喫飯還多，指經常砸鍋，或極容易砸鍋：你噉樣～啊！(你這樣非砸鍋不可！)

**倒灶** tou²tsou³【喻】事情弄糟；失敗；砸鍋。

**倒米** tou²mɐi⁵【喻】把事情搞壞；捅婁子：你嚟親冇好嘢嘅，淨識得～！(你一來就沒好事，光會砸鍋捅婁子！)

**扱搞** tsʰa⁵wɔ⁵〈扱音叉第5聲，搞音窩第5聲〉弄糟；使失敗(扱：塗；搞：不成功)：畀你～晒！(全讓你弄糟了！)

**硬晒舦** ŋaŋ⁶sai³tʰai⁵〈舦音太第5聲〉【喻】字面意思是舦完全轉不動(晒：完全；舦：舵)，比喻事情完全弄糟，沒有一點迴旋的餘地：佢唔嚟好地地，佢一嚟就～嘞。(他不來好好的，他一來就全黃了。)

*__蓇晒框__ ŋau⁴sai³kwʰaŋ¹〈蓇音咬第4聲〉【喻】原指自行車的輪輞變形(蓇：扭曲；晒：完全；框：自行車輪輞)，

七
人
類
活
動

比喻事情變得很糟，難以挽回。[ 重見 9A8 ]

**顧得優鞋又甩髻** ku³tɛk¹jɐu¹hai⁴jɐu⁶lɐt¹kɐi³〈甩音拉一切，髻音計〉【熟】【喻】首尾難顧，捉襟見肘（優：提；甩：脱）。

**死雞撐硬腳** sei²kɐi¹tsʰaŋ³ŋaŋ⁶kœk³〈撐讀第 3 聲〉【熟】【喻】【貶】已遭失敗等而死撐到底：兩隻車都冇晒仲唔認輸，仲～做乜嘢？（兩個車都沒了還不認輸，還死撐着幹甚麼？）｜明明做錯咗仲～！（明明做錯了還嘴硬！）

**死雞撐飯蓋** sei²kɐi¹tsʰaŋ³fan⁶kɔi³〈撐讀第 3 聲〉同"死雞撐硬腳"（飯蓋：鍋蓋）。

**蝕底** sit⁶tɐi²〈蝕音誓熱切〉吃虧：做人唔使怕～，幫下人冇壞嘅。（做人不要怕吃虧，幫幫別人沒壞處。）

**執輸** tsɐp¹sy¹ 在比賽或競爭等中佔下風；吃虧；比別人差：你同着輝哥就點都～㗎嘞。（你跟輝哥比是怎麼都佔不了上風的了。）｜佢零舍～過人嘅。（他總是比人略遜一籌。）

**跌低捌翻拃沙** tit³tɐi¹la²fan¹tsa⁶sa¹〈捌音麗啞切，拃音治夏切〉【熟】【喻】摔倒了在地上抓回一把沙子（捌：抓；拃：把），比喻：①遭到失敗或受損等之後自我解嘲：明明錯咗，又～，話錯有錯着。（明明錯了，又自我解嘲，説錯有錯的好。）②遭到失敗或受損等之後挽回一點損失：輸隻車，食翻隻過河兵，點都係～啦。（輸了個車，喫回一個過河兵，總算是挽回一點損失吧。）

**上得山多終遇虎** sœŋ⁵tɐk¹san¹tɔ¹tsoŋ¹jy⁶fu²【熟】【喻】冒險的事情做得多了，總有一天會出事。

**詐和（糊）** tsa³wu²〈和（糊）音胡第 2 聲〉【喻】搞錯（和：麻將贏局）：我

即估啱咗添，誰不知～咮！（我還以為行了呢，誰知弄錯了！）

**埋手打三更** mai⁴sɐu²ta²sam¹kaŋ¹〈更音加坑切〉【熟】【喻】一下手就打三更（埋手：下手），喻一開始就出錯（打更應從一更打起）。

**落手打三更** lɔk⁶sɐu²ta²sam¹kaŋ¹〈更音加坑切〉同"埋手打三更"（落：下）。

**錯有錯着** tsʰɔ³jɐu⁵tsʰɔ³tsœk⁶〈着音着急之着〉【熟】錯有錯的好；將錯就錯；歪打正着（着：合算）。

\*__走雞__ tsɐu²kɐi¹ 失去機會：呢勻再～第日就冇得㗎喇。（這一次再錯過以後就沒有機會了。）[ 重見七 A9、七 A15 ]

\*__走甩雞__ tsɐu²lɐt¹kɐi¹（甩音拉一切）失去了機會（甩：脱）。[ 重見七 A9、七 A15 ]

\*__漏雞__ lɐu⁶kɐi¹ 失去機會：上次～，今次補翻。（上次失去機會，這次補回來。）[ 重見七 A11 ]

**蘇州過後冇艇搭** sou¹tsɐu¹kwɔ³hɐu⁶mou⁵tʰɛŋ⁵tap³〈冇音無第 5 聲〉【熟】機會失去不可復得；時不再來（冇：沒有）：你諗真啊，～㗎！（你想清楚，過了這村可沒那店了！）

**失運** sɐt¹wɐn⁶ 不走運；倒霉。

\*__撞鬼__ tsɔŋ²kwɐi²〈撞讀第 2 聲〉【喻】碰上倒霉事：我今日～嘞，唔見咗幾樣嘢。（我今天倒了霉了，丟了幾樣東西。）[ 重見七 E20 ]

**行步路都打倒褪** haŋ⁴pou⁶lou⁶tou¹ta²tou³tʰɐn³〈行音何盲切，倒讀第 3 聲，褪音吞第 3 聲〉【熟】【喻】字面意思是連走一步路也會往後退（打倒褪：後退），比喻諸事不順：一個人霉起上嚟～。（一個人倒霉起來喝口水也會嗆着。）

**衰開嚟有頭有路** sɵy¹hɔi¹lɐi⁴jɐu⁵tʰɐu⁴jɐu⁵lou⁶〈嚟音黎〉【熟】倒霉起來就

176

總是倒霉；禍不單行（衰：倒霉；
嚓：開了頭）。

**頭頭點着黑** tʰɐu⁴tʰɐu⁴tim²tsœk⁶hak¹
(hɐk¹)〈着音着急之着〉【熟】【俗】
樣樣都倒霉；老是倒霉。

**好衰唔衰** hou²sɵy¹m⁴sɵy¹【熟】字面
意思是該倒霉的時候不倒霉（好：
該；衰：倒霉；唔：不），意思是正
好這時候碰上倒霉事：真係～，差
唔多到先至跌爛。（真是趕上倒霉，
差不多到了才摔碎。）

**死人兼冧屋** sei²jɐn⁴kim¹lɐm³ok¹〈冧音
林第3聲〉【熟】【喻】死了人加上
塌了房子（冧：塌），喻連翻倒霉：
佢不特只畀老細炒咗，仲病埋添。
呢勻真係～嘞。（他不但被老闆解僱
了，還病倒了。這回真是禍不單行
啊。）

**當災** tɔŋ¹tsɔi¹ 遭殃；碰上倒霉事：我
入咗電梯，忽然間話停電，真係～
嘞。（我進了電梯，忽然停電，真
是觸了霉頭了。）｜白狗享福，黑
狗～。（熟語：白狗享福，黑狗遭
殃。據說黑狗血可以禳災，故此黑
狗常遭宰殺以取血。謂有人享福，
有人遭殃。）

**當衰** tɔŋ¹sɵy¹〈當音相當之當〉正碰上
倒霉（衰：倒霉）：買着呢隻股就～
喇，跳樓噉跌！（買這個股票就倒霉
了，跳樓似的往下跌！）

**當黑** tɔŋ¹hɐk¹(hak¹)〈當音相當之當〉
同 "當衰"：嗰磚頭跌落嚟嗰陣時我
啱啱行過，都係～喇。（那磚頭掉下
來的時候我正好走過，也是該當倒
霉了。）

**當口** tɔŋ¹tɐm³〈當音相當之當，後一字
音帝暗切〉【俗】正碰上倒霉。

**攬埋死** lam²mai⁴sei²〈攬讀第2聲〉【喻】
一塊兒倒霉（攬：摟；埋：攏）：你
將你嘅股金抽走啦，費事同我～。

（你把你的股金抽走吧，省得跟我一
棵樹上吊死。）

## 七A8　白費勁、自找麻煩、沒辦法

***嘥氣** sai¹hei³〈嘥音曬第1聲〉白費勁；
做無效的事（嘥：浪費）：攞咁細個
錘想揼開嚿石？～啦！（拿這麼小的
錘子想敲開這塊石頭？這是白費力
氣！）[ 重見七C6 ]

**嘥心機，捱眼瞓** sai¹sɐm¹kei¹, ŋai⁴ŋan⁵
fɐn³〈嘥音曬第1聲，捱音牙鞋切，
瞓音訓〉【熟】白費心思；白費力氣
（嘥：浪費；心機：心思；眼瞓：打
瞌睡）：搞嚟冇用到，真係～。（搞
出來沒用上，真是白費了心思。）
[ 又作 "嘥心機" ]

**得個吉** tɐk¹kɔ³kɐt¹ 只落得一場空（得：
只有。廣州話 "空"、"凶" 同音，忌
諱而稱 "吉"）：搞嚟搞去最尾～。（弄
來弄去最後只有一場空。）

**賺（盞）** tsan⁻²〈賺音盞〉白白地；徒
然；只落得：噉整嚟整去～嘥時間。
（這樣弄來弄去只會浪費時間。）｜亂
噏嘢～畀人笑。（亂説話只會被人笑
話。）｜做唔係～做！（幹不也是白
幹嗎！）

**賺（盞）得個** tsan⁻²tɐk¹kɔ³〈賺音盞〉只
落得；只能得到（某種不好的結果）：
辛辛苦苦～畀人話。（辛辛苦苦只落
得個讓人指責。）

**擔沙塞海** tam¹sa¹sɐk¹hɔi²〈擔音擔任之
擔〉【熟】【喻】做收效甚微的事；
費力而無濟於事：而家爭成萬銀，
你攞嗰嚿嚟唔係～！（現在差整整一
萬塊，你拿那麼一點來不是杯水車
薪嗎！）

**煲冇米粥** pou¹mou⁵mɐi⁵tsok¹〈冇音無
第5聲〉【熟】【喻】煮沒有米的粥
（冇：沒有），也就是只煮白開水，

喻幹不切實際或未有眉目的事：你
實際啲得唔得，專喺度～！(你實際
點行不行，專門弄無米之炊！)[ 參
看八A1 "冇米粥"]

**隔山買牛** kak³san¹mai⁵ŋɐu⁴【熟】【喻】
對情況未作親身接觸、不甚了解而
作出決定或辦事(牛為舊時重要生產
資料，未經驗看不會輕易買下)：通
咗半年信，面都未見過，就講話結
婚嘞，噉唔係～？(通了半年信，
沒見過一面，就說結婚了，這豈非
閉着眼睛瞎碰嗎？)

**混吉** wɐn⁶kɐt¹【貶】瞎忙；徒勞無功：
做咗兩日，原來係～咋！(幹了兩
天，原來是勞而無功啊！)["吉"
即空，參見"得個吉"]

**見屎朏嘟唔見米白** kin³si²fɐt¹jok¹m⁴
kin³mɐi⁵pak⁶〈朏音忽，嘟音衣屋切〉
【熟】【喻】只見屁股動不見米變白
(屎朏：屁股；嘟：動；唔：不)，
是說用碓子碓米時，不停地做卻搗
不出精米來(碓子是用腳踏的，所以
說屁股動)，比喻白費工夫；花費很
多力氣而不見成效。

**唔衰攞嚟衰** m⁴sɵy¹lɔ²lɐi⁴sɵy¹〈攞音裸，
嚟音黎〉【熟】【貶】沒事找事；自
找麻煩；自討苦吃(攞：拿；嚟：
來；衰：糟糕)：唔識嵌就咪拆啦，
真係～！(不會裝上就別拆吧，真是
自找麻煩！)[ 又作"攞嚟衰"]

**攞嚟賤** lɔ²lɐi⁴tsin⁶〈攞音裸，嚟音黎〉
同"唔衰攞嚟衰"。

**唔衰搵嚟衰** m⁴sɵy¹wɐn²lɐi⁴sɵy¹〈搵音
穩，嚟音黎〉同"唔衰攞嚟衰"(搵：
找)。[ 又作"搵嚟衰"、"搵嚟賤"]

**攞嚟搞** lɔ²lɐi⁴kau²〈攞音裸，嚟音黎〉
【熟】【貶】自找麻煩；為自己增添
無謂的工作。[ 又作"搵嚟搞"]

**搵嚟辛苦** wɐn²lɐi⁴sɐn¹fu²〈搵音穩，嚟
音黎〉【貶】自找辛苦(搵：找；嚟：

來)：噉嘛幾好，何必～？(這不挺
好嗎，何必自找辛苦？)[ 又作"搵
苦嚟辛"]

**攞嚟辛苦** lɔ²lɐi⁴sɐn¹fu²〈攞音羅第2聲，
嚟音黎〉同"搵嚟辛苦"(攞：拿)。
[ 又作"攞苦嚟辛"]

**捉蟲入屎朏(忽)** tsok¹⁽³⁾tsʰoŋ⁴jɐp⁶si²
fɐt¹〈捉音足，又讀第3聲；朏音忽〉
【喻】【貶】自找麻煩(屎朏：屁股)。

**捉蛇入屎朏(忽)** tsok¹⁽³⁾sɛ⁴jɐp⁶si²fɐt¹
〈捉音足，又讀第3聲；朏音忽〉同
"捉蟲入屎朏(忽)"。

**捌屎上身** la²si²sœŋ⁵sɐn¹〈捌音喇第2
聲，上音上去之上〉【熟】【喻】【貶】
自找麻煩(捌：抓)。

**貼錢買難受** tʰip³tsʰin²mai⁵nan⁶sɐu⁶
〈錢音淺，難讀第6聲〉【熟】倒貼
金錢買個苦難回來忍受。一般用於
指買了偽劣商品或其他付出金錢
而添了麻煩的事情。

**冇計₁** mou⁵kɐi⁻²〈冇音無第5聲，計讀
第2聲〉沒辦法(冇：沒有)：～喇，
唯有係噉啦。(沒辦法了，只好這樣
吧。)

**冇符** mou⁵fu⁴〈冇音無第5聲〉【喻】
沒辦法(冇：沒有；符：符咒)：畀
呢隻馬騮仔搞到我冇晒符。(我對這
淘氣蛋真是一點辦法也沒有。)

***冇修** mou⁵sɐu¹〈冇音無第5聲〉【喻】
沒辦法(冇：沒有；修：指前世的修
行)：搞極都搞唔好，～！(怎麼弄
也弄不好，沒辦法！)[ 重見九C4、
九C12]

**冇術** mou⁵sɵt⁻²〈冇音無第5聲〉沒辦
法：呢勻～喇。(這回沒辦法了。)

**一戙都冇** jɐt¹toŋ⁶tou¹mou⁵〈戙音洞，
冇音無第5聲〉【喻】連一垜也沒有
了(戙：垜，指賭博用的籌碼垜子；
都：也；冇：沒有)，指全部輸光，
比喻毫無辦法：樣樣試過都唔得，

178

而家係～嘞。(各種辦法嘗試過都不行,現在是束手無策了。)

## 七A9 退縮、轉向、躲懶、過關

**褪舦** tʰɐn³tʰai⁵〈褪音吞第3聲,舦音太第5聲〉【喻】原義是開倒車,比喻退縮(褪:退;舦:舵):一睇見唔啱,個個都～。(一看見不妙,人人都退縮。)

**轉舦** tsyn³tʰai⁵〈轉讀第3聲,舦音第5聲〉【喻】轉向;退縮(舦:舵)。

**縮沙** sok¹sa¹ 退縮:先頭講得好地地,到而家～點得喋!(開頭說得好好的,到現在退縮怎麼行!)

**見風使悝** kin³foŋ¹sɐi²lei⁵〈悝音理〉【熟】【喻】見風使舵(悝:帆):陳仔份人最識～,所以幾時都撈得啱。(小陳這人最會看風使舵,所以甚麼時候都能吃得開。)[不一定含貶義]

**跟風** kɐn¹foŋ¹【喻】看風頭,跟潮流。

**偷雞** tʰɐu¹kɐi¹ 偷閒;躲懶:等陣我～去買餸,你幫我頂住檔。(待會兒我偷空去買菜,你替我一會兒。)|兩個售貨員喺處～打牙鉸,話之你啲顧客喺處等啊。(兩個售貨員在那兒躲懶聊天,管你們顧客在等着呢。)

**放蛇** foŋ³sɛ⁴ 偷懶(蛇:懶):我一行開你就～嘞!(我一走開你就偷懶了!)

**甩身** lɐt¹sɐn¹〈甩音拉一切〉脫身:想話～都唔係咁容易。(想脫身還不是那麼容易。)

**過骨** kwɔ³kwɐt¹ 過關:我爭啲過唔倒骨。(我差點兒過不了關。)

***走雞** tsɐu²kɐi¹ 躲過(某個關口):點解噉都畀佢走咗雞呢?(怎麼這樣還讓他過了關呢?)[重見七A7、七A15]

***走甩雞** tsɐu²lɐt¹kɐi¹〈甩音拉一切〉躲

過了關口(甩:脫)。[重見七A7、七A15]

## 七A10 給予、取要、挑選、使用、處置

**畀** pei²〈音比〉給予:～本書我。(給我一本書。)|我聽日就交～芳姐。(我明天就交給芳姐。)|你唔～,自有人～。(你不給,自有人給。)[重見六B4、七E7]

**彈₁** tan⁶〈音但〉【俗】【喻】給予(好東西或有好處的事等):你啲生意做唔晒就～啲嚟我做啊。(你的生意做不完就給點兒我做吧。)

**派** pʰai³ 散發;分發;分送:～傳單|見人就～。|咸都～晒嘞。(全都分發光了。)

**制₁** tsɐi³ 限制地給予(只給予很小的數量):～水(限量供水)|～電(限量用電)|～癮(癖好受限制)[重見三A8、三A15]

**攘** jœŋ⁻²〈音央第2聲,椅響切〉推讓:你搦起啦,响馬路度～嚟去幾唔好睇。(你拿了吧,在馬路上推來讓去多不好看。)

***過** kwɔ³ 在表示給予的句子裏,引出接受者:畀件衫～我。(把那件衣服給我。)|借啲錢～佢使啦。(借一些錢給他用吧。)[重見七B4,九D1、九D18、十F2]

**問** mɐn⁶ 在表示向人取要東西的句子裏,引出被索取的人:我唯有～你借嘞。(我只好向你借了。)|啲説明書～邊度攞呢?(這說明書到哪兒要呢?)

***攞** lɔ²〈音裸〉①取;拿:一個月～900緡。(一個月拿900塊。)|開部車去～貨。(開一輛車子去取貨。)|你～晒我啲人,我呢度點

辦？（你把我的人全要走了，我這裏怎麼辦？）②表示所用的工具、材料等。拿；用：～嚿布冚住。（拿一塊布蓋住。）｜～啲膠水嚟黏住佢。（用些膠水黏住它。）[ 重見六 D1、七 E15 ]

\*拎 neŋ¹〈音寧第 1 聲，那英切〉同"攞"：你要寫張收條先～得走㗎。（你要寫張收條才能拿走的呀。）｜～支竹嚟頂實。（用一根竹子來頂住。）[ 重見六 D1 ]

\*搦 nek¹〈那益切〉同"攞"：喺度～一半出嚟。（從這裏拿一半出來。）｜木板唔得嘅，要～鐵皮。（木板不行的，要用鐵皮。）[ 重見六 D1 ]

\*掏₂ tɐu⁶〈音豆，第又切〉【俗】取；拿：有就照～可也。（有就照拿吧。）[ 重見七 D1 ]

愛 ɔi³ ①佔有（從未佔有而達到佔有）；要：你～咁多做乜？（你要那麼多幹甚麼？）｜我～晒藍色嗰啲。（藍色的我全要。）②為要佔有而提出請求；向人要：你問靈姐～啦。（你向靈姐要嘛。）

捎 sau⁴〈音哨第 4 聲，時茅切〉【貶】偷拿：弊，畀個賊仔～咗荷包添。（糟了，讓小賊扒去錢包了。）

鼠 sy²【貶】【謔】偷偷地拿走：梗係何仔個契弟～咗去。（肯定是小何那傢伙拿走了。）

\*撓 ŋau¹(jau¹)〈音我敲切，又音衣敲切〉【俗】取；拿：而家啲賊仔連衫都～。（現在的小偷連衣服也偷。）｜見倒就照～。（看到就照拿。）[ 重見六 D10 ]

\*作 tsɔk³⁽⁶⁾（又音昨）【貶】【謔】偷；強取；敲竹槓：我攞三本掛曆嚟，半路畀志雄～嗰一本去。（我拿三本掛曆來，半路被志雄拿了一本走。）｜～佢一餐飯。（敲他請吃一

頓飯。）[ 重見七 C10、七 E15 ]

\*攋₁ lap³〈音蠟第 3 聲，拉鴨切〉大量地拿：條友仔將啲報紙～走晒。（那傢伙把報紙全拿走了。）[ 重見六 C1、六 D1、六 D10 ]

揀 kan² 挑選：～嚟～去冇樣啱心水。（挑來挑去沒一樣合心意。）｜我揀咗個綠色嘅。（我挑了個綠色的。）

\*揀擇 kan²tsak⁶ 挑選：喺嗰度～咗好耐先至買咗一件。（在那兒挑揀了很久才買了一件。）[ 重見五 C4 ]

**千揀萬揀，揀着個爛燈盞** tsʰin¹kan²man⁶kan²,  kan²tsœk⁶kɔ³lan⁶tɐŋ¹tsan²〈着音着急之着〉【熟】【喻】【貶】千挑萬揀，到最後還是挑了個不好的。這是說人過於挑剔，反而不好：阿梅行咗六七個，正式係～，而家嫁個噉嘅！（阿梅談了六七個，真正是千挑萬看，抱個破罐，現在嫁一個這樣的！）["揀"與"盞"押韻 ]

\*搵 wɐn²〈音穩〉表示所使用的工具、材料等。拿；用：～個紙箱裝實。（拿個紙箱裝好。）[ 重見七 A11、七 B10、七 D1、七 E15 ]

揩 kʰai³〈讀第 3 聲，契隘切〉同"搵"：～條實淨嘅嘅繩嚟綁。（用一條結實點兒的繩子來捆。）

\*使 sɐi² ①使用：呢把鉗好好～。（這把鉗子很好用。）｜睇住說明書就識～㗎嘞。（看着說明書就會使用了。）｜借把間尺我～下。（借一把尺子給我用一下。）②表示所用的工具、材料或手段等。用；拿：～兩條木嚟上下夾實。（用兩根木頭來一上一下夾緊。）｜～啲噉嘅辦法得唔得㗎？（用這樣的辦法行不行啊？）[ 重見七 B7、七 E5 ]

將 tsœŋ¹〈音張〉表示處置的對象；把：～道門閂實。（把門關嚴。）[ 普通話也用此詞，但較少，一般是用

"把",而廣州話則從不用"把"]

**將嚟** tsœŋ¹lɐi⁴〈將音張,嚟音黎〉表示處置(嚟:來,用在要處置的物品之後、處置方式之前):咁大碗飯～倒咗去,嘥晒!(這麼大一碗飯拿去倒掉,太浪費了!)

**楷嚟** kʰai³lɐi⁴〈楷音契隘切,嚟音黎〉同"將嚟":買啲嘢返嚟係～用㗎嘛,～蘦嘅咩?(買了東西回來是使用的嘛,是買來存放的嗎?)

\*佢 kʰɵy⁵〈音距〉放在句末,加強處置口氣:擰實個水喉～。(把水龍頭擰緊。)|呢單嘢你嚟搞咭 ～。(這件事你來弄妥。)|將道門打開～。(把門打開。)[重見一 A1]

## 七 A11　收存、收拾、遺失、尋找

**屏**₂ pɛŋ³〈音餅第 3 聲〉收藏:～埋唔畀人知。(藏起來不讓人知道。)|～得實過龍,自己都搵唔倒添。(藏得太嚴實,連自己也找不到。)

**收** sɐu¹ 收藏:你將嗰兩千緡～咗去邊?(你把那兩千塊錢藏哪兒啦?)

\*雪藏 syt³tsʰɔŋ⁴〈藏音牀〉【喻】【謔】收藏不用;暫時閒置(等待一定時機才拿出來用):倉庫度～住一批鋼材。(倉庫裏收藏着一批鋼材。)|個教練將 15 號左邊鋒～起上嚟。(那教練把 15 號左邊鋒藏起來不用。)[重見七 B2]

\*地藏 tei⁶tsɔŋ⁶〈藏音撞〉收藏並不讓別人知道:原來佢～咗好多喺屋企。(原來他悄悄收藏了很多在家裏。)[原為佛教一個菩薩的名字,佛經中説他"安忍如大地,靜慮如秘藏"。重見八 A8、八 C2]

**積** tsek¹ 積攢:各種火花我～埋有成千張喇。(各種火花我攢起來有成千張了。)

**儲** tsʰou⁵〈音草第 5 聲,似老切〉積存:～錢(存錢)|～埋～埋咁多膠繩做乜啊?(積存這麼多尼龍繩幹嘛?)[此字書面語音 tsʰy⁵〈音處第 5 聲,似雨切〉]

\*執 tsɐp¹ 收拾(東西):聽日一早就走,今晚仲唔～嘢?(明天一早就走,今晚上還不收拾東西?)[重見六 D5、十 C3]

**執拾** tsɐp¹sɐp⁶ 收拾:間房咁亂,～下啦!(房間這麼亂,收拾一下吧!)|～架撐準備落班。(收拾工具準備下班。)

**搣** lin²〈音連第 2 聲,拉演切〉①收拾(東西);整齊地放置好:將枱面啲嘢～好佢。(把桌面上的東西放整齊。)②把物件從一處一件件地移到另一處放好:將出便嗰扨紙盒～入嚟,咪畀雨捹濕咗。(把外面那扨紙盒子移進來,別讓雨淋濕了。)

\*拉₁(賴) lai⁻⁶〈拉音賴〉丟失;遺漏;落(lā):～低把遮喺會展中心。(把傘落在會展中心。)|呢句讀唔通,係咪～咗隻字?(這一句讀不通,是不是落了一個字?)[重見二 C8]

**漏** lɐu⁶ 丟失;遺漏(物品):個手錶～响洗手間唔記得擢。(手錶落在洗手間忘了拿。)[普通話"漏"也有遺漏的意思,但一般不用為丟失物品之義]

\*漏雞 lɐu⁶kɐi¹【喻】遺漏;漏掉:我話點解少咗,原來有一個～冇數到。(我説怎麼少了,原來有一個漏了沒數。)[重見七 A7]

**跌** tit³ 丟失;遺失:我～咗抽鎖匙。(我丟了一串鑰匙。)

\*搵 wɐn²〈音穩〉找;尋覓:～人|唔知藟咗去邊,～極都～唔倒。(不知放哪兒去了,怎麼找也找不着。)[重見七 A10、七 B10、七 D1、七 E15]

七
人
類
活
動

**打鑼嗽搵** ta²lɔ²⁻²kɐm²wɐn²〈鑼讀第2聲，嗽音敢，搵音穩〉【熟】【喻】到處找；興師動眾地找（指找人。嗽：那樣；搵：找）：頭先～你。（剛才到處找你。）

***蜎窿蜎罅** kyn¹lʊŋ¹kyn¹la³〈蜎音捐，罅音賴亞切〉【熟】【喻】到旮旯角去找（蜎：鑽；罅：縫兒）：～搵倒二三十支出嚟。（翻遍角落找出二三十根來。）[ 重見七 E9 ]

## 七 A12　阻礙、佔據、分隔

***阻** tsɔ² 阻擋；礙着地方：原來係架車死咗火～正個路口。（原來是一輛車子拋錨了，正好擋在路口上。）| 矺响度咪～住行路囉！（放在這兒不是擋着路嗎！）[ 重見七 E20 ]

***胵** ŋa⁶〈音牙第6聲，毅夏切〉佔據；因佔據而造成阻礙：你估架車係你嘅咩，一個人～住兩個位。（你以為這輛車是你的嗎，一個人佔了兩個座位。）[ 重見六 D12 ]

**膪** tsa⁶〈音炸第6聲，治夏切〉同"胵"：隔籬嗰個嘢揀晒啲雜物出嚟～實晒個樓梯。（隔壁那傢伙把雜物全扔出來，堵死了樓梯。）

***吮** tɛt¹〈音突第1聲，低一切〉同"胵"：你啲嘢喺度～晒。（你的東西在這礙着地方。）[ 重見六 B1、六 D5 ]

***嚄** kwʰak³〈音卡劃切第3聲〉（用線、繩等）圈圍：你將攞紅筆～住嗰一段抄落嚟。（你把用紅筆圈起來的那一段抄下來。）| 大門口嗰笪有鐵鏈～住，唔畀人埋去。（大門口那片地方有鐵鏈圍着，不讓人走近去。）[ 重見七 A15 ]

***間** kan³〈讀第3聲，嫁旦切〉隔開；分開：一間房～成兩間。（一個房間隔成兩個。）[ 重見七 A18 ]

## 七 A13　湊聚、併合、摻和

***夾（夾）** kɛp³(kap³)〈音計入切第3聲，又音計鴨切〉① 湊聚；聚集：幾個人～嘛夠錢囉。（幾個人湊一湊不就夠錢了嗎。）② 拼合：就嘅攞啲零件～起之嘛。（不過是就這樣拿一些零件拼起來。）[ 重見七 E3、九 C10 ]

**湊埋** tsʰɐu³mai⁴ 湊起來（埋：合攏）：咸唪唥～得咁多。（全部湊起來也有這麼多。）

**鬥₁** tɐu³〈音鬥〉拼合；組裝：將張牀～起佢。（把牀拼裝起來。）| 我部電腦係自己～嘅。（我這台電腦是自己組裝的。）[ 普通話"鬥"有住一塊兒湊的意思，廣州話也有，而廣州話的用法更廣一些 ]

**嵌** hɐm³〈氣暗切〉同"鬥"：成間屋攞預製件嚟～成。（整間屋子用預製件拼裝而成。）| 拆咗又～翻。（拆了又裝起來。）

**砌** tsʰei³ 拼合：唔覺意搣爛咗封信，不過～翻都睇得倒。（不小心把信撕了，不過拼起來還能看。）

***拍₂** pʰak³ ① 並在一起；使並排：兩架船～住行。（兩條船並排着走。）| 將啲枱～埋。（把桌子並在一塊。）② 靠近；使靠近：啲凳都～埋牆佢。（凳子都靠到牆邊。）| 唔好～實攔河。（不要緊挨着欄杆。）[ 重見七 B10 ]

**摳** kʰɐu¹〈音球第1聲，卡歐切〉混合；摻和：呢兩樣～埋得唔得㗎？（這兩樣混在一塊兒行不行的？）| ～啲呢種，再～啲嗰種。（摻點兒這一種，再摻點兒那一種。）

**對摳** tɵy³kʰɐu¹〈摳音卡歐切〉一半對一半地摻和起來（摳：攪拌）：沙同黃泥～。

*撈₁ lou¹〈音劳第 1 聲〉混合；摻和：衰嘞，畀佢～亂咗添！（糟了，讓他弄混了！）｜我哋兩公婆啲銀紙都係～埋使嘅。（我們兩夫妻的錢都是合在一起用的。）［重見六 D9］

開₁ hɔi¹ ①調配（液體或糊狀物）：～顏料｜先攞少少凍水嚟～好啲米粉，再攞滾水沖。（先用一點冷水來把米粉調好，再用開水沖。）②稀釋：幾滴就～得成碗水㗎喇。（幾滴就可以稀釋成整碗水的了。）

## 七 A14　排隊、插隊、圍攏、躲藏

*輪 lɵn⁴ 排隊；排隊等候：我～咗成個鐘先買倒。（我排了整整一個小時才買到。）［重見七 A2，十 E1、十 F2］

輪籌 lɵn⁴tsʰɐu⁻²〈籌音此口切〉（看病等）排隊掛號兒；按號兒排隊（輪：排隊；籌：號兒）：睇病要～等候。（看病要掛號等候。）

*扒頭 pʰa⁴tʰɐu⁴〈扒音爬〉（在排隊中超越到前頭：排住隊，唔好～。（排好隊，別插到前面去。）［重見七 D4］

*櫼隊 tsim¹tɵy⁻²〈櫼音尖，隊讀第 2 聲〉【喻】插隊（櫼：打楔子）：呢啲保安都唔知點做嘢嘅，咁多人～都唔理。（這些保安人員也不知道怎麼幹活的，這麼多人插隊也不管。）

兼隊 kim¹tɵy⁻²〈隊讀第 2 聲〉插隊：～嗰啲人好冇公德心嘅。（插隊那些人一點公德心也沒有。）

打櫼 ta²tsim¹〈櫼音尖〉【喻】原指打楔子（櫼：楔子），喻插隊：嗰個人次次都～嘅。（那個人每一次都加塞兒。）

*哄₂ hoŋ⁶⁽³⁾〈音洪第 6 聲，又讀第 3 聲〉（人）圍攏（一般指圍觀）：十幾個人～住睇佢哋捉棋。（十幾個人圍着看他們下棋。）［重見六 C2］

匿 nei¹〈音你第 1 聲，那禧切〉躲藏：呢個百厭星唔知～咗去邊，唔好搵佢喇。（這個搗蛋鬼不知道躲哪兒去了，別找他了。）｜呷個賊仔實係～埋喺度，要抄佢出嚟先得！（這個小偷一定藏在這裏，要把他搜出來！）［書面語音 nek¹（那益切）］

縮埋一字角 sok¹mai⁴jɐt¹tsi⁶kɔk³ 縮在角落裏（埋：靠近；一字角：角落），一般指在人多的場合裏，躲在一旁不與人交往：成晚～，粒聲唔出。（整個晚上躲在角落裏，一聲不吭。）

縮埋一二角 sok¹mai⁴jɐt¹ji⁶kɔk³ 同“縮埋一字角”。

*屈₂ wɐt¹ 呆在屋裏，不到外頭去；悶（mēn）：唔好成日～喺屋企。（不要整天悶在家裏。）［重見五 A2］

## 七 A15　走動、離開、跟隨

［走的動作參見六D11］

行路 haŋ⁴lou⁶〈行音何盲切〉走路；步行：我～仲快過你踩車。（我步行比你騎車還快。）

打白鴿轉 ta²pak⁶kap³(kɐp³) tsyn³〈轉讀第 3 聲〉【喻】走一轉又回來（像鴿子那樣飛一轉又回來。白鴿：鴿子）：我去打個白鴿轉就翻嚟。（我去打個轉就回來。）

行大運 haŋ⁴tai⁶wɐn⁶〈行音行路之行〉轉大圈；走很遠的彎路：睇錯路牌，行咗大運咊！（看錯了路牌，走了個大彎路。）

*蜎 kyn¹〈音捐〉【喻】【貶】亂走：個衰仔一霎眼就唔知～咗去邊。（那小子眨眼就不知道跑哪兒去了。）［重見六 B2］

*貢 koŋ³【喻】【貶】原意是爬動着鑽，

比喻亂走、亂跑：打鑼嗽搵你唔倒，原來～嚟呢度歎世界！（滿世界找你不到，原來鑽到這兒享受來了！）〔重見六B2〕

**駮腳** pɔk³kœk³ ①多人接力向前走（駮：接）：搬咁多嘢，仲係～快啲。（搬那麼多東西，還是接力快一些。）②把腿接長（是誇張地表示要快些走）：點解唔去啊？～去啊！（怎麼不去？接長了腿去！）

**巡** tsʰɵn⁴〈遲閏切第4聲〉來回走動；巡視：你喺度～嚟～去做乜嘢？（你在這兒走來走去幹甚麼？）｜不時去～下。（不時走去看一下。）

**𰀁**₁ kwʰak³〈音虢劃切第3聲〉①逛：～街（逛街）｜兩頭～（逛來逛去）②繞（路）：～咗個大彎。（繞了個大彎。）〔重見七A12〕

***蕩** tɔŋ⁶ 逛：兩條友～下一下唔知～咗去邊。（兩個傢伙逛着逛着不知逛到哪兒去了。）〔重見七A18〕

**流離朗蕩** lɐu⁴lei⁴lɔŋ⁵tɔŋ⁶ 無目的地到處亂走；流離失所：你唔返屋企，係個街度嚟～嗽做乜啊？（你不回家，在街上到處逛蕩幹甚麼？）

**過廟** kwɔ³miu⁻²〈廟讀第2聲，摸曉切〉【喻】走過頭：過晒廟都唔知。（走過頭很遠了也不知道。）

**過龍** kwɔ³lɔŋ⁴ 走過頭：搭車搭～。（坐車坐過頭。）

**運** wɐn⁶ ①從（某一路線走）：～呢頭行近啲。（從這頭走近些。）｜～紅磡好定係～九龍塘好呢？（從紅磡走好還是從九龍塘走好呢？）②繞（路）：呢度塞車，～公司嗰便行仲快。（這兒交通阻塞，繞公司那邊走快些。）｜～路行。（繞路走。）

**撲** pʰɔk³ 匆匆忙忙地奔波：～嚟～去（跑來跑去）｜今朝我～咗三處都買唔倒。（今天上午我跑了三個地方也

買不到。）

**走趯** tsɐu²tɛk³ 奔波；（為做事而）來往：佢呻排喺上海、香港兩地～。（他這段時間在上海、香港兩地來回奔波。）

***揗** tʰɐn⁴〈音吞第4聲，提人切〉忙碌奔波：佢一陣間～上北京，一陣間～去南京，都唔知做乜。（他一會兒忙着上北京，一會兒又忙着去南京，也不知在幹啥。）〔重見六B4、七A2〕

**扯** tsʰɛ² 走：離開：戲都做完嘞，仲唔～？（戲都演完了，還不離開？）

**鬆人** sɔŋ¹jɐn⁴【俗】溜走；偷偷離開：而家～唔係幾好嘅。（現在溜掉不太好。）〔又作"鬆"〕

**走投** tsɐu²tʰɐu⁴【俗】溜走；離開：反正都冇人喺度，不如～啦。（反正沒人在，倒不如走人吧。）

**走路** tsɐu²lou⁻²〈路音佬〉【俗】溜走；跑掉：咁就想～喇？（這就想跑了？）

***走雞** tsɐu²kɐi¹ 溜走：佢冇得～嘅！（他跑不了！）〔重見七A7、七A9〕

***走用雞** tsɐu²lɐt¹kɐi¹〈甩音拉一切〉跑掉了（甩：脫）：死嘞，畀佢～添！（糟了，竟讓他跑掉了！）〔重見七A7、七A9〕

**趯更** tɛk³kaŋ¹〈趯音笛第3聲，更音加坑切〉逃跑；溜走；開小差：聲都唔聲就～囉咪！（說一聲也不說就跑掉了呀！）〔又作"趯雞"〕

**較腳** kau³kœk³【俗】溜走：睇下差唔多夠鐘就～嘞。（看看差不多到點就開溜了。）〔又作"較"〕

**走白地** tsɐu²pak⁶tei⁶ 奔逃：都未曾乜嘢，班友仔就～嘞。（還不曾怎麼樣，那幫傢伙就逃命般地跑了。）

**走夾唔唞** tsɐu²kap³m⁴tʰɐu²〈唞音透第2聲〉【熟】拚命跑；趕緊走掉（走：跑；夾：並且；唔：不；唞：歇）：

184

嗽嘅架步，阿誰都～啦。(這樣的形勢，不論誰都趕緊跑了。)

**行得快，好世界** haŋ⁴tɐk¹fai³, hou²sɐi³kai³【熟】【譴】走得快才是好 (行：走)。多用於指要趕快離開，有時也用於指要趕快上前：呢勻真係～喇！(這回可是誰腿長誰有福了！) ["快"與"界"押韻]

**冇鞋挽屐走** mou⁵hai⁴wan⁻²kʰɛk⁶tsɐu²〈冇音無第5聲，屐音劇〉【熟】有鞋的穿着鞋跑，沒鞋的用手提着木拖板跑 (因為穿木拖板跑不快。冇：沒有；屐：木拖板；走：跑)。意思是說趕緊離開，惟恐避之不及：睇白大雨响嗰便過嚟，啲人個個～。(眼看大雨從那邊過來，人們全都能有多快就跑多快。)

**雞嗽腳** kɐi¹kɐm²kœk³〈嗽音敢〉【喻】字面意思是像雞的腳那樣 (嗽：那樣)。雞腳走動極快，用來比喻走得快 (趕緊離開或趕緊上前)：一唔對路就～。(一不對勁就趕緊走。)｜有筍嘢就～嘞嘞。(有好東西就來得快了。)

***躝** lan¹〈音蘭第1聲〉【喻】本義是爬，比喻：①【貶】走：未夠鐘就～咗喇？(沒到時間就走了？) ②【罵】滾蛋；滾開：你同我～！(你給我滾！) [重見六B2]

**躝屍趿路** lan¹si¹kɐt⁶lou⁶〈躝音蘭第1聲〉【熟】【貶】離開；滾蛋：佢睇下冇人騷佢，卒之唯有～。(他看看沒人理睬他，最後只好滾蛋了。) [又作"躝屍"]

**過路** kwɔ³lou⁶【罵】滾蛋：快啲～啦！(快滾吧！)

***撞** tsɔŋ⁶沿着一定路線、迎着某人來的方向走 (目的是要在路上碰上來人)：我攞遮去～佢。(我帶上傘去迎他。)｜佢行咗第條路，～唔倒。

(他走了另一條路，沒能碰上。) [重見五B2、七A5、七D8]

**跟尾** kɐn¹mei⁵ 跟在後面：我行前便，你～。(我走前面，你隨後。)

**吊尾** tiu³mei⁵ 跟蹤：佢都唔知畀人吊住尾。(他不知道被人盯上了。)

***黐** tsʰi¹〈音癡，妻衣切〉緊緊地跟隨，不肯離開：有個細路～住，好唔方便。(帶着個小孩，很不方便。) [重見六D7、七A6、九B3]

## 七A16　節約、浪費、時興、過時

**慳** han¹〈音閒第1聲〉節約；節儉；節省：嗽樣就～翻三百幾緡。(這樣就省下三百多塊。)｜後生仔要學得～啲。(年輕人要學得節儉一點兒。)

**慳儉** han¹kim⁶〈慳音閒第1聲〉節約；節儉。

**慳皮** han¹pei⁻²〈皮讀第2聲，音鄙〉省錢 (皮：錢款)：盒仔飯都唔捨得食，你真係～咯！(盒飯也捨不得吃，你真省啊！)

**死慳死抵** sei²han¹sei²tɐi²〈慳音閒第1聲〉拚命節省 (慳：節省；抵：苦熬)：我成年～，至儲到五萬緡。(我一年來拚命節省，才攢了五萬塊錢。)

**慳頭慳尾** han¹tʰɐu⁴han¹mei⁵〈慳音閒第1聲〉在小處節省 (慳：節省)：而家啲嘢咁貴，錢就得咁多，唔～點頂得順啊？(現在東西這麼貴，錢也就那麼多，不這兒省點兒那兒省點兒怎麼過呀？)

**知慳識儉** tsi¹han¹sek¹kim⁶〈慳音閒第1聲〉懂得節儉；會精打細算過日子 (慳：節省)：你真係～囉，穿咗窿嘅鞋仲補翻嚟着。(你真懂得節儉呀，穿了窟窿的鞋還補好來穿。)

***傲** kɛŋ⁶〈音鏡第6聲〉小心、愛惜地

處置、使用器物；不盡着使用：你都唔～住嘅，打爛咗點辦！（你都不小心些用，打破了怎麼辦！）[ 重見七 E8 ]

***儆惜** kɛŋ⁶sɛk³〈儆音鏡第 6 聲，惜音錫〉小心、愛惜地處置、使用器物：阿嫲好～呢張酸枝枱嘅。（奶奶非常愛惜這張紅木桌子。）[ 重見七 E8 ]

**嘥**₁ sai¹〈音曬第 1 聲〉浪費：咁好窟布唔好～咗佢。（這麼好一塊布別浪費了。）｜買啲噉嘅嘢嘛係賺～錢？（買這樣的東西不是白浪費錢？）

**嘥撻** sai¹tʰat³〈嘥音曬第 1 聲，撻音替厭切〉浪費：噉樣～米飯真係陰功咯！（這樣糟蹋米飯真是作孽啊！）

**大嘥** tai⁶sai¹〈嘥音曬第 1 聲〉非常浪費。

**糟質** tsou¹tsɐt¹ 糟蹋：咁好嘅嘢搲嚟噉樣～！（這麼好的東西拿來這樣糟蹋！）

**大使** tai⁶sɐi² 花錢花得很厲害；出手闊綽（使：花錢）：呢啲人～慣嘅，銀紙少嘅就唔咭嘅。（這些人習慣了大手大腳，錢少了點兒就不行了。）

**大掟**₁ tai⁶fɐŋ³〈掟音費凳切〉同"大使"（掟：甩）。

**潮流興** tsʰiu⁴lɐu⁴hɛŋ¹〈興 音 時 興 之 興〉時興：而家～紋眉（現在時興紋眉）｜乜你唔知～着短裙嘅咩？（難道你不知道時興穿短裙嗎？）

**行**₂ hɐŋ⁴〈行音流行之行〉興；時髦：呢款衫以前好～㗎。（這種款式的衣服以前很時髦的。）

**過氣** kwɔ³hei³ 過時；過去流行而現在不流行的：～明星（過時的明星）｜呢種褲而家過咗氣喇。（這種褲子現在過了時了。）

## 七 A17　稱、量、計算

**磅** pɔŋ⁶ 過磅：我好耐冇～過有幾重嘞。（我好久沒量過體重了。）｜呢兩籮都～咗嘞。（這兩筐都過了磅了。）

**度**₂ tɔk⁶〈第落切〉測量（長度）：～下幅布有幾闊。（量量那塊布有多寬。）｜～下堵牆有幾高。（量量那堵牆有多高。）[ 重見五 B1 ]

**因** jɐn¹ 估量（長度、重量等，一般是為了辦事時不出誤差）：你～下呢度，架車過唔過得到？（你估量一下這裏，那車子過不過得了？）｜如果懶得就～住界夠佢得嘞。（如果懶得稱就估量着給夠他就行了。）

**校** kau³〈音教〉調對（鐘錶等）：～鐘｜～到五點半嘅鬧鏈。（把鬧鐘調到五點半鬧。）｜～下部電視。（把電視調一調。）

***打** ta²加：125 ～ 67 係 192。（125 加 67 是 192。）｜八個二～五個一，幾錢？（八塊二加五塊一，多少錢？）[ 從 "打算盤" 引申而來。重見七 A2、七 D2、九 B15、九 D25 ]

**打起** ta²hei² 加起來：咸唪唥～都唔夠 3000。（全部加起來也不足 3000。）

**計** kɐi³ 計算；算：呢條數係噉～嘅。（這條算式是這樣算的。）｜你嚟～一下。（你來算一下。）

***□** fak³〈費客切〉計算（多用於錢款）：聽我翻去慢慢～過就知為唔為得過嘞。（等我回去慢慢算過就知道划算不划算了。）[ 原指用力撥動算盤珠的動作。重見六 A4、六 D4 ]

**復** fok¹〈音福〉對計算過的數目、賬目等進行重新計算、復查：呢兩沓單仲要～一～。（這兩疊單子還要重算一下。）

**為** wɐi⁴〈音行為之為〉計算（成本、花費等）：呢單生意～得住。（這宗生意算起來能賺錢。）｜我哋一家三口一個月～埋 20000 緡度啦。（我們一家三口一個月算起來 20000 塊左右吧。）

## 七 A18　寫、塗

**改** koi² 寫字時重複地描畫：寫字唔好嗽樣～，越～越肉酸。（寫字不要這樣描，越描越難看。）

*__剔__ tʰek¹【外】打勾：你睇呢張貨單，見啱就～起佢。（你看這張貨單，見合適的就打勾。）［ 英語 tick。重見八 A5 ］

*__間__₁ kan³〈讀第 3 聲，嫁旦切〉依着尺子畫直線：～格（畫恪子）｜喺度～一條線。（在這兒畫一條直線。）［ 重見七 A12 ］

**扠** tsʰa⁵〈音叉第 5 聲，似瓦切〉（用筆）亂塗：寫完又～咗。（寫完又塗掉了。）｜亂咁～嗽又係一幅畫嘞。（亂塗一氣又是一幅畫了。）

**油**₂ jɐu⁴ 平塗；漆：將幅畫嘅邊角都～滿佢。（把這畫的邊角全塗滿。）｜道門～成黃色。（門漆成黃色。）

*__蕩__ toŋ⁶ 平塗：先～一朕淺色嘅嚟打底。（先塗一層淺色的墊底。）［ 重見七 A15 ］

## 七 A19　笑、開玩笑、哭、歎息
［ 笑、哭等的表情參見九 A15 ］

**□□咔咔** kʰi¹kʰi¹kʰa¹kʰa¹〈前二字音溪衣切〉大聲地笑；毫無顧忌地笑：遠遠就聽倒你哋喺度～。（遠遠地就聽見你們在這兒哈哈大笑。）｜喺呢個地方～，似乜嘢！（在這種地方放肆地嘻嘻哈哈，像甚麼樣子！）
［ 本為對笑聲的摹仿 ］

**笑甩棚牙** siu³lɐt¹pʰaŋ⁴ŋa⁴〈甩音拉一切〉
【謔】誇張地形容笑得非常厲害（甩：脫；棚：排）：佢行冇幾遠就打咗幾個大觔斗，我哋睇住個個都～。（他沒走多遠就摔了幾個大跟頭，我們看了個個都笑得不得了。）

**笑到腸都攣** siu³tou³tsʰœŋ⁻²tou¹lyn¹
【熟】笑得很厲害（攣：痙攣）：嗰隻古仔聽到我哋～。（那個故事聽得我們笑得直不起腰。）

**笑到肚都攣** siu³tou³tʰou⁵tou¹lyn¹ 同“笑到腸都攣”。

**微微嘴笑** mei⁻¹mei⁻¹tsɵy²siu³〈微讀第 1 聲〉微笑；抿着嘴笑。

**陰陰笑** jɐm¹jɐm¹siu³ 微笑；偷笑：霞姐一聽，擰轉面～。（霞姐一聽，轉過臉偷偷微笑。）

**講笑** koŋ²siu⁻²〈笑讀第 2 聲，音小〉說笑話；開玩笑：我同你～嘅。（我是跟你開玩笑的。）｜呢件事唔講得笑。（這事不能開玩笑。）

*__攪（搞）笑__ kau²siu³ 開玩笑；故意鬧笑話：嗰齣電影一味～，啲情節亂咁作嘅。（那齣電影一味逗人發笑，那些情節是亂編的。）［ 重見九 D11 ］

**貪得意** tʰam¹tɐk¹ji³ 鬧着玩兒；湊趣兒（得意：有趣）：你咪喺度～啦，我急到死喇！（你別在這兒鬧了，我都急死了！）

**柴哇哇** tsʰai⁴wa¹wa¹ 鬧着玩兒：～之嘛，使乜嬲嗻！（鬧着玩兒罷了，何必生氣？）

**食凍柑** sek⁶toŋ³kɐm¹【喻】冬天裏把冷的東西（如手掌）貼在別人臉上或伸進別人衣服裏，使人感覺冰涼，以取鬧嘻笑，稱為讓人“～”。因其感覺類似冬天吃冰冷的柑橘，故稱（食：吃）。

**喊** ham³ 哭：咁大個仲～。（這麼大了還哭。）｜睇個女仔～得好慘情。

（看那女孩子哭得很凄慘。）［與普通話的"喊"相去甚遠］

**喊到一句句** ham³tou³jɐt¹kɵy⁻²kɵy³〈前一句字讀第 2 聲，音舉〉嗷嗷地哭。

**嗌生嗌死** ai³saŋ¹ai³sei²〈嗌音隘，生音生死之生〉哭喊着要死要活（嗌：叫喊）。

**嗐嗐聲** hai⁴hai²sɛŋ¹〈前一嗐音鞋，後一嗐讀第 2 聲，聲音司贏切第 1 聲〉歎息；歎氣（這是摹擬歎氣的聲音）：你做咩〜啊？老細要炒你啊？（你幹嗎歎氣？老闆要解僱你嗎？）

## 七A20　其　他

**閘住** tsap⁶tsy⁶【喻】停止；打住：呢件事先〜先，再研究下。（這件事先停下來，再研究一下。）

**押後** at³hɐu⁶ 推遲；延期：會議〜。（會議延期。）｜售票日期〜。（售票日期推遲。）

**拖後** tʰɔ¹hɐu⁶ 拖延；延遲：董事局會議要〜。（董事局會議要延遲。）

*__聽__ tʰɛŋ³〈音亭第 3 聲，替慶切〉等候：我哋〜緊王生。（我們正在等王先生。）［用耳朵聽的"聽"讀 tʰɛŋ¹〈音廳〉。重見七 E1］

**擺** pai² 擺設；裝點：神台上便啲啲水果唔食得㗎，愛嚟〜㗎咋。（神案上的水果不能吃，用來作擺設的。）｜呢款鞋〜就有，賣就冇。（這種款式的鞋只有作擺設的樣品，沒有貨。）

*__乃__ nai⁻³〈讀第 3 聲，那隘切〉連帶；拖帶：一個大人可以〜一個細路入場。（一個大人可以帶一個小孩入場。）｜買好嘢要〜曳嘢，噉都得嘅！（買好貨要搭配劣貨，這怎麼行！）［重見九 B14］

**打孖** ta²ma¹〈孖音媽〉把兩物（一般是長條物）並聯放置或使用（一般是為

了使其較為結實。孖：雙；並聯）：兩條方〜至夠力。（兩根木方並排才承受得住壓力。）｜擸麻繩〜綁。（用麻繩作雙股捆。）

**巡行** tsʰɵn⁴hɐŋ⁴【舊】遊行：國慶大〜。

## 七B　日常生活

### 七B1　起卧、洗漱、穿着、脱衣

*__起身__ hei²sɐn¹ 起牀：好〜喇，唔係就遲到㗎喇。（該起牀了，要不就遲到了。）［重見六 A2、九 D22］

*__敨(唞)__ tʰɐu² 〈音透第 2 聲，體口切〉休息；歇息：你唔舒服，就〜下啦。（你不舒服，就休息一下吧。）［重見六 D3］

**敨(唞)涼** tʰɐu²lœŋ⁴〈敨(唞)音他口切〉乘涼（敨：歇息）：天口好熱，我哋去公園〜囉。（天氣真熱，我們到公園乘涼吧。）

**瞓命** sai³mɛn⁶〈命音未贏切第 6 聲〉【俗】【謔】躺着休息：四圍搵佢唔倒，原來喺度〜！（到處找他不着，原來在這兒攤屍！）

**孖鋪** ma¹pʰou¹〈孖音媽，鋪音牀鋪之鋪〉兩人同睡一牀（專指平時不在一起睡覺的人而言。孖：並聯）：今晚我哋兩個〜啦。（今天晚上我們倆睡一張牀吧。）

**打地鋪** ta²tei⁶pʰou¹〈鋪音牀鋪之鋪〉在地上鋪上被鋪睡覺。

**做廳長** tsou⁶tʰɛŋ¹tsœŋ²【謔】在客廳睡覺（因住房狹窄之故）：冇辦法，今晚唯有請你〜。（沒辦法，今天晚上只好請你睡在客廳。）

**捱更抵夜** ŋai⁴kaŋ¹tai²jɛ⁶〈捱音崖，更音加坑切〉【熟】熬夜：你噉〜好傷身㗎！（你這樣熬夜很傷身子的。）

**捱夜** ŋai⁴jɛ⁻² (捱音崖，夜讀第 2 聲) 熬夜：琴晚又～喇？（昨晚又熬夜啦？）｜細路仔唔捱得夜。（小孩子熬不得夜。）

**戙起牀板** toŋ⁶hei²tsʰɔŋ⁴pan² 〈戙音洞〉字面意思是把牀板豎起來（戙：豎），即不睡覺、熬夜：今晚～都做唔完。（今天晚上不睡覺也幹不完。）

**哴口** lɔŋ²heu² 〈哴音浪第 2 聲，麗講切〉漱口（哴：涮洗）：食完糖～，唔係好易爛牙㗎。（吃完糖果要漱口，要不很容易蛀牙。）

**洗面** sɐi²min⁶ 洗臉：夠鐘起身～喇。（到時間起牀洗臉了。）

**沖涼** tsʰoŋ¹lœŋ⁴ 洗澡：你有冇～㗎？個身咁污糟嘅！（你洗澡了沒有？身上這麼髒！）［夏季炎熱，人們洗澡以取涼，故稱。泛指一般的洗澡，包括冬天用熱水洗澡也稱為～］

**洗身** sɐi²sɐn¹ 洗澡：呢啲天時，一日洗兩次身都唔哠！（這樣的天氣，一天洗兩次澡都還不行！）

**洗白白** sɐi²pak⁶pak⁶ 〈兒〉洗澡：乖乖仔，快啲嚟～！（小乖乖，快點來洗澡！）

**搽脂蕩粉** tsʰa⁴tsi¹toŋ⁶fɐn² 【熟】【貶】塗脂抹粉：嗰個女人啱死咗老公，就～四圍去。（那個女人剛死了丈夫，就塗脂抹粉到處跑。）

**剃鬚** tʰɐi³sou¹ 〈鬚音蘇〉刮鬍子：仲唔～，啲鬍鬚長過辮喇。（還不刮鬍子，鬍子比辮子還長了。）

**剃面** tʰɐi³min⁶ 刮臉：我剃咗面就出門。（我刮了臉就出門。）

**着₁** tsœk³ 〈讀第 3 聲，志約切〉穿（衣、鞋、襪等）：天口凍，～多件衫返學。（天氣冷，多穿件衣服上學。）

**襷** lɐu¹ 〈音樓第 1 聲，拉歐切〉披上（衣服等）：～翻件皮襷至好出去啊，出便好凍㗎。（披上一件皮夾克才好出去，外面很冷哪。）［重見二 D2、三 A1、六 D7、九 B15］

**除** tsʰɵy⁴ 脫（衣、鞋、襪等）；摘（帽、眼鏡等）；～衫（脫衣服）｜～帽｜日本人習慣～鞋入屋。（日本人習慣脫鞋子進屋。）

**除腳** tsʰɵy⁴kœk³ 脫鞋襪：～上牀瞓覺。（脫下鞋襪上牀睡覺。）

**除大赤腳** tsʰɵy⁴tai⁶tsʰɛk³kœk³ 把鞋、襪脫掉，光腳：～行落地。（光着腳走到地上。）

**打大赤腳** ta²tai⁶tsʰɛk³kœk³ 同 “除大赤腳”。［又作 “打赤腳”］

**除大赤肋** tsʰɵy⁴tai⁶tsʰɛk³lak³ 〈肋音麗客切〉赤裸着上身：～喺度曬熱頭。（光着膀子在曬太陽。）

**打大赤肋** ta²tai⁶tsʰɛk³lak³ 〈肋音麗客切〉同 “除大赤肋”。［又作 “打赤肋”］

**\*剝光豬** mɔk¹kwɔŋ¹tsy¹ 【喻】【謔】把衣服全脫光：班細路～喺度游水。（那群小孩脫得一絲不掛在那兒游泳。）［重見七 B9］

### 七 B2　烹調、購買食品

**\*煲** pou¹ 〈音保第 1 聲〉①煮：～飯（煮飯）②長時間地煮；熬：～粥（熬粥）｜～豬骨湯（熬豬骨頭湯）［重見三 A11、七 E15、十 F2］

**煠** sap⁶ 〈音霎第 6 聲，士臘切〉用清水煮：～熟啲菜，之後再落鑊炒下。（用清水把菜煮熟，然後再放鍋裏炒一下。）［普通話 “煠” 是 “油炸” 的炸字的異體字，與廣州話有區別］

**灼（焯）** tsʰœk³ 〈音卓〉涮：～熟啲菜。（涮熟那些菜。）｜白～基圍蝦（涮基圍蝦）［普通話 “焯” 意思相同，但語音稍不對應］

**焗** kok⁶ 〈音局〉燜（一般時間不長）：黃鱔～飯。（鱔魚燜飯。）

**炆(燜)** men¹〈音蚊〉蓋緊鍋蓋，用文火長時間地煮（多用於肉類）：～豬手（燜豬肘子）[ 此與普通話“燜”意思基本相同，但廣州人習慣寫作“炆”]

*__**焗**__ wet¹〈音屈〉紅燒：～鯉魚 [ 重見七 B5、九 B1 ]

**漚** ɐu³〈音歐第 3 聲〉長時間地熬煮：～豬潲噉～。（像熬豬食那樣熬。）

**燉** ten⁶〈大韌切〉隔水蒸（把食物加水放在器皿中蓋嚴，把器皿放在蒸籠或鍋裏長時間地蒸，熱量通過器皿傳至食物，使食物爛熟）：～雞｜～西洋參 [ 普通話“燉”有文火燜煮和蒸熱兩個意義，廣州話跟後一個意義有點近似而不同，沒有前一個意義 ]

**飛水** fei¹sɵy² 把蔬菜、肉類等放進開水中稍微煮一下即撈起（以便作進一步的烹調）。

**出水** tsʰɵt¹(tsʰyt¹)sɵy² 把瓜菜等放進水中稍微煮一下即撈起（為了除去其中的苦澀味）。

**滾(渡)**₁ kwɐn² (在開水中) 煮（一般指時間不長的）：～湯（用短時間煮湯，與“煲湯”相對）｜狗肉～三～，神仙企唔穩。（熟語：狗肉煮幾下，神仙站不穩。謂狗肉味道極香。）[ 廣州話“滾”同普通話一樣，也表示水沸騰，而意思比普通話多。]

**煿** hɔk³〈音殼〉把食物放在鍋中烤，使之變乾：～魚。

**燒** siu¹ 烤製（食物）：～鵝（烤鵝）｜～鴨（烤鴨）

**起鑊** hei²wɔk⁶ (鑊音獲) ①熗鍋（鑊：炒菜鍋）：用油～，爆下啲薑葱。（用油熗鍋，爆炒一下碎薑葱。）②把炒好的菜從鍋裏盛到盤、碗等上。

**罩** tsau³ 油炸：～到燶燶哋幾香下。（炸得有點焦，挺香的。）｜～油角（炸油角。一種油炸食物）

**煉** lin⁶ 把板油或肥肉放在熱鍋中，使之出油：～豬膏（用豬板油出油）

**煎**₂ tsin³〈讀第 3 聲，音箭〉把生的油煮熟：～啲油嚟撈麵。（煮熟一些油來拌麵條。）

**走油** tsɐu²jɐu⁴⁽⁻²⁾〈油常讀第 2 聲，椅口切〉(用滾油) 略炸一下：炒之前～，啲餸至好食㗎。（這些菜炒之前用油炸一下才好喫。）

**拉油** lai¹jɐu⁴⁽⁻²⁾〈油常讀第 2 聲，椅口切〉同“走油”。

**打芡** ta²hin³〈芡音獻，氣燕切〉勾芡：其實唔係粵菜至～，其他菜系都～㗎。（其實不是粵菜才勾芡，其他菜系也都勾芡。）

**吊味** tiu³mei⁶ 調味（指只用少量調味料）：味精係～之嘛，要落好多嘅咩？（味精只是調一調味，要放很多嗎？）

**辟腥** pʰɛk³sɛŋ¹〈辟音劈，腥音司嬴切第 1 聲〉用薑、蒜等調味，以驅除食物中的腥味。

**座** tsɔ⁶ 把鍋放在爐子上，使鍋內食物變熱：將啲餸擺去～一～。（把菜拿去熱一熱。）

**洗米** sɐi²mɐi⁵ 淘米：～水。（淘過米的水。）

*__**劏**__ tʰɔŋ¹〈音湯〉宰殺：～雞｜～豬 [ 重見六 D8 ]

**起骨** hei²kwɐt¹ 把骨頭從肉裏剔出來。

**釀** jœŋ⁶〈音讓〉一種菜餡製作法。把餡料包進掏空的魚、瓜、豆腐等料中，然後再作烹調。

**發水** fat³sɵy² 把未煮的食物等浸於水中讓其吸足水而膨脹：髮菜、蠔豉煮之前都要先～。（髮菜、蠔豉煮前要先浸透。）

**斬** tsam² 買（燒烤熟食）：～一斤燒鵝。（買一斤烤鵝。）[ 參見 "斬料"。重見六 D8、七 A6 ]

**斬料** tsam²liu⁻² 〈料讀第 2 聲，黎曉切〉買熟食（一般是指燒烤肉類）。因一般售貨員在切割燒烤等肉類時習慣使用砍的動作，故稱 "斬"：唔夠餸就去～。（不夠菜就去買燒烤熟食。）

**糴** tɛk⁶ 〈音笛〉買（米）：～ 10 斤米翻嚟。（買 10 斤米回來。）

**買餸** mai⁵soŋ³ 〈餸音送〉買菜（餸：菜餚）：呢個阿婆日日嚟～都要買半條魚嘅。（這個阿婆天天來買菜都要買半條魚。）

**整餸** tseŋ²soŋ³ 〈餸音送〉做菜（餸：菜餚）：我阿嫂～整得好好喫。（我嫂嫂做菜做得很好。）

**煲茶** pou¹tsʰa⁴ 煮開水：水壺空晒，快啲～！（水瓶全空了，快點兒煮開水！）[ 廣州話 "茶" 可指茶水，也可指白開水 ][ 重見七 D8 ]

**熬水膠** ŋau⁴sɵy²kau¹ 〈熬音咬第 4 聲〉【喻】【謔】讓水一直開着，像要從水裏熬出膠來似的（一般指因忘記等原因而沒關爐子）。

**沖茶** tsʰoŋ¹tsʰa⁴ ①沏茶：快啲～畀客人。（快點沏茶給客人。）②灌開水。

**焗茶** kok⁶tsʰa⁴ 〈焗音局〉泡茶：～要有耐性，咪指意一沖就飲得。（泡茶要有耐性，別指望一沏下就能喝。）

**中滾水** tsʰoŋ¹kwɐn²sɵy² 灌開水（滾水：開水）：水滾喇，～啦。（水開了，灌開水吧。）

**雪藏** syt³tsʰoŋ⁴ 〈藏音收藏之藏〉冰鎮：～啤酒。（冰鎮啤酒。）[ 重見七 A11 ]

**七 B3　飲　食** [ 飲食的動作參見六 C2 ]

**食飯** sek⁶fan⁶ 喫飯：日日都要食～。| 請人～。

**祭五臟廟** tsɐi³ŋ⁵tsɔŋ⁶miu⁻² 【謔】喫東西：都夠鐘去～嘞。（到時間去填填肚子了。）

**飲茶** jɐm²tsʰa⁴ ①喝茶；喝開水（"茶" 有時指白開水）：天時咁燥，要多啲～至得㗎。（天氣這麼乾燥，要多喝水才行。）②到茶樓喝茶、喫點心。生活習慣之一，往往在茶樓坐較長時間，除進食外，主要是與朋友聊天。有時一些商務或其他活動也藉此形式進行。時間一般在早上，也稱 "飲早茶"；現也有在下午的，則稱 "飲下午茶"。

**飲早茶** jɐm²tsou²tsʰa⁴ 參見 "飲茶②"。

**下午茶** ha⁶ŋ⁵tsʰa⁴ 參見 "飲茶②"。

**打皮** ta²pʰei¹ 〈皮讀第 2 聲，普起切〉喫東西（通常指早餐）。

**食晏** sek⁶an³ 〈晏音阿間切第 3 聲〉喫午飯（晏：中午）：去婆婆度～。（到外婆那兒吃午飯。）

**消（宵）夜** siu¹jɛ⁻² 〈夜讀第 2 聲〉喫夜宵：一齊去～囉！（一塊兒去喫夜宵吧！）

**捱齋** ŋai⁴tsai¹ 〈捱音蛾鞋切〉【謔】沒葷食，只靠素食度日（齋：素食）：我哋嗰陣時落鄉，日日～㗎咋！（我們下鄉那時，天天喫素捱日子！）

**打齋** ta²tsai¹ 【謔】喫素；不喫葷食（齋：素食）：買唔倒豬肉，唯有～啦。（買不到豬肉，只有喫素了。）

**開齋** hɔi¹tsai¹ 【謔】大喫一頓（一般指有葷食的）：今日～嘞！（今天可喫個夠了！）

**頂肚餓** teŋ²tʰou⁵ŋɔ⁶ 充飢：蘋果都頂得肚餓略。（蘋果也可以充飢嘛。）| 要搵啲啲嚟～先得。（得找些東西來充飢。）[ 又作 "頂肚" ]

*開₂ hɔi¹ 擺（飯桌、酒席）：～咗食飯（擺桌子喫飯。）｜去酒家～兩圍。（到酒家辦兩桌酒席。）

整碗整筷 tseŋ²wun²tseŋ²fai³ 準備餐具：快啲嚟幫手～啦！（快點來幫忙準備碗筷吧！）

裝飯 tsɔŋ¹fan² 盛飯。

擺酒 pai²tseu² 置辦酒席請客（一般是有喜慶事）黃伯個孫滿月～。（黃老伯孫子滿月請客喫飯慶賀。）

AA制 ei¹ei¹tsei³ 多人一起喫飯（一般是在飯店），各人分攤費用。

田雞東 tʰin⁴kɐi¹tɔŋ¹ 幾個人湊錢喫東西。

*飲 jɐm² ①喝酒：琴晚又～咗好多。（昨晚又喝了很多酒。）②赴宴：乜日日都見你去～嘅？（怎麼天天都看見你去赴宴？）［重見六 C2］

埋席 mai⁴tsek⁶〈席音席位之席〉入席（埋：走近）：請大家～啦！（請大家入席吧！）

埋位 mai⁴wɐi⁻²〈位讀第 2 聲〉同"埋席"。

飲勝 jɐm²seŋ³ 乾杯：嚟，～佢！（來，乾了它！）［本應説"飲乾"，但廣州人喜以水比喻錢財，所以"乾"不吉利，改用"勝"字］

勝 seŋ³ 乾（杯）：敬你一杯，～咗佢！（敬你一杯，乾了它！）

打邊爐 ta²pin¹lou⁴ 圍爐；吃火鍋：天口咁凍，最好就係～喇。（天氣這麼冷，最適合喫火鍋。）

燒烤 siu¹hau¹〈烤音敲〉帶食物到野外烤着喫：上個禮拜我哋去東郊公園～。（上個星期天我們到東郊公園野餐，烤東西喫。）

空肚 hoŋ¹tʰou⁵ 空腹：～飲酒好容易醉㗎。（空腹喝酒很容易醉的。）

空口 hoŋ¹hɐu² 不就着飯（喫菜）；不就着菜（喝酒）；不就着飯菜（喫調味料）等：～食晒啲餸。（不喫飯就把菜喫光了。）｜～飲酒都有癮嘅？（沒菜喝酒有甚麼意思？）

送 soŋ³ 佐餐；佐食：攞餸～飯。（用菜下飯。）｜鹹魚～粥。｜冇嘢～酒。（沒東西下酒。）｜攞嘉應子～藥。（用李子脯就着喫藥。）

撈汁 lou¹tsɐp⁶〈撈音勞第 1 聲〉用菜拌飯（撈：拌）：啲豬肉汁幾香，你撈唔～？（這肉汁挺香的，你要拌飯嗎？）

淘 tʰou⁴ 用湯、水等泡飯：～湯（用湯泡飯）｜～飯冇益嘅！（泡飯喫沒益好處！）

乾㼤 kɔn¹kʰɐŋ²〈乾音乾旱之乾，㼤音卡肯切〉在沒有水喝的情況下吃乾的食物（㼤：勉強下嚥）：冇茶噉樣～，我情願唔食嘞。（沒有水這樣吃乾的，我寧願不吃了。）

攤凍 tʰan¹toŋ³ 放涼：～啲飯至食。（把飯放涼了才喫。）｜～啲水嚟飲。（把水放涼了才喝。）

包枱 pau¹tʰɔi⁻²（枱音台第 2 聲）【謔】原意是把整桌飯菜包下來，轉指最後把吃剩的飯菜喫光：好喇，剩低你嚟～喇。（好了，剩下的你全包了吧！）

噍爛布 tsiu⁶lan⁶pou³【喻】喫沒味道的東西（噍：嚼）：呢啲係乜嘢嚟啫，直程係～！（這些是甚麼東西，真是味如嚼蠟！）

開膳 hɔi¹sin⁶〈膳音善〉開伙；辦伙食；供應伙食（一般指機構、團體的）：兩間公司夾份～。（兩家公司合夥為職工開伙食。）

搭食 tap³sek⁶ 加入別人的伙食組織；搭伙：附近幾間廠都嚟我哋店度長期～。（附近幾家工廠都來我們店裏長期搭伙。）

*㧒（夾）夥 kɐp³(kap³)fɔ²〈㧒音架合七

第 3 聲，又音架鴨切〉合夥自辦伙食。［ 重見七 E3 ］

**黐餐** tsʰi¹tsʰan¹〈黐音癡，妻衣切〉別人開飯時，也湊進去喫（黐：沾）：今日嚟黐一餐，畀唔畀？（今天來搭一頓，行不行？）

**獨食** tok⁶sek⁶ 喫東西不分給別人；喫獨食。

**撩嘴** liu¹tsɵy²〈撩讀第 1 聲，拉囂切〉挑食：咁～嘅人點服侍啊！（嘴巴這麼刁的人怎麼侍候呢！）

**擇食** tsak⁶sek⁶〈擇 音 澤〉偏食；挑食：細路仔唔好習慣晒～！（小孩子不要習慣挑食。）

**揀飲擇食** kan²jɐm²tsak⁶sek⁶〈擇音澤〉同"擇食"。

**粗食粗大** tsʰou¹sek⁶tsʰou¹tai⁶【熟】飲食不太講究，身體長得好（適應能力強）：我個仔～嘅。（我兒子甚麼都喫，粗生粗長。）

**戒口** kai³hɐu² 忌口（因患病等原因不喫某些食物）。

**牛嚼牡丹** ŋɐu⁴tsiu⁶mau⁵tan¹〈嚼音趙〉【熟】【喻】【謔】不懂品嚐美味（嚼：嚼）：畀我食都係～嘛。（讓我喫我也品不出味道來。）

**大餸** tai⁶soŋ³〈餸音送〉喫飯時喫菜多（餸：菜）：我知你～，特登整多啲餸。（我知道你喫菜喫得多，特意多做點菜。）

**細餸** sɐi³soŋ³〈餸音送〉喫飯時喫菜少（餸：菜）。

## 七 B4　帶孩子、刷洗縫補、室內事務 ［洗的動作參見六D9］

**湊** tsʰɐu³ 帶（小孩）：～個仔翻幼稚園。（帶兒子回幼兒園。）｜我個仔好惡～嘅。（我的兒子很難帶的。）

**暗** ɐm³ 陪小孩睡覺：要～個仔瞓咗先

起身做嘢。（要陪孩子睡着了才起來做事。）

**尿** sɵy¹〈音衰〉（給小孩）把尿：～個仔屙尿。（給兒子把尿。）［與一般的 "尿" 字讀音 niu⁶ 相去甚遠，對應普通話 suī ］

**藹** ɔi² 哄嬰兒（一般是在搖晃或輕拍嬰兒的同時，大人嘴裏柔和地發出 "～" 或 "～啊" 的聲音。用於哄小孩不哭或睡覺）：你～下個細路啦。（你哄哄孩子吧。）

***過** kwɔ³（用清水）漂洗（衣物等）：用梘粉洗衫，好難～乾淨嘅。（用肥皂粉洗衣服，很難漂洗乾淨。）［ 重見七 A10、九 D1、九 D18、十 F2 ］

**晾** lɔŋ⁶ ①晾掛；晾曬（衣物等）：啲衫唔好～出去嘞，睇個天都快落雨嘞。（那些衣服別晾掛出去，看天色快要下雨了。） ②掛（蚊帳）：咁多蚊，唔～蚊帳點瞓啊？（這麼多蚊子，不掛蚊帳怎麼睡覺？）

***瓊** kʰɐŋ⁴ 晾放着讓水滴乾：撈起嚟搭響度～乾啲水先至收埋。（撈起來搭在這兒把水晾乾再收起來。）［ 重見七 B13、九 B16 ］

**抹地** mat³tei⁶ 擦地板：好耐冇～，啲地下好邋遢。（很久沒擦地板，地板很髒。）

**補瘲** pou²na¹〈瘲音那第 1 聲〉打補丁（瘲：補丁）：而家好少人着～衫出街喇。（現在很少人穿打補丁的衣服上街了。）

**補厴** pou²jim²〈厴音掩〉同"補瘲"。

***車** tsʰɛ¹ 用縫紉機縫：～衫（用縫紉機做衣服）｜呢度甩咗線步，攞衣車～下啦。（這兒脫了線腳，用縫紉機軋一軋吧。）［ 重見六 D3、七 D4 ］

**鈒骨** tsap⁶kwɐt¹〈鈒音習〉用包縫機為布料包邊。

**行林** hɔŋ⁴tsʰɔŋ⁴〈行音銀行之行〉①架

牀；把可拆卸式的牀裝拼起來：兩張橋凳兩塊牀板嘛可以～囉。（兩張條凳兩塊牀板不就可以架起牀來了麼。）②鋪牀：攞被嚟～。（拿被子來鋪牀。）

**摺牀** tsip³tsʰɔŋ⁴〈摺音接〉疊被子、整理牀鋪（摺：摺疊）：一起身就～。（一起牀就疊被子。）

**朝行晚拆** tsiu¹hɔŋ⁴man⁵tsʰak³〈朝音之燒切，行音銀行之行〉晚上鋪牀睡覺，早上拆掉（往往是居住地方狹窄所採取的措施）。[ 本當説 "晚行朝拆"（行：架牀；朝：早上），但習慣上説顛倒了。]

*\***閂** san¹〈音山〉關（門窗等）：你出去嗰陣時順手～翻道門。（你出去的時候順手關上門。）| 落雨喇，～窗啦。（下雨了，關窗吧。）[ 普通話 "閂" 指把門窗從裏面插上，廣州話則是一般的關，可以是從裏面也可以是從外面，可以是插上也可以是不插。重見七 D10 ]

*\***戌** sɵt¹〈音恤〉閂（門窗等）：咁大風，扇窗口閂咗要～住先得㗎。（風這麼大，窗戶關上後要閂上才行。）| ～實道門。（把門插上。）[ 重見三 D5 ]

*\***塔** tʰap³ 鎖上（一般指用明鎖來鎖）：我個信箱冇～到。（我的信箱沒鎖上。）| 道門～實咗。（那門鎖上了。）[ 重見三 A18 ]

## 七 B5　生火、烤、燻、淬火

**透火** tʰɐu³⁽⁵⁾fɔ²〈透又讀第 5 聲，土厚切〉生火（常特指為爐灶生火）。

**透爐** tʰɐu³⁽⁵⁾lou⁴〈透又讀第 5 聲，土厚切〉為爐灶生火。

*\***駁火** pɔk³fɔ² 引火（駁：接）：去煤氣爐度～。（從煤氣爐上引火。）| 攞支煙仔嚟駁個火。（拿根香煙來接個火。）[ 重見七 E14 ]

**除** tsʰɵy⁴ 退（柴火）：加水～柴。

**焙** pui⁶〈音背誦之背〉烘烤使乾或使暖：～火（烤火）| ～下件衫。（把衣服烤一烤。）[ 普通話也用此詞，但只限於烤乾藥材、食品、煙葉、茶葉等 ]

*\***熮** hɛŋ³〈音慶〉烘烤使乾或使暖、熱：～乾條褲（把褲烤烤乾）。[ 重見五 A1、五 A3、九 B1 ]

**炕** hɔŋ³〈音杭第 3 聲，去鋼切〉①烘；烤：～麵包 | 將件衫～乾佢。（把衣服烤乾。）②晾放；攤開來放：攞個篩將啲菜葉～開。（用篩子把菜葉子攤開晾着。）

**燂** tʰam⁴〈音潭〉略燒一下；短時間地烤：～豬毛（把豬肉皮上的毛燒掉）| 响火度～下，就拗得攣嘞。（在火上烤一下，就能扳彎了。）

**收水** sɐu¹sɵy² 用烤、晾等方法使物品（多指食物、藥材等）變乾。

**焗** wɐt¹〈音屈，烏吉切〉燻：點蚊香嚟～下啲蚊。（點蚊香來燻一下蚊子。）| 啲湖南臘肉係～過嘅。（湖南臘肉是燻過的。）

**攻** kɔŋ¹ 燻（特指以濃煙燻）：點枝樹枝嚟～個黃蜂竇。（點根樹枝來燻那馬蜂窩。）

*\***焗** kok⁶〈音局〉燻（尤指悶着燻）：～老鼠！| 攞硫磺嚟～。（用硫磺來燻。）[ 重見七 B2、九 B1 ]

**灒** tsan³〈音贊〉把滾燙的東西放進水中，或往滾燙的東西上放水；淬火；蘸火：～刀 | ～鑊。

*\***嘛₁** jɛ⁴〈音蔗第 4 聲，治爺切〉同 "灒"（本是像淬火的聲音）。[ 重見十一 B1、十一 B3 ]

## 七 B6　上街、迷路、遷徙、旅行

**出街** tsʰθt¹(tsʰyt¹)kai¹ 上街：禮拜日～，人多到死！（星期天上街，人可多了！）

**\*行街** haŋ⁴kai¹〈行音行路之行，何盲切〉逛街：我出街買啲嘢之嘛，邊係～啊！（我不過是上街買點兒東西，哪是逛街呢！）［重見七 B10］

**行公司** haŋ⁴koŋ¹si¹〈行音行路之行，何盲切〉逛百貨公司：陪老婆～最有癮嘞，淨睇唔買嘅！（陪老婆逛商店最沒意思了，光看不買！）

**蕩失** toŋ⁶sɐt¹ ①迷路（蕩：逛）：你亂咁行，顧住～啊！（你亂走一氣，小心迷路！）②走失：～咗一個細路。（走失了一個小孩。）

**蕩失路** toŋ⁶sɐt¹lou⁶ 迷路：呢度兩年冇嚟就變晒，我幾回～添！（這兒兩年沒來就全變了，我幾乎迷路了！）

**唔知定** m⁴tsi¹tɛŋ⁶〈定音第贏切第 6 聲〉迷路；迷失方向（唔：不；定：地方）：轉嚟兩轉，我都～嘞。（轉了幾圈，我也鬧不清方向了。）

**乬卒** tok¹tsɵt¹〈乬音督〉【喻】本義為象棋中的拱卒，比喻為偷渡（因象棋中有"乬卒過河"之說）。［六七十年代專指偷渡到香港。］

**\*走** tsɐu² 逃難（後接所逃避的對象）：～日本仔（日軍侵華時期老百姓為逃避日軍而逃難）｜～西水（為逃避洪水而離開家園）［重見六 D11］

**走難** tsɐu²nan⁶〈難讀第 6 聲〉逃難。

**搬屋** pun¹ok¹ 搬家：聽講你要～嘞嘛。（聽說你要搬家了。）

**過埠** kwɔ³fɐu⁶〈埠音否第 6 聲，份後切〉出國（埠：指外埠，即外國）：你嘅～申請搞咗好耐囉噃。（你的出國申請辦了很久了。）

**食鹹水** sek⁶ham⁴sɵy²【喻】【謔】出

洋；到國外去（食：吃；鹹水：指海水）。

**探家** tʰam³ka¹ 探親（從一地到另一地去探望父母或配偶）。

**搭順風車** tap³sɵn⁶foŋ¹tsʰɛ¹ 免費搭乘順路車；搭腳兒。

**\*攔（扳）車邊** man¹tsʰɛ¹pin¹〈攔（扳）音慢第 1 聲〉同"搭順風車"（攔：抓攀）：～去省城。［重見七 A6］

**開身** hɔi¹sɐn¹ 起程：你又話去北京，幾時～啊！（你不是說去北京嗎，甚麼時候起程？）［重見七 D4］

## 七 B7　錢款進出

**代代平安** tɔi⁶tɔi⁶pʰɐŋ⁴ɔn¹【謔】"代"與"袋"（放入口袋中）諧音，意為高高興興把錢收下：有銀紙即管捆嚟，保證～。（有錢儘管拿來，絕對是高高興興地放進口袋。）

**幫補** pɔŋ¹pou² 獲得小額收入以支持家庭或事業等的費用：若果唔炒下更嚟～下，淨靠兩份人工邊得啊？（如果不做點業餘職業，弄點收入來補貼一下，光靠兩份工資怎麼行呢？）

**砒袋** tsak³tɔi⁻²〈砒音責，袋讀第 2 聲〉身上帶一些錢，以備不時之需（砒：壓；袋：衣兜）：行出去有啲銀紙～點得嘅啫。（身上沒帶點錢出門怎麼行呢。）

**\*使** sɐi² 花（錢）：呢個春節都冇～好多噃。（這個春節也沒花很多。）｜銀紙搵翻嚟都係攞嚟～嘅。（錢賺回來也是拿來花的。）［重見七 A10、七 E5］

**\*睇數** tʰɐi²sou³〈睇音體〉原指會賬，轉指付賬：呢筆開支我嚟～。（這筆開支我來付。）［重見七 A3、七 D6］

**度水** tɔk⁶sɵy²〈度音踱，獨學切〉【俗】【喻】【謔】交錢；拿錢出來；付賬

（度：測量；水：錢）：又要～嘞。（又該交錢了。）｜個仔問老豆～。（兒子向父親拿錢。）

**磅水** pɔŋ⁶sɵy² 同 "度水"（磅：過磅）：邊個有銀邊個～啦。（誰有錢誰付賬吧。）

**扽蝦籠** tɐn³ha¹lʊŋ⁴〈扽音燉第 3 聲〉【喻】【謔】把裝蝦的籠子倒光（扽：抖出來），比喻把錢全掏光（把錢全交出來或被掏了錢包）：扽清蝦籠都唔夠錢。（把身上的錢全掏出來也還不夠。）

**填** tʰin⁴ 賠償：蝕咗呢五十緡大家嚟～啦。（虧了的這五十塊錢大家來賠吧。）[ 損壞物品賠償只説 "賠"，損失了錢的賠償才説 "～" ]

**遷** tsʰin¹ 從銀行取現錢；舊時從糧油店取糧票、油票等：～米票（取糧票）｜～兩千緡出嚟。（取兩千塊錢出來。）

**䭾**₁ pɔk³ 黑市套匯。[ 重見六 D7 ]

**暢** tsʰœŋ³ 把大面額鈔票兌換為零鈔：～散紙（兌換零鈔）｜將呢張十緡紙～開。（把這張十塊錢破開。）

**贖（續）** tsok⁶〈音族〉找（錢）：收你十緡，～翻兩緡畀你。（收你十塊錢，找你兩塊。）

**找贖（續）** tsau²tsok⁶〈贖音族〉找錢：冇散紙～。（找不出零錢。）

**找數** tsau²sou³ ①找錢：你仲未～喘。（你還沒找錢哪。）②付賬。

**爭**₁ tsaŋ¹〈之坑切〉欠（錢、物等）：我上勻～你十緡而家還翻。（我上次欠你十塊現在還。）｜～住五十個先。（暫且欠着五十個。）[ 重見九 D6 ]

**長命債長命還** tsʰœŋ⁴mɛŋ⁶tsai³tsʰœŋ⁴mɛŋ⁶wan⁴〈命音未贏切第 6 聲〉【熟】慢慢兒還債。

**揞金龜** tɐp⁶kɐm¹kwɐi¹〈揞音弟合切〉

【喻】向妻子要錢（揞：揸打）。

**打斧頭** ta²fu²tʰɐu⁴【喻】【貶】經手買東西時暗中剋扣錢款為己有（一般是少量的）：買啲咁多嘢佢都要～嘅。（買一丁點兒東西他也要揩油。）

**托水龍** tʰɔk³sɵy²lʊŋ⁴⁽⁻²⁾〈龍又讀第 2 聲〉【喻】【貶】代人付款不把錢付出、代人收款不把錢交還，私自吞沒。

**打賞** ta²sœŋ² 賞小錢兒；付小費。

## 七 B8　遊戲、娛樂

**打遊戲機** ta²jɐu⁴hei³kei¹ 玩電子遊戲機：個細路放咗假，一日掛住～。（孩子放了假，整天只顧玩電子遊戲機。）[ 簡作 "打機" ]

**扒艇仔** pʰa⁴tʰɛŋ⁵tsɐi²〈扒音爬，仔音子矮切〉划小船：今日去烈士陵園～。

**反** fan² 玩兒：兩個細路～到唔記得翻屋企食飯。（兩個孩子玩得忘了回家喫飯。）

**侵**₁ tsʰɐm¹【兒】讓…參加一塊兒玩：～埋阿江玩啦。（讓阿江也來一起玩兒吧。）｜我哋唔～佢！（我們不讓他參加進來玩兒。）[ 此本為少兒用語，大人偶然也用，表示讓某人參加一起做某事，則帶開玩笑的口氣 ]

**打水片** ta²sɵy²pʰin⁻²〈片讀第 2 聲〉打水漂兒（把瓦片或石片等貼着水面力扔出，使其在水面連續跳躍）。

**打水撇** ta²sɵy²pʰit³ 同 "打水片"。

**打仗仔** ta²tsœŋ³tsɐi²〈仗讀第 3 聲，仔音子矮切〉小孩子玩打仗：有班細路喺度～。（有一群小孩在那兒玩打仗。）

**趷跛跛** kɐt⁶pɐi¹pɐi¹〈趷音巨日切，跛音閉第 1 聲〉一種少兒遊戲，主要形式是以單腳跳躍走動（趷：瘸行）。

摸盲盲 mɔ²maŋ⁴maŋ⁻¹〈摸音無可切，第二個盲字讀第 1 聲〉捉迷藏（一人蒙眼，捉其他在身邊來回躲避的人）。

伏匿匿 pok⁶nei¹nei¹〈伏音笨肉切，匿音那禧切〉一種兒童遊戲。一人伏身閉眼，讓其他人藏匿好後，再去把他們找出來。

伏兒人 pok⁶ji⁻¹jɐn⁻¹〈伏音笨肉切，兒音衣，人音因〉同"伏匿匿"。

捉兒人 tsok¹⁽³⁾ji⁻¹jɐn⁻¹〈捉音足，又讀第 3 聲；兒音衣，人音因〉同"伏匿匿"。

搣子 wa²tsi²〈搣音娃第 2 聲，壺啞切〉一種少兒遊戲，以若干小石子等在地上拋、抓，玩法很多（搣：抓）。

執子 tsɐp¹tsi² 同"搣子"（執：搣）。

打玻子 ta²pɔ¹tsi² 一種少兒遊戲，用玻璃珠（或替代品，如鋼珠）握於手中，以拇指彈射，擊中對方的珠子為勝。[ 參見三 A19"玻子" ]

打棋子 ta²kʰei⁴tsi² 一種少兒遊戲，玩法同"打玻子"，但所用為棋子。[ 參見"打玻子" ]

點指兵兵 tim²tsi²peŋ¹peŋ¹ 一種少兒遊戲。多人圍坐，唸一兒歌，依其節奏順序指點各人，待兒歌唸完時，所指的人要表演節目或作另一遊戲的某個角色等。[ 簡作"點兵" ]

呈尋切 tsʰeŋ⁴tsʰɐm⁴tsʰit⁴(tsɐŋ⁴tsɐm⁴tsit⁴)〈呈又音志迎切，尋又音志淫切，切讀第 4 聲，又音節第 4 聲〉一種猜拳遊戲，以伸掌為"包"（勝"揞"而輸於"剪"）、出食指和中指為"剪"（勝"包"而輸於"揞"）、出拳為"揞"（意為捶，勝"剪"而輸於"包"）。北方稱為 céi，又稱"石頭剪子布"。

猜呈尋 tsʰai¹tsʰeŋ⁴(tsɐŋ⁴)tsʰɐm⁴(tsɐm⁴)〈呈又音志迎切，尋又音志淫切〉同"呈尋切"。

包剪揞 pau¹tsin²tɐp⁶〈揞音第入切〉同"呈尋切"。

猜枚 tsʰai²mui⁴ 划拳。[ 此與普通話的"猜枚"不同 ]

打估 ta²kwu²〈估音古〉①出謎語讓人猜（估：謎語）：我打個估畀你估下。（我出個謎語讓你猜猜。）②猜謎語：我最唔識～嘞。（我最不會猜謎了。）

開估 hɔi¹kwu²〈估音古〉公開謎底：仲估唔倒我就～喇。（還猜不出我就說出謎底了。）

講古仔 kɔŋ²kwu²tsɐi²〈仔音子矮切〉講故事。[ 又作"講古"。參見八 C3"古仔" ]

*唸口簧 nim⁶hɐu²wɔŋ⁻²〈簧讀第 2 聲〉唸順口溜。[ 重見七 D9。參見八 C3"口簧" ]

*讀口簧 tok⁶hɐu²wɔŋ⁻²〈簧讀第 2 聲〉同"唸口簧"。[ 重見七 D9 ]

*數白欖 sou²pak⁶lam⁻²【喻】【謔】本為一種曲藝，節奏均勻而無旋律。喻唱歌唱得節奏死板、旋律枯燥：我唔聽你～！（我不聽你這唱快板似的唱歌！）[ 重見八 C3 ]

世藝 sɐi³ŋɐi⁶ 供消遣的活動（具有娛樂性質的）：退咗休，一個打麻雀，一個撚花，就係我嘅～嘞。（退了休，一是打麻將，一是擺弄花兒，就是我的消遣了。）

## 七 B9　下棋、打牌

捉棋 tsok¹⁽³⁾kʰei⁻²〈捉音足，又讀第 3 聲；棋音卡起切〉下棋：～好嘥精神嘅。（下棋挺費神的。）

鬥棋 tɐu³kʰei⁻²〈棋讀第 2 聲，卡起切〉兌子：我唔想～。（我不想兌子。）

*鬥₂ tɐu³ 兌（子）：～車 | 一隻馬～一隻炮。[ 重見七 E14 ]

**搏棋** pɔk³kʰei⁻² 〈棋讀第 2 聲，卡起切〉兑子。

***搏** pɔk³ 兑（子）：一車～雙馬。[ 重見七 E14 ]

***行**₁ haŋ⁴ 〈何盲切〉移動棋子；走（棋）：到你～喇。（輪到你走子了。）| 梗係～炮啦。（當然是走炮了。）[ 重見六 A7、六 D11、七 B10、七 E24 ]

***踩** tsʰai²(jai²) 〈又讀椅鞋切第 2 聲〉馬吃或準備吃對方的棋子：攞馬～車（用馬踏車）[ 重見六 D11、七 D4、七 E15 ]

**坐** tsʰɔ⁵ 將（帥）移動：～出（將帥離開士象的環衛，從中線走至四或六線）| ～上 | ～落（往底線方向走）

***乤（督）** tok¹ 〈音督〉（棋子）向前走：～卒（拱卒）| 隻車～到落底。（那車一直進到底線。）[ 重見六 D8 ]

**升**₂ seŋ¹ 中國象棋的車、炮從己方底線附近前進至接近棋盤中央的位置：～車 | ～炮

**嘅馬腳** kʰek¹ma⁵kœk³ 〈嘅音卡益切〉中國象棋中棋子擋在 "馬" 的前面，使之不能前進（嘅：絆）。

**花心** fa¹sɐm¹ 中國象棋九宮的中心。因其米字形線有如花蕊，故稱：～馬（走入九宮中心的馬）

**歸心** kwɐi¹sɐm¹ 中國象棋中除將（帥）、士（仕）以外的棋子走入本方九宮的中心：馬～好濕滯個啩！（馬進九宮中心好麻煩哪！）[ 參見 "花心" ]

**象田** tsœŋ⁶tʰin⁴ 中國象棋中象（相）所走路線的中間點：塞住～。（堵住象眼。）

**河頭** hɔ⁴tʰɐu⁴ 中國象棋棋盤中界河邊上己方一側的橫線。

**巡河** tsʰɵn⁴hɔ⁴ 中國象棋中車、炮等子佔據 "河頭" 位置：～車 [ 參見 "河頭" ]

**飛宮（公）** fei¹koŋ¹ 中國象棋規定雙方將（帥）不能在中間無其他子隔阻的情況下同線相對。俗謂在此情況下將（帥）可飛向對面吃對方的將（帥），稱為 "～"（宮：象棋的將帥）。

**兜底將** tɐu¹tɐi¹tsœŋ¹ 〈將音將軍之將〉從對方的將（帥）的後面將軍（一般指用車）

**兜屍將** tɐu¹tok¹tsœŋ¹ 〈將音將軍之將〉同 "兜底將"（屍：底）。

***剝光豬** mɔk¹kwɔŋ¹tsy¹ 〈剝音莫第 1 聲〉【喻】【謔】象棋中把對方吃得只剩一個將（帥）或王：輸到界人～啊！（輸也不要輸得讓人吃剩個光桿司令吧！）[ 重見七 B1 ]

**劏光豬** tʰɔŋ¹kwɔŋ¹tsy¹ 〈劏音湯〉同 "剝光豬"（劏：宰）。

**回子** wui⁴tsi² 悔棋：唔界～嘅！（不許悔棋！）

**盲棋** maŋ⁴kʰei⁻² 〈棋讀第 2 聲，啟起切〉①明顯的錯着；因沒看清楚走錯的棋：行咗步～界佢白食咗隻車。（走了一步睜眼瞎的棋，讓他白白吃了個車。）②不看棋盤、憑記憶下的棋；閉目棋。③中國象棋的一種兒童玩法，把棋子反扣隨意擺在棋盤上，逐個翻開來走動互吃。

**鬥啵** tɐu³pʰɛ¹ 〈啵音披爺切第 1 聲〉打撲克（啵：撲克）。[ 啵為英語 pair 的音譯 ]

**賭啵** tou²pʰɛ¹ 〈啵音披爺切第 1 聲〉同 "鬥啵"。

**鬥大** tɐu³tai⁶ 一種撲克遊戲，以牌大為勝（鬥：比）。

**鋤大 D** tsʰɔ⁴tai⁶ti² 〈D 讀第 2 聲，底椅切〉一種 4 人撲克遊戲，其規則以 2 為最大。因 2 字形似鴨子，D 為英語 duck（鴨子）首字母，故稱 2 為 D。此種遊戲的名稱由此而來。

**交糧** kau¹lœŋ⁴ 在撲克遊戲中，上一

輪的輸方在下一輪向贏方交自己手
中最大的牌。贏方收取此牌稱“收
糧”，再把自己手中無用的牌還給輸
方，稱“還糧”。

**收糧** sœu¹lœŋ⁴ 參見“交糧”。

**還糧** wan⁴lœŋ⁴ 參見“交糧”。

**打麻雀** ta²ma⁴tsœk⁻² 〈雀讀第 2 聲〉搓
麻將牌：～要 4 個人㗎㗎，仲差 1
個人，點打噃！(搓麻將牌需要 4 個
人，還差 1 個人，怎麼打呀！)

**竹戰** tsok¹tsin³【雅】搓麻將牌。舊時
麻將牌多以竹製，故稱。

**食和(糊)** sek⁶wu⁻² 〈和音胡第 2 聲，
壺虎切〉打麻將時某一家的牌合乎
規定的要求，取得勝利；和(hú)。

## 七 B10　戀愛、戀愛失敗

**搵老婆** wɐn²lou⁵pʰɔ⁴【俗】找老婆；娶
媳婦 (搵：找)。

*__搵__ wɐn²〈音穩〉原意為找，指找對象：
佢話佢過兩年先～嘅。(他說他過
兩年才找對象。)[ 重見七 A10、七
A11、七 D1、七 E15 ]

**睇老婆** tʰɐi²lou⁵pʰɔ⁴【舊】相親 (從男
方的角度說。睇：看)。

**相睇** sœŋ¹tʰɐi²〈相音互相之相，睇音
體〉相親 (睇：看)：去～就執四正
啲啦。(去相親就要穿得整齊點兒。)

*__溝__ kʰɐu¹〈音溝〉【俗】追求 (異性)。是
個略帶貶義、不大正經的說法：～
女 (泡妞)

**拍拖** pʰak³tʰɔ¹【喻】談戀愛 (拍：並
排；拖：拉手)：我個仔成 30 歲人
都仲未～，之佢又唔緊噃。(我的兒
子都 30 歲了，還沒談戀愛，可他又
不緊不慢的。)[ 本指拖輪並排拖帶
船隻，以喻戀人並肩而行。廣州話
“拖”又有拉手之意，更有雙關作用 ]

**拍₂** pʰak³“拍拖”之省稱：佢～緊喇。

(他正談戀愛呢。)[ 重見七 A13 ]

**拖手仔** tʰɔ¹sɐu²tsɐi²〈仔音子矮切〉談
戀愛 (拖：拉手)：咁大個仔嘞，好
搵翻個女仔～喇。(都這麼大了，該
找個女孩子談戀愛了。)[ 因戀人喜
手拉手，故稱 ]

*__拖__ tʰɔ¹ 談戀愛：畀個衰仔執倒福，～
倒個咁靚嘅女仔。(讓那小子撿到福
氣，談上個這麼漂亮的女孩。)[ 參
見“拖手仔” ]

*__行街__ haŋ⁴kai¹〈行音行路之行，何盲
切〉談戀愛。本義是逛街。因戀人
必一同逛街，故稱：一日掛住同女
仔～。(整天顧着跟女孩子談情說
愛。)[ 重見七 B6 ]

*__行₁__ haŋ⁴〈音行路之行，何盲切〉談
戀愛：小楊而家～呢個淳品過舊時
嗰個。(小楊現在談的這個比以前那
個淳厚。)[ 參見“行街”。重見六
A7、六 D11、七 B9、七 E24 ]

**搣草** mɐŋ¹⁽³⁾tsʰou²〈搣音媽亨切，又讀
第 3 聲〉【謔】戀人一同到野外去 (談
情說愛)。坐在草地上總會不由自主
地拔地上的草，故稱 (搣：拔)：老
夫老妻仲學啲後生仔女去～？(老
夫老妻還跟年輕人一樣去坐草地？)

**曬月光** sai³jyt⁶kwɔŋ¹【謔】戀人夜間
一同外出 (談情說愛)：琴晚又同女
仔～曬到好晏嘞，係咪？(昨晚又
跟姑娘一塊兒出去很晚才回家，對
不對？)

**蹺枱腳** jaŋ³(tsʰaŋ³)tʰɔi⁻²kœk³〈蹺音意
坑切第 3 聲，又音次坑切第 3 聲；
枱音體海切〉【謔】戀人面對面坐在
桌前 (談情說愛)。雙方喜同時俯身
向前，有如兩邊蹬撐着桌子，故稱
(蹺：蹬；枱：桌子)：人哋要～，
我哋仲係咪做電燈膽嘞。(人家要
談情說愛，我們還是不要妨礙人家
吧。)

**掟煲** tɛŋ³pou¹〈掟帝贏切第 3 聲，煲音保第 1 聲〉【喻】戀愛或婚姻關係破裂（掟：摔；煲：鍋）：佢同雯雯～，你知唔知啊？（他和雯雯吹了，你知道嗎？）[ 鍋是共同生活的象徵物，摔鍋就意味着分手 ]

**甩拖** lɐt¹tʰɔ¹〈甩音拉一切〉【喻】戀愛關係破裂（甩：脫；拖：拍拖，即談戀愛）。[ 參見 "拍拖" ]

**斬纜** tsam²lam⁶【喻】與戀人決絕；斷然分手。並排拖帶的船隻砍斷纜繩則分開，所以為喻。[ 參見 "拍拖" ]

## 七 B11 婚嫁、其他喜事

**拉埋天窗** lai¹mai⁴tʰin¹tsʰœŋ¹ 字面意思是把天窗拉上（埋：閉攏），指結婚或同居（拉上天窗以防窺視）：佢哋今日先派糖，其實～成兩個月㗎喇。（他們今天才分送喜糖，其實已經結婚有兩個月了。）

**出門** tsʰɵt¹(tsʰyt¹)mun⁴ 出嫁：佢個女出咗門喇。（他女兒出嫁了。）[ 也有外出的意思，則同於普通話 ]

**派糖** pʰai²tʰɔŋ⁻²〈糖讀第 2 聲，體講切〉①結婚後向親友分送喜糖（派：分發；糖：糖果）。②指結婚。

**請食糖** tsʰɛŋ²sek⁶tʰɔŋ⁻²〈請音此贏切第 2 聲，糖音體講切〉①請吃喜糖。②結婚：張生，幾時～啊？（張先生，甚麼時候結婚哪？）

**請飲** tsʰɛŋ²jɐm²〈請音始贏切第 2 聲〉請喝喜酒：結婚～，有冇我份啊？（結婚請喝喜酒，有我的份嗎？）

**玩新人** wan²sɐn¹jɐn⁴ 鬧洞房（新人：新娘）。

**招郎入舍** tsiu¹lɔŋ⁴jɐp⁶sɛ⁵ 招贅；入贅：而家～好閒嘅啫，事關屋嘅問題啊嘛。（現在入贅女家很平常，這跟房子問題有關。）

**三朝回門** sam¹tsiu¹wui⁴mun⁴〈朝音之燒切〉結婚 3 天後回娘家（廣東的婚俗）。[ 簡作 "回門" ]

**翻頭嫁** fan¹tʰɐu⁴ka³（女子）再嫁（略帶貶義色彩）。

**梳起** sɔ¹hei² 終生不嫁。舊時有 "自梳女" [ 參見一 E5 ]，梳髻以示不嫁，稱為～。今指女子獨身：咁大個女仲唔行，唔通你要～？（這麼大的閨女還不談戀愛，難道你準備獨身一輩子？）

**擺薑酌** pai²kœŋ¹tsœk³〈酌音雀，志約切〉為孩子彌月設宴：陳生成 40 歲至生呷粒仔，梗會～嘅。（陳先生到了 40 歲才生了這個兒子，孩子滿月肯定會宴客的。）[ 坐月子期間習慣吃 "薑醋"（醋煮薑），滿月時也請客人（主要是女客）吃，故稱。又作 "擺薑酒" ]

**開枝散葉** hɔi¹tsi¹san³jip⁶【喻】生兒育女，兒孫滿堂；宗族人丁旺盛。

**上契** sœŋ⁵kʰɐi³〈上音上去之上〉認乾親：你兩個好似兩仔爺噉，不如～啦，噉咪有名有份囉！（你們倆好像父子一般，不如認個乾親，不就名正言順了嗎！）

**砥年** tsak³nin⁴〈砥音責，志客切〉壓歲（砥：壓）。陰曆過年時長輩給小輩一些錢，稱為～：嗱，呢啲利市俾舅公畀你～嘅。（喏，這是舅爺爺給你的壓歲錢。）[ 壓歲的錢普通話稱 "壓歲錢" 但廣州話不叫 "砥年錢" 而稱 "利市" ]

**開年** hɔi¹nin⁴ 舊俗正月初一吃素，初二吃葷，稱為 "～"。

**採青** tsʰɔi²tsʰɛŋ¹〈青音車腥切〉每逢喜慶日子，多有民間舞獅隊助興，沿路逐戶門前舞獅，大戶人家和商舖等在門前高處懸掛生菜，其中藏有紅包，讓獅子攀高喞去（實際上是舞獅人從獅頭的口中伸手取去），很能顯現舞獅人的技藝，稱為"～"。

## 七 B12　喪俗、舊俗、迷信活動、尋死

**出山** tsʰɵt¹(tsʰyt¹)san¹ 出殯（專用於土葬者。山：墳場）。

**擔幡** tam¹fan¹〈幡音翻〉舊俗，父母去世，孝子持招魂幡走在出殯隊伍前面（擔：持旗等）。

**買水** mai⁵sɵy² 舊俗：父母去世，兒子到河邊打水，為屍體淨身（實際上只是象徵性地滴一些在屍身或棺材上），稱為～。

**拜山** pai¹san¹ 掃墓：佢年年清明都翻鄉下～。（他每年清明節都回鄉下掃墓。）[重見七 D11]

**行青** haŋ⁴tsʰɛŋ¹〈行音行路之行，青音差贏切第 1 聲〉掃墓。

**裝香** tsɔŋ¹hœŋ¹ 供香（把香插在香爐等中以作供奉）：幫阿爺～。（向爺爺的靈台供香。）

**童口卦** tsɔŋ⁶hɐu²kwa⁻²〈卦讀第 2 聲〉【舊】舊時迷信認為不懂事的小孩說話很靈，所以民間有一種預卜吉凶等的方法，是向孩子提問題，根據孩子的回答來對事情作出判斷，稱之為～（撞：碰）。[參看八 C5"童子口"]

**占卦木魚贏** tsim¹kwa³mok⁶jy⁴jɛŋ⁴【舊】一種民間占卦方式，從一大疊木魚書（廣東說唱藝術）腳本中抽出一本，根據其內容揣測吉凶。由於"書"與"輸"同音，故改稱"贏"。[參見八 C3"木魚書"]

**還神** wan⁴sɐn⁴ 舊時迷信的做法：當受到神靈保佑後，向神靈供拜以表謝。現是表達一種感慨，實際上並不一定真的供拜神靈：你頭先爭啲

冇命啊，翻去真係要～先得嘞！（你剛才差點兒沒命了，回去真的要拜謝神靈了！）

**禳** jœŋ²〈音央第 2 聲，椅響切〉迷信認為可把不吉利的事驅走或推到別人身上的做法，以手做推開或撥開的手勢，同時口中說"～"或"～過你"。常用於別人說了不吉利的話之後。

**啋過你** tsʰɔi¹kwɔ³nei⁵【熟】婦女在聽到別人對自己說不吉利的或令人厭惡的話後，說"～"，表示把不吉利推到對方身上。[參見十一 A3"啋"]

**治邪** tsi⁶tsʰɛ⁴ 祛邪；辟邪。

**喊驚** ham³kɛŋ¹〈驚音機贏切第 1 聲〉舊時迷信的風俗，小孩得了重病，大人到野外呼喚病孩的名字，以為這樣可以招回其失落的魂魄。

**賣懶** mai⁶lan⁵ 舊俗：於除夕夜由小孩（或大人代替）到街上高呼"～"，據說可把孩子的懶惰"賣"出，來年變得勤快。

**賣風** mai⁶foŋ¹ 女麻風病人引誘男人與之發生性關係，把麻風病傳給他。傳說這樣可使女患者自己病癒或病情減輕，實際上並無科學根據，而這種行為也是極其醜惡和不道德的。

**吊頸** tiu³kɛŋ² 上吊：為呢啲事使乜～啊！（為這些事用得着上吊嗎！）

**吊臘鴨** tiu³lap⁶ap³【喻】【謔】上吊。

**掛臘鴨** kwa³lap⁶ap³ 同"吊臘鴨"。

**吞槍** tʰɐn¹tsʰœŋ¹ 用槍自殺。

## 七 B13　其 他

**安名** ɔn¹mɛŋ⁻²〈名音摸贏切第 2 聲〉起名兒：幫我哋公司安乜名好呢？（給我們公司起啥名兒好呢？）

**改名** kɔi²mɛŋ⁻²〈名音摸贏切第 2 聲〉起名兒：諗嚟諗去，最尾幫個仔～

201

做 "富泉"。(想來想去,最後替兒子起名兒叫 "富泉"。)[ 此雖用 "改" 字,但並不是指原已有名字而改取另一個名字 ]

*食₁ sek⁶ 抽(煙):～煙對身體冇好處。(抽煙對身體沒有好處。)|～支煙啦!(抽根煙吧!)[ 重見六 C2 ]

煲煙 pou¹jin¹〈煲音保第 1 聲〉【謔】抽煙(煲:煮):佢皺埋眉頭猛～(他皺起眉頭拚命抽煙。)

吹 tsʰɵy¹ 抽大煙。

趁圩(墟) tsʰɐn³hɵy¹ 趁集:幾時係墟日啊?我哋一齊去～囉。(甚麼時候是趕集日呀?我們一塊兒去趕集吧。)

撲飛 pʰɔk³fei¹ 到處找票;四處奔波買票(撲:奔波;飛:票):嗰場波仲有成個月先打,佢而家就已經喺度～嘞。(那場球還有整整一個月才打,他現在就已經在奔波着買票了。)

*執死雞仔 tsɐp¹sei²kɐi¹tsɐi²〈仔音子矮切〉【喻】買退票:去火車站～|而家去體育場門口～可能都仲執倒嘅。(現在到體育場門口看看可能還買得到退票。)[ 又作 "執死雞"。重見七 A6 ]

打地氣 ta²tei⁶hei³ 把東西放在地面,使受潮氣:將盆花搬出去打下地氣。(把那盆花搬出去,讓它受一些地上的潮氣。)

打霧水 ta²mou⁶sɵy² 把東西放在露天裏過夜,使受露水潮潤(霧水:露水):喺天棚瞓,瞓咗蚊帳就唔怕嘞。(在陽台睡覺,掛了蚊帳就不怕着露水了。)[ 又作 "打霧" ]

*瓊 kʰɐŋ⁴〈其迎切〉使液體中的雜質沉下去;澄(dèng):呢啲水要～下先用得。(這些水要澄一澄才能用。)[ 重見七 B3、九 B16 ]

泵 pɐm¹〈巴音切〉(用水泵)抽水;(用打氣筒)打氣:～水|幫單車～氣。(給自行車打氣。)

*裝 tsɔŋ¹ 設置機關、陷阱等捕捉(獸類等):～老鼠|挖個坎嚟～山豬。(挖個坑來捕野豬。)[ 重見七 E18 ]

毒 tou⁶〈音杜〉毒殺(老鼠、害蟲等):～老鼠(以藥餌毒殺老鼠)|塘蝨(以藥物,例如茶籽水,逼迫鯰魚從安裝了捕籠的洞口出來的一種捕魚法)[ 此詞意義不特殊而讀法特殊 ]

# 七 C　言語活動

## 七 C1　説話、談話

*話 wa⁶ 説(一般用於引出所説的內容):我～好,佢～唔好。(我説好,他説不好。)|佢～佢就嚟。(他説他就來。)[ 普通話 "説" 在廣州話用 "講" 和 "話"。大致上説,普通話能用 "講" 的廣州話一般用 "講",普通話不能用 "講" 的廣州話一般用 "話"。重見七 C6 ]

講話 kɔŋ²wa⁶ ①説話:點解唔～啫。(怎麼不説話?)②同 "話":我聽霞姐～佢個仔考倒大學。(我聽霞姐説他兒子考上了大學。)③談論;談到(表示某事已提到議事日程上):佢哋～結婚喇嘞。(他們在談結婚的事了。)[ 與普通話的 "講話" 有所不同 ]

講 kɔŋ² 同 "講話③":過咗冬又～過新曆年,過咗新曆年又～過舊曆年。(過了冬至又説怎麼過新曆年,過了新曆年又説怎麼過舊曆年。)[ 此有 "説" 的意思,同於普通話。與 "話" 有分工,參見 "話" ]

\*講嘢 kɔŋ²jɛ⁵〈嘢音野〉說話；説事情：上緊課唔好～！（正上課別説話！）｜校長同劉老師講緊嘢。（校長跟劉老師正説事。）[ 重見七 C5 ]

傾₂ kʰeŋ¹ 談：你有冇時間啊？我哋～下哩。（你有沒有時間？咱們聊聊。）

傾偈(計) kʰeŋ¹kɐi²〈偈(計) 音假矮切〉談話；聊天：得閒去我屋企～啊。（有空到我家聊天呀。）

打牙骹(鉸) ta²ŋa⁴kau³〈骹(鉸) 音教〉【喻】閒聊（骹：頜關節）：你哋呢班嘢喺處～，唔使做啊？（你們這幫傢伙在這兒閒聊，不用幹活啦？）

出聲 tsʰɵt¹(tsʰyt¹)sɛŋ¹〈聲音司贏切第 1 聲〉說話；吭聲：到時候佢會～嘅。（到時候他會説話的。）

吹水 tsʰɵy¹sɵy² 閒聊；高談闊論：咪淨係顧住～喇，做嘢啦！（別光説吹牛了，幹活吧！）

翔聲 hɔi¹sɛŋ¹ 說話；吭聲：你哋幾個都開句聲啦。（你們幾個也説幾句吧。）

聲 sɛŋ¹〈音司贏切第 1 聲〉說話；吭聲（一般用於否定）：冇人敢～。（沒人敢吭聲。）

翕 ŋɐp¹〈毅恰切〉説（稍帶貶義）：都唔知你喺度～乜。（也不知道你在説啥。）｜咪亂咁～嘢。（不要亂説話。）

翕三翕四 ŋɐp¹sam¹ŋɐp¹sei³〈翕音毅恰切〉【貶】説三道四：人哋嘅事你何必～呢？（別人的事你何必説長道短呢？）

講三講四 kɔŋ²sam¹kɔŋ²sei³ 同"翕三翕四"。

口水花噴噴 hɐu²sɵy²fa¹pʰɐn³pʰɐn³ 拚命地説話；大聲説話（口水花：唾沫星子。略含貶義）：佢响度～，其實冇人聽佢。（他在那兒唾沫橫飛，其實沒人聽他。）

\*齧牙啋哨 ji¹ŋa⁴pɐŋ⁶sau³〈齧音醫，啋音步橫切第 6 聲〉【貶】本義為齜牙咧嘴，引申為説話：喺度唔到你嚟～！（這裏輪不到你來賣嘴皮子！）[ 重見六 C2 ]

## 七 C2　告訴、留話、吩咐、聽説

話畀 wa⁶pei²〈畀音比〉告訴（話：説；畀：給。在告訴的對象後面還常加上"知"或"聽"）：我～你知啦。（我告訴你吧。）｜有人將乜嘢都～我聽喇。（有人把甚麼都告訴我了。）

講畀 kɔŋ²pei²〈畀音比〉同"話畀"：呢件事要即刻～劉經理知。（這件事要立即告訴劉經理。）

話低 wa⁶tɐi¹ 留下話：佢走個陣時有冇～乜嘢？（他走的時候有沒有留下甚麼話？）

話落 wa⁶lɔk⁶ 留下話：經理～，呢批貨唔發住。（經理留下話，這批貨暫時不發。）

\*嗌 ŋai³〈音捱第 3 聲，餓隘切〉①招呼；呼喚：去～陳仔翻來，就話我有嘢搵佢。（去叫小陳回來，就説我有事找他。）②吩咐；命令：你～佢做嘢？咪嘥氣啦。（你吩咐他幹活？別白費勁了。）[ 重見七 C8 ]

\*交帶 kau¹tai³ 吩咐；交代：董事長～落啲乜嘢？（董事長交代了些甚麼？）[ 此為普通話"交代（交待)"的摹音。廣州話"帶"與"代"及"待"不同音。重見七 E26 ]

聽講 tʰɛŋ¹kɔŋ²〈聽音廳〉聽説：～你個仔學習成績好好。（聽説你兒子學習成績很好。）

聽聞 tʰɛŋ¹mɐn⁴〈聽音廳〉聽説：我～阿嫲話你呢輪好忙。（我聽嫲嫲説你近久很忙。）

**承聞** seŋ⁴mɐn⁴【雅】聽說：～黃婆添咗個孫，恭喜恭喜！(聽說黃婆婆添了個孫子，恭喜恭喜！)

## 七 C3　不説話、支吾、私語

**收口₂** sɐu¹hɐu² 停止説話；住嘴：你好～囉喎！(你該住口了！)

**收聲** sɐu¹sɛŋ¹〈聲音司贏切第 1 聲〉同"收口"：佢一見我入嚟就一嘞。(他一見我進來就住了嘴。)

**粒聲唔出** nɐp¹sɛŋ¹m⁴tsʰɵt¹(tsʰyt¹)〈聲音司贏切第 1 聲〉一聲不吭：佢由頭至尾都～。(他自始至終一句話也沒説。)

**唔聲** m⁴sɛŋ¹〈聲音司贏切第 1 聲〉不吭聲：我嗌你你點解～嘅？(我喊你你怎麼不出聲？)

**唔聲唔氣** m⁴sɛŋ¹m⁴hei³ 不聲不響，不説話：你咪睇謝生～，好有諗頭㗎。(你別看謝先生不聲不響，可有頭腦呢。)

**口啞啞** hɐu²a²a² 啞口無言；無話可説：畀人問到～。(讓人問得張口結舌。)

**擘大口得個窿** mak³tai⁶hɐu²tɛk¹kɔ³loŋ¹〈擘音馬客切〉【熟】啞口無言；張口結舌(擘：張；得：剩下)。

**□□牙牙** ŋi⁴ŋi⁴⁽¹⁾ŋa⁴ŋa⁴〈第一字音危疑切，第二字可讀危疑切，又讀毅衣切〉支支吾吾：問親佢佢都～唔肯講。(每次問他他都支支吾吾不肯説。)

**□□哦哦** ŋi⁴ŋi⁴⁽¹⁾ŋɔ⁴ŋɔ⁴〈第一字音危疑切，第二字可讀危疑切，又讀毅衣切；哦音娥〉支支吾吾。

**吱吱浸浸** tsi⁴tsi⁴⁽¹⁾tsɐm⁴tsɐm⁴〈前一吱字讀第 4 聲，後一吱字讀第 4 聲或第 1 聲，浸讀第 4 聲〉本像小聲説話的聲音，指竊竊私語：要講也就

大聲講，唔好～。(要説甚麼就大聲説，別竊竊私語。)

**整整浸浸** tseŋ⁴tseŋ⁴⁽¹⁾tsɐm⁴tsɐm⁴〈前一整字讀第 4 聲，後一整字讀第 ? 聲或第 1 聲，浸讀第 4 聲〉同"吱吱浸浸"。

## 七 C4　能説會道、誇口、學舌

**嘴** wak¹〈音劃第 1 聲〉嘴巴厲害；能説會道(略帶貶義)：呢兜健仔把嘴好～嘅。(這個小青年嘴巴很厲害的。)

**嘴嘴聲** wak¹wak¹sɛŋ¹〈嘴音劃第 1 聲，聲音司贏切第 1 聲〉同"嘴"：～嘅人唔一定有料。(能説會道的人不一定有能耐。)

**口嘴嘴** hɐu²wak¹wak¹〈嘴音劃第 1 聲〉【貶】呱啦呱啦地高談闊論：一日到黑～。(一天到晚呱呱啦啦。)

**口響** hɐu²hœŋ² 説得好聽；嘴硬：講得咁～，做嚟睇下？(説得好聽，幹起來看看？)｜佢既然咁～，多少有啲把炮嘅。(他既然這麼嘴硬，多少都有點把握的。)

**咯咯聲** lɔk¹lɔk¹sɛŋ¹〈咯音落第 1 聲，聲音司贏切第 1 聲〉能説會道；能言善辯：佢把嘴真係～㗎。(他那張嘴真是能言善辯。)

**鬼舔口** kwɐi²lai²hɐu²【喻】花言巧語；能説會道。據説被鬼舔過嘴巴的人特別會説話(舔：舔)：佢嗰把正一～嚟嘅。(他那張嘴啊，就會花言巧語。)

**賣口乖** mai⁶hɐu²kwai¹【貶】① 説好聽的話：你唔使喺處～，又想諗老豆做咩呢？(你別淨説好聽的，又想求爸爸做甚麼事呢？)｜淨係識得～，做啲實際嘅嘢得唔得？(淨會説好聽的，做點實際一點兒的

204

事情行不行？）②耍嘴皮：有人聽你～啊，收下把嘴啦。（沒人聽你耍嘴皮子，閉上你的嘴巴吧。）

**好口** hou²hɐu² 話説得好聽（略帶貶義）：而家就講得～，唔知第日點呢？（現在就説得挺好，不知道以後怎樣呢？）

**牙尖嘴利** ŋa⁴tsim¹tsɵy²lei⁶【喻】口齒伶俐；善辯；嘴巴子厲害：咁～，我講唔過你。（你的嘴巴刀子似的，我説不過你。）

**牙擦（刷）** ŋa⁴tsʰat³【貶】言談自負；誇口；嘴巴要強：佢嗰個人好～㗎，乜都話係一哥。（他那個人很自負，甚麼都説自己最棒。）｜佢嗰個人好～㗎，乜都同你拗餐死。（他那個人嘴巴要強，甚麼事情都和別人爭個天翻地覆。）［典出“梁蘇記牙刷”，據說梁蘇記製的牙刷異常耐用，號稱“一毛不拔”，時人稱為“牙刷蘇”，由此有誇口的意思］

**牙屎₂** ŋa⁴si² 同“牙刷（擦）”：先學咗幾耐啫，就咁～？（才學了多久啊，就那麼自以為了不起？）

**牙斬斬** ŋa⁴tsam²tsam²【貶】①嘴巴要強：你都幾～個嘛，未見過你認衰仔。（你嘴挺硬的，從來沒見過你認過輸。）②強辭奪理；爭辯不休：你淨係識得～，你識做咩？（你就會強辭奪理，你幹得來嗎？）

**牙譫譫** ŋa⁴tsap³tsap³〈譫音閘第 3 聲，志鴨切〉同“牙斬斬”。

**牙躟躟** ŋa⁴jaŋ³jaŋ³〈躟音意坑切第 3 聲〉同“牙斬斬”。

**下爬輕輕** ha⁶pʰa⁴hɛŋ¹hɛŋ¹〈下音夏，輕音哈贏切第 1 聲〉【喻】【貶】隨便説話；不切實際地誇口（下爬：下巴）：你而家就～，做唔倒點辦？（你現在誇口誇得輕鬆，辦不到怎麼辦？）

**學** hɔk⁶ 模仿別人説話；學舌：人哋講

乜，你又～乜，成隻了哥嘞。（人家説甚麼，你也跟着説甚麼，活像隻八哥。）｜等我～翻你聽。（讓我給你學一學。）

**學口學舌** hɔk⁶hɐu²hɔk⁶sit⁶【熟】①把別人的話到處傳播；作傳聲筒：隔籬二叔婆最識～㗎嘞，陣間佢實會話畀你知陳仔講乜。（隔壁的二嬸最會作傳聲筒了，待會兒她肯定會告訴你小陳説了啥）②模仿別人説話；學舌：哈，識得～駁嘴添。（喲，居然會學舌頂嘴哪！）

**學人口水溦** hɔk⁶jɐn⁴hɐu²sɵy²mei¹〈溦音微第 1 聲，麼禧切〉【熟】【貶】學舌；拾人餘唾（口水溦：唾沫）：你要講自己嘅嘢，唔好～。（你要説自己的東西，不要拾人牙慧。）［又作“學口水溦”］

**跟人口水溦** kɐn¹jɐn⁴hɐu²sɵy²mei¹〈溦音微第 1 聲，麼禧切〉同“學人口水溦”：唔知醜，～！（不知羞，鸚鵡學舌！）［又作“跟口水溦”］

**執人口水溦** tsɐp¹jɐn⁴hɐu²sɵy²mei¹〈溦音微第 1 聲，麼禧切〉同“學人口水溦”。［又作“執口水溦”］

## 七 C5　稱讚、貶損、挖苦、戲弄

**讚** tsan³ 稱讚；讚揚：佢哋個老師成日～佢㗎。（他們的老師經常稱讚他。）｜咪畀人～兩句就暈晒浪嘎！（別讓人讚了幾句就昏頭轉向啊！）

**嘥₂** sai¹〈音嘥第 1 聲〉貶損；挖苦：～到一錢唔值。（貶得一錢不值。）｜畀人當面～。（被人當面挖苦。）

**唱** tsʰœŋ³ 貶損；到處説某人的壞話：四圍～佢。（到處説他壞話。）｜你～衰你老公對你有乜好處？（你毀了你丈夫的名聲對你有甚麼好處？）

*瘀 jy²〈音於第 2 聲〉指責；説壞話：成班人一齊嚟～佢。(成群人一起來揪他小辮子。) [ 重見二 C11、二 E1、七 E13 ]

*講嘢 kɔŋ²jɛ⁵〈嘢音野〉【貶】説不該説的話、陳述虛假的信息等（嘢：東西）：唔好～啦！(別胡説！)｜你～！邊係嗽阿！(你亂講！哪是這樣呢！) [ "嘢" 一般要讀得比較重。重見七 C1 ]

嗑得就嗑 ŋɐp¹tɛk¹tseu⁶ŋɐp¹〈嗑音毅恰切〉【熟】【貶】字面意思是能説得出口就説（嗑：説），指説不負責任的話，一般是沒根據地指責人或説令人生氣的話：你又係嘅，～，諗真先好講啊嘛！(你也是的，説些不牢不靠的話，想清楚才説嘛！)

口臭 heu²tsʰeu³【喻】説話不得體；説了不該説的話：你～，唔同你講！(你這人亂説話，我不跟你説！)

諦 tɐi³〈音帝〉諷刺；挖苦：佢好翳嚟喇，你仲～佢。(他已經很苦悶了，你還挖苦他。)

彈₂ tʰan⁴〈音彈琴之彈〉指責；批評：你嗽做賺界人～嘅嚟。(你這樣做只會招人指責。)

嫽 liu⁴〈音僚〉(用言語) 戲弄；逗弄：～女仔。(戲弄女孩子。)｜改個花名～下佢。(起個綽號嘲弄他。)

*醜 tsʰeu²使人難為情 (一般是使用言語)；羞：大家一齊～佢。(大家一起羞他。) [ 重見五 A4 ]

## 七 C6　斥責、爭吵、爭論、費口舌

鬧 nau⁶ 罵：佢～咗個仔一餐。(他把兒子罵了一頓。)

詢 sɵn¹〈音順第 1 聲〉訓斥：你哋唔交作業，賺界老師～嘅啫。(你們不交作業，定會被老師訓斥。) [ 這是對

北方話 "訓" 字的摹音 ]

喝₂ hɔt³ 喝斥：咪咁大聲～個細路啦，嚇壞佢㗎。(別這麼大聲喝斥小孩，會把他嚇壞的。)

*揎 san²〈音省〉訓斥：界老細～咗一餐。(給老闆訓斥了一頓。)｜～貓面 (當面訓斥) [ 重見六 D9 ]

喝神喝鬼 hɔt³sɐn⁴hɔt³kwɐi²【喻】【貶】罵人；大聲地喝斥人：一嚟到就～，食咗火藥嘅。(一來到就呼幺喝六地罵人，像吃了槍藥似的。)

質 tsɐt¹ 質問；逼責：界我～到佢口啞啞。(他被我責問得啞口無言。)

誅 tsœ¹〈之靴切〉逼責；質問：成班人一齊～住佢，好似要食咗佢嘅。(一群人一起七嘴八舌地逼住他，好像要把他活吞了似的。) [ 此字一般讀作 tsy¹〈音朱〉]

嗶(噓) hœ¹〈œ¹〉〈音靴，又音屙靴切〉對人起鬨、喝倒彩；以噓聲來制止或驅逐人：未講得幾句就界人～咗落台。(沒説上幾句就被人轟了下台。)

*話 wa⁶ 責備：～下佢好喇，唔使噉鬧佢。(説他一下行了，不要這樣駡他。) [ 重見七 C1 ]

*嘈 tsʰou⁴ 爭吵；吵架：你哋兩個唔好～喇，兩個都唔啱！(你們倆甭吵了，兩人都不對！) [ 重見七 C8、九 D12 ]

嘈交 tsʰou⁴kau¹ 吵架：佢哋兩個撞埋就～，唔通前世撈亂骨頭？(他倆碰在一起就吵架，難道是上輩子結了仇？撈亂骨頭：迷信説法，把分屬兩人的骨骸混在一塊兒，那麼這兩人轉世後便成冤家。)

嗌交 ŋai³kau¹〈嗌音揑第 3 聲〉吵架：咿兩公婆～嗌到咁大聲，嘈住晒籬鄰居瞓覺。(這夫妻倆吵架這麼大聲音，吵得左鄰右舍沒法睡覺。)

**嗌霎** ŋai³sap³〈嗌音捱第 3 聲，霎音細鴨切〉吵架並慪氣：呢兩兄弟成日都～，好似前世有仇嘅。(這兩兄弟整天吵架，好像上輩子結下仇一樣。)

**鬧交** nau⁶kau¹ 吵架：嗰家人成日～嘅。(那家人整天吵架。)

**詏交** au³kau¹〈詏音阿孝切〉吵架：～有乜謂嘅？不如大家坐低傾下喇。(吵架有甚麼用？還不如大家坐下來談一下。)｜咪～喇，鬼咁嘈。(別吵啦，嘈死人了。)

**詏頸** au³kɛŋ²〈詏音阿孝切〉吵架：你哋唔好～喇，邊個去都係噉話啫。(你們別吵了，誰去還不是一樣。)

**爭交** tsaŋ¹kau¹〈爭音之坑切〉吵架：為咗小小事就～，值得咩？(為了一丁點兒事就吵架，值得嗎？)

**駁₂** pɔk³ 反駁；頂嘴：話佢一句，佢～一句，激死你！(說他一句，他頂一句，氣死人！)

**駁嘴** pɔk³tsɵy² 頂嘴：阿媽鬧你，你就唔好～啦！(媽媽罵你，你就別頂嘴了！)

**窒** tɐt¹〈音突第 1 聲，低一切〉頂撞；搶白：一句～到佢冇聲出。(一句話頂得他無話可說。)｜講說話噉～人嘅！(說起話來這樣搶白人！)

**頂頸** tɛŋ²kɛŋ² 抬槓：你搵次唔～得唔得？(你少抬槓一次行不行？)

**攞嚟講** lɔ²lei¹kɔŋ²〈攞音裸，嚟音黎〉【貶】①勉強找事來說：件事都經已過咗咁耐嘞，阿山而家係～嘅。(那件事也已經過了那麼久了，阿山現在是要找個由頭來說事罷了。)②依據不可靠的證據或理由來說話或為自己辯解(攞：拿；嚟：來)：～啦，點可能嘅！(也就一說，怎麼可能呢！)

**詏** au³〈阿孝切〉爭論：你哋～咩啫？～巴西贏定係意大利贏啊？(你

們爭論甚麼？爭論巴西贏還是意大利贏嗎？)

***勞氣** lou⁴hei³ 費神；耗費言詞：你再～都冇用，我係按章辦事。(你再多說也沒用，我是照章辦事。)[重見五 A3]

***嘥氣** sai¹hei³〈嘥音曬第 1 聲〉白費口舌(嘥：浪費)：同佢講咁多都係～嘅。(跟他講那麼多全是白費口舌。)[重見七 A8]

**嘥聲壞氣** sai¹sɛŋ¹wai⁶hei³〈嘥音曬第 1 聲，聲音司贏切第 1 聲〉同"嘥氣"。

**雞同鴨講** kɐi¹tʰɔŋ⁴ap³kɔŋ²【熟】【喻】雞跟鴨說話，比喻雙方沒有共同語言，因而說不通，白費口舌。

## 七 C7 嘮叨、多嘴

**吟** ŋɐm⁴〈危淫切〉①絮叨：唔好成日～住啦！(不要整天絮絮叨叨的！)②唸叨：佢～咗好多勺，話要去睇你㗎喇。(他唸叨了好多回說要去看你的了。)[書面語音 jɐm⁴〈音淫〉]

***吟噆** ŋɐm⁴tsʰɐm⁴〈吟音危淫切，噆音沉〉嘀咕；絮叨：你～咩啊？大聲啲講嚟聽下。(你嘀咕甚麼呀？大點聲說來聽聽。)["吟"書面語音 jɐm⁴〈音淫〉。重見五 C4]

**口噏噏** hɐu²ŋɐp¹ŋɐp¹〈噏音牙合切第 1 聲〉有點嘮叨的樣子(略帶貶義)：嗰日楊伯～話，仲係想退休算囉㗎。(那天楊伯叨叨說，還是想退休算了。)

**口水多過茶** hɐu²sɵy²tɔ¹kwɔ³tsʰa⁴【熟】唾沫比喝下去的茶(開水)還多，這是誇張地形容人話多；囉嗦：你唔好～喇，簡單啲講啦。(你別那麼囉嗦了，簡單點兒說吧。)

**阿吱阿咗** a³tsi¹a³tsɔ¹〈咗音左第 1 聲〉【貶】嘮叨，而且說話內容令人厭煩：聽二姑～成朝，做唔倒嘢。(聽二姑絮絮叨叨了整個上午，幹不成事情。）

**雞啄唔斷** kɐi¹tœŋ¹m⁴tʰyn⁵〈啄音低央切〉【熟】【喻】字面意思是連雞也啄不斷，比喻話多，老是説不完：佢～，講咗兩個鐘。（他滔滔不絕説了兩個小時。）

**啲朵** ti¹tœ¹〈啲音低衣切，朵音低靴切〉話多；多嘴：點解我入親嚟都聽見你喺度啲啲朵朵嘅？（怎麼我每次進來總聽見你不停地説話呢？）

**牙痕** ŋa⁴hɐn⁴【喻】【貶】話多；老是要東拉西扯地聊天（痕：癢）。

**口痕** hɐu²hɐn⁴ 同"牙痕"。

**口多多** hɐu²tɔ¹tɔ¹ 話多；多嘴：人哋嘅事，使乜你～？（別人的事情，用得着你多嘴？）

**口花花** hɐu²fa¹fa¹ 多嘴；亂説話：成日～嘅人唔去得嗰種部門做嘢嘅。（總是亂説話的人是不能去那種部門工作的。）

## 七 C8　發牢騷、吵鬧、叫喊

**咕咕聲** kwu⁴kwu²sɛŋ¹〈前一咕字讀第4聲，第二字讀第2聲，聲音司贏切第1聲〉因不滿而發牢騷：做咗攞唔倒錢，怪唔得人哋～嘅。（做了拿不到錢，怪不得人家發牢騷的。）

**謍謍聲** ŋ⁴ŋ²sɛŋ¹〈第一字音亞衡切，第二字音啞肯切，聲音司贏切第1聲〉發牢騷：佢成日～，梗係界人扣咗獎金定嘞。（他整天牢騷滿腹，肯定是給扣了獎金。）

**貓刮嗷聲** mau¹kwat³kɐm²sɛŋ¹〈嗷音敢，聲音司贏切第1聲〉【貶】【喻】①大聲吵鬧（刮：交尾）：嗰啲人～做乜嘢？（那些人吵吵嚷嚷的幹甚麼？）②高聲抗議；大發牢騷：要佢做多啲就～。（要他多幹一點就哇哇叫。）［又作"貓刮嗷嘈"］

**咩₂** ŋɛ¹(ɛ¹)〈毅爺切第1聲，又音啊爺切第1聲〉【喻】本指羊叫聲，比喻為表示不滿、軟弱的抗議：佢咁惡，邊個邊敢～啊？（他那麼兇，別人怎敢作聲？）［重見十一B1、十一B2］

**呻** sɐn⁻³〈讀第3聲〉訴苦；發牢騷：你同我～都冇用㗎。（你向我訴苦也沒用啊。）

**喊苦喊忽** ham³fu²ham³fɐt¹ 訴苦；發牢騷：做到幾辛苦都從來唔聽佢～嘅。（幹得多辛苦也從來沒聽見他訴一聲苦。）

**哭** hok¹ 訴苦；發牢騷：見親我就～。（每次見到我都訴苦。）

**牙痛嗷聲** ŋa⁴tʰɔŋ³kɐm²sɛŋ¹〈嗷音敢，聲音司贏切第1聲〉【喻】發牢騷。

**鬼殺咁嘈** kwɐi²sat³kɐm²tsʰou⁴〈咁音低3聲〉【貶】【喻】①吵吵鬧鬧：點解出便～嘅？（為甚麼外面吵得那麼厲害？）②發牢騷；抗議：佢仲未講完，底下啲人就～嘞。（他話沒説完，底下的人就哇啦啦叫開了。）

**鬼殺嗷聲** kwɐi²sat³kɐm²sɛŋ¹〈嗷音敢，聲音司贏切第1聲〉同"鬼殺咁嘈"。

**□哇(呱)鬼叫** wi¹wa¹(kwi¹kwa¹)kwɐi²kiu³〈第一字烏衣切（此時第二字讀哇），又讀姑衣切（此時第二字讀呱）〉【貶】【喻】喧嘩吵鬧：四周圍～我點安得落心嚟睇書嘞！（到處吵吵鬧鬧，我怎麼安得下心來看書呢！）

**□哇(呱)鬼震** wi¹wa¹(kwi¹kwa¹)kwɐi²tsɐn³〈第一字烏衣切（此時第二字讀哇），又讀姑衣切（此時第二字讀呱）〉同"□哇(呱)鬼叫"。

ᐧ**嘈** tsʰou⁴ 吵鬧：你哋唔好喺度～住嫲瞓覺。（你們不要在這兒吵，奶奶正睡覺。）［重見七C6、九D12］

**嘈生晒** tsʰou⁴saŋ¹sai³〈生音生熟之生〉吵吵嚷嚷；吵鬧：班細路～，嗌佢哋行遠啲！（這群小孩吵吵嚷嚷的，叫他們走遠點兒！）

**吱喳** tsi¹tsa¹〈喳音渣〉吵鬧；吱吱喳喳地大聲説話：隔住兩間房都聽倒佢哋喺度大聲～。（隔着兩間屋子都能聽到他們大聲嚷嚷。）

*__巴閉__ pa¹pɐi³【外】咋呼；吵嚷：一日到黑就聽到你兩個响度巴巴閉閉！（一天到晚都聽到你們倆在咋咋呼呼！）［英語 babble。重見五 E1、九 D1］

*__嘈喧巴閉__ tsʰou⁴hyn¹pa¹pɐi³〈喧音圈〉吵吵鬧鬧（巴閉：咋呼；吵嚷）：你哋靜啲，唔好～得唔得？（你們安靜點兒，別吵吵嚷嚷的行不行？）［又作"嘈吱巴閉"。重見九 D12］

**嘈嘈閉** tsʰou⁴tsʰou⁴pɐi³ 吵鬧不停。

*__巴喳__ pa¹tsa¹〈喳音渣〉咋呼：呢度就係你最鍾意～！（這兒就數你最喜歡咋呼！）［重見五 C4］

**墟巴嘈閉** hɵy¹pa¹tsʰou⁴pɐi³ 吵吵鬧鬧；像在集市上那樣吵鬧（墟：集市；巴閉：咋呼；嘈：吵）：嗰班友仔～，謅咗成晝。（那幫傢伙吵吵嚷嚷，爭了半天。）

**墟巴冚閉** hɵy¹pa¹hɐm⁶pɐi³〈冚音賀任切〉同"墟巴嘈閉"（冚：形容人聲）。

*__嗌__ ŋai³〈音捱第 3 聲，餓隘切〉喊叫；吼叫：大聲～｜放盡聲喉～佢都聽唔倒。（盡最大聲音喊他也沒聽見。）［重見七 C2］

**呱呱叫** kwa¹kwa¹kiu³ 大聲叫喊：郁啲就～。（動不動就哇哇大叫。）［普通話"呱呱叫"是形容極好，廣州話沒有這個意思］

## 七 C9　説粗話

**講粗口** kɔŋ²tsʰou¹hɐu² 説粗話：你咪喺我面前～！（你別在我跟前説粗話！）

*__粗口__ tsʰou¹hɐu² 愛説粗話；嘴巴不乾淨：點解你咁～㗎！（你的嘴巴怎麼那麼不乾淨！）［重見八 C5］

**粗口爛舌** tsʰou¹hɐu¹lan⁶sit⁵ 同"粗口"：細路仔唔准～！（小孩子不許説粗話！）

*__爛口__ lan⁶hɐu² 同"粗口"。［重見八 C5］

**媽媽聲** ma¹ma¹sɛŋ¹〈聲音司贏切第 1 聲〉滿嘴粗話：你仲係～我就搣爛你張嘴！（你再這樣粗言爛語我就撕破你的嘴！）

**炒蝦拆蟹** tsʰau²ha¹tsʰak³hai⁵ 説粗話（罵人）：嗰個嘢着得咁斯文，誰不知一開聲就～！（那傢伙穿着那麼斯文，誰知道一開口就是粗話！）

## 七 C10　説謊、捏造

**放葫蘆** fɔŋ³wu⁴lou⁻²〈蘆讀第 2 聲〉【喻】吹牛皮：咩話？白雲山上便有隻怪獸？你～之嘛？（甚麼？白雲山上有隻怪獸？你吹牛皮吧？）［參見八 C5 "葫蘆"］

**捵葫蘆** tɛŋ³wu⁴lou⁻²〈捵音帝贏切第 3 聲，蘆讀第 2 聲〉同"放葫蘆"。

**車大炮** tsʰɛ¹tai⁶pʰau³【喻】吹牛皮；撒謊：陳仔至興～㗎嘞，佢講嘅嗰啲嘢，信佢三成都有多。（小陳最喜歡吹車皮，他説的那些東西，充其量可信十分之三。）｜細路仔唔准～㗎。（小孩子不許撒謊。）［參見八 C5 "大炮"］

**講大話** kɔŋ²tai⁶wa⁶ 撒謊：你成日～，以後搵鬼信你。（你老是撒謊，以後鬼才相信你。）［參見八 C5 "大話"］

*__作__ tsɔk³ 編造：～隻古仔詃細路。（編個故事哄小孩。）｜～啲嘢出嚟呃人。（編造些東西來蒙人。）［重見七 A10、七 E15］

**安** ɔn¹ 以不實之詞強加於人；誣賴；誣陷：你講阿余仔嗰啲，係～個啩？（你説小余的那些話，是扣給他的吧？）

**生安白造** saŋ¹ɔn¹pak⁶tsou⁶〈生音生熟之生〉憑空捏造事實；無中生有：你話人偷嘢，有冇證據啊？咪～嘞！（你説別人偷東西，有沒有證據？可不要憑空捏造喲！）

**滾(韻)紅滾(韻)綠** kwɐn²hoŋ⁴kwɐn²lok⁶ 胡説；亂吹（滾：欺騙）：你咪聽佢～，冇句正經嘅！（你別聽他胡説八道，沒有一句是正經的！）

**發噏瘋** fat³ŋɐp¹foŋ¹〈噏音牙合切第 1 聲〉【貶】胡説；説瘋話：佢～，唔好理佢！（他説瘋話，別理他！）[重見二 C14]

**稟神都冇句真** pɐn²sɐn⁴tou¹mou⁵kɵy³tsɐn¹〈冇音無第 5 聲〉【熟】連向神靈稟告也沒有一句話是真的，極言説話句句是假（都：也；冇：沒有）：你隻契弟～嘅，我信你？！（你這兔崽子從來沒有一句真話，我信你？！）

***鑿大** tsɔk⁶tai⁶ 有意誇大：梁姨講親嘢都係～嘅。（梁姨凡説甚麼都是誇大的。）[重見二 C14]

## 七 C11　其　他

**稱呼** tsʰeŋ¹fu¹（友好地）打招呼：見倒面點都有句～啩？（見了面總得打個招呼吧？）｜佢個人好高寶，不興～人嘅。（他這人很高傲，不喜歡跟人打招呼。）

***應** jeŋ³〈意慶切〉應聲回答：嗌咗幾聲都冇人～。（喊了幾聲都沒人應。）｜我大聲～佢。（我大聲回答他。）[重見七 E7]

***擢** tsʰɔk³〈次惡切〉【喻】本義是猛然拉出來，比喻用出其不意的問話使對方在倉卒間説出真情。[重見六 A4、六 D2]

**頂證** teŋ²tseŋ³ 作證；對質：呢件事我可以～。（這事兒我可以作證。）｜同佢當面～。（跟他當面對質。）

**對證** tɵy²tseŋ³ 同"頂證"。

**有碗話碗，有碟話碟** jɐu⁵wun²wa⁶wun²、jɐu⁵tip⁶wa⁶tip⁶ 照實情説：～，咪鑿大！（有甚麼説甚麼，別誇大！）

**反口** fan²hɐu² 改口；反悔：頭先啱啱應承過，而家又試～。（剛才剛答應過，現在又反悔了。）

***誓願** sɐi⁶jyn⁶ 發誓：冇人唔信你呢，使乜～啫。（沒有人不相信你，何必發誓呢。）[重見八 C5]

**開口噷着脷** hɔi¹hɐu²kʰɐp⁶tsœk⁶lei⁶〈噷音其入切，着音着急之着，脷音利〉【熟】【喻】字面意思是一開口就咬着舌頭（噷：咬；脷：舌），比喻説錯話或説不合適的話，又比喻説話自相矛盾，自打嘴巴。

**捉字蝨** tsok¹tsi⁶sɐt¹【喻】摳字眼（一般是指從別人的話語中挑毛病）。

## 七 D　職業活動

## 七 D1　工作、挣錢、辭退

**打工** ta²koŋ¹ 做工；受僱工作：幫老細～。（替老闆幹活。）｜落香港～。（到香港工作。）

***搵** wɐn²〈音穩〉【喻】挣（錢）：一個月～得八百緡。（一個月挣八百塊。）[參見"搵食"。重見七 A10、七 A11、七 B10、七 E15]

***搵食** wɐn²sek⁶〈搵音穩〉【喻】原指動物尋找食物（搵：找），比喻挣錢糊口：出嚟～艱難啊！（到社會上挣錢糊口不容易啊！）[重見七 E24]

**搵米路** wɐn²mɐi⁵lou⁶〈搵音穩〉【喻】找路子挣錢（廣東人以大米為主食，

故以"米路"比喻財路)。

**做嘢** tsou⁶jɛ⁵〈嘢音野〉【喻】幹活；工作(嘢：事)：我個仔都～喇。(我兒子已經參加工作了。)

**高就** kou¹tsɐu⁶【雅】工作(一般用於詢問別人的工作)：陳生喺邊處～啊？(陳先生在哪兒工作？)

**發財** fat³tsʰɔi⁴【敬】工作；掙錢(一般用於詢問別人的工作)：羅生喺邊度～？(羅先生在哪兒做事？)

**搲銀** wɛ²ŋɐn⁻²〈搲音壺野切第 2 聲，銀讀第 2 聲〉【俗】掙錢；撈錢(搲：抓)：人除咗～，仲有好多嘢諗嘅。(人除了掙錢，還有很多事情想的。)

*__摳__₂ tɐu⁶〈音豆，第又切〉【俗】掙錢：你估呢啲銀紙咁易～㗎？好辛苦㗎！(你以為這些錢那麼容易掙嗎？很辛苦的呀！)[ 重見七 A10 ]

*__撈__₂ lou¹〈音勞第 1 聲〉【俗】工作；做事：我而家唔係喺嗰家公司～喇。(我現在不在那家公司幹了。)[ 重見七 A1 ]

**打皇家工** ta²wɔŋ⁴ka¹kɔŋ¹ 在政府部門工作(打工：幹活)。因 1997 年以前港英政府為英皇所轄。

**翻(返)工** fan¹kɔŋ¹〈返音翻〉到工作地點區(準備工作)：夠鐘起身～喇。(到時間起牀上班了。)

**落班** lɔk⁶pan¹ 下班：你哋而家幾點鐘～啊？(你們現在幾點鐘下班？)

**放工** fɔŋ³kɔŋ¹ 下班。

*__捹__ lɐy⁴ 拚命地幹活：騾仔命梗係要～㗎喇。(屬騾子的當然要拚命幹活的啦。廣州話"騾"與"捹"同音)[ 重見六 D4、六 D8、七 E23 ]

**炒更** tsʰau²kaŋ¹〈更音加坑切〉工餘時間另找工作幹(以增加收入)：而家啲工人好少有唔～嘅。(現在的工人很少有不幹業餘活的。)["更"指晚上，但实际上此詞所指工餘時

並不限於晚上 ]

**秘撈** pei³lou¹〈秘音閉戲切，撈音勞第 1 聲〉【謔】業餘兼職(撈：賺錢)：啲～一族唔會界老細知道喺度～嘅。(那些兼職人員不會讓老闆知道正在兼職。)[ 兼職者向老闆保密，故言"秘"。此與南美洲國名"秘魯"同音，所以帶幽默色彩 ]

**趕工** kɔn²kɔŋ¹ 加班趕任務：年前啲嘢特別緊，日日都要～。(年前的活兒特別緊，天天都要加班。)

**搵工** wɐn²kɔŋ¹〈搵音穩〉找工作(搵：找)：想～就嚟我哋職業介紹所啦。(想找工作就到我們職業介紹所來吧。)

**搵嘢做** wɐn²jɛ⁵tsou⁶〈搵音穩，嘢音野〉找工作；找活幹(搵：找；嘢：事情)。

**出糧** tsʰɵt¹(tsʰyt¹)lœŋ⁴ 發工資，領工資：打工仔最開心就係～嗰日。(做工的人最開心的就是發工資那天。)

**扎職** tsat³tsek¹ 晉職(扎：向上跳)：你呢勻～，全靠你自己嘅。(你這回晉升，是全靠你自己。)

**執包袱** tsɐp¹pau¹fok⁶ 收拾鋪蓋打包袱(執：收拾)，指被解僱或辭工。

**炒魷魚** tsʰau²jɐu⁴jy⁻²〈魚讀第 2 聲〉【喻】【謔】解僱：佢尋日畀老細～。(他昨天被老闆解僱了。)[ 粵菜做魷魚喜在一面切道道，炒熟後通常捲成圓筒形，鋪蓋捲起的形狀與之極相似。舊時工人一般在僱主家居住，被解僱後即捲起鋪蓋離開，故以此作比喻 ]

**炒老細魷魚** tsʰau²lou²sɐi³jɐu⁴jy⁻²〈魚讀第 2 聲〉【喻】【謔】向老闆辭職(老細：老闆)。老闆辭退工人稱"炒魷魚"，而～則由於逆反心理，稱工人主動辭工為"把老闆炒魷魚"。[ 又作"炒老細"。參見"炒魷魚")

**吊砂煲** tiu³sa¹pou¹〈煲音保第 1 聲〉【喻】把飯鍋吊起來，不煮飯（砂煲：砂鍋），比喻因失業而生活來源斷絕。

**跍墩** mɐu¹tɐn¹〈跍音麼歐切，墩音低因切〉【喻】失業（跍：蹲）。

*****收山** sɐu¹san¹【喻】【謔】原指法師結束作法生涯、武師結束武術生涯等，比喻退休或結束某種生涯：我出年就～喇。（我明年就退休了。）｜賺咗咁多嘞，好～喇。（賺了那麼多了，該洗手不幹了。）[ 重見七 A4 ]

**撈過界** lou¹kwɔ³kai³〈撈音勞第 1 聲〉【喻】幹別人的工作範圍之內的事；賺該由別人賺的錢；到別人的勢力範圍內去撈取好處。

### 七 D2　工業、建築、木工

*****整** tsɛŋ²①製造；生產：佢間工廠係～單車嘅。（他那間工廠是生產自行車的。）②修理：眼燈唔着嘞，～下佢喇。（那盞燈不亮了，修理一下吧 ][ 重見七 A2 ]

**修整** sɐu¹tsɛŋ² 修理：～鐘錶｜～各種電器

**起貨** hei²fɔ³（工程或產品）完工：呢棟樓要喺 12 月之前～。（這棟大樓要在 12 月以前完工。）｜你呢幾件傢俬好快可以～。（你這幾件傢具很快可以完工。）[ 又作"起" ]

**收工** sɐu¹kɔŋ¹ 完工：下個禮拜～。（下個星期完工。）[ 另一個意思是下班，則與普通話相同 ]

**翻（返）抄** fan¹tshau¹ 再生：～橡膠｜～紙

**着₂** tsœk⁶〈音雀第 6 聲，治藥切〉開（燈、機器等）：～燈｜呢部機要～咗過兩個字先至用得嘅。（這台機子

要開了過 10 分鐘才能用。）

**熄** sek¹ 關（燈、機器等）：順手～咗部收音機佢。（順手把收音機關了。）｜～咗部機先啦。（先把機器關了吧。）[ 普通話"熄"也用於燈，但不用於機器等 ]

**撻** tʰat¹〈音他壓切第 1 聲〉【外】發動（機器）：將部機～着佢。（把這台機子發動起來。）[ 英語 start ]

**窩** wɔ¹ 鉚：呢度～一排釘。（這裏鉚一排釘子。）

**啤** pɛ¹〈波爺切第 1 聲〉焊接：上便係～實嘅。（上面是焊緊的。）

**倒模** tou²mou⁻²〈模讀第 2 聲，摸好切〉用模子鑄。

*****打** ta²拉下或合上（電閘）：將個掣～落㗎。（把電閘拉下來。）｜～個掣上去。（合上電閘。）[ 重見七 A2、七 A11、九 B15、九 D25 ]

**打制（掣）** ta²tsɐi³〈掣音制〉把電閘合上（制：電閘）。

**起屋** hei²ok¹ 建房子：你哋支施工隊下個月去邊度～啊？（你們的施工隊下個月到哪兒建房子呀？）

**掃灰水** sou³fui¹sɵy² 粉刷牆壁：而家～好少用石灰嘞，咸唪唥用啲塗料。（現在粉刷牆壁很少使用石灰漿了，全都使用塗料。）

**批蕩** pʰɐi¹tɔŋ⁶（以灰漿）圬牆：用水泥沙～。（用水泥灰漿圬牆。）

**批石米** pʰɐi¹sɛk⁶mɐi⁵ 用石粒調灰漿圬牆（一般是圬外牆。石米：米狀石粒）。

**執漏** tsɐp¹lɐu⁶ 為屋頂補漏（執：收拾）。

**搗石屎** tou²sɛk⁶si² 搗製混凝土（石屎：混凝土）。

**搭棚** tap³pʰaŋ⁴ 搭設腳手架（棚：腳手架）。

**裝頂** tsɔŋ¹tɛŋ² 為危房等加支撐（以防倒塌）。

**三行** sam¹hɔŋ⁻²〈行音行業之行第 2 聲，起講切〉建築行業。舊以泥瓦工、粗木工、架子工（或油漆工）為建築三行當，後泛指建築業：我哋係做～嘅。（我們是搞建築的。）

**鬥木** tɐu³mok⁶ 幹木工活（鬥：拼合）：你識唔識～啊？（你會幹木工活嗎？）

**做木** tsou⁶mok⁶ 同"鬥木"。

**鬥傢俬** tɐu³ka¹si¹ 做傢具（鬥：拼合；傢俬：傢具）。

**油油** jɐu²jɐu⁻²〈後一字讀第 2 聲〉上漆（前一"油"字指上漆的動作，後一"油"字指油漆）。

**焗漆** kok⁶tsʰɐt¹〈焗音局〉烤漆。一種為傢具等上漆的工藝，把塗漆後的器具放進烤房烘乾（焗：悶住加熱）。

## 七 D3　農副業

**耕田** kaŋ¹tʰin⁴ 種地：務農：～仔（莊稼漢）｜而家啲農民唔淨止～，仲開工廠添。（現在的農民不僅種地，還開工廠。）

**揸7** tsa¹tsʰɐt¹〈揸音渣〉【謔】務農。鋤頭形似阿拉伯數字 7，拿鋤頭即務農（揸：拿）。[ 這是七八十年代中國大陸上山下鄉青年的發明 ]

**駛田** sɐi²tʰin⁴ 犂田：而家～好少用牛喇，有拖拉機啦嘛。（現在犂田很少用牛了，有拖拉機了嘛。）

**駛牛** sɐi²ŋɐu⁴ 用牛犂田。

**蒔田** si⁶⁽⁴⁾tʰin⁴〈蒔音是，又音時〉插秧：有咗插秧機，～就自在得多喇。（有了插秧機，插秧就舒服多了。）

**蒔禾** si⁶⁽⁴⁾wɔ⁴〈蒔音是，又音時〉插秧。

**趕水** kɔn²sɵy² 利用水渠引水（進行灌溉）。

**睇水** tʰɐi²sɵy² 巡視水渠及灌溉情況。在以水稻耕作為主的南方農村，這是一項重要而帶技術性的農活。

**滲田** jɐm³tʰin⁴〈滲音陰第 3 聲，意暗切〉灌溉田地；讓土壤充分吸收水分：趕水～（引水灌田）["滲"字一般讀 sɐm³〈心第 3 聲，細暗切）]

**下₁** ha⁵〈讀第 5 聲，何瓦切〉收摘（樹上的果實）：～荔枝｜呢片橙都～得㗎喇。（這一片的橙子都可以收摘了。）

**割禾** kɔt³wɔ⁴ 割稻子。

**省** saŋ² ①間苗。②把作物植株上多餘的葉子等摘掉。

**短軟** tyn²jyn⁵ 打尖兒（掐去農作物的頂尖，以利其結果或分枝等）。

**\*圂** wɐn³〈音混第 3 聲，餵震切〉圈（juān）；把禽畜等關起來：～起啲雞。（把雞圈起來。）[ 重見七 E26 ]

**\*餼** hei³〈音氣〉餵（禽畜）：～雞｜～豬

**睇牛** tʰɐi²ŋɐu⁴ 放牛（睇：看）。

**\*行₃** hɔŋ⁴〈音銀行之行〉攔趕禽畜等：～雞｜～啲豬入欄。（把豬攔進豬圈。）[ 重見七 D10 ]

**槽** tsʰou⁴ 把準備宰殺或出售的禽畜關起來，加料餵養，以使其肥壯：～雞｜～肥嗰隻鵝。（把那隻鵝關起來催肥。）

**打種** ta²tsoŋ² （為禽畜）配種。

**乾塘** kɔn¹tʰɔŋ⁴ 把魚塘水抽乾：～捉魚。

**刮塘** kwat³tʰɔŋ⁴ 清塘。定期清理魚塘，挖走過多的淤泥，撒放藥物等。又指清塘前把魚塘裏所有的魚（不論長大與否）全部加以捕撈。

## 七 D4　交通、電訊

**\*踩** tsʰai²(jai²)〈又音椅挨切第 2 聲〉蹬（車）：騎（非機動車）：～車上班。｜～三輪車。[ 重見六 D11、七

B9、七 E15 ]

\***揸** tsa¹ 駕駛（機動車）：～車（駕駛汽車）｜～摩托（騎摩托車）[ 重見六 D1 ]

**駛** sɐi² 駕駛（機動車）：～拖拉機。

**搭客** tap³hak³ 載客：要辦好手續先界～。（要辦好手續才許載客營運。）

\***車** tsʰɛ¹ 用車運送：將呢啲貨～去火車站。（把這些貨用車子運到火車站去。）｜一車就～得晒走。（一輛車就能全部運走。）[ 重見六 D3、七 B4 ]

**塞車** sɐk¹tsʰɛ¹ 交通堵塞：轉角嗰度～，塞咗成個鐘咁滯。（拐角那兒堵車，堵了將近一個小時。）

**打晒纜** ta²sai³lit³〈纜音列第 3 聲〉【喻】字面意思是全打上了結（晒：全部；纜：繩結），比喻馬路交通堵塞非常嚴重：落班時候，幾條馬路都～。（下班時間，幾條馬路都堵得不得了。）

\***扒頭** pʰa⁴tʰɐu⁴〈扒音爬〉超車：呢度咁窄條路都仲想～？（這兒那麼窄的路也想超車？）[ 重見七 A14 ]

**煞制** sat³tsɐi³ 煞車（制：制動裝置）：一個急～，架車停住咗。（一個急煞車，車子停住了。）

\***慢₁** man⁶【婉】公共汽車停站：呢架車一連三個站都唔～。（這輛車子一連三個站都不停。）[ 停與 "停屍" 之停同，不吉利，故改稱～ ][ 重見九 B23 ]

**有站慢** jɐu⁵tsam⁶man⁶【婉】請靠站（公共汽車上乘客對司乘人員或乘務員對司機説的話，意思是這個站有人要下車）：唔該，～！（勞駕，這個站請停一下！）[ 又作 "有慢"。參見 "慢" ]

**埋站** mai⁴tsam⁶（車）靠站（埋：靠近）：睇住車～！（小心了，車靠站了！）

**遊車河** jɐu⁴tsʰɛ¹hɔ⁻²〈河讀第 2 聲〉【喻】乘車兜風：走去機場人接唔倒，又啦啦聲趕翻嚟，變咗～添！（跑到機場接人接不到，又匆匆趕回來，成了搭車兜風了！）

**打的** ta²tek¹ ①伸手招呼計程車：呢度～好難打。（這地方很難截到計程車。）②乘坐計程車：～快啲。（坐計程車快一些。）[ "的" 為英語 taxi（計程車）的省譯。"打" 本指打手勢招呼 ]

**拍₃（泊）** pʰak³【外】（車船）停放：呢度唔界～車。（這裏不許停車。）｜唔該將架車～埋啲。（請把車子停得靠裏一點兒。）｜架船～喺岸邊。（那船停靠在岸邊。）[ 英語 park。此詞停車義來自英譯。由於 "泊" 有船舶停靠義，故兩詞有交集。"泊" 讀書音 pɔk³〈音博〉]

\***骰框** ŋau⁴kwʰaŋ¹〈骰音咬第 4 聲〉自行車、三輪車等的輪輞變形（骰：扭曲；框：輪輞）。[ 重見九 A4 ]

**爆肽** pau³tʰai¹〈肽音太第 1 聲〉輪胎破裂（肽：輪胎）

**右制** mou⁵tsɐi³ 刹車失靈；刹不住（制：刹車裝置）：呢架車～嘅，好牙煙。（這輛車子刹車不行，很危險。）

**死火** sei²fɔ² 汽車等因機器故障而熄火。

**打風₂** ta²fɔŋ¹（為汽車輪胎等）打氣。

**加風** ka¹fɔŋ¹ 同 "打風 2"。

**波₂** pɔ¹（汽車等的）變速檔：呢種車有 5 個～。（這種車有 5 個檔。）

**行船** haŋ⁴syn⁴⁽⁻²⁾〈行音何盲切，船又讀第 2 聲，洗犬切〉在船上工作；當水手：我係～嘅。（我是在船上做事的。）

**把舦** pa²tʰai⁵〈舦音太第 5 聲〉掌舵（舦：舵）。

**拉纜** lai¹lam⁶ 拉縴。

**扯纜** tsʰɛ²lam⁶ 同"拉纜"。

**扒** pʰa⁴〈音爬〉划（船）：～艇仔。

**棹** tsau⁶〈音罩第 6 聲，治校切〉划
（船）：將條船～埋岸邊。（把船划到
岸邊。）

**划** wa¹〈音蛙〉划（船）：～艇［和普通
話的"划"（huá）是一樣的。"劃"
簡化作"划"，但在廣州話中"划"
與"劃"讀音相去很遠］

**落船** lɔk⁶syn⁴ 上船（從岸上到船上去）：
今晚～，聽朝就上得岸嘞。（今天晚
上上船，明天早上就可以上岸了。）
［廣州人的習慣思維是岸為高處，船
為低處，所以普通話"上船"廣州話
説成"～"］

**單行** tan¹haŋ⁴〈行音何盲切〉拖輪不拖
帶木筏或無機動船等，單獨航行。

**炕沙** hɔŋ¹sa¹（船隻）擱淺（炕：攤晾）。

*__食水__ sek⁶sɵy² 吃水（船身入水的深
度）：架船～好深。（這船吃水很
深。）［重見七 A6］

*__開身__ hɔi¹sɐn¹（船）離開碼頭啟航：
我睇住架船開身，硬係就趕唔切。
（我眼看着船開了，硬就是趕不
上。）［重見七 B6］

**到埠** tou³pou⁶〈埠（埗）音部〉字面意
思是到達碼頭（埠：碼頭），泛指到
達目的地（一般是城市），不限於乘
船到達：黃總坐飛機嚟，晏晝～。
（黃總乘飛機來，下午到達。）

**埋頭** mai⁴tʰɐu⁴（船）靠岸（埋：靠邊）：
架船慢慢～。（船慢慢靠岸。）

**聽電話** tʰɛŋ¹tin⁶wa⁻²〈聽音梯贏切第 1
聲，話讀第 2 聲〉接電話：個電話
響咗好多聲喇，快啲去～啦。（那
電話鈴響了好多下了，快點兒去接
吧。）［接電話和一個人接了電話之
後、另一個人接過去去聽，在廣州
話都叫"～"，兩者不加區別］

**講電話** kɔŋ²tin⁶wa⁻²〈話讀第 2 聲〉用
電話談話：媽咪，婆婆要你～。（媽
媽，外婆要你來聽電話。）

**傾電話** kʰeŋ¹tin⁶wa⁻²〈話讀第 2 聲〉
用電話談話：（傾：談。指時間略長
的）：佢而家喺度～，（他現在正在
打電話。）

**煲電話粥** pou¹tin⁶wa⁻²tsok¹〈煲音保第
1 聲，話讀第 2 聲〉【喻】用電話長
時間地聊天：唔好～喇，電話費好
貴㗎。（別用電話聊天，電話費很貴
呀。）

**收線** sɐu¹sin³ 掛斷電話：未講完就～。
（沒講完就掛斷。）

**覆機** fok¹kei¹〈覆音福〉回電話：我
去～，都冇人聽電話嘅。（我去回了
電話，都沒人接。）

**FAX** fɛk¹si⁴〈讀成兩個音，第一個音飛
錫切第 1 聲，第二個音時〉【外】電
傳：我～過去畀你。（我用電傳傳過
去給你。）［英語 facsimile telegraph，
簡作 fax。廣州話有時簡化至只讀第
一個音］

## 七 D5　商　業

**開檔** hɔi¹tɔŋ³〈檔音上當之當〉①開始
營業；開攤兒：9 點鐘～。②（企業）
開張：乜都搞㗎，再過 3 日就～。
（甚麼都弄好了，再過 3 天就開張。）

**發市** fat³si⁵ ①第一次成交：一開檔
就～，真係好意頭。（一開張就成交
一筆，真是好兆頭。）｜今日冇～。
（今天沒人光顧。） ②生意好；賺得
多：今日～喇！（今天生意可真好！）

**寫單** sɛ²tan¹ 售貨員為顧客開售貨票；
服務員為客人寫菜（把客人點的菜名
寫在點菜單上）。

**幫襯** pɔŋ¹tsʰɐn³ 光顧；買：多謝～！
（謝謝您光顧！）｜揾阿誰～你咩？

你啲嘢賣咁貴。(誰會買你的東西？你的貨賣這麼貴。)

\***睺(候)斗** heu¹teu²〈睺(候)音侯第 1 聲，哈勾切〉【俗】前來買東西：呢啲嘢都好多人～。(這些東西也挺多人來買。)｜冇人～。(沒人光顧。)[重見五 B7]

**收檔** seu¹tɔŋ³〈檔音上當之當〉收攤；打烊。[重見二 C1、七 A5]

**執笠** tsɐp¹lɐp¹ ①收攤；打烊(執：收拾)：好夜喇，仲唔～？(很晚了，還不收攤？) ②(企業等)倒閉：嗰間工廠～咗好耐喇。(那家工廠關門很久了。)

**冚斗** kʰɐm²teu²〈冚音啟砍切，斗音升斗之斗〉倒閉(冚：蓋住)。

**冚檔** kʰɐm²tɔŋ³〈冚音啟砍切，檔音上當之當〉同"冚斗"。

**頂** teŋ² ①出盤(企業、店舖等全盤轉讓與他人)：我想將呢間店～出去。(我想將這爿店舖盤出手。) ②受盤(企業、店舖等全盤買下，繼續經營)：成間廠連機器帶人～咗落嚟。(整家工廠連機器帶人盤了下來。)

**頂手** teŋ²seu² 受盤；頂盤：呢下嘢要諗真啲先好～。(這個局子要想清楚了才好盤下。)

**□₁** pan⁴【俗】賣：嗰種款式嘅衫我咸唪吟～晒喇。(那種款式的衣服我全都賣光了。)

**判(拚)** pʰun³ 粗略地估價出售：費事着件計，成堆 500 緡～畀你啦。(不費工夫逐件算了，整堆 500 塊賣給你吧。)

**散賣** san²mai⁶〈散音丸散之散〉零售：呢啲貨唔～㗎，批發就有。(這些貨物不零售，批發就可以。)

**賣頭賣尾** mai⁶tʰeu⁴mai⁶mei⁵ 出售剩餘貨物。

**平沽** pʰɛŋ⁴kwu¹〈平音婆贏切〉降價出售(平：便宜)：大～！(大賤賣！)

**大出血** tai⁶tsʰɵt¹(tsʰyt¹)hyt³【喻】大降價出售。謂大虧血本，如同出血。這是商家嘩眾取寵的説法。

**賣大包** mai⁶tai⁶pau¹ 廉價傾銷；大賤賣：好啦，咸唪吟十緡包，實行～。(好吧，全部貨物十塊錢一包，來個廉價傾銷。)[上世紀 20 年代廣州有酒樓為招攬顧客，在包子內藏銀元，顧客們戲謔為"～"，後引申為廉價傾銷。]

**起價** hei²ka³ 漲價：你坐地～點得㗎!(你坐地漲價怎麼行!)

**埋櫃** mai⁴kwei⁶ 店舖到晚上結算一天的營業金額(埋：收攏，指合計；櫃：櫃枱)。

**入數** jɐp⁶sou³ 登賬；入賬：呢批貨未曾～。(這批貨還沒入賬。)

**扎** tsap³〈音雜第 3 聲，志鴨切〉登記(賬目)：～數(上賬)。

**揸數** tsa¹sou³〈揸音渣〉主管錢財：當會計(揸：拿，掌握)。

**賣告白** mai⁶kou³pak⁶ 做廣告(告白：廣告)：而家啲商家捨得攞大嗜銀紙去～。(現在的商家捨得拿大把的鈔票去做廣告。)

**落定** lɔk⁶tɛŋ⁶〈定音笨贏切第 6 聲〉付定金：買樓一般都要～㗎喇。(買房子一般都要付定金。)

**賒數** sɛ¹sou³ 賒賬：我哋呢度唔～嘅。(我們這兒不賒賬。)

\***講數口** kɔŋ²sou³hɐu² 討價還價：呢啲嘢都夠晒靚㗎啦，仲～？(這些貨物夠好的了，還討價還價?)[又作"講數"。重見七 E2]

\***詏數口** au³sou³hɐu²〈詏音阿孝切〉同"講數口"(詏：爭論)。[又作"詏數"。重見七 E2]

**斷** tyn³〈音短第 3 聲，帝算切〉按照某種單位出售或買入；論：呢啲菜～

把賣。（這些菜論捆兒賣。）｜人參～斤買？有冇搞錯啊？（人參論斤買？有沒弄錯啊？）

**拋水** pʰau¹sɵy² 買賣用作屠宰的家養動物（最常見是生豬）時，過秤後把所估計的肚裏食物的重量減去。

**擺檔口** pai²tɔŋ³hɐu²〈檔音上當之當〉擺攤子。[又作"擺檔"]

**擺街邊** pai²kai¹pin¹ 在馬路邊擺攤。

**走鬼** tsɐu²kwɐi² 無牌攤販在見到執法人員來巡查時倉惶躲避。字面意思是"逃避鬼"（走：因…而逃跑）。此詞出自香港。早年香港警員由外國人擔任（警官是英國人，警員是印度人），故稱為"鬼"。

## 七 D6　服務行業 [與商業相通的活動參見七D5 ]

**埋(買)單** mai⁴tan¹ 字面意思是把賬單交到櫃台，指會賬、結賬（埋：靠近）。舊時茶樓飯舖在空中架設鐵絲，會合於收銀櫃，服務員把賬單夾在夾子上沿鐵絲滑到櫃上，即為"埋單"：小姐，唔該～。（小姐，請會賬。）[ 此詞傳到北方，北方人不明"埋"字何意，因其音與普通話"買"相近，故誤為"買單"]

**埋數** mai⁴sou³ 會賬；結賬。[ 參見"埋單"]

***睇數** tʰɐi²sou³〈睇音體，數音數字之數〉會賬；結賬（睇：看。舊時茶樓由服務員看着顧客吃完的碗碟來計算價錢）：叫個小姐埋嚟～。（叫那小姐過來結賬。）[ 重見七 A3、七 B7 ]

**叫數** kiu³sou³ 飲食店裏結賬後的顧客準備到櫃枱付款時，服務員將錢款數高聲向掌櫃（收款員）報告。這種形式現已少見。

**外賣** ŋɔi⁶mai⁶ 飯館把食物賣給不在飯館喫飯的顧客，裝好讓他們帶走。

***例牌** lɐi⁶pʰai⁻²〈牌讀第 2 聲〉在飯店叫菜，可按需要而要加大的或減少用料的，如無特別需要則按常例做，稱為"～"。[ 重見八 C1 ]

**飛髮** fei¹fat³ 理髮：頭髮咁長，仲唔去～？（頭髮這麼長，還不去理髮？）

**做頭** tsou⁶tʰɐu⁴ 做髮型：我細妹喺髮廊同人～，都賺得下嘅。（我妹妹在髮廊替人做頭髮，都有些賺頭的。）

**電髮** tin⁶fat³ 燙髮：有啲人～好睇，之有啲人～就唔好睇。（有些人燙髮好看，但有些人燙髮就不好看。）

**恤髮** sɵt¹fat³〈恤音率領之率〉【外】頭髮造型：～要睇各人嘅面相喺。（頭髮造型要看各人的臉型來決定。）[ 英語 shape ]

**起髮腳** hei²fat³kœk³ 用髮剪在髮際線推剪（髮腳：髮際線）。

**偷** tʰɐu¹ 用剪刀（一般是梳形剪）把頭髮均勻地剪疏、剪薄：～薄啲頭髮。（把頭髮剪薄。）

***鏟** tsʰan² （用理髮剪）推剪：呢度～一一。（這裏用理髮剪推一推。）｜～個大光頭。[ 重見六 D8 ]

**影相** jɛŋ²sœŋ⁻²〈相讀第 2 聲，洗響切〉照相：幾時去～啊？就嚟要攞畢業證囉喎。（甚麼時候去照相？快要領畢業證了。）

**曬相** sai³sœŋ⁻²〈相讀第 2 聲，洗響切〉洗照片：呎啲相底係畀你攞去～㗎。（這些底片是給你拿去洗照片的。）

**睇板(辦)** tʰɐi²pan²〈辦音板〉照相後，先看樣品，顧客滿意才正式洗照片（板：樣品）。[ 參看三 D12 "板"]

## 七 D7　與商業、服務等行業有關的現象

**平₁** pʰɛŋ⁴〈皮贏切〉便宜：呢啲蘋果好～。(這些蘋果很便宜。)｜～夾靚 (又便宜又好)

**相宜** sœŋ¹ji⁴〈相讀第 1 聲〉便宜：噉嘅價錢算～喇。(這樣的價格不算貴了。)

**爛賤** lan⁶tsin⁶ 極為便宜：而家啲白菜～到死，5 分錢斤都冇人買。(現在白菜便宜得很，5 分錢 1 斤也沒人買。)

**貴價** kwɐi³ka³ 高價的；貴的：我好少買啲咁～嘅嘢。(我很少買這麼貴的東西。)

**時價** si⁴ka³ 飯店裏有些菜式不標價，而依其原料的市場價格浮動，稱為"～"。

**跳樓價** tʰiu³lɐu⁻²ka³〈樓讀第 2 聲，麗口切〉【喻】降得很厲害的價格。

**起** hei²（價格等）上漲：上晝仲係 3 毫子隻，下晝就～咗喇？(上午還是 3 毛錢 1 隻，下午就漲價啦?)｜～租 (增加租金。一般指房租)

**為皮** wɐi⁴pʰei²〈為音唯，皮讀第 2 聲〉① 算成本 (為：計算；皮：錢)：做一個平均～幾多呢？(做一個平均算起來是多少成本呢?) ② 成本高：唔得啊，好～㗎！(不行啊，成本很高的!)

**搶手** tsʰœŋ²sɐu² 暢銷：呢隻機而家好～。(這種機子現在很暢銷。)

**旺市** wɒŋ⁶si⁵ 暢銷；生意好。

**好市** hou²si⁵ 暢銷：賣呢種衫～啊。(賣這種衣服暢銷啊。)

**渴市** hɔt³si⁵ 供不應求；缺貨：呢隻貨前一牌～，而家多翻啲喇。(這種貨前些時市面上很缺，現在多些了。)

**斷市** tʰyn⁵si⁵ 脫銷。

**滯市** tsɐi⁶si⁵ 滯銷：天時唔凍，服裝就～啲。(天氣不冷，服裝銷路就差些。)

**腍市** nɐu⁶si⁵〈腍音尼又切〉滯銷 (腍：腍)。

**爛市** lan⁶si⁵ 極為滯銷；賣得非常賤：死啦，咁～，我本都收唔翻。(真糟，這麼滯銷，我連本錢也收不回來。)

**走單** tsɐu²tan¹ 顧客吃完東西沒付賬就走了 (單：賬單)：哎呀，呢張枱走咗單添！(哎呀，這一桌的客人沒付賬就走掉了!)

**手震** sɐu²tsɐn³ 付小費。

**旺** wɒŋ⁶ 生意好：你哋呢牌好～下嘛。(你們這一段時間生意很興隆啊!)

**拍烏蠅** pʰak³wu¹jeŋ⁻¹ 指店舖生意冷淡，店員無事可做，只有拍着烏蠅 (烏蠅：蒼蠅)：喺啲咁背嘅地頭開檔，唔係賺得個～!(在這麼偏僻的地方開店，豈非落個門可羅雀!)

## 七 D8　醫　療

**睇病** tʰɐi²pɛŋ⁶〈睇音體〉① 找醫生看病：去醫院～。② 醫生給病人看病：楊醫生喺度睇緊病。(楊醫生正在看病。)

**睇醫生** tʰɐi²ji¹sɐŋ¹〈睇音體，生音司亨切〉看醫生 (病人找醫生看病)：有病要～至得㗎!(有病要看醫生才行!)

**睇症** tʰɐi²tsɛŋ³〈睇音體〉醫生給病人看病：～要好細心先得㗎。(給人看病要很細心才行。)

**睇脈** tʰɐi²mɐk⁶〈睇音體〉① 診脈。② 特指看中醫：上咗年紀啲人病咗中意～。(上了年紀的人病了還是寧願看中醫。)

**把脈** pa²mɐk⁶ 診脈：畀我同你把下脈。(讓我給你診一下脈。)

**執藥** tsɐp¹jœk⁶ 抓藥 (草藥)：而家好少

218

人去藥材舖～嘞。(現在很少人到中藥店抓藥了。)

**執茶** tsɐp¹tsʰa⁴ 同"執藥"。

**煲藥** pou¹jœk⁶ 熬藥、煎藥：唔好睇中醫喇，～好鬼麻煩嘅。(別看中醫了，熬藥非常麻煩。)

*****煲茶** pou¹tsʰa⁴ 同"煲藥"。[ 重見七B2 ]

*****撞** tsɔŋ⁶ ①一種服藥法，先把粉劑藥置於碗中，再把煮開的藥液沖下，攪勻而服。②某些藥物之間藥性相克，不能配伍，同時服用含有副作用，稱為～。[ 重見五 B2、七 A5、七 A15 ]

**翻(返)渣** fan¹tsa¹ 把藥渣子重煮一遍(以儘量利用其藥效)：～藥(煮第二遍的藥)｜呢劑藥最好～。(這劑藥最好重煮一遍。)

**食藥** sek⁶jœk⁶ 喫藥：按時～。[ 即使是液體的藥也說"食"而不說"飲"(喝) ]

**搽藥** tsʰa⁴jœk⁶ 塗藥：你呢個病唔使食藥，～就得嘞。(你這個病不用服藥，塗藥就行了。)

*****揞** ɐp¹〈啊邑切〉敷(草藥或藥膏等)：～生草藥(敷草藥)｜～條濕毛巾落個頭度。(敷一條濕毛巾在額頭上。)[ 重見六 D7 ]

**焗汗** kok⁶hɔn⁶〈焗音局〉發汗(焗：悶)：食完藥～，出一身汗，感冒就好㗎喇。(吃過藥發汗，出一身汗，感冒就會好的。)

**毒蟲** tou⁶tsʰoŋ⁴〈毒音杜〉打蟲(毒：毒殺)：醫生話要食啲藥～嘅。(醫生說要吃點兒藥打蟲。)

**探熱** tʰam³jit⁶ 量體溫：你先～，睇下有冇發燒。(你先量體溫，看看有沒有發燒。)

**留醫** lɐu⁴ji¹ 住院：醫生一睇，就話要～。(醫生一看，就說要住院。)

**吊命** tiu³mɛŋ⁶〈命音未贏切第 6 聲〉以藥物為垂危病人暫時延長生命：而家都係～嘔，好難喇！(現在也只是暫時維持，很難了！)

**剢牙** lɔk¹ŋa⁴〈剢音落第 1 聲〉拔牙(剢：鉗拔)。

**脫牙** tʰyt³ŋa⁴ 拔牙。

*****鬆骨** soŋ¹kwɐt¹ 一種按摩方法，以掌側或拳頭擊打身體各部位，以達舒筋活絡之效。[ 重見七 E23 ]

**驗身** jim⁶sɐn¹ 檢查身體；體檢：入大學之前，要～合格至得。(進大學以前，要檢查身體合格才行。)

## 七 D9　教育、文化、新聞

**翻(返)學** fan¹hɔk⁶〈返音翻〉到學校去(準備學習)：你今日發燒，就咪～喇。(你今天發燒，就別上學了。)

**走學** tsɐu²hɔk⁶ 走讀。

**上堂** sœŋ⁵tʰɔŋ⁴ 上課(堂：課堂)：～鐘(上課鈴)｜下午幾時～啊？(下午幾點鐘上課？)

**落堂** lɔk⁶tʰɔŋ⁴ 下課(堂：課堂)：仲未夠鐘～咩？好肚餓啊。(還沒到時間下課呀？肚子好餓喲。)

**貼堂** tʰip³tʰɔŋ⁴ 把學生的優秀作業或考卷等貼在課室牆壁上讓同學們觀摩，以作示範(堂：課堂)。

**留堂** lɐu⁴tʰɔŋ⁴ 給予犯有過失的學生放學後暫時留校的一種懲戒(堂：課堂)：～唔係一種好嘅教育手段。(讓學生放學後留校的懲罰不是一種好的教育手段。)

**罰企** fɐt⁶kʰei⁵ 讓犯有過失的學生站着以作懲罰(企：站)：佢成日都畀老師～嘅。(他老是被老師罰站。)

**打手板** ta²sɐu²pan² 打手掌心。舊時私塾先生對功課不好或不聽話的學生的一種體罰(手板：手掌)。

**溫功課** wɐn¹koŋ¹fɔ³ 複習功課：放學去阿大嗰度度～。（放學後到大個頭家複習功課。）

*　**剓(咪)** mɐi¹〈音米第 1 聲〉【喻】本義為刻，比喻刻苦攻讀：～書（啃書本）｜唔好～得太犀利啊，要注意身子先得㗎！（別太用功了，要注意身體才行啊！）［重見六 D8］

**刨** pʰau⁴〈音炮第 4 聲，婆茅切〉【喻】鑽研書本知識：一日就見佢喺度～書。（整天就看見他在啃書本。）

**嘜₃** mɛk¹【外】給學生打分：唔淨只係～個分，仲要一句句幫學生改㗎。（不光是打個分，還要一句句替學生改。）［英語 mark］

*　**唸口簧** nim⁶hɐu²woŋ⁻²〈簧讀第 2 聲，壺講切〉【喻】本指唸順口溜，比喻死板地背誦；流利而無感情地唸：你讀書係～嘅，知唔知講啲乜啫？（你唸書就像是唸順口溜，知道不知道說的是啥？）［重見七 B8］

*　**讀口簧** tok⁶hɐu²woŋ⁻²〈簧讀第 2 聲〉同 "唸口簧"。［重見七 B8］

**讀破字膽** tok⁶pʰɔ³tsi⁶tam²【謔】讀別字。本應說 "讀破字"，而說使字破膽，有錯誤驚人的意思，帶幽默色彩。

**做戲** tsou⁶hei³ 演戲。

**做大戲** tsou⁶tai⁶hei³ 演出傳統的戲劇(特指粵劇)：好耐冇睇～嘞。（好久沒看粵劇演出了。）

**唱大戲** tsʰœŋ³tai⁶hei³ 同 "做大戲"。

**踩台** tsʰai²tʰɔi⁴ 演員在正式演出前到舞台實地試着走位，並試音響效果、燈光等。

**提水** tʰɐi⁴sɵy² 提詞（戲劇演出時給演員提示台詞、唱詞等）。

**爆肚** pau³tʰou⁵【喻】戲劇演員臨時在舞台上編台詞或唱詞（多是因為忘了詞）。

**映電影** jeŋ²tin⁶jeŋ² 放電影：逢星期六～。

**睇戲** tʰɐi²hei³〈睇音體〉①看電影：我哋去邊度～啊？（我們到哪兒看電影呀？）②觀賞戲劇。

**睇大戲** tʰɐi²tai⁶hei³〈睇音體〉觀賞傳統戲劇（特指粵劇）：而家啲後生仔唔多～㗎嘞。（現在的年青人不大看粵劇了。）

**賣₁** mai⁶（報紙）登載；報道：呢條消息呢兩日報紙～到衡晒啦。（這條消息這兩天報紙老是報道。）

**落畫** lɔk⁶wa⁻²〈畫音娃第 2 聲，壺啞切〉電影在市面上結束放映：你仲未睇過呢部戲啊？早就～嘞。（你還沒看過這部影片嗎？早就不放映了。）

## 七 D10　體　育 ［棋、牌參見七 B9］

**游水** jɐu⁴sɵy² 游泳：你識唔識～㗎，唔識唔好去深水池㗎（你會不會游泳？不會別去深水池。）

**踩水影** tsʰai²(jai²)sɵy²jeŋ²〈踩又音椅挨切第 2 聲〉踩水：游水游耐咗，～好過癮㗎。（游泳游久了，踩水就很有趣。）

**韻律泳** wɐn⁵lɵt⁻²weŋ⁶〈律讀第 2 聲〉花樣游泳；水上舞蹈：下一個表演項目係～。（下一個表演節目是花樣游泳。）

**韻律操** wɐn⁵lɵt⁻²tsʰou¹〈律讀第 2 聲〉花樣體操；輕器械體操。

**步操** pou⁶tsʰou¹ 隊列操練：聽日我哋要進行～。（明天我們要進行隊列操練。）

**掌上壓** tsœŋ²sœŋ⁶at³〈上音上面之上〉俯卧撐：～係一項隨時隨地都做得嘅運動。（俯卧撐是一項隨時隨地都可以進行的運動。）

**聽尼士** tʰɛŋ¹ni¹si⁶〈聽音他應切，尼音那衣切〉【外】網球（一般是指這項運動，而非指球）。[ 若指這種球，則稱"網球"。英語 tennis ]

**枱波** tʰɔi⁻²pɔ¹〈枱音台第 2 聲，體海切〉枱球（枱：桌；波：球。一般是指這項運動，而非球）。[ 若指這種球，則稱"彈子"。"波"為英語 ball 的音譯 ]

**開波** hɔi¹pɔ¹ 發球（波：球）：而家輪到嗰便～。（現在輪到那邊發球。）["波"為英語 ball 的音譯 ]

**NET波** nɛp¹pɔ⁻⁴〈前字音那爺切第 1 聲加上邑字的音尾，波音部何切〉【外】擦網球。[ 來自英語 netball，但讀音在廣州話中稍有變化 ]

**丟時** tiu¹si⁴【外】（乒乓球或網球等）必須由一方連贏兩球才能取勝的平分局面：一連三鋪都打到～。（一連三局都打到要連贏兩分才見勝負。）[ 英語 deuce ]

*__GAME__ kɛm¹〈音家爺切第 1 聲加今字的音尾〉【外】（乒乓球等）打輸；輸掉一局：咁快就～咗。（這麼快就輸了。）[ 不用於較正式的場合。重見十 F1 ]

**篩波** sɐi¹pɔ¹（乒乓球等）帶強烈旋轉的球（篩：旋轉；波：球）：開咗個～。（發了個旋轉球。）["波"是英語 ball 的音譯 ]

**食篩** sek⁶sɐi¹（打乒乓球時）因不適應對方的旋轉球而失誤（食：吃；篩：旋轉）。

**恤** sɵt¹〈音術第 1 聲〉【外】（籃球）投籃：猛～都唔入。（投籃老投不進。）[ 英語 shoot ]

**餵** wɐi³【外】供應（球）；把球傳給有得分機會的隊友（多用於足球中）：8號入兩粒波都係 10 號～佢嘅。（8號進兩個球都是 10 號傳給他的。）

[ 英語 feed 的意譯 ]

**嘜₄** mɐk¹〈音麥第 1 聲〉【外】盯人（球類運動中的一種防守戰術）：對方中鋒畀我哋嘅後衛～死咗。（對方中鋒被我們的後衛盯死了。）[ 英語 mark ]

*__行₃__ hɒŋ⁴〈音銀行之行〉①攔截；盯（對方的隊員）：個波一到佢腳下，就有幾個人埋去～咗。（那球一到他腳下，就有幾個人過去攔截他）②攔擋（球）。[ 重見七 D3 ]

**偷甩** tʰɐu¹lɐt¹〈甩音拉一切〉從對方隊員控制下攔截而取得（球）：～咗個波，即刻打反擊。（把球攔截下來，立刻打反擊。）

*__閂__ san¹〈音山〉攔擋（球）：將個波一～，出咗橫邊界外。（把球一擋，出了邊線。）[ 重見七 B4 ]

*__笠₂__ lɐp¹（足球等）吊射；吊傳：～入一粒。（吊進一球。）｜～對方後衛身後。[ 重見六 D7、七 E9 ]

**出界** tsʰɵt¹(tsʰɐt¹)kai³（球）出線外（邊線或底線）：個波經已～。（球已經出了線外了。）

**沓界** tap⁶kai³（球）壓線：呢個係～球。（這是個壓線球。）

*__叉燒__ tsʰa¹siu¹【喻】（排球）探頭球：李生呢個～真係靚。（李先生這個探頭球打得真漂亮。）[ 重見三 B6 ]

**頭錘** tʰɐu⁴tsʰɵy⁴（足球中的）頭球：一個～頂入龍門。（一個頭球頂進球門。）

**轆(碌)地波** lok¹tei⁶pɔ¹〈轆(碌)音拉屋切〉地滾球（轆：滾；波：球）：呢個～冇乜力，畀龍門撲倒。（這個地滾球沒甚麼力量，被守門員撲住。）

**彈地波** tan⁶tei⁶pɔ¹〈彈音第限切〉打在地上彈起來的球（波：球）：呢個～好難判斷。（這個從地上彈起來的球很難判斷。）

**界外球** kai³ŋɔi⁶kʰɐu⁴ 邊線球：捵～（擲邊線球）

**自由球** tsi⁶jɐu⁴kʰɐu⁴【外】（足球等）任意球：一腳～（直接任意球）｜兩腳～（間接任意球）。[ "～" 和 "任意球" 是對英語 freekick（足球）或 freethrow（手球）的不同譯法 ]

**十二碼** sɐp⁶ji⁶ma⁵ 足球的點球。因罰球點距球門 12 碼（約 11 米）而得名：球證界咗個～。（裁判給了個點球。）

**中界球** tsoŋ¹kai¹kʰɐu⁴ 中圈球（足球中用於球賽開始及進球後重新開始比賽）。

**針球** tsɐm¹kʰɐu⁴【外】籃球的跳球（裁判將球拋起，雙方隊員跳起爭奪）。[ 此為英語 jumpball 的半音半意譯詞 ]

**領前** leŋ⁵tsʰin⁴（比分）領先：而家係 2 比 1，國家隊～。（現在是 2 比 1，國家隊領先。）

**打工夫** ta²koŋ¹fu¹ 演練中國武術：卓叔識～㗎。（卓叔會武術的。）

**打國技** ta²kwɔk³kei⁶【舊】同"打工夫"。

**食夜粥** sek⁶jɛ⁶tsok¹【謔】練武術。據說練武須於夜間進食補充，故稱：佢食過幾晚夜粥嘅。（他練過一下武術的。）

**摸蝦** mɔ²ha¹【喻】【謔】打太極拳。其動作似撈捕，故稱（摸：撈捕）：朝朝去～。（每天早上去打太極拳。）

**散手** san²sɐu² 武術散打；武術招數：你咪啋佢啊，佢有幾度～㗎。（你別碰他，他有幾下武術招數的。）

**點脈** tim²mɐk⁶ 點穴：中國功夫有一種～招數。（中國武術中有一門點脈招數。）

**打卜成** ta²pɔk¹seŋ⁴〈卜音駁第 1 聲〉【外】拳擊運動。[ 英語 boxing ]

**拗手瓜** au²sɐu²kwa¹〈拗音啞考切〉扳手腕（拗：扳；手瓜：上臂）。

**扯大纜** tsʰɛ²tai⁶lam⁶ 拔河：我哋而家～，睇下紅隊贏定藍隊贏。（我們現在拔河，看看是紅隊贏還是藍隊贏。）

**踩雪屐** jai²(tsʰai²)syt³kʰɛk⁶〈踩音椅挨切第 2 聲，又音此挨切第 2 聲；屐音劇〉溜旱冰；滾軸溜冰（雪屐：旱冰鞋）：廣東冇雪落，有得溜冰，唔係～啦。（廣東不下雪，沒冰可溜，不就溜旱冰囉。）

**滑雪屐** wat⁶syt³kʰɛk⁶〈屐音劇〉同 "踩雪屐"。

**緩步跑** wun⁶pou⁶pʰau² 慢跑：～最啱上咗年紀嘅人攞嚟做鍛煉。（慢跑最合適上了年紀的人作為鍛煉手段。）

**準決賽** tsɵn²kʰyt³tsʰɔi³ 半決賽：聽日就要進行～嘞。（明天就要進行半決賽了。）

**偷步** tʰɐu¹pou⁶（跑步比賽起跑時）搶跑：～算犯規。（搶跑算犯規。）

## 七 D11　治安、執法

*__拉__₂ lai¹　逮捕：～人兼封屋。（抓人並查封房子。）｜條友貪污公款，～咗喇。（那傢伙貪污公款，被抓起來了。）[ 重見二 D2 ]

**釘** tɛŋ¹〈音低贏切第 1 聲〉【俗】逮捕：嗰班賊仔卒之都被警察～晒。（那夥小賊終於全被警察抓住了。）

**佗鐵** tʰɔ⁴tʰit³〈佗音駝〉【謔】帶着手槍（佗：負於身前。一般用於警察）：嗰班差人個個都～㗎。（那群警察個個都背着手槍。）

**執私** tsɐp¹si¹ 緝私；收繳走私貨物。

**坐監** tsʰɔ⁵kam¹ 坐牢：呢啲噉嘅事，你唔怕～咪做喇。（這種事情，你要不怕坐牢就幹吧。）

**跍監** mɐu¹kam¹〈跍音摩歐切〉蹲監獄（跍：蹲）佢跍咗 10 年監，噉噉至

222

放出㗎。(他蹲監獄蹲了 10 年，剛剛才放出來。)

**踎格仔** mɐu¹kak³tsɐi² 〈踎音摩歐切，仔音子矮切〉【喻】【俗】蹲監獄。(踎：蹲；格仔：小格子)：～你估係住賓館咩，好難捱㗎。(你以為蹲監獄是住賓館嗎，很難熬的。) [ 監獄通常分隔成一個一個的小間，所以說"格仔" ]

**扽監** tɐn³kam¹ 〈扽音燉第 3 聲〉蹲監獄。["扽"是對北方話"蹲"音的摹仿 ]

**坐花廳** tshɔ⁵fa¹thɛŋ¹【喻】【謔】坐牢。[ 參見 3D13 "花廳" ]

**食三兩** sek⁶sam¹lœŋ² 〈兩音斤兩之兩〉【俗】坐牢。據說獄中伙食每頓供應三兩飯。

*****拜山** pai³san¹【喻】【謔】本指掃墓，比喻探監。[ 重見七 B12 ]

**填命** thin⁴mɛŋ⁶ 〈命音務贏切第 6 聲〉償命 (填：賠償)：殺人～。

**打靶** ta²pa²槍斃：今早又有一班賊佬拉去～。(今天早上又有一伙大盜給拉去槍斃了。)

*****□₂** paŋ⁴槍斃：爆格殺人實聽界人～喇。(入屋盜竊還殺人，等着給槍崩吧。) [ 本是對槍聲的模仿。重見十一 B3 ]

**食蓮子羹** sek⁶lin⁴tsi²kɐŋ¹【喻】【謔】被槍斃 (蓮子：喻子彈)：好在佢早啲坦白，一唔係實～嘞。(幸好他早些坦白，要不然一定吃花生米了。)

## 七 D12　其　他

**炒股票** tshau²kwu²phiu³【喻】作投機性的股票交易。[ 又作"炒股" ]

**炒燶** tshau²noŋ¹ 〈燶音農第 1 聲，那空切〉【喻】在投機性股票交易中失敗，股金遭受損失 (燶：燒焦，糊)。

**打住家工** ta²tsy⁶ka¹koŋ¹做保姆 (打工：做工)：～嘅都係女嘅。(當保姆的都是女的。)

**看更** hɔn¹kaŋ¹ 〈看讀第 1 聲，更音加坑切〉看夜；打更。[ 現在已無這一職業 ]

**倒屎** tou²si² 掏糞。

**執地** tsɐp¹tei⁻² 〈地讀第 2 聲〉撿破爛兒。

**執屍** tsɐp¹si¹ 收拾、處理屍體。

## 七 E　其他社會活動

### 七 E1　相處、交好

**相與** sœŋ¹jy⁵ 相處：同你～咁耐，仲唔知你脾氣咩？(和你相處了這麼久，還不知道你的脾氣？)

**同煲同撈** thoŋ⁴pou¹thoŋ⁴lou¹ 〈煲音保第 1 聲，撈音勞第 1 聲〉【喻】一起混；一起生活：你而家撈起咗，仲記唔記得當年～嘅兄弟啊？(你現在飛黃騰達了，還記得當年一起混的兄弟嗎？)

**埋堆** mai⁴tɵy¹ (人) 湊集到一處；單獨的人湊到成群的人中去 (埋：靠攏)：你唔～呢，有事冇人幫你。(你要是不跟人紮堆，有事沒人幫你。)

**群埋** kwhɐn⁴mai⁴ 結交；與某些人為伴 (一般指較多的人。略含貶義)：一日～啲唔識字墨嘅人。(整天跟沒文化的人在一起。)

**出雙入對** tshɵt¹(tshyt¹)sœŋ¹jɐp⁶tɵy³ 兩人總是走在一起：我見阿歐仔同霞妹～噉，佢兩個拍拖咩？(我看見小歐跟霞妹總在一塊兒，他們倆談上了嗎？)

**撞口撞面** tsɔŋ⁶hɐu²tsɔŋ⁶min⁶ 經常碰見 (往往指見面的人之間心存芥蒂的)：

223

嘈過幾句嘛算囉，大家街坊～嗽。（吵過幾句就算了吧，大家街坊低頭不見抬頭見的。）

**畀面** pei²min⁻²〈畀音比，面讀第 2 聲〉賞臉；給面子：乜咁～嚟坐下啊。（怎這麼賞臉來坐坐。）

**探** tʰam³ 探訪；看望：過兩日再嚟～你。（過兩天再來看你。）｜外母病咗，去～下佢。（岳母病了，去探望一下她。）

**摸門釘** mɔ²mun⁴tɛŋ¹〈摸讀第 2 聲，釘音低贏切第 1 聲〉到別人家去尋人不遇：我嗰日去搵你，點知～。（我那天去找你，誰知道撲了個空。）［以前的門上有裝飾性乳突釘狀物，稱為"門釘"〕

**拘執** kʰɵy¹tsɐp¹ 拘於禮節；客氣：咁熟咯，仲使乜～啊？（這麼熟了，還用得着客套？）［又作"拘"〕

\***同** tʰoŋ⁴①引進動作的對象。跟；和：我有嘢～你講。（我有事跟你説。）②引進動作的服務對象：唔喺我去～你問下啦。（要不我去替你問一下吧。）〔其中①為普通話所用，只是普通話口語中用得稍少〕

\***攞** na¹〈音拿第 1 聲〉同"同"：想要就～佢攞。（想要向他要。）｜～阿嫲添飯啦。（替奶奶盛飯吧。）［重見九 D25〕

\***孖** ma¹〈音媽〉同"同②"：你估你係～我做㗎？～阿爺做㗎咋！（你當你是替我幹嗎？是替公家幹的！）［重見九 B14、九 D25、十 A1、十 C1〕

\***幫** pɔŋ¹ 同"同②"：我嚟～你影張相。（我來給你照一張相。）［重見九 D25〕

\***聽** tʰɛŋ³〈音停第 3 聲，替慶切〉引進發出動作的人；讓：你唔得就～第個嚟啦。（你不行就讓別人來吧。）｜～我同你搓下條頸。（讓我替你揉揉脖子。）［重見七 A20〕

**等** tɐŋ² 同"聽"：一唔係～小何嚟幫下你。（要不讓小何來幫你一把。）

# 七 E2　商量、邀約

**斟** tsɐm¹〈音針〉商量：呢件事有得～。（這件事可以商量。）

**密斟** mɐt⁶tsɐm¹〈斟音針〉屏開旁人來商量（斟：商量）：你哋兩個喺度～啲乜嘢啊？（你們倆在這兒背着人商量甚麼？）

**斟盤** tsɐm¹pʰun⁻²〈盤讀第 2 聲，婆碗切〉談判；商量（多指作交易。斟：商量；盤：商品行情）：一便飲茶一便～。（在茶樓邊吃邊商議。）

\***講數口** kɔŋ²sou³hɐu² 談判；談條件：同佢講下數口，佢會應承嘅。（跟他談談條件，他會答應的。）［又作"講數"。重見七 D5〕

\***詏數口** au³sou³hɐu²〈詏音阿孝切〉同"講數口"。（詏：爭論）。［又作"詏數"。重見七 D2〕

**講實** kɔŋ²sɐt⁶ 説定：嗱，呢件事就～嘞。（喏，這事兒就説定了。）｜～禮拜三交貨。

**㪗（夾）計** kɐp³(kap³)kɐi⁻²〈㪗音計入切第 3 聲，又音計鴨切；計讀第 2 聲〉共同商量進行某種活動；合謀（㪗：湊聚）：大家一齊嚟～。（大家一起來商量。）

**嘍** lɐu³〈音樓第 3 聲，賴漚切〉邀約；動員別人同自己一同做某一活動（比較隨便地）：～埋貞姐一齊去玩。（邀上貞姐一塊去玩。）｜嗰條嘢攞住個手錶猛～我買。（那傢伙拿着個手錶老是叫我買下。）

**嘍當** lɐu³tɔŋ³〈嘍音樓第 3 聲，當音上當之當〉【貶】主動邀約別人（顯示降低身份）。當舖總是坐等顧客上門，如果拉客來當物，自然是降低身份了。

## 七 E3　合作、拉線、散夥

*\*敆（夾）** kɐp³(kap³)〈敆音計入切第 3 聲，又音計鴨切〉合作：我嚟同你～啦。（我來跟你合作吧。）[ 重見七 A13、九 C10 ]

**敆（夾）手** kɐp³(kap³)sɐu²〈敆音計入切第 3 聲，又音計鴨切〉互相配合（敆：湊聚）：～做好呢件嘢。（互相配合做好這件事。）

*\*敆（夾）檔** kɐp³(kap³)tɔŋ³〈敆音計入切第 3 聲，又音計鴨切；檔音上當之當〉合作（敆：湊聚）：我哋兩個～敆咗有成年喇。（我們倆合作有一年了。）[ 重見一 E2、九 C10 ]

*\*拍檔** pʰak³tɔŋ³〈檔音上當之當〉合作：邊個同我～做嘢啊？（誰和我合作幹活呀？）[ 重見一 E2、九 C10 ]

**拍硬檔** pʰak³ŋaŋ⁶tɔŋ³〈檔音上當之當〉通力合作：我哋兩兄弟～搞好間公司。（我們兄弟倆通力合作把公司搞好。）

**敆（夾）份** kɐp³(kap³)fɐn⁻²〈敆音計入切第 3 聲，又音計鴨切；份讀第 2 聲〉合夥（敆：湊聚）：～做生意。（合夥做生意。）

*\*敆（夾）夥** kɐp³(kap³)fɔ²〈敆音計入切第 3 聲，又音計鴨切〉同 “敆（夾）份”：多啲人～好定唔好呢？（多些人合夥好還是不好？）[ 重見七 B3 ]

**扯線** tsʰɛ²sin³【喻】為人從中撮合或做聯絡；拉線：呢次斟得成全靠何老總～。（這一次談得成全靠何老總在中間拉線。）

**搭通** tap³tʰɔŋ¹ 搭上（關係等）：呢單工程我經已～晒天地線，冇話唔啱嘅。（這項工程我已經搭上了各種關係，不可能不行的。）

**搭路** tap³lou⁶ 搭關係；通融：想做成呢單生意，要搵人～㗎。（想做成這宗買賣，要找人拉關係呀。）

*\*散檔** san³tɔŋ³〈散音散佈之散，檔音上當之當〉散夥；合作關係結束：啱偈就敆落去，唔啱就～囉（合得來就合作下去，合不來就散夥吧。）[ 重見七 A4 ]

## 七 E4　幫忙、施惠

**幫手** pɔŋ¹sɐu² 幫忙：使唔使我～啊？（要不要我幫忙？）｜ 你有咩搞唔啱，陳仔會～嘅。（你有甚麼弄不過來，小陳會幫忙的。）

**搭手** tap³sɐu² 順便幫忙：唔使唔該，我都是～嘛。（不用謝，我也是趁便罷了。）

**幫眼** pɔŋ¹ŋan⁵ 幫着看：你唔嚟～我實亂晒龍嘛。（你不來幫忙看着我一定會全亂套的。）

**偏幫** pʰin¹pɔŋ¹ 偏袒：阿媽成日～阿哥嘅。（媽媽老是偏袒哥哥。）

**搭** tap³ 委託（別人辦事）：～人買嘢。（託人買東西。）｜ ～張姨攞嚟畀你。（託張姨捎給你。）

**搭上搭** tap³sœŋ⁶tap³〈上音上面之上〉委託某人辦事，此人又委託另一個人辦（搭：委託）。

**託上託** tʰɔk³sœŋ⁶tʰɔk³〈上音上面之上〉同 “搭上搭”。

**班兵** pan¹pɛŋ¹【喻】找人幫忙；搬援兵：我而家即刻翻公司～。（我現在立刻回公司找救兵。）[ 本世紀初以前，廣東粵劇以官話演唱，後改用廣州話，一些舞台上常用語仍沿用官話，“搬兵” 即其一，進入日常口語時即為 “～”。廣州話 “搬” 與 “班” 不同音 ]

**打救** ta²keu³ 搭救：你若果有辦法，就〜下佢啦。（你要是有辦法，就搭救他一下吧。）[ 此即官話"搭救"之孿音 ]

**做好心** tsou⁶hou²sɐm¹ 出於好心辦事；做善事：我諗住〜啦，就畀咗兩件衫佢。（我想着做做好事吧，就給了他兩件衣服。）

**積陰功** tsek¹jɐm¹koŋ¹ 積陰德（陰功：陰德）：做人要〜先得嘅。（做人要積點陰德才是。）

**益** jek¹ 使受惠；使得益：我呢度有兩張戲飛，〜你喇。（我這兒有兩張電影票，送給你啦。）|〜街坊，大平賣！（施惠鄰居，大賤賣！這是商號的廣告）

**放水₂** foŋ³søy² 暗中給予不正當的利益：你今次考試合格，分明係主考官〜嘅。（你這一次考試及格，分明是主考官做了人情。）| 紅星隊喺聯賽攞冠軍，全靠藍箭隊〜畀佢攞多 3 分。（紅星隊在聯賽中拿冠軍，全靠藍箭隊讓球給他們多拿 3 分。）

**替槍** tʰɐi³tsʰœŋ¹ 槍替：而家考研究生都有人搵〜㗎。（現在連考研究生都有人找捉刀的。）

**帶挈** tai³hit³〈挈音歇〉提攜；使人沾光：你搞啱咗，就〜埋我哋。（你弄好了，對我們也有好處。）| 第日發咗達了，記得〜細佬啊（以後飛黃騰達了，記着提攜小弟呀！）

**贈興** tsɐŋ⁶heŋ³〈興讀高興之興〉助興：咁開心嘅事梗係要搵個戲班嚟〜啦。（這麼開心的事兒當然得找個劇團來助興了。）

## 七E5　請求、督促、逼迫、支使

**嗝** ŋɐi¹〈音危第 1 聲〉懇求；哀求：〜契爺噉〜。（像求乾爹般地懇求。）| 我呢個人最怕〜喋嘞。（我這個人最怕別人哀求。）

**嗝求** ŋɐi¹kʰeu⁴〈嗝音危第 1 聲〉同"嗝"。

**打蛇隨棍上** ta²sɛ⁴tsʰœy⁴kwɐn³sœŋ⁵〈上音上落之上〉【熟】【喻】字面意思是用棍子打蛇，蛇卻沿着棍子爬上來咬人，比喻沿着別人的話頭，提出自己的要求或看法：我啱話大家辛苦嘞，佢就〜，話要發獎金咮。（我剛説大家辛苦了，他就沿話頭上來，説希望發獎金。）

**擘大獅子口** mak³tai⁶si¹tsi²heu²〈擘音磨客切〉【熟】【喻】提出很高的要求（一般指在錢財方面）；向人要很多錢（擘：張開）：你一下就〜，你估我呢度係金庫咩？（你一開口就要那麼多錢，你當我這兒是金庫嗎？）

***□** lœ²〈音呂靴切第 2 聲〉糾纏着提出請求（多指小孩對大人）：〜佢媽咪買雪條。（纏着要他媽媽買冰棍。）[ 重見六 D10 ]

**監** kam¹ 緊緊督促；逼迫：唔好〜細路哥食飯。（別逼着孩子喫飯。）|〜人食死貓。（逼迫別人背黑鍋。）

***局₁** kok⁻¹〈讀第 1 聲，谷音〉（向某人）施加壓力，迫使（做某事）：成班友〜住楊主任唱咗支歌。（一幫傢伙逼着楊主任唱了一首歌。）|〜佢去。（逼着他去。）[ 重見二 C6、九 A7 ]

**督** tok¹ 督促；監督：唔〜住佢就唔好好做功課。（不督促着他就不好好做功課。）

***啄** tœn¹〈低央切〉督逼；緊緊釘着（某人追問或要其做某事）：唔關我事，咪〜住我。（不干我的事，別釘着我。）[ 重見二 D2 ]

***扤₂** ŋɐt¹〈毅一切〉強迫；強使：噉樣〜住做實做唔好嘅。（這樣強迫着幹肯定幹不好的。）[ 重見六 D2、

六 D8 ]

**拉牛上樹** lai¹ŋɐu⁴sœŋ⁵sy⁶〈上音上去之上〉【熟】【喻】迫使做力不能及的事情：要我做部門經理唔係～？（要我當部門經理，還不是趕鴨子上架？）

**催命** tsʰɵy¹mɐŋ⁶〈命音未贏切第 6 聲〉【喻】【貶】原指迷信傳説中鬼魂催逼索命，比喻緊緊催逼、催促：一日到黑嚟～，煩到你死！（一天到晚來催，煩死人了！）

**刮** kwat³【喻】催促（人起牀）：朝朝早都要人～佢先起身。（每天早上都要人催逼他才起牀。）

**慫** soŋ²【貶】慫恿：你唔好～佢啦！（你別慫恿他！）

*　**對₂** tɵy⁻²〈讀第 2 聲，底許切〉①【貶】支使；慫恿（別人去幹某事）：梗係有人～佢去做嘅。（肯定是有人支使他去幹的。）②督促：唔時時～下佢，就做得好慢。（不時時督促他，就做得很慢。）[ 重見六 D8、七 E11 ]

*　**對鬼** tɵy⁻²kwɐi²〈對讀第 2 聲，底許切〉【貶】慫恿；支使（對：捅）：佢自己唔出面，～人哋去做。（他自己不出面，慫恿別人去幹。）[ 重見七 E11 ]

**唆擺** so¹pai²【貶】唆使；慫恿：你都冇腦嘅，淨識聽人～。（你也是沒腦子的，光會聽人唆使。）

*　**指手乤(督)腳** tsi²sɐu²tok¹kœk³【貶】指手劃腳（乤：戳）。形容輕率地指點、批評別人，或放肆地指揮別人。[ 重見六 D10 ]

*　**使** sɐi² 支使；使喚：你自己唔做，淨識得～人。（你自己不幹，光會使喚別人。）[ 重見七 A10、七 B7 ]

**大懶使二懶** tai⁶lan⁵sɐi²ji⁶lan⁵【熟】【謔】【貶】大懶蟲支使二懶蟲，是説一個懶人不想幹活，支使另一個懶人去幹。

## 七 E6　守護、監視、查驗

*　**睇** tʰɐi²〈音體〉看（kān）；守護；監視：～好個細佬。（看好弟弟。）| 呢個路口就由你嚟～。（這個路口就由你來看守。）[ 重見五 B4、六 C1 ]

*　**睺(候)** hɐu¹〈音後第 1 聲，哈歐切〉偵伺；監視；看守：搵個人～實佢。（找個人監視他。）| ～人唔垂意，將個手抽捎咗走。（伺人不注意，把手提包扒走了。）[ 重見五 B4，五 B7、六 C1 ]

*　**嗑** kɐp⁶(kʰɐp⁶)〈忌入切，又音其入切〉盯住；控制住：你～實佢，咪畀佢走甩雞。（你盯住他，別讓他跑了。）| 嗰便有豪哥～住，唔出得事嘅。（那邊有豪哥在把着，不會出事的。）[ 重見六 C1、六 C2 ]

**望** mɔŋ⁶ 監視；望風：你喺度～住，有乜咿咦喇就嚟話我知。（你在這兒看着，有甚麼動靜就來告訴我。）

*　**睇水** tʰɐi²sɵy²【喻】把風：啲賊佬爆格，出便實有人～嘅。（小偷進屋盜竊，外面一定有人望風。）[ 重見七 D3 ]

*　**伏** pok⁶〈部六切〉埋伏着偵伺或準備偷襲某人：我哋喺度～咗三晚，今晚畀我哋～倒佢。（我們在這兒埋伏了三個晚上，今晚讓我們把他候着了。）[ 重見六 B1 ]

**CHECK** tsʰɛk¹〈音尺第一聲〉【外】①查驗；覆查：阿文打過嘅數我都要由頭～一次。（阿文算過的數我都要從頭覆查一遍。）②稽查：你噉樣畀人～倒，罰到你死啊！（你這樣讓人查出來，罰得你受不了！）

## 七 E7　過問、聽任、容許、同意

**打理**₂ ta²lei⁵ 過問；理睬：隨得佢啦，你～咁多！（由他去吧，你管那麼多！）〔此係官話"搭理"的孳音〕

**騷** sou¹【俗】理睬：擺咗成朝都有人～下。（擺了整個上午也沒人理睬一下。）

**闊佬懶理** fut³lou²lan⁵lei⁵ 不聞不問；懶得過問：呢啲嘢我～。（這些事我懶得管。）｜人人都～，噉點算啊？（人人都不聞不問，那怎麼行？）

**懶理** lan⁵lei⁵ 同"闊佬懶理"。

**睬佢都傻** tsʰɔi²kʰɵy⁵tou¹sɔ⁴〈佢音拒〉【熟】表示對某人或某事不屑於理睬（佢：他；她；它）：人哋講乜嘢你～啦！（別人說甚麼你管他呢！）

**眼屎乾淨盲** ŋan⁵si²kɔn¹tsɛŋ⁶maŋ⁴【喻】據說盲人多眼眵，如果"眼屎乾淨"（眼屎：眼眵），則不是真盲，而是裝瞎，比喻對某些事情只當作看不見，是不想過問的意思：佢哋嘅事，我係～。（他們的事，我都不想過問。）

**冇眼睇** mou⁵ŋan⁵tʰɐi²〈冇音無第 5 聲，睇音體〉【喻】沒眼睛看，比喻不過問、不管（有灰心的意思）：人哋點搞我～。（別人怎麼搞我懶得管。）

**好少理** hou²siu²lei⁵ 字面意思是很少管或很少理睬（好：很），實際上是說不管或不理睬。

**話之** wa⁶tsi¹ 不管(後面帶人稱代詞)：～佢咁多！（管他那麼多！）｜～你乜穿個天啦，咪惹我就得嘞。（就是把天捅穿了我也不管你，別招惹我就行了。）

**隨得** tsʰɵy⁴tɐk¹ 任由；隨便：～你鍾意點就點。（隨你喜歡怎麼樣就怎麼樣。）

**隨由** tsʰɵy⁴jɐu⁴ 任由；隨便：擺喺度～

啲人睇。（擺在那兒任由人們看。）

**由** jɐu⁻²〈讀第 2 聲，椅口切〉任由：唔係～佢囉，理佢咁多啊！（隨他去吧，管他那麼多呢！）

**由得** jɐu⁴tɐk¹ 任由：乜嘢都～個細路點得嘅啫！（甚麼都任由小孩子怎麼行呢！）

**任…唔嬲** jɐm⁶m⁴nɐu¹〈嬲音那歐切〉字面意思是"任…也不生氣"，表示任由、隨便：五緡兩隻，任揀唔嬲！（五塊錢兩個，隨便挑！）｜擺响度任睇唔嬲。（擺在那兒任人看。）｜畀二十緡就任食唔嬲嘞。（交二十塊就任你吃了。）

***畀** pei² 允許；容許；聽任：冇證件唔～入。（沒證件不許進。）｜呢種情況下主管實～嘅。（這種情況下主管一定批准的。）｜你搞得掂就～你去。（你能弄好就讓你去。）〔重見六 B4、七 A10〕

**應承** jɐŋ¹sɐŋ⁴〈應音英〉① 允許；容許：你噉樣對阿媽我唔～你㗎！（我不會容許你這樣對待媽媽的！）② 應允；同意：要諗真先好～。（要想清楚才好答應。）

***應** jɐŋ³〈讀第 3 聲，意慶切〉應允；同意：既然係噉～佢啦。（既然是這樣就答應他吧。）｜我幫你～咗落嚟喇。（我替你答應下來了。）〔重見七 E7〕

**拍心口** pʰak³sɐm¹hɐu² 向人承諾保證做到某事或證實某事；拍胸脯（心口：胸口）：呢件事我夠膽～。（這事我敢拍胸脯保證。）

## 七 E8　寵愛、遷就、撫慰

**縱** tsoŋ³ (對小孩) 溺愛並縱容；寵：啲細路～得犀利過寵冇乜好處嘅。（小孩子寵得太過分了沒甚麼好處。）

*做 kɐŋ⁶〈音鏡第 6 聲〉同"傲惜"。[ 重見七 A16 ]

*傲惜 kɐŋ⁶sɛk³〈傲音鏡第 6 聲，惜音錫〉以愛護、忍讓的態度對待（小孩）：佢好～個細佬㗎。（他很讓着弟弟的。）[ 重見七 A16 ]

就 tsɐu⁶ 遷就：個老豆好～佢嘅。（當爸爸的很遷就他。）｜你係哥哥，～下個細佬啦。（你是哥哥，遷就一下弟弟吧。）

就慣姿勢 tsɐu⁶kwan³tsi¹sɐi³【喻】習慣了某一姿勢，比喻遷就某種不良習慣：食親飯就睇電視，～唔好嘅！（一喫飯就看電視，養成這種習慣不好！）

*爭₂ tsaŋ¹〈之坑切〉偏袒；袒護；在爭執的雙方之間向着一方：你都要有道理我先～得你㗎。（你也要有道理我才能向着你呀。）｜你點解要～住佢？（你為甚麼要偏袒他？）[ 重見七 E23 ]

呵 hɔ¹〈哈哥切〉向小孩的痛處哈氣，以表安慰：撞倒邊度啊？等嫲嫲～翻啦。（碰到哪兒了？讓奶奶哈口氣就不疼了。）

諜 tʰɐm³〈替暗切〉哄（用於小孩等）：個仔喊成噉，仲唔～翻佢？（兒子哭成這個樣子，還不哄哄他？）｜你都唔識～老婆嘅。（你都不會哄老婆。）

碼 ma⁵ 攏絡；（以撫慰等手段）控制住（使人心不渙散）：佢～住老闆，搏升官嘛。（他攏絡老闆，為博取升官罷了。）｜要靠班工友做嘢，梗係要～實佢哋啦。（要依靠這群工人幹活，當然得攏絡他們。）

## 七 E9　討好、得罪、走門路

做好人 tsou⁶hou²jɐn⁴ 做討人高興的事；當好人：最多我做醜人，你～係啦。（頂多我去得罪人，你來當好人就是了。）

*笠₂ lɐp¹ 哄：說好話或做某些事使人高興（以便實行控制）：你估噉幾件電器就～得住佢㗎喇？（你以為這麼幾件電器就能讓他聽你的了？）[ 重見六 D7、七 D10 ]

笠高帽 lɐp¹kou¹mou⁻²〈帽讀第 2 聲，摸好切〉誇大其辭地恭維人；戴高帽（笠：套，罩）。

賣面光 mai⁶min⁶kwɔŋ¹【喻】【貶】用虛偽的言行來討人高興。

刀切豆腐——兩便光 tou¹tsʰit³tɐu⁶fu⁶lœŋ⁵pin⁶kwɔŋ¹【歇】【喻】【貶】兩面討好（兩便：兩面）。

托大腳 tʰɔk³tai⁶kœk³【喻】【貶】拍馬屁；抬轎子：新嚟嗰條友仔好興～喫，咪黐佢咁埋。（新來的那傢伙喜歡拍馬屁，別跟他熱乎。）[ 又簡作"托" ]

冇耳藤唸——靠托 mou⁵ji⁵tʰɐŋ⁴kip¹kʰau³tʰɔk³〈冇音無第 5 聲，唸音基葉切第 1 聲〉【歇】沒提手的藤箱子——全靠抬。意為拍馬屁、抬轎子（冇：沒有；耳：提手；唸：箱子；托：拍馬屁）。

擦鞋 tsʰat³hai⁴【喻】【貶】拍馬屁；阿諛奉承。[ 又簡作"擦" ]

恃 tsʰi⁵〈音似〉倚仗（略含貶義）：你～住你老豆大粒咩！（你仗着你父親官兒大嗎！）｜咪淨係～一身牛力！（別老仗着一身牛力氣！）

恃倚 tsʰi⁵ji⁵〈恃音似，倚音以〉同"恃"：佢而家有得～喇。（他現在有可倚仗的了。）

靠…食和(糊) kʰau³sek⁶wu⁻²〈和音胡第 2 聲〉【喻】字面意思是打麻將時全靠某一個牌造成和牌（食糊，麻將和了），比喻全靠某人成事：我哋靠你食和㗎喇！（我們全靠你了！）

229

**搵路** wɐn²lou⁶〈搵音穩〉【喻】走門路；找關係（辦事）：你～就快啲，唔係就唔知耽到邊年邊月。（你找門路就快點兒，不然就不知道拖到哪年哪月。）

\***蜎窿蜎罅** kyn¹loŋ¹kyn¹la³〈蜎音捐，罅音賴亞切〉【喻】找各種關係；走各種門路（蜎：鑽；罅：縫兒）：畀佢～領倒個牌。（讓他走門路領到了牌子。）［重見七 A11］

**得失** tɐk¹sɐt¹ 得罪：呢度咁多人一個都唔可以～㗎，～一個我哋嘅事都辦唔成。（這裏這麼多人一個都不能得罪，得罪一個我們的事都辦不成。）

**得失人多，稱呼人少** tɐk¹sɐt¹jɐn⁴tɔ¹, tsʰɐŋ¹fu¹jɐn⁴siu² 【熟】經常得罪人，而很少好言好語地跟人說話（稱呼：友好地打招呼）。

**做醜人** tsou⁶tsʰɐu²jɐn⁴ 做得罪人的事：我唔怕～。（我不怕得罪人。）

## 七 E10　炫耀、擺架子、謙遜、拜下風

**演₂** jin² 炫耀：你睇佢，戴住隻金錶～畀人睇。（你瞧他，戴了個金錶向人炫耀。）

**演嘢** jin²jɛ⁵〈嘢音野〉自我炫耀：你個同事成日～，一陣間又話炒股賺咗幾萬，一陣間又話識得邊個富豪。（你那個同事老是自我炫耀，一會兒說炒股票賺了幾萬，一會兒又說認識哪個巨商。）

**充大頭鬼** tsʰoŋ¹tai¹tʰɐu⁴kwɐi² 【喻】打腫臉充胖子：你咪睇佢西裝領呔，其實喺度～㗎咋。（你別瞧他穿西裝打領帶的，其實他是打腫臉充胖子。）［又作"充大頭"、"充"］

**鑿大屎眼** tsɔk⁶tai⁶si²ŋan⁵ 【俗】【喻】硬充好漢；打腫臉充胖子（屎眼：屁眼）：明明做唔倒都要～，睇佢點收科！（明明做不到也要硬充好漢，看他怎麼收場！）［又作"鑿大"］

**認叻** jɛŋ⁶lɛk¹〈叻音拉吃切第 1 聲〉【貶】自炫有能耐（叻：能幹）：喺老行專面前你仲敢～？（在老行家面前你還敢班門弄斧？）

**認揩** jɛŋ⁶kʰɐŋ³〈揩音契衡切第 3 聲〉同"認叻"（揩：本事大）：佢個人乜嘢都～。（他這人在甚麼事情上都自誇有本事。）

**認屎認屁** jɛŋ⁶si²jɛŋ⁶pʰei³ 【貶】自炫有能耐；自以為是；妄自尊大：呢條友仔成日鍾意～，其實冇料嘅。（這個傢伙老是喜歡自誇，其實沒本事。）

**攞彩** lɔ²tsʰɔi² 〈攞音羅第 2 聲〉【喻】原義是領取中了彩的彩票獎金（攞：取），比喻炫耀、表現自己。

\***攞景** lɔ²kɛŋ²〈攞音羅第 2 聲〉【喻】在不適當的場合炫耀。［重見七 E12］

**擺款** pai²fun² 擺架子：你就算做咗總統啊，都唔使噉樣～啩？（你就算當了總統，也用不着這樣擺架子吧？）

**謙** him¹ 謙遜；表現出謙虛：你唔使咁～嘅，大家都知你醒㗎喇。（你別這麼謙虛，大家都知道你是行的。）

**認低威** jɛŋ⁶tɐi¹wɐi¹ 甘拜下風：今勻佢唔～都唔得喇。（這一回他不甘拜下風都不行了。）

**認衰仔** jɛŋ⁶sɵy¹tsɐi² 【貶】甘拜下風；自認無能（衰仔：孬種）：未曾嗌過就～，有冇搞錯啊？（還沒較量過就自認孬種，怎麼搞的啊？）

**認細佬** jɛŋ⁶sɐi³lou² 【喻】甘拜下風；低聲下氣（細佬：弟弟）。

## 七 E11 揭露、通消息

*爆 pau³【喻】揭穿；泄露：你再逼我，我就～晒你啲嘢出嚟。(你要是再逼我，我就把你的那些事全抖出來。)[ 重見九 B10 ]

爆煲 pau³pou¹〈煲音保第 1 聲〉【喻】字面意思是鍋破裂了。比喻泄露、敗露或使敗露：你做嘅單嘢想唔～都幾難。(你做的那件事想要不敗露都挺難的。) | 等我嚟爆佢煲。(讓我來揭穿他。)

爆料 pau³liu⁻²〈料讀第 2 聲〉將情況或消息公開；泄漏：先頭阿八卦陳又同你～啊？(剛才陳饒舌又向你泄露秘聞了？)

穿煲 tsʰyn¹pou¹〈煲音保第 1 聲〉【喻】泄露(秘密等)：我琴日有翻學，係唔係你～嘅呢？唔係點解我阿媽會知道嘅？(我昨天沒上學，是不是你捅出來的？要不為甚麼我媽媽會知道？) | 你借錢幫阿山仔件事，係我～嘅。(你借錢幫小山的那件事，是我公開的。)

爆大鑊 pau³tai⁶wɔk⁶〈鑊音獲〉【喻】把重大的事情內幕公之於眾；揭露(鑊：鐵鍋)：求先陳仔～，話我哋咸唪唥冇得撈。(剛才小陳把一個大秘密公佈了，說我們全都被解僱了。)

*對鬼 tɵy⁻²kwɐi²〈對讀第 2 聲，底許切〉有意泄露：呢啲嘢若果冇人～，第啲人邊處會知啫。(這些東西要沒人故意泄露，別人哪會知道呢。)[ 重見七 E5 ]

對₂ tɵy⁻²〈讀第 2 聲，底許切〉揭露；把秘密公開：一下子將成班人～晒出嚟。(一下子把整群人捅出來。)[ 重見六 D8、七 E5 ]

剠爆 tok¹pau³〈剠音督〉揭穿秘密或謊言(剠：戳)：魔術擺明係假㗎啦，～咪冇晒癮囉(魔術都知道是假的，揭穿了就沒甚麼意思了。) | 講大話畀人～咗。(說謊讓人戳穿了。)

放聲氣 fɔŋ³sɛŋ¹hei³〈聲音司贏切第 1 聲〉放風聲：老細～話加我人工喎。(老闆放風聲說要給我加工資。)

打同通 ta²tʰoŋ⁴tʰoŋ¹【貶】串通；互通信息(做不好的事)：呢兩個學生份試卷答得一模一樣嘅，都唔知係咪～嘅。(這兩個學生的試卷答得一模一樣，也不知道是不是互相抄襲的。) | 佢哋兩個～嚟呃你㗎咋。(他們倆串通好了來騙你。) | 瞓眉瞓眼 (使眼色通消息)

通水 tʰoŋ¹sɵy² 暗通消息；通風報信：你快啲～畀王仔，話老細要嚟搵佢喇。(你快點給小王報個信兒，說老闆要來找他。)

## 七 E12 責怪、激怒、翻臉

怪責 kwai³tsak³ 責怪：呢件事唔好～佢。(這事別責怪他。)

怪意 kwai³ji³ 責怪：佢係噉嘅脾性，請你咪～。(他是這樣的脾氣，請你別責怪。)

執怪 tsɐp¹kwai³ 責怪：要 ～ 就 ～ 我啦。(要責怪就責怪我吧。)

怪錯 kwai³tsʰɔ³ 錯怪：你～咗阿英喇！(你錯怪了阿英了！)

攋心口 ŋou⁴sɐm¹hɐu²〈攋音娥豪切〉抓住衣襟用力搖晃(攋：搖；心口：胸口)，指怒氣沖沖地責罵、威脅等：佢夠膽？佢唔怕我攋佢心口啊？(他敢？他不怕我抓住他胸口兇他嗎？)

*激 kek¹ 使人生氣；氣：我就係要特登～下佢。(我就是要故意氣氣他。)[ 重見五 A3 ]

七 人類活動

***慇** ɐi³〈音矮第 3 聲〉故意使人生氣(尤指以調戲的方法激怒人,又使其無法發作):將佢撚咗一次又一次,～到佢死。(把他捉弄了一回又一回,氣得他要死。)[ 重見二 C10、五 A2、九 A2、九 A10、九 B1 ]

***攞景** lɔ²kɛŋ²〈攞音羅第 2 聲〉【喻】在別人失意時故意使之難堪或氣惱(攞:取)。[ 重見七 E10 ]

**犯眾憎** fan⁶tsɔŋ²tsɐŋ¹ 令眾人憎惡;犯眾怒:你半夜三更喺處卡拉 OK,直情～啦。(你半夜三更在那兒唱卡拉 OK,實在是惹大家憎惡。)|噉樣～冇好處嘅。(這樣犯眾怒沒好處的。)

**反面** fan²min⁻²〈面讀第 2 聲,摸演切〉翻臉:傾得兩傾唔啱就～嘈起上嚟。(談了幾句沒談攏就翻臉吵了起來。)

**反轉豬肚就係屎** fan²tsyn³tsy¹tʰou⁵tsɐu⁶hɐi⁶si²〈轉讀第 3 聲〉【熟】【喻】【貶】一下子就翻臉不認人(係:是)。

## 七 E13　做錯事、受責、丟臉

**行差踏錯** haŋ⁴tsʰa¹tap⁶tsʰɔ³〈行音何盲切〉做錯事;做得不對:個姪有乜嘢～,你個阿叔要教佢先係嘅。(姪子有甚麼過錯,你這叔叔要教他才是。)

**食貓面** sɛk⁶mau¹min⁶ ①捱罵;遭訓斥:做錯事唔係等住～囉。(做了錯事就等着捱訓吧。) ②受冷遇;遭刁難:第一次去女朋友屋企就～,真係冇癮!(第一次上女朋友家就受到冷遇,真沒意思!)[ 參見 "識貌面" ]

**識貌面** sɛk¹mau⁶min⁶ 同 "食貓面"。板起臉孔給人看,謂之讓對方 "～",後音訛而為 "食貓面"。

**囓嚩擔枷** sɐt¹na²tam¹ka¹〈囓音拿第 2 聲〉【喻】受到極嚴厲的懲處(囓嚩:囓子;擔枷:戴木枷)。

***甩底** lɐt¹tɐi²〈甩音拉一切〉丟臉:當住咁多人面,你話係唔係～啊!(當着那麼多人,你說丟臉不丟臉!)[ 重見七 A7、七 E18 ]

**甩鬚** lɐt¹sou¹〈甩音拉一切,鬚音蘇〉【喻】鬍子掉了(甩:脫落;鬚:鬍鬚),本指在戲台上演員脫落髯口,比喻有一定經驗的智者也會出錯;丟臉;出醜:佢今次～囉,畀人將軍抽車喎。(他這次夠丟臉的,給人將軍抽車了。)

**丟架(假)** tiu¹ka⁻²〈架音真假之假〉丟臉:大姑娘講粗口,夠晒～囉。(姑娘家說粗話,真夠丟人的。)

***失禮** sɐt¹lɐi⁵ 丟臉;替…丟臉:你噉做好～喫!(你這樣做很丟人啊!)|我～咗你咩?!(我給你丟臉了嗎?!)[ 此與普通話不很相同。重見七 E25 ]

**失禮人** sɐt¹lɐi²jɐn⁴ 丟臉;在人前丟臉:着到爛身爛勢,真係～!(穿得破破爛爛的,真是丟人現眼!)

***瘀** jy²〈音於第 2 聲〉丟臉:人人做倒我做唔倒,好～喫!(人人都做得到我做不到,臉上無光啊!)[ 重見二 C11、二 E1、七 C5 ]

## 七 E14　爭鬥、較量

***搏** pɔk³ 拚命:你唔畀翻我,我同你～過!(你不還給我,我跟你拚了!)[ 重見七 B9 ]

***搏命** pɔk³mɛŋ⁶〈命音磨贏切第 6 聲〉拚命:佢眼都紅晒,好似要搵人～嘅。(他眼睛紅紅的,像要找人拚命似的。)[ 重見七 A2、九 D19 ]

**拚命** pʰun²mɛŋ⁶〈拚音盤第 2 聲,命音馬贏切第 6 聲〉拚命:一開局就全線出擊，係～嘅勢。(一開局就全線出擊，是拚命的勢頭。)[ 與普通話"拚命"同，但普通話多寫作"拼命"，而廣州話"拚"和"拼"(pʰɐŋ³〈平第 3 聲〉不同音)]

**拚死** pʰun²sei²〈拚音盤第 2 聲〉同"拚命"。

**拚死無大害** pʰun²sei²mou⁴tai⁶hɔi⁶【熟】既已拚一死，則世上已無比死更大的害事，所以也就無所畏懼、無所顧惜了。在實際用法上並不一定涉及死亡，只是表示一切都豁出去：佢開除又好，乜嘢都好，我而家橫唔係～㗎嘞!(他開除也好，甚麼也好，我現在反正是豁出去了!)

**死纏爛打** sei²tsʰin⁴lan⁴ta²豁出去與對方爭鬥、糾纏：呢支球隊技術上麻麻，但係一味～，對手都驚㗎。(這支球隊技術上馬馬虎虎，但總是拚着勁兒打，對手也會怕的。)

**犯** fan⁶招惹：好地地你去～人做乜嘢!(好好的你去招惹別人做甚麼!)

**鬥氣** tɐu³hei³〈鬥音鬥爭之鬥〉慪氣；鬧彆扭：你哋兩個～，我就兩頭唔受中間受嘞。(你們倆鬧彆扭，我就夾在當中受氣。)

**鬥負氣** tɐu³fu⁻³hei³〈鬥音鬥爭之鬥，負音庫〉同"鬥氣"。

**侵₂** tsʰɐm¹【兒】侵佔別人的地盤：我哋日日喺度踢波，邊個敢～!(我們天天在這兒踢球，誰敢侵佔!)

**霎氣** sap³hei³〈霎音細鴨切〉慪氣；鬧彆扭：你何必同呢種人～呢!(你何必跟這種人慪氣呢!)[ 重見五 A2 ]

**駁火** pɔk³fɔ²交火；發生槍戰。[ 重見七 B5 ]

**鬼打鬼** kwɐi²ta²kwɐi²【喻】【貶】狗咬狗；壞人之間互相攻擊。

**狗咬狗骨** kɐu²ŋau⁵kɐu²kwɐt¹同"鬼打鬼"。

**鬥₂** tɐu³〈音鬥爭之鬥〉比；較量：我同你～快。(我跟你比比誰快。)｜～下睇邊個叻啲。(比一比看誰更有能耐。)[ 重見七 B9 ]

**㗇₂** kʰek¹〈卡益切〉較量：搵佢～過。(找他較量較量。)｜你估我夠唔夠佢～?(你估計我鬥不鬥得過他?)[ 重見六 D12、九 B12 ]

## 七 E15　打擊、揭短、嚇唬、驅趕

**頂冧** teŋ²lɐm³〈冧音林第 3 聲，厲禁切〉使垮台 (冧：塌)：嗰家酒店開咗一年，就將左近兩家酒店～咗。(那家酒店開了一年，就把附近兩家酒店擠垮了。)

**拼沉** pʰɐŋ³tsʰɐm⁴〈拼音批贏切第 1 聲〉【俗】打垮 (拼：打)：行未夠 20 步棋就將佢～咗。(走了不到 20 步棋就把他贏了。)

**撳沉** kɐm⁶tsʰɐm⁴〈撳音今第 6 聲，忌任切〉【俗】打垮；壓垮 (撳：按)：～對手。

**柴台** tsʰai⁴tʰɔi⁴喝倒彩；拆台。[ 又作"柴"。"柴"是對官話"拆"音的模仿。]

**撬牆腳** kiu⁶tsʰœŋ⁴kœk³〈撬音叫第 6 聲〉【喻】把人挖走：嗰家公司畀人～，二十幾個技術人員走清光。(那家公司被人挖牆腳，二十幾個技術人員全走光了。)｜佢個男朋友係撬佢家姐牆腳嘅。(她的男朋友是從她姐姐那兒挖來的。)[ 又簡作"撬" ]

**踩** tsʰai²(jai²)〈又音椅解切〉【貶】對別人施以打擊 (一般是指用不正當的手段)：你擦老闆鞋即管擦，做乜仲要～人哋啫!(你拍老闆馬屁儘管拍，幹嘛還要詆毀別人呢!)[ 重見六 D11、七 B9、七 D4 ]

233

*作 tsɔk³⁽⁶⁾〈又音昨〉幹掉；消滅：真係要～佢好易㗎！(真要幹掉他很容易！)｜將白方嘅 6 隻子～晒。(把白方的 6 個子全吃掉。)[重見七 A10、七 C10]

*煲 pou¹〈音保第 1 聲〉【俗】算計；用計謀施以打擊：諗計～佢。(想辦法算計他。)[重見三 A11、七 B2、十 F2]

閹 jim¹〈音鹽第 1 聲〉【俗】暗中算計：顧住畀人～嘎！(小心讓人算計！)｜要諗計～咗佢隻象先贏得倒。(要想辦法謀了他一個象才能贏。)

炮制 pʰau³tsei³【喻】整治(人。多用於對小孩)：等返屋企先至～你！(等回家再治你！)

治 tsi⁶ 制伏：畀我嚟實～得住佢。(讓我來一定能鎮住他。)

出橫手 tsʰɵt¹(tsʰyt¹)waŋ⁴sɐu²【貶】使出不光彩的手段(以達到目的)：佢實係～啫，唔係點到佢話事嗱。(他一定用了不光彩的手段，要不怎麼輪到他說了算。)

使橫手 sɐi²waŋ⁴sɐu² 同"出橫手"。

出術 tsʰɵt¹(tsʰyt¹)sɵt⁻²〈術讀第 2 聲〉【貶】使出詭計；使出見不得人的手段：我唔驚你～㗎！(我不怕你耍詭計！)

*吹脹 tsʰɵy¹tsœŋ³【喻】奈何(多用於否定句或問句中)：吹佢唔脹。(奈何不了他。)｜你～我啊？(你能奈何我嗎？)[又作"吹"。重見五 A3]

咬 ŋau⁵【俗】【喻】奈何(多用於否定句或問句中)：冇辦法～得佢入。(奈何不了他。)｜嗽你～得倒佢咩？(那你能奈何得了他嗎？)

炒埋一碟 tsʰau²mai²jɐt¹tip⁶【喻】字面意思是把各種菜炒成一碟(埋：聚攏)，喻把各種罪名合在一起或新

賬舊賬一齊算：呢度一啲，嗰度一啲，～就好大碟喇。(這兒一點，那兒一點，羅織起來就很嚴重了。)

捉痛腳 tsok¹tʰoŋ³kœk³【喻】①揭痛處，揭短：咁耐嘅事嘞，何必去捉人痛腳啊！(這麼久的事了，何必去揭人的痛處呢！)　②攻擊別人的薄弱點：你點出佢嘅方案冇考慮投資環境，確係捉倒痛腳嘞。(你點出他的方案沒考慮投資環境，確是打中害了。)

捉雞腳 tsok¹kɐi¹kœk³【喻】挑毛病；抓小辮子：最討厭呢種人，～就識，自己又唔做。(最討厭這種人，挑毛病就會，自己又不幹。)

執雞腳 tsɐp¹kɐi¹kœk³ 同"捉雞腳"：千祈唔好畀人執倒雞腳。(千萬別讓人攫到小辮子。)

一竹篙摘沉一船人 jɐt¹tsok¹kou¹nam³tsʰɐm⁴jɐt¹syn¹jɐn⁴〈摘音南第 3 聲〉【喻】不分青紅皂白，把有關的人全都加以貶斥或打擊(摘：打)：你唔見咗銀包都唔能夠～，話我哋個個都係賊㗎。(你不見了錢包也不能不分青紅皂白，說我們每個人都是小偷嘛。)

一竹篙打死一船人 jɐt¹tsok¹kou¹ta²sei²jɐt¹syn¹jɐn⁴ 同"一竹篙摘沉一船人"。

嚇雞 hak³kɐi¹【喻】【貶】嚇唬膽小的人：你呢手～得掂，我先唔驚你。(你這一手只能嚇唬膽小鬼，我才不怕你。)

嚇鬼 hak³kwɐi² 同"嚇雞"。

喊打喊殺 ham³ta²ham³sat³ 以武力相嚇；揚言要打人：呢度係乜嘢地方，到你喺度～嘅咩！(這裏是甚麼地方，能讓你在這兒叫喊打人殺人的嗎！)

拋 pʰau¹ 即"拋浪頭"之簡略語：我得佢兩～，佢即估我都知到晒嘞，

234

就死死地坦白咗。(我虛晃幾槍嚇了他一下，他以為我全都知道了，就只好無可奈何地坦白了。)

**拋浪頭** pʰau¹lɔŋ⁶tʰɐu⁴【喻】用虛張聲勢的方法來嚇唬對方或使對方過高估計己方：佢～之嘛，你使乜驚㗎！(他不過是虛張聲勢，你哪用得着怕呢！)

**嘭** pʰaŋ¹〈音彭第 1 聲，批坑切〉攆；驅逐：嗰條衰仔，你仲畀佢入嚟，～佢扯！(那個孬種，你還讓他進來，攆他走！)

*拍₁ pʰak³ 攆；驅逐：嬲得滯咸唪唥～晒走。(一氣之下全部趕走。)［重見六 D4］

*趯 tɛk³〈音笛第 3 聲，帝錫切〉驅逐；驅趕。［重見六 D11］

*攞 lɔ²〈音裸〉引進動作的對象（多是使之遭受不好的境遇）。拿：～佢開刀。(拿他開刀。)［重見六 D1、七 A10］

*搵 wɐn²〈音穩〉同"攞"：～個仔嚟出氣都有嘅！(居然拿孩子來出氣！)［重見七 A10、七 A11、七 B10、七 D1］

## 七 E16　欺負、霸道

**恰** hɐp¹ 欺負：大人～細路，唔知醜！(大人欺負小孩，不害羞！)

**蝦** ha¹ 欺負：你做哥哥嘅唔好～妹妹啦。(你當哥哥的不要欺負妹妹。)

**明剃眼眉** mɛŋ⁴tʰɐi³ŋan⁵mei⁴【喻】公然欺負（以眉喻臉面）：佢噉樣做，直程係～啦！(他這樣做，簡直是公然欺負人嘛！)［又作"剃眼眉"］

**蝦霸** ha¹pa³ ①欺負；恃勢凌人：恃住佢大力嚟～人哋。(仗着他力氣大來可以欺負人家。) ②霸道：你估你有後台就可以蝦蝦霸霸㗎喇？(你

以為你有後台就可以橫行霸道的了嗎？)

*霸王 pa³wɔŋ⁴ 霸道：你咁～都有嘅，一個人踎兩個位。(你怎能這麼霸道，一個人佔兩個位子。)［重見七 E24］

**霸脛** pa³ŋa⁶〈脛音瓦第 6 聲，餓夏切〉霸道：～得滯終須有日唔㗎。(太霸道了總有一天要遭殃。)

*脛臍 ŋa⁶tsa⁶〈脛音餓夏切，臍音治夏切〉霸道：呢度唔到你嚟～！(這兒輪不到你來橫行霸道！)［重見九 B12］

*惡 ɔk³ 勢力大而霸道：呢家公司喺呢一行～到死。(這家公司在這一行橫行無忌。)［重見九 C13、九 D1］

**惡爺** ɔk³jɛ⁻¹〈爺讀第 1 聲〉同"惡"：佢喺呢一帶係好～嘅。(他在這一帶是很霸道的。)

## 七 E17　為難、捉弄、薄待

*扭計 nɐu²kɐi⁻²〈計讀第 2 聲〉故意與人為難；提出高條件來討價還價：你～都係想搵啲着數嘅。(你故意為難還不是想撈點兒好處。)［重見七 E22］

**托手踭** tʰɔk³sɐu²tsaŋ¹〈踭音之坑切〉【喻】①故意為難；制肘（手踭：肘）：呢單嘢我趕住嚟，咪～啦。(這件事我得趕緊完成，別故意為難了。) ②不肯幫忙：你叫親我，我都未托過手踭㗎。(每次你叫我，我都沒有不幫忙的呀。)

**揸囉柚** tɐu⁶lɔ¹jɐu²〈揸音豆，囉讀羅第 1 聲，柚讀由第 2 聲〉同"托手踭"(揸：托；囉柚：屁股)。

**吊起嚟賣** tiu³hei²lɐi⁴mai⁶〈嚟音黎〉【喻】字面意思是吊得高高地賣（嚟：來），即提高價錢，比喻故意以表示

為難或不在乎等，抬高自己的身價（以期換取更大利益等）：到呢個時候佢就～嘞。(到這個時候他就吊起來賣了。)

**整蠱** tseŋ²kwu²〈蠱音古〉捉弄：呢班學生都夠晒調皮嘞，老師都～。(這幫學生也夠調皮的，連老師也捉弄。)

*****撚**₂ nɐn²〈那很切〉捉弄：～到佢氹氹轉。(把他捉弄得團團轉。)〔重見七 A2〕

**撚化** nɐn²fa³〈撚音那很切〉捉弄：嗰條友仔夠晒牙擦，～下佢。(那傢伙夠狂妄的，捉弄他一下。)

**糟質** tsou¹tsɐt¹ 刻薄地對待（人）：將個細路～到噉嘅樣。(把孩子糟踐成這個樣子。)

**待薄** tɔi⁶pɔk⁶ 刻薄地對待，你喺度 3 年，我未曾～過你咩？(你在這兒 3 年，我沒薄待過你吧？)

**待慢** tɔi⁶man³ 簡慢地對待；怠慢：我邊敢～佢嗰!(我哪敢怠慢他呢!)〔廣州話"待"與"怠"不同音〕

## 七 E18　出賣、使上當、陷害

**賣甩** mai⁶lɐt¹〈甩音拉一切〉甩掉(人)；撇開（不管）：呢勾我哋咸唪呤畀陳仔～嘞，做咗老襯都唔知。(這回我們全給小陳甩了，當了笨蛋也不知道。)

**賣豬仔** mai⁶tsy¹tsɐi²〈仔音子矮切〉出賣（人）；耍弄：都係查清楚呢單嘢真定流先，咪畀人～添。(還是先查清楚這件事是真是假，別給要了。)〔十九世紀末二十世紀初，許多廣東居民被哄騙到海外當勞工，因一簽合同即失去人身自由，如同被買賣的畜生，故稱為～。現代意義略變〕

**過橋抽板** kwɔ³kʰiu³tsʰɐu¹pan²【熟】【喻】【貶】過河拆橋：我噉做，賺畀人

話～嘅。(我這樣做，只會被人說過河拆橋。)

**食碗面反碗底** sek⁶wun²min⁻²fan²wun²tɐi²〈面讀第 2 聲，摸演切〉【熟】【喻】【貶】吃完了碗裏的東西就把碗反扣起來，比喻忘恩負義。

**手指拗出唔拗入** sɐu²tsi²au²tsʰɵt¹(tsʰyt¹)m⁴au²jɐp⁶〈拗音啞考切〉【熟】【喻】【貶】手指向外彎（拗：彎；出：外面；入：裏面），比喻不幫自己人而幫外人；胳膊肘向外扭。

*****甩底** lɐt¹tɐi²〈甩音拉一切〉爽約；不守承諾：7 點鐘喺戲院門口見，唔見唔散，咪～啊。(7 點鐘在戲院門口見，不見不散，別放鴿子喲。)〔重見七 A7、七 E13〕

**搵笨** wɐn²pɐn²〈搵音溫第 2 聲，壺很切〉使上當受騙；愚弄；糊弄（搵：找）：你～咩，咁凍仲叫人落水游水。(你想讓人當傻蛋嗎，這麼冷還叫人下水游泳。)｜陳仔好識～嘅，咪信佢。(小陳很會糊弄人的，別信他。)

**搵老親（襯）** wɐn²lou⁵tsʰɐn³〈搵音穩，親音襯〉使上當受騙；愚弄；糊弄（搵：找；老親：傻蛋）：街邊啲小販成日～㗎，唔好幫襯佢哋。(街頭的小販老是讓人上當受騙，別光顧他們。)｜我唔知你係咪～，總之信你唔過。(我不知道你是不是愚弄人，總之信不過你。)〔參見一 E4"老親（襯）"〕

**靠害** kʰau³hɔi⁶ 害人（不一定是有意陷害）；誤事：你～啊，攞走咗我把梯。(你要害死我呀，把我的梯子搬走了。)

**煮** tsy² 【喻】設法陷害：畀人～咗都唔知。(讓人陷害了也還不知道。)

**砌生豬肉** tsʰɐi³saŋ¹tsy¹jok⁶〈生音生熟之生〉【喻】捏造罪名陷害：你哋嘅

係砌我生豬肉！（你們這是陷害我！）

**裝彈弓** tsɔŋ¹tan⁶koŋ¹〈彈音但〉【喻】本指安置捕獸夾（彈弓：彈簧。捕獸夾上有彈簧）。比喻設圈套：竟然～嚟害我，好在我冇領當。（竟然設圈套來害我，幸好我沒上當。）

*  **裝** tsɔŋ¹【喻】設圈套使人上當：一唔小心就會畀佢～倒。（一不小心就會上他的當。）｜唔好～人。（不要設圈套害人。）〔參見"裝彈弓"。重見七B13〕

**蹎西瓜皮** sin³sɐi¹kwa¹pʰei⁴〈蹎音扁〉【喻】放西瓜皮給人踩，使人滑倒（蹎：滑），比喻暗中設置困難等來害人（往往指由受害人意料不到的人來施行）：我呢次若果唔係畀人～就唔會執輸。（我這一次如果不是讓人背後放冷箭就不會落敗。）

**屈₂** wɐt¹ 冤枉：我明明冇做過，而家你即係明～嘅啫。（我明明沒幹過，現在你明擺着冤枉人嘛。）

**冤戾** jyn¹lɐi²〈戾音麗第2聲，麗矮切〉冤枉（別人）：你冇證據唔好立亂～好人啊。（你沒有證據別胡亂冤枉好人呀。）〔"戾"字另有書面語音 lɵy⁶〈音淚〉〕

---

### 七E19　瞞騙、假裝、藉口

**呃** ak¹(ɐk¹)〈音扼〉騙：佢～咗人一大嚿錢。（他騙了別人一大筆錢。）｜你話百貨公司有嘢送，～邊個啊！（你說百貨商店有東西送，騙誰呀！）｜甘仔唔會～我。（小甘不會騙我。）

**㨆(滾)** kwɐn²⁽³⁾〈音滾，又音棍〉騙：佢都夠狼㗎，想～晒公司啲錢就趯更。（他真夠狠的，想騙光公司的錢就溜。）｜你淨係識～細路仔。（你光會騙小孩。）

**呃神騙鬼** ak¹(ɐk¹)sɐn⁴pʰin³kwɐi²【喻】【貶】騙人：明明阿爺度報賬，又話自己撐荷包，～之嘛！（明明公家報賬，又說自己掏腰包，不過是騙人罷了！）

**呃鬼食豆腐** ak¹(ɐk¹)kwɐi²sek⁶tɐu⁶fu⁶【喻】【貶】騙人：佢話冇攞嘅，～咩！（他說他沒拿，想騙人嗎！）〔又作"呃鬼"〕

**白撞** pak⁶tsɔŋ⁶ 詐騙：依度邊有姓張嘅啫，你～啊？（這裏哪兒有姓張的，你蒙的吧？）〔重見一F6〕

**掹貓尾** mɐŋ³mau¹mei⁵〈掹音盟第3聲〉【喻】【貶】暗中串通好，互相呼應着來蒙騙人。

**扯貓尾** tsʰɛ²mau¹mei⁵ 同"掹貓尾"。

**出貓仔** tsʰɵt¹(tsʰyt¹)mau¹tsɐi²〈仔音子矮切〉【喻】【貶】（考試等）作弊；做手腳（貓仔：小貓）：响賬簿度～好容易嘅。（在賬本上做手腳是很容易的。）

**出鷯哥** tsʰɵt¹(tsʰyt¹)liu¹kɔ¹〈鷯讀料第1聲，拉囂切〉同"出貓仔"。（鷯哥：八哥鳥）。

**遮瞞** tsɛ¹mun⁴ 隱瞞：你梗係有乜嘢～我，唔係唔會日日都咁夜翻嘅。（你一定有甚麼東西瞞着我，要不不會天天都這麼晚才回來。）

**詐** tsa³ 假裝：噉～下～下噉，點呃倒我先得㗎！（這樣裝模作樣的，怎能騙得了我呢！）

**詐諦** tsa³tɐi³〈諦音帝〉假裝：你～嘅嘛，想博同情啊？（你假裝的罷了，想博取同情嗎？）

**詐假意** tsa³ka¹ji¹〈假、意都讀第1聲〉假裝：呢個細路～喊，又唔知想點。（這個小孩假裝哭，不知道又想怎麼着。）

**扮嘢** pan⁶jɛ⁵〈嘢音野〉假裝；作假：6號仔最識～，未揼到佢就蹋喺度，博十二碼之嘛。(6號球員最會作假，沒碰到他就栽在地下，不過想蒙一個點球罷了。)

**裝假狗** tsɔŋ¹ka²kɐu²〈狗音狗〉【喻】【貶】作假；裝蒜（狗：捕魚簍）：你咪响度～喇，我乜都知。(你別在這兒裝蒜了，我甚麼都知道。)

**頂包** teŋ²pau¹ 冒名頂替；以假充真：自己唔嚟，搵個細佬～。(自己不來，找弟弟來頂替。)

**請槍** tsʰɛŋ²tsʰœŋ¹〈請音此贏切第 2 聲〉請人捉刀；考試或作文章等請人冒名代作（槍：槍手）：佢嗽嘅水準居然得到徵文第一名，都唔知係咪～嘅。(他那樣的水平居然獲徵文第一名，也不知道是不是請了槍手的。)

**整色整水** tseŋ²sek¹tseŋ²sɵy²【喻】裝模作樣；做表面功夫：又冇料，又要～。(又沒能耐，又要裝模作樣。)｜呢啲都係～畀老細睇嘅嘛。(這些都不過是做表面功夫給老闆看的。)［又作“整色水”］

**詐癲扮傻** tsa³tin¹pan⁶sɔ⁴ 裝瘋賣傻：咪～喇，快啲攞出嚟啦！(別裝瘋賣傻了，快點兒拿出來吧！)

**詐傻** tsa³sɔ⁴ 同“詐癲扮傻”。

**詐聾扮啞** tsa³loŋ⁴pan⁶a² 裝聾作啞：問親佢乜嘢，佢都～。(問他甚麼，他都裝聾作啞。)

**詐耳聾** tsa³ji⁵loŋ⁴ 同“詐聾扮啞”。

**扮豬食老虎** pan⁶tsy¹sek⁶lou⁵fu²【熟】【喻】裝扮成豬，卻能喫老虎（食：吃），比喻表面愚鈍，而實際上非常精明：你估佢咁懵咩？～之嘛。(你以為他這麼懵懂嗎？裝傻罷了。)

**神又係佢，鬼又係佢** sɐn¹jɐu⁶hɐi⁶kʰɵy⁵, kwɐi²jɐu⁶hɐi⁶kʰɵy⁵〈佢音拒〉【熟】【喻】神也是他，鬼也是他（係：是；佢：他），救人的神和害人的鬼都是同一個人，比喻以兩張面孔欺騙人，以

騙取利益或博取感激等：明知～㗎喇，之仲係要又送禮又千多謝萬多謝。(明知道紅臉也是他，白臉也是他，可還是得又送禮又千恩萬謝。)［又作“神又佢，鬼又佢”］

**藉頭藉路** tsɛ³tʰɐu⁴tsɛ³lou⁶〈藉音借〉找藉口：～嚟想搵交嗌。(找藉口想來吵架。)

**藉意** tsɛ³ji³〈藉音借〉找藉口：揩損下隻手就～休咗成個禮拜。(擦傷一下手臂就藉口休息了整個星期。)

## 七 E20　拖累、妨害、胡鬧、搬弄是非

**害死** hɔi⁶sei²【貶】誤；拖累：我呢次畀你～喇，白白唔見咗五百緡。(我這次讓你給拖累死了，白白沒了五百塊。)

**佗累** tʰɔ⁴lɵy⁶〈佗音駝〉拖累：～埋你，真係唔過意嘅！(連你也被拖累，心裏真是過意不去！)

**佗衰** tʰɔ⁴sɵy¹〈佗音駝〉【貶】拖累；給…帶來厄運或壞名聲：～家（殃及家庭）｜你嗽做，一個人～晒成個班組。(你這樣做，一個人拉上整個班組倒霉。)

**累人累物** lɵy⁶jɐn⁴lɵy⁶mɐt⁶【貶】拖累別人：你真係～喇！(你真是拖累大家了！)

**害人害物** hɔi⁶jɐn⁴hɔi⁶mɐt⁶ 同“累人累物”。

**生累街坊，死累朋友** saŋ¹lɵy⁶kai¹fɔŋ¹ sei²lɵy⁶pʰɐŋ⁴jɐu⁵【熟】【貶】拖累別人。

□ ŋɛ⁶〈餓夜切〉遲延；磨蹭；拖（時間）：你嗽樣～下～下，啲時間就～晒過去㗎喇！(你這樣磨來蹭去，時間就全磨過去了！)

**耽** tɐm¹〈低音切〉延誤；拖（時間）：

耗（時間）：你仲要～幾耐㗎？（你還要拖多長時間？）｜做傢俬好～時間個噃。（做傢具很耗時間的呀。）［此字書面語音 tam¹〈音擔心之擔〉]

*阻 tsɔ² 妨礙：～住你做嘢，真唔好意思！（妨礙你做事，真不好意思！）｜噉樣好～時間㗎！（這樣很費時的！）［重見七 A12]

阻頭阻勢 tsɔ²tʰɐu⁴tsɔ²sɐi³【貶】妨礙別人做事（阻：妨礙；勢：身）：你行開啲，咪喺度～！（你走開點兒，別在這兒礙手礙腳！）

阻頭阻路 tsɔ²tʰɐu⁴tsɔ²lou⁶ 同"阻頭阻勢"。

阻手阻腳 tsɔ²sɐu²tsɔ²kœk³ 同"阻頭阻勢"。

佗手揦腳 tʰɔ⁴sɐu²naŋ³kœk³〈佗音駝，揦音能第3聲〉礙手礙腳（佗：背負；揦：連着）：屋企有幾隻屐仔，～，乜都做唔倒。（家裏有幾個小孩，礙手礙腳的，甚麼事都做不成。）

滾攪 kwɐn²kau² 打擾；打擾：咁夜嘞，仲去～人？（這麼晚了，還去打擾人家？）

騷擾 sou⁴jiu² 打擾；打擾：爸爸唔得閒，你咪～佢。（爸爸沒空，你別打擾他。）［與普通話的"騷擾"意義上有距離]

滾紅滾綠₂ kwɐn²hoŋ⁴kwɐn²lok⁶【貶】胡鬧；搗亂：你再喺度～，我拍你走！（你還在這兒胡來，我攆你走！）

胡天胡帝 wu⁴tʰin¹wu⁴tɐi³ 胡鬧；亂來一氣：老師一行開，班百厭仔就喺度～嘞。（老師一走開，這群調皮鬼就鬧個天翻地覆。）

*撞鬼 tsɔŋ²kwɐi²〈撞讀第2聲〉【喻】【罵】胡鬧（多用於罵人）：你～啊，搞到亂晒坑！（你活見鬼了，弄得亂七八糟！）［重見七 A7]

搞搞震 kau²kau²tsɐn³【貶】搞來搞去（多指對別人造成損害或妨礙）：你仲係～，我唔同你講笑㗎！（你還是這樣亂來，我不跟你開玩笑啊！）

*□趷 ki¹kɐt⁶〈第一字音基衣切，趷音巨日切〉做有礙或有害於人的事：成日喺度□□趷趷。（整天在興風作浪。）｜佢再係噉就～佢！（他還是那樣就幹他！）［重見八 A2]

整蠱做怪 tsɐŋ²kwu²tsou⁶kwai³〈蠱音古〉【喻】裝神弄鬼；搞小動作；故意出洋相：邊個喺課堂上～我就扣啲分。（誰在課堂上搞小動作，我就扣他的分。）［又作"整蠱整怪"]

整蠱作怪 tsɐŋ²kwu²tsɔk³kwai³〈蠱音古〉同"整蠱做怪"。

整蠱弄怪 tsɐŋ²kwu²noŋ⁶kwai³〈蠱音古〉同"整蠱做怪"。

攪是攪非 kau²si⁶kau²fei¹ 搬弄是非。

嫽是逗非 liu⁴si⁶tɐu³fei¹【貶】撥弄是非：嗰個女人最興～，十足八卦婆。（那個女人最喜歡撥弄是非，是個十足的長舌婦。）

學是學非 hɔk⁶si⁶hɔk⁶fei¹【貶】把所知的是非之事向別人傳播（學：摹仿）：咁細個就識得～，大咗仲得㗎？（這麼小就會撥弄是非，長大了還得了？）

## 七 E21　蒙冤、上當、受氣、被迫

食死貓 sek⁶sei²mau¹【喻】背黑鍋。廣東人一般不吃已死的貓，此以死貓喻冤枉之事（食：吃）：我係冇做過啊嘛，你係都話我有做，即係監人～嘅！（我是沒幹過嘛，你硬是說我幹過，不就是強迫人家背黑鍋嗎！）

孭飛 mɛ¹fei¹〈孭音麼些切〉承擔罪責（一般是指無辜的。孭：背）：你扠

239

搞檔我～？你想嘅！(你捅婁子我擔罪名？你當然想了！)

**入笭** jɐp⁶lɐŋ¹〈笭音拉贏切第 1 聲〉【喻】上當；中計 (笭：魚簍)：精精都～。(熟語：再聰明也會上當。)｜裝人～(使人上當)

**領當** lɛŋ⁵tɔŋ³〈領音裏贏切第 5 聲，當音上當之當〉上當：今匀仲唔～？(這回還不上當？)

**領嘢** lɛŋ⁵⁽⁻²⁾jɛ⁵〈領音裏贏切第 5 聲，又讀第 2 聲；嘢音野〉①上當。②遭受某種不好的境況；受損失：佢啱好行過，就～嘞。(他剛好走過，就遭了罪。)

**做磨心** tsou⁶mɔ⁶sɐm¹〈磨讀第 6 聲，冒餓切〉【喻】夾在相互矛盾的各方之間受折騰 (磨心：石磨的軸心)：董事長同總經理唔啱竅，我哋呢啲秘書就～嘞。(董事長跟總經理不和，我們這些秘書就兩頭受氣了。)[參見一 E4「磨心」]

**捱夾棍** ŋai⁴kap³kwɐn³〈捱音牙鞋切〉【喻】遭受兩面打擊；兩面受氣。

**食夾棍** sek⁶kap³kwɐn³ 同"捱夾棍"。

**兩頭唔受中間受** lœŋ⁵tʰɐu⁴m⁴sɐu⁶tsɔŋ¹kan¹sɐu⁶【熟】夾在中間受氣。

**揸頸就命** tsa¹kɛŋ²tsɐu⁶mɛŋ⁶〈揸音渣，命音磨贏切第 6 聲〉忍氣吞聲地順從不好的境況 (揸：掐；命：命運)。

**局住** kok⁶tsy⁶ 被迫 (做某事)：～將間店頂咗出去。(被迫把店子盤了出去。)｜～行呢步棋。(不得不走這一步棋。)

**迫(逼)住** pek¹tsy⁶〈迫音逼〉被迫：我都係～先嚟做嘅。(我也是迫於無奈才這樣做的。)

**想唔…都幾難** sœŋ²m⁴tou¹kei²nan⁴【熟】非…不可；不得不 (唔：不；幾：很)：呢鋪棋噉樣捉落去，想唔輸都幾難。(這盤棋這樣下下去，非輸不可。)｜到咗而家你想唔跟住佢做都幾難。(到了現在你是不能不跟着他幹了。)

## 七 E22　發脾氣、撒野、撒嬌、耍賴

**爆火** pau³fɔ² 發脾氣：你今日做乜嘢，喐啲就～。(你今天怎麼啦，動不動就發火。)

**發惡** fat³ɔk³ 非常兇狠地發脾氣：我唔～你都唔驚。(我不大發雷霆你都不害怕。)

**使頸** sɐi²kɛŋ² 使性子：嚟到呢度就唔得～㗎喇！(來到這兒就不能耍性子了！)

**吹鬚睩眼** tsʰɵy¹sou¹lok¹ŋan⁵〈鬚音蘇，睩音錄第 1 聲〉吹鬍子瞪眼 (鬚：鬍鬚；睩：瞪)，極生氣的樣子。[此本戲劇舞台上表示生氣的動作程式]

**踩親條尾噉** tsʰai²tsʰɐn¹tʰiu⁴mei⁵kɐm²〈噉音敢〉【喻】【貶】像被人踩了尾巴似的 (親：遭受；噉：那樣)，比喻被觸怒而大為光火、暴怒：就算係真嘅，你都唔使～㗎！(就算是真的，你也用不着暴跳如雷嘛！)

***扎扎跳** tsat³tsat³tʰiu³ 不停地跳腳；暴跳如雷 (扎：向上跳)：聽倒呢個消息，金叔當堂～。(聽到這個消息，金叔當場跳腳。)[重見六 B2]

**掹掹跳** nɐŋ³nɐŋ³tʰiu³〈掹音能第 3 聲〉同"扎扎跳"。

**發爛笮** fat³lan⁶tsa²〈笮音止啞切〉【貶】撒野；蠻不講理地吵鬧：第處就話嘛，嚟到法院你仲想～？(別處還可以，來到法院你還想撒野？)

**發狼戾** fat³lɔŋ⁻¹lɐi⁻²〈狼讀第 1 聲，戾屬矮切〉【貶】放肆地、神經質地大發脾氣：唔講得兩句就响度～。(沒說上兩句就在這兒大發脾氣。)

240

[ "戾" 讀書音 lɐy⁶〈音淚〉]

**拚㲄** pʰun²pʰɛ⁵〈拚音普碗切，㲄音抱
野切〉①撒野（拚：䶓出去；㲄：歪
斜）：我唔怕你～㗎！（我不怕你撒
野！）②破罐破摔：佢諗住人哋都
睇佢唔起咯，於是乎就～囉。（他想
着人家都看不起他了，於是就破罐
破摔了。）

**阿跛托蔗——拚㲄** a³pɐi³tʰɔk³tsɛ³pʰun²
pʰɛ⁵〈跛音閉第 1 聲，拚音普碗切，
㲄音抱野切〉【歇】撒野；破罐破
摔。字面意思是瘸子扛長條甘蔗，
䶓着讓它歪來斜去。

**放㲄** fɔŋ³pʰɛ⁵〈㲄音抱野切〉同"拚㲄"。

**打橫嚟** ta²waŋ⁴lɐi⁴〈嚟音黎〉【喻】字
面意思是橫着來（嚟：來），比喻蠻
橫無理地行事；霸道：你如果～，
我都可以同你～㗎！（你要是不講
理，我也可以跟你橫着幹！）

**詐嬌** tsa³kiu¹ 撒嬌：咁大個女仲～，都
唔乖嘅。（這麼大女孩子家還撒嬌，
一點兒也不乖。）

**詐嗲** tsa³tɛ² 同"詐嬌"。

\***扭計** nɐu²kei⁻²〈計讀第 2 聲〉（小孩）
不聽話；為實現某種要求而哭鬧：
你再～就打㗎喇。（你再不聽話就打
了。）｜佢～想買嗰個公仔之嘛。
（他鬧彆扭，只不過想買那個洋娃娃
罷了。）[ 重見七 E17 ]

**奸賴** kan¹lai⁻³〈賴讀第 3 聲〉耍賴皮：
邊個～就罰佢！（誰要賴就罰他！）

**奸貓** kan¹mau¹ 同"奸賴"。

**賴貓** lai⁻³mau¹〈賴讀第 3 聲〉同"奸賴"。

**詐奸** tsa³kan¹ 耍賴皮：輸咗就認輸啦，
～都得嘅！（輸了就認輸吧，怎麼能
要賴呢！）

**矛** mau⁴ 要賴皮；在競賽或遊戲等中不
按規則，以不正當手段謀取優勢：
你咁～嘅，回子嘅！（你這麼要賴
皮，悔子！）｜佢哋輸咗粒波就開

始～嘞，猛衫踢人乜都出齊。（他們
輸了一個球就開始出壞水，拉衣服
踢人甚麼都來了。）

**矛賴** mau⁴lai⁻²〈賴讀第 2 聲〉同"矛"。

## 七 E23　打架、打人、勸架
[ 打人的動作參見六 D4 ]

**打交** ta²kau¹ 打架：細路仔唔好～！
（小孩別打架！）

**砌** tsʰɐi³〈音齊第 3 聲〉【俗】揍：條友
畀人～咗一餐。（那傢伙讓人揍了一
頓。）

**揙** pʰin²〈音騙第 2 聲，撇演切〉【俗】
揍：一齊上去～佢！（一起上去打他！）

\***拼** pʰɛŋ¹〈音批贏切第 1 聲〉【俗】揍：
一下將佢～低。（一下把他打倒。）
[ 重見六 D6 ]

**做** tsou⁶【俗】揍。[ 此為對北方話"揍"
的摹音 ]

\***嘟** jok¹〈音郁，衣屋切〉【俗】本義是
動，引申為揍。[ 此為黑社會之隱
語。重見六 A1 ]

\***擂** lɐy⁴【喻】揍：畀人～餐死嘅。（被
人好一頓狠揍。）[ 重見六 D4、六
D8、七 D1 ]

**拍薑噉拍** pʰak³kœŋ¹kɐm²pʰak³〈噉 音
敢〉【喻】像拍薑那樣打（噉：這樣，
那樣）。做菜用薑，慣於用菜刀側面
在砧板上把薑塊使勁拍裂，謂之"拍
薑"。此處取雙關語意，比喻狠狠地
揍：唔走快兩步，畀人～㗎喇！（再
不快走幾步，要讓人狠揍一頓了！）
[ 參見六 D4 "拍" ]

**藤條炆豬肉** tʰɛŋ⁴tʰiu⁻²mɐn¹tsy¹jok⁶〈炆
音蚊〉【喻】【謔】抽打（一般指打小
孩屁股）。藤條：體罰工具，例如雞
毛撣柄；炆：燜）：仲唔聽話，就～
㗎喇！（還不聽話，就要揍雞毛撣子
啦！）

241

*\***鬆骨** soŋ¹kwɐt¹【喻】【謔】揍：係唔係想我幫你～啊？（是不是想我修理你一頓？）［重見七 D8］

**勸交** hyn³kau¹ 勸架。

*\***爭₂** tsaŋ¹〈音之坑切〉勸（架）：快啲去將佢哋～開。（快點去把他們勸開。）｜人哋打交你去～，顧住打埋你啊！（人家打架你去勸，小心連你也打了！）［重見七 E8］

## 七 E24　不良行為、犯罪活動

**打荷包** ta²hɔ²pau¹ 偷錢包（荷包：錢包）：嗰條契弟～畀人捉倒，揼住打一餐死。（那個兔崽子掏錢包讓人捉住，被按着狠打了一頓。）

**高買** kou¹mai⁵【婉】在開架自選商場中偷拿商品而不付款。這種行為被發現後往往要依所盜商品價格數倍至10倍罰款，有如高價購買，故稱。

*\***霸王** pa³wɔŋ⁴ 享受某種消費而拒絕付錢的野蠻行徑：坐～車（坐車不付錢）｜食～飯（喫飯不付錢）｜睇～戲（看戲或電影不付錢）［重見七 E16］

**爆夾** pau³kap³ 入屋偷竊（夾：夾萬，即保險櫃）：佢琴日被人～，唔見咗啲銀紙同首飾。（他家昨天被人入屋偷竊，不見了一些錢和首飾。）［又作"爆"］

**爆格** pau³kak³ 同"爆夾"。

**爆竊** pau³sit³〈竊音細歇切〉同"爆夾"。

**穿櫃筒底** tsʰyn¹kwɐi⁶tʰuŋ²tɐi²〈筒音桶〉在僱主的店舖或熟人、自己家裏盜竊錢財（櫃筒：抽屜）：今日收入少咗咁多，實係有人～。（今天的收入少了那麼多，肯定有內部的人偷錢了。）

**劏死牛** tʰɔŋ¹sei²ŋɐu⁴〈劏音湯〉攔路搶劫：嗰個地方好多時有賊～，冇也事唔好行去嗰度。（那個地方經常有賊攔路搶劫，沒甚麼事不要走到那兒去。）

**打腳骨** ta²kœk³kwɐk¹ ①收買路錢；攔路搶劫：以前嗰啲走南闖北經商嘅商人要請保鏢㗎，唔係就畀賊～。（以前那些走南闖北經商的商人要請保鏢，要不就給攔路搶劫。）②勒索錢物：而家有啲爛仔專喺學校門口搵學生嚟～。（現在有的小流氓專在學校門口敲學生的竹槓。）

**揞腳骨** tɐp⁶kœk³kwɐt¹〈揞音第入切〉同"打腳骨"。

**揩牛王** saŋ²ŋɐu⁴wɔŋ⁴〈揩音省〉強取或霸佔別人的東西；勒索。

**箍頸** kwʰu¹kɛŋ² 搶劫：你落夜班搵埋工友一齊行啊，因住被人～啊。（你下了夜班和同事一塊走，小心被人搶劫。）［盜賊行劫，多從後面以手臂勒緊事主頸項，以防反抗，故稱。］

**標參** piu¹sɐm¹〈參音人參之參〉【喻】綁票。［此原為黑社會的隱語］

**放白鴿** fɔŋ³pak⁶kɐp³(kap³)【喻】串通行騙；唱雙簧進行詐騙活動。

*\***搵食** wɐn²sek⁶【喻】進行盜竊、搶劫或詐騙等攫取他人財物的犯罪活動（搵：找；食：食物）。［此原為黑社會隱語。重見七 D1］

*\***行₁** haŋ⁴〈何盲切〉進行街頭盜竊活動；扒竊。［此為黑社會隱語。重見六 A7、六 D11、七 B9、七 B10］

**偷呃拐騙** tʰɐu¹ak¹(ɐk¹)kwai²pʰin³〈呃音扼〉盜竊、詐騙、拐賣等犯罪活動的統稱（呃：騙）：嗰啲～嘅衰神個個都抵打靶！（那些偷盜拐騙的壞傢伙全都該槍斃！）

**博拉** pɔk³lai¹【貶】字面意思是想被人抓（博：博取；拉：逮捕），實際指做違法的事或可能導致嚴重後果的事：日光日白啲啲邑邑，～啊？（光天化日之下耍流氓，想進警局嗎？）

242

**班**₂ pan¹【貶】（流氓團伙）糾集同夥；拉隊伍：～咗好多人嚟呢度。（拉了很多人到這兒來。）[ 參見 "班兵" ]

**班馬** pan¹ma⁵【俗】（流氓團伙）召集黨徒、羽翼（來助威、打架等。馬：馬仔，嘍囉、打手）：大佬，佢地好似嚟咗好多人瞓，不如～囉。（大哥，他們好像來了很多人，不如再叫些人來。）[ 參見 "班兵" ]

**開撬** hɔi¹pʰin²〈撬音片第2聲，普演切〉【俗】打架；群毆：啲爛仔～成班上嚟。（那些流氓打架都是一夥上的。）

**擺場** pai²tsʰœŋ⁴【俗】選定群鬥的場所：大佬，喺邊度～同黑豹嗰班𡃁仔撚過啊？（大哥，在哪兒選個地方和黑豹那夥人較量啊？）

**打大交** ta²tai⁶kau¹ 打群架（打交：打架）：若果唔係個警察嚟咗，實～定嘞。（要不是那個警察來了，一定打起群架來。）

**撲濕** pɔk¹sɐp¹〈撲音薄第1聲〉【俗】打得頭破血流；毆傷（撲：棒擊；濕：指出血）：你夠膽再嚟就～你！（你敢再來就打破你的腦袋！）

**做世界** tsou⁶sɐi³kai³【俗】①狠揍；狠命地毆打（指能致傷或致命的，且往往是有預謀的）：畀人～。（被人打。）| 做佢世界。（揍他一頓。）②進行犯罪活動（本為黑社會隱語）：晚晚出去～。（每天晚上出去闖蕩。）

**尋仇** tsʰɐm⁴sɐu⁴ 尋找仇家進行報復（不經法律手段，且多採取極端行動）。

**滾**₂ kwɐn² 在外浪蕩，往往包含不正當的異性交往：個衰佬實係去咗～嘞。（那殺千刀的肯定去拈花惹草了。）

**揩油** hai¹jɐu⁻²〈油讀第2聲，椅口切〉【喻】【貶】佔女人便宜；調戲婦女（指以身體接觸的方式）。[ 普通話指佔公家或別人便宜，意思近而不同 ]

**非禮** fei¹lɐi⁵【婉】【貶】調戲（婦女）：佢～我！（他調戲我！）

**串** tsʰyn³【俗】【貶】男女青年進行團夥性的曖昧活動：～仔～女。（進行團夥性的曖昧活動的男女青年。）

**咿邑** ji¹jɐp¹〈咿音衣，邑音衣恰切〉【俗】【貶】①不正當的男女關係：嗰個姣婆成日同啲男人～。（那個蕩婦老是和男人鬼混。）②調戲婦女的行為：你個麻甩佬喺度～乜嘢！（你這色鬼在這兒耍甚麼流氓！）

**食雞** sek⁶kɐi¹【俗】【喻】嫖娼（食：吃；雞：暗娼）。

**發姣** fat³hau⁴〈姣音何淆切〉【貶】（女人）賣俏（姣：淫蕩）。

**放電** fɔŋ³tin⁶【喻】【謔】女人向男人賣弄風情，使之意亂情迷，有如令人觸電。

**賣生藕** mai⁶saŋ¹ŋɐu⁵〈生音生熟之生〉【喻】【貶】（女人）主動地向男人賣弄風情。

**拋生藕** pʰau¹saŋ¹ŋɐu⁵〈生音生熟之生〉同 "賣生藕"。

**勾佬** ŋɐu¹lou²【貶】找野男人；勾引男人。

**爛賭** lan⁶tou² 嗜賭；沉迷於賭博（爛：嗜好）：你噉～法，終須有日賣埋老婆。（你這樣沉迷於賭博，總有一天連老婆也賣了。）

## 七 E25　禮貌用語、客套用語、祝願用語

\***早辰（晨）** tsou²sɐn⁴【敬】早上好；您早：～，陳老師！[ 本義是早，原是恭維人起得早，後用作問候語。與普通話 "早晨" 的意思不同。重見九 D14 ]

\***早唞** tsou²tʰɐu²〈唞音透第2聲，體口切〉【敬】晚安：～，媽咪！我去瞓

嘞。(晚安，媽媽！我去睡了。)
[ 此詞又有咒人早死的意思，但只要
使用時運用合適的語氣，就不會混
淆。重見二 C1 ]

**拜拜** pai¹pai³〈前一字讀第 1 聲〉【外】
再見：媽咪～！(媽媽再見！)｜我
哋過兩日再聯繫。～！(我們過兩天
再聯繫。再見！)[ 英語 byebye。這
原本是兒童用語，但現在成年人也
經常使用 ]

\***係噉先** hei⁶kɐm²sin¹〈噉音敢〉字面意
思是"先這樣吧"，表示打住話頭
(係：是；噉：這樣；先：暫且)。往
往用於告別或準備告別時，略帶一
點歉意──因為要告別而中斷話題：
我仲有啲事。～！(我還有點事。回
頭見！)｜～，我走嘞。(好，我走
了。)[ 重見七 A4 ]

**唔該** m⁴kɔi¹【敬】①謝謝 (多用於勞
煩別人)：你幫我攞行李，真係～
晒。(你幫我拿行李，真是太謝
謝了。)｜我幫你叫的士哩？──
哦，～！(我替你叫出租車吧？──
噢，謝謝！) ②請；勞駕 (用於請
人辦事)：～你打咗呢份文件。(請
你把這份文件打好。)｜～界嗰件衫
我睇下。(勞駕把那件衣服拿給我看
看。)[ 表示非常感謝時說"唔該晒"
(晒：表示程度深)。一般來說，勞
煩了別人時說"～"，接受贈禮或金
錢等時說"多謝"，對別人的關心表
示感謝時說"有心" ]

**唔使唔該** m⁴sɐi²m⁴kɔi¹ 不用謝；甭客
氣 (用於對別人的道謝作回應)：唔
該──～了！(謝謝──不用謝！)
[ 口語中常省略作"唔使" ]

\***有心** jɐu⁵sɐm¹【敬】謝謝 (對別人的
關心表示感謝時用)：你阿媽身子幾
好？──幾好。～！(你母親身體挺
好吧？──挺好。謝謝！)｜廖伯話

問候你。──～！～！(廖伯伯說向
您問候。──謝謝！謝謝！)[ 重見
五 D1 ]

**多得晒** tɔ¹tɐk¹sai⁶【敬】多有承惠 (對
別人的幫忙表示感謝時用。多得：
多虧；晒：表示程度深)：呢匀冇你
搞唔掂，真係～！(這一回沒有你可
玩不轉，真是太謝謝了！)

**承惠** seŋ⁴wɐi⁶【敬】多承惠顧：先生，
一百緡啊！(先生，謝謝光顧！一百
塊。)｜咁多位，～！(諸位，多承惠
顧！[ 用於售貨員或服務員向顧客
收錢時，說"～"之後不停頓，接着
報出所應收的款數。可用於告知顧
客該付多少錢的時候。也可用於收
到顧客所付錢的時候。也可以單獨
用，則多是送顧客離去的時候說 ]

**盛惠** seŋ⁶wɐi⁶ 同"承惠"。

**滾攪晒** kwɐn²kau²sai³ 打擾了 (用於道
擾。滾攪：打擾；晒：表示程度深)：
我哋喺咗咁耐，～！(我們在這兒住
了這麼久，打擾了！)

**勞煩晒** lou⁴fan⁴sai³【敬】勞煩了 (用
於勞煩別人之後)：～咁多位！(勞
煩諸位了！)

\***失禮** sɐt¹lɐi⁵ 不像樣 (用於送禮或自我
展示時)：一啲小意思，～晒！(一
點小意思，不成敬意！)｜我都係啱
啱學嘅嘱，～喇！(我也是剛學的，
獻醜了！)[ 重見七 E13 ]

**唔好意思** m⁴hou²ji³si³〈思音試〉不好
意思 (表示輕微的道歉)：～，我嘅
咭片啱啱用晒，一陣先界你。(不好
意思，我的名片剛用完，回頭再給
你。)["思"字如讀第 1 聲，則為
害羞之意 ]

**有怪莫怪** jɐu⁵kwai³mɔk⁶kwai³ 請別見
怪：我有少少感冒，所以戴住個口
罩，～！(我有一點感冒，所以戴着
口罩，請別見怪！)

**對唔住** tɵy³m⁴tsy⁶ 對不起：～，我撞到你添。(對不起，我撞了你了。)

**失覺** sɐt¹kɔk³ 字面意思是"沒感覺到"。因自己一時大意（如不小心碰到別人，或對熟人沒打招呼等）而道歉的用語：哎呀！～～！

**冇所謂** mou⁵sɔ²wɐi⁶〈冇音無第 5 聲，摸好切〉沒關係（用於對別人的道歉作回應）：對唔住！——～！(對不起！——沒關係！)

**冇問題** mou⁵mɐn⁶tʰɐi⁴〈冇音無第 5 聲，摸好切〉同"冇所謂"。

**唔緊要** m⁴kɐn²jiu³ 不要緊（用於對別人的道歉作回應）：滾攪晒！——～！(打擾了！——沒事兒！)

**借借** tsɛ²tsɛ³〈前一字讀第 2 聲〉請讓一讓（常與"唔該"連用。借：避讓）：唔該～，畀我過去。(請讓一讓，讓我過去。)

**借乜(歪)** tsɛ³mɛ²〈乜（歪）音摸野切第 2 聲〉同"借借"（乜：往一邊）。

**飲杯** jɐm²pui¹ 字面意思是喝一杯，用於向人敬酒或與人碰杯時（實際上並不一定整杯地乾）：嚟，～！(來，喝！)

**勝嘅** sɐŋ³kɛ³〈嘅音既夜切第 3 聲〉乾杯（勝：喝乾；嘅：的）：今日咁歡喜，嚟，～！(今天這麼高興，來，乾杯！) [ 參見七 B3 "飲勝"]

**慢慢食** man⁶man⁻²sek⁶〈第二個慢字讀第 2 聲〉【敬】請慢慢吃（用於喫飯時自己先吃完時）：咁多位～！(諸位請慢用！)

**慢慢行** man⁶man⁻²haŋ⁴〈第二個慢字讀第 2 聲，行音行路之行〉【敬】請慢走（用於送客時）：兩位～！(二位慢走！)

**得閒嚟坐** tɐk¹han⁴lɐi⁴tsʰɔ⁵〈嚟音黎〉有空來坐（用於告別或送客時）。

**唔使送** m⁴sɐi²soŋ³ 不必送（用於作客離開時，對主人說）。

**錯蕩** tsʰɔ³tɔŋ⁶ 客套話，字面意思是"走錯門"（蕩：逛），用於有客人未經邀請或事先未打招呼而上門時。意思說自己門庭不高貴，貴客本不應登門，現在之所以登門，是走錯了的緣故：乜今日咁～啊？(怎麼今天承蒙光臨？)

**少食** siu²sek⁶ 字面意思是"很少抽煙"，實際上是說自己不抽煙（食：指"食煙"，即抽煙）。用於別人（一般是剛認識的人）向自己讓煙，而自己要謝絕時：食支煙？——～。(抽根煙？——我不抽煙。)

**心想事成** sɐm¹sœŋ²si⁶seŋ⁴ 心裏想望的事情都能獲得成功（用於表示良好祝願）：祝你～！

**順風順水** sɵn⁶foŋ¹sɵn⁶sɵy² 一路順風（用於送行時）。

**承你貴言** seŋ⁴nei⁵kwɐi³jin⁴【敬】承蒙您的好話（用於回答別人的祝願時，意思是感謝對方，並希望事情果真能如對方所說的那樣）：祝楊老闆新年大發，財源廣進！——～！～！

**好話** hou²wa⁶【敬】字面意思是好說(話：說)，用於回答別人的問候、祝願或稱讚時：你身子好？——～，呢排仲唔錯。(您身體好？——謝謝，近來還不錯。)｜你好嘢！——～嘞，請指教！(你真行！——哪裏，請指教！)

*****託賴** tɔk³lai⁶【敬】①拜託（用於求人辦事時）：呢件事～嘞！(這件事拜託了！) ②託福（用於回答別人的問候，意思是託對方的福氣，使自己幸運）：阿伯呢牌面色好好噃！——哈哈，～！(大伯這一向氣色挺好啊！——哈哈，託您的福啊！) [ 重見七 A6 ]

七
人類活動

## 七 E26　其　他

*交帶 kau¹tai³ 把經手的事務移交給接手的人：～工作。[ 此為官話 "交代（交待）" 之孿音。廣州話 "帶" 與 "代" 及 "待" 不同音。重見七 C2 ]

執籌 tsɐp¹tsʰɐu⁻² 〈籌讀第 2 聲，此口切〉抓鬮：不如～啦，邊個執倒邊個去。(不如抓鬮吧，誰抓到誰去。)

輸賭 sy¹tou² 打賭：唔啱我哋～啊嗱。(要不我們打賭吧。)

輸 sy¹ 拿某種東西打賭：輸賭～乜嘢？(拿甚麼打賭？) | 我～兩樽啤酒。(我拿兩瓶啤酒打賭。)

有樣學樣 jɐu⁵jœŋ⁻²hɔk⁶jœŋ⁻² 〈樣讀第 2 聲，椅響切〉學着別人的樣子來做（往往指不太好的）：大人唔好，細路就～。(大人不好，小孩就學着。)

冇計₂ mou⁵kei³ 〈冇音無第 5 聲〉不計較：多啲少啲～喇！(多點兒少點兒不計較了！)

派街坊 pʰai³kai¹fɔŋ¹【謔】大方地拿去送人（派：分發）：你而家有大把銀紙～咩？(你現在有多得不得了的鈔票拿去送給鄰居們嗎？)

捉黃腳雞 tsɔk¹⁽³⁾wɔŋ⁴kœk³kɐi¹ 捉拿闖入他人家中調戲婦女的男人。

踢竇 tʰɛk³tɐu⁻³ 妻子捉丈夫的姦，或到丈夫與情人同居之所去鬧事。

扮蟹 pan⁶hai⁵【喻】被捆綁。在市場出售的蟹總是用草繩捆綁，所以作比喻：幾支狗仔對住，通通～。(幾根手槍戳着，全部被綁起來。)

*囥 wɐn³ 〈音運第 3 聲，戶訓切〉把人關起來；或指關在外面進不去：將佢～响間房度。(把他關在房間裏。) | 唔記得帶鎖匙，將自己～咗喺出便。(忘了帶鑰匙，把自己關在外面。) [ 重見七 D3 ]

乞食 hɐt¹sek⁶ 討飯。

乞米 hɐt¹mɐi⁵ 討飯。

告地狀 kou³tei⁶tsɔŋ⁶ 把寫着自己不幸境況的紙擺在馬路邊，以求獲得過路人的施捨或幫助。

# 八、抽象事物

## 八A 事情、外貌

### 八A1 事情、案件、關係、原因

**\*嘢** jɛ⁵〈音野〉事情；事件：呢件~你點睇啊？（這件事情你怎麼看哪？）｜呢單~搞得唔好。（這件事弄得不好。）[ 重見一 A3、八 A8、十 F2 ]

**\*東東** toŋ¹toŋ¹ 事情；事：你哋喺度搞乜~啊？（你們在這兒做甚麼事情？）[ 重見八 A8 ]

**事幹** si⁶kɔn³ 事情（略帶貶義）：因咩~揾我啊？（為了甚麼事找我？）｜冇乜~就唔好嚟。（沒甚麼事就別來。）

**事實** si⁶sɐt⁶【貶】事情；麻煩事：佢個人特別多~嘅。（他這人特別多事。）

**小兒科** siu²ji⁴fɔ¹【喻】小事兒；容易辦的事：呢件係~嚟嘅嘅，好易搞掂。（這不過是件小事兒，很容易辦的。）

**閒事** han⁴si⁶ 很普通的事；很容易辦到的事：呢件~嚟嘅，你使乜咁緊張嘅？（這不過是小事一樁，你幹嘛那麼緊張？）

**熱氣飯** jit⁶hei³fan⁶【喻】【貶】吃了會使人上火的飯（熱氣：上火），比喻不容易做好的事或將來會留下麻煩的事：你咪估有筍嘢啊，呢單係~嚟㗎。（你別以為有好東西，這是件難收場的事。）

**支質** tsi¹tset¹【貶】瑣碎囉嗦的事情：佢個人最多~㗎嘞！（他這人最囉嗦事最多了！）

**冇米粥** mou⁵mɐi⁵tsok¹〈有音無第 5 聲〉【喻】毫無眉目的事情（冇：沒有）：呢件事而家仲係~。（這件事現在八字還沒一撇。）[ 參看七 A8 "煲冇米粥" ]

**三幅被** sam¹fok¹pʰei⁵〈被音棉被之被〉【喻】【貶】被人不厭其煩地反覆講的事情：你講嚟講去，成日都係嗰~。（你說來說去，整天就是那些相同的內容。）

**前塵往事** tsʰin⁴tsʰɐn⁴wɔŋ⁵si⁶【雅】很久以前的往事：都係~嘞，唔好提喇。（都是陳年舊事了，別提了。）

**頭尾** tʰɐu⁴mei⁵ 事情的始末；首尾：呢件事我完全唔知~。（這件事我完全不知始末。）｜~ 3 個月。（首尾 3 個月。）

**手尾** sɐu²mei⁵ ①收尾工作：做埋啲~。（把收尾工作做了。）②【貶】遺留下來的麻煩事：呢勻有~嘞。（這一回可留下麻煩事了。）

**蘇州屎** sou¹tsɐu¹si² 【喻】【貶】遺留下的麻煩事：阿和做嘢捹捹西西，留低鬼咁多~過我。（阿和做事馬馬虎虎，留下很多麻煩事給我。）

**\*收科** sɐu¹fɔ¹【喻】【貶】本指戲曲中的收場動作，比喻事情的結局，特指不好的結局：呢單嘢唔會有乜嘢好~嘅。（這椿事兒不會有甚麼好收場的。）[ 重見七 A4 ]

**紋路** mɐn⁴lou⁶【喻】本指木、石等的紋理，比喻事情的條理、頭緒：做嘢梗係要知~先得㗎嘛。（做事當然是要知道頭緒條理才行嘛。）

**景轟** keŋ²kweŋ²〈轟讀第 2 聲〉【貶】蹊蹺的事；曖昧的事；意外而糟糕

247

的事：而家仲唔知到會有乜～㗎。(現在還不知道會有甚麼事出現。)

***半□□** pun$^{3}$lɐŋ$^{1}$k$^{h}$ɐŋ$^{1}$〈後二字音分別為拉亨切和卡亨切〉事情正在進行、還沒完成的過程中；半道兒：點解做到～唔做埋落去啫？(怎麼幹到半截兒不幹下去啦？)[重見四B3]

**私隱** si$^{1}$jɐn$^{2}$ 隱私：做咩要打探人哋嘅～啫？(幹嗎要探聽別人的隱私？)

**陰騭事** jɐm$^{1}$tsɐt$^{1}$si$^{6}$〈騭音質〉【貶】虧心事：做得～多，因住報應啊！(做太多虧心事，小心報應呀！)[照理應是"缺陰騭事"，此為省略形式]

**個案** kɔ$^{3}$ɔn$^{3}$ 案件；事例(一般指案件或社會性研究中的事例)：舊年一年搶劫嘅～共有500宗。(去年一年搶劫的案件共有500宗。)｜呢份社區工作調查報告列舉咗50個～。(這份社區工作調查報告列舉了50個事例。)

**畸士** k$^{h}$ei$^{1}$si$^{-2}$〈士音屎〉【外】案件；案例：呢單～由你兩個繼續查。(這宗案子由你們倆繼續查。)[英語case]

**案底** ɔn$^{3}$tɐi$^{2}$ 作案記錄；犯罪記錄：店舖盜竊係嚴重罪行，要留～㗎。(在商店盜竊是嚴重罪行，要留下作案記錄的。)｜呢條友有～嘅。(這傢伙有前科的。)

**快勞** fai$^{-1}$lou$^{-2}$〈快讀第1聲，勞音佬〉【外】檔案：電腦入便冇呢個人嘅～噃。(電腦裏沒這個人的檔案。)[英語file]

**官非** kwun$^{1}$fei$^{1}$ 官司；涉及政府部門、上級機關的糾紛：我唔想惹啲～啊。(我不想惹那些跟官府有關的是非。)

**度數** tou$^{6}$sou$^{3}$(做事的)分寸；譜兒：既然之係做頭，乜都要有啲～㗎嘛！(既然是當頭兒，甚麼都要有點兒譜兒嘛！)

**䵍𢱕** na$^{1}$nɐŋ$^{3}$〈䵍音拿第1聲，𢱕音能第1聲〉關係；能牽扯上的事情(䵍：黏；𢱕：相連)：我同佢冇～㗎。(我和他沒有任何關係。)

**䵍經(耕)** na$^{1}$kaŋ$^{1}$〈䵍音拿第1聲，經音耕〉關係；聯繫(䵍：黏；經：棉被胎上的網線)，多用於否定：啲提示同條題都冇啲～嘅。(那些提示和那道題都毫無關係的。)

**因由** jɐn$^{1}$jɐu$^{4}$ 原因；緣由：呢件事起初係有個～嘅。(這件事最初是有個起因的。)

## 八A2　形勢、境況、信息

**勢色** sɐi$^{3}$sek$^{1}$ 形勢；情勢：佢一睇～唔對，即刻走人。(他一看情勢不對頭，馬上溜了。)

**現況** jin$^{6}$fɔŋ$^{3}$ 現狀：我哋公司嘅～唔係幾好。(我們公司的現狀不是很好。)

***姣氣** hau$^{4}$hei$^{3}$〈姣音敲第4聲〉【喻】【俗】(事情的)好的前景：呢單嘢好似冇乜～嘞噃。(這件事好像沒甚麼希望呢。)[重見八B1]

**市道** si$^{5}$tou$^{6}$ 市面；市場狀況：～唔好，生意好難做。(市面蕭條，生意很難做。)

**市況** si$^{5}$fɔŋ$^{3}$ 同"市道"：而家啲～咁曳，唔好入貨嘞。(現在的市場狀況這麼差，別進貨了。)

**家居環境** ka$^{1}$kɵy$^{1}$wan$^{4}$keŋ$^{2}$ 居住環境：城市嘅～邊有農村嘅好啊。(城市的居住環境哪有農村的好哇。)

***□趷** ki$^{1}$kɐt$^{6}$〈前一字音機衣切，趷音巨日切〉【貶】梗阻；辦事不順利的情況：呢件事由開初到最尾都唔知碰倒幾多～。(這件事從開頭到最後也不知遇到多少梗阻。)[重見七E20]

**咿喐** ji¹jok¹〈咿音衣，喐音肉第 1 聲〉【貶】不好的情況；動靜：有乜～即刻走投。（有甚麼不好的動靜，馬上走人。）

\*聲氣 sɛŋ¹hei³〈聲音司贏切第 1 聲〉①音信；動靜：陳仔又話喺美國翻嚟，做乜一啲～都冇㗎？（小陳又說從美國回來，幹嗎一點兒音信也沒有？）｜老闆又話加人工嘅，冇～㗎。（老闆又説要加工資，怎沒動靜。）②（事情的）好的前景：噉睇都係有翻啲～個嘛。（這麼看來還是有點兒希望的。）［重見八 B1］

\*料 liu²〈俗〉消息；信息：我聽倒啲～，老細要加人工喎。（我聽到一些消息，老闆要加工資。）［重見八 B2］

**堅料** kin¹liu⁻²〈俗〉確鑿的消息（堅：高質量的）：陳仔畀嘅啲而且確係～㗎㗎，今晚場波真係有晒票賣。（小陳透露的確實是可靠的消息，今晚這場球真的沒票賣。）

**流料** lɐu⁴liu⁻²〈俗〉不可靠的消息（流：劣質的）：陳仔又試嘥嘅～喇，咪信佢。（小陳又在傳那些不可靠的消息，別信他。）

**風** foŋ¹〈俗〉消息；信息；風聲：我收倒～，話今晚要加班。（我收到消息，説今晚要加班。）

\*貼士 tʰip⁻¹si⁻²〈貼讀第 1 聲，士音屎〉【外】內幕消息；提示性信息：你呢個估咁難估，畀啲～啦。（你這個謎語這麼難猜，給點提示吧。）［英語 tips。重見八 C2］

**意頭** ji³tʰɐu⁴ 兆頭（迷信的人指吉凶的徵兆）：攞翻個好～。（圖個好兆頭。）

## 八A3 嫌隙、冤仇、把柄

**兩句** lœŋ⁵kɵy³【喻】不一致的説法，比喻矛盾；彆扭（用於否定）：我不

溜都同佢冇～㗎嘞。（我和他向來沒矛盾。）

**嗌交** ai³sap³ 衝突；矛盾（嗌：吵；交：交氣，即鬧彆扭）：有～唔等於就好老友。（沒有衝突不等於友誼深厚。）

**拗撬** au³kiu⁶ 衝突；矛盾：你兩個有咩～啫？一行埋就好似貼錯門神嘅。（你倆有甚麼衝突呀？碰在一塊兒就不理不睬的。）

**隔夜仇** kak³jɛ⁶sɐu⁴ 隔了一夜尚未消失的嫌隙，謂很小的嫌隙（隔夜未消失比未隔夜就消失雖然稍大，仍屬很小。一般用於否定，即連這樣的嫌隙也沒有）：我同你唔通仲有～咩？（我跟你之間難道還有甚麼風吹不散的怨氣嗎？）

**仇口** sɐu⁴hɐu² 冤仇：佢唔會同乜嘢人有～嘅。（他不會同甚麼人有冤仇。）

**牙齒印** ŋa⁴tsʰi²jen³【喻】仇恨：佢兩個嘅～好深，點都撈唔埋㗎喇。（他倆的仇恨很深，怎樣都合不到一塊兒。）

**過節** kwɔ³tsit³ 仇隙：佢哋兩家人有啲～，所以咪冇來往囉。（他們兩家有點兒仇隙，所以就沒有來往。）

**十冤九仇** sɐp⁶jyn¹kɐu²sɐu⁴ 深仇大恨：兩兄弟好似有～嘅，一撞埋唔係嗌交就係打交。（兄弟倆好像有深仇大恨似的，一碰面不是吵架就是打架。）

**雞腳** kɐi¹kœk³【喻】把柄；可以被人指摘的過失：你而家噉嘅情況，就要一啲～都唔好漏畀人。（你現在這樣的情況，就得一點把柄也不要讓人抓住。）

**痛腳** tʰoŋ³kœk³【喻】①同"雞腳"：我唔會有～畀人揸倒嘅。（我不會有把柄讓人抓到的。）②（與人對抗或競爭時的）弱點：隻花心馬係佢嘅～嚟嘅，執實死攻，佢實輸嘞。（這窩心馬是他的要害之處，抓緊死命地攻，他一定會輸。）

## 八 A4　命運、運氣、利益、福禍

**命水** mɛŋ⁶sɵy²〈命音莫嬴切第 6 聲〉命運；命；運氣：佢嘅一認真好，喺咁高揸落嚟乜事都冇。(他的運氣真好，從這麼高的地方摔下來一點兒事都沒有。)

**馬命** ma⁵mɛŋ⁶ 當牛做馬的命；受苦的命：我哋一，邊敢諗發達啊！(我這牛馬的命，哪敢想發財呢！)

***爛命** lan⁶mɛŋ⁶ 不好的命；不值錢的命。[ 重見一 G5 ]

**手勢** sɐu²sɐi³ (抓鬮、取牌等的) 運氣；手氣：今日一曳，打咁多鋪牌就輸咁多鋪。(今天手氣差，打多少盤牌就輸多少盤。)

**手神** sɐu²sɐn⁴ 同 "手勢"：一幾好，一執就執着好籌。(手氣挺好，一抓就抓到好鬮兒。)

**彩數** tsʰɔi²sou³【喻】本指彩票號碼，比喻運氣：佢都算有翻啲一，次次都過倒骨。(他也算有點兒運氣，每次都過得了關。)

**着數** tsœk⁶sou³〈着音着急之着〉好處；便宜的事：陳仔畀咗乜嘢一你啊？你咁幫住佢。(小陳給了你甚麼好處？你這樣護着他。)｜畀佢執倒一。(讓他撿了便宜。)

**飛來蜢** fei¹lɔi⁴mɐŋ⁻²〈蜢 讀 第 2 聲〉【喻】自動送上門來的好處：乜畀隻一又飛走咗啊？(怎麼讓送上門來的便宜又飛走了？)

**頭啖湯** tʰɐu⁴tam⁶tʰɔŋ¹〈啖音冷淡之淡〉【喻】第一口湯 (啖：口)，比喻最先得到的、最大的利益。一都畀人飲咗嘞，仲諗乜嘢？(開頭最大塊的好處都讓別人拿了，還想甚麼？) [ 參看七 A6 "飲頭啖湯" ]

**食福** sek⁶fok¹ 口福：我腸胃唔好，冇一。(我腸胃不好，沒有口福。)

**食神** sek⁶sɐn⁴ 口福：你真係有一，我哋啱啱整咗九大簋。(你真是有口福，我們剛剛弄了幾樣好菜。)

**三衰六旺** sam¹sɵy¹lok⁶wɔŋ⁶ 人生的禍福 (實際運用中常偏於指禍)：你呢幾千緡唔好亂使，萬一有個一，都得支應嘛。(你這幾千塊不要亂花，萬一有個旦夕禍福，也有得應付嘛。)

**冬瓜豆腐** toŋ¹kwa¹tɐu⁶fu⁶【喻】意外的事；災禍等：如果佢有乜一，我就捉住你嚟問！(他要有甚麼三長兩短的，我就唯你是問！)

## 八 A5　款式、條紋、形狀

***款** fun² 款式；式樣：好一 (式樣好) [ 重見十 C4 ]

**花款** fa¹fun² 花色；款式；花樣：呢隻布仲有冇第啲一啊？(這種布還有沒有其他的花色？)｜佢玩得出乜嘢一啫！(他能玩出甚麼花樣來！)

***花臣** fa¹sɐn⁻²〈臣讀第 2 聲，洗很切〉【外】花色；款式；花樣：有咩一啊？(有甚麼花色？)｜唔好搞咁多一。(別弄那麼多花樣。) [ 英語 fashion。重見八 B3 ]

**間條** kan³tʰiu⁻²〈間音間隔之間，條讀第 2 聲〉平行相間的條紋：有一嘅件衫幾好睇。(有條紋的那件衣服挺好看。)

**柳條** lɐu⁵tʰiu⁻²〈條讀第 2 聲，體曉切〉豎向的平行條紋：窗簾上便有啲暗一。(窗簾上有些暗豎條紋。)

**嘩₂** kwʰak¹〈音誇黑切〉圈兒 (一般指較大的)：畫咗個一。(畫了個大圈兒。)｜去街度行咗一一。(到街上走了個圈兒。)

**宏** wɐŋ⁶〈讀第 6 聲〉圈兒 (指較大而模糊的)：水面度有個一。(水面上有個圈兒。)

**四方嘜** sei³foŋ¹kwʰak¹〈嘜音誇黑切〉方框：個圖案由好多～組成。(那圖案由許多方框組成。)

**四方形** sei³foŋ¹jeŋ⁴ 正方形。

**扁圓形** pin²jyn⁴jeŋ⁴ 橢圓形。

**長圓形** tsʰœŋ⁴jyn⁴jeŋ⁴ 橢圓形。

**記認** kei³jeŋ⁶ 記號；標記：我個個上便都畫咗個～㗎。(我在每一個上面都畫了記號的。)｜你可以攞呢喬戾頸樹嚟做～。(你可以拿這棵歪脖子樹來作標誌。)

*\***剔** tʰek¹【外】勾號(✓)：對就打個～，唔對就打交叉。(對就打個勾，不對就打叉。)[ 英語 tick。重見七 A18 ]

**交叉** kau¹(kʰau¹)tsʰa¹〈交叉音卡敲切〉叉形符號(✕)：唔要嘅就打個～。(不要的就打個叉。)[ 另有縱橫相交的意思，則同於普通話 ]

## 八 A6　姿勢、舉動、相貌

*\***架步** ka³pou⁶ 架勢：佢一擺開個～，就睇得出係好熟行嘅。(他一擺開架勢，就看得出是很內行的。)[ 重見八 C1 ]

**甫士** pʰou¹si⁻²〈甫音鋪墊之鋪，士音屎〉【外】姿勢：擺～(比喻裝模作樣)[ 英語 pose ]

**動靜** toŋ⁶tseŋ⁶ 舉止；姿態風度：睇一個人嘅～就睇得出佢嘅品性。(看一個人的舉止就能看出他的品性。)｜你有啲～唔好，冇禮貌。(你有一些舉止不好，沒禮貌。)

*\***面口** min⁶hɐu² ①面孔的外貌：我見佢～好熟下。(我看他挺面熟的。)②臉色(與健康有關的)：你～唔好。(你臉色不好。)[ 重見八 B1 ]

**口面** hɐu²min⁶ 面孔的外貌：個男人～長長嘅。(那個男人臉長長的。)

**瓜子口面** kwa¹tsi²hɐu²min⁶【喻】瓜子形的臉：佢一副～，幾好睇。(她一副瓜子臉，挺好看。)

**國字口面** kwɔk³tsi⁶hɐu²min⁶ 長方臉型(一般被視為有男子氣概的臉型)：嗰個～嘅係你女婿啊？(那個長方臉的是你女婿嗎？)

**鞋抽面** hai⁴tsʰɐu¹min⁶【喻】下巴向前突出的臉型(鞋抽：鞋拔子)。

**嘜頭₁** mɐk¹tʰɐu⁴〈嘜音麥第 1 聲〉【貶】相貌；樣子：我睇見佢個～就唔開胃。(我看見他的模樣就討厭!)

**乞兒相** hɐt¹ji⁻¹sœŋ³〈兒音衣，相音相貌之相〉【喻】【貶】很下賤的相貌；邋邋遢遢的模樣(乞兒：乞丐)：睇你副～，仲想話做老細添!(看你這副賤模樣，還想當老闆呢!)

**貓樣** mau¹jœŋ⁻²〈樣讀第 2 聲，椅響切〉【喻】【貶】難看的樣子；下賤的相貌：嗰個噉嘅～想娶我個女?(那樣的賤相想娶我女兒?)

**衰樣** sɵy¹jœŋ⁻²〈樣讀第 2 聲，椅響切〉【貶】糟糕的模樣：乜兩年唔見，你仲係噉副～㗎?(怎麼兩年不見，你還是這副糟模樣?)

## 八 A7　力　量

**力水** lek⁶sɵy² 力量；力度：你似乎爭噉啲～。(你力量上似乎還差點兒。)｜呢一下～好大㗎。(這一下力量很大的。)

**牛力** ŋɐu⁴lek⁶【喻】很大的力氣(略帶貶義)：做嘢咪淨係用鋪～，要用下腦至得㗎。(幹活別光使蠻勁，要動一下腦子才行。)

**蠻力** man⁴lek⁶【貶】蠻勁兒；傻勁兒：佢淨係得鋪～。(他光有一身傻勁兒。)

**陰力** jɐm¹lek⁶ 柔勁兒；暗勁兒(表面上看勁不大，實際上勁道很強)：學功夫嗰啲人識得用～打人。（學武術的人會用柔勁兒打人。）

**手力** sɐu²lek⁶ 手勁：佢好好～。（他手勁挺大。）

**腳頭** kœk³tʰɐu⁴ 腳力；腳勁：嗰個前鋒嘅～真勁，網都畀佢射穿咗。（那個前鋒的腳力真大，網都讓他給射穿了。）

**腳骨力** kœk³kwɐt¹lek⁶ 腿力（用於走路方面）：你～幾得，行咁遠都唔癐。（你的腿力挺好的，走那麼遠都不覺累。）

## 八 A8　附：一般事物、這、那、甚麼

[ 包括對各種事物的泛指和疑問，不一定是指抽象的事物 ]

\***嘢** jɛ⁵〈音野〉東西：我畀樣～你睇。（我給你看一樣東西。）｜有好多～硬過鐵。（有好多東西比鐵硬。）｜裏便好似薑住個圓轆轆嘅～。（裏頭好像放着一個圓滾滾的東西。）[ 重見一A3、八A1、十F2 ]

\***東東** toŋ¹toŋ¹【謔】東西：呢裏頭啲～都幾多。（這裏頭東西還挺多。）[ 重見八A1 ]

\***好嘢** hou²jɛ⁵〈嘢音野〉好東西：呢啲係～嚟㗎。（這是好東西。）[ 重見九D1 ]

**正斗嘢** tsɛŋ³tɐu²jɛ⁵〈正音志贏切第3聲，斗音升斗之斗，嘢音野〉質量好的東西：買倒～。（買到好東西。）[ 又作"正嘢" ]

**堅嘢** kin¹jɛ⁵〈嘢音野〉【俗】質量好的東西（堅：質量好）。

**苴嘢** tsa²jɛ⁵〈苴音炸第2聲，嘢音野〉【貶】差劣的東西。

**苴斗貨** tsa²tɐu²fɔ³〈苴音炸第2聲，斗音升斗之斗〉【貶】本指差劣的貨品，泛指差劣的東西。[ 又作"苴斗嘢" ]

**貨仔** fɔ³tsɐi²〈仔音子矮切〉【貶】東西；貨色（帶貶義或不滿意的口吻）：原來係噉嘅～。（原來是這樣的貨色。）｜得咁啲～，點夠啊！（只有這麼點東西，哪兒夠呢！）

**賣剩蔗** mai⁶tsen⁶tsɛ³【貶】【喻】剩下來沒人要的東西：啲～就畀我啊？（剩下沒人要的東西就給我呀？）[ 又作"賣剩腳" ]

**籮底橙** lɔ⁴tɐi²tsʰaŋ² 同"賣剩蔗"。

\***地藏** tei⁶tsɔŋ⁶〈藏音撞〉悄悄收藏的東西：睇下你嘅～得唔得？（看看你的私下收藏品行不行？）[ 本為佛教一菩薩名，有"安忍如大地，靜慮如秘藏"之譽。重見七A11、八C2 ]

**嗑叻嘞嘞** kʰek¹lek¹kwʰak¹lak¹〈嗑音卡益切，叻音力第1聲，嘞音誇客切第1聲，嘞音拉客切第1聲〉各種東西或事情（往往是指比較瑣碎的）：將啲～攞晒走。（把各種各樣的東西全拿走。）｜呢啲～唔好薑喺度。（這些拉拉雜雜的東西不要放在這兒。）[ 又作"嗑嘞。 ]

**隙叻嘞嘞** kwʰek¹lek¹kwʰak¹lak¹〈隙音虢益切〉同"嗑叻嘞嘞"[ 又作"隙嘞" ]

**乜乜物物** mɐt¹mɐt¹mɐt⁶mɐt⁶〈乜音麼一切〉【貶】繁瑣的事物；這個那個（乜：甚麼）：成箱～，多到死。（整箱子拉拉雜雜的東西，太多了。）｜三嬸鍾意成日講人哋嘅～，冇佢修！（三嬸喜歡整天說人家這個那個的事，真拿她沒辦法！）

**狗屎拉雜** kɐu²si²lap²tsap⁶〈拉音臘〉【喻】【貶】拉拉雜雜的事物：乜嘢～都要我嚟搞。（甚麼拉拉雜雜的事都要我來弄。）

**仔（崽）** tsɐi²〈音擠第2聲，子矮切〉表示小的詞尾，加在表名物的詞尾後面，表示其體積小：凳～（小凳子）｜屋～（小房子）｜刀～（小刀）｜

樹～（小樹）[ 重見一 B1、二 D1、
一 C4 ]

**呢₁** nei¹(ni¹)〈音你第 1 聲，又音那衣
切〉近指的單數形式；這：～個人
（這個人）|～樣嘢（這種東西）

**咿** ji¹〈音衣〉同 "呢"：～架車（這輛
車）|～場波唔好睇。（這樣的球不
好看。）

**呢啲** nei¹(ni¹)ti¹〈呢音你第 1 聲，又音
那衣切；啲音低衣切〉近指的複數
形式；這些（呢：這；啲：些）：～
人（這些人）|～嘢（這些東西）

**咿啲** ji¹ti¹〈咿音衣，啲音低衣切〉同
"呢啲"（咿：這）：～車（這些車）|～
波唔好睇。（這樣的球不好看。）

**嗰** kɔ²〈音個第 2 聲，幾可切〉遠指
的單數形式；那：～個人（那個
人）|～架車（那輛車）

**嗰啲** kɔ²ti¹〈嗰音個第 2 聲，啲音低衣
切〉遠指的複數形式；那些（嗰：
那；啲：些）：～人（那些人）|～車
（那些車）

***啲₁** ti¹〈低衣切〉複數的指示；這些；
那些：～嘢喺呢度。（那些東西在這
兒。）|～飛機票喺邊個度？（那些
飛機票在誰那兒？）[ 本來用法相當
於普通話 "些"，與 "呢（這）"、"嗰
（那）" 組成 "呢啲（這些）"、"嗰啲
（那些）"。又省略了 "呢" 和 "嗰"，
單說 "～"，不明確作近指示還是遠
指。重見九 B18 ]

**今** kɐm¹ 指示目前正在進行的事情：～
餐飯（現在這頓飯）|～匀（現在這
一次）

**第二個** tɐi⁶ji⁶kɔ³ 另一個；別的（單
數）：呢個唔得就攞～，再唔得就再
攞～，終有個得㗎。（這個不行就拿
另一個，再不行就再拿另一個，總
有一個行的。）[ 重見一 A1 ]

**第個** tɐi⁶kɔ³ 同 "第二個"：呢個袋裝

唔落，嘛躉啲落～袋度囉。（這個袋
子放不下，那不就放一些到別的袋
子裏嘛。）[ 重見一 A1 ]

**第二啲** tɐi⁶ji⁶ti¹〈啲音低衣切〉另一些；
別的（複數）：我就鍾意呢個，～都唔
愛。（我就喜歡這個，別的都不要。）

**第啲** tɐi⁶ti¹〈啲音低衣切〉同 "第二
啲"：～公司亦不會差過你哋。（別
的公司也不會比你們差。）

***嘅₁** kɛ³〈記借切〉用在多種詞語後
面，構成表承事物的詞語。相當於
普通話的 "的"：呢個係我～。（這
是我的。）|我要紅～。|過去～唔
提嘞。（過去的不提了。）[ 重見九
D34、十一 A1 ]

**邊** pin¹ 疑問指示的單數形式；哪：～
個人（哪個人）|～架車（哪輛車）[ 重
見四 B1 ]

**邊啲** pin¹ti¹〈啲音低衣切〉疑問指示
的複數形式；哪些（邊：哪；啲：
些）：～人（哪些人）|～車（哪些車）

***乜₁** mɐt¹〈音物第 1 聲，媽乞切〉甚
麼；甚麼東西：你攞嚟啲究竟係～
啊？（你拿來的究竟是甚麼？）[ 重
見九 D33 ]

**乜嘢** mɐt¹jɛ⁵〈乜音物第 1 聲，嘢音野〉
甚麼東西；甚麼：我睇唔真噉啲係～。
（我看不清楚那些是甚麼。）

**咩₁** mɛ¹〈麼些切〉同 "乜嘢"：呢個嘢～
都唔似。（這東西甚麼都不像。）[ 此
即 "乜嘢" 二字的合音。又作 "咩野" ]

**乜東東** mɐt¹tʊŋ¹tʊŋ¹〈乜音物第 1 聲〉
【謔】甚麼東西：嗰啲係～？（那是
甚麼？）

**乜鬼嘢** mɐt¹kwɐi²jɛ⁵〈乜音物第 1 聲，
嘢音野〉【俗】甚麼東西：佢唔知躉
咗啲～喺度。（他不知放了甚麼東西
在這兒。）[ 又作 "乜鬼" ]

## 八 A9　其　他

**火路** fɔ²lou⁶ 火候（燒火的火力大小及時間長短）：呢煲粥未夠～。（這鍋粥沒到火候。）

**色水** sek¹sθy² 顏色：呢隻～唔好睇。（這個顏色不好看。）

**景** keŋ² 景色；風景：呢個～幾上鏡㗎。（這處景色挺上鏡頭的。）

## 八 B　意識與能力

### 八 B1　想法、脾氣、態度、品行

**諗頭** nɐm²tʰɐu⁴〈諗音那飲切〉①想法；想頭（諗：想）：呢個細路仔細細個就好多～喇喇。（這個小孩子年紀小小的就有很多想法。）②頭腦；考慮問題的方法：你啲～就唔及你細佬喇。（你的腦瓜就比不上你弟弟了。）

**諗法** nɐm²fat³〈諗音那飲切〉想法；念頭（諗：想）：我好想知道你嘅～係點。（我很想知道你的想法是怎麼樣的。）

**睇法** tʰɐi²fat³ 看法；見解（睇：看）：我啲～同你唔同。（我的看法和你不同。）

**心機** sɐm¹kei¹ 心思；精神：畀啲～讀書。（用點心思讀書。）｜覺得做乜都冇～。（覺得幹甚麼都沒心思。）

**心水** sɐm¹sθy² ①心意：我睇幾好，唔知啱唔啱你嘅～呢？（我看挺好，不知道合不合你的心意呢？）②考慮問題的頭腦：佢個人諗嘢～好清㗎。（他這人考慮事情頭腦非常清醒。）

\***姣氣** hau⁴hei³〈姣音敲第 4 聲〉【俗】（女人的）放蕩的感情（姣：淫蕩）。［重見八 A2］

**火氣** fɔ²hei³ 男子漢的血性；陽剛的脾性：你個男人老狗，點解冇啲～嘅？（你這男子漢，怎麼沒點兒陽剛之氣？）［又指怒氣，則同於普通話］

**心火** sɐm¹fɔ² 原為中醫術語，指鬱積於心（五臟之一）中的邪火（六淫之一），轉指火氣：你今日～咁盛嘅？（你今天怎麼火氣那麼衝？）

**牛頸** ŋɐu⁴kɛŋ²【喻】【貶】犟脾氣：你成世人都係嗽鋪～。（你一輩子都是這犟脾氣。）

**炮仗頸** pʰau³tsœŋ²kɛŋ²〈仗讀第 2 聲，紙響切〉【喻】【貶】火爆脾氣：佢係～嚟㗎，嘟嘟就同人嗌交。（他是火爆脾氣，動不動就和別人吵架。）

\***面口** min⁶hɐu² 臉色（指不高興時顯露出來的態度）：佢居然攞啲嗽嘅～嚟畀我睇！（他居然拿這樣的臉色來給我看！）［重見八 A6］

\***聲氣** sɛŋ¹hei³〈聲音司贏切第 1 聲〉對人說話的態度：你好～啲同佢講，佢會聽嘅。（你態度好點兒跟他說，他會聽的。）［重見八 A2］

**本心** pun²sɐm¹ 良心：人要憑～做事嘅。（人要憑良心辦事的。）［又有初衷、本來的意願之義，則同於普通話］

**口齒** hɐu²tsʰi² 承諾；對所作承諾的信用：我個人一貫好講～嘅。（我這人一向很講信用的。）

### 八 B2　本領、能力、技藝、素質

**道行** tou⁶hɐŋ⁶〈行音幸〉【喻】高深的本領：呢一次係要搵阿強哥嘅咁有嘅先搞得嘞。（這一回得找強哥這樣有本事的才玩得轉了。）

**板斧** pan²fu²【喻】本事：原來你都有翻兩下～個噃。（原來你還有那麼下本事。）［說唐故事說程咬金的

254

事為"三板斧"，廣州話此語即從此而來〕

*三板斧 sam¹pan²fu² 【喻】僅有的本事：我係得～咋。（我就這麼點兒本事了。）〔參見"板斧"。重見五E3〕

*散手 san²seu² 【喻】本指散打武術，比喻本事、技藝：界兩道～你睇下。（露兩手你瞧瞧。）〔重見七D8〕

*料 liu⁻² 〈讀第2聲，利曉切〉才能；能力；學問：佢有乜～啫，居然做倒經理。（他有啥才能呢，居然當上經理。〔重見八A2〕

牙力 ŋa⁴lek⁶ 【喻】使人遵從的能力：你有～啲，你去同佢哋講。（你說話有人聽，你去跟他們講。）

口碼 heu²ma⁵ 口才：我哋呢幾個最好～就係阿東啦。（我們幾個中口才最好的就是阿東了。）

喉底 heu⁴tei² ①戲曲、歌唱演員的唱功；歌唱的基本功：呢個花旦嘅～認真好嘢。（這個花旦的唱功確實不錯。）②【喻】本事：冇咁上下～唔敢咁牙擦嘅。（沒有一定的本事不敢那麼自負的。）

手勢 seu²sei³ 手藝：你煮餸嘅～唔錯。（你做菜的手藝不錯。）

手作 seu²tsɔk⁻⁶ 〈作音昨〉手藝。

手工 seu²koŋ¹ 工藝；在手工工作中表現出的技藝：呢啲傢俬嘅～唔錯。（這些傢具的工藝不錯。）

人工 jɐn⁴koŋ¹ 同"手工"。〔重見八C2〕

手(首)本戲 seu²pun²hei³ 【喻】最拿手的本事、技藝：畫荷花係佢嘅～嚟嘅。（畫荷花是他的拿手本事。）〔重見八C3〕

眼水 ŋan⁵sɵy² ①視力：你～好啲，你嚟望下。（你視力好些，你來看一下。）②準頭（射擊、投擲等的準確性）：阿堅～真好，一掟就中。（阿

堅真有準頭，一擲就中。）③對事情的判斷能力：冇咁上下～邊搵到咁好嘅老婆嚰！（沒有一定的眼力，怎能找到這麼好的老婆呢！）

眼界 ŋan⁵kai³ 準頭（射擊、投擲等的準確性）：有邊個啲～好得過射擊運動員啊？（有誰的準頭比射擊運動員還好呢？）

二仔底 ji⁶tsɐi²tɐi² 〈仔音子矮切〉【喻】很差的底子和素質；水平不高的本事：就佢噉嘅～，再學兩年都及唔倒你啦！（就他這樣的孬本事，再學兩年也比不上你呀！）

質素 tsɐt¹sou³ 素質：呢啲工人～幾高下。（這些工人素質挺高的。）

## 八B3　計策、辦法、把握

竅 kʰiu⁻² 〈音橋第2聲，啟曉切〉計策；竅門；辦法：度～（想辦法）｜你有乜嘢～呢？（你有甚麼計策？）

絕世好竅 tsyt⁶sɐi³hou²kʰiu⁻² 〈竅音橋第2聲〉絕妙的計策（竅：計策）：你呢條正式係～，冇得頂。（你這個真是絕妙的辦法，沒說的。）

計 kɐi⁻² 〈讀第2聲，假矮切〉計策；辦法：諗～。（想辦法。）｜冇～。（沒辦法。）

計仔 kɐi⁻²tsɐi² 〈計音假矮切，仔音子矮切〉同"計"：諗～。（想辦法。）｜冇～。（沒法子。）

屎坑計 si²haŋ¹kɐi⁻² 〈計讀第2聲〉【謔】【貶】蹲茅坑想出來的辦法（屎坑：茅坑）；壞點子；低劣的辦法：一日到黑諗埋晒啲～。（一天到晚淨想些壞點子。）

符 fu⁴ 【喻】本指符咒，比喻辦法：冇晒～。（一點兒辦法也沒有。）

符口 fu⁴fit¹ 〈後一字音飛熱切第1聲〉辦法：買唔到火車票，你有咩～

啊？（買不到火車票，你有甚麼辦法呀？）

**把炮** pa²pʰau³ ①把握：冇乜～。（沒甚麼把握。）｜應承得你，就實係有～嘅。（既然答應你，就肯定有把握的。）②有解決問題的辦法；神通：佢個人真係有～。（他這人真有辦法。）

**揸拿** tsa¹na⁴〈揸音渣〉把握（揸：抓）：冇七八程～就唔好做。（沒七八成把握就不要幹。）

*__花臣__ fa¹sɐn⁻²〈臣讀第 2 聲，洗很切〉【外】【貶】花招：你又想搞乜嘢～啊？（你又想要甚麼花招？）[ 英語 fashion。重見八 A5 ]

## 八 C 社會性事物

### 八C1 工作、行當、規矩、事務

**工** kɔŋ¹ 職業；工作：你打乜嘢～喫？（你幹甚麼工作？）｜做兩份～（做兩份工作）

**住家工** tsy⁶ka¹kɔŋ¹ 當保姆的工作：佢打咗一牌～，後來去咗間工廠。（她做了一段時間的保姆，後來去了一家工廠。）

*__瓣__ fan⁶〈音飯〉專業範圍；行當：語言學唔係你嗰～嘅。（語言學不屬你的專業範圍。）[ 重見十 E2、十 F1 ]

*__水₁__ sɵy²【俗】行；門：你食邊隻～喫？（你吃哪行飯？／你吃哪門子飯？）[ 重見八 C2、十 F2 ]

**偏門** pʰin¹mun⁻²〈門讀第 2 聲〉旁門左道：撈～。（走旁門左道。）

*__架步__ ka³pou⁶（專業的）技術規程；（行會或黑社會的）行規；（辦事的）程序：你唔知～唔好亂掜。（你不知

道竅門兒不要亂碰。）[ 重見八 A6 ]

**規例** kwʰɐi¹lɐi⁶ 規則；規矩：入公司做嘢，就要守公司嘅～。（進公司幹活，就要遵守公司的規則。）

**例規** lɐi⁶kwʰɐi¹ 同 "規例"：茶樓啲～係唔界自己帶餸去食喫。（茶樓的規矩是不准自己帶菜去吃的。）

*__例牌__ lɐi⁶pʰai⁻²〈牌讀第 2 聲〉常例；一般的規矩：入學之前要檢查身體，呢個係～喫啦。（入學之前要檢查身體，這是常例嘛。）[ 重見七 D2 ]

**工夫** kɔŋ¹fu¹ 活兒；工作：仲有好多～要做。（還有很多活兒要幹。）｜～長過命。（熟語：活兒比命長。即謂工作是做不完的。）

**懶佬工夫** lan⁵lou²kɔŋ¹fu¹ 很容易做的工作；不費勁的工作（工夫：工作）：呢啲～，你就啱嘞。（這些不費力的活兒，最適合你了。）

**眼睇工夫** ŋan⁵tʰɐi²kɔŋ¹fu¹〈睇音體〉眼睛看着就能學會的活兒；很容易做的工作（睇：看）：呢啲係～喫嘛，一陣就學得識喫喇。（這些是一看就知道怎麼做的活兒，一會兒就能學會的了。）[ 又作 "眼見工夫" ]

*__下欄__ ha⁶lan⁴ 下手；雜活：技術上你揸好，啲～就嗌鬍鬚仔做得嘞。（技術上你抓好，那些雜活兒就叫小鬍子幹行了。）[ 重見三 B1、八 C2 ]

**家頭細務** ka¹tʰɐu⁴sɐi³mou⁶ 家務；家裏的瑣碎事務：咁得閒睇電視，不如幫手做下啲～啦。（這麼有空看電視，還不如幫忙做點兒家務吧。）

**一頭家** jɐt¹tʰɐu⁴ka¹ 整個家庭的各種事務：結咗婚有～，邊仲得閒去玩啊。（結了婚家裏有一大堆事務，哪兒還有空去玩兒啊。）

# 八 C2 收入、費用、財產、錢款

**入息** jɐp⁶sek¹ 經濟收入：佢做個總工程師～都唔少㗎。(他當個總工程師收入也不少呢。)

**\*人工** jɐn⁴koŋ¹ 薪水；工資：你喺呢間公司做攞幾多～啊？(你在這間公司工作拿多少工資？)[重見八B2]

**\*貼士** tʰip⁻¹si⁻² 〈貼讀第1聲，士音屎〉【外】小費：喺中國，啲人客唔興畀～。(在中國，客人們不習慣給小費。)[英語tips. 重見八A2]

**\*下欄** ha⁶lan⁴ 〈下音下面之下〉服務性行業的老闆把小費收入或其他額外收入的一部分分給員工，作為外快，稱為"～"。[重見三B1、八C1]

**\*利市(是)** lɐi⁶si⁶ 〈利音麗〉① 壓歲錢：細路仔最鍾意過年㗎嘞，有～捉啊嘛。(小孩子最喜歡過年了，有壓歲錢拿嘛。) ② 每逢紅白喜事為酬謝親友幫忙而贈送的錢。③ 老闆發給員工的獎金。[重見九C1]

**佣** joŋ² 佣金；回扣：呢單生意做得成，你肯畀幾個～啊？(這宗生意要是做成了，你能給百分之幾的佣金呢？)

**折頭** tsit³tʰɐu⁴ 折扣：買衫有～喎。(買衣服有折扣。)

**時年** si⁴nin⁴ 年成；一年的農業收穫。

**漁獲** jy⁴wɔk⁶ 水產收成：今年嘅～幾好啊。(今年的水產收成很好呀。)

**使用** sɐi²joŋ⁶ 日常費用；開支：每個月～都好大下㗎。(每個月的開支都挺大的。)

**散使** san²sɐi² 零用錢。

**皮費** pʰei⁴fɐi³【外】費用(一般指商業上的)：就噉維持個舖面都好大～喇。(就這樣維持一個舖面費用也很大了。)["皮"是英語pay的音譯]

**水腳** sɵy²kœk³ 路費；運費：每年春節，

老細都會畀～啲員工翻屋企過年。(每年春節，老闆都會給路費讓員工們回家過年。) | 呢批貨淨係～都唔少。(這批貨光運費就不少。)[舊時珠江三角洲地區以水路為主，故稱。今即使全走陸路，亦沿用此說法]

**運腳** wɐn⁶kœk³ 運費。

**湯藥費** tʰɔŋ¹jœk⁶fɐi³ 醫藥費(湯藥：中藥湯)：細路仔唔好打交啊，打傷人要賠～㗎。(小孩子別打架，打傷了人要賠醫藥費的。)

**\*湯藥** tʰɔŋ¹jœk⁶ 同"湯藥費"。[重見三D10]

**燈油火蠟** tɐŋ¹jɐu⁴fɔ²lap⁶ 燈火錢；照明費：晚晚睇書通宵咁滯，淨係～都唔知點計啦！(每天晚上看書幾乎看通宵，光是電費就沒法算！)

**福壽金** fok¹sɐu⁶kɐm¹【婉】喪葬費：呢次空難，航空公司支付嘅～成500萬。(這次空難，航空公司支付的喪葬費就達500萬。)

**身家** sɐn¹ka¹ 個人財產：我全副～响齊度㗎喇。(我全部財產全在這兒了。)

**物業** mɐt⁶jip⁶ 不動產：主要指房產。

**\*地藏** tei⁶tsɔŋ⁶ 〈藏音撞〉【喻】私房錢：你瞞住老婆收埋幾多～啊？(你瞞着妻子藏起多少私房錢呀？)[重見七A11、八A8]

**\*水₁** sɵy²【喻】錢財：又有～捉嘞。(又有錢拿了。) | 呢度要幾多～度？(這兒大約要多少錢？)[此原為舊時黑話。重見八C1、十F2]

**米** mɐi⁵【喻】錢財。舊時官吏以米定俸，折米價為銀發薪，故稱：佢有～就惡晒咩？(他有錢就能橫行霸道嗎？)

**樓花** lɐu⁴fa¹ 期樓(尚未建成而以期貨形式進行交易的樓房)。

**本銀** pun²ŋɐn⁻² 〈銀讀第2聲，毅很切〉本金。

257

\*皮₁ pʰei⁻²〈讀第 2 聲，普起切〉【外】錢；本錢：落好重～。（下很大本錢。）[ 英語 pay。重見十 D1 ]

定₃ tɛŋ⁶〈音地贏切第 6 聲〉定金：我而家即刻就落～。（我現在馬上就給定金。）

燕梳 jin³sɔ¹【外】保險：你買咗～未啊？（你買了保險了嗎？）[ 英語 insurance ]

善款 sin⁶fun² 為福利事業的捐款：呢次嘅～收入共三千萬。（這次的捐款收入共三千萬。）

貴利 kwɐi³lei⁶ 高利貸：～唔能夠借㗎，利沓利，好禁還㗎。（高利貸不能借呀，利滾利，還不起的。）

紙水 tsi²sɵy² 幣值（紙：鈔票）：～跌。

## 八 C3　文化、娛樂、衛生

字墨 tsi⁶mɐk⁶ 文化知識：個肚度冇乜～嘅人都係差啲。（肚子裏沒多少墨水的人總是差點兒。）

九因歌 kɐu²jɐn¹kɔ¹ 九九歌；乘法口訣。

對₃ tɵy⁻²〈讀第 2 聲，底許切〉對子；對聯；聯句：諗一副好啲嘅～。（想一聯好點兒的對子。）

大戲 tai⁶hei³ 傳統戲曲，特指粵劇：睇～。

\*手(首)本戲 sɐu²pun²hei³（某演員或戲班）最拿手的劇目：呢齣係佢哋嘅～㗎㗎。（這一齣是他們最拿手的戲。）[ 重見八 B2 ]

手(首)本 sɐu²pun² 同"手(首) 本戲"。

天光戲 tʰin¹kwɔŋ¹hei³ 舊時戲班演通宵的戲（天光：天亮）。

戲肉 hei³jok⁶〈肉讀第 2 聲〉戲劇的精彩部分；戲劇高潮：～仲喺後便哩。（重頭戲還在後頭呢。）

龍舟 loŋ⁴tsɐu¹ 一種流行於粵語地區的

曲藝。原為專在渡船中為乘客賣唱者的唱調，後發展為有說有唱並有弦樂伴奏的形式。

\*數白欖 sou²pak⁶lam⁻² 一種流行於粵語地區的曲藝。主要特色是在木魚伴奏下快速朗讀。似北方的快板書。[ 簡稱 "白欖"。重見七 B8 ]

木魚書 mok⁶jy⁴sy¹ 一種流行於粵語地區的曲藝。最初限於佛教徒傳唱佛教因果報應故事，後發展為吟誦說唱體，內容亦漸廣泛。特點是節奏自由，沒有起板和過門。

八音 pat³jɐm¹【舊】①民間音樂：聽～。②演奏民間音樂的樂隊：請～。

合尺 hɔ⁴tsʰɛ¹〈合音何，尺音車〉工尺（中國的傳統樂譜記音法的各個音階的總稱）。

鹹水歌 ham⁴sɵy²kɔ¹ 一種流行於珠江三角洲地區的民歌。其前身為水上居民（疍民）的情歌。

口簧 hɐu²wɔŋ⁻²〈簧讀第 2 聲〉順口溜：聽啲細路唸嗰啲嘅～鬼咁得意。（聽那些小孩唸的那些順口溜忒有意思。）

古仔 kwu²tsɐi² 故事：佢好識作～。（他很會編故事。）[ 又作 "古" ]

\*估 kwu² 謎語：群姐嗰日打嗰隻～我點都估唔倒。（群姐那天出的那個謎語我怎麼也猜不出來。）[ 重見五 B2 ]

私伙局 si¹fɔ²kok⁻²〈局讀第 2 聲〉一種民間業餘曲藝、音樂組織：有興趣唱下粵曲，點解唔入～啫？（有興趣唱唱粵曲，為甚麼不加入 "私伙局" 呢？）

班₁ pan¹【外】樂隊：砌～（組建樂隊。）[ 英語 band ]

派對 pʰa¹tʰi⁴〈派音怕第 1 聲，對音提移切〉【外】派對；舞會；聯歡聚會：畢業～｜生日～ [ 英語 party。此詞寫作 "派對"，是按上海話音

譯。廣州雖亦循例書寫，但不讀廣州話二字音，而依英語原詞讀 ]

**紅會** hoŋ⁴wui⁻² "紅十字會" 的簡稱。

## 八 C4　情面、門路

**面**₃ min⁻²〈讀第 2 聲，摸演切〉情面；面子：我喺佢哋中間都仲有啲～嘅。（我在他們中間還有些面子。）｜冇～見人。（沒臉見人。）

**薄面** pok⁶min⁻²〈面讀第 2 聲〉小小的情面：畀翻幾分～。（給幾分情面。）

**人事** jɐn⁴si⁻²〈事音屎〉人際關係：佢喺呢間廠做咗 20 年，上上下下～都好好㗎。（他在這個廠幹了 20 年，上上下下關係都很好的。）｜靠真本事啊嘛，點能夠靠人事～呢！（靠真本事嘛，怎麼能靠人情關係呢！）

**頻婆面** pʰɐn⁴pʰɔ⁻²min⁶〈婆讀第 2 聲，普可切〉【喻】【貶】很厚的臉皮（頻婆：鳳眼果）：佢乸就乸在有副～，一日上門㗎噃。（他能就能在有一副厚臉皮，整天上門來求。）

**窿路** loŋ¹lou⁶【喻】門路：你有冇～買火車票啊？（你有沒有門路買火車票呀？）

**窿罅** loŋ¹la³〈罅音賴亞切〉【喻】很偏的門路（罅：縫）：佢實搵倒～嘅。（他一定能找到門路的。）

## 八 C5　語言、文字

**白話** pak⁶wa⁻²〈話讀第 2 聲，壺啞切〉粵語；廣州話：呢條涌呢便係講～嘅，嗰便係講客家話嘅。（這條小河這邊是講粵語的，那邊是講客家話的。）

**挨話** ŋai¹wa⁻²〈挨音毅鞋切第 1 聲，話讀第 2 聲〉客家話（客家話讀 "我" 近於 "挨" 音）。

**呤話** laŋ¹wa⁻²〈呤音那坑切，話讀第 2

聲〉潮汕話（潮汕話讀 "人" 如 "呤" 音）。

**土談** tʰou²tʰam⁴ 土語：我哋呢度有啲～出便嘅人聽唔明嘅。（我們這兒有些土語外邊的人聽不明白的。）

**鹹水話** ham⁴sɵy²wa⁻²〈話讀第 2 聲〉不純正的話，特指不純正的廣州話。

**煲冬瓜** pou¹toŋ¹kwa¹〈煲音保第 1 聲〉【謔】普通話（此三字音與 "普通話" 音近）。

**撈話** lau¹wa⁻²〈撈音拉敲切，話讀第 2 聲〉北方話。[ 參見一 E6 "撈鬆" ]

**鬼佬話** kwɐi²lou²wa⁻²〈話讀第 2 聲〉外國話（鬼佬：對外國人不敬之稱）。

**背語** pui⁶jy⁵〈背音背誦之背〉①隱語；黑話：嗰啲人斟盤都係用～嘅，你邊聽得倒啊。（那些人商量事情都是用隱語的，你哪聽得懂呢。）②歇後語："食豬紅屙黑屎" 係句～嚟嘅，即係話 "即刻見功"。（"吃豬血拉黑屎" 是一句歇後語，就是説 "馬上見效"。）

**説話** syt³wa⁶ 話：咪噉樣同大人講～。（別這樣和大人説話。）｜你呢句～唔啱。（你這句話不對。）

**笛** tɛk⁻²〈讀第 2 聲〉【喻】本指馴動物用的笛哨，比喻對人的吩咐、指教等：佢而家都唔聽我嘅～嘞。（他現在都不聽我的話了。）

*__誓願__ sei⁶jyn⁶ 誓言：你記唔記得你發過乜嘢～啊？（你記不記得你曾立下甚麼誓言？）[ 重見七 C11 ]

**童子口** tʰoŋ⁴tsi²hɐu² 迷信説法：小孩子能在無意中説出有關未來吉凶等的預言，即所謂 "～"。[ 參看七 B12 "撞口卦" ]

**大話** tai⁶wa⁶ 謊話：一聽就知你呢啲係～啦！（一聽就知道這是謊話！）[ 普通話指虛誇的話，與廣州話有所不同 ]

八　抽象事物

259

**大炮** tai⁶pʰau³【喻】謊話；牛皮：噉嘅～你都信？(這樣的牛皮你也信？)

**葫蘆** wu⁴lou⁻²〈蘆音佬〉【喻】謊話；牛皮：佢嘅～而家唔靈喇。(他的牛皮現在沒人信了。)[舊時江湖醫生掛葫蘆賣藥，吹得神乎其神，言過其實，故以"葫蘆"喻謊言]

*__粗口__ tsʰou¹hɐu² 髒話：唔好講～！(別說髒話！)[重見七C9]

**爛口** lan⁶hɐu² 髒話。[重見七C9]

**簡筆字** kan²pɐt¹tsi⁶ 簡化字：香港人唔多識睇～㗎。(香港人不大會看簡化字。)[又作"簡筆"]

**淺筆字** tsʰin²pɐt¹tsi⁶ 同"簡筆字"。[又作"淺筆"]

**深筆字** sɐm¹pɐt¹tsi⁶ 繁體字：嗰啲人唔識～又要學人寫。(那些人不懂繁體字又要學人家寫。)[又作"深筆"]

**舊體字** kɐu⁶tʰɐi²tsi⁶ 繁體字或舊時通行的異體字。[又作"舊體"]

**大字** tai⁶tsi⁶ 中、大楷毛筆字：二年級開始學寫～。(二年級開始學寫毛筆字。)

**鬼畫符** kwɐi²wak⁶fu⁴〈畫音劃〉【喻】【貶】寫得非常潦草的字：你哋～我睇唔倒。(你這些潦草的字我看不懂。)

**雞腸字** kɐi¹tsʰɔŋ⁻²tsi⁶〈腸音搶〉【喻】【謔】①手寫的西洋文字：～㗎喇？我搞唔喏㗎！(是外文？我不行啊！)②寫得極潦草難懂的字。

**西文** sɐi¹mɐn⁻²〈文讀第2聲〉西洋文字。

**單企人** tan¹kʰei⁵jɐn⁻²〈人音隱〉"亻"旁。(單人旁。企：站立)。

**企人邊** kʰei⁵jɐn⁻²pin¹〈人音隱〉同"單企人"。

**企人旁** kʰei⁵jɐn⁻²pʰɔŋ⁴〈人音隱〉同"單企人"。

**雙企人** sœŋ¹kʰei⁵jɐn⁻²〈人音隱〉"彳"旁(雙人旁)。

**耳仔邊** ji⁵tsɐi²pin¹〈仔音子矮切〉【喻】①"阝"旁(在左，左耳旁。耳仔：耳朵)。②"阝"旁(左右不分)。[又作"耳仔旁"]

**戽斗邊** fu³tɐu²pin¹〈戽音褲，斗音升斗之斗〉【喻】"阝"旁(在右，右耳旁)和"卩"旁。[又作"戽斗旁"]

**斧頭邊** fu²tʰɐu⁻²pin¹〈頭讀第2聲〉同"戽斗邊"。[又作"斧頭旁"]

**狗爪邊** kɐu²tsau²pin¹"犭"(反犬旁)。[又作"狗爪旁"]

**繞絲邊** kʰiu⁵si¹pin¹〈繞音拒了切〉"糸"(絞絲旁)。[又作"繞絲旁"]

**繞絲底** kʰiu⁵si¹tɐi²〈繞音拒了切〉"糸"字底。

**穿心邊** tsʰyn¹sɐm¹pin¹"忄"旁(豎心旁)。[又作"穿心旁"]

**剔手邊** tʰek¹sɐu²pin¹"扌"旁(提手旁)。[又作"剔手旁"]

**剔土邊** tʰek¹tʰou²pin¹"土"旁(提土旁)。[又作"剔土旁"]

**禮衣邊** lɐi⁵ji¹pin¹"衤"旁和"礻"旁。[又作"禮衣旁"]

**冧宮頭** lɐm¹kɔŋ¹tʰɐu⁻²〈冧音林第1聲，頭讀第2聲〉"宀"(寶蓋頭)和"冖"(禿寶蓋頭)。"冧"、"宮"二字即此二部首的代表字。

**冧篷頭** lɐm¹pʰɔŋ⁴tʰɐu⁴〈冧音林第1聲〉同"冧宮頭"。

**草花頭** tsʰou²fa¹tʰɐu⁻²〈頭讀第2聲〉"艹"頭(草頭)。

**竹花頭** tsok¹fa¹tʰɐu⁻²〈頭讀第2聲〉"⺮"頭(竹字頭)。

**三點頭** sam¹tim²tʰɐu⁴"丷"頭和"丷"頭。

**撐艇仔** tsʰaŋ¹tʰɛŋ²tsɐi²〈仔音子矮切〉【喻】"辶"(走之底)與"廴"。[又作"撐艇"]

## 八C6　其　他

**阿(亞)爺** a³jɛ⁴【俗】【喻】公家：你唔好話係～嘅嘢就唔做惜先得㗎！(你不要公家的東西就不愛惜了嘛！)｜攞～啲銀紙嚟猛食，個國家有乜法子唔窮㗎！(拿公家的錢來拚命吃，國家哪有不窮的呢！)

**阿(亞)公** a³koŋ¹ 同“阿爺”。

**私家** si¹ka¹ 私人（屬於私人的）：～車｜～屋｜～偵探

**如來佛祖** jy⁴lɔi⁴fɐt⁶tsou² 如來佛。

**天后** tʰin¹hɐu⁶ 原是福建蒲田湄州一位漁民的女兒，名叫林默。傳說她精通醫術，博曉天象，嫻習水性。後因救助落水商客而歿。她死後 100 年（即北宋元祐年間，公元 1086 年），家鄉父老為其立祠，奉為海神。後又升格而為天妃、天后。福建、台灣以及星馬各地稱“媽祖”。

**\*攝青鬼** sip³tsʰɛŋ¹kwɐi²〈青音差贏切第 1 聲〉傳說中隱身於僻靜處加害路人的妖魅：你成隻～噉喺呢度蝻出嚟，想嚇死人咩！(你活像個妖魅般在這兒鑽出來，想嚇死人嗎！) [ 重見一 D5 ]

**坳胡** au⁻¹wu⁴⁽⁻¹⁾〈坳音啊敲切，胡又音烏〉傳說中的兇惡人物，大人常用來嚇唬小孩。本指南朝時人劉胡。《南史·列傳第三十》：“劉胡，南陽湟陽人也，本以其面坳黑似胡，故名坳胡。及長單名胡焉。出身郡將，稍至隊主，討伐諸蠻，往無不捷。蠻甚畏憚之。明帝即位，除越騎校尉。蠻畏之，小兒啼哭，語之‘劉胡來’，便止。”

**坳胡婆** au⁻¹wu⁴⁽⁻¹⁾pʰɔ⁻²⁽⁻¹⁾〈坳音啊敲切，胡又音烏，婆讀第 2 聲或第 1 聲〉同“坳胡”。

**\*嘜₅** mɛk¹〈音麥第 1 聲〉【外】商標：雙箭～（雙箭牌）｜呢隻～嘅花生醬香啲㗎。(這個牌子的花生醬香點兒。) [ 英語 mark ]

**嘜頭₂** mɛk¹tʰɐu⁴〈嘜音麥第 1 聲〉同“嘜₅”。

**花名** fa¹mɛŋ⁻²〈名音摸贏切第 2 聲〉綽號：起～｜唔好幫人改～。(不要給人家起綽號。)

**卓頭** tsʰœk³tʰɐu⁴ 噱頭：出～(弄噱頭)

# 九、狀況與現象

[ 自然現象和生理現象參見二，心理現象參見五，某些社會現象參見八 ]

## 九 A　外形與外貌

### 九 A1　大、小、粗、細

**巨掬** kɵy⁶feŋ⁴〈掬音扶宏切〉巨大：嗰扇樹夠晒～。（那棵樹夠巨大的。）

**大掬₂** tai⁶feŋ⁴〈掬音扶宏切〉同"巨掬"。

*\***大嚿** tai⁶keu⁶〈嚿音舊〉（論塊的東西）體積大（嚿：塊）：嗰嚿石頭好～。（那塊石頭很大。）[ 重見九 A8 ]

*\***大粒** tai⁶nep¹（論顆的東西）顆粒兒大（粒：顆）：呢啲花生粒粒咁～。（這些花生每一顆都那麼大。）[ 重見九 C1 ]

*\***大隻** tai⁶tsɛk³（論隻的東西）大：呢隻雞～過嗰隻。（這隻雞比那隻大。）[ 重見九 A8 ]

**大轆（碌）** tai⁶lok¹〈轆（碌）音鹿第 1 聲〉（枝狀物）粗（轆：用於枝狀物的量詞）：攞支好～嘅棍嚟。（拿來一根很粗的棍子。）

**細** sei³ 小：呢隻杯咁～嘅？（這隻杯子怎這麼小？）| 呢扇樹好～嘅。（這棵樹很小。）| 佢年紀唔～喇。（他年紀不小了。）[ 與"大"相對。普通話"細"與"粗"相對，而在廣州話中與"粗"相對的是"幼" ]

**細嚿** sei³keu⁶〈嚿音舊〉（論塊的東西）體積小（細：小；嚿：塊）：切開兩嚿，大嚿嘅畀嫲嫲，～嘅我自己食。（切成兩塊，大的給奶奶，小的我自己吃。）

*\***細粒** sei³nep¹（論顆的東西）顆粒兒小（細：小；粒：顆）：咁大嚿咩，切～

啲，一唔係點叫肉丁啫！（哪能這麼大的塊兒，切小點兒，要不怎麼叫肉丁呢！）[ 重見九 A2 ]

*\***細隻** sei³tsɛk³（論隻的東西）小（細：小）：唔該稱嗰隻最～嘅畀我。（勞駕把那隻最小的稱了賣給我。）

**細轆（碌）** sei³lok¹〈轆（碌）音鹿第 1 聲〉（枝狀物）細（轆：用於枝狀物的量詞）：唔使咁大轆，～啲就得嘞。（用不着這麼粗，細點兒就行了。）

*\***夭** ŋɐn¹〈音銀第一聲，毅因切〉小（一般用於論個的或長條的物品。略含因小而令人不能滿意的意思）：啲蘋果咁～嘅。（這些蘋果這麼小。）| 書架隻腳唔得太～㗎。（書架的腿不能太細的。）[ 重見九 A8、九 D2 ]

**大** tai⁻¹〈讀第 1 聲〉小：我睇過喇，好～嘅。（我看過了，很小的。）[ 這是"大"的變調 ]

**啲咁大** tek¹kɐm³tai⁻¹〈啲音的，咁音甘第 3 聲，大讀第 1 聲〉非常小（啲：一點；咁：這麼）：隻隻蝦都係～隻嘅。（所有的蝦都是才那麼丁點大。）

**鼻屎咁大** pei³si²kɐm³tai⁻¹〈咁音甘第 3 聲，大讀第 1 聲〉【喻】非常小（咁：這麼）：啲藥丸仔就好似～粒。（那些小藥丸非常小。）

**鹹柑咁大** ham⁴kɐm¹kɐm³tai⁻¹〈咁音甘第 3 聲，大讀第 1 聲〉同"鼻屎咁大"（鹹柑：醃柑皮粒兒）。

**丁香** teŋ¹hœŋ¹【謔】小：呢啲餃子咁～嘅？（這些餃子這麼小的？）

**的色** tek¹sek¹ 小巧：呢個鐘幾～嘢。（這個鐘挺小巧的。）| 佢生得好～。

九
狀況與現象

（她長得挺小巧。）

*粗嘥 tsʰou¹hai⁴〈嘥音鞋〉（粉狀物）不細；顆粒粗：呢隻爽身粉好～。（這種爽身粉很粗。）[ 重見九 A7 ]

幼 jɐu³ ①（長條物）細小：呢條竹好～。（這根竹子很細小。）②（粉狀物）細小：磨得好～。（磨得很細。）

幼細 jɐu³sɐi³ ①（長條物）細小：呢條柱咁～，夠唔夠力㗎？（這根柱子這麼細，夠不夠牢靠？）②（粉狀物）細小：啲麵粉幾～嘴。（這些麵粉挺細的。）

幼滑 jɐu³wat⁶ 細膩（粉狀物顆粒細小或紡織物等纖維細小而手感滑膩）：生粉梗係～嘅好。（茨粉當然是細膩的好。）| 呢種綢仔特別～嘅。（這種綢子特別細膩的。）

鰲 niu¹〈音鳥第 1 聲，那腰切〉（條狀物）細；細而長（略含因太細而不能令人滿意的意思）：咁～條竹唔得，一拗就斷啦。（這麼細的竹子不行，一折就斷了。）| 呢條繩～得滯，換條粗啲嘅嚟。（這條繩子太細，換一條粗點兒的來。）

## 九 A2　長、短、高、矮、厚、薄

長撓撓 tsʰœŋ⁴nau⁴nau⁴〈撓意鬧第4聲〉【貶】很長：噉～我點攞啫？（這麼長，我怎麼拿呀？）

長賴□ tsʰœŋ⁴lai⁴kwʰai⁴〈賴音羅鞋切，後一字音葵鞋切〉【貶】很長：你啲頭髮～，仲唔剪咗佢。（你的頭髮很長，還不把它剪了。）[ 又作 "長賴賴" ]

短切切 tyn²tsʰit¹tsʰit¹〈切讀第 1 聲〉【貶】很短：你件衫～，就嚟凸出個肚臍喇。（你的衣服真短，快要露出肚臍了。）

短□□ tyn²tsʰɛt⁶tsʰɛt⁶〈後兩字音車字第 6 聲加上切字的音尾〉同 "短切切"。

高戙戙 kou¹toŋ⁶toŋ⁶〈戙音洞〉高高的（一般用於細長而豎立的物體。戙：豎立）：嗰棟樓～噉朜喺江邊度，鬼咁映眼。（那座樓高高地豎在江邊，非常搶眼。）

高鰲鰲 kou¹niu¹niu¹〈鰲音鳥第 1 聲，那鬣切〉很高（一般用於指身材。鰲：細長）：嗰個～就係佢男朋友。（那個細高個兒就是她的男朋友。）

鰲高 niu¹kou¹〈鰲音鳥第 1 聲，那腰切〉（身材）瘦而高（鰲：瘦）：佢生得～。（他長得瘦瘦高高。）

牛高馬大 ŋɐu⁴kou¹ma⁵tai⁶ 身材高大（無貶義）：偉仔生得～。（小偉子長得人高馬大。）

神高神大 sɐn⁴kou¹sɐn⁴tai⁶ 身材高大：佢咁～，直情打得幾個啦。（他身材這麼高大，肯定幾個人也不是他對手。）

高大威猛 kou¹tai⁶wei¹maŋ⁵【褒】（身材）高大威武：佢個男朋友～，成個史泰龍噉款。（她的男朋友高大威武，活脫脫像史泰龍。）

矮吨吨 ɐi²tɐt¹tɐt¹〈吨音低一切〉【貶】（身材）非常矮：嗰個男仔～，鬼有人睩咩。（那個男孩子矮墩墩的，哪有人喜歡。）

矮細 ɐi²sɐi³ 矮小：同班同學佢生得最～。（同班同學他長得最矮小。）

*細粒 sɐi³nɐp¹（個子）矮小：15 歲㗎喇？咁～嘅？（15 歲了嗎？個子這麼小？）[ 重見九 AI ]

*翳（瞖）ɐi³〈音矮第 3 聲〉（房屋等）低矮（使人有壓抑的感覺）：呢種樓層得兩米半，～到死。（這種樓層只有兩米五，侷促得要死。）[ 重見二

[ C10、五 A2、七 E12、九 A10、九 B1 ]

**厚揞揞** hɐu⁵tɐp⁶tɐp⁶〈揞音第入切〉【貶】很厚：咁熱，着到～，因住焗親啊。(這麼熱，穿得這麼厚，小心熱壞了。)

**厚身** hɐu⁵sɐn¹（物體）厚：呢度有兩把刀，～嗰把用嚟斫骨嘅。(這兒有兩把刀，厚的那把是用來剁骨頭的。)

**薄身** pɔk⁶sɐn¹（物體）薄：呢隻布～啲，平好多㗎！(這種布薄一些，便宜很多哪！)

**薄切切** pɔk⁶tsʰit¹tsʰit¹〈切讀第1聲〉【貶】很薄：張被～，點頂得凍㗎。(這被子太薄了，哪裏禦得了寒。)

**薄□□** pɔk⁶jit¹jit¹〈後兩字音熱第1聲〉同"薄切切"。

**薄英英** pɔk⁶jeŋ¹jeŋ¹【貶】很薄：就噉攞塊～嘅布襟住。(就這樣用一塊薄薄的布蒙着。)

**薄削** pɔk⁶sœk³（布等）很薄（略帶貶義）：呢隻布咁～，唔做得窗簾。(這種布這麼薄，不能做窗簾。)

### 九A3　寬、窄

**闊** fut³ ①寬：呢個門口咁～，你就算再肥啲都倒去啦。(這個門這麼寬，你就是再胖點也進得去。) ②（衣物）寬大；肥大：褲腳～啲就好嘞。(褲腿肥點兒就好了。)

**闊落** fut³lɔk⁶（地方）寬大；寬敞：佢屋企住得好～。(他家住得很寬敞。)

**闊哩啡** fut³lɛ⁴fɛ⁴〈哩音黎爺切，啡音肥爺切〉【貶】（衣物）寬大；肥大：件衫～，好睇咩？(這衣服肥肥大大的，好看嗎？)

**闊哩□** fut³lɛ¹kwʰɛ⁵〈哩音黎野切，後一字音葵野切〉同"闊哩啡"。

**淺窄** tsʰin²tsak³ 狹小；狹窄：呢個舖位初時覺得幾闊落下，生意做大咗就見～嘞。(這個舖位起初覺得挺寬敞的，生意做大了就顯得地方狹小了。)

**逼（偪）** pek¹〈偪音逼〉①狹小：呢間屋～咗啲。(這間房子小了點兒。) ②擁擠：返工時車係咁～㗎喇。(上班時間汽車就這麼擠。)[ 重見六 B2、九 B6 ]

**夾₁** kip⁶〈音劫第6聲〉狹小；擁擠：嗰度咁～，點坐得落人啊？(那兒那麼狹，怎麼坐得下人呢？)

**逼夾** pek¹kip⁶〈夾音劫第6聲〉狹小。

**屈屖（質）** wɐt¹tsɐt¹〈屖音質〉狹小；偪促：好多人嘅屋企都幾～㗎。(好多人家的居所相當狹小。)

**局₂** kok⁶ 狹小；偪促：咁細定方擺咁多嘢，～到死。(這麼小地方擺那麼多東西，偪促得要死。)

**腌臜** ɐp¹tsɐp¹〈腌音阿恰切，臜音汁〉地方窄小：呢間房住4個人係～啲喇。(這個房間住4個人是窄了點兒。)[ 重見九 B9 ]

### 九A4　直、曲

**直不甩** tsek⁶pɐt¹lɐt¹〈甩音拉一切〉筆直（不甩：詞尾，無意義）：佢～嘅企响度。(他筆直地站在那兒。) | 呢條路～嘅。(這條路筆直筆直的。)

**㕧** tim⁶〈音店第6聲，第艷切〉直：呢條木唔夠～。(這根木頭不夠直。)[ 重見九 A5、九 C1 ]

**攣** lyn¹〈音亂第1聲，拉冤切〉彎；曲：～毛（頭髮鬈曲）| 支通～咗。(這根管子彎了。)

**攣弓** lyn¹koŋ¹〈攣音亂第1聲〉彎曲：呢支棍～㗎，點乸得入個窿。(這根棍子是彎曲的，怎麼捅得進洞裏。)

**攣弓蝦米** lyn¹koŋ¹ha¹mɐi⁵〈攣音亂第1聲〉【喻】彎曲；扭曲變形：呢埲

板～噉，點整得傢俬㗎。（這塊板扭曲變形，怎能用來做傢具。）

**孿捐** lyn¹kyn¹ 彎曲（指多向彎曲）：條巷仔孿孿捐捐，行到我唔知方向。（那小巷彎彎曲曲，走得我不知方向。）

**九曲十三彎** kɐu²kʰok¹sɐp⁶sam¹wan¹ 彎彎曲曲：呢條路～，出唔出到去㗎？（這條路彎彎曲曲的，走得出去嗎？）

**㪐** ŋau⁴〈音咬第 4 聲〉扭曲不平：呢件牀板～㗎，點瞓嚅。（這塊牀板扭曲不平，怎麼睡呀。）

***㪐框** ŋau⁴kwʰaŋ¹〈㪐音咬第 4 聲〉扭曲變形：呢度門～嘅，閂唔到啊。（這門扭曲變形，關不了啦。）[ 重見七 D4 ]

## 九 A5　豎、斜、陡、正、歪

***戙(洞)** toŋ⁶〈戙音洞〉豎直：將啲竹打～放。（把竹子豎着放。）[ 重見六 D5 ]

***企₂** kʰei⁵ 豎直：打～躉。（豎着放。）[ 重見六 D11 ]

**戙㓤企** toŋ⁶tok¹kʰei⁵〈戙音洞，㓤音督〉豎立；豎直（戙：豎；㓤：戳；企：立）：石油氣罐要～放。（石油氣罐要豎起來放。）｜本書～住。（那本書直立着。）

**戙企** toŋ⁶kʰei⁵〈戙音洞〉直立（戙：豎；企立）：～喺度。（直立在這兒。）

**企身** kʰei⁵sɐn¹ 豎立的；立式的（用於器物）：～煲（立式瓦鍋）｜～櫃（大衣櫥）

**掂** tim⁶〈音店第 6 聲，第艷切〉豎直：打橫唔得就打～。（橫着不行就豎着。）[ 重見九 A4、九 C1 ]

**閘** tsap⁶ 傾斜：嗰塊板～咗埋一便。（那塊板向一邊傾斜了。）

**閘側** tsap⁶tsɐk¹ 斜：將啲牀板～嚟憑，企過頭會冧㗎。（把牀板斜着靠，太直了會倒下來的。）｜將兩張枱喺門兩邊～擺到八字形。（把兩張桌子在門兩邊斜着擺成八字形。）

**斜(笡)** tsʰɛ³〈音扯第 3 聲〉陡：呢座山咁～，上唔上到去㗎？（這座山這麼陡，上得去嗎？）[ 普通話"斜"和"陡"有程度之別，廣州話一律稱為"～" ]

**四正** sei³(si³)tsɛŋ³〈四又音試，正音鄭第 3 聲〉（物體）端正：將張枱放～啲。（把那張桌子擺正點兒。）

**乜₂(歪)** mɛ²〈音咩第 2 聲，摸寫切〉歪斜：個相架掛～咗。（那個像框掛歪了。）｜條電燈杉～埋一便。（那根電線杆歪到一邊。）[ 字或寫作"歪"，意思同普通話的"歪"基本一樣，而讀音則完全不同 ]

**乜斜** mɛ²tsʰɛ³〈乜音摸寫切，斜讀第 3 聲〉歪斜：寫字寫到乜乜斜斜。（寫字寫得歪歪斜斜。）[ 普通話"乜斜"專用於眼睛，與廣州話不同 ]

**乜哩零青** mɛ²li¹leŋ⁴tsʰeŋ⁻³〈乜音摸寫切，哩音拉衣切，青音次慶切〉【貶】歪歪斜斜：着件衫都着到～，似咩樣！（穿衣服穿得左歪右斜的，像甚麼樣子！）

**佊** pʰɛ⁵〈抱野切〉歪斜；歪倒：埲牆～㗎，仲憑嘢上去？！（那牆是歪斜的，還靠東西上去？！）｜佢屈親隻腳，行路～下～下噉。（他扭傷了腳，走路一歪一倒的。）

## 九 A6　尖利、禿鈍

**尖不甩** tsim¹pɐt¹lɐt¹〈甩音拉一切〉尖尖的（不甩：詞尾，無意義）：呢支棍～，㓤倒人㗎。（這根棍子尖尖的，會捅傷人的。）

**利** lei6 尖利；鋒利：嗰塊玻璃好～喫，因住割親手。（那塊玻璃很尖利，小心割破手。）

**倔（崛）** kwɐt6 禿；不尖；鈍：把錐～咗，刮唔到窿添。（這把錐子鈍了，扎不了洞了。）｜把刀切到～晒。（這刀切得很鈍了。）

**倔擂槌** kwɐt6lɵy4tsʰɵy4【喻】禿禿的；很不尖（倔：禿；擂槌：鼓槌）：支墨筆～，點寫嗰。（這支毛筆禿禿的，怎麼寫字呀。）

*__倔頭__ kwɐt6tʰɐu4（頂端）不尖；禿：～掃把（用禿了的掃帚）［重見九 B5］



## 九 A7 齊平、光滑、粗糙、凹凸、皺

**齊葺葺** tsʰɐi4tsʰɐp1tsʰɐp1〈葺音輯〉非常齊平：球場上啲草剪到～。（球場上的草剪得非常齊。）

**滑捋捋** wat6lyt1lyt1〈捋音拉月切第1聲〉滑溜溜；光滑：摸上去～。（摸上去滑溜溜的。）｜地下打咗蠟，～嘅。（地板打了蠟，非常光滑。）

**滑潺潺** wat6san4san4〈潺音山第4聲，時閒切〉【貶】滑而帶黏液（潺：動物黏液）：唔知黐咗啲乜～嘅嘢。（不知道黏上了些甚麼滑溜溜的東西。）

**滑揗揗** wat6tʰɐn4tʰɐn4〈揗音吞第4聲，提人切〉【貶】滑而多油：～隻手摸埋嚟。（滑膩膩的手摸過來。）

*__𨂿__ sin3〈音扇〉滑：落過雨，地下好～。（下過雨，地上很滑。）［重見六 B4］

*__嚡__ hai4〈音鞋〉（物體表面）粗糙；不光滑：啲板咁～嘅，用砂紙揩過嚟啊？（這些木板怎這麼粗糙，是不是用砂紙擦過？）［重見九 B21］

*__嚡澀澀__ hai4sɐp6sɐp6〈嚡音鞋，澀音拾〉【貶】（物體表面）非常粗糙；很不光滑（嚡：粗糙）。［重見九 B21］

**粗嚡** tsʰou1hai4〈嚡音鞋〉（物體表面）很粗糙：你隻手～到死，BB唔鍾意你摸佢啊！（你的手那麼粗糙，孩子不喜歡你摸他呢！）［重見九 A1］

**凹** nɐp1〈音粒〉①凹：～入去（凹進去）②癟：個乒乓波～咗。（那乒乓球癟了。）｜車呔～晒。（輪胎全癟了。）［"凹"字本音 ɐp1，但"凹"的意思廣州話說 nɐp1，所以習慣上把"凹"字讀這個音］

*__局__1 kok-1〈音谷〉受壓力而拱起：落咗場雨，靠山嗰埲牆～咗出嚟。（下了場雨，靠山的那堵牆向外拱起來了。）｜撳低兩邊，中間又～起。（把兩邊摁下去，中間又鼓起來。）［重見二 C6、七 E5］

*__骲（齙）__ pau6〈音包第6聲，步校切〉向外拱出：㧬得滿滯，兩邊～晒開嚟。（塞得太滿了，兩邊都拱出來了。）［重見二 D2、六 B2］

**巖巉** ŋam4tsʰam4〈巉音參第4聲，慈咸切〉高低不平：係唔係呢條路喫？咁～嘅。（是不是這條路呀？這麼高低不平。）

**一巖一窟** jɐt1ŋam4jɐt1fɐt1〈窟音忽〉表面凹凸不平：塊地畀人掘到～。（這片地給挖得凹凸不平。）

*__犖确__ lɐk1kʰɐk1〈犖讀為拉得切，确讀為卡得切〉凹凸不平：個地面～到死，點踩得倒雪屐嗰。（這地面很不平整，怎能溜滾軸鞋呢？）［韓愈《山石》詩："山石犖确行徑微"。今廣州話口語讀音稍變。重見九 D34］

**凹凹突突** nɐp1nɐp1tɐt6tɐt6〈凹音粒〉凹凸不平：個枱面～。（桌面凹凸不平。）｜條路～。（這條路凹凸不平。）

**狗牙** kɐu2ŋa-2〈牙讀第2聲，毅啞切〉【喻】邊緣不平整，如犬齒狀：攞

仔𠝹啊嘛，搣到張紙邊～噉！（拿小刀裁嘛，撕得這紙邊像被狗咬過似的！）

**巢** ts$^{h}$au$^{4}$ 皺：張紙～咗。（那張紙皺了。）

**巢咪𠺝** ts$^{h}$au$^{4}$mi$^{1}$mɐŋ$^{1(3)}$〈咪音麼衣切，𠺝音麼亨切，又讀第 3 聲〉非常皺（巢：皺）：件衫～。（那衣服非常皺。）

**巢𠺝𠺝** ts$^{h}$au$^{4}$mɐŋ$^{1}$mɐŋ$^{3}$〈前一𠺝音麼亨切，後一𠺝讀前一𠺝的第 3 聲〉非常皺（巢：皺）。

**巢皮** ts$^{h}$au$^{4}$p$^{h}$ei$^{4}$ 表面起皺紋：人老就～。（人老皮膚就起皺紋。）｜隻蘋果乾到～。（那蘋果乾得皮兒都皺了。）

## 九 A8　胖、壯、臃腫、瘦

**肥** fei$^{4}$ 胖：～仔（胖小子）｜呢個妹妹仔好～嚹。（這個小妹妹很胖喲。）[ 普通話“肥”只用於動物，廣州話也用於人 ]

**肥脂脂** fei$^{4}$tyt$^{1}$(tɐt$^{1}$)tyt$^{1}$(tɐt$^{1}$)〈脂音低月切第 1 聲，又音低一切〉【褒】胖嘟嘟（只用於小孩或小動物）：咿個 BB ～，好得意啊。（這個小孩兒胖嘟嘟的，真有趣。）

**肥揗揗** fei$^{4}$t$^{h}$ɐn$^{4}$t$^{h}$ɐn$^{4}$〈揗音吞第 4 聲〉胖乎乎（略帶貶義）：肥佬～，買嚿豬肉去拜神。（童謠：胖子胖乎乎，買塊豬肉去拜神。）

**肥肥白白** fei$^{4}$fei$^{4}$pak$^{6}$pak$^{6}$ 又白又胖：休息咗兩個月，變到～。（休息了兩個月，變得又白又胖。）

**面圓** min$^{6}$jyn$^{4}$【婉】（小孩）胖：庭庭呢牌冇病就～嘞。（庭庭這段時間沒病就胖了。）

**抵打** tɐi$^{2}$ta$^{2}$【婉】（嬰幼兒）胖：你用乜法子養得個細路咁～嘅！（你用甚麼辦法把孩子養得這麼胖！）[ 本義為“該打”，孩子胖則屁股多肉，令人忍不住要打幾下 ]

**肥屍大隻** fei$^{4}$si$^{1}$tai$^{6}$tsɛk$^{3}$〈隻音脊〉【貶】肥碩（大隻：健壯）：你咪睇佢～，綷嘅！（你別看他個大身粗，一副空架子！）

**肥頭耷耳** fei$^{4}$t$^{h}$ɐu$^{4}$tɐp$^{1}$ji$^{5}$〈耷音低恰切〉胖頭胖腦；肥頭大耳（耷：下垂。略含貶義）。

**短度闊封** tyn$^{2}$tou$^{-2}$fut$^{3}$foŋ$^{1}$〈度音搗〉【喻】【謔】【貶】矮且胖（度：量長度的物品；封：布幅）：佢～，一啲身材都冇。（他又矮又胖，身材一點兒都不好。）

***大隻** tai$^{6}$tsɛk$^{3}$ 健壯：佢都幾～嚹，咁凍都係着兩件衫。（他也夠健壯的，這麼冷也只穿兩件衣服。）[ 重見九 A1 ]

**大隻騾騾** tai$^{6}$tsɛk$^{3}$lɵy$^{4}$lɵy$^{4}$〈騾音雷〉高大健壯（略含貶義）：見你～，點解好似冇力噉嘅？（見你個頭大大的，怎麼好像沒力氣似的？）

***大嚿** tai$^{6}$kɐu$^{6}$〈嚿音舊〉健碩（嚿：塊）：我哋公司你最～嘞，呢啲粗重工夫梗係你做喇。（我們公司你塊頭最大了，這些粗活重活當然歸你幹了。）[ 重見九 A1 ]

***大份** tai$^{6}$fɐn$^{6}$ 見“大嚿”。[ 重見九 C2 ]

**黑黑實實** hak$^{1}$(hɐk$^{1}$)hak$^{1}$(hɐk$^{1}$)sɐt$^{6}$sɐt$^{6}$ 膚色黝黑、肌肉結實：佢生得～，點會有病痛嚹。（他長得又黑又結實，怎麼會有病呢。）

**瘻□** lɐu$^{6}$pɐu$^{6}$〈瘻音漏，後一字音保後切〉【貶】體態臃腫：佢咁～，唔知係着得衫多定係水腫。（他這麼臃腫，不知道是穿了太多的衣服還是水腫。）

**大肚腍□** tai$^{6}$t$^{h}$ou$^{5}$nɐm$^{4}$tɐm$^{1}$〈腍音那淫切，後一字音低音切〉【貶】大腹便

便：未到五十就～嘞。(沒到五十就
大腹便便了。)

**夭** ŋɛn¹〈音銀第 1 聲，毅因切〉瘦小：
你咁～，真係風都吹得起。(你這麼
瘦小，風也可以把你吹起來。)[ 重
見九 A1、九 D2 ]

**鬆** niu¹〈音鳥第 1 聲，那腰切〉(身材)
瘦；苗條：阿秀一日想身材～啲，
又話減肥又剩。(阿秀成天想身材苗
條些，又説要減肥甚麼的。)

**夭鬆鬆** ŋɛn¹niu¹niu¹〈夭音銀第 1 聲，
鬆音鳥第 1 聲〉【貶】極瘦小（夭：
瘦弱；鬆：瘦)：你～嗽，有冇食飯
㗎。(你那麼瘦小，有沒有喫飯的呀。)

**夭鬆鬼命** ŋɛn¹niu¹kwɐi²mɛŋ⁶〈夭音銀
第 1 聲，鬆音鳥第 1 聲〉【貶】瘦小(瘦
小；鬆：瘦)：佢咁～，我睇唔捱得
幾耐。(他瘦成那個樣兒，我看熬不
了多久。)

**瘦蜢蜢** sɐu³mɐŋ⁻²mɐŋ⁻²【貶】非常瘦：
乜你～㗎？好似三年冇食飯嗽。(怎
麼你瘦得這麼厲害？好像有三年沒
喫飯似的。)

**瘦骨賴柴** sɐu³kwɐt¹lai¹tsʰai⁴〈賴讀第 4
聲，黎鞋切〉【貶】極瘦；骨瘦如柴。

**瘦骨如柴煲碌竹** sɐu³kwɐt¹jy⁴tsʰai⁴pou¹
lok¹tsok¹〈煲音保第 1 聲，碌音錄第
1 聲〉【熟】【喻】【謔】極瘦：新嚟
嗰個會計真係～。(新來那個會計真
是骨瘦如柴。)

**落形** lok⁶jeŋ⁴ 變瘦（不好的結果)：病
後～。(病後變瘦。)

***殼晒框** ŋau⁴sai³kwʰaŋ¹〈殼音咬第 4 聲〉
【喻】因累或病而變瘦、不成人
形。[ 重見七 A7 ]

**清減** tsʰɐŋ¹kam²【雅】變瘦：呢排你～
咗喎。(這段時間你瘦了。)

**蕭湘** siu¹sœŋ¹【褒】身材苗條：抵冷
貪～。(熟語：捱冷圖苗條。常用以
指在寒冷的天氣穿得很少的女性。)

**扁□□** pin²tʰɐt⁶tʰɐt⁶〈後二字音提夜切
加上達字的音尾〉【貶】很扁：呢個
盒～，裝得咩㗎。(這個盒子太扁，
能裝得了甚麼呀。)

**四方** sei³foŋ¹ 正方形的：～嘩（方框）|
砌～城（砌方陣。喻打麻將牌)

**四四方方** sei³sei³foŋ¹foŋ¹ 方方正正：
呢張枱～，幾啱一家四口食飯啊。
(這張桌子方方正正的，很適合一家
四口喫飯。)

**圓轆轆（碌碌）** jyn⁴lok¹lok¹〈轆（碌)
音錄第 1 聲，拉屋切〉圓溜溜（指球
狀體或圓柱體。轆：滾動)：呢嚿石
春～，成個波嗽。(這塊鵝卵石圓溜
溜的，活像一個球。)

**圓揼揼** jyn⁴tɐm⁴tɐm⁴〈揼音第淫切〉圓
溜溜（指球狀體或圓圈)：搓湯圓梗
係要搓到～㗎啦，唔通整啲扁湯圓
出嚟咩。(搓湯圓當然是要搓得圓溜
點兒，難道要做扁湯圓嗎。)|畫個
圓圈～。(畫個圓圈圓圓的。)

**圓揼□** jyn⁴tɐm⁴tœ⁴〈揼音第淫切，後
一字音第靴切第 4 聲〉同 "圓揼揼"。

**三尖八角** sam¹tsim¹pat¹kok³ 外形多棱
角；不端正整齊：呢嚿石頭～，成
支狼牙棒嗽。(這塊石頭棱角真多，
活像一根狼牙棒。)

**光** kwoŋ¹ 亮：呢間屋都幾～嘩。(這
間房子挺亮堂的。)|呢盞燈好～。
(這盞燈挺亮。)

**光猛** kwoŋ¹maŋ⁵ 明亮：如果打開晒啲
窗，仲～啊。(如果把窗戶全打開，
更明亮。)|光管～過燈膽。(日光
燈比燈泡明亮。)

**矇眼** tsʰaŋ⁴ŋan⁵〈矇音撐第 4 聲，慈盲切

炫目；刺眼：呢盞台燈～過頭，換過
盞畀我啦。（這盞台燈太晃眼了，給
我換另外一盞吧。）

**瞠**₂ tsʰaŋ⁴〈音撐第4聲，慈盲切〉同"瞠
眼"：眼燈～住，我瞓唔着覺。（這
燈照着眼，我睡不着覺。）

**劖**₁ tsʰam⁴〈音鑱，慈咸切〉同"瞠眼"。

**劖眼** tsʰam⁴ŋan⁵〈劖音鑱，慈咸切〉同
"瞠眼"：我怕～。（我怕刺眼。）

\***映眼** jeŋ²ŋan⁵ 同"瞠眼"：日頭好～。
（太陽很晃眼。）［重見九A12］

**光瞠瞠** kwɔŋ¹tsʰaŋ⁴tsʰaŋ⁴〈瞠音慈盲切〉
很明亮；很亮堂（瞠：炫目）：～仲
使乜拉開窗簾嗻。（亮堂得很，哪用
得着拉開窗簾呢。）

**光劖劖** kwɔŋ¹tsʰam⁴tsʰam⁴〈劖音鑱，
慈咸切〉同"光瞠瞠"（劖：炫目）。

**蒙蒙光** moŋ⁻¹moŋ⁻¹kwɔŋ¹〈蒙讀第1聲〉
蒙蒙亮：個天啱啱～我就出門嘞。
（天才蒙蒙亮我就出門了。）

**吟** leŋ³〈麗慶切〉鋥亮：～到瞠眼。
（鋥亮得刺眼。）│呢隻油油上去
好～。（這種漆漆上去鋥亮鋥亮。）

**臘臘吟** lap³lap³leŋ³〈臘讀第3聲，吟音
麗慶切〉鋥亮異常：你對皮鞋擦到～。
（你那雙皮鞋擦得賊亮。）│呢啲傢俬
油到～。（這些傢具漆得光可照人。）

**閃閃吟** sim²sim²leŋ³〈吟音麗慶切〉閃
閃發亮（吟：鋥亮）：呢件～嘅衫我
都唔敢着出街。（這件閃閃發亮的衣
服我都不敢穿它上街。）［又作"閃
吟吟"］

**真** tsɐn¹ 清楚：你睇～啲。（你看清楚
點兒。）│聽唔～。（聽不清楚。）

**黑** hak¹(hɐk¹) 暗；光線不足：呢度咁～，
你唔着燈睇書，想壞眼啊？！（這裏
這麼暗，你不開燈看書，想弄壞眼睛
嗎？！）［普通話"黑"比一般的"暗"
程度要深，廣州話"～"則包括了普
通話的"黑"和"暗"，光線稍不足即

可稱為"～"］

**黑咪麻** hak¹(hɐk¹)mi¹ma¹〈咪音麼衣切，
麻讀第1聲〉極暗：間屋～，着燈
啦。（房子黑咕隆咚的，開燈吧。）
［又作"黑麻麻"］

\***黑咪掹** hak¹(hɐk¹)mi¹mɐŋ¹〈咪音麼衣
切，掹音麼亨切〉極暗：嗰個山窿～，
邊個敢入去嗱。（那個山洞黑極了，
誰敢進去呀。）［又作"黑掹掹"、"黑
咪掹掹"。［重見九A11］

\***夜麻麻** jɛ⁶ma⁻¹ma⁻¹〈麻讀第1聲〉夜裏
光線極暗：～又冇電筒，點去啊？
（晚上黑咕隆咚，又沒手電，怎麼去
啊？）［重見九D14］

**烏天黑地** wu¹tʰin¹hak¹(hɐk¹)tei⁶ 昏天黑
地：頭先熱頭仲鬼咁光猛，突然之
間就～。（剛才太陽還亮堂得很，突
然間就昏天黑地了。）

**烏燈黑火** wu¹tɐŋ¹hak¹(hɐk¹)fɔ² 黑燈瞎
火；沒有燈火：點解～嘅，冇電
咩？（怎麼黑燈瞎火的，沒電嗎？）

\***翳(曀)** ɐi³〈音矮第3聲〉昏暗：呢
個廳採光唔好，～咗啲。（這個客廳
採光不好，暗了點兒。）│天咁～，
係咪想落雨呢？（天這麼陰沉，會
不會下雨呢？）［重見二C10、五
A2、七E12、九A2、九B1］

**遮手影** tsɛ¹sɐu²jeŋ² 寫字時光線的方
向不對，被手擋住，致使寫字的地
方光線太暗：你噉坐～㗎，掉翻轉
啦。（你這樣坐手擋住光線了，掉轉
過來吧。）

\***矇**₁ moŋ⁴ 模糊：啲字好～，睇唔見。
（那些字很模糊，看不見。）［重見
二C7］

\***矇查查** moŋ⁴tsʰa⁴tsʰa⁴ 模模糊糊；模
糊不清：我哋上山嗰陣有霧，～，
乜都睇唔倒。（我們上山的時候有
霧，模模糊糊的，甚麼也看不見。）
［重見二C7、五B11］

*霞霞霧霧 ha⁴ha⁴mou⁶mou⁶ 模模糊糊
（如有雲霧遮擋）：喺嗰上便望落嚟，
淨係一片～嘅。（在那上面望下來，
只是一片模模糊糊的。）［重见五
B11］

## 九A11　顏　色

紅轟轟 hoŋ⁴kwɐŋ⁻⁴kwɐŋ⁻⁴〈轟讀第4
聲，古宏切〉【貶】紅紅的：而家潮
流興着到～喫。（現在時興穿得紅紅
的。）

紅當蕩 hoŋ⁴toŋ¹toŋ⁶【貶】紅紅的：啲
傢俬油到～，有乜好睇啫。（傢具漆
得紅紅的，有甚麼好看呀。）

紅撲撲 hoŋ⁴pok¹pok¹〈撲音薄第1聲〉
（膚色）紅：個面珠～，唔使搽胭脂
嘞。（臉頰紅撲撲的，不用塗胭脂
了。）｜去咗幾日海灘，畀太陽曬到
啲皮膚～。（去了幾天沙灘，皮膚被
曬得通紅。）

金魚黃 kɐm¹jy⁴woŋ⁻²〈黃音枉〉桔紅
色；橙黃色。因色澤近一種普通嘅
金魚，故名：你啲傢俬係淺色嘅，
啲窗簾布用～都幾襯啊。（你的傢具
是淺顏色的，窗簾用桔紅色的也挺
合適。）

屎黃 si²woŋ⁴【貶】土黃色：埲牆油
成～色，一啲都唔好睇。（這堵牆刷
成土黃色，一點兒不好看。）

黃黯黯 woŋ⁴kɐm⁴(kʰɐm⁴)kɐm⁴(kʰɐm⁴)
〈黯音忌淫切，又音〉【貶】黃黃
的：做咩啲頭髮～嘅嘅？（為甚麼
頭髮黃黃的？）

黃淨 woŋ⁴tsɐŋ⁶〈淨音鄭〉【褒】黃而乾
淨（無其他雜色）：嗰啲芒果又大隻
又～。（那些芒果個兒又大又純黃無
瑕。）

豬肝色 tsy¹kɔn¹sek¹ 赭色；褐色。因
色澤近豬肝，故云：～嘅衫梗係唔

好睇喇。（赭色的衣服當然不好看
啦。）

茶色 tsʰa⁴sek¹ 赭色；褐色。因色澤近
茶，故云：～玻璃（赭色玻璃）

咖啡色 ka³fɛ¹sek¹ 赭色；褐色。因色
澤近咖啡，故云。［又作"啡色"］

肉色 jok⁶sek¹ 淡赭色。因色澤近東方
人的膚色，故云：～絲襪（淡赭色的
半透明絲襪）

湖水藍 wu⁴sθy²lam⁴ 湖藍；天藍；淺
藍：～嘅恤衫都幾好睇喫。（湖藍色的
襯衣也挺好看。）

姣婆藍 hau⁴pʰɔ⁴lam⁴〈姣音校第4聲，
何淆切〉【貶】翠藍。一般認為，穿
着此顏色衣物顯得過於妖冶，故名
（姣婆：淫婦）：鄉下的女仔鍾意～。
（鄉下的女孩子喜歡翠藍色。）

青BB tsʰɛŋ¹pi¹pi¹〈青音差贏切第1聲，
B音巴衣切〉【貶】青青的；綠綠的：
仲咩你塊面～喫？（你的臉幹嘛青青
的？）｜嗰啲燈映到間房啲嘢～，幾
得人驚啊。（那些燈把房間裏的東西
映照得一片慘綠，怪嚇人的。）

白淨 pak⁶tsɛŋ⁶〈淨音鄭〉【褒】（膚色）
白皙：嗰個女仔啲皮膚幾～。（那個
女孩子的膚色多白皙。）

白雪雪 pak⁶syt⁻¹syt⁻¹〈雪讀第1聲〉雪
白：你塊面～，係唔係搽咗粉啊？
（你的臉雪白，是不是抹了脂粉？）

白賴嘥 pak⁶lai⁻⁴sai⁴〈賴讀第4聲，嘥
音時鞋切〉【貶】白：人人塊面畀支
光管照到～。（每個人的臉給日光燈
照得一片慘白。）［又作"白賴賴"、
"白嘥嘥"］

白蒙蒙 pak⁶moŋ⁻¹moŋ⁻¹〈蒙讀第1聲，
麼空切〉白白的；白而模糊：塊糕
上便嗰啲～嘅嘢係咩嚟喫？係唔係
發毛呢？（那塊糕上面白白的東西
是甚麼？是不是發霉了？）［普通話
指煙霧、蒸氣等白茫茫一片，廣州

話也有此用法，而總的較普通話意義更寬泛〕

**黑黢黢** hak¹(hɐk¹)tsɐt¹tsɐt¹〈黢音卒〉黑黑的；黑油油的：你搽咗鑊黸啊？塊面～嘅。（你抹了鍋爐嗎？臉上黑黑的。）｜你啲頭髮～，好靚啊。（你的頭髮黑油油的，好漂亮。）〔普通話也有此詞，只是"黢"讀qū，廣州話與之不十分對應〕

**烏黢黢** wu¹tsɐt¹tsɐt¹〈黢音卒〉同"黑黢黢"。

*__黑咪嚒__ hak¹(hɐk¹)mi¹mɐŋ¹〈咪音麼衣切，嚒音麼亨切〉烏黑：佢曬到～，成嚿炭頭嗽。（他曬得烏黑，活像塊黑炭。）〔又作"黑嚒嚒"、"黑咪嚒嚒"。重見九A10〕

**黑古勒□** hak¹(hɐk¹)kwu²lɛk¹tɐk⁶(kwɐk⁶)〈勒音麗特切，後一字音特，又音跪特切〉黑不溜秋：你～，扮黑人唔使化妝嘞。（你黑不溜秋的，扮黑人不用化妝了。）

**黑墨墨** hak¹(hɐk¹)mɐk⁶mɐk⁶ 非常黑：幅畫一眼望落～嗽一嚿，細睇原來都幾禁睇。（那幅畫一眼望去黑黝黝的一片，細看原來也挺耐看的。）

**烏劣劣** wu¹lyt⁻¹lyt⁻¹〈劣讀第1聲〉黑油油；黑亮：兩條辮～。（兩條辮子黑油油的。）

**鼠灰** sy²fui¹ 銀灰色。因色澤近灰鼠，故名。

## 九A12　鮮艷、奪目、樸素、暗淡

**七彩** tsʰɐt¹tsʰɔi² 色彩繽紛；鮮艷：～氣球｜～金魚

**花哩碌** fa¹li¹lok¹〈哩音拉衣切，碌音錄第1聲〉【貶】色彩斑駁：男仔學咋人着～啲衫嘛。（男孩子別學人家穿花哩胡哨的衣服。）｜畫到～。（畫得斑斑駁駁。）

**花哩胡碌** fa¹li¹wu⁴lok¹〈哩音拉衣切，碌音錄第1聲〉同"花哩碌"。

**花斑斑** fa¹pan¹pan¹【貶】色彩斑駁：個細路將幅牆畫到～（那小孩把這面牆畫得斑斑駁駁的。）

**大花大朵** tai⁶fa¹tai⁶tœ²〈朵音底靴切第2聲〉【貶】畫面或圖案中有許多大而不當的花朵：條牀單～有乜好睇嗻！（牀單上許多大花朵有甚麼好看哪！）

**搶眼** tsʰœŋ²ŋan⁵ 奪目；耀眼：條標語掛喺呢度好～。（這標語掛在這兒非常奪目。）

*__映眼__ jɛŋ²ŋan⁵ 同"搶眼"：着呢件衫企响嗰堆人度鬼咁～。（穿這件衣服站在那堆人當中非常耀眼。）〔重見九A10〕

**老實** lou⁵sɐt⁶ 顏色、式樣樸素大方（多用於指服飾）：我嗽嘅年紀，仲係着到～啲好。（我這樣的年紀，還是穿得樸素點兒好。）

**老實威** lou⁵sɐt⁶wɐi¹ 顏色、式樣樸素大方而又帶鮮艷，顯得漂亮（老實：樸素大方；威：漂亮。多用於指服飾）：你呢件衫算得上係～嘞。（你這件衣服可算得上是既樸實又漂亮了。）

**啞** a² 沒有光澤；色澤黯淡：嗰隻色就幾靚，呢隻色就～啲。（那種顏色就挺漂亮，這種顏色就略為黯淡。）

**啞色** a²sɛk¹ 同"啞"：架車冇打蠟，就～啲囉。（這輛車沒上蠟，光澤就差些。）

## 九A13　美、精緻、難看

**靚(婧)** lɛŋ³〈音麗贏切第3聲〉漂亮；美：嗰個女仔～到伮一聲。（那個女孩子漂亮得不得了。）｜景色幾～。（景色挺美。）

**嬹(威)** wɐi¹〈嬹音威〉漂亮（多用於指服飾）：嘩，呢件衫認真～嘞！（嗬，這件衣服確實漂亮！）

**好睇** hou²tʰɐi²〈睇音體〉好看（睇：看）：你睇呢幅畫幾～！（你看這幅畫多好看！）

**一隻雀噉** jɐt¹tsɛk³tsœk⁻²kɐm²〈雀讀第2聲，噉音敢〉【喻】像一隻鳥兒那樣，比喻打扮得很漂亮（帶揶揄口吻）：你今日着到～，約咗男仔出街啊？（你今天穿得花枝招展的，約了男孩子上街嗎？）

**成隻雀噉** sɛŋ⁴tsɛk³tsœk⁻²kɐm²〈成音時贏切〉同"一隻雀噉"（成：整個）。

**青靚白淨** tsʰɛŋ¹lɛŋ¹pak⁶tsɛŋ⁶〈青音車贏切第1聲，淨音鄭〉皮膚白皙好看，用於形容女子：嗰個女仔～，幾順眼。（那個女孩子白得挺順眼。）

**身光頸靚** sɐn¹kwɔŋ¹kɛŋ²lɛŋ²〈靚音麗贏切第3聲〉穿着打扮乾淨、整齊、漂亮（靚：漂亮）：今日去做伴郎，梗要執得～啦。（今天去當伴郎，當然要打扮得乾淨、漂亮囉。）

**光鮮** kwɔŋ¹sin¹（衣着）整潔好看：着得～啲，個人都零舍精神。（穿得好看點兒，人也顯得特別精神。）

**有型** jɐu⁶jeŋ⁴好看；有特色（指外形、款式等）：呢棟樓幾～。（這座樓房挺好看。）

**霎眼嬌** sap³ŋan⁵kiu¹〈霎音細鴨切〉乍看上去很漂亮（用於女人。霎：眨）。

**骨子** kwɐt¹tsi²精緻：呢條頸鏈幾～。（這條項鏈多精緻。）

**玲瓏浮突** leŋ⁴loŋ⁴fɐu⁴tɐt⁶精緻玲瓏，有立體感：呢個象牙雕做得真係～。（這個象牙雕做得真是精緻玲瓏。）

**清景** tsʰeŋ¹keŋ²清雅；雅致：佢間房佈置得幾～。（他的房間佈置得挺雅致。）

**難睇** nan⁴tʰɐi²〈睇音體〉難看（睇：看）：個背景咁～，喺度影相嘅！（這背景這麼難看，怎麼會在這兒照相！）

*** 肉酸** jok⁶syn¹難看；醜陋：嗰個女仔咁鬼難睇，仲搽脂蕩粉，～到死。（那個女孩子這麼醜，還塗脂搽粉的，難看死了。）[重見二C7、五A4]

**異相** ji⁶sœŋ³醜陋：我話點止肉酸啊，直情係～添。（我説豈止難看，簡直是醜陋。）[本為佛家語，指各種色相。佛經的異相故事每每出現醜陋的形象，為此詞之所據。]

**礙相** ŋɔi⁶sœŋ³同"異相"。

**鵲突** wɐt⁶tɐt⁶〈鵲音戶日切〉醜陋：嗰個人成面豆皮，仲有喵雞，夠晒～。（那個人滿臉麻子，還有疤痢，真夠醜陋的。）

*** 醜怪** tsʰɐu²kwai³醜陋；難看：嗰條嘢個樣好～。（那傢伙的樣子很醜陋。）[重見五A4]

*** 醜死怪** tsʰɐu²sei²kwai³同"醜怪"。[重見五A4]

**騎哩** kʰɛ⁴lɛ⁴〈哩音黎爺切〉模樣難看的：嗰個樣咁～，有女仔鍾意至奇。（他那個樣子活像個癩蛤蟆，要有女孩子喜歡就奇怪了。）["騎哩蚓"為一種蛙的名稱（參見二D8），"～"一詞即由此而來]

**烏掞** wu¹wɛ⁵〈掞音壺野切〉不加梳洗的；蓬頭垢面的：女仔之家咪搞到咁～喇，失禮死人啊！（女孩子家別弄得蓬頭垢面的，太丟人啦！）

## 九 A14　新、舊

**新淨** sɐn¹tsɛŋ⁶〈淨音鄭〉新；不舊：你架單車踩咗幾年，仲幾～嘛。（你的自行車騎了好幾年，還挺新的。）

**新嶄嶄** sɐn¹kwʰak¹kwʰak¹〈嶄音卡劃切〉

第 1 聲〉嶄新：你隻手錶仲〜，咁就揼咗喇？（你的手錶還非常新，這就扔掉了？）

**新簇簇** sɐn¹tsʰok¹tsʰok¹〈簇音促〉嶄新；簇新：件〜嘅衫着上身，好似個新郎哥嘅。（簇新的衣服穿在身上，好像個新郎似的。）

**新鮮滾熱辣** sɐn¹sin¹kwɐn²jit⁶lat⁶【喻】本是形容剛炒上的菜熱騰騰的樣子，比喻很新的：我呢批衫個款〜，而家第處仲未見到。（我這批衣服的款式很新，現在別處還見不到。）｜呢批貨〜運到，仲未開封。（這批貨新到的，還沒啟封呢。）

**陳皮** tsʰɐn⁴pʰei⁴【謔】舊（本為中藥名）：你部機啱買嘅咩？好似咁〜嘅。（你這機子剛買的嗎？好像很舊的樣子。）

## 九 A15　表情、臉色、相貌

[哭、笑的動作參見七 A19；相貌另參見二 C11、15 及八 A6]

**好笑口** hou²siu³hɐu² 愉快歡笑的樣子：咁〜，有乜嘢好事啊？（滿面笑容的，有甚麼好事啊？）

**笑口吟吟** siu³hɐu²jɐm⁴jɐm⁴ 笑吟吟：祥叔個人一日到黑都係〜嘅。（祥叔這人一天到晚都是笑吟吟的。）

**笑口噬噬** siu³hɐu²sɐi⁴sɐi⁴〈噬音西第 4 聲，時危切〉咧着嘴笑的樣子（略含貶義）：你睇佢〜，梗係撈到乜筍嘢嘞。（你看他笑得齜牙咧嘴的，肯定撈到甚麼好東西了。）

**笑笑口** siu³siu³hɐu² 微笑的樣子：楊主任〜嘅，唔出聲。（楊主任微笑着，不作聲。）

**笑微微** siu³mei⁻¹mei⁻¹〈微讀第 1 聲，麼嬉切〉微笑的樣子：佢〜嘅行埋

嚟。（他面帶微笑走過來。）

**見牙唔見眼** kin³ŋa⁴m⁴kin³ŋan⁵【謔】形容笑的樣子（唔：不。笑的時候張嘴瞇眼。）：睇你笑到〜，好似執到金嘅咧。（瞧你笑得只見牙齒不見眼睛，像是撿了個金元寶。）

**有牙冇眼** jɐu⁵ŋa⁴mou⁵ŋan⁵〈冇音無第 5 聲〉同"見牙唔見眼"（冇：沒有）。

**煠熟狗頭** sap⁶sok⁶kɐu²tʰɐu⁴〈煠音霎第 6 聲，誓習切〉【喻】【貶】像煮熟的狗頭那樣齜牙咧嘴（煠：清水煮），比喻笑的模樣：我睇見佢〜個樣就飽嘞。（我看見他齜牙咧嘴的模樣就噁心。）

**喊噉口** ham³kɐm²hɐu² 像哭的樣子；悲苦的樣子（喊：哭；噉：那樣）：你〜，係唔係有咩唔開心嘅嘢啊？（你哭喪着臉，是不是有甚麼傷心事呀？）

**苦口苦面** fu²hɐu²fu²min⁶ 愁眉苦臉：咪成日〜啦，我睇到都唔開心。（別整天愁眉苦臉的，我看了也難受。）

**苦瓜乾噉口面** fu²kwa¹kɔn¹kɐm²hɐu²min⁶【喻】像苦瓜乾般的嘴臉；愁雲滿臉；臉色陰沉：你兩個〜，係咪有咩唔妥啊？（你們倆愁雲滿臉的，是不是出了甚麼岔子？）[又作"苦瓜噉口面"]

**鼓埋泡腮** kwu²mai⁴pʰau¹sɔi¹ 鼓起腮幫子（埋：收攏），形容生氣或憂愁的樣子：成日〜，都唔知你做乜。（整天鼓着腮幫子，也不知道你為啥。）

**搢埋塊面** mɐŋ¹mai⁴fai³min⁶〈搢音麼亨切〉板着臉（搢：拉；埋：收攏）：佢〜，爛個唔嚴肅嘅。（他板着臉，擺出一副嚴肅的樣子。）

**㧤埋口面** la⁴mai⁴hɐu²min⁶〈㧤音麗啞切〉苦着臉；哭喪着臉（㧤：抓；埋：收攏）：咪〜喇，天跌落嚟唔係當被佢冚囉。（別苦着臉，天掉下來不就當被子蓋呀。）

273

**捌口捌面** la²hɐu²la²min⁶〈捌音麗啞切〉同"捌埋口面"。

**瞪眉突眼** tɐŋ¹mei⁴tɐt⁶ŋan⁵ 橫眉怒目：佢～，好似要食人嘅。（他橫眉怒目，好像要吃人一般。）

**黑口黑面** hak¹(hɐk¹)hɐu²hak¹(hɐk¹)min⁶ 黑着臉；不高興的樣子：一大早～，做乜啊？（一大早就拉長了臉，幹嘛呢？）

**眼光光** ŋan⁵kwɔŋ¹kwɔŋ¹ ①目光呆滯：咪～坐响度唔啷啦，過嚟幫手啊。（別呆呆地坐在那一動不動，過來幫忙呀。）②乾瞪眼：佢～睇住個荷包跌咗落水，冇晒符。（他眼睜睜看着錢包掉到河裏，一點辦法也沒有。）

*\***吽豆** ŋɐu⁶tɐu⁶ 呆滯；沒精打采：你發咩～㗎，做嘢啦。（你發甚麼呆呀，幹活去。）〔重見五 E2〕

*\***木獨** mok⁶tok⁶ 呆滯；表現出遲鈍的樣子：陣間見到人，咪咁～啊。（待會兒見了面，別那麼呆板。）｜你夠晒～，噉都學唔識。（你夠遲鈍的，這樣都學不會。）〔重見五 E2、九 B22〕

**呆呆鐸鐸** ŋɔi⁴ŋɔi⁴tɔk⁶tɔk⁶〈呆音鵝來切〉呆呆的樣子：佢病完之後，成個人～，睇嚟傷晒元氣嘞。（他病了一場，整個人呆呆的，看來是大傷元氣了。）

**面木木** min⁶mok⁶mok⁶ 毫無表情的樣子；呆滯：佢～噉坐喺度，嗌佢都聽唔見。（他表情麻木地坐在那兒，喊他也聽不見。）

**定晒形** teŋ⁶sai³jeŋ⁴ 整個人一動不動（晒：完全），形容發愣、發呆的樣子：王仔一聽，當堂～。（小王一聽，當場愣住了。）｜佢成個～噉响度諗嘢，周圍嘅人做乜都唔知。（他整個人像中了定身術似的在想心事，周圍的人幹甚麼都不知道。）

**頭耷耷，眼濕濕** tʰɐu⁴tɐp¹tɐp¹, ŋan⁵sɐp¹sɐp¹〈耷音低恰切〉【熟】低着腦袋，眼睛濕濕的（耷：下垂），形容人沮喪的樣子。

**耷頭耷腦** tap¹tʰɐu⁴tɐp¹nou⁵〈耷音低恰切〉垂頭喪氣的樣子（耷：低下）：輸咗都唔使～嘅！（輸了也用不着一副垂頭喪氣的模樣！）

**冇厘神氣** mou⁵lei⁴sɐn¹hei³ 沒精打采（冇厘：毫無）：阿琦啱啱離咗婚，一日到黑～嘅。（阿琦剛剛離了婚，整天沒精打采的。）

**眼甘甘** ŋan⁵kɐm¹kɐm¹ 目光貪婪的樣子：個細路～嘅嗰實嗜蛋糕，梗係好想食定嘞。（那小孩眼巴巴地盯着那塊蛋糕，肯定是很想吃了。）

**面紅紅** min⁶hoŋ⁴hoŋ⁴ 臉色漲紅：飲酒飲到～。（喝酒喝得臉紅了。）

**紅粉花緋** hoŋ⁴fɐn²fa¹fei¹〈緋音非〉臉色紅潤：～係健康嘅標誌，有咩唔好啫。（臉色紅潤是健康的標誌，有甚麼不好呀。）〔又作"紅粉緋緋"〕

**面青青** min⁶tsʰɛŋ¹tsʰɛŋ¹〈青音差贏切第1聲〉臉色發青：呢個後生仔～，梗係有唔妥嘞。（這個青年人臉色發青，一定有毛病。）

**面青口唇白** min⁶tsʰɛŋ¹hɐu¹sɵn⁴pak⁶〈青音差贏切第1聲〉唇青臉白：佢凍到～。（他冷得唇青臉白。）｜嚇到佢～。（把他嚇得唇青臉白。）

**面紅面綠** min⁶hoŋ⁴min⁶lok⁶ 臉色一會兒紅一會兒青（形容激動或緊張）：嬲到佢～。（氣得他臉色又紅又青。）

**面黃黃** min⁶wɔŋ⁴wɔŋ⁴ 臉色發黃。

**倒嘧** tou³kʰɐp⁶〈倒音到，嘧音其入切〉下巴前突，下齒比上齒更靠前（嘧：咬）。

**鬍鬚勒口** wu⁴sou¹lɐk⁶tɐk⁶(kwɛk⁶)〈鬚蘇，勒音利特切，後一字音特，又音

跪特切〉鬍子多而亂：你睇你～，仲
唔剃下！（你看你鬍子拉喳的，還不
去刮一下！）

# 九B　物體狀態

## 九B1　冷、涼、暖、熱、燙

**凍** toŋ³ 冷；涼：呢度嘅冬天唔係幾～
嘅。（這裏的冬天沒多冷。）［溫度
略低在廣州話即可稱為"～"］

*__刺(赤)__ tsʰɛk³〈刺音赤〉很冷：～到
入心。（冷得刺骨。）［重見二C7］

**凍冰冰** toŋ³peŋ¹peŋ¹ 冷冰冰：你隻
手～，仲唔着多件衫！（你的手冷冰
冰，還不多穿件衣服！）

**寒寒凍凍** hɔn⁴hɔn⁴toŋ³toŋ³ 冷：出到嚟
先覺～。（出來了才覺得冷。）

**陰陰凍** jɐm¹jɐm¹toŋ³ 冷；有涼意：呢
間屋～嘅。（這房子一股寒氣。）

**涼** lœŋ⁴ 涼快；涼爽：今日咁～，唔使
開風扇喇。（今天這麼涼快，不用開
風扇了。）［普通話"涼"指冷，與
廣州話有程度上和感情色彩上的不同］

**涼浸浸** lœŋ⁴tsɐm³tsɐm³ ①極涼快：個
山窿入便～，好似入咗個空調房噉。
（那個山洞裏極其涼快，好像走進
了裝有空調機的房子。）②冷：呢
度～，快啲走囉！（這裏冷颼颼的，
快點兒走吧！）

**浸浸涼** tsɐm³tsɐm³lœŋ⁴ 同"涼浸浸"。

**風涼水冷** foŋ¹lœŋ⁴sɵy²lɐŋ⁵ 涼快；涼
爽（指有風，一般與水無關）：呢度
樓層高，四周圍冇嘢擋，到熱天～，
唔知幾舒服。（這裏樓層高，周圍沒
東西遮擋，到夏天非常涼快，説不出
的舒服。）

**暖粒粒** nyn⁵nɐp⁶nɐp⁶〈粒讀第6聲，泥
入切〉暖洋洋：個被竇～。（被窩暖

洋洋的。）

*__焗__ kok⁶〈音局〉悶熱：天口咁焗，又
唔開風扇，想～死人咩！（天氣這麼
熱，又不開風扇，想悶死人嗎！）｜
打風前都係咁～㗎嘞。（颱颶風前都
是這麼悶熱的。）［重見七B2、七
B5］

**翳(曀)** ɐi³〈音矮第3聲〉悶熱：香
港嘅夏天好～，而家好多人屋企都
裝咗冷氣機。（香港的夏天很悶熱，
現在很多人家裏都裝了空調機。）
［重見二C10、五A2、七E12、九
A2、九A10］

**翳(曀)焗** ɐi³kok⁶〈翳（曀）音矮第
3聲，焗音局〉悶熱：呢幾日認
真～，可能要打風嘞。（這幾天真
悶熱難當，可能要颱颶風了。）

**焗悶** kok⁶mun⁶〈焗音局〉悶熱：屋度
咁～，出去坐下。（屋裏這麼悶熱，
出去坐一坐。）

**焗熱** kok⁶jit⁶〈焗音局〉悶熱。

*__熱__ heŋ³〈音慶〉熱：你個額頭好～，
係唔係發燒啊？（你的額頭好燙，
是不是發燒呀？）｜天口～。（天氣
熱。）［重見五A1、五A3、七B5］

**熱烚烚** heŋ³hɐp⁶hɐp⁶〈熱音慶，烚音
合〉熱烘烘：呢間房～，成個炕爐
噉。（這間房子熱烘烘的，活像個烤
爐。）

**焫** nat³〈音捺那壓切〉熱；燙：啲湯
好～，攤一陣至飲啦。（這湯很熱，
涼一涼再喝。）｜曬到地下～腳嘅。
（曬得地面燙腳。）｜～手［"～"
和"淥"都指燙。"淥"總與熱水有
關；"～"則不一定，相反地是常常
指乾的（無水分的）燙］

**淥** lok⁶〈音六〉燙：滾水嚟㗎，因住～親
手。（是開水，小心燙着手。）｜～
下對腳先瞓覺。（燙一下腳才睡覺。）
［參見"焫"］

**滾熱辣** kwɐn²jit⁶lat⁶ 滾燙（常用於食物）：大冷天時～嘅食落去，好舒服。（大冷的天兒，滾燙滾燙地吃下去，很舒服。）

## 九 B2 乾燥、潮濕、多水

**乾爽** kɔn¹sɔŋ² 乾而清爽：近排天口好～。（這段時間天氣清爽乾燥。）｜地下好～。（地上乾而清爽。）

**乾涸** kɔn¹kʰɔk³〈涸音確〉乾燥：天口～（天氣乾燥。）［普通話指原來有水的地方變得沒水，與廣州話不同］

**乾爭爭** kɔn¹tsɐŋ¹tsɐŋ¹〈爭音鬥爭之爭〉乾巴巴：啲泥～嘅，點種啊？（這些泥土乾巴巴的，怎麼種呢？）

**乾骾骾** kɔn¹kʰɐŋ²kʰɐŋ²〈骾音啟肯切〉（食物）乾巴巴（使人吃時有骾着喉嚨的感覺）：冇水～，我食唔倒嘅。（沒有水，乾巴巴的，我吃不下。）

**乾水** kɔn¹sθy² 乾；水分少的；經過脫水的：啲紅棗要曬到完全～先薑得嘅。（紅棗要曬得完全乾才能放。）｜唔使掉喇，我啲菜把把都好～嘅。（不必甩了，我的菜每一把都是沒多少水的。）

**收乾水** sɐu¹kɔn¹sθy² 經自然晾放而脫水；風乾：啲木料唔～唔用得嘅。（木料不風乾不能用的。）［又作"收水"］

*__粎__ hɔŋ²〈音康第 2 聲〉（皮膚等）因缺乏油脂而乾燥：而家天時塊面～嘅，要搽啲護膚霜至得。（現在這種天氣搞得臉很乾燥。要搽些護膚霜才行。）［重見九 B11、九 B20、九 B22］

**洇** nɐp⁶〈尼入切〉潮濕；受潮的樣子：你頭髮咁～嘅，啱洗過頭咩？（你頭髮那麼濕，剛洗過頭嗎？）

**絲絲濕濕** si¹si¹sɐp¹sɐp¹ 潮濕；濕漉漉：搞到四圍～。（弄得到處濕漉漉的。）

**濕趿趿** sɐp¹tʰɛt⁶tʰɛt⁶〈趿音替夜切加鐵字音尾〉濕漉漉：啱啱抹完地，～。（剛擦完地板，濕漉漉的。）

**濕坺坺** sɐp¹pʰɛt⁶pʰɛt⁶〈坺音鋪夜切加別字音尾〉濕漉漉（有泥漿般的感覺。坺：糊狀物的一團）：唔知邊個冇閂水喉，搞到個地下～。（不知道誰沒關水龍頭，弄得地下濕漉漉的。）

**濕洇洇** sɐp¹nɐp⁶nɐp⁶〈洇音粒第 6 聲，尼入切〉潮濕；濕漉漉：天口～，啲衫都發毛嘞。（天氣潮濕，衣服都發霉了。）｜你跌咗落水啊？個身～嘅。（你掉進水裏嗎？身上濕漉漉的。）

*__淰__ nɐm⁶〈那任切〉濕透：落雨佢都唔帶遮出街，個身濕到～晒。（下雨他也不帶雨傘上街，渾身都濕透了。）｜件衫跌咗落水咁耐，仲唔～晒咩？（那件衣服掉進水裏這麼久，還不濕透了。）［重見二 C5］

**水噱噱** sθy²tsɛ⁴tsɛ⁴〈噱音蔗第 4 聲，治爺切〉【貶】有很多水：乜你啲韭菜雞蛋炒到～嘅？（怎麼你的韭菜雞蛋炒得水汪汪的？）

## 九 B3 稠、濃、黏、稀

**傑** kit⁶ 稠；濃；糨：啲粥好～（這些粥很稠。）｜牛奶～過水。（牛奶比水濃。）［此為壯語詞］

**傑撻撻** kit⁶tʰat⁶tʰat⁶〈撻讀第 6 聲〉非常濃；非常稠（成糊狀的）：呢攤咪嘢㗎？～嘅。（這攤是甚麼東西呀？這麼稠的。）

**溶** jɔŋ⁴ 濃：呢杯茶好～。（這杯茶很濃。）［實即"濃"的變音］

*__黐__ tsʰi¹〈音癡〉黏；有黏性：有咩

276

嘢～得過萬能膠啊。(有甚麼東西比萬能膠還黏呀。) [ 重見六 D7、七 A6、七 A15 ]

**￼粒** nɐp⁶〈音粒第 6 聲，那入切〉黏糊：冇得沖涼，成身～到死。(不能洗澡，全身黏黏糊糊。) [ 重見九 C8 ]

**黐粒粒** tsʰi¹nɐp⁶nɐp⁶〈黐音癡，粒音那入切〉黏糊糊 (略帶貶義)：整到啲膠水上隻手度，～。(弄了點膠水在手上，黏糊糊的。)

**粒黐黐** nɐp⁶tsʰi⁵tsʰi⁵〈粒音那入切，黐音似〉黏糊糊 (略帶貶義)：佢唔知整咗啲乜～嘅嘢喺張枱度。(他不知弄了些甚麼黏糊糊的東西在桌上。)

**粒稱稱** nɐp⁶tsʰɐŋ³tsʰɐŋ³〈粒音那入切，稱讀第 3 聲〉同 "粒黐黐"。

**稀冧冧** hei¹lɐm¹lɐm¹〈冧音林第 1 聲，拉音切〉【貶】很稀：開到啲漿糊～，邊黐得實嘅啫！(把漿糊調得這麼稀，哪能黏得住呢！)

**稀寥寥** hei¹liu⁻¹liu⁻¹〈寥讀第 1 聲，拉嚚切〉【貶】很稀：啲粥～，見水唔見米。(粥很稀，光看見水看不見飯粒。)

**￼削** sœk³ 稀 (不夠稠)：底糕蒸到咁～，成汪水嘅。(這塊糕蒸成這麼稀，像一灘水一樣。) [ 重見九 B4 ]

**削坺坺** sœk³pʰɛt⁶pʰɛt⁶〈坺音鋪夜切加別字的音尾〉【貶】稀而爛 (坺：糊狀物的一團)：翻煮嘅飯～。(反覆煮的飯稀爛稀爛的。)

## 九 B4　硬、結實、軟、韌、脆

**硬□□** ŋaŋ⁶kwɛk⁶kwɛk⁶〈後二字音跪麥切〉非常硬 (略帶貶義)：呢個饅頭～，咬都咬唔郁。(這個饅頭非常硬，咬都咬不動。)

**硬極□** ŋaŋ⁶kek⁶kwɛk⁶〈後一字音跪麥

切〉同 "硬□□"。

**￼實** sɐt⁶ 硬：泥塊地好～啊，鋤頭都鋤唔入。(這塊地很硬呀，連鋤頭也鋤不進去。) [ 重見九 B6、九 D20、九 D22 ]

**實□□** sɐt⁶kwɛk⁶kwɛk⁶〈後二字音跪麥切〉非常硬 (略帶貶義)：呢塊磚頭～，撳極都唔碎。(這塊磚非常硬，怎麼敲都不碎。)

**實極□** sɐt⁶kek⁶kwɛk⁶〈後一字音跪麥切〉同 "實□□"。

**￼硬淨** ŋaŋ⁶tsɛŋ⁶〈淨音鄭〉硬；結實；堅固：嚿木頭好～。(這木頭很結實。)｜張枱夠晒～。(這桌子夠結實的。) [ 重見二 C9、九 D4 ]

**￼實淨** sɐt⁶tsɛŋ⁶〈淨音鄭〉同 "硬淨"(實：硬)：呢種布零舍～嘅。(這種布特別結實。) [ 重見二 C9、九 D4 ]

**老身** lou⁵sɐn¹ (植物的木質、果實等) 因生長期長而長得結實：呢隻木～啊，做傢俬最靚嘅。(這木頭本質密實，做傢具最好了。)

**￼腍** nɛm⁴〈泥淫切〉軟：笪地好～，手指都兟得入。(這塊地很軟，連手指也可以捅進去。) [ 重見五 C2 ]

**腍□□** nɛm⁴pɛt⁶pɛt⁶〈腍音泥淫切，後二字音啤第 6 聲加別字音尾〉軟而爛 (略帶貶義)：啲餅浸到～，點食啊？(餅泡得爛乎乎，怎麼喫？)

**￼腍啤啤** nɛm⁴pɛ⁶pɛ⁶〈腍音泥淫切，啤讀第 6 聲〉同 "腍□□"。[ 重見五 C2 ]

**軟熟** jyn⁵sok⁶ 柔軟：呢件皮衣又幾～嘞。(這件皮衣很柔軟。)

**￼軟腍腍** jyn⁵nɛm⁴nɛm⁴〈腍音泥淫切〉很軟：撳落去～嘅 (按下去軟綿綿的。) [ 重見五 C2 ]

**綯** pʰɐu³〈破漚切〉不結實；鬆軟；泡 (pāo)：呢嚿木頭～㗎，啲釘用手就

277

撳得入去。(這塊木頭是泡的,用手就能把釘子撳進去。)

**鬆綯** soŋ¹pʰɐu³〈綯音破漚切〉同"綯":諗唔到呢嚿石頭咁～,輕輕一揻就散咗。(想不到這塊石頭這麼不結實,輕輕一擊就碎了。)

*__削__ sœk³ 鬆軟;不結實(常用於指肌肉):呢牌少運動,大髀肉都～晒。(這段時間運動得少,大腿上的肉都沒那麼結實了。)[ 重見九 B3 ]

*__蔫韌__ jin¹(ŋin¹)jɐn⁶(ŋɐn⁶)〈蔫音煙,又音毅煙切;韌音因第 6 聲,又音毅恨切〉韌:呢條皮帶咁～嘅,斬極都唔斷。(這根皮帶這麼韌,怎麼砍也砍不斷。)[ 重見五 B6 ]

**擗擗脆** pɔk¹pɔk¹tsʰɵy³〈擗音駁第 1 聲〉非常鬆脆(常指食物):～啲嘢係就係好食,之好熱氣。(鬆脆的食品是蠻好吃,可就是上火。)[ 又作"脆擗擗" ]

**惡惡脆** ɔk¹ɔk¹tsʰɵy³〈惡讀第 1 聲〉同"擗擗脆":炒花生～。[ 又作"脆惡惡" ]

**咯咯脆** lɔk¹lɔk¹tsʰɵy³〈咯音落第 1 聲〉同"擗擗脆"。[ 又作"脆咯咯" ]

**爽** sɔŋ² 脆(多用於指含水分的食物):今日買返嚟啲雪梨好～。(今天買回來的梨子很脆。)

*__爽脆__ sɔŋ²tsʰɵy³ 同"爽":呢種瓜係要噉炒先～嘅。(這種瓜是要這樣炒才脆嫩的。)[ 重見五 C1 ]

**鬆化** soŋ¹fa³ 酥脆(指食物):呢家餅家做啲餅零舍～嘅。(這家餅店做的餅特別酥脆。)

## 九 B5　空、通、漏、堵塞、封閉

**吉** kɐt¹ 空(不單用):～屋(空房子)|～包(空袋子。)[ 廣州話"空"與"凶"音同,故忌諱改稱"～" ]

**空框吟** hoŋ¹kwʰaŋ¹laŋ¹〈吟音拉坑切〉空空蕩蕩(用於大面積的地方):間屋～,乜都冇。(那間房子空空蕩蕩,甚麼都沒有。)[ 又作"空框框" ]

**空寥寥** hoŋ¹liu⁻¹(lɛu¹)liu⁻¹(lɛu¹)〈寥讀第 1 聲,又音爺切第 1 聲加烏的音尾〉空空的:打開個袋睇下～。(打開袋子一看,空空如也。)

**空籠** hoŋ¹loŋ⁻²〈籠讀第 2 聲〉空心;中空的(用於有較大體積者):將嚿木裏頭挖到～。(把木頭裏面挖空。)

**通心** tʰoŋ¹sɐm¹ 空心;中空的(用於條狀物):～粉(中空的粉條)|呢碌棍～嘅。(這根棍子空心的。)

**通籠** tʰoŋ¹loŋ⁻²〈籠讀第 2 聲〉無阻塞的;中空的:呢個窿～㗎,睇到光嘅。(這個洞是通的,可以看見光線。)

**通窿** tʰoŋ¹loŋ¹ 洞穿的;穿孔的:底下係～嘅。(底下是穿底兒的。)

**穿窿** tsʰyn¹loŋ¹ 洞穿的;穿孔的(用於較薄的物體):堵牆～嘅。(那堵牆穿了洞。)|件衫磨到～。(那件衣服磨破了。)

**漏罅** lɐu⁶la³〈罅音麗亞切〉有漏縫(罅:縫):隻箕箕～嘅,點裝米得喀!(這箕箕有漏縫兒的,怎麼裝米呢!)

**漏窿** lɐu⁶loŋ¹ 有漏洞(窿:洞):唔怪之咁快冇水啦,個煲～咮!(難怪這麼快沒水了,原來這鍋穿了個洞!)

**盟** mɐŋ⁴ 不通的:～鼻(鼻塞)|呢支通～咗。(這根管子不通了。)

**盟籠** mɐŋ⁴loŋ⁻²〈籠讀第 2 聲〉堵塞的;在空腔盡頭處不通的(盟:不通):呢個窿～㗎,支竹對唔過去。(這個洞中間不通,竹子捅不過去。)

*__盟塞__ mɐŋ⁴sɐk¹ 不通的;有阻塞的(盟:不通)。[ 重見五 B11 ]

**倔籠** kwɐt⁶loŋ⁻²〈籠讀第 2 聲〉在空腔的盡頭處不通的（倔：禿）：嗰個山窿係～嘅。（那個山洞是通不出去的。）

\***倔頭** kwɐt⁶tʰɐu⁴ 在盡頭處不通的（多指道路等。倔：禿）：～巷（死胡同）｜呢條路係～嘅。（這條路盡頭是不通的。）[ 重見九 A6 ]

**倔督** kwɐt⁶tok¹ 同 "倔頭"（督：底）。

**密籠** mɐt⁶loŋ⁻²〈籠讀第 2 聲〉封閉的；內部的空腔與外部不通的：一定要做到～嘅，漏親氣就唔咭。（一定要做成封閉的，一漏氣就不行。）

\***密實** mɐt⁶sɐt⁶ 嚴實；封閉得嚴密：包到鬼咁～。（包得非常嚴實。）[ 重見五 C5 ]

## 九 B6　密、滿、擠、緊、疏、鬆

**密屈屈** mɐt⁶tsɐt¹tsɐt¹〈屈音質〉密密麻麻（屈：塞）：啲嘢堆到～，行都有地方行。（東西堆放得密密麻麻，連走路的地方也沒有。）

**頂籠** teŋ³loŋ⁻²〈籠讀第 2 聲〉完全滿：架車～㗎喇，唔好再裝喇。（車子已經滿了，別再裝了。）

**脹卜卜** tsœŋ³pok¹pok¹〈卜音波屋切〉脹鼓鼓：食到個肚～。（吃得肚子脹鼓鼓的。）

**爆棚** pau³pʰaŋ⁴【喻】原指看戲的人極多，連戲棚（以竹木臨時搭建的觀眾席）也擠破了，形容人多而擁擠：今晚會場實～啫。（今天晚上會場肯定座無虛席。）

**擠擁** tsɐi¹joŋ² 擁擠：年年嘅花市都係咁～㗎喇。（年年的花市都是這麼擁擠的。）

\***逼（偪）** pek¹ 擁擠：架車好～，唔好上喇。（這輛車挺擠，別上了。）[ 重見六 B2、九 A3 ]

**偪人** pek¹jɐn⁴ 人多擁擠（偪：擠）：星期日出街，商舖裏頭～到死。（星期天上街，商店裏人擠得要死。）

\***梗₁** keŋ²（機件轉動）不靈活；不鬆動；緊；固定：個水喉掣銹到～咗，擰唔郁。（那水龍頭銹緊了，擰不動。）[ 重見九 D5、九 D20 ]

\***實** sɐt⁶ 緊；不鬆：冚～個蓋。（把蓋子蓋嚴實。）｜個繾打到好～，解唔開。（那繩結打得很結實，解不開。）｜夾～啲衫，咪畀風吹走。（把衣服夾好，別讓風吹跑。）｜你揸～未啊？（你抓緊了沒有？）[ 重見九 B4、九 D20、九 D22。]

\***衡** hɐŋ⁴ 繃得緊：掯～條繩。（把繩子拉緊。）｜條彈弓過頭，拉唔開。（那條彈簧太緊了，拉不開。）[ 重見九 C8、九 D14 ]

**疏罅** so¹la³〈罅音麗亞切〉疏；不密（罅：縫兒）：將佢哋～嗱擺開。（把它們疏疏地擺開。）｜凡係見倒～嘅地方都補翻落去。（凡是見到疏的地方都給補上去。）

**疏哩大嚇** so¹li¹tai⁶kwʰak³〈哩音拉衣切，嚇音困客切〉【貶】分佈得很稀疏：個網～嘅，捉得倒魚咩？（這網眼這麼疏，能捕到魚嗎？）

**疏嘞嚇** so¹lɛk³kwʰak³〈嘞音厲客切，嚇音困客切〉同 "疏哩大嚇"。

**疏寥寥** so¹liu¹liu¹〈寥讀第 1 聲〉【貶】非常疏：唔知你哋點插秧嘅，插到～。（也不知道你們是怎麼插秧的，插得這麼疏。）

**離行離罅** lei⁴hoŋ⁴lei⁴la³〈罅音麗亞切〉【貶】稀疏；疏落（罅：縫兒）：你哋點排隊㗎？～！（你們怎麼排隊的呀？稀稀拉拉的！）

**離行離迾** lei⁴hoŋ⁴lei⁴lat⁶〈迾音辣〉同 "離行離罅"（迾：行列）。

**零星落索** leŋ⁴seŋ¹lɔk⁶sɔk³【貶】零零

九　狀況與現象

279

落落：年三十晚馬路上～，人都唔多個。（除夕夜馬路上零零落落的，人也沒幾個。）

**散收收** san²sɐu¹sɐu¹【貶】鬆散：～噉唔得嘅，擺好啲嚓啦。（這樣鬆鬆散散不行的，擺好一點吧。）

**鬆佊佊** soŋ¹pʰɛ⁵pʰɛ⁵〈佊音皮野切〉【貶】鬆鬆垮垮的（佊：歪斜）：綁到～噉，一搣唔係散囉。（捆得鬆鬆垮垮的，一提起來不就散架了嗎。）

## 九 B7　整齊、均勻、吻合、亂、不相配

**歸一** kwɐi¹jɐt¹ 整齊；放置緊湊：啲嘢要放～啲。（東西要放整齊點兒。）

**企理** kʰei⁵lei⁵ 整齊；有條理：將間屋執～啲，唔好失禮啲人客啊。（把房子收拾得整齊點，別在客人面前丟臉。）｜今日執得咁～，約女仔出街哩？（今天穿戴得這麼整齊，約女孩子上街是吧？）

**齊整** tsʰɐi⁴tsɛŋ² 整齊：將啲書沓～啲。（把那些書疊整齊點兒。）

**勻淨** wɐn⁴tsʰɵn⁴ 均勻：油色要油得～啲。（上色兒要上得均勻點兒。）

**凵₂** hɐm⁶〈音含第 6 聲，賀任切〉兩物之間接合得嚴：將個蓋扱～啲。（把蓋子蓋嚴點兒。）｜閂～道門。（把門關嚴。）｜呢兩隻機件對得好～。（這兩個機件吻合得很好。）

**佮佮凵** tʰɐp¹tʰɐp¹hɐm⁶〈佮音他恰切，凵音賀任切〉兩物之間非常吻合；接合無間：個樽放落個盒度～。（那瓶子放進這盒子裏剛剛好。）

**啱牙** ŋam¹ŋa⁻²〈啱音嚴第 1 聲，牙讀第 2 聲〉【喻】本指螺紋吻合（啱：合；牙：螺紋），泛指各種物件之間接合得嚴：如果係原裝嘅就實～嘅。（如果是原裝的就一定吻合。）

**亂龍** lyn⁻²loŋ⁴〈亂讀第 2 聲，音戀〉亂套；混亂：搞到呢度亂晒龍。（弄得這裏全亂了套。）

**亂立立** lyn⁶lɐp⁶lɐp⁶ 混亂：點解呢度抄到～㗎？（怎麼這兒被翻得亂七八糟的？）

**立亂** lɐp⁶lyn⁶ 亂：你張枱咁～嘅。（你的桌子這麼亂。）

**立立亂** lɐp⁶lɐp⁶lyn⁶〈第二個立字讀第 2 聲〉混亂：而家治安好差，成個社會～。（現在治安不好，整個社會亂哄哄的。）

**七國咁亂** tsʰɐt¹kwɔk³kɐm³lyn⁶〈咁音甘第 3 聲〉【喻】混亂（七國：指戰國時期）：蘿蔔頭打嚟嗰陣，成個香港～，個個都諗住走路。（日本人打來那陣子，整個香港一片混亂，人人都想着逃難他方。）〔舊時説書講戰國故事稱為"講七國"〕

**亂晒坑** lyn⁶sai³haŋ¹ 亂成一團（晒：完全）：我先頭至執好間房，而家又試畀你搞到～。（我剛才才收拾好間房，現在又讓你給弄得亂成一團。）

*****摎挍** lau²kau⁶〈摎音裸考切，挍音技校切〉雜亂；沒條理：你張牀咁～都唔執拾下。（你的牀這麼雜亂也不收拾收拾。）〔重見九 C12〕

**污(烏)哩單刀** wu¹lei¹tan¹tou¹〈哩音拉希切〉亂：你兩隻馬騮仔搞到間屋～。（你們兩個小猴子把房子弄得亂糟糟的。）

**污(烏)哩馬查** wu¹lei¹(li¹)ma⁵tsʰa⁻⁵〈哩音拉希切，又音拉衣切；查讀第 5 聲〉亂：啲字寫到～。（這字寫得亂七八糟。）

**胡哩馬查** wu⁴lei¹(li¹)ma⁵tsʰa⁻⁵〈哩音拉希切，又音拉衣切；查讀第 5 聲〉同"污(烏)哩馬查"。

**一鑊泡** jɐt¹wɔk⁶pʰou⁵〈鑊音獲，泡音抱〉【喻】混亂（鑊：鍋）：呢件事

界佢搞到～。(這件事讓他弄得亂了套。)

**一碟齋** jɐt¹tip⁶tsai¹【喻】混亂(齋:指什錦素菜,由多種用料拌成):我走咗兩日啫,返嚟就見～嘞。(我走了才兩天,回來就見到亂糟糟了。)

**倒瀉籮蟹** tou²sɛ²lɔ⁴hai⁵〈瀉音寫〉【喻】像把一籮筐螃蟹倒了出來一樣(瀉:不小心倒出),比喻場面混亂,難以收拾。

**哩啡** lɛ⁵fɛ⁵〈嚟音黎野切,啡音肥野切〉不整齊;凌亂:你間屋咁～喋。(你的房子這麼凌亂。)│翻公司上班唔好着到咁～。(回公司上班別穿得這麼不整齊。)

**鴛鴦** jyn¹jœŋ¹ 不配對;不同式樣配在一起的:～襪(不配對的襪子)│～雪糕(兩種顏色或味道的冰激淋)

**唔啱合尺** m⁴ŋam¹hɔ⁴tshɛ¹〈啱音巖第1聲,合音何,尺音車〉【喻】字面意思是樂調不配,比喻無法配合:你哋兩個做出啲嘢都～嘅。(你們倆做出的東西互相搭不上界。)[參看八C3 "合尺"]

## 九 B8　穩定、不穩、顛簸

[搖動參見六A4]

**穩陣** wɐn²tsɐn⁶ 穩;不動搖:將張凳放～啲。(把那凳子放穩點兒。)│呢眼釘唔～。(這釘子不夠穩。)

*__定__₂ tɛŋ⁶ 穩;穩定:行獨木橋腳步要好～至得。(走獨木橋腳步要很穩才行。)│潘司機開車開得～。[重見五 A5、五 A6、五 C5]

**定當** tɛŋ⁶tɔŋ³ 同"定":你企～啲嚟啊!(你站穩一些啊!)

*__定過抬油__ tɛŋ⁶kwɔ³thɔi⁴jɐu⁴【喻】抬油必須走得很穩,比抬油還穩,表示極穩。[重見五 A5]

**腳步浮浮** kœk³pou⁶fɐu⁴fɐu⁴ 腳步不穩:飲咗兩杯就～。(喝了兩杯就走路也走不穩了。)

**春下春下** tsʊŋ¹ha⁵tsʊŋ¹ha⁵〈春音鐘,下讀第 5 聲〉走路腳步不穩,人的重心向前傾跌的樣子:歲數畢竟大咗,行步路都～噉。(歲數畢竟大了,走起路來向前一栽一栽的。)

*__扽__ tɐn³〈帝訓切〉顛簸:坐車尾好～。(坐在車後部非常顛簸。)[重見六D3、六 D4、六 D5]

## 九 B9　零碎、潦草、骯髒

**濕碎** sɐp¹sɵy³ 瑣碎;零碎:咪淨係做埋晒啲～嘢啦,做啲有睇頭嘅事得唔得?(別老是做那些瑣碎事吧,幹些有看頭的事情行不行?)[重見九 B18]

*__濕濕碎__ sɐp¹sɐp¹sɵy³ 瑣碎;零碎:呢啲嘢咁～,我係唔會做嘅。(這些事這麼瑣碎,我是不會做的。)[重見九 B18]

**碎濕濕** sɵy³sɐp¹sɐp¹ 零碎:咿啲布～,唔好要喇。(這些布零零碎碎,別要了。)

**繚繞(繑)** liu⁵khiu⁵〈繚音了,繞(繑)音橋第 5 聲〉(字跡)潦草:你寫字咁～,邊個睇倒你啊?(你寫字那麼潦草,誰能看得懂呀?)

**污糟** wu¹tsou¹ 骯髒:個地下咁～,唔好坐落去。(地上很髒,別坐下去。)

**邋遢** lat⁶that³〈邋音辣,遢音替壓切〉骯髒:張凳好～喋。(那張凳子很髒的。)[普通話指不整潔、不利落,與廣州話不完全一樣]

**揦苴** la⁵tsa²〈揦音喇叭之喇,苴音炸第 2 聲〉骯髒:呢間旅館嘅浴缸鬼咁～,最好咪用。(這家旅館的浴缸非常髒,最好別用。)

**腌臢** ɐp¹tsɐp¹〈腌音啊恰切，臢音汁〉骯髒：呢個地方咁鬼～。（這個地方這麼髒。）[ 重見九 A3 ]

## 九 B10　破損、破爛、脱落

**崩** pɐŋ¹（硬物）破損：個碗～咗一窟。（這碗缺了一塊。）| 扺～頭。（碰破了頭。）

**坼** tsʰak³〈音拆〉裂：張枱～咗。（這張桌子裂開了。）

**爆** pau³ ①裂：隻木桶～咗條罅。（這個木桶裂了一條縫。）②炸：個暖水壺～咗。（熱水瓶炸了。）[ 重見七 E11 ]

**跂** pʰei²〈音披〉物品的表面或邊緣有少許殘破：條褲膝頭哥處開始～嘞。（這褲子膝蓋那地方開始起毛了。）| 隻杯有啲～口。（這杯子的杯口有點兒破。）| 張蓆未瞓得半年啲邊就～嘞。（這蓆子沒睡半年邊上就破了。）

**殘** tsʰan⁴ 殘破：你架錢七都夠晒～嘞，除咗個吟鐘唔響，周身都響。（你那輛老爺車也夠殘破的了，除了鈴不響，整輛車上上下下都響。）

**爛**₁ lan⁶ 碎；破：打～咗個杯。（把杯子打碎了。）| 連衫都搣～埋。（連衣服也撕破了。）[ 普通話的“破、碎、爛”在廣州話都説“～”]

**融** joŋ⁴ 稀爛：將啲粥煲～啲。（把粥熬爛點兒。）

**融融爛爛** joŋ⁴joŋ⁴lan⁶lan⁶ 非常破爛（融：稀爛）：張被都～嘞，仲點冚啊？（這張被子已經非常破爛了，還怎麼蓋。）| 掘到塊地～。（把地挖得坑坑窪窪的。）| 你架單車～，換過架啦。（你的自行車破破爛爛的，換輛新的吧。）

**爛融融** lan⁶joŋ⁴joŋ⁴ 稀巴爛（融：稀爛）：

搣到～。（扯得稀巴爛。）

**爛苴苴** lan⁶tsa²tsa²〈苴音子啞切〉破爛而髒亂：剩低啲～嘅畀我。（剩下一些破破爛爛的給我。）

**爛笪笪** lan⁶tat³tat³〈笪音達第 3 聲，帝壓切〉破爛，稀巴爛。[ 重見五 D6 ]

**爛身爛勢** lan⁶sɐn¹lan⁶sɐi³（衣着）破爛：～噉去人屋企唔禮貌㗎嘛！（穿得破破爛爛地到人家裏去不禮貌嘛！）

**甩** lɐt¹〈拉一切〉脱落：啲油啱啱先掃上去，而家就開始～嘞。（這些油漆剛刷上去，現在就開始脱落了。）| ～咗粒螺絲。（掉了一顆螺栓。）[ 這跟普通話的“甩”意思不同，讀音也不相應 ]

**甩甩離** lɐt¹lɐt¹lei⁴〈甩音拉一切〉將要脱落的樣子（甩：脱落）：嗰隻鉸㗎喇，快啲安翻佢啦。（那個合頁快掉了，快點把它裝好吧。）

**甩頭甩骨** lɐt¹tʰɐu⁴lɐt¹kwɐt¹〈甩音拉一切〉【喻】散了架子（甩：脱落）：架單車都～嘞，仲踩！（那自行車已經散了架了，還騎！）

**甩皮甩骨** lɐt¹pʰei⁴lɐt¹kwɐt¹〈甩音拉一切〉同“甩頭甩骨”。

## 九 B11　腐爛、發霉、褪色

**宿** sok¹ 餿；食物腐敗變質：啲餸～咗。（那些菜餿了。）[ 重見九 B20 ]

**膉** jek¹〈音益〉食油腐敗變質：啲生油～咗，唔食得囉。（那些花生油已經腐敗變質，不能吃了。）

**發毛** fat³mou⁻¹〈毛讀第 1 聲〉發霉（霉絲如白色茸毛）：啲月餅～咗，真係嘥。（那些月餅發霉了，真浪費。）

**粓** hoŋ²〈音糠第 2 聲〉（米、麵等）發霉變質：～米（發霉變質的米）[ 重見九 B2、九 B20、九 B22 ]

282

*搞 wɔ⁵〈音窩第 5 聲〉雞蛋、鴨蛋等變質：呢隻蛋～咗。（這個蛋壞了。）[ 重見九 C2 ]

廢₂ fɐi³ 腐朽：呢條橋啲橋板～晒。（這座橋的橋板全朽了。）

霉 mui⁴ 腐朽：條電燈杉～㗎喇，唔知幾時會冧落㗎。（那條電線杆已經腐朽了，不知道甚麼時候會倒下來。）｜塊布～咗，一搣就爛。（這塊布腐朽了，一扯就破。）

起鬨 hei²hoŋ⁶〈鬨音夏共切〉長水銹：把刀用完冇抹乾，實～喇。（那把刀用完沒擦乾，肯定長水銹了。）

甩色 lɐt¹sek¹〈甩音拉一切〉脫色；褪色（甩：脫落）：呢件衫一㗎，唔好同其他衫一齊洗。（這件衣服脫色的，不要和別的衣服一塊兒洗。）

## 九 B12　壓、硌、絆、卡、礙、累贅

砑（責）tsak³⁽⁶⁾〈音責，又音摘〉壓：畀啲木頭～住喺底下。（被木頭壓在底下。）｜玻璃好容易～爛㗎。（玻璃很容易壓碎的。）

梗₂（哽）ŋɐŋ²〈毅肯切〉硌（凸起的硬東西頂到身體使感到難受或受到損傷）：～腳｜～住條腰。（硌着腰。）

□ kwʰɐŋ³〈誇凳切〉①絆住；鈎住：畀樹枝～住咗佢條辮。（她的辮子被樹枝掛住了。）｜啲水草～實個魚鈎。（水草絆住了魚鈎。）②被鈎住而劃破：～爛個衫袖。（剐破了衣袖。）｜响眼釘度～損隻手。（被釘子劃破了手。）

*噭₂ kʰek¹〈音卡益切〉卡住；絆住：上便～住，你褪落啲就過得嘞。（上面卡住，你往下挪點兒就能過了。）｜就係靠呢個戌～實，唔跌得落㗎嘅。（就是靠這個鍵子卡住，掉

不下來的。）[ 重見六 D12、七 E14 ]

食₂ sek⁶ 卡住；堵住（位置）：入便～實咗，搯唔出嚟。（裏面卡住了，拔不出來。）｜畀對方後衛～住身位，冇辦法攞倒球。（被對方後衛堵住了位置，沒辦法拿到球。）

阻 tsɔ² 擋；堵；阻礙：你唔好喺度～住晒啦！（你別在這兒礙手礙腳的！）｜邊個堆啲嘢响處～實個門口？（誰堆了這些東西在這兒把門口堵住了？）｜張枱擺呢度好～㗎。（這桌子擺這兒很礙地方的。）

阻定 tsɔ²tɛŋ⁶〈定音地鄭切〉礙地方（定：地方）：薑正個路口，～得滯。（放在路中央，太礙地方了。）

*脛臍 ŋa⁶tsa⁶〈脛音毅夏切，臍音治夏切〉體積過大，佔地方：呢個木箱太～，阻住條路。（這個木箱太佔地方，把路給堵了。）[ 重見七 E16 ]

脛定 ŋa⁶tɛŋ⁶〈脛音毅夏切，定音地鄭切〉佔地方（脛：佔；定：地方）：呢對鞋唔好摙，放喺度又唔～。（這雙鞋別扔，放在這兒又不佔地方。）

*論盡 lɵn⁶tsɵn⁶ 累贅；不方便：咁多行李，路上好～㗎。（這麼多行李，路上很不方便的。）｜仲要帶埋呢個嘢去，～到死。（還要把這個也帶去，真累贅。）[ 重見二 C3、九 C3 ]

## 九 B13　顛倒、反扣

掉轉頭 tiu⁶tsyn³tʰɐu⁴〈轉讀第 3 聲〉上下顛倒：將道門～嚟裝。（把門顛倒來裝。）[ 普通話指水平方向的掉轉方向，廣州話既有與普通話相同的意思，又有上下顛倒的意思 ]

倒掟 tou³tɛŋ³〈倒音到，掟音帝贏切第 3 聲〉顛倒（放或掛等）：呢幅插圖～嚟排都有嘅。（這幅插圖居然排版顛倒了。）

\***倒掟頭** tou³tɛŋ³tʰɐu⁴〈倒音到，掟音帝贏切第 3 聲〉同 "倒掟"：你本書揸～喇！(你把那本書倒過來拿了！)[重見六 B2]

**櫼頭倒腳** tsim¹tʰɐu⁴tou³kœk³〈櫼音尖，倒音到〉①頭對腳，腳對頭（櫼：揳），指兩人同牀各睡一頭；要～先瞓得落。(要一人睡一頭才睡得下。)②泛指物品互相顛倒放置：一隻呢便，一隻嗰便，着層～噉疊滿佢。(一個往這邊，一個往那邊，逐層互相顛倒着把它放滿。)

**櫼頭對腳** tsim¹tʰɐu⁴tɵy³kœk³〈櫼音尖〉同 "櫼頭倒腳"。

**反仰** fan²ŋɔŋ⁵〈仰音昂第 5 聲〉正面朝上：～瞓。(正面朝上睡覺。)|將個鑊蓋～嚟疊。(把鍋蓋反過來放。)

**倒扱** tou³kʰɐp¹〈倒音到，扱音級〉反扣；正面朝下（扱：反扣）：將個面盆～住嚟冚嗰個桶。(把臉盆反扣着蓋那個桶。)

**仆轉** pʰok¹tsyn³〈仆音批屋切，轉讀第 3 聲〉正面朝下（仆：臉朝下撲倒）：點解你習慣～瞓覺嘅？(怎麼你習慣趴着睡覺？)|啲碗～喺度好瓊乾啲水。(那些碗倒扣着放，好讓水滴乾。)

## 九 B14　相連、糾結、吊、垂

\***乃** nai⁻³〈音奶第 3 聲，那隘切〉細細地相連：原來係一路～過去嘅。(原來是一直連過去的。)|一條絲帶～住兩便。(一條絲帶拉着兩頭。)[重見七 A20]

\***揌** nɐŋ³〈音能第 3 聲〉細細地相連：條線～住隻紙鷂。(那根線牽着風箏。)|～條繩過嚟。(拉一根繩子過來。)[重見十 C3]

\***孖** ma¹〈音媽〉（兩物）黏連；並聯：兩槀樹生到～埋咗。(兩棵樹長得連在一起了。)|攞多條嚟打～先夠力。(多拿一根來合雙才受得住力。)[重見七 E1、九 D25、十 A1、十 C1]

\***繞（繑）** kʰiu⁵〈音橋第 5 聲，企了切〉糾結：啲冷～埋一堆。(那些毛線糾結在一塊兒。)[重見六 D7]

**叮拎等挩** tɛŋ⁴nɛŋ¹tɛŋ⁴nɛŋ³〈叮讀第 4 聲，拎音那英切，等讀第 4 聲，挩音能第 3 聲〉一串一串連着或懸掛着的樣子：嗰種時裝好得意嘅，成身～好多嘢嘅。(那種時裝很有意思，身上這兒一串那兒一掛的很多東西。)

\***掟** tɛŋ³〈音定第 3 聲，帝慶切〉（用繩等）吊；懸掛：將佢～喺度，聽日就會乾㗎嘞。(把它吊在這裏，明天就會乾了。)[重見二 E1、六 D1]

**吊吊揈** tiu⁻⁴tiu⁻²fɐŋ³〈前吊字讀第 4 聲，後吊字讀第 2 聲，揈音費慶切〉懸掛在空中晃盪（揈：晃動）：個人掟响條安全帶～，真係牙煙。(那人吊在安全帶上晃盪，真危險。)

**髟** tɐm³〈帝暗切〉垂掛；懸掛：佢啲頭髮～晒落嚟。(她的頭髮全垂了下來。)|啲樹枝一路～到埋水面。(樹枝一直垂到水面。)

**耷（聁）** tɐp¹〈低恰切〉（物體）下垂；耷拉：槀樹斷咗，～咗落涌。(那棵樹折斷了，垂到小河裏。)

**墮** tɔ⁶ 水平的物體（尤指軟的物體）部分下垂，變得不平：電燈杉同電燈杉之間嗰段電線通常係～落嚟嘅。(電線杆和電線杆之間的那段電線通常是下垂的。)|條橫額左邊～咗，搣翻高啲。(橫額左邊低了，扯高點兒。)

## 九 B15　裸露、遮蓋
[遮蓋的動作參見六 D7]

**冇遮冇掩** mou⁵tsɛ¹mou⁵jim²〈冇音無第 5 聲〉沒有遮攔；裸露（冇：沒有）：呢個沖涼房～，點沖倒涼㗎。（這個洗澡間沒遮沒攔的，怎能洗澡呀。）

**光脱脱** kwɔŋ¹tʰyt¹tʰyt¹〈脱讀第 1 聲〉完全裸露；光溜溜；光禿禿：喬樹冇晒樹皮，～。（那棵樹沒了樹皮，光溜溜的。）｜除到～。（脱得一絲不掛。）

**光捋捋** kwɔŋ¹lyt¹lyt¹〈捋音劣第 1 聲〉光溜溜：個山頂～，連條草都冇。（那山頂光禿禿的，連草也沒一根。）

**光捋出** kwɔŋ¹lyt¹tsʰyt¹〈捋音劣第 1 聲，出音差月切第 1 聲〉同"光捋捋"。

**光身** kwɔŋ¹sɐn¹ 物體表面沒有附着物；光滑：呢種樹幹～嘅叫做檸檬桉。（這種樹身光滑的叫檸檬桉。）

***打** ta²露（身體部位）：～出肚臍。｜～條手瓜出嚟。（把手臂露出來。）[ 重見七 A2、七 A17、九 D25 ]

**突** tɐt⁶ 同"打"：褲脚穿咗，～出個膝頭哥。（褲腿穿了，露出膝蓋。）

***褸** lɐu¹〈音褸第 1 聲，拉歐切〉蒙蓋；遮蔽：頭髮～住眼。（頭髮蓋着眼睛。）｜～到滿晒蠄蟧絲網。（全蒙滿了蜘蛛網。）｜有一嚿布～住。（有一塊布蒙着。）[ 重見二 D2、三 A1、六 D7、七 B1 ]

**網** mɔŋ⁻¹〈讀第 1 聲，媽糠切〉蒙蓋；罩；成片的東西黏附在表面：由頭到脚～到實。（從頭到脚蒙得嚴嚴實實。）｜成日覺有嘢～實塊面嘅。（老是覺得好像有一塊甚麼東西黏在臉上。）

***壋** pʰɔŋ¹〈音篷第 1 聲，批空切〉蒙（塵土）：啲書～晒塵喇。（這些書都蒙上塵了。）｜架鋼琴度～滿塵。（那鋼琴上面落滿塵土。）[ 重見六 A7 ]

## 九 B16　淹、沉、浮、洇、凝

**浸₂** tsɐm³〈至暗切〉淹；泡：呢啲木頭～喺水度好耐嘞，都霉晒嘞。（這些木頭泡在水裏很久了，全腐朽了。）｜嗰場大水～咗半條村。（那一場洪水淹了半個村子。）

**浸底** tsɐm⁻⁶tɐi²〈浸音治任切〉沉在水底：咁重，邊有唔～㗎？（這麼重，哪能不沉呢？）

**浮面** pʰou⁴min⁻²〈浮音蒲，面讀第 2 聲〉浮在水面：～嗰啲係空殼，唔好要佢。（浮在水面的是空殼兒，不要它。）

**浮浮盼** pʰou⁴pʰou⁴pʰan³〈浮音蒲〉在水面漂浮：幾百條木頭喺江邊度～。（幾百根木頭在江邊上漂浮着。）

***浮頭** pʰou⁴tʰɐu⁴〈浮音蒲〉浮到水面：呢種石頭好輕㗎，掉落水識得～嘅。（這種石頭很輕的，扔到水裏會浮上來的。）[ 重見二 D2 ]

**化水₁** fa³sɵy² 洇；墨水等在紙上滲開：呢隻紙～嘅。（這種紙會洇的。）

***瓊** kʰɛŋ⁴ 凝結（由液體變為固體或半固體）：啲油～晒。（那些油全凝結了。）[ 重見七 B3、七 B13 ]

## 九 B17　遠、近

**冇雷公咁遠** mou⁵lɵy⁴koŋ¹kɐm³jyn⁵〈冇音無第 5 聲，咁音甘第 3 聲〉【熟】【喻】字面意思是在沒有打雷的地方那麼遠（冇：沒有；雷公：雷神；咁：那麼），指很遠；遙遠：你走到～，我點搵你啊？（你跑得那麼遠，我怎麼找你呀？）

**離天隔丈遠** lei⁴tʰin¹kak³tsœŋ⁶jyn⁵【熟】【喻】離得遠（指觸摸不到的距離）：

你企到到～，我點遞畀你啊？（你站得那麼遠，我怎麼遞給你呀？）

**隔成條墟咁遠** kak³sɛŋ⁴tʰiu⁴hɵy¹kɛm³jyn⁵〈咁音甘第 3 聲〉同 "離天隔丈遠"（墟：集市；咁：那麼）。

*埋** mai⁴ 靠近；貼近：唔好企咁～。（不要站得那麼近。）｜再挨～啲先夠定囆。（再貼近點才夠地方放。）〔重見六 A2、九 D21〕

**兩步路** lœŋ⁵pou⁶lou⁶【喻】非常近：我返工就～嘞。（我上班用不了走幾步路。）

**行雷都聽聞** haŋ⁴lɵy⁴tou¹tʰɛŋ¹mɛn⁴〈行音何盲切，聽音梯贏切第 1 聲〉【熟】【謔】字面意思是那邊打雷這邊也能聽得見（行雷：打雷），是說相隔不遠，但實際上雷聲可以傳很遠，所以帶有開玩笑的口吻：佢就住我隔籬啫，～。（他就住我隔壁，他家打雷我家都聽得見。）

## 九 B18　多、少

**大把** tai⁶pa² 很多：你話一聲，包保～人去。（你說一聲，保管很多人去。）｜你問佢攞啦，佢～嘅。（你向他要吧，他多的是。）〔普通話也有 "大把"，但一般只用於指錢，在句子中的位置也受很多限制，廣州話的用法則寬泛得多〕

**多羅羅** tɔ¹lɔ⁴lɔ⁴【貶】很多：人就～，嘢就冇人做。（人就多得很，事情就沒人幹。）

**多多聲** tɔ¹tɔ¹sɛŋ¹〈聲音司贏切第 1 聲〉很多（帶誇張口吻）：呢啲嘢我嗰度～啦！（這些東西我那兒多的是！）

**幾十百** kei²sɐp⁶pak³ 很多（不一定真的有數十上百）：一次考～門，邊搞得咭？（一次考好多門，怎麼弄得來？）

**無千無萬** mou⁴tsʰin¹mou⁴man⁶ 無數：～嘅黃蜂飛嚟嚟飛去。（成千上萬的馬蜂飛來飛去。）

**多少** tɔ¹siu² 不多不少的一些：我呢幾年都儲埋有～响度。（我這幾年也存有一些在這兒。）

*啲₁** ti¹〈音低衣切〉表示少量；一些、一點兒：仲有～。（還有一些。）｜畀多～佢啦。（給他多點兒吧。）〔重見八 A8〕

**啲₂** tit¹〈音跌第 1 聲〉表示極少量；一點兒：我要～啫。（我只要一點點。）

**啲啲** tit¹tit¹〈啲音跌第 1 聲〉極少；一點兒：真係～都搵唔倒。（真的是一點兒也找不到。）

**啲多** tit¹(tek¹)tœ¹〈啲音跌第 1 聲，又音的；多音爹靴切〉極少；一丁點兒。

**啲咁多** tit¹(tek¹) kɐm³tœ¹(tɔ¹)〈啲音跌第 1 聲，又音的；咁音甘第 3 聲；多音爹靴切，或讀本音〉同 "啲多"。

**鼻屎咁多** pei⁶si²kɐm³tœ¹(tɔ¹)〈咁音甘第 3 聲，多音爹靴切，或讀本音〉【喻】形容極少：～，點夠啊！（像鼻屎那麼丁點兒，哪兒夠呢！）〔又作 "鼻屎咁啲"（啲音 tit¹〈跌第 1 聲〉）〕

**鹹柑咁多** ham⁴kɐm¹kɐm³tœ¹(tɔ¹)〈咁音甘第 3 聲，多音爹靴切，或讀本音〉【喻】形容極少（鹹柑：一種用醃製的柑皮做的小丸狀食物）。〔又作 "鹹柑咁啲"（啲音 tit¹〈跌第 1 聲〉）〕

**雞嗉咁多** kɐi¹sɵy³kɐm³tœ¹(tɔ¹)〈嗉音歲，咁音甘第 3 聲，多音爹靴切，或讀本音〉【喻】形容極少：淨攞倒～啫。（只拿到一點點。）〔又作 "雞嗉咁啲"（啲音 tit¹〈跌第 1 聲〉）〕

**一啲₁** jɐt¹ti¹〈啲音低衣切〉一些：叫～人過嚟呢便。（叫一些人過這邊來。）｜我攞咗～。（我拿了一些。）

**一啲₂** jɐt¹tit¹〈啲音跌第 1 聲〉一點兒：就噉～邊處夠啊？（就這麼一點兒

哪兒夠呢？）

**少少** siu²siu² 很少份量；一點點：先界咗～鹽就咁鹹。（才下了一點點鹽就那麼鹹。）

**些少** sɛ¹siu² 不多的一些：有～就得嘞。（有一點兒就行了。）

**三九兩丁七** sam¹kɐu²lœŋ⁵teŋ¹tsʰɐt¹ 人少：都9點嘞，仲係～。（都9點了，還是只有幾個人。）

**\*濕濕碎** sɐp¹sɐp¹sɵy³ 極少（含有不在乎或不屑的口吻）：十萬緡對佢嚟講～啦！（十萬塊對他説來小菜一碟！）

## 九B19　重‧輕

**重身** tsʰoŋ⁵sɐn¹〈重音重量之重〉（物體）重：呢隻做鎮紙就唔夠～喇。（這個做鎮紙就不夠重了。）｜蘿蔔要～嘅先靚啊嘛！（蘿蔔要重的才好嘛！）

**重耷耷** tsʰoŋ⁵tɐp⁶tɐp⁶〈重音重量之重，耷音第入切〉很重：孭住啲～嘅嘢，行都行唔喐。（背着些沉甸甸的東西，走都走不動。）

**重粒粒** tsʰoŋ⁵nɐp⁶nɐp⁻⁶〈重音重量之重，粒讀第6聲〉同"重耷耷"：點解你個袋咁～嘅？（怎麼你的口袋這樣沉？）

**重秤** tsʰoŋ⁵tsʰeŋ³〈重音重量之重〉（貨物）比重大；壓秤；見斤兩：1斤先咁啲多咋？咁～嘅！（1斤才那麼點兒啊？這麼壓秤！）

**\*先** sin¹ 稱東西時斤兩略多（表現為秤尾翹起）：1斤，～啲畀你啦。（1斤，給你多點兒吧。）｜2斤6～少少。（2斤6兩多一點。）〔重見四A2、九D20、九D24、九D26〕

**戥手** tɐŋ⁶sɐu²〈戥音等第6聲〉拿在手裏覺得重；手感重：一攞起咁～就

知係實心嘅啦。（一拿起來那麼沉就知道是實心的了。）

**輕身** hɛŋ¹sɐn¹〈輕音哈贏切第1聲〉（物體）輕：你睇佢咁大，其實好～嘛，一啲就起。（你看它那麼大，其實很輕，一提就提起來。）

**輕寥寥** hɛŋ¹liu⁻¹liu⁻¹〈輕音哈贏切第1聲，寥讀第1聲〉很輕：裏頭啲嘢躉低晒喇，得個～嘅空藤唅之嘛。（裏頭的東西全放下了，只剩個輕輕的空藤箱子罷了。）

**輕□** hɛŋ¹kʰɛŋ⁴〈輕音哈贏切第1聲，後一字音瓊贏切〉輕巧：呢個手抽仔幾～。（這個小提包挺輕巧。）

**輕秤** hɛŋ¹tsʰeŋ³〈輕音哈贏切第1聲〉（貨物）比重小；不壓秤；不見斤兩：粉絲好～嘅，半斤就有一大包嘞。（粉絲不壓秤的，半斤就有一大包了。）

**慢₂** man⁶ 稱東西時斤兩略少（表現為秤尾下垂）；免：斤三兩～啲。（1斤3兩少一點兒。）｜8兩～啲。（差一點8兩。）

## 九B20　氣味

**臭亨亨** tsʰɐu³hɛŋ¹hɛŋ¹【貶】臭哄哄：乜呢度～㗎，倒瀉屎啊？（這裏怎麼臭哄哄的，倒了糞便嗎？）

**臭崩崩** tsʰɐu³pɐŋ¹pɐŋ¹【貶】臭哄哄：呢個廁所～，都唔知有冇洗嘅。（這個廁所臭哄哄的，也不知有沒有清洗。）

**冤** jyn¹ 極臭：唔止係臭，直情係～！（不止是臭，簡直是臭不可聞！）

**冤臭** jyn¹tsʰɐu³ 極臭。

**冤崩爛臭** jyn¹pɐŋ¹lan⁶tsʰɐu³【貶】臭不可聞；臭氣熏天：個屎坑～，我唔明你哋點頂得順。（這個茅坑臭氣熏天，我真不明白你們怎麼受得了。）

**\*宿** sok¹ ①食物餿後發出的氣味：啲飯～嘅。（這飯有餿味。）　②汗臭味：件衫咁耐唔洗，～到死。（這衣服這麼久不洗，酸臭得很。）［重見九 B11］

**宿亨亨** sok¹heŋ¹heŋ¹【貶】餿臭或汗酸味很濃（宿：餿，汗臭）：啲飯～，點食㗎！（這飯一股餿味，怎麼吃呀！）｜個身～。（身上酸臭酸臭的。）

**酸宿** syn¹sok¹ 汗酸臭（宿：汗臭）：而家啲天口，朝早着上身嘅衫，到晚黑換落就酸酸宿宿嘞。（現在這種天氣，早上穿上身的衣服，到晚上換下來就酸酸臭臭了。）

**酸宿爛臭** syn¹sok¹lan⁶tsʰɐu³ 汗酸味非常濃烈（宿：汗臭）：着到件衫～都仲唔換！（衣服穿得汗臭熏天還不換！）

**鹹₁** ham⁴ 汗臭：成身～仲唔去沖涼！（滿身汗臭還不去洗澡！）

**鹹臭** ham⁴tsʰɐu³ 汗臭；身體、衣物因骯髒而發出臭味：～襪（臭襪子）｜一身～噉行埋嚟，我怕咗佢。（一身酸臭地走過來，我怕了他了。）

**羯** hɔt³〈音喝〉某些動物身上發出的腥臭：隻狗要同佢沖涼㗎，唔係就～到死。（這狗要給牠洗澡，不然就腥臭得很。）

**腥羯** sɛŋ¹hɔt³〈腥音司贏切第 1 聲，羯音喝〉同"羯"。

**臭腥** tsʰɐu³sɛŋ¹〈腥音司贏切第 1 聲〉腥：隻貓拉咗啲魚腸去食，搞到個廳四圍都～嘅。（貓把魚腸叼了去吃，弄得客廳到處都腥腥的。）

**腥溫溫** sɛŋ¹wɐn¹wɐn¹〈腥音司贏切第 1 聲〉【貶】很腥：啱劏完魚，～隻手又去收衫嘅！（剛殺完魚，沾滿腥味的手怎麼又去收衣服！）

**腥亨亨** sɛŋ¹heŋ¹heŋ¹〈腥音司贏切第 1 聲〉【貶】很腥：啲魚唔落薑葱，～喫。（煮魚不放薑和葱，太腥了。）

**壓** at³ 臊（尿臭味）：你督尿夠晒～。（你那泡尿真夠臊的。）

**壓堪堪** at³hem¹hem¹【貶】臊臊的（尿臭味）：呢啲係唔係尿嚟㗎？～嘅。（這是不是尿呀？一股臊味兒。）

**臊** sou¹ 膻：怕～就唔食得羊肉。（怕膻就吃不了羊肉。）［普通話"臊"指尿或狐狸的氣味，"膻"指羊肉的氣味，廣州話"～"指羊肉或狐狸的氣味，而尿的氣味説"壓"］

**臊亨亨** sou¹heŋ¹heŋ¹ 非常膻。

**\*粃** hɔŋ²〈音康第 2 聲〉陳米發霉的氣味：啲米好舊嘞，一朕～味。（這些米很陳了，一股霉味兒。）［重見九 B2、九 B11、九 B22］

**臭青** tsʰɐu³tsʰɛŋ¹〈青音差贏切第 1 聲〉生的青菜或草的氣味：啲菜都未煮熟，～嘅！（這菜還沒煮熟，一股草味兒！）

**爐** lɔ³〈音羅第 3 聲〉因燒焦而發出難聞的氣味（如燒橡膠等）；飯菜串煙：呢度燒乜嘢咁～？（這裏燒甚麼東西那麼難聞？）｜啲飯好～。（這飯糊味很濃。）

## 九 B21　味　道

**甜耶耶** tʰim⁴jɛ⁻¹jɛ⁻¹【貶】甜得發膩：啲包整到～，有咩好食噃！（這些包子做得甜膩膩的，有甚麼好吃！）

**甘** kɐm¹ 甘草或橄欖的味道（初吃時味淡或略帶澀味，過後顯出香甜）：啲鹹欖嚼耐咗越嚼越～。（鹽醃橄欖嚼得久了，越嚼越香。）

**鹹嘜嘜** ham⁴mɐk¹mɐk¹〈嘜音麥第 1 聲〉太鹹：啲粥～，放得太多鹽。（這粥太鹹，鹽下多了。）

**酸□□** syn¹tɐm¹tɐm¹〈後二字音得堪

切〉很酸：啲酸甜排骨～，你仲要醋？（這些糖醋排骨酸掉牙了，你還要醋？）

**酸微微** syn¹mei⁻¹mei⁻¹〈微讀第 1 聲，麼嬉切〉【褒】有點兒酸：酸梅～，幾好食。（酸梅酸溜溜的，真好吃。）

*__嘞__₁ lɐk¹〈麗特切第 1 聲〉很苦且澀：呢啲藥唔係苦，直情係～。（這些藥不是苦，而是很苦。）[ 重見二 C7 ]

**劫** kip³ 澀：啲雞屎果～嘅，點食啊？（那些番石榴澀的，怎麼吃呀？）

*__鞋__ hai⁴〈音鞋〉澀：香蕉未熟唔食得，～㗎。（香蕉沒熟透不能吃，澀的。）[ 重見九 A7 ]

*__鞋澀澀__ hai⁴sɐp⁶sɐp⁶〈鞋音鞋，澀音拾〉澀：啲生果未熟就係～㗎喇。（水果沒熟透就是澀的了。）[ 重見九 A7 ]

## 九 B22　可口、難吃、味濃、味淡

**和味** wɔ⁴⁽¹⁾mei⁶⁽¹⁾〈兩字可同時讀第 1 聲〉味道好：～欖（蜜餞橄欖）｜呢啲牛雜幾～。（這些牛雜碎味道挺好。）[ 讀第 1 聲時帶開玩笑口吻 ]

**好味** hou²mei⁶ 味道好：你整嘅餸認真～！（你做的菜味道確實好！）

**夠鑊氣** kɐu³wɔk⁶hei³〈鑊音獲〉（菜餚）炒得香。指用猛火炒菜，菜中帶有很濃的油香氣（鑊：炒菜鍋）：呢碟菜炒得～。（這盤菜炒得夠香的。）

**入味** jɐp⁶mei⁶ 在烹調或醃製過程中，配料的味道進入食物內部，因而美味可口。

**爽口** sɔŋ²hɐu² 口感好；脆：呢味菜幾～。（這個菜口感挺好。）

**彈牙** tan⁶ŋa⁴〈彈音彈簧之彈〉同 "爽口"：啲牛肉丸～嘅，正！（這些牛肉丸爽脆，好！）

**爽甜** sɔŋ²tʰim⁴ 口感爽而香甜；脆而甜（爽：脆）：呢啲蘋果好～。（這些蘋果又脆又甜。）

**脧甜** nɐm⁴tʰim⁴ 軟而香甜（脧：軟。一般用於指蔬菜纖維不硬）：～白菜。

**好食** hou²sek⁶ 好喫（食：喫）：糖冬瓜好～。（糖醃冬瓜條很好喫。）

**食過翻尋味** sek⁶kwɔ³fan¹tsʰɐm⁴mei⁶【熟】吃了還想再吃，形容味道極好（食：吃；翻：回來）：我煮啲菜好味哩？～啊？（我煮的菜味道好吧？吃了還想再吃嗎？）

**粉** fɐn² 薯類、瓜果等含澱粉豐富；麵：呢隻番薯好～。（這個紅薯很麵。）｜呢隻蘋果係～嘅。（這隻蘋果是麵的。）

**生水** ₂ saŋ¹sɵy² 澱粉質的薯類等食物煮熟後硬滑不麵；戾：～芋頭唔好食。（戾芋頭不好吃。）

**腎** ₂ sɐn⁵〈讀第 5 聲，時引切〉同 "生水"：呢隻蓮藕～嘅。（這藕是戾的。）

**難食** nan⁴sek⁶ 難喫（食：喫）：～都要食，唔係一陣間頂唔順喫！（難喫也得喫，不然一會兒頂不住的！）

*__惡骾__ ɔk³kʰɐŋ²〈骾音卡肯切〉難喫（惡：難；骾：勉強下嚥）：呢碟菜好似豬潲嗽，好～。（這碟菜活像泔水一般，真難喫。）[ 重見九 D9 ]

**難骾** nan⁴kʰɐŋ²〈骾音卡肯切〉難喫；難以下嚥（骾：勉強下嚥）：啲飯煮到咁硬，好～。（飯煮得這麼硬，很難下嚥。）

**黐牙** tsʰi¹ŋa⁴〈黐音癡〉（食物）黏糊（黐：黏）：碟馬蹄糕整得唔好，～嘅。（那盤荸薺糕做得不好，太黏糊了。）

**涸喉** kʰɔk³hɐu⁴〈涸音確〉燶嗓子：辣到～。（辣得燶嗓子。）

**捌脷** la²lei⁶〈捌音麗啞切，脷音利〉味道具強刺激性；過辣或過鹹，或帶澀味等（捌：侵蝕；脷：舌頭）：落咁多鹽，鹹到～。（下那麼多鹽，鹹得難受。）

**攻鼻㨤脷** koŋ¹pei⁶la²lei⁶〈㨤音麗啞切，脷音利〉氣味或味道具強刺激性（如辣味等。多用於食物。攻：熏；㨤：侵蝕；脷：舌頭）：呢啲係正宗麻辣豆腐，～嘅！（這是正宗麻辣豆腐，嗆鼻子辣舌頭的！）

*\*掯 kʰɐŋ³ （酒或煙） 味道濃烈：呢隻酒幾多度喫？好～啊！（這種酒多少度？味兒很厲害啊！）｜一得滯嘅煙我唔食。（勁兒太足的煙我不抽。）［重見五E1］

**腬** nɐu⁶〈怒又切〉膩（食物油脂太多或太甜，使人不想吃）：啲肥豬肉太～，食唔落嘞。（這些肥豬肉太膩，吃不下了。）

**腬喉** nɐu⁶hɐu⁴〈腬音怒又切〉同“腬”：啲糖水放啲糖多得滯，好～。（這甜品糖放多了，挺膩的。）

**淡滅滅** tʰam⁵mit⁶mit⁶ 味道很淡。

**淡謀謀** tʰam⁵mɐu⁴mɐu⁴ 淡而無味：啲菜～，有冇放鹽喫？（這些菜淡而無味，有沒有放鹽呀？）

*\*無聞無味 mou⁴mɐn⁴mou⁴mei⁶ 一點味道也沒有：啲湯～，白滾水嗽。（這些湯一點兒味道也沒有，活像白開水。）［重見九D11］

*\*木獨 mok⁶tok⁶ 寡味：呢碟雞蒸得熟過龍，～啲。（這碟雞蒸得過了火，寡味了點兒。）［重見五E2、九A15］

*\*粔 hɔŋ²〈音康第2聲〉菜因缺油而乏味：你係唔係唔記得落油啊，啲菜咁～嘅？（你是不是忘了放油哇，這菜怎麼沒點兒油味？）［重見九B2、九B11、九B20］

## 九B23　其　他

*\*猛 maŋ⁵ （火或陽光等） 旺：熱頭咁～唔戴帽？（太陽這麼厲害不戴頂帽子？）｜火～得滯，閂細啲。（火太

旺了，關小點兒。）

*\*慢₂ man⁶ （爐火） 不旺：擇～火嚟煲湯。（用文火熬湯。）｜呢個電爐～咗啲。（這個電爐火力不夠。）［重見七D4］

*\*燶 nɔŋ¹〈音農第1聲，那空切〉燒焦，糊：煲～飯。（飯燒糊了。）｜煲～粥。（粥燒糊了。）｜枱腳燒到～晒。（桌腳燒焦了。）［重見二E1］

**火燭** fɔ²tsok¹ 火災：細路仔唔好玩火，因住～啊。（小孩子別玩火，小心引起火災。）｜二樓～啊，快啲搵人救火啦。（二樓着火了，趕快找人滅火。）

*\*扻₂ mɐŋ³〈音文第3聲，馬訓切〉靠近邊緣；離邊沿近：枱上隻碟唔好放咁～，因住跌爛。（桌上的碟子別放得太靠邊，小心摔壞。）｜企到～牆角。（站得緊貼牆角。）［重見九D9］

**神** sɐn⁴ 不正常；出故障：部機～咗。（機子壞了。）｜呢個鐘～嘅，你睇我嘅錶啦。（這個鐘不行的，你看我的錶吧。）

**夠力** kɐu³lek⁶ 物體能夠承受住壓力或拉力：粗啲嘅～。（粗點兒的能受得住。）｜呢支竹唔係好～。（這根竹子不太受得住力。）

**劖₂** tsʰam⁵〈音慘第5聲〉小而尖的東西刺入；扎（不是人為的動作）：隻腳～倒刺。（腳上扎了刺。）｜顧住界玻璃碎～親手。（小心被碎玻璃把手劖了。）

# 九C　境況與表現

## 九C1　妥當、順利、得志、吉利、好運

*\*掂 tim⁶〈音店第6聲，第艷切〉妥當，妥貼：搞咗成日先搞～。（弄了一

整天才弄好。）｜我同佢講～咗喋
喇。（我已經跟他講妥了。）｜全部
安排～晒。（全部都安排妥當。）[ 重
見九 A4、九 A5 ]

\***佮佮啗** tʰɐpˈtʰɐpˈtimˢ〈佮音他恰切，
啗音第艷切〉非常妥當；有條理：
將啲事情安排到～。（把事情安排得
有條不紊。）[ 重見五 D1 ]

**穩陣** wɐn²tsɐn⁶ 穩妥；可靠：呢件事
好～嘅，你唔使憂。（這事是非常穩
妥的，你不必擔心。）｜你搵嘅人
要～先得㗎。（你找的人要靠得住才
好。）

**好地地** hou²tei⁶tei⁶ 好好的；好端端的
（後面往往接着相反的情況）：部機～
你又拆咗佢做乜啫？（這機子好端
端的，你又把它拆了幹甚麼？）｜今
朝仲～，到下晝就話唔舒服。（今
天上午還好好的，到下午就說不舒
服。）

**順景（境）** sɐn⁶keŋ² 順利；景況
好：做人邊處有話時時都咁～喋？（人生
哪能總是那麼順利呢？）

**好景（境）** hou²keŋ² 景況好；順利：做
生意係噉喋喇，～咪搵多啲囉。（做
生意就是這樣的了，景況好就多掙
點兒唄。）

**順風順水** sɐn⁶foŋˈsɐn⁶sɵy² 非 常 順
利：佢讀完高中就考上大學，讀完
大學又考上研究生，真係～。（他讀
完高中就考上大學，讀完大學又考
上研究生，真是非常順利。）

**順檔** sɐn⁶toŋ³ 順利：呢一次都幾～。
（這一次還挺順利。）

**順攤** sɐn⁶tʰan¹ 順利：你估次次都咁
嘅咩？（你以為每一回都是那麼順
利嗎？）

**風生水起** foŋˈsaŋˈsɵy²hei²〈生音生熟
之生〉【喻】興旺；很有起色：睇見
你哋搞到～，我都戥你哋歡喜。（看

着你們搞得紅紅火火的，我都替你
們高興。）

**有毛有翼** jɐu⁵mou⁴jɐu⁵jek⁶【喻】 羽
翼豐滿；比喻已經成熟、壯大：你
而家～嘞，唔使我理嘞係咪？（你
現在羽翼豐滿了，不用我管了是不
是？）

**名成利就** meŋ⁴seŋ⁴lei⁶tsɐu⁶ 名 利 雙
收；有名有利：今次你～喇啩，又
上電視，又攞獎金噉。（這回你名利
雙收了吧，又是上電視，又是拿獎
金的。）

**小鬼升城隍** siu²kwɐi²seŋˈseŋ⁴woŋ⁴【喻】
【貶】小人得志。

\***大粒** tai⁶nɐp¹【喻】官兒大：你話呢兩
個人邊個～啲？（你說這兩個人誰
的官兒大些？）[ 重見九 A1 ]

\***利市（是）** lɐi⁶si⁶〈利音麗，市音事〉
吉利：通勝話聽日出門唔～。（通書
上說明天出門不吉利。）[ 重見八
C2 ]

**利利市（是）市（是）** lɐi⁶lɐi⁶si⁶si⁶〈利音
麗，市音事〉大吉大利：擇個好日
子至結婚，～啊嘛。（挑個好日子才
結婚，就大吉大利了。）

\***大吉利市（事）** tai⁶kɐt¹lɐi⁶si⁶〈 利 音
麗，市音事〉大吉大利（常用於別人
說了不吉利的話之後，迷信認為這
樣可以衝走不吉利）：～！噉嘅說話
都講得嘅咩？（大吉大利！這樣的
話也能說的嗎？）[ 重見七 A4 ]

**夠運** kɐu³wɐn⁶ 運氣好：你若果唔係
咁～，呢勻都幾甩屘。（你要不是運
氣那麼好，這回也挺麻煩的。）

\***好彩** hou²tsʰɔi²【喻】運氣好（彩：彩
票）：我今日算～，冇誤倒呢班船。
（我今天算走運，沒誤了這班船。）
[ 重見九 D24 ]

**好彩數** hou²tsʰɔi²sou³【喻】運氣好（彩
數：彩票號碼）。

**好命水** hou²mɛŋ⁶sɵy²〈命音務贏切第 6 聲〉命好；運氣好（命水：命運）：睇下邊個咁～，執得到呢支好籌先！（看看誰的運氣好，能抓到這個好闖兒！）[ 又作 "好命" ]

**大命** tai⁶mɛŋ⁶〈命音務贏切第 6 聲〉命大（往往指經歷危險而安全無恙）：你真係～嘞，噉都冇事。（你的命真大，這樣都沒事。）

## 九 C2　不利、失敗、嚴峻、緊急

**阻滯** tsɔ²tsɐi⁶ 不順利：佢一世人都咁～，要讀書嘅時候冇書讀；想搵錢又蝕晒本。（他一輩子都這麼不順利，該讀書的時候沒書讀；想掙點兒錢又虧了本。）

\***搲** wɔ⁵〈音窩第 5 聲〉【喻】失敗；落空：呢單嘢卒之～咗。（這件事終於黃了。）| 佢兩個拍拖拍咗半年，都係～咗收場。（他倆談戀愛談了半年，還是以失敗收場。）[ 重見九 B11 ]

\***衰** sɵy¹ 失敗；落空：辛辛苦苦準備咗半年，點知又～咗。（辛辛苦苦準備了半年，誰知道又失敗了。）[ 重見五 D6、九 C3、九 D2 ]

**謝雞** tsɛ⁶kɐi¹【喻】事物衰敗、不振作（取花謝為喻；"雞" 是無意義的詞尾）：間公司畀佢玩到謝晒雞。（公司讓他弄得不行了。）[ 又作 "謝" ]

**冧檔** lɐm³tɔŋ³〈冧音林第 3 聲，檔音上當之當〉垮台（冧：垮；檔：攤子）：你個經理咁乞人憎，實～㗎。（你的經理這麼討人厭，肯定垮台。）

**攞膽** lɔ²tam²〈攞音裸〉【喻】造成嚴重困難；事態嚴峻（一般用於抱怨、責怪等。攞：拿）：個個月都要上繳千五緡，好～㗎嘛！（每個月都要上繳一千五百塊，很要命啊！）

\***攞命** lɔ²mɛŋ⁶〈攞音裸，命音務贏切第 6 聲〉同 "攞膽"：過晒鐘仲唔嚟，條友真係～！（鐘點全過了還不來，這人真是要命！）

**唔得啫** m⁴tɛk¹tim⁶〈啫音店第 6 聲，第艷切〉不得了；無法收拾（唔：不；啫：妥當）：一踏錯腳就～嘞！（一失足就不得了啦！）| 個賬度爭咗成千緡咁滯，呢勻真係～嘞！（賬上差了將近一千塊錢，這回真是難辦了！）

\***唔啫** m⁴tim⁶〈啫音店第 6 聲，第艷切〉情況不好；事情沒做好（唔：不；啫：妥當）：我一去到即時發現～。（我一去到馬上發現事情不妙。）[ 重見九 D7 ]

\***唔係路** m⁴hɐi⁶lou⁶ 情況不對頭；形勢向不好方向發展（唔：不；係：是）：噉樣落去～，要諗辦法至得。（這樣下去不行，要想辦法才是。）[ 重見九 C12 ]

\***唔係** m⁴hɐi⁶ 同 "唔係路"：睇見～，快啲停低。（看見不對頭，趕緊停下。）[ 重見九 D20、九 D32 ]

**兩頭唔到岸** lœŋ⁵tʰɐu⁴m⁴tou³ŋɔn⁶【熟】【喻】事情發展到一半時陷入困難境地；進退維谷（唔：不）：嗰便話我哋走咗嘞佢哋唔理，呢便話我哋未到亦都唔理，噉我哋死嘞，～。（那邊說我們走了他們不管了，這邊說我們沒到也不管，那我們遭殃了，進退兩難。）

**半天吊** pun³tʰin¹tiu³【喻】吊在半空裏，比喻事情做到一半無法進行下去，又無法善後：呢件事而家～，冇晒符。（這件事現在就懸在那兒，毫無辦法。）

\***大份** tai⁶fɐn⁶【喻】事情後果嚴重：若果揼親人就～嘞！（要是砸傷了人事情就大了！）[ 重見九 A8 ]

**大鑊** tai⁶wɔk⁶【喻】事情後果嚴重；罪名大或多（鑊：炒菜鍋）：侵吞善款，對出去好～㗎！（侵吞募捐款，捅出去不得了的！）

**大碟** tai⁶tip⁶【喻】罪名大或多：佢想整鬼你，呢度一啲嗰度一啲，想有幾～就有幾～啦。（他想整你，這兒一點兒那兒一點兒，想有多少罪名就有多少罪名。）

**水浸眼眉** sɵy²tsɐm³ŋan⁵mei⁴【喻】水淹到眉毛那麼高（浸：淹），即將近沒頂，比喻事情緊急：平時冇啲準備，到～先嚟諗計。（平時沒一點兒準備，到火燒眉毛了才來想辦法。）

**事急馬行田** si⁶kɐp¹ma⁵haŋ⁴tʰin⁴〈行音何盲切〉【喻】中國象棋"馬"走日字，不可走田字。這裏比喻緊急之時不按章程辦事（行：走）。

**事緊馬行田** si⁶kɐn²ma⁵haŋ⁴tʰin⁴〈行音何盲切〉同"事急馬行田"。

**打緊** ta²kɐn² 要緊（多用於否定）：我呢件嘢唔～嘅。（我這件事不要緊的。）

**緊要** kɐn²jiu³ 要緊：你唔～啊嘛？（你不要緊吧？）｜我有～嘅事想搵佢。（我有要緊的事要找他。）

## 九 C3　倒霉、糟糕、運氣差

*__折墮__ tsit³tɔ⁶ 倒霉；糟糕：有咁耐風流，有咁耐～。（熟語：有多長時間的風光快活，就有多長時間的倒霉。）[重見五 D6]

**該煨** kɔi¹wui¹〈煨音會第 1 聲，窩灰切〉倒霉；糟糕（多用作歎語）：～囉，邊個倒咗啲垃圾喺我嘅門口度啊？（倒霉！誰把垃圾倒在我的門前呀？）

*__論盡__ lɵn⁶tsɵn⁶ 情況不好；糟糕：真係～喇，架單車爆咗呔添。（真是糟糕了，自行車輪胎漏氣。）｜睇嚟呢單嘢好～嘞！（看來這事很不妙哇！）[重見二 C3、九 B12]

*__棹忌__ tsau⁶kei⁶ 糟糕：呢件事未諗好就做，實～嘅。（這件事沒想好就做，一定糟糕的。）[重見五 B6]

*__抵死__ tɐi²sei² ① 該當倒霉：～！鬼叫你唔幫我。（活該！誰讓你不幫我。） ② 糟糕：真係～，又賴低咗把遮。（真糟糕，又把傘落下了。）[重見五 D6]

**死火** sei²fɔ²【喻】原指汽車因故障而熄火，比喻事情糟糕：呢勻～嘞，唔記得帶飛機票添。（這回糟了，忘了帶飛機票。）

*__濕滯__ sɐp¹tsɐi⁶【喻】境況糟糕：你知～哩！（你知道麻煩大了吧！）[重見二 C13]

**弊** pɐi⁶ 糟糕；倒霉：咿勻夠晒～囉，畀啲賊仔爆咗格。（這次夠糟糕的，給小偷進屋盜竊了。）

**弊傢伙** pɐi⁶ka¹fɔ² 同"弊"。

*__衰__ sɵy¹ 糟糕；倒霉：～喇！唔記得帶鎖匙添。（糟了！忘了帶鑰匙。）[重見五 D6、九 C2、九 D2]

**冇脈** mou⁵mɐk⁶〈冇音舞〉【喻】字面意思是"沒脈搏"（冇：沒有），即死，比喻境遇極糟糕、絕望：呢單嘢睇嚟～嘞。（這件事看來沒希望了。）

**黑** hak¹(hɐk¹)【俗】倒霉：我呢牌好～，乜都唔咭。（我這一段時間非常倒霉，甚麼都不順。）

**運滯** wɐn⁶tsɐi⁶ 運氣不好：一時～啲嘛，唔驚嘅！（只是一時運氣不大好，不怕！）

## 九 C4　狼狽、有麻煩、淒慘、可憐

*__狼犺__ lɔŋ⁴kʰɔŋ⁴〈犺音抗第 4 聲，其杭切〉狼狽：睇你個～樣，好似喘喘踎完監出嚟嗽！（看你這狼狽相，像

293

是剛蹲完監獄出來似的！）〔重見九
C8〕

**\*冇修** mou⁵⁽⁻²⁾seu¹〈冇音無第5聲，又
讀第2聲〉原是迷信說法，指前世
沒修下陰德（冇：沒有），引申指非
常狼狽、窘困：成班人喺度撚到佢
冇晒修。（一幫人在那兒把他耍得狼
狽不堪。）〔重見七A8、九C12〕

**一身蟻** jɐt¹sɐn¹ŋɐi⁵【喻】惹上很多麻
煩：你同佢嗰班嘢黐埋，包你～。
（你跟他們那幫人黏一塊兒，肯定你
麻煩少不了。）

**周身蟻** tsɐu¹sɐn¹ŋɐi⁵ 同 "一身蟻"。

**慘過南海潮** tshɐm²kwɔ³nam⁴hɔi²tshiu⁴
【熟】比《南海潮》中的悲慘場面更
甚（《南海潮》是60年代一部電影，
片中有悲慘的殺戮場面）。

**慘情** tshɐm²tsheŋ⁴ 淒慘：佢細個嗰陣
好～㗎，5歲死咗老豆，7歲死咗老
母。（他小時候很淒涼，5歲那年父
親死了，7歲那年，母親也死了。）

**淒涼** tshɐi¹lœŋ⁴ 可憐：嗰三千緡要養
成頭家，真係～！（那三千塊要養全
家，真是可憐！）〔普通話 "淒涼"
形容景物或氣氛淒慘，與廣州話不
同〕

**冇陰功** mou⁵jɐm¹kɔŋ¹ 原義是沒有陰德
（冇：沒有；陰功：迷信說法認為
在陽世做好事可以在陰間記功，作為
下一輩子投生得好或差的依據），即
造孽，轉義為淒慘、可憐（一般用於
感歎）：～囉，畀啲衰人打成嗽。（可
憐哪！讓那些壞蛋打成這個樣。）
〔又省作 "陰功"〕

## 九C5　舒服、富有、辛苦、貧窮

**梳扶** sɔ¹fu⁴【外】舒服：瞓喺度咁～，
唔使做啊？（躺在這兒這麼舒服，
不用幹活嗎？）〔英語 soft〕

**\*歎** than³ 舒服：佢份工好～㗎，朝九
晚五，坐喺度睇下報紙飲下茶，乜
都唔使做，乜都唔使諗。（他那份
工作很舒服的，早上9點上班，下
午5點下班，坐在那兒看看報紙喝
喝茶，甚麼都不用幹，甚麼都不用
想。）〔重見七A1〕

**盆滿缽滿** phun⁴mun⁵put³mun⁵【喻】富
有；擁有很多錢財（廣州話以水喻
財）：呢幾年柱叔賺到～咯。（這幾
年柱叔賺得錢包鼓鼓的了。）

**大汗揩細汗** tai⁶hɔn⁶tɐp⁶sɐi³hɔn⁶〈揩音
第入切〉【喻】大滴的汗水滴在小滴
的汗水上（揩：滴；細：小），形容
幹活幹得辛苦：你淨睇見我哋而家
喺度曬命，唔見我哋頭先～。（你只
看到我們現在躺在這兒休息，沒看
到我們剛才汗流浹背的樣子。）

**一隻屐噉** jɐt¹tsɛk³khɛk⁶kɐm²〈屐音劇，
噉音敢〉【熟】【喻】【俗】非常辛苦
（屐：木拖板；噉：那樣）：今日做
到～。（今天幹得辛苦得要死。）

**一隻狗噉** jɐt¹tsɛk³kɐu²kɐm²〈噉音敢〉
【熟】【喻】【俗】非常辛苦（噉：那
樣）：我哋～，佢响嗰度跂跂腳呀！
（我們幹得那麼辛苦，他在那兒搖
二郎腿！）

**氣咳** hei²khɐt¹ 吃力：抬隻櫃上三樓，
夠晒～！（把那櫃子扛上三樓，真夠
吃力！）

**窮到燶** khɔŋ⁴tou³nɔŋ¹〈燶音農第1聲，
那空切〉【喻】非常窮（燶：焦）：
我～，仲邊有錢借畀你啊！（我一貧
如洗，還哪有錢借給你喲！）

**褲穿窿** fu³tshyn¹lɔŋ¹【喻】【譖】褲子
穿窟窿，喻窮困潦倒：有朝一日龍
穿鳳，唔使成世～。（俗謠：有朝
一日發達了，就不用一輩子窮困潦
倒。）

## 九 C6　洋氣、派頭、土氣、寒磣

**僑** kʰiu⁴ 洋氣。華僑回鄉多少帶點兒洋味，故云：你都幾～個嘞。(你也夠洋氣的了。)

**新潮** sɐn¹tsʰiu⁴ 時髦：～髮型 (時髦的髮型) |～機恤 (時髦的夾克。)

**時款** si⁴fun² 時髦：你戴呢頂帽都幾～嘞。(你戴的這頂帽子也夠時髦了。)

**派** pʰai⁻¹〈讀第 1 聲〉有派頭 (多用於衣着等)：戴翻副墨鏡係零舍～嘅。(戴上一副墨鏡是特別有派頭。)

**夠派** kɐu³pʰai⁻¹〈派讀第 1 聲〉同"派"：唔打領呔就唔～喇。(不打領帶就不夠派頭了。)

**有型** jɐu⁵jeŋ⁴ 有派頭：着起套西裝幾～嘞！(穿上西服來挺有派頭的！)

**有型有款** jɐu⁵jeŋ⁴jɐu⁵fun² 有派頭；像模像樣：訓練咗 3 個月，企出嚟都話得係～啦。(訓練了 3 個月，站出來也還說得上是有個模樣了。)

**係威係勢** hei⁶wei¹hei⁶sei³ 很威風、很有派頭的樣子：佢～，亦就得個 "睇" 字。(他這派頭十足的，也就是中看不中用。)

**膁₂** pʰɔk¹〈音撲第 1 聲〉有派頭：穿呢套西裝，夠唔夠～啊？(穿這套西裝，夠氣派吧？)

**攞₂ (𧤴)** pɔk¹〈音薄第 1 聲〉【貶】土氣：你咁～嘅，嗷敢唔識？(你怎麼這麼土，這都不懂？) | 佢講句話都～過人嘅。(他開口說話都顯得特別土氣。) [ "攞 (𧤴) 佬" (參見一 F2) 是對農民的蔑稱 ]

**老土** lou⁵tʰou² 【貶】土氣：你呢個髮型～啲嘞。(你這個髮型土了點兒。)

***薯頭** sy⁴tʰɐu⁴ 【貶】土氣：呢對鞋好～啊。(這雙鞋很土呀。) [ 又作 "薯"。重見五 E2、一 G4 ]

**大鄉里** tai⁶hœŋ¹lei⁻² 〈里音李第 2 聲，鏖起切〉【貶】土氣。

**寒酸** hɔn⁴syn¹ (衣着) 寒磣：你又唔係冇錢，使乜着到咁～嘢！(你又不是沒錢，幹嘛穿得這麼寒磣！)

***兜踎** tɐu¹⁽⁶⁾mɐu¹〈兜又讀第 6 聲，音豆〉(外貌) 寒磣：有啲人就係嘅，幾有錢都好，之着到鬼咁～。(有些人就這樣，儘管很有錢，卻穿得相當寒磣。) [ 重見五 E2 ]

**耷濕** tɐp¹sɐp¹〈耷音低恰切〉(外表) 寒磣；不體面：唔係話擺門面啊，有時～過頭生意都拉唔倒㗎！(不是說擺門面哪，有時太寒磣了生意也拉不到哇！)

**着龍袍唔似太子** tsœk³lɔŋ⁴pʰou⁴m⁴tsʰi⁵tʰai³tsi²〈着音衣着之着〉【喻】穿上龍袍也不像太子 (着：穿；唔：不)，比喻人再打扮也還是缺乏氣派。

## 九 C7　繁忙、空閒

**掭掭轉** tʰɛm⁴(tɛm⁴)tʰɛm²(tɛm²)tsyn³〈前一掭音提淫切，又音第淫切，後一掭為前一掭之第 2 聲，轉讀第 3 聲〉(忙得) 團團轉：你睇我好似好得閒，其實我做到～。(你看我好像挺空閒，其實我幹得團團轉。)

**陀陀擰** tʰɔ⁴tʰɔ⁻²neŋ⁶〈第二陀字讀第 2 聲，擰讀第 6 聲〉同 "掭掭轉"。

**頻撲** pʰɐn⁴pʰɔk³ 忙 (多是指奔波勞碌)：呢排佢都幾～，有時見佢得閒嘅。(這段時間他也挺忙的，難得見他有閒下來的時候。)

**唔得閒** m⁴tɐk¹han⁴ 沒空；忙：我呢牌好～。(我這一段時間很忙。)

**得閒** tɐk¹han⁴ 有空；有時間：你～咪嚟傾下偈囉。(你有空就來聊聊天吧。)

九 狀況與現象

**他條** tʰa¹tʰiu⁴ 悠閒；悠遊：你份工都幾～個嘢，唔使好似我哋噉日日要上班。（你的工作也挺悠遊的，不用像我們那樣天天要上班。）

**跟跟腳** ŋɐn³ŋɐn³kœk³〈跟音銀第3聲〉【喻】抖動着腿（許多人坐着的時候的一種習慣動作），比喻悠閒的樣子：佢做完自己啲嘢就～噉睇人哋做。（他幹完自己的活兒就悠哉遊哉地看別人幹。）

## 九 C8　手快、匆忙、緊張、手慢、悠遊

**快手** fai³sɐu²（做事）快；手快：～啲啦，就嚟餓穿腸喇。（快點兒吧，快要餓死了。）

**快手快腳** fai³sɐu²fai³kœk³（做事）快；迅速：我哋～執埋啲手尾佢。（咱們手腳快點把剩下的活兒幹完。）

**爽手** sɔŋ²sɐu²（做事）快：～啲得唔得㗎，咁耐嘅？（快點兒行不行，怎麼這麼久？）

**啦啦聲** la⁴la²sɛŋ¹〈前一啦讀第4聲，後一啦讀第2聲，聲音司贏切第1聲〉迅速地；趕快（做事。此為摹擬動作的聲音）：就快開場㗎喇，～行啦。（就要開場了，趕快走吧。）

**啦啦林** la⁴la⁴lɐm⁴〈啦讀第4聲〉同"啦啦聲"：佢～執好啲工具。（他迅速把工具收拾好。）

**林林聲** lɐm⁴lɐm²sɛŋ¹〈第二個林字讀第2聲，聲音司贏切第1聲〉同"啦啦聲"。

**哩哩啦啦** li⁴li⁴la⁴la⁴〈哩音黎移切，啦音黎霓切〉同"啦啦聲"。

**慶零含林** hɛŋ⁴lɛŋ⁴hɐm⁴lɐm⁴〈慶讀第4聲〉迅疾地（做事。此為摹擬動作的聲音）：佢～就搞啫咗部風扇。（他很快地把風扇弄好了。）

**零零林林** lɛŋ⁴lɛŋ⁴lɐm⁴lɐm⁴ 同"慶零含林"。

**時哩沙啦** si⁴li¹sa⁻⁴la⁻⁴〈哩音拉衣切，沙讀第4聲，啦讀第4聲〉同"慶零含林"：佢～就搞好一餐飯。（他三下兩下就弄好一頓飯。）

**忙狼** mɔŋ⁴lɔŋ⁴ 匆忙：咁一點做得好嘅嘅啫！（這麼匆忙怎能做得好事情呢！）〔又作"狼忙"〕

***狼杭** lɔŋ⁴kʰɔŋ⁴〈杭音抗第4聲，其杭切〉匆忙；急：佢狼狼杭杭噉走上嚟搵我。（他急匆匆地跑上來找我。）〔重見九C4〕

**猴(喉)擒** hɐu⁴kʰɐm⁴ 着急；急匆匆地：咁～做乜嘢，仲有5分鐘至開場。（這麼匆忙幹甚麼，還有5分鐘才開場。）

***猴(喉)急** hɐu⁴kɐp¹ 急急忙忙地；急匆匆地：唔使～，慢慢食，仲有大把。（不用急，慢慢吃，還有很多。）〔重見五A5〕

**擒青** kʰɐm⁴tsʰɛŋ¹〈青音差贏切第1聲〉匆忙；急忙：～得滯顧住跌親啊！（太急了不小心摔跤啊！）

**擒擒青** kʰɐm⁴kʰɐm⁴tsʰɛŋ¹〈第二個擒讀第2聲，青音差贏切第1聲〉急匆匆；匆忙地：你～趕住去邊啫？（你急匆匆的，趕去哪兒呀？）

**趕住去投胎** kɔn²tsy⁶hɵy³tʰɐu⁴tʰɔi¹【熟】【喻】【貶】匆匆忙忙（趕住：趕着）。

**頻口** pʰɐn⁴lɐn⁴〈後一字音黎人切〉匆忙：佢成日都係咁～㗎喇，一陣間趕住入貨，一陣間趕住找數。（他整天都是這麼匆忙的，一會兒趕去進貨，一會兒趕去付款。）

**急急腳** kɐp¹kɐp¹kœk³ 急匆匆地（走路）：你～趕住去邊啊？（你急急忙忙地去哪兒？）

**滾水淥腳** kwɐn²sɵy²lok⁶kœk³【喻】匆忙（指逗留的時間短或走路匆忙。滾

水：開水；淥：燙）：佢嚟咗一下，～
又走咗。（他來了一下，匆匆忙忙又
走了。）｜行步路都～噉。（連走起
路來也匆匆忙忙。）

**\*衡** heŋ⁴【喻】本義是繃得緊，比喻緊
張（催促等）；大肆（張揚等）。用在
表示動作的詞語後面，有時前面還
帶"到"（得）字：畀佢催到～。（被
他緊緊催逼。）｜大炮車到～。（牛
皮吹上天。）[ 重見九 B6、九 D14 ]

**衡晒** heŋ⁴sai³ 同"衡"（晒：非常）：
督～（不停地督促、指點）｜報紙賣
到～。（報紙上大張旗鼓地報道。）

**摸**₂ mɔ⁻¹〈讀第 1 聲〉（做事、走路
等）慢：你行得最～。（你走得最
慢。）｜佢做嘢好～嘅。（他做事很
慢的。）

**慢手** man⁶seu² （做事）慢：你咁～㗎，
就嚟冇車搭㗎喇。（你動作這麼慢，
快沒車坐了。）

**咪摸** mi¹mɔ⁻¹〈咪音麼衣切，摸讀第
1 聲〉磨蹭；（做事）慢吞吞（摸：
慢）：你咪咁～啦，大家等咗你好耐
喇。（你別磨蹭了，大家等了你很久
了。）

**摸佗** mɔ⁻¹tʰɔ⁴〈摸讀第 1 聲〉同"咪摸"：
楊仔手腳～得滯。（小楊手腳太慢）。

**\*粒** nɐp⁶〈音粒第 6 聲，那入切〉（做
事）慢：你個人認真～嘞，噉啲嘢
做咁耐未做好。（你這人動作真慢，
這麼點事做那麼久沒做好。）[ 重見
九 B3 ]

**粒手粒腳** nɐp⁶seu²nɐp⁶kœk³〈粒音粒第
6 聲，那入切〉（做事）慢（粒：黏）：
唔好～啊，時間唔夠㗎！（手腳別那
麼慢，時間不夠的！）

**黐手粒腳** tsʰi¹seu²nɐp⁶kœk³〈黐音癡，
粒音粒第 6 聲〉同"粒手粒腳"（黐：
黏）。

**粒油** nɐp⁶jeu⁻²〈粒音粒第 6 聲，油讀

第 2 聲〉【喻】本指機械的潤滑油
不起作用（粒：黏），比喻人做事手
腳慢：同咁～嘅人拍檔都幾煩嘅。
（跟手腳這麼慢的人一起做事也挺煩
的。）

**\*粒糯** nɐp⁶nɔ⁶〈粒音粒第 6 聲，那入
切〉做事手腳慢：咁～幾時搞得咭
啊？（這麼慢吞吞的甚麼時候弄得
好哇？）[ 重見五 C2 ]

**唔嗲唔吊** m⁴tɛ²m⁴tiu³【貶】做事漫不
經心，不緊不慢：好似佢噉～，幾
時先做得完啊？（像他這樣拖拖拉
拉的，甚麼時候才幹得完哪？）

**姐手姐腳** tsɛ²seu²tsɛ²kœk³【喻】像小
姐一樣的手腳，喻慢吞吞：你～，
搞到天光都唔咭啦。等我嚟啦。（你
慢吞吞的，弄到天亮也弄不好。讓
我來吧。）

**滋遊** tsi¹jeu⁴ 悠遊；慢條斯理：佢做咩
都係咁～。（他無論幹甚麼都是慢條
斯理的。）

**滋遊傪定** tsi¹jeu⁴tam⁶teŋ⁶〈傪音冷淡
之淡〉悠遊；慢條斯理；從容：就
算係火燭，佢都係咁～。（就算是失
火，他也是那麼不緊不慢。）

## 九 C9　熟悉、生疏、坦率、露骨

**熟絡** sok⁶lɔk³（與人）熟悉：陳仔啊？
我同佢幾～㗎。（小陳嗎？我和他挺
熟的。）

**熟口面** sok⁶hɐu²min⁶ 面熟；面善：呢
位先生咁～嘅，係咪見過呢？（這
位先生很面熟，是不是見過面？）

**熟行** sok⁶hɔŋ⁴〈行音銀行之行〉對某一
事物很熟悉；在行：呢件事問你就
最～嘞。（這事兒問你就最在行了。）

**熟行熟路** sok⁶hɔŋ⁴sok⁶lou⁶〈行音銀行
之行〉同"熟行"：佢做起上嚟就～
啦。（他幹起來就輕車熟道了。）

**生部** saŋ¹pou⁻²〈生音生熟之生，部讀第2聲〉陌生：個細路半年唔見就同我～咗。（這孩子半年不見就跟我陌生了。）

**丟生** tiu¹saŋ¹ 荒疏（學業、技術等）：學過啲英語而家～晒添。（學過的英語現在全荒疏了。）

**丟疏** tiu¹sɔ¹ 同“丟生”。

**直白** tsek⁶pak⁶ 坦率；直截了當地（説）：你～同佢講。（你直截了當地跟他説。）｜我個人講話一向好～嘅。（我這人説話一向很坦率的。）

**開明車馬** hɔi¹meŋ⁴kɵy¹ma⁵〈車音居〉【喻】以下棋比喻雙方坦率地把話説明，或在明裏爭鬥：我～同你講都唔怕嘅，我唔會畀你收購劉生間公司嘅。（我打開天窗跟你往明裏説也不怕，我不會讓你收購劉先生的公司的。）

**出骨** tsʰɵt¹(tsʰyt¹)kwɐt¹【喻】【貶】露骨：你嬲人都唔使嬲到咁～㗎。（你對人惱火也不用這麼露骨嘛。）

**出面** tsʰɵt¹(tsʰyt¹)min⁻²〈面讀第2聲〉【喻】毫不掩飾地；露骨地：係人都睇得出，佢鍾意李小姐鍾意到～。（誰都看得出來，他喜歡李小姐，毫不掩飾。）

**明框** meŋ⁴kwʰaŋ¹【貶】公開地；露骨地：你噉即係～蝦我嘛！（你這是明明在欺負我嘛！）

**日光日白** jɐt⁶kwɔŋ¹jɐt⁶pak⁶ 光天化日之下：～都有人敢亂㗎？（光天化日的也有人敢亂來？）

## 九 C10　和睦、合得來、不和、合不來

**家和萬事興** ka¹wɔ⁴man⁶si⁶heŋ¹〈興讀第1聲〉【熟】一家和睦，萬事皆興：你兩公婆唔好成日嘈喧巴閉喇，～

啊嘛。（你們夫妻倆別整天吵吵嚷嚷了，一家和睦，萬事皆興呀。）

**和氣生財** wɔ⁴hei³sɐŋ¹tsʰɔi⁴〈生音司亨切〉和氣招財。

**糖黐豆** tʰɔŋ⁴tsʰi¹tɐu⁻²〈黐音癡，豆讀第2聲〉【喻】糖漿和豆子黏在一塊兒，形容親密無間：佢哋兩個好到真係～。（他們倆要好得真是黏一塊兒了。）［常與“水搇油”對舉］

\***啱** ŋam¹〈音巖第1聲〉①合得來；投合：若果大家都唔～嘅，就梗係冇法子拍檔啦。（要是雙方都不對卯的，就當然沒辦法合作了。）②男女之間情投意合：諗唔到楊仔同佢～咗咊。（想不到小楊跟她好上了。）［此為壯語詞。重見九D3］

**啱竅** ŋam¹kʰiu⁻²〈啱音巖第1聲，竅音橋第2聲〉合得來；投合（啱：合）：我同明仔好～嘅。（我跟小明很合得來。）

**啱偈** ŋam¹kɐi⁻²〈啱音巖第1聲，偈音計第2聲〉同“啱竅”：～就傾多兩句，唔～就傾少兩句嘞。（談得來就多聊兩句，談不來就少聊兩句罷了。）

**啱傾** ŋam¹kʰeŋ¹〈啱音巖第1聲〉談得來（啱：合；傾：談）：年歲爭咁大邊～㗎。（年歲相差那麼大哪兒談得攏呢？）

\***拍檔** pʰak³tɔŋ³〈檔音上當之當〉合作得好：你哋兩個都幾～啊。（你們倆合作得還挺好嘛。）［重見一E2、七E3］

\***㪟（夾）檔** kɐp³(kap³)tɔŋ³〈㪟音計入切第3聲，又音計鴨切；檔音上當之當〉同“拍檔”：唔～好難一齊做嘢嘅。（合不來很難一起做事的。）［見七E3、一E2］

\***㪟（夾）** kɐp³(kap³)〈計入切第3聲，又音計鴨切〉合得來；合作得好

我哋嗰度有邊個話同侯師傅唔～
嘅。（我們那兒沒有誰跟侯師傅合不
來嘛！）〔重見七 A13、七 E3〕

**行得埋** haŋ⁴tɛk¹mai⁴ 合得來（行：走；
埋：靠攏）：一見面就咁～，真係少
有。（一見面就那麼投合，真是少
有。）

**登（戥）對** tɐŋ¹tɵy³ 般配：一個夠靚
仔，一個夠靚女，兩個幾～。（一個
夠帥，一個夠俊，倆人挺般配。）

**捞亂骨頭** lou¹lyn⁶kwɐt¹tʰɐu⁴〈捞音勞
第 1 聲〉【喻】迷信說法：兩人上一
輩子死後骨骸彼此混在一起，來生
就會成為死對頭（捞：攪和）。比喻
兩人關係極差：佢兩個～嘅，見親
面就嗌交。（他們倆是水火不相容
的，一見面就吵架。）

**貼錯門神** tʰip³tsʰɔ³mun⁴sɐn⁴【喻】門
神像應是左右相向，如貼錯則背對
背，比喻二人不和；合不來：佢兩
個～嘅，邊處㩒嘅啫！（他們倆呴不
對榫，哪裏合得來呢！）

**水搊油** sɵy²kʰɐu¹jɐu⁴〈搊音卡歐切〉
【喻】水和油一般無法拌和（搊：摻
和；攪拌），比喻關係差、合不來：
我同佢直情就係～，捞唔埋嘅。（我
和他簡直就是勢如水火，搭不到一
塊兒。）〔常與"糖黐豆"對舉〕

**唔啱牙** m⁴ŋam¹ŋa⁻²〈啱音巖第 1 聲，
牙讀第 2 聲〉【喻】螺紋互相不扣合
（唔：不；啱：合適；牙：螺紋），
比喻合不來：～嘅人你就咪分配佢
哋一齊做啦。（合不來的人你就別分
配他們一起工作嘛。）

**唔打得埋** m⁴ta²tɛk¹mai⁴【喻】合不來
（唔：不；埋：靠攏）：佢哋舊時～
嘅，而家變到咁老友。（他們以前合
不來，現在變得這麼好。）

**行唔埋** haŋ⁴m⁴mai⁴ 合不來（行：走；
唔：不；埋：靠攏）：我同佢永世

都～嘅！（我跟他永遠都走不到一道
兒上！）

## 九 C11　合算、不合算

**化算** fa³syn³ 合算；划得來：由呢度坐
飛機去海南島，幾～嘅。（從這兒坐
飛機到海南島，挺划算的。）〔這是
對北方話"划算"的摹音〕

**抵** tɐi² 合算；划得來：兩毫子一斤白
菜，～到爛啦。（兩毛錢一斤白菜，
合算極了。）

**着數** tsœk⁶sou³〈着音着急之着〉合算；
划得來：一緡雞買兩嗜番梘，幾～
啊。（一塊錢買兩塊肥皂，挺划得來
嘛。）｜照呢個方案你哋最～。（照
這個方案你們最合算。）

**着₃** tsœk⁶〈音着急之着〉同"着數"：
我都話嘅樣～。（我也說這樣划算。）

**有數為** jɐu⁵sou³wɐi⁴〈為讀第 4 聲〉合
算；划得來(為：計算)：呢單生意～。
（這宗生意划得來。）

**為得過** wɐi⁴tɛk¹kwɔ³〈為讀第 4 聲〉同
"有數為"。

**唔抵** m⁴tɐi² 不值得；虧：嗰件嘢買咁
貴，～啊！（這樣一件東西買那麼
貴，不值！）｜行咗步盲棋，輸得真
係～！（走了一步瞎眼瞎的棋，輸得
真虧！）

**冇數為** mou⁵sou³wɐi⁴〈冇音無第 5 聲，
為讀第 4 聲〉不合算；划不來（冇：
沒有；為：計算）：再平啲畀你我就
真係～喇。（再便宜給你我就真的划
不來了。）

**為唔過** wɐi⁴m⁴kwɔ³〈為讀第 4 聲〉同
"冇數為"（唔：不）。

## 九 C12　有條理、沒條理、馬虎、隨便、離譜

**有紋路** jɐu⁵mɐn⁴lou⁶（做事等）有條理；邏輯性強（紋路：條理）：佢係大學生嚟㗎，講話寫嘢梗～啦。（他是個大學生，說話寫文章當然有條理性。）

**有紋有路** jɐu⁵mɐn⁴jɐu⁵lou⁶ 同 " 有 紋 路 "：你咪睇佢至得 10 歲，之講起話嚟～。（你別看他才 10 歲，可說起話來有板有眼的。）

**有頭有路** jɐu⁵tʰɐu⁴jɐu⁵lou⁶ 頭頭是道；有板有眼：佢做起嘢上嚟～。（他幹起活來頭頭是道。）

*****冇修** mou⁵sɐu¹【喻】（言行）不合於理（冇：沒有；修：指前世修行）：咿條僆仔真～，話極都唔聽。（這小子真不像話，怎麼説他都不聽。）〔重見七 A8、九 C4〕

*****摎挍** lau²kau⁶〈摎音勵考切，挍音教第 6 聲〉（做事等）缺乏條理：佢做嘢咁～，仲話大學生添！（他做事這麼沒條理，還說是大學生呢！）〔重見九 B7〕

**雞手鴨腳** kɐi¹sɐu²ap³kœk³ 做事手忙腳亂或笨手笨腳的：睇你～嘅，仲係我嚟啦！（看你毛手毛腳的，還是我來吧！）

**冇紋路** mou⁵mɐn⁴lou⁶〈冇音無第 5 聲〉【貶】缺乏條理性的；邏輯性不強的（冇：沒有；紋路：條理）：你講話都～嘅，都唔知你噏乜。（你說話沒有條理，都不知道你在說啥。）

**冇厘頭** mou⁵lei⁴tʰɐu⁴〈冇音無第 5 聲〉【貶】缺乏條理性的；沒有頭緒的；莫名其妙的（冇厘：沒一點兒）：你專門做埋晒啲～嘅嘢！（你專門幹一些沒頭沒腦的事情！）｜～文化（指完全沒有社會意義、只靠無聊的噱頭來取悅讀者和觀眾的文化商品。例如一些庸俗的電影、小説等）

**冇厘搭撍** mou⁵lei⁴tap³sap³〈冇音無第 5 聲，撂音搭，撍音垃圾之圾〉【貶】（做事等）沒條理；不踏實；不合常理或邏輯：～嘅人我係唔要嘅。（辦事沒頭沒腦的人我是不要的。）｜唔好講埋晒啲～嘅嘢啦！（別盡説些離格兒的話吧！）〔又作 "冇搭撍"〕

**沙沙滾** sa⁴sa⁴kwɐn²〈沙讀第 4 聲，時霞切〉草率的；馬虎了事的；靠不住的：佢做嘢不溜～㗎啦。（他幹活一向草率。）｜咿條友仔～㗎，因住啊。（這個傢伙靠不住的，小心點兒。）

**沙哩弄衝** sa⁴li¹loŋ⁶tsʰoŋ³〈沙音時霞切，哩音拉衣切，衝讀第 3 聲〉馬馬虎虎的；不負責的；搞亂的：做嘢就要正經啲，唔好～。（幹活就要認真點，不要馬馬虎虎的。）｜細路仔唔好喺處～。（小孩別在這搞蛋。）

**捼西** la²sɐi¹〈捼音勵啞切〉馬虎：你唔使指意佢會做得好啊，佢做乜嘢都係咁～嘅。（你別指望他會做得好，他無論做甚麼事都是這樣馬虎的。）

**撈哨** lau⁴sau⁴〈撈音羅矛切，哨讀第 4 聲〉（做事）馬虎潦草：我都諗唔到佢會～成嘅嘅！（我都想不到他會馬虎到這程度！）

**求其** kʰɐu⁴kʰei⁴ 隨便：食餐便飯嘛，～點幾個菜好喇。（吃頓便飯，就隨便點幾個菜好了。）｜同呢啲人做嘢唔使咁認真㗎，～得㗎嘞。（替這些人幹活不必太認真，隨隨便便便行的了。）〔此為 "求其過去" 省略而成

**是但** si⁶tan⁶ 隨便地；不認真地：～揾幾個人做啦，眼睇工夫嚟嘅嘛。（隨便找幾個人幹吧，那是誰都會幹的活。）｜買番梘定係買梘粉啊？——～啦，你揸主意。（買肥皂

300

還是買洗衣粉？——隨便好了，你決定吧。）

*__唔係路__ m⁴hɐi⁶lou⁶ 做事不像話；沒譜兒：你哋班友仔真係～嘅，成朝先做咁啲多嘢。（你們這幫傢伙真是不像話，整個上午才幹那麼點兒活。）[ 省作 "唔係"。重見九 C2 ]

__唔教人__ m⁴kau³jɐn⁴ 做事對別人有妨害；使人陷於困難境地：條契弟～嘅，見倒勢色唔係，話都唔話聲就較咗腳咊！（這兔崽子害死人，看到情況不對，也不關照一聲就溜了號！）

## 九 C13　兇狠、可厭 [ 憎惡參見五 B6；蠻橫參見五 D7 ]

__狼__ lɔŋ⁴【喻】如狼般的；兇狠；不要命的：黑社會啲人個個都好～㗎，唔好惹佢哋。（黑社會的人個個都很兇狠的，不要招惹他們。）｜佢揸車好～㗎，四波中踩衝油。（他開車不要命的，掛了四檔還開足油門。）

__狼命__ lɔŋ⁴mɛŋ⁶〈命音務贏切第 6 聲〉【喻】狠；兇：夠～先至做得大佬㗎。（夠兇才能當頭兒嘛。）

__狼胎__ lɔŋ⁴tʰɔi¹【喻】狠；狼命：佢打起交嚟夠晒～，冇人夠佢打㗎。（他打架夠狠的，沒人打得過他。）

*__惡₁__ ɔk³ 兇：唔使咁～嘅，有話咪慢慢講囉。（別這麼兇，有話就慢慢講嘛。）[ 重見七 E16、九 D1 ]

__惡死__ ɔk³sei² 兇狠；兇惡：佢係呢條街最～，冇人敢話佢㗎。（在這條街道上，他最兇惡，沒有人敢說他。）

__惡死能登__ ɔk³sei²(si²)nɐŋ⁴tɐŋ¹〈死又音屎〉窮兇極惡；兇惡得很：呢個世界就係有啲咁～嘅人。（這個世界上就是有這麼些窮兇極惡的人。）

__惡亨亨__ ɔk³hɐŋ¹hɐŋ¹ 兇惡的樣子：～噉

望住。（惡狠狠地望着。）

__勢兇夾狼__ sei³hoŋ¹kap³lɔŋ⁴ 氣勢洶洶的樣子（夾：而且；狼：兇狠）：你～我就驚咗你嘅哩咩？（你氣勢洶洶的我就怕你了嗎？）

__乞人憎__ hɐt¹jɐn⁴tsɐŋ¹ 惹人憎惡的：呢個嘢啲所作所為好～。（那個傢伙的所作所為很令人憎惡。）

__神台貓屎——人憎鬼厭__ sɐn⁴tʰɔi⁴mau¹si², jɐn⁴tsɐŋ¹kwɐi²jim³【歇】【喻】遭到大家的討厭（神台：神案）：四圍咁倒垃圾就確係～！（到處倒垃圾就真的人人討厭！）

## 九 C14　其他

__龍精虎猛__ loŋ⁴tsɛŋ¹fu²maŋ⁵【喻】生氣勃勃：一話打波，一個個就～嘞。（一說打球，一個個就生龍活虎的了。）

*__死咕咕__ sei²kwu⁴kwu⁴〈咕讀第 4 聲，巨胡切〉毫無生氣；毫無起色：嗰個廠長邊處得㗎，搞到間廠～噉。（那個廠長哪行呢，搞得那工廠一點起色也沒有。）[ 重見五 E2 ]

__着₃__ tsœk⁶〈音着急之着〉在理；有理：呢件事就係你唔～喇，仲咁大聲！（這件事就是你沒理了，聲音還那麼大！）

__着理__ tsœk⁶lei⁵〈着音着急之着〉同 "着₃"：唔使講都係你～啦。（不用說都是你在理了。）

__初嚟甫到__ tsʰɔ¹lɐi⁴pou⁶tou³〈嚟音黎，甫音部〉剛來到不久（嚟：來；甫：剛）：我～，乜都唔知。（我剛來，甚麼都不知道。）

__望天打卦__ mɔŋ⁶tʰin¹ta²kwa³ 原指禱雨，引申為一切指望天氣，靠天喫飯（不一定指農業方面，也不一定指希望下雨）。

九 狀況與現象

301

**手多多** sɐu²tɔ¹tɔ¹【貶】多手；亂摸亂弄：入到嚟唔好～喫。(進這兒來不許多手多腳。)

*手痕** sɐu⁴hɐn⁴【喻】【貶】多手 (痕：癢)：個細路～，將呢度搣甩晒。(那孩子多手，把這兒全拉掉了。)

## 九D　性質與事態

### 九D1　好、水平高、比得上

*好嘢** hou²jɛ⁵〈嘢音野〉好；非常好：你啲手藝認真～!(你的手藝實在好!)｜～～，呢一球傳得靚!(真好真好，這一球傳得漂亮!)[ 重見八A8 ]

**讚** tsan²〈音盞〉好：呢件事做得唔～ (這件事做得不好。)

**正₂** tsɛŋ³〈音鄭第3聲〉好的：～菜(好菜)｜～嘢 (好東西)

**正斗** tsɛŋ³tɐu²〈正音鄭第3聲〉好的：今晚齣戲真～。(今晚那套電影真好。)

*堅** kin¹ 好的；優良的：～料 (好消息；確切的消息)｜你部電視機又冇發票，又冇嘜頭，我點知係唔係～喫。(你這台電視機既沒有發票，也沒有商標，我怎麼知道是不是好的。)[ 重見九D3 ]

*得** tɐk¹ 水平高；行：你都幾～噃。(你還挺行。)｜噉嘅水平算～喫喇。(這樣的水平算不錯的了。)[ 重見九D7、九D16 ]

**冇得彈** mou⁵tɐk¹tʰan⁴〈冇音無第5聲，彈音彈琴之彈〉無可指摘的；極好的 (冇：沒有；彈：指責)：陳師傅做啲嘢真係～!(陳師傅的活兒真是沒説的!)

**濕水棉花——冇得彈** sɐp¹sɵy²min⁴fa¹, mou⁵tɐk¹tʰan⁴〈冇音無第5聲，彈音彈琴之彈〉【歇】棉花濕了就沒辦法彈。謂無可指摘。[ 參見"冇得彈"]

**唔話得** m⁴wa⁶tɐk¹ 無可指摘的 (唔：不；話：説)：呢碟餸啲味道～。(這盤菜的味道沒説的。)

**冇得頂** mou⁵tɐk¹tɛŋ²〈冇音無第5聲〉好極了；沒有甚麼能與之相比 (冇：沒有)：個18號啲過人技術認真～!(那個18號的過人技術實在是再好不過了!)

**認咗第二冇人敢認第一** jɐŋ⁶tsɔ²tɐi⁶ji⁶mou⁵jɐn⁴kɐm²jɐŋ⁶tɐi⁶jɐt¹〈咗音左，冇音無第5聲〉【熟】首屈一指(咗：了；冇：沒有)：喺我哋廠我跑步～。(在我們廠我跑步是首屈一指的。)

**標青** piu¹tsʰɛŋ¹〈標音標，青音差贏切第1聲〉傑出；突出；出眾：佢讀書喺班上最～。(他在班上學習最出眾。)

**攞網頂** lap³mɔŋ⁵tɛŋ²〈攞音拉鴨切，頂音底贏切第2聲〉【喻】抓住網的總綱 (攞：攬取)，比喻成績最好、水平最高；首屈一指：講到捉棋，我哋呢班人當中係陳仔～喇。(説到下棋，我們這群人當中小陳是首屈一指的。)[ 重見七A3 ]

*惡₁** ɔk³ 水平高；有競爭力：呢支隊喺呢個組裏頭係最～嘅。(這支隊伍在這個組裏是實力最強的。)[ 重見七E16、九C13 ]

**勁** kɛŋ⁶ ①【俗】水平高；好：呢幅畫好～。(這幅畫非常好。) ②令人振奮的：嗰場足球真～。(那場足球賽真令人振奮。)

**勁抽(秋)** kɛŋ⁶tsʰɐu¹ 同"勁"：史泰龍確實～。(史泰龍確實棒。)｜嗰個波射得好～。(那個球射得棒。)｜呢隻音樂真～。(這支曲子真激越。)

**架勢** ka³sɐi³ 了不起（略含貶義）：呢勻你～喇，老細睇得起佢㗎。（這回你可了不起了，老闆瞧得起你。）

*__巴閉__ pa¹pei³ 了不起（略含貶義）：攞頭獎有乜咁～啫。（拿了頭獎有啥了不起的。）[ 重見五 E1、七 C8 ]

*__夠__ kɐu³ 用於比較，表示能夠比得上：阿宇都～佢阿媽高喇。（阿宇都有他媽媽高了。）| 我唔～佢大力。（我沒他力氣大。）[ 重見九 D21 ]

*__過__ kwɔ³ 在 表示比較的句子裏，引出比較的對象（放在比較詞語的後面），表示超過：呢支竹仔～嗰支。（這根竹子比那根長。）| 我做得快～你。（我做得比你快。）[ 重見七 A10、七 B4、九 D18、十 F2 ]

## 九 D2　不好、水平低、中等、差得遠

*__衰__ sɐy¹ 不好；壞；差：你個人咁～嘅，做埋晒啲噉嘅一嘢！（你這人怎麼這麼壞，盡幹這種缺德事！）[ 重見五 D6、九 C2、九 C3 ]

**化學** fa³hɔk⁶ 易壞的；質次的：呢張椅咁～㗎，噉就散咗。（這張椅子怎這麼差，這就散架了。）[ 早期的賽璐珞製品以 "化學" 為標榜，但極易破碎，故有此說 ]

**豆泥** tɐu⁶nei⁴ 劣；次；水平低：呢個演員啲唱工～啲。（這個演員的唱腔差了點兒。）

**苴(苲)** tsa²〈音炸第 2 聲，止啞切〉劣；次；水平低：乜你游水游得咁～㗎。（怎麼你游泳游得這麼差。）| 呢隻茶葉好～，邊飲得㗎。（這種茶葉很差，怎麼能喝。）

**苴斗** tsa²tɐu²〈苴音止啞切，斗音升斗之斗〉劣的；不好的；差的；水平低：呢個班成績認真～。（這個班成績實在差。）

**苴皮** tsa²pʰei⁴〈苴音止啞切〉差勁；劣的；水平低：你咁～㗎，都唔夠佢跑。（你怎麼這麼差勁，連他也跑不過。）

*__曳__ jɐi⁵⁽⁻⁴⁾〈以禮切，又音移黎切〉差；次；劣；水平低：佢啲手工好～㗎咋。（他的手藝很差。）[ 重見五 C3 ]

**水₂** sɵy² 差；次；劣：佢哋嗰隊波好～之嘛。（他們那個球隊很差的。）

**水皮** sɵy²pʰei⁴ 差；次；劣；水平低：我諗唔到你咁～，讓雙馬都輸。（我想不到你這麼差勁，饒雙馬還是輸。）

**水斗** sɵy²tɐu²〈斗音升斗之斗〉差勁；劣；水平低：乜咁～㗎，呢個字都唔識寫。（怎這麼差勁，這個字也不會寫。）

**水汪** sɵy²wɔŋ¹ 差勁：你做嘢認真～嘞，胡哩馬查，似咩嘢樣嘅！（你幹活怎這麼差勁，亂七八糟的，像甚麼樣！）

**屎** si² 差；次；水平低：王仔啲棋好～㗎咋。（小王的棋很臭。）

*__茄__ kʰɛ⁻¹〈讀第 1 聲，卡些切〉【俗】差；劣；水平低：佢鬥木鬥得好～。（他木工活做得很差。）[ 重見二 B5 ]

**芒** mɔŋ⁻¹〈讀第 1 聲，麼糠切〉【俗】條件差；水平低：諗唔到你哋公司咁～。（想不到你們公司條件那麼差。）

**流中中** lɐu⁴tsoŋ¹tsoŋ¹ 差；劣：條友仔話技校畢業個喎，做出啲嘢嚟～嘅！（那傢伙說是技校畢業的，怎麼做的活那麼次的！）

*__流__ lɐu⁴ 差；劣；次：你隻手錶好～噃，先至戴咗半年，就壞咗。（你的手錶很次，才戴了半年，就壞了。）
[ 重見九 D3 ]

**兒嬉** ji⁴hei¹ 差；劣；次；兒戲：呢支筆夠晒～，寫唔到兩個字就寫唔出嘞。（這支筆夠差勁的，寫不了兩個字就寫不了啦。）

*\*天** ŋen¹〈音銀第 1 聲〉差；劣：佢哋支球隊好～嘅嘛，你唔使驚佢。（他們那支球隊很差的，你不用怕他。）[ 重見九 A1、九 A8 ]

*\*尾尾屎** mei⁻¹mei⁻¹si²〈尾讀第 1 聲，媽希切〉【兒】倒數第一；最差：凡仔考個 61 分，全班～。（小凡只考了個 61 分，全班倒數第一。）[ 重見四 B5 ]

**麻麻哋** ma⁴ma⁻²tei²〈第二個麻字讀第 2 聲，哋音底起切〉不好但也不是太差；水平一般（根據説話人的口氣，可以是側重於説不好，也可以是説還過得去）：嗰嘅質量就～喇。（這樣的質量就不怎麼樣了。）｜佢嘅水平～啦。（他的水平馬馬虎虎吧。）[ 又作 "麻麻" ]

**中亭** tsoŋ¹tʰeŋ⁻² 中等：佢～身材。（他中等身材。）｜佢喺班度成績算～。（他在班裏成績算中等。）

**中中哋** tsoŋ¹tsoŋ¹tei²〈哋音地第 2 聲，底起切〉中不溜兒：唔算叻又唔算曳，～。（不算能也不算差，中不溜兒。）

**爭天共地** tsaŋ¹tʰin¹koŋ⁶⁽⁻²⁾tei⁶〈爭音之坑切，共可讀第 2 聲〉【喻】別若霄壤；差得非常遠：佢嗰兩個細佬同佢比就～囉。（他那倆弟弟跟他比就有天淵之別了。）

**爭成條墟** tsaŋ¹seŋ⁴tʰiu⁴hɵy¹〈爭音之坑切，成音時贏切〉【喻】相去一個集市那麼遠（墟：集市），比喻差得很遠。[ 參見九 B17 "隔成條墟咁遠" ]

---

## 九 D3　真實、虛假、正確、謬誤

**珍珠都冇咁真** tsɐn¹tsy¹tou¹mou⁵kɐm³tsɐn¹〈冇音無第 5 聲，咁音甘第 3 聲〉【熟】珍珠也作 "真珠"。連珍珠也不如其真（冇：沒有；咁：這麼），即謂千真萬確；非常真實：我親眼見到陳仔拍拖哩。呢件事～㗎。（我親眼看見小陳談戀愛了。這事千真萬確。）

*\*堅** kin¹【俗】真的：呢件嘢～唔～啊？（這件事真的嗎？）[ 重見九 D1 ]

**實牙實齒** sɐt⁶ŋa⁴sɐt⁶tsʰi²（説話）千真萬確：你講到～，唔信你都唔得喇。（你説得千真萬確，不信也不行呀。）

**實古實鑿** sɐt⁶kwu²sɐt⁶tsɔk⁶ 千真萬確：呢件事睇起上嚟～，況且陳仔嗰份人唔會講大話嘅。（這件事看起來千真萬確，何況小陳那個人不會説謊的。）

**擺明** pai²meŋ⁴ 明明白白地表現出來；人所共知：呢一勻～就係對住你嚟嘅。（這一次非常顯然就是衝着你來的。）

**花假** fa¹ka² 虛假：呢啲藥絕對冇～。（這些藥絕無虛假。）

*\*流** lɐu⁴ 假的：呢件嘢係唔係～嚟？（這件事是不是假的？）[ 重見九 D2 ]

*\*啱₁** ŋam¹ 對；正確；準確：個答案～定係唔～？（那個答案對還是不對？）｜你嗰做就～嘞。（你這樣做就對了。）｜呢個鐘系～嘅，你隻錶唔～嘛。（這個鐘是準的，是你的錶不準。）[ 重見九 C10 ]

**謬** mɐu⁶ 錯誤；荒謬：你真係～囉，嗰嘅嘢都去做。（你真荒謬，這樣的事也去做。）

**謬俚** meu⁶lei¹⁻²〈俚音利第 2 聲，麗起切〉錯誤；荒謬：佢講啲嘢好～嘅。（他説的話非常荒謬。）

## 九 D4　頂用、好用、無用、禁得起、禁不起

**止得咳** tsi²tɐk¹kʰɐt¹【喻】頂用；有效（傾向於指能制止事態向不好方面發展）：呢隻藥膏好～下，一敷就唔痛嘞。（這種藥膏挺管用，一敷就不疼了。）

**殺食** sat³sek⁶ 頂用：啲水泥釘幾～個噃。（那些水泥鋼釘挺管用的。）

*__使得__ sɐi²tɐk¹ 頂用；好使：呢種萬能膠係～，黐得好實。（這種萬能膠確實好使，黏得挺結實。）[ 重見五 E1 ]

**戥手** tɐŋ⁶sɐu²〈戥音等第 6 聲，第幸切〉（工具）稱手；好使：做嘢嘅架撑一定要～先咭嘅。（幹活兒工具一定要稱手才行。）

**就手** tsɐu⁶sɐu² ①同“戥手”：呢塊波板幾～下。（這塊球拍挺稱手的。）②方便（取用）：成日用嘅嘢要放喺～嘅地方。（經常用的東西要放在方便拿的地方。）

**唔等使** m⁴tɐŋ²sɐi² 無用的；無益的：咪做埋晒啲嘅嘢嘅嘢啦！（別盡幹這種沒用的事吧！）

**禁（襟）** kʰɐm¹ 經久耐用：呢種煲好～喋，用十年八年冇問題。（這種鍋非常耐用，用十年八年沒問題。）[ 與普通話意思相近，但普通話不單獨使用 ]

**硬撐** ŋaŋ⁶tsʰaŋ³〈撐讀第 3 聲〉禁得起（打擊等）：呢條塘蝨夠晒～，開咗肚仲唔死。（這條鬍子鯰真禁得起，開膛破肚還沒死。）| 佢好～喋，傷風感冒閒事啦。（他很挺得住，傷風

感冒只是小事一樁。）

*__硬淨__ ŋaŋ⁶tsɛŋ⁶(tsaŋ⁶)〈淨音鄭，又音治硬切〉堅固耐用；結實：呢個櫃鬥得夠晒～喇。（這櫃子做得夠結實的了。）[ 重見二 C9、九 B4 ]

*__實淨__ sɐt⁶tsɛŋ⁶〈淨音鄭〉同“硬淨”：對皮鞋日日嗷着，着咗半年，仲咁～。（這雙皮鞋天天穿，穿了半年，還這麼結實。）[ 重見二 C9、九 B4 ]

**頂得順** tɐŋ²tɐk¹sɵn⁶ 挺得住：成兩百斤個噃，你～咩？唔好夾硬嚟啊。（整整兩百斤呀，你挺得住嗎？別勉強啊。）| 今個月冇咗獎金，點～啊？（這個月沒了獎金，怎麼熬得住哇？）

**頂唔順** tɐŋ²m⁴sɵn⁶ 禁不起；挺不住：你屋企咁多電器，呢條灰士～喋，實燒㗎。（你家裏這麼多電器，這根保險絲禁不起，肯定要熔斷的。）| 食咁少飯，我～嘅。（吃這麼少飯，我挺不住。）

## 九 D5　變化、不變、有關、無關

**午時花六時變** ŋ⁵si⁴fa¹lok⁶si⁴pin³【喻】【貶】午時花（一種花卉）早晚不同，比喻變化無常或經常變卦（“午”與“五”諧音，同“六”相對）：佢個人～嘅，我唔敢信佢。（他這人一會兒一變，我不敢相信他。）

*__梗__₁ kɐŋ² 固定不變：一日做 8 個鐘就～喋嘞。（一天工作 8 小時是固定不變的。）[ 重見九 B6、九 D20 ]

**梗板** kɐŋ²pan² 固定的；定死的：個個月上繳五百緡，呢個係～喋喇。（每個月上繳五百塊，這是固定不變的了。）

**關事** kwan¹si⁶ 有干係（往往用於否定

或疑問）：唔～（不相干）｜唔關我事。（與我無關。）｜嗽都～？（這也有關係？）

**有黐揑** jɐu⁵na¹nɐŋ³〈黐音那第1聲，揑音能第3聲〉有關；有牽扯(黐揑：關係)：我估佢同呢件案件實～。(我估計他跟這個案件一定有牽扯。)

**冇黐揑** mou⁵na¹nɐŋ³〈冇音無第5聲，黐音那第1聲，揑音能第3聲〉無關；沒有牽扯(冇：沒有；黐揑：關係)：你同佢哋敆伙做生意，呢件事你點可能～呢？(你跟他們合伙做生意，這件事你怎麼可能不牽扯進去呢？)

**唔黐經(耕)** m⁴na¹kaŋ¹〈黐音拿第1聲，經音耕〉毫無關係；毫無牽連(唔：不；黐：黏；經：棉胎上的網線)：呢兩件事都～嘅。(這兩件事毫不相干。)｜你講埋晒啲～嘅嘢。(你盡說些不相干的話。)〔參見八A1"黐經(耕)"〕

**關人** kwan¹jɐn⁴與人無關（是"關人屁事"的省略，因後面字眼不雅，所以省略）：你自己之嘛，～啊！(你自己的緣故，關別人甚麼事！)

### 九D6　增加、減少、沒有、不充足、欠缺

**耷保** tɐp¹pou⁴〈耷音低恰切，保讀第4聲〉【外】雙倍地增加：老細，做多咁多嘢，人工係咪～啊？(老闆，多做那麼多活兒，工資是不是加倍啊！)〔英語 double〕

**打孖** ta²ma¹〈孖音媽〉雙倍(孖：並聯)：藥都好立亂～食嘅咩！(藥也能隨便雙倍地吃嗎！)

**縮水** sok¹søy²【喻】本指布料浸水後尺寸縮短，比喻物量減少；特指貨幣貶值：乜你哋呢度做啲麵包～縮咗

咁多嘅？(怎麼你們這兒做的麵包縮小了那麼多？)｜銀紙～(貨幣貶值)

**化水₂** fa³søy²【喻】減少而最後變為零：呢鋪即估有賺，誰不知又～。(這一回還以為能賺，誰知又沒了。)

**噉₁** kɐm²〈音敢〉放在表動作等的詞語後面、表數量的詞語前面，表示數量的減少：畀佢攞咗～大半。(被他拿了一大半。)｜係少～啲嘛。(只少了一點兒。)｜唔見～十幾個。(不見了十幾個。)

**緊₂** kɐm²同"噉"：筆經費已經用～五六萬喇。(那筆經費已經用去五六萬了。)

***冇** mou⁵〈音無第5聲，米老切〉沒有；不存在；不擁有：呢度一個人都～。(這兒一個人也沒有。)｜我～呢本書。(我沒有這本書。)｜而家～事嘞。(現在沒事了。)〔重見九D32〕

**清光** tsʰɐŋ¹kwɔŋ¹用在表動作的詞語後面，表示一點不剩，全部沒有了；光：食～(吃光)｜畀佢咸唪唥攞～。(讓他全部拿光。)

***扟₂** mɐn³〈音文第3聲，務訓切〉辦事時材料、金錢或時間等不充足，不夠或幾乎不夠；缺乏餘地：六百緡好～喇，實唔夠。(六百塊錢很緊了，肯定不夠。)｜你唔好預計得咁～啦。(你別預計得沒點餘地嘛。)〔參見"繃繃緊"。重見九B23〕

**扟碼** mɐn³ma⁵〈扟音文第3聲，務訓切〉同"扟₂"：兩個鐘頭趕去嗰度，我睇幾～。(兩個小時趕到那兒，我看挺玄乎的。)

**扟水** mɐn³søy²〈扟音文第3聲，務訓切〉同"扟₂"：呢幅布做兩件衫，～啲。(這塊布做兩件衣服，勉強點兒。)

**扻扻莫** mɐn³mɐn³mɔk⁻²〈扻音文第 3 聲，莫讀第 2 聲〉同"扻₂"：做嘢咪做到～，萬一搞咗都有得攪啊。(做事情別不留餘地，萬一砸了也可以補救。)

**繃繃緊** maŋ¹maŋ¹kɐn²〈繃音麼坑切〉【喻】辦事時材料、金錢或時間等不太充足，餘地不多：畀兩個月時間就～。(給兩個月時間就勉勉強強。)｜呢度啲木鬥一張枱一個櫃都係～嘅咋。(這裏的木料做一張桌子一個櫃子也只是剛剛夠。)[與"扻₂"意思相近。"扻₂"側重於不太夠，"～"側重於勉強夠]

**攣攣緊** man¹man¹kɐn²〈攣音蠻第 1 聲〉同"繃繃緊"。

**唔夠喉** m⁴kɐu³hɐu⁴【喻】原意是沒吃飽(唔：不)，比喻不滿足：批咗 3 車畀佢仲話～。(批了 3 車給他還說不夠。)

***爭₁** tsaŋ¹〈音之坑切〉缺乏；相差：仲～一個人。(還缺一個人。)｜～啲咁多就夠嘞。(差一點點就夠了。)｜兩個人～成 20 歲。(倆人相差整整 20 歲。)[重見七 B7]

## 九 D7　能夠、不行、有望、無望、有收益、無收益

***得** tɐk¹ 行；可以；能夠：你 3 點鐘嚟～唔～？(你 3 點鐘來行不行？)｜你走～嘞。(你可以走了。)｜唔攞～走個嘛。(不能拿走的。)[普通話"可以"、"能夠"同表動作等的詞語配合使用時，是放在這詞語前面的，而廣州話"～"同這種詞語配合使用時，一般是放在後面的。重見九 D1、九 D16]

***唔咭** m⁴tim⁶〈咭音店第 6 聲，第艷切〉不行；行不通(唔：不；咭：妥當)：

未計劃好就喐啊，梗係～啦！(沒計劃好就動手，當然不行了！)[重見九 C2]

**唔撈** m⁴lou¹〈撈音勞第 1 聲〉不行；行不通(唔：不)：你噉樣做實～嘅。(你這樣幹一定行不通。)｜做人自私過頭～嘅！(做人太自私是不行的！)

**有行** jɐu⁵hɔŋ⁴〈行音銀行之行〉【喻】(事情)有希望；有可能；有所收穫(行：本指行情)：睇嚟～嘞。(看來有希望。)

**有聲氣** jɐu⁵sɛŋ¹hei³〈聲音司贏切第 1 聲〉同"有行"：經理噉講即係～啦。(經理這麼說也就是有希望了。)

**冇行** mou⁵hɔŋ⁴〈冇音無第 5 聲，行音銀行之行〉【喻】(事情)沒希望；無所收穫(行：本指行情)：卒之都係～。(最後還是沒希望。)

**冇聲氣** mou⁵sɛŋ¹hei³〈冇音無第 5 聲，聲音司贏切第 1 聲〉同"冇行"：唔通呢次又～？(難道這次又是失望而歸？)

**賣魚佬洗身——冇腥(聲)氣** mai⁶jy⁴lou²sei²sɐn¹, mou⁵sɛŋ¹hei³〈冇音無第 5 聲，腥(聲)音司贏切第 1 聲〉【歇】賣魚的人本來滿身腥氣，洗澡以後腥氣就沒了(洗身：洗澡)。"腥"與"聲"同音，以諧音謂沒希望。[參見"冇聲氣"]

**水汪汪** sɵy²wɔŋ¹wɔŋ¹【喻】事情不落實；沒有結果；希望渺茫：我即估咭喇添，原來仲係～㗎？(我還以為行了呢，原來還是沒點兒眉目哪？)｜人哋都到嘞，你哋仲一啲冇準備，咁～嘅？(人家都到了，你們還一點沒準備，這麼沒頭緒的？)[又作"水汪"]

**有嘢到** jɐu⁵jɛ⁵tou³〈嘢音野〉【俗】有所收穫(嘢：東西)：呢勻都冇白行，

總算係～。(這次沒白走一趟，總算有收穫。)

**有料到** jɐu⁵liu⁻²tou³〈料讀第 2 聲〉同"有嘢到"。

**冇嘢到** mou⁵jɛ⁵tou³〈冇音無第 5 聲，嘢音野〉【俗】無所收穫；得不到利益(冇：沒有；嘢：東西)：我哋啲窮機構～嘅。(我們這些窮機構沒有油水的。)

**冇料到** mou⁵liu⁻²tou³〈冇音無第 5 聲，料讀第 2 聲〉同"冇嘢到"。

## 九 D8　到時、過點、來得及、來不及

**夠鐘** kɐu³tsoŋ¹ 到鐘點；引申為到期：～落班。(到點下班。)｜下一年我就～退休嘞。(下一年我就到年齡退休了。)

**過鐘** kwɔ³tsoŋ¹ 晚點，誤點：佢～都未到，怕係唔嚟喇。(他過了時間還沒到，恐怕不來了。)

**過廟** kwɔ³miu⁻²〈廟讀第 2 聲〉【喻】晚點；誤點：而家先嚟，過晒廟喇！(現在才來，晚了！)

**嚟得切** lɐi⁴tɛk¹tsʰit³〈嚟音黎〉來得及(嚟：來)：仲有大把時間，行路去都～。(還有很多時間，走路去也來得及。)

**趕得切** kɔn²tɛk¹tsʰit³ 來得及；趕得上：如果唔塞車嘅話，肯定～。(如果不堵車的話，肯定趕得上。)

**趕得起** kɔn²tɛk¹hei² (工程等)能及時完成(起：完成)：呢單工程元旦之前～。(這項工程能在元旦以前完成。)

**得切** tɛk¹tsʰit³ 趕得及(用在表示動作或活動的詞語後)：做～(能趕得及做)｜而家仲走～。(現在走還來得及。)

**嚟唔得切** lɐi⁴m⁴tɛk¹tsʰit³〈嚟音黎〉來不及(嚟：來；唔：不)：而家咁晏，～喇。(現在這麼晚，來不及了。) [ 又作"嚟唔切"、"唔嚟得切"]

**趕唔得切** kɔn²m⁴tɛk¹tsʰit³ 來不及；趕不上(唔：不)。 [ 又作"趕唔切"、"唔趕得切"]

**唔切** m⁴tsʰit³ 趕不及(用在表示動作或活動的詞語後)：睇～(來不及看)｜做～(來不及做)

## 九 D9　困難、危險、可怕、容易、淺顯

**惡**₂ ɔk³ 難於(做某事)：呢件嘢好～搞㗎。(這件事很難辦呀。)

**惡意** ɔk³ji³ 同"惡"：如果上便唔拆得就好～搞個嘛。(如果上面不能拆就很難弄的。)｜佢個人～請。(他這人難請。)

**惡作** ɔk³tsɔk³ 難辦；不好對付(惡：難)：呢單工程的確～，唔好接囉。(這項工程確實不好對付，不要承接了。)

\***惡骾** ɔk³kʰɐŋ²〈骾音卡肯切〉【喻】不好應付(惡：難；骾：勉強下嚥)：呢鑊嘢好～㗎，唔好孭上身啊。(這骨頭挺難啃的，不要背這個包袱。) [ 重見九 B22 ]

**踢腳** tʰɛk³kœk³ 難辦：呢件事好～。(這件事很難辦。) [ 重見九 B22 ]

**擇使** tsak⁶sɐi² 難辦：我都知呢單嘢～嘞。(我也知道這件事難辦的了。)

**蝦人** ha¹jɐn⁴ 字面意思是欺負人(蝦：欺負)，指事情難辦，使人為難：你咪話好易啊，唔熟嘅話都幾～㗎。(你別説很容易，不熟的話也挺難人的。)

**牙煙** ŋa⁴jin¹ 危險：唔好企開山崖嗰度，好～㗎。(別站到山崖那兒，很危險的。)

**撽骨** ŋou⁴kwɐt¹〈撽音傲第 4 聲，娥豪切〉危險（撽：搖）：你睇下天棚嗰支天線岌岌貢，好似隨時跌得落嚟，～啲嘑。（你瞧天台上那根天線搖搖晃晃的，好像隨時會摔下來的樣子，危險了點算呀。）

**危危乎** ŋei⁴ŋei⁴fu⁴ 危險：呢間屋～想冧想冧噚，住得人嘅咩？（這所房子挺危險的，像是要倒的樣子，能住人嗎？）

**得人驚** tɐk¹jɐn⁴kɛŋ¹〈驚音機贏切第 1 聲〉令人驚懼的：嗰部鬼戲好～喫。（那部魔怪電影很令人恐懼。）

**得人怕** tɐk¹jɐn⁴pʰa³ 同“得人驚”：佢惡起上嚟個樣認真～。（他兇起來那個樣子着實令人害怕。）

**易過借火** ji⁶kwɔ³tsɛ³fɔ²【熟】【喻】比借個火還容易，喻非常容易；易如反掌：整電視機？～啦！（修電視機？太容易了！）

**當食生菜** tɔŋ³sek⁶saŋ¹tsʰɔi³〈當音當作之當，生音生熟之生〉【熟】【喻】只當是吃生菜（食：吃），比喻非常容易做。舊時習慣拿生菜洗洗就吃，連煮熟也不用，所以説容易：畀我嚟就～嘑。（讓我來就太容易不過了。）

**好閒** hou²han⁴ ①事屬等閒，謂容易辦（好：很）：呢件事對於佢嚟講就梗係～啦。（這件事對於他來説當然是很容易的了。）②很平常的；不必在乎的：十幾緡～嘑。（十幾塊錢是小意思。）｜朋友之間幫下忙～嘑，使乜噉。（朋友之間幫幫忙不算甚麼，何必這樣。）

**閒閒哋** han⁴han⁴tei²〈哋音地第 2 聲，底起切〉同“好閒”（哋：稍微）：你咪話～，唔係話得就得喫。（你別説輕易，不是説行就行的。）

**一字咁淺** jɐt¹tsi⁶kɐm³tsʰin²〈咁音甘第

3 聲〉【喻】像“一”字那麼淺顯（咁：那麼），比喻極為淺顯：噉嘅道理～嘑，點會唔明啊？（這樣的道理淺顯極了，怎麼會不懂呢？）

## 九 D10　奇怪、無端、難怪

**奇** kʰei⁴ 奇怪：真係～嘞，啱先仲响度嘅，唔見咗嘅？（真奇怪，剛才還在這兒的，怎麼不見了？）[ 普通話“奇”一般不單獨用，廣州話則常單獨用 ]

**出奇** tsʰɵt¹(tsʰyt¹)kʰei⁴ 奇怪：你講啲話又係～嘅，你嚟得點解我就唔嚟得？（你説話也奇怪，你能來為甚麼我就不能來？）[ 普通話“出奇”指不平常，與廣州話不同 ]

**吊釘** tiu³tɛŋ¹〈釘音低贏切第 1 聲〉不合常理的；奇怪的：點解度度都搞掂，就剩嗰啲咁多唔做埋佢，咁～嘅？（為甚麼處處都弄好，就剩那一點點不把它也做了，這麼蹊蹺？）

**翹釘** kʰiu³tɛŋ¹〈翹音橋第 3 聲，釘音低贏切第 1 聲〉同“吊釘”。

**\*旮旯** kʰa³la¹〈旮音卡第 3 聲，旯音啦〉同“吊釘”：佢個人做乜都係零舍～嘅。（他這人不管幹甚麼都是特別奇怪的。）[ 重見四 B7 ]

**冇解** mou⁵kai²〈冇音無第 5 聲〉不知為甚麼；奇怪；莫名其妙（冇：沒有）：你個人做嘢乜咁～嘅！（你這人做事怎麼這麼莫名其妙的呢！）

**無端白事** mou⁴tyn¹pak⁶si⁶ 無端；無緣無故地：畀佢～鬧咗一餐，真係局氣！（被他無緣無故罵了一頓，真是憋氣！）｜點解扁樹一會冧嘅？（為甚麼這樹無緣無故會倒呢？）

**無情白事** mou⁴tsʰeŋ⁴pak⁶si⁶ 同“無端白事”：～又使咗二百緡。（無緣無故地又花了二百塊。）

**無端端** mou⁴tyn¹tyn¹ 同 "無端白事"：
點解～撳爛佢啫？（幹嘛無緣無故
把它撕了？）

**無揼揼** mou⁴na¹na¹〈揼音拿第1聲，那
哈切〉無緣無故地：有人惹佢，唔
知～喊乜嘢呢。（沒人招惹他，不知
無緣無故地哭甚麼呢。）

**唔怪之得** m⁴kwai³⁽³⁻²⁾tsi¹tek¹〈怪可讀拐〉
難怪；怪不得：～佢唔肯嚟啦，原
來係嘅。（怪不得他不肯來，原來
是這樣。）｜嗽就～喇。（這就難怪
了。）[ 又作 "唔怪得之"、"唔怪
得"，"唔怪之"、"唔怪"、"怪唔之
得"、"怪唔得之"、"怪唔之"、"怪
唔得"、"怪之得"、"怪得之"、"怪
之"、"怪得" ]

### 九 D11　有趣、滑稽、枯燥

**得意** tek¹ji³ 有趣；有意思：呢個妹妹
仔好～。（這個小妹妹很有趣。）｜
佢講個古仔鬼咁～。（他講的故事非
常有意思。）[ 普通話 "得意" 的意
思廣州話也用，但沒有 "有趣" 的意
思常用 ]

**趣致** tsʰɵy³tsi³ 有趣（專用於小孩，小
動物等）：呢個 BB 幾～嘞。（這個小
孩兒多有趣呀。）

**趣怪** tsʰɵy³kwai³ 有趣：嗰個玻璃公
仔～到乜嘢嗽。（那個玻璃小人兒非
常有趣。）

*__得戚__ tek¹tsʰek¹ 有趣：呢啲細路仔畫
鬼咁～。（這些小孩子的畫非常有
趣。）

*__攬(搞)笑__ kau²siu³ 好笑；滑稽：呢
部電影都幾～個嘢。（這部電影也挺
好笑的。）[ 重見七 A19 ]

**嫩鬼** tsan⁻²kwɐi²〈嫩音盞〉有趣；詼諧
（嫩：好）：呢幅漫畫真係～嘞。（這
幅漫畫真有趣。）

*__鬼(詭)馬__ kwɐi²ma⁵ 詼諧；滑稽：佢
講說話好～，成日引到我哋咔咔笑。
（他說話挺詼諧的，老是逗得我們哈
哈大笑。）[ 重見五 D6 ]

**生鬼(詭)** saŋ¹kwɐi²〈生音生熟之生，
司坑切〉詼諧；滑稽：嗰個演員演
得仲未夠～。（那個演員演得還不夠
詼諧。）

*__奸詭__ kan¹kwɐi² 幽默；滑稽：嗰個笑
星好～嚟，佢一企出嚟啫，你就想
笑。（那個笑星很幽默的，他剛一站
出來，你就想笑。）[ 重見五 D6 ]

*__無聞無味__ mou⁴mɐn⁴mou⁴mei⁶ 枯燥的：
呢出電影～，不如唔好睇囉。（這部
電影挺枯燥的，不如別看了。）[ 重
見九 B22 ]

**無聊賴** mou⁴liu⁴lai⁶ 無聊；枯燥：退咗
休唔去搵啲世藝就好～嘅。（退了休
不去找點兒消遣很無聊的。）

### 九 D12　嘈雜、聲音大、
靜、聲音小

*__嘈__ tsʰou⁴ 聲音雜亂擾人：呢度近街市
好～嘅。（這兒靠近菜場，很吵的。）
[ 重見七 C6、七 C8 ]

*__嘈喧巴閉__ tsʰou⁴hyn¹pa¹pei³ 非常嘈雜
（巴閉：咋呼吵嚷）：點解呢度咁～
嘅？（怎麼這兒這麼嘈雜？）[ 又作
"嘈吱巴閉"。重見七 C8 ]

**含含聲** hɐm⁴hɐm⁻²seŋ¹〈第二個含讀第 2
聲，聲音司贏切第 1 聲〉人聲鼎沸；
嘈雜（含含：形容人聲）：啲人～，
冇法子聽倒佢講乜。（那些人太吵
了，沒辦法聽見他說甚麼。）

**家嘈屋閉** ka¹tsʰou⁴ok¹pei³ 家中吵吵鬧
鬧（指在家裏吵架造成的現象。閉：
巴閉，即吵嚷）：响公司已經忙到
死，返到嚟又～，真係煩！（在公司
已經忙得要命，回來家裏又是吵吵

鬧鬧的，真煩！）

**大聲** tai⁶sɛŋ¹〈聲音司贏切第 1 聲〉聲音大：佢個人講嘢好～嘅。（他這人說話聲音大得很。）[ 普通話有時也用此詞，但使用範圍很窄 ]

**嘮嘈** lou⁴tsʰou⁴【貶】（説話）聲音大：講話使乜咁～嗻。（説話何必這樣扯起嗓門。）

**靜英英** tseŋ⁶jeŋ¹jeŋ¹ 靜悄悄；寂靜：成間屋～，搵個人都冇。（整所房子靜悄悄的，人影一個也沒有。）

**靜雞雞** tseŋ⁶kɐi¹kɐi¹ 靜悄悄；悄悄地：平時呢度好嘈㗎，做咩今日～嘅？（平時這裏很吵，幹嗎今天靜悄悄的。）| 佢～行過去，想嚇到佢彈起。（他悄悄地走過去，想嚇她一大跳。）

**細聲** sɐi³sɛŋ¹〈聲音司贏切第 1 聲〉聲音小：將個收音機擰到～啲。（把收音機的聲音開小點兒。）

**蚊螆噉聲** mɐn¹tsi¹kɐm²sɛŋ¹〈螆音之，噉音敢，聲音之贏切第 1 聲〉【喻】像蚊子一樣的聲音（蚊螆：蚊蟲；噉：那樣），比喻聲音小：你～，邊個聽得倒㗎！（你聲音這麼小，誰能聽得見呢！）

## 九 D13　熱鬧、排場、冷清、偏僻

**鬧熱** nau⁶jit⁶ 熱鬧：嘩，乜呢度咁～啊！（嚯，怎麼這兒這麼熱鬧！）

**墟冚** hθy¹hɐm⁶〈墟音虛，冚音含第 6 聲〉熱鬧（墟：集市；冚：形容人聲）：新年花市年年都係咁～㗎喇。（新春花市年年都是這麼熱鬧的。）

**柴哇哇** tsʰai⁴wa¹wa¹ 熱鬧：好耐未試過噉成班人～去玩嘞。（好久沒有這樣一群人熱熱鬧鬧去玩兒了。）

**滿天神佛** mun⁵tʰin¹sɐn⁴fɐt⁶【喻】【貶】事情沸沸揚揚；流言蜚語到處傳：

小小嘅一件事搞到～。（小小的一件事情弄得滿城風雨。）

**大陣仗** tai⁶tsɐn⁶tsœŋ⁶〈仗音丈〉【喻】興師動眾；聲勢大；排場大：細路仔生日，使乜搞到咁～啫！（小孩子生日，何必搞那麼大的排場！）| 佢哋呢次都好～個噃。（他們這一回聲勢還挺大的。）

**靜局** tseŋ⁶kok⁶ 清靜；冷清：呢度好耐未試過咁～囉。（這裏很久沒這麼清靜了。）

**鬼影都冇隻** kwɐi²jeŋ²tou¹mou⁵tsɛk³【熟】連鬼的影子也看不見（冇：沒有），形容一個人也沒有，非常冷清：成條村～，真係得人驚。（整個村子一個人影也沒有，真是嚇人。）

**背角** pui⁶kok³〈背音背誦之背〉偏僻：佢住到好～，仲係搵個人陪佢翻屋企啦。（她住得很偏僻，還是找個人陪她回家吧。）[ 又作"背" ]

**墮角** tɔ⁶kok³ 偏僻：呢度咁～，生意梗係差啦！（這裏地方這麼偏僻，生意當然不好了！）

## 九 D14　早、遲、久、暫、快、慢

*__早辰（晨）__ tsou²sɐn⁴ 早（不限於指早上的早）：乜咁～就嚟咗嘞。（怎這麼早就來了。）[ 與普通話"早晨"的意思不同。重見七 E25 ]

**辰（晨）早** sɐn⁴tsou² 同"早辰（晨）"：我～就坐咗喺處嘞。（我很早就坐在這兒啦。）

**倒飥咁早** tou²tʰap³kɐm³tsou²〈飥音塔，咁音甘第 3 聲〉【俗】【喻】像倒馬桶那麼早（飥：屎飥，馬桶）。過去，清糞工人習慣在凌晨時分收集馬桶，故以此喻極早。

**倒屎咁早** tou²si²kɐm³tsou²〈咁音甘第 3 聲〉同"倒飥咁早"。

**晏** an³ 遲；晚：你咁～至嚟㗎。（你這麼晚才來。）｜而家～喇，聽日先啦。（現在晚了，明天再説吧。）

**夜** jɛ⁶ 遲；晚（專指晚上的時間晚）：唔好搞到咁～瞓覺。（不要弄得那麼晚睡覺。）

*__夜麻麻__ jɛ⁶ma⁻¹ma⁻¹〈麻音媽〉夜裏很晚；夜深：～你仲出去？（夜深了你還出去？）［重見九 A10］

**蚊都瞓** mɐn¹tou¹fɐn³〈瞓音訓〉【喻】蚊子也睡覺了（瞓：睡），喻極遲：等你嚟做，～喇。（等你來幹，太晚了。）［又作"蚊瞓"］

**蛇都死** sɛ⁴tou¹sei²【喻】蛇是極耐飢、耐渴的動物，連蛇都死了，喻極遲：等你嚟幫手，～喇！（等你來幫忙，太晚了！）

**耐** nɔi⁶ 久：架車咁～仲未嚟㗎，急死人喇！（那輛車這麼久還沒來，急死人了！）｜我哋等咗你好～。（我們等了你很長時間。）

**禁（襟）等** kʰɐm¹tɐŋ²〈禁音襟〉要等很久（禁：經得起）：呢班船咁～嘅。（這班船要等這麼久。）

**未有耐** mei⁶jɐu⁵nɔi⁻¹⁽⁻²⁾〈耐讀第 1 聲或第 2 聲〉字面意思是還沒過多久（耐：久），意為還要過很久：到我未啊？——～啊！（輪到我了嗎？——早着哪！）｜～夠鐘。（還要好久才到點。）

**有牌（排）** jɐu⁵pʰai⁴⁽⁻²⁾〈牌（排）又讀第 2 聲〉還要過很久（牌：時間）：呢啲炆牛肉仲～至得啊。（這些燉牛肉還要好些時間才好呢。）

**古老十八代** kwu²lou⁵sɐp⁶pat³tɔi⁶ 非常舊的；年代久遠的：呢啲係～嘅款㗎。（這些是很舊的款式。）｜～嘅事（很久以前的事）

**冇幾耐** mou⁵kei²nɔi⁶⁽⁻¹˒⁻²⁾〈冇音無第 5 聲，耐可讀第 1 聲或第 2 聲〉沒多久（冇：沒有；幾：多少；耐：久）：佢走咗～嘥，行快步都追得上。（他走了沒多久，走快點兒還能追得上。）

**冇耐** mou⁵nɔi⁻²〈冇音無第 5 聲，耐讀第 2 聲〉同"冇幾耐"：阿華喺車間做咗～就調上辦公室嘞。（阿華在車間沒幹多久就調上辦公室了。）

**快脆** fai³tsʰɵy³ 快；趕快；迅速：佢走得夠～。（他跑得夠快的。）｜你～啲嚟啦。（你趕快來啊。）

**快馬** fai³ma⁵【俗】【喻】快：炒兩碟菜，～啲嘟。（炒兩碟菜，要快點兒。）

**快過打針** fai³kwɔ³ta²tsɐm¹【喻】比打針還快，喻極快（給小孩打針時，大人總是安慰説"快了快了"，所以用來作比方）：同你整翻個水喉，～啦。（替你修好那個水龍頭，很快的。）

**飛咁快** fei³kɐm³fai³〈咁音甘第 3 聲〉飛快（咁：那樣）：佢～做好啲嘢。（他飛也似地把那些事情幹完。）

*__衡__ hɐŋ⁴ 速度大；轉速快：車葉轉得好～。（螺旋槳轉得很快。）｜走～去。（迅速地跑去。）［重見九 B6、九 C8］

**慢過蟻躝** man⁶kwɔ³ŋɐi⁵lan¹〈躝音闌第 1 聲〉【喻】比螞蟻爬還慢（躝：爬）。喻極慢：你行路仲～，行快兩步唔得？（你走路比螞蟻爬還慢，走快兩步行不行？）

## 九 D15　厲害、很、過分、最、更、甚至

**交關** kau¹kwan¹ 程度深；厲害：呢兩日凍得～。（這兩天冷得厲害。）｜當初如果處理得好，後尾就唔會搞到咁～。（當初如果處理得好，後來就不會弄得那麼難收拾。）

**緊張** kɐn²tsœŋ¹ 程度高；厲害：小小事之嘛，使乜惡到咁～啫！（不過是小小的事情，何必兇得那麼厲害！）｜今年係熱得～。（今年是熱得厲害。）

**犀利** sɐi¹lei⁶ 程度深；厲害：你啲棋真～，我捉你唔過。（你的棋真厲害，我下不過你。）

**犀飛利** sɐi¹fei¹lei⁶【俗】程度很深；很厲害：嗰條裙賣到千五緡，認真～！（那條裙子賣到 1500 塊，真是不得了！）

**利害** lei⁶hɔi⁶ 厲害。[ 普通話意思一樣，但多寫作“厲害”。廣州話“利”和“厲”不同音 ]

**飛起** fei¹hei²【俗】程度很深；很厲害（一般只用於“到”字後面，放在句子後部作補充說明）：佢明知自己唔啱，仲惡到～。（他明知自己不對，還兇得很。）｜嗰度啲嘢貴到～。（那裏的東西貴得不得了。）

**到** tou³ ①用在表示動作或狀態的詞語同其他詞語之間，表示這動作或狀態所達到的程度。普通話説“得”（de）：飲～塊面紅晒。（喝得臉全紅了。）｜眼瞓～死。（睏得要命。）②前一種用法省略了後面的詞語，表示達到了很高的程度：佢嗰日惡～！（他那天兇得呀！）

**好** hou² 表示程度高；很；挺：你件衫～靚。（你的衣服很漂亮。）｜呢間屋～大。（這間房子挺大。）[ 普通話也用來表示程度高，但帶感歎口氣，與廣州話不同 ]

**好鬼** hou²kwɐi²【俗】同“好”：嗰個人～衰嘅。（那個人很壞的。）

**鬼咁** kwɐi²kɐm³〈咁音甘第 3 聲〉【俗】表示程度很高，非常：～苦（非常苦）｜～靚（非常漂亮）

**鬼死咁** kwɐi²sei²kɐm³〈咁音甘第 3 聲〉

【俗】表示程度很高；非常：～癐（非常疲勞）｜～衰（很壞）

**幾** ＊kei² ①表示程度高（比“好”的程度略低）；你嚟得～早啊。（你來得很早呀。）｜佢做得都～好。（他幹得還挺好。）②用於感歎句中，表示程度高；多麼：你睇人哋～叻！（你看人家多有能耐！）｜佢～識歎啊！（他多會享受！）③表示任何程度；無論多麼：～高都照擒上去。（不管多高都照樣爬上去。）｜等～耐都要等落去。（不論等多久都要等下去。）[ 重見九 D33、十 A1 ]

**下** 下₂ ha⁵〈讀第 5 聲〉與“好”、“幾”等配合使用，放在表狀態的詞語後面，表示程度高（比單用“好”、“幾”時的程度略低一些）：佢生得幾高～。（他長得相當高。）｜嗰隻都好大～。（那個也挺大的。）

**幾咁** kei²kɐm³〈咁音甘第 3 聲〉用於感歎句中，表示程度高；多麼：你都唔知呢單嘢～惡作！（你都不知道這事兒多難搞！）｜～靚！（多麼漂亮！）

**咁** kɐm³〈音甘第 3 聲〉表示已達到某種高程度；這麼：我都～大嘞，仲唔畀我去。（我已經這麼大了，還不讓我去。）

**更** ŋɐŋ³〈毅凳切〉表示儘管達到高程度（後面緊接否定的説法）；再（…也不）：～急都冇用㗎。（再急也沒用。）｜你嗰個～大都唔夠我嘅大。（你那個再大也比不上我的大。）

**極** kek⁶ 表示即使達到很高或最高程度（後面緊接否定的説法）；怎麼（…也還是）：話～佢都係嘅。（怎麼説他也還是這個樣子。）｜佢叻～都有限啦。（他再怎麼有能耐也就是這麼個水平。）

**零舍** leŋ⁴sɛ³〈舍讀第 3 聲〉表示非同一般的高程度；特別；尤其：佢做

得～快。(他幹得特別快。)｜咁多個當中呢個～好。(這麼多個當中這個尤其好。)

***晒** sai³ 表示程度高(用在所要表示程度的詞語後面)：唔該～！(非常感謝！)｜呢勻舒服～嘞。(這一回可舒服了。)[ 重見九D21 ]

**太過** tai³kwɔ³ 表示過分的程度；太：你唔能夠～相信佢嘅。(你不能太相信他。)

**過頭** kwɔ³⁽⁻²⁾tʰɐu⁴〈過又讀第2聲〉表示過分的程度(用在所要表示程度的詞語後面)：多～(太多)｜你呢次係大意～喇。(你這一回是太大意了。)

**過龍** kwɔ³⁽⁻²⁾lɔŋ⁴〈過又讀第2聲〉同"過頭"：叫你整闊啲，你又闊～。(叫你弄寬點兒，你又弄得太寬了。)

**得滯** tɐk¹tsɐi⁶ 同"過頭"：你個人又係老實～。(你這人也是太老實了。)

**過步** kwɔ³pou⁶ 過分：唔好做到咁～。(不要做得那麼過分。)

**至** tsi³ 表示最高程度；最：我～鍾意呢隻顏色。(我最喜歡這種顏色。)｜幾兄弟我～大。(幾兄弟我最大。)

**極之** kek⁶tsi¹ 表示程度極高；極其：呢件事～緊要。(這件事極其重要。)｜佢做嘢～慢。(他幹活極慢。)

***仲(重)** tsɔŋ⁶〈重音重要之重〉① 表示比較高的程度；還、更：你嚟得～早。(你來得更早。)｜佢～高過佢大佬。(他比他哥哥還高。) ② 表示不太高，但相比之下還算高的程度；還：情況都～好。(情況還好。)｜呢啲～乾啲，嗰啲好濕㗎。(這些還乾點兒，那些很濕的。)[ 重見九D20、九D27、九D30 ]

**仲(重)加** tsɔŋ⁶ka¹〈重音重要之重〉同"仲(重)①"：你未見過，嗰個～犀利啊！(你沒見過，那個更加厲害！)

**更之** kɐŋ³tsi¹ 同"仲(重)①"：噉就～唔晘。(這樣就更加不行。)

**甚至無** sɐm⁶tsi³mou⁴ 表示強調突出某一事例或內容以表明其程度之高，甚至：啲風大到～樹都吹冧㗎。(風大得甚至連樹也吹倒。)｜嗰度唔好話沖涼，～食嘅水都唔夠。(那裏別說洗澡，甚至吃的水也不夠。)[ 又作"至無" ]

## 九D16　稍微、有點、差不多、幾乎、僅僅

**稍為** sau²wɐi⁴ 表示程度不高；稍稍、稍微：佢～肥啲。(他稍稍胖點兒。)

**略略** lœk¹lœk⁻²〈第二字讀第2聲〉表示程度不高；稍稍：～高啲就好嘞。(稍微高些就好了。)

**有啲** jɐu⁵ti¹〈啲音低衣切〉表示程度不高；有點兒(啲：些)：個頭～痛。(頭有點兒疼。)

**有啲咁多** jɐu⁵tit¹kɐm³tœ¹〈啲音跌第1聲，咁音甘第3聲，多音低靴切〉表示程度較低(比"有啲"程度低)；有一點點(啲咁多：一點點)：點解覺得～凍嘅？(怎麼覺得有一點點冷？)[ 又作"有啲多" ]

**唔係幾** m⁴hɐi⁶kei²〈幾音幾時之幾〉表示不很高的程度；不很、不十分(唔：不；係：是；幾：很)：我～鍾意呢個人。(我不太喜歡這個人。)｜佢嘅手工都～得嘅。(他的手藝也不是怎麼好。)

**哋₂** tei²〈音地第2聲，底起切〉描狀的詞語重疊(重疊後的第二個字常讀變調第2聲)，後面加"～"，表示程度減輕或語氣放緩：紅紅～(有

314

點兒紅）｜長長～（有點兒長）｜呢煲飯宿宿～嘞。（這鍋飯有點兒餿了。）｜佢同佢表哥似似～。（他跟他表哥有點兒像。）｜綁到鬆鬆～。（綁得稍微鬆一點兒。）

**差唔多** tshɐ¹m⁴tɔ¹ 表示程度、狀態接近；差不多（唔：不）：佢兩個～。（他們倆差不多。）

**幾回** kei¹wui⁴〈幾讀第 1 聲〉表示接近達到某種程度或狀態；幾乎；差點兒：～跌咗落去。（幾乎掉下去了。）

**爭幾回** tsaŋ¹kei¹wui⁴〈爭音之坑切，幾讀第 1 聲〉同 "幾回"（爭：差）：～去唔倒。（差點兒去不成。）

**爭啲** tsaŋ¹ti¹〈爭音之坑切，啲音低衣切〉① 差一點點：（爭：差；啲：一點）：～都唔得。（差一點點也不行。）② 差點兒；幾乎：我～畀你嚇死。（我差點兒被你嚇死。）

**咁滯** kɐm³tsei⁶〈咁音甘第 3 聲〉表示接近某種程度或狀態；差不多（放在表示狀況的詞語後面）：啲人走晒～喇。（那些人差不多走光了。）｜病到佢死～。（病得他幾乎要死。）

**乜滯** mɐt⁷tsei⁶〈乜音媽一切〉用在含有否定詞的表示某種狀況的詞語後面，表示接近於這種狀況：條街度冇人～。（街上幾乎沒人。）｜呢隻款唔好睇～。（這種款式不怎麼好看。）

*__得__ tɛk¹ 僅僅有：～兩架車，點車啊？（只有兩輛車子，怎麼運？）｜整到咁辛苦先～咁少。（搞得那麼辛苦才只有那麼點兒。）［重見九 D1、九 D7］

**係得** hei⁶tɛk¹ 僅僅有（帶強調口吻）：欱埋～咁多喇。（總共就只有這麼多了。）

**淨得** tseŋ⁶tɛk¹ 僅僅有：嗌咗好耐，～十零個人落嚟。（喊了好久，只有十

多個人下來。）

*__淨係__ tseŋ⁶hei⁶ 僅僅是：～呢啲，今日就做唔晒。（光是這些，今天就幹不完。）［重見九 D21］

## 九 D17　經常、不斷、總是、長期、一向、動輒

**周時** tsɐu¹si⁴ 經常：呢趟車～誤點嘅。（這趟車經常誤點的。）

**常時** sœŋ⁴si⁴ 經常：我～同佢哋講要小心㗎喇。（我經常跟他們說要小心的了。）

**周時無日** tsɐu¹si⁴mou⁴jɐt⁶ 經常地；隨時地（略帶貶義）：統計室新嚟咗個靚女，嗰班男工就～噉走嚟哄下哄下。（統計室新來了個漂亮女孩，那幫男工就沒時沒刻地跑來探頭探腦的。）

**密密** mɐt⁶mɐt⁶ 頻繁地：阿星仔梗係鍾意阿梅定喇，～噉嚟搵佢嘅。（小星子肯定是喜歡上阿梅了，頻頻地來找她。）

**勿歇** mɐt⁶hit³ 不斷地；不停地：佢一自打仔，把口仲一自～噉鬧。（他一邊打孩子，嘴巴還一邊不停地罵。）

**凜扰** lɐm⁵tɐm²〈凜音林第 5 聲，扰音底飲切〉連續不斷地：廣告一賣出去，啲訂單就～嚟嘞。（廣告一做出去，訂單就不斷地來了。）

**連氣** lin⁴hei³ 一連；一氣：～贏咗五盤棋。（一連贏了五盤棋。）

**枕長** tsɐm²tshœŋ⁴〈長音長短之長〉長期經常地；長期不斷地：甲方嗰便～有人喺度監督質量㗎。（甲方那邊一直都經常有人在這兒監督質量的。）

**枕住** tsɐm²tsy⁶ 同 "枕長"：我～做咗半年理療先至見好。（我連續做了半年理療才見好。）

九

狀況與現象

生晒 saŋ¹sai³〈生音生熟之生〉【貶】用在某些表示動作或活動的詞語後，表示不斷地做、老是做，帶有令人討厭的意思（晒：表示程度高）：嘈～（吵吵鬧鬧）｜做乜喺度望～啫！（幹嘛老在這兒望來望去！）

親₂ tsʰɐn¹ 表示動作或狀態有規律地、有條件性地重複出現（用在表示出現條件的詞語後面）：我嚟～都見倒你喺度。（我每次來都見到你在這兒。）｜佢喊～就畀糖食喎，習慣晒！（她一哭就給糖果吃，養成了壞習慣！）

逢親 foŋ⁴tsʰɐn¹ 表示動作或狀態有規律地、有條件性地重複出現（用在表示出現條件的詞語前面）；凡是；每逢：佢～生日都擺酒。（他每逢生日都設宴。）

*硬係 ŋaŋ⁻²hɐi⁶〈硬讀第 2 聲〉總是：個水喉～漏水，整極都整唔好。（那水龍頭老是漏水，怎麼弄也弄不好。）

*係 hɐi⁶ 同"硬係"：安嚟安去～都安唔上去，點算呢？（裝來裝去總也裝不上去，怎麼辦呢？）[ 重見九 D29、九 D30 ]

*成日 sɛŋ⁴jɐt⁶ 老是；整天：你～走嚟呢度做乜嘢？（你老是跑到這兒來幹甚麼？）[ 重見四 A7 ]

*一日到黑 jɐt¹jɐt⁶tou³hak¹(hɐk¹) 同"成日"：佢兩個～嘈交。（他們倆整天吵架。）[ 重見四 A7 ]

喐親 jok¹tsʰɐn¹〈喐音郁，衣屋切〉動輒（喐：動；親：每當）：個細路～就喊，好討厭！（那孩子動不動就哭，很討厭！）

喐下 jok¹ha⁵〈喐音郁，下讀第 5 聲〉同"喐親"：班友～就提條件講數口。（那幫傢伙動不動就提條件講價錢。）

喐啲 jok¹ti¹〈喐音郁，啲音低衣切〉同"喐親"（啲：一點）：我而家身體差咗，～就感冒。（我現在身體差了，動不動就感冒。）

不溜 pɐt¹lɐu¹〈溜音樓第 1 聲，拉歐切〉一向：我～搭呢路車㗎。（我一向乘這路線的車。）

奉旨 foŋ⁶tsi² 總是；一向：佢～遲到。（他總是遲到。）

一路 jɐt¹lou⁶ ①表示動作不間斷或情況不改變。一直：～做到完為止。（一直幹完為止。） ②連用時表示兩種動作同時進行。一邊…一邊…：～做功課～睇電視點得㗎！（一邊做功課一邊看電視怎麼能行呢！）

## 九 D18　不時、間或、偶然、又、再、重新

時不時 si⁴pɐt¹si⁴ 表示頻率不很密的多次重複；不時：我～都會去睇下佢。（我不時也會去看望他一下。）

耐不耐 nɔi⁶pɐt¹nɔi⁻²⁽⁻¹⁾〈後一耐字唸第 2 聲或第 1 聲〉同"時不時"（耐：久）：我啲頭痛病～嚟一次嘅，好鬼麻煩。（我的頭疼病不時發作，很麻煩。）

久唔久 kɐu²m⁴kɐu² 同"時不時"（唔：不）：佢就住動物園對面，～就帶個細路去玩㗎嘞。（他就住動物園對面，隔不多久就帶小孩去玩兒。）

久時久 kɐu²si⁴kɐu² 同"時不時"：呢種藥酒唔使日日飲，～飲一兩杯，對身子好啊。（這種藥酒不必天天喝，不時喝上一兩杯，對身體好哇。）

間中 kan³tsoŋ¹〈間音間隔之間〉間或；偶爾：佢～嚟呢度住一兩晚。（他偶爾來這裏住一兩個晚上。）

耐唔中 nɔi⁶m⁴tsoŋ¹ 隔些時；有時（耐：久；唔：不）：你呢個病話係好咗嘞，都係要～去醫院檢查下。（你這個病雖説是好了，也還是要隔一段時間就去醫院檢查一下。）[ 又

動不動就感冒。）

作"耐中"〕

**冇幾何** mou⁵kei²hɔ⁻²〈冇音無第 5 聲，何音可〉沒幾回；不經常（冇：沒有）：我〜去佢度。（我很少到他那兒去。）

**有幾何** jɐu⁵kei²hɔ⁻²〈何音可〉用反詰語氣表示沒幾回；不經常：老同學〜聚得咁齊啊，點解唔去？（老同學聚得這麼齊能有幾回呢，為甚麼不去？）

**偶然之間** ŋɐu⁵jin⁴tsi¹kan¹ 偶然；偶爾：〜睇倒嗰條廣告。（偶然看到那則廣告。）｜我〜都去嗰度飲餐茶。（我偶爾也到那去喝茶。）

**又試** jɐu⁶si³ 表示動作或狀態重複發生，或不同的動作或狀態相繼發生；又：點解啱啱去完〜去㗎？（為甚麼剛剛去過又去呢？）｜啱考完試，〜嚟數學競賽，氣都有啖唞。（剛考完試，又來數學競賽，想喘一口氣也不行）。

**再試** tsɔi³si³ 表示動作或狀態重複；再：你如果〜係噉，就唔原諒㗎喇！（你如果再這樣，就不原諒了！）

\***過** kwɔ³ 表示整個動作過程從頭重複（用於表示動作的詞語後面）：全部都要做〜。（全部都要重新做。）｜唔得就嚟〜。（不行就從頭來。）〔重見七 A10、七 B4、九 D1、十 F2〕

\***翻（返）** fan¹ 表示使事物恢復到原先的狀態（用於表示動作的詞語後面）：攞〜本書。（把書拿回來。）｜整〜乾淨個地下。（把地上弄乾淨〔得像原先那樣〕。）｜點解打開個窗啊？閂〜！（幹嘛打開窗子？關上！）〔重見五 B7、六 A2〕

## 九 D19　極度、勉強、盡量、直接

\***搏命** pɔk³mɛŋ⁶〈命音務贏切第 6 聲〉【喻】極度；拚命地；竭力地：你咪淨係識得〜做，要顧住身子啊！

（你別光懂得拚命幹，要注意身體啊！）｜啲風〜噉吹。（那風發狂地吹。）〔重見七 A2、七 E14〕

**搏晒老命噉** pɔk³sai³lou⁵mɛŋ⁶kɐm²〈命音務贏切第 6 聲，噉音敢〉【喻】拚命地；竭力地（晒：全部；噉：那樣）：〜嗌，嗰邊先聽倒。（竭盡全力地喊，那邊才聽到。）

**起勢** hei²sɐi³ 極度；拚命地；竭力地：仲未開門，〜噉逼做乜嘢啫！（還沒開門，拚命地擠做甚麼！）｜佢啲鼻血〜流，嚇到我死。（他的鼻血不斷地流，把我嚇死了。）

**猛** maŋ⁵ 同"起勢"：我〜走〜走，就係追佢唔上。（我拚命跑拚命跑，就是趕不上他。）〔普通話"猛"有時也有"拚命地"的意思，但用法非常有限〕

**猛咁** maŋ⁵kɐm³〈咁音甘第 3 聲〉同"猛"（咁：那樣）：一坐低就〜食煙。（一坐下來就拚命抽煙。）｜一朕朕黑煙〜攻上嚟。（一股股黑煙拚命往上冒。）

**死** sei² 同"起勢"：一日到黑唔出聲，喺度〜做。（一天到晚不吭聲，在那兒拚命幹。）｜打到隻牛〜趯。（把那頭牛打得拚命跑。）

**死咁** sei²kɐm³〈咁音甘第 3 聲〉極度；拚命地；竭力地；死死地：〜衝埋去。（拚命衝過去。）｜〜盯住對方嘅 9 號。（死死盯住對方的 9 號。）

**夾硬** kap³ŋaŋ⁻²〈硬讀第 2 聲〉硬着；以強力（做某事）；勉強地：〜逼上車。（硬擠上車。）｜有病就唔好〜做啦。（有病就不要硬撐着幹了。）｜講唔入就唯有〜嚟喇。（説不下就只好硬來了。）

**盡地** tsɐn⁶tei²〈地讀第 2 聲，底起切〉全部用盡地；盡（jin）：而家冇辦法喇，唯有〜搏一搏。（現在沒辦法

了，只有盡全部力量搏一搏吧。）｜木頭就咁多嘞，～做啦。（木頭就這麼多了，盡着做吧。）

\*直頭 tsek⁶tʰɐu⁴ 徑直；直接：～搵佢哋董事長傾。（直接找他們董事長談。）［重見九 D20］

\*直程(情) tsek⁶tsʰeŋ⁴ 徑直；直接：～去到廠裏頭提貨。（直接到廠裏提貨。）［重見九 D20］

## 九 D20　肯定、也還、應該、千萬

\*梗₁ keŋ² 〈假肯切〉一定；肯定；當然：我～嚟嘅。（我一定來的。）｜聽日我～去。（明天我肯定去。）｜噉樣～唔得啦。（這樣當然是不行的。）［重見九 B6、九 D5］

座梗 tsɔ⁵keŋ² 〈梗字假肯切〉一定；肯定；必然：法國隊～贏嘅。（法國隊肯定贏。）

\*實 sɐt⁶ 一定；肯定：聽日～落雨喇。（明天肯定會下雨。）｜你～嚟㗎嗱？（你一定要來啊？）［重見九 B6、九 D22］

一實 jɐt¹sɐt⁶ ①同"實"：～係你搞錯咗。（肯定是你搞錯了。）｜包你～滿意。②表示確定（做法）：噉就～係噉做啦。（那就定下來是這麼幹吧。）

實行 sɐt⁶heŋ⁴ 〈行音衡〉①同"實"：噉樣搞～唔啱。（這樣搞肯定不行。）②表示確定（做法）：我哋諗過，～按你嘅辦法。（我們想過，確定按你的辦法。）

實穩 sɐt⁶wɐn² 一定；肯定：呢次～攞倒冠軍（這一回保準拿到冠軍。）

整定 tseŋ²teŋ⁶ 注定：真係～畀你贏倒。（真是注定讓你贏下來。）｜呢單嘢都係～嘅。（這事是注定的。）

一於 jɐt¹jy¹ 表示確定（某種做法）；

下決心；無論如何：我～要搵佢傾一次。（我一定要找他談一次。）｜你～聽日就去報名啦。（你別管其他，明天就去報名吧。）

的而且確 tek¹ji⁴tsʰɛ²kʰɔk³ 事情非常肯定；確鑿無疑；確實；的確：呢件事～係佢做㗎。（這事兒確確實實是他幹的。）

是必 si⁶pit¹ 肯定；一定；必然：你一走咗，佢～唔嚟。（你一走，他肯定不來。）［此與普通話"勢必"用法相近，但廣州話"是"與"勢"不同音］

認真 jɐŋ²tsɐn¹ 〈認讀第 2 聲，音影〉確實；實在；真的：～對唔住嘞。（實在對不起。）｜佢嗰手～使得。（他那一手確實了不起。）［"認"字如讀本調第 6 聲，意思就同普通話一樣］

正式 tseŋ³sek¹ 確實；實在；真的（略帶誇張口氣）：你條友～係大頭蝦嚟嘅！（你這傢伙真正是個馬大哈！）

正一 tseŋ³jɐt¹ 同"正式"：呢匀就～係惡搞嘞！（這回就真的是難搞了！）

\*直程(情) tsek⁶tsʰeŋ⁴ ①表示事情肯定，無可置疑：佢～就係講大話！（他這完全是説謊！）②表示事情就是如此（帶誇張口氣）：啲風吹到眼都擘唔開啊！（那風把人吹得簡直眼睛都睜不開！）［重見九 D19］

\*直頭 tsek⁶tʰɐu⁴ 同"直程（情）"：噉樣做～唔啱啦！（這樣做肯定不行的！）｜架車逼到～好似沙甸魚罐頭噉。（那車子擠得簡直跟沙丁魚罐頭似的。）［重見九 D19］

總言之 tsoŋ²jin⁴tsi¹ 表示極肯定，無量餘地：我唔理你哋講乜，～喺辦公室跳舞就唔得。（我不管你們怎麼説，一句話，在辦公室跳舞就是不行。）［又作"總之"。普通話"總之"

只有總括而言的意思，不特別表示肯定〕

**\*先** sin¹ 表示十分確定，含有“只有這才是”的意思；才：學似佢噉～係男子漢啊嘛！(像他這樣才是男子漢嘛！)〔重見四 A2、九 B19、九 D24、九 D26〕

**\*至** tsi³ 同“先”：你話人，你～係孤寒種啊！(你説人家，你才是吝嗇鬼呢！)〔重見九 D26〕

**\*先至** sin¹tsi³ 同“先”：嗰場波～精彩啊！(那場球才精彩呢！)〔重見九 D26〕

**\*唔係** m⁴hei⁶ 表示一種反詰語氣，表面上否定，實際上是強烈的肯定。不就(唔：不)：噉～搞咭囉！(這不就弄妥了嗎！)｜佢鍾意噶，～由得佢啦！(他説他喜歡，那不就由他去吧！)〔重見九 C2、九 D32〕

**\*咪₂** mei⁶〈音米第 6 聲，務係切〉“唔係”的合音：你早啲嚟～好囉！(你早點兒來就好了！)〔重見九 D32〕

**嘛** ma³〈讀第 3 聲〉“唔係”的合音：一蕯落去～得囉！(一放下去不就行了嗎！)

**自不然** tsi⁶pet¹jin⁴ 自然：有我喺度，呢一層～就冇問題。(有我在，這一層自然就沒問題。)｜到時候你～就會知㗎嘞。(到時候你自然就會知道的了。)

**\*都** tou¹ 表示有保留的肯定。也；還：噉樣～好嘅，費事佢擔心。(這樣也好，省得她擔心。)〔重見九 D21〕

**\*亦都** jek⁶tou¹ 同“都”：呢度嘅生活～過得去。(這裏的生活也還過得去。)〔重見九 D21〕

**\*仲(重)** tson⁶〈重音重要之重〉同“都”：成績～唔錯。(成績還不錯。)〔重見九 D15、九 D20、九 D30〕

**即管** tsek¹kwun² 表示肯定某種做法，

可以不受限制地放心去做。儘管：你想嚟就～嚟啦。(你想來就儘管來吧。)｜有乜嘢唔咭～搵我。(有甚麼不妥儘管找我。)〔普通話“儘管”還有一個用法接近“雖然”，廣州話“～”沒有〕

**應份** jen¹fen⁶ 應該；份內該做的：我噉做係～嘅。(我這樣做是應該的。)｜呢啲銀紙～係你出嘅。(這些錢應該是你出的。)

**先該** sin¹kɔi¹ 應該；本該：你～叫佢唔好走啊嘛。(你本應叫他別走嘛。)

**千祈** tsʰin¹kʰei¹ 表示懇切叮嚀。千萬：細路仔～唔好玩火。(小孩子千萬別玩火。)

**咸(冚)唪呤** hɐm⁶paŋ⁶laŋ⁶〈咸(冚)音含第 6 聲，唪音部硬切，呤音路硬切〉表示總括全部；全：呢啲錢～係你嘅。(這些錢全是你的。)｜啲金魚～死清光。(那些金魚全死光了。)

**咸(冚)巴呤** hɐm⁶pa⁻⁶laŋ⁶〈咸(冚)音含第 6 聲，巴音罷，呤路硬切〉同“咸(冚)唪呤”：佢哋～走晒。(他們全走了。)

**咸(冚)** hɐm⁻²〈音含第 2 聲〉同“咸(冚)唪呤”：一朕風嚟，～都吹走晒。(一陣風吹來，全都吹走了。)

**咸(冚)啲** hɐm⁶ti¹〈咸(冚)音含第 6 聲，啲音低衣切〉同“咸(冚)唪呤”：嗰班友～都係縮頭龜嘅！(那幫傢伙全都是膽小怕事的縮頭烏龜！)

**\*晒** sai³ 表示總括全部(動作或狀態涉及所有對象。用於表示動作或狀態的詞語後面)：呢本書我一日睇～。

（這本書我一天看完。）｜搵過～都搵唔倒。（全找遍了也沒找到。）｜頭髮白～。（頭髮全白了。）[ 重見九 D15 ]

\***埋** mai⁴ 用在表示動作等的詞語後面，表示範圍擴展；連…也；全部：乜我嗰份你都食～啊？（怎麼連我那一份兒你也吃掉了？）｜佢頸都紅～。（他連脖子也紅了。）｜做呢啲就走得。（把這些幹完就可以走了。）｜咁多我唔搦得～。（這麼多我拿不了。）[ 重見六 A1、九 B17 ]

**添** tʰim¹ 用在句子後部，表示範圍擴展、動作等涉及的對象增加：攞多啲嚟～。（再多拿一些來。）｜食碗～啦。（再吃一碗吧。）

**埋晒** mai⁴sai³【貶】表示只是或總是做某一件事情（用於表示動作的詞語後面）：一日做～啲唔等使嘅嘢。（整天淨是幹些無益的事。）｜執～呢啲爛嘢翻嚟。（淨把這些破爛東西揀回來。）

\***淨係** tseŋ⁶hɐi⁶〈淨音靜〉表示全部都是一樣（沒有別的）：你～識得講笑。（你就淨會開玩笑。）｜麗麗～响度喊，乜都唔講。（麗麗光是哭，甚麼都不說。）[ 重見九 D16 ]

**齊齊** tsʰɐi⁴tsʰɐi⁴ 一同；一起：成班人～去唱卡拉 OK。（一群人一塊兒去唱卡拉 OK。）

**一齊** jɐt¹tsʰɐi⁴ 一同；一起：我哋大家～做啦。（我們大家一起做吧。）[ 普通話指同時做某事，與"一起"意思不一樣；廣州話很少說"一起"，不管一同做某事還是同時做某事，都說"～" ]

\***同埋** tʰoŋ¹mai⁴ 一同；一起；結伴（做事）：我哋幾個係～做嘢嘅。（我們幾個是一塊兒做工的。）[ 重見九 D25 ]

**死得咁齊全** sei²tɐk¹kɐm³tsʰɐi⁴tsʰyn⁴〈咁音禁〉【謔】人來得這麼齊（咁：這麼）：一話有嘢分就～。（一說有東西分就來得這麼齊。）

\***都** tou¹ 表示範圍同一；也。①表示相同：你係打工仔，我哋～係嘅。（你是受僱做工的人，我們也是嘛。）②表示無論如何也是一樣：就算你唔講我～知道。（就算你不說我也知道。）③加強語氣，表示"甚至連…也是一樣"：一啲風～冇。（一點兒風也沒有。）[ 此詞還表示"全部"的意思，則與普通話一樣 ][ 重見九 D20 ]

\***亦都** jek⁶tou¹ 同"都"：佢識英文，～識法語。（他懂英文，也懂法語。）｜橫掂～咁晏嘞，唔好去喇。（反正這麼晚了，別去了。）｜連咁細條嘅～要掹埋。（連這麼細的也要拔掉。）[ 重見九 D20 ]

**亦** jek⁶ 同"都"：你嚟～得，唔嚟～得。（你來也行，不來也行。）｜你扐極～有限。（你再能幹也有限。）｜一粒糧食～唔好嘥。（一顆糧食也不要浪費。）

**又** jɐu⁶ 同"又都"：做～由你，唔做～由你。（幹也由你，不幹也由你。）（此詞又表示重複等，則同於普通話）

\***夠** kɐu³ 表示與已知有相同的情況，往往用於對別人話語的反駁：你話佢蠢，你～蠢啦！（你說他蠢，你不也蠢嗎！）｜佢話我？我～要話佢咯！（他說我？我還要說他呢！）｜你得我～得咯。（你行我也行呀。）[ 重見九 D1 ]

\***又都** jɐu⁶tou¹ 同"都①"：你去得，我～去得喇。（你能去，我也去得嘛。）

**又夠** jɐu⁶kɐu³ 同"夠"：何曉琳～唔合格啦，佢又去得？（何曉琳也是不合格嘛，怎麼他又能去？）

**一枝公** jɐt¹tsi¹koŋ¹【謔】獨自一人：佢做乜嘢都係～，從來唔會同人一齊做。(他做任何事都是獨自一人，從來不會和別人一塊兒幹。)

**孤家寡人** kwu¹ka¹kwa²jɐn⁴【謔】獨自一人：～仲好，鍾意點就點。(獨個兒更好，想怎麼着就怎麼着。)

**兩份** lœŋ⁵fɐn⁻²〈份意粉〉①雙方一起(做某事)：我哋～嚟搞咭佢。(咱們倆一起來弄好它。) ②屬於雙方的；雙方各有一份的：你食晒點得㗎！係你同你細佬～㗎！(你怎麼能全吃掉？是你跟你弟弟兩個人的！)

**兩家** lœŋ⁵ka¹ 同"兩份"：我同你～去嘛，唔使驚囉！(我跟你們兩人一塊兒去就不用怕了嘛！)｜得咁多嘞，你哋～分啦。(就這麼多了，你們雙方分了吧。)

### 九 D22　正在、起來、下去、已經、曾經

**緊₃** kɐn² 表示動作等正在進行(放在表示動作等的詞語後面)：佢做～功課。(他正在做功課。)｜嗰時我食～飯。(那時我正吃着飯。)｜落～雨啊。(正下着雨呢。)[參閱"住₁"]

**住₁** tsy⁶ 表示動作或動作造成的狀態等在保持着(放在表示動作等的詞語後面)：佢坐～喺度。(他坐在這兒。)｜戍～道門。(閂着門)｜梳～孖辮。(梳着兩條辮子。)｜黑～塊面。(黑着臉。)["緊"動作性很強，一般表示動態的過程；而"～"則往往表示靜態的保持]

*__實__ sɐt⁶ 大致同"住"，略帶"緊"、"嚴實"的含義：成日見你攞～支竹做乜啊？(整天見你拿着根竹子幹甚麼？)[無法與"緊"、"嚴實"的含義相聯繫的動作一般不使用"～"]

[重見九 B6、九 D20]

**喺度** hɐi²tou⁶〈喺音係第 2 聲，起矮切〉①表示動作等正在進行(放在表示動作等的詞語前面，有時可與"緊"配合使用。喺：在；度：這兒，那兒)；正在：王仔～睇書。(小王正在看書。)｜媽咪～炒緊菜。(媽媽正在炒菜。) ②表示動作、狀態等在保持着(只用於與處所有關的動作、狀態)：唔好瞓～睇書，壞眼㗎！(別躺着看書，對眼睛不好！)

**喺處** hɐi²sy³〈喺音起矮切，處音恕〉同"喺度"：個車站好多人～等車。(車站上很多人在等車。)｜我睇見嗰度有人企～。(我看見那兒有人站着。)

**响度** hœŋ²tou⁶ 同"喺度"(响：在)：人人都～做緊嘢。(人人都在幹活。)｜擒上去坐～。(爬上去坐着。)[又作"响處"]

**正喺度** tseŋ³hɐi²tou⁶〈正音正確之正，喺音起矮切〉同"喺度①"：我哋～商量呢件事。(我們正在商量這事兒。)[又作"正喺處"、"正响度"、"正响處"]

*__正話__ tseŋ³wa⁶ 表示動作正在進行。正在：我入去見佢～食飯。(我進去看見他正喫飯。)[重見四 A2、九 D23]

**起上嚟** hɐi²sœŋ⁵lɐi⁴〈上音上去之上，嚟音黎〉表示動作等開始(放在表示動作等的詞語後面)；起來：忍唔住笑～。(忍不住笑起來。)[又作"起嚟"]

*__起身__ hɐi²sɐn¹ 同"起上嚟"：呢啲嘢要做～先知嘅。(這些事要幹起來才知道的。)[重見六 A2、七 B1]

*__落去__ lɔk⁶hɵy³ 表示動作等的繼續(放在表示動作等的詞語後面)；下去：唔能夠再拖～喇。(不能再拖下去了。)[重見六 A2、七 B6]

開₃ hɔi¹ 表示動作等在此以前已經開始並持續下來（放在表示動作等的詞語後面）：我做～百貨嘅，近牌轉咗專賣服裝。（我一直做百貨生意的，近來轉為專賣服裝。）｜食～一種藥就唔好隨便換。（一種藥吃開了頭就不要隨便換。）｜畀返本書我啦，我睇～㗎。（把那本書還給我吧，我正看着的哪。）［“～”與“緊”、“住”的區別在於：一、含有事情在此以前已經開始的意思；二、說話的時候事情並不一定正在進行或持續］

咗（啫）tsɔ²〈音左〉表示動作等完成（放在表示動作等的詞語後面）；了：佢嚟～兩個星期度。（他來了大約兩個星期。）｜個樽掉～喇。（那瓶子扔掉了。）｜你肥～好多噃。（你胖了許多啊。）

經已 keŋ¹ji⁵ 已經：我～叫佢嚟咗。（我已經把他叫來了。）

試過 si³kwɔ³ 表示動作等曾經發生（放在表示動作等的詞語前面）；曾經：呢篸花～開出朵紫花嚟。（這株花曾經開過一朵紫花。）｜有一年大水～浸到嚟呢度。（有一年洪水曾經淹到這裏來。）［“～”是針對有所專指的某件事、某一次，與“曾經”不完全相同］

有 jɐu⁵ 表示動作等曾經發生，帶有“確實有這麼回事”的含意（放在表示動作等的詞語前面）：嗰日我～嚟呢度。（那天我來這兒了。）｜佢今朝～返工㗎。（他今天早上上了班的。）

*嚟 lɐi⁴〈音黎〉表示動作等曾經發生，含意近於“有”（放在表示動作等的詞語後面）；來着：琴日我去搵佢～，佢唔喺企。（昨天我去找他來着，他不在家。）｜今朝仲見佢～。（今天早上還見他來着。）［重見六A2、九D31、十一A1］

啱₂ ŋam¹〈音巖第1聲〉剛剛：佢～走，你就嚟嘞。（他剛走，你就來了。）

*啱啱 ŋam¹ŋam¹ 剛剛：我～落飛機。（我剛剛下飛機。）［四A2、九D22］

*正話 tsɛŋ³wa⁶ 剛剛：架車～至走。（車子剛剛才走。）［重見四A2、九D22］

等陣 tɐŋ²tsɐn⁶ 待會兒：～我至走。（待會兒我才走。）

*一陣間 jɐt¹tsɐn⁶⁽²⁾kan¹〈陣又讀第2聲，紫很切〉待會兒：～攞畀你。（過一會兒拿給你。）［重見四A7］

一適間 jɐt¹sek¹kan¹ 待會兒：我～再嚟。（我一會兒再來。）

聽下 tʰɛŋ¹ha⁻¹〈聽音他英切；下讀第1聲〉待會兒：仲唔快啲，～天黑喇！（還不快點兒，過一會天要黑了！）

轉頭 tsyn³tʰɐu⁴〈轉音鑽〉待會兒：而家我翻工先，～畀電話你。（現在我先去上班，回頭給你電話。）

就快 tsɐu⁶fai³ 將要：快要：你間屋～搞好囉噃。（你的房子快搞好了喲。）｜你碟菜～炒好嘞。（你的那碟菜快要炒好了。）

就嚟 tsɐu⁶lɐi⁴〈嚟音黎〉同“就快”（嚟：來）：～食得飯。（馬上可以喫飯了。）｜～過年嘞。（快過年了。）

即刻 tsek¹hɐk¹ 立刻；立即；馬上：呢單嘢我～同你搞掂。（這件事我立刻幫你辦好。）

當堂 tɔŋ¹tʰɔŋ⁴ 當場：佢一聽，～暈低。（他一聽，當場暈倒。）

突然之間 tɐt⁶jin⁴tsi¹kan¹ 突然：～走咗出嚟。（突然走了出來。）

啱巧 ŋam¹kʰiu²〈啱音巖第1聲，巧橋第2聲〉碰巧；湊巧（啱：合）：

我一出門就撞倒佢，真係～。（我一出門就碰到他，真是湊巧。）

**啱好** ŋam¹hou²〈啱音巖第 1 聲〉碰巧；正好（啱：合）：我做完，～佢亦都做完。（我做完，正好他也做完。）

## 九 D24　終於、預先、臨時、暫且、再説、幸好

**終須** tsoŋ¹søy¹ 終歸；最後：噉樣落去～有日會出事。（這樣下去總有一天會出事。）

**卒之** tsɵt¹tsi¹ 終於：佢～都係嚟咗。（他終於還是來了。）

**始終** tsʰi²tsoŋ¹ 到最後：噉搞～唔啱嘅。（這樣搞最後還是不行的。）｜佢兩個掟咗兩次，不過～都係好翻。（他倆吵了兩次，不過最後還是好了。）〔普通話意為“自始至終”，與廣州話有差別〕

**預早** jy⁶tsou² 預先：有乜改動你～通知㗎。（有甚麼變動你預先通知啊。）

**定₂** teŋ⁶ 預先（做好某事）。用在表示動作的詞語後面：要落車嘅行～出車門口啦。（要下車的預先走到車門口來吧。）｜我呢度乜嘢都準備～喇喇。（我這裏甚麼都預先準備好了。）

**立時間** lɐp⁶(lap⁶)si⁴kan¹ 在極短的時間內：呢啲嘢唔係～做就做得出嘅。（這些東西不是一時間説做就能做出來的。）

**臨時臨急** lɛm⁴si⁴lɛm⁴kɐp¹ 臨到事情迫到眉睫之時：而家～去邊度搵咁多呢種鐵盒嘢！（現在臨時到哪兒找那麼多這種鐵盒子呢！）

**臨急臨忙** lɛm⁴kɐp¹lɛm⁴mɔŋ⁴ 同“臨時臨急”：到考試前一晚先～嚟復習。（到考試前一個晚上才臨時來復習。）

**住₂** tsy⁶ 放在表動作等的詞語後面，

表示暫且：唔好畀佢知～。（暫時別讓他知道。）｜條魚未得～，仲要蒸下。（那魚還不行，還要蒸一下。）｜你哋做～先，我去搵經理傾。（你們暫且先幹着，我去找經理談。）

**自** tsi⁶ 同“住”：咪～！（等一等！）｜攞～咁多，唔夠再嚟攞。（先拿這麼多，不夠再來拿。）

*****先** sin¹ 放在表動作的詞語後面，表示：①先做某一件事（與普通話放在表動作的詞語前面的“先”用法大致相同）：我行～。（我先走。）②先讓某一情況實現，別的事情以後再説（相當於普通話“再説”）：呢件事等佢返嚟～啦。（這事等他回來再説吧。）③要先弄清楚某一情況，別的以後再説：事成以後畀幾多我～？（先説清楚，事成以後給我多少？）④要做某件事；有做某件事的慾望：睇見你哋食得咁爽，我都食個～。（看見你們吃得那麼香，我也吃上一個吧。）〔重見四 A2，九 B19、九 D20、九 D26〕

*****好彩** hou²tsʰɔi²【喻】幸好（彩：彩票）：～我冇去啫，一唔係都幾牙煙。（幸好我沒去，要不然也挺危險。）〔重見九 C1〕

**好在** hou²tsɔi⁶ 幸好：～我行快幾步，冇淋倒雨。（幸虧我走得快，沒淋着雨。）〔普通話指情況有利，與廣州話稍有不同〕

**好得** hou²tɐk¹ 幸好：～阿明嚟話聲，唔係我就白行一趟。（幸好阿明來説一聲兒，不然我就白走一趟。）

**多得** tɔ¹tɐk¹ ①幸好：～阿媽帶咗把遮，我哋至行得返嚟。（幸好媽媽帶了把傘，我們才能走回來。）②多虧：～你幫手，唔該晒！（多虧你幫忙，謝謝了！）

## 九 D25　和、或者、要麼、不然、只好

**㷭** na¹〈音拿第 1 聲〉①連接兩個並列的事物或人；和：大佬～細佬（哥哥和弟弟）②表示協同、共同（做事）；同；和：我哋～你玩。（我們和你玩兒。）③表示事情關聯的對象；同；和：呢件事～你有關係。（這件事和你沒關係。）④表示比較的對象；同；和：攞我～佢就好難比嘅。（拿我同他比是很難比的。）[重見七 E1]

*孖 ma¹〈音媽〉同"㷭"（較少用）：我～邊個拍檔？（我和誰搭檔？）

*幫 pɔŋ¹ 同"㷭②③④"：佢～乜嘢人响一齊？（他跟甚麼人在一起？）｜肯定～佢有啲㷭揸。（肯定跟他有點兒瓜葛。）｜你～何生比梗係唔得啦。（你跟何先生比當然不行了。）[重見七 E1]

**㷭埋** na¹mai¹〈㷭音拿第 1 聲〉同"㷭①②"（埋：合攏）：呢件衫～呢條褲合共幾多錢？（這件上衣和這條褲子，一共多少錢？）｜最好你得閒～我去。（最好你有空跟我一起去。）

*同埋 tʰɔŋ⁴mai⁴ 同"㷭①②"（埋：合攏）：老師～學生有 50 人。｜我而家～佢住一間房。（我現在同他住一個房間。）[重見九 D21]

**孖埋** ma¹mai⁴ 同"㷭①②"（孖：並聯；埋：合攏）：不如～佢一齊啦。（不如和他一塊兒吧。）

**幫埋** pɔŋ¹mai⁴同"㷭①②"（埋：合攏）：我、你～阿廣就已經有 3 個人啦。（我、你和阿廣加起來就已經 3 個人了。）｜有我～你响一齊，你就定啦。（有我和你在一起，你就放心了吧。）

**連埋** lin⁴mai⁴ 連同：今年～舊年下半年，我哋產值超過兩千萬。（今年連同去年下半年，我們產值超過兩千萬。）

*打 ta² 連接兩個相同的疑問性指代詞，表示選擇：兩個孖仔似到死，我分唔出邊個～邊個。（兩個孿生子像不得了，我分不出誰是誰。）｜拆出嚟嘅零件邊度～邊度要記住先嵌得翻嘅。（拆出來的零件哪個在哪裏要記住才裝得回去。）[重見七 A2、七 A17、九 B15]

**夾₂** kap³ 連接兩種並列的狀態或動作等；又…又…：平～靚。（又便宜又好。）

**兼夾** kim¹kap³ 同"夾"：發燒～頭痛。（又發燒又頭疼。）

**定₂** teŋ⁶ 連接兩樣事物、人、動作或狀態等等，表示二者選擇其一；還是；或者：你肥～佢肥？（你胖還是他胖？）

**定係** teŋ⁶hɐi⁶ 同"定"（係：是）：你去～佢去，你哋自己定。（你去還是他去，你們自己定。）

**抑或** jek¹wak⁶(wa⁶)〈或字又變讀音話〉同"定"：你做～我做好呢？（你做還是我做好呢？）

**一是** jɐt¹si⁶ 同"定"：我都搞唔清係前便嗰個～後便嗰個。（我都弄不清是前面那一個還是後面那一個。）

**一唔係** jɐt¹m⁴hɐi⁶ ①連接有相反的因果關係的兩件事，表示"如果不…就要"；要麼；要不然（唔係：不是）：快啲，～趕唔切喇！（快點兒，要不然趕不及了！）②成對地使用，連接兩個並列的事物、人、動作或狀態等，表示二者選擇其一；要麼；要不然：～你，～我，點都要去一個嚟嘅。（要麼你，要麼我，怎麼也要去一個的了。）③表示提出建議；要麼；要不然：～我去睇下先。（要

324

不然我先去看一看。)[ 又作"唔係" ]

**一唔係嘅話** jet¹m⁴hei⁶kɛ³wa⁻²〈嘅音記借切，話讀第 2 聲〉同 "一唔係①"（但口氣略重一些）：你小心先好，～好易出事㗎。（你小心才好，要不然的話很容易出事的。）[ 又作 "唔係嘅話" ]

**一係** jet¹hei⁶ 同 "一唔係②③"（係：是）：～上，～落，唔得嘅喺中間㗎。（要上去，要下來，不能這樣在中間的。）| ～畀佢算啦。（要麼給他算了。）

**唔啱** m⁴ŋam¹〈啱音巖第 1 聲〉表示提出建議（唔：不；啱：合適）：～我哋諗過第條計。（要不然我們想另外的辦法。）

**＊唯有** wei⁴jeu⁵ 表示唯一的選擇；只有；只好：咁夜冇車搭㗎喇，～行路啦。（這麼晚沒有車坐了，只好步行了。）[ 重見九 D29 ]

### 九 D26　然後、接着、才、於是、至於

**然之後** jin⁴tsi¹heu⁶ 連接一先一後兩件事，表示其先後順序；然後：先落啲油，～落鹽。（先放點油，然後放鹽。）

**連隨** lin⁴tshθy⁴ 表示做一件事緊接着做另一件；接着：貨一到～就車去畀你，㗎得切嘅。（貨一到跟着就給你運去，來得及的。）

**跟手** ken¹seu² 同 "連隨"：啱啱响北京返嚟，～又去四川。（剛剛從北京回來，接着又去四川。）

**跟住** ken¹tsy⁶ 同 "連隨"：聽完報告～討論。（聽完報告接着討論。）

**＊先** sin¹ 才。①連接一先一後的兩件事，着意指出其先後：你嚟到佢～起身嘅。（你來到他才起牀的。）| 等佢下晝返嚟，～大家一齊商量呢件

事。（等他下午回來，才大家一起商量這件事。）②連接具有條件和結果關係的兩件事：係要你去佢～肯去。（要你去他才肯去。）| 價錢出得高，～會有人制。（價錢出得高，才會有人願意。）③表示事情的發生或結束來得晚：而家～嚟嘅？（現在才來？）[ 重見四 A2、九 B19、九 D20、九 D24 ]

**＊至** tsi³ 同 "先"：我返到嚟個天～落雨。（我回到了天才下雨。）| 梗係要學～識㗎嘛。（當然是要學才懂的嘛。）| 佢琴晚 12 點幾～走。（他昨晚 12 點多才走。）[ 重見九 D20 ]

**＊先至** sin¹tsi³ 同 "先"：呢樣唔得～考慮第樣。（這個不行才考慮別的。）| 食安眠藥～瞓得着。（吃安眠藥才睡得着。）| 催咗好多次～去食飯。（催了很多次才去喫飯。）[ 重見九 D20 ]

**於是乎** jy¹si⁶(sy⁶)fu⁴〈是又可讀樹（受前後字音的影響所致）〉於是：大家都話冇頭唔得嘅，～嘛推炳叔出嚟囉。（大家都説沒個頭兒不行，於是就把炳叔推出來。）[ 普通話偶然用於書面語，口語則不用，廣州話則為口語的常用詞 ]

**至到** tsi³tou³ ①表示引進另一個話題。至於：呢便你放心啦，～嗰層，我都有準備㗎嘞。（這邊你放心吧，至於那一層，我也有準備的了。）②及至：～天黑，佢都未嚟。（直至天黑，他也沒來。）

### 九 D27　不但、而且、且不説

**不特** pet¹tek⁶ 表示有進一層的意思。不僅；不但：～佢唔知，我都唔知。（不僅他不知道，我也不知道。）

**不特只（止）** pet¹tek⁶tsi² 同 "不特"：

九　狀況與現象

貓～食老鼠，仲食魚。(貓不僅僅吃
老鼠，還吃魚。)

**唔只(止)** m⁴tsi² 同"不特"(唔：
不)：～佢去，我都去。(不但他去，
我也去。)

**唔單只(止)** m⁴tan¹tsi²同"不特"(唔：
不)：喺咿度食飯，～免收茶費，仲
有折頭添。(在這兒喫飯，不但免收
茶水費，還有折扣。)

**不單只(止)** pɐt¹tan¹tsi² 同"不特"：
佢～自己唔嚟，連阿祥都拉埋走。
(他不光自己不來，還把阿祥也拉走
了。)

**唔淨只(止)** m⁴tseŋ⁶tsi² 同"不特"：～
嘅啊，有啲嘢你仲唔知。(不光是這
樣，有些事你還不知道。)

*__仲(重)__ tsoŋ⁶〈重音重要之重〉表示
更進一層。還；而且：淨講唔得，～
要做。(光説不行，還要幹。)｜佢
唔淨只識開車，～識修車。(他不
但會開車，而且會修車。[ 重見九
D15、九 D20、九 D30 ]

**姑勿論** kwu¹mɐt⁶lɵn⁶ 表示退一步考慮
的意思。且不説：～嘥錢，起碼就
嘥時間先。(且不説浪費錢財，起碼
是浪費時間。)

**咪話** mei⁵wa⁶〈咪音米〉同"姑勿論"
(咪：別；話：説)：～我唔制，就
算我制我都做唔倒啦。(別説我不願
意，就算我願意我也做不到哇。)

**唔好話** m⁴hou²wa⁶ 同"姑勿論"(唔好：
別；話：説)：～佢啦，佢師傅都唔
得啊。(別説他，他師傅也不行。)

## 九 D28　因為、所以、既然、反正、為了、免得

**事關** si⁶kwan¹ 表示因果關係 (用於表
示原因的句子前面)；因為：唔好畀
咁重嘅嘢佢做，～佢身子仲未恢復

晒。(不要給他那麼重的活兒幹，因
為他身體還沒完全恢復。)[ 普通
話 (以及廣州話) 用"因為"時，表
示原因的句子一般放在前面，表示
結果的句子放在後面；而廣州話用
"～"時，表示原因的句子常常放在
後面 ]

**事因** si⁶jɐn¹ 同"事關"：呢個要董事會
決定，～呢筆數唔細㗎嘛。(這要董
事會決定，因為這筆數字不小啊。)

**故此** kwu³tsʰi² 表示因果關係 (用於表
示結果的句子前面)。所以：先頭塞
車，～而家至翻到嚟。(剛才堵車，
所以現在才回來。)

**既然之** kei³jin⁴tsi¹ 既然：～你都噉講
咯，我亦都唔會咁計較嘅。(既然
你都這麼説了，我也不會那麼計較
的。)

**橫掂** waŋ⁴tim⁶〈掂音店第 6 聲，第艷
切〉指明某種情況或原因等 (掂：
豎)。反正：～都係噉嘅嘞，去就去
啦。(反正都是這樣了，去就去
唄。)｜～好近咁，行路啦。(反正
很近，步行吧。)[ 普通話"反正"
還有表示不管怎樣都不變的意思，
這在廣州話也説"反正"不説"～"，
如："你去唔去都好，反正我去。"
(不管你去不去，反正我去。)]

**為咗** wei⁶tsɔ² 引出目的；為了 (咗：
了)：老豆做呢啲完全都係～你。(爸
爸做這些完全是為了你。)

**免至** min³tsi³ 表示目的 (力求避免
的)。免得；以免：我哋行快啲
啦，～搭唔到車。(我們走快點，免
得搭不上車。)

**謹防** kɐn²fɔŋ⁴ 同"免至"：最好閂埋窗
口，～撇雨。(最好關上窗子，免免
灑雨。)

*__費事__ fei³si⁶ 表示目的 (力求避免引起
某些麻煩)。免得；以免：你袋起

啦，～畀阿珍睇見。(你裝進兜裏吧，省得讓阿珍看見。)｜寫落嚟～唔記得。(寫下來以免忘記。)〔重見五 B5〕

## 九 D29　如果、無論、那麼、除了

**若果** jœk⁶kwɔ² 表示假設。如果；要是：～你唔去，我哋大家都唔去。(如果你不去，我們大家也不去。)

**若然之** jœk⁶jin⁴tsi¹ 同"若果"：～老師唔嚟上課，你哋就自習啦。(要是老師不來上課，你們就自修。)〔又作"若然"〕

**得到** tɛk¹tou³ 如果能夠；如果等得到(一般用於不大可能的假設)：～長哥喺度就咁嘞。(要是長哥能在這兒就好了。)｜～嗰一日，我死都眼閉喇！(要能等到那一天，我死也瞑目了！)

*__唯有__ wɐi⁴jɐu⁵ 表示指定的條件。只有：～叫七叔嚟搞得咗。(只有叫七叔來才弄得好。)〔重見九 D25〕

*__係__ hɐi⁶ 同"係要"：～林伯鎮得住佢兩個。(只有林伯鎮得住他倆。)〔重見九 D17、九 D31〕

**係要** hɐi⁶jiu³ 同"唯有"(係：是)：～噉嘅友仔先至驚嘅。(就是要這樣那些傢伙才會怕的。)

**唔理** m⁴lei⁵ 表示無條件。無論；不管：～點，你都咪應承佢。(不管怎樣，你都別答應他。)

*__嗆__₂ kɐm²〈音敢〉表示在某種情況下會出現的結果或作出的判斷等。那麼：若果佢唔制，～就冇辦法嘞。(如果他不願意，那就沒辦法了。)｜～好啦，就畀你啦。(那麼好吧，就給你吧。)〔重見九 D31、九 D33、九 D34〕

**除咗** tsʰɵy⁴tsɔ² 表示不計算在內，引出

被排除的內容；除了：～明仔，仲有邊個唔去？(除了小明以外，還有誰不去？)

## 九 D30　固然、但是、不過、反而、還

**固然之** kwu³jin⁴tsi¹ 固然：呢件事～緊要，之不過嗰件一樣咁要。(這件事固然重要，不過那件事同樣重要。)

**但係** tan⁶hɐi⁶ 表示轉折。但是(係：是)：好就幾好，～唔容易做到。(好是挺好，但是不易做到。)

**之** tsi¹ 表示轉折(比"但係"口氣輕些)。只是；不過：燒是退咗，～仲係有啲頭暈。(燒是退了，只是還有點頭暈。)

**之但係** tsi¹tan⁶hɐi⁶ 表示轉折。但是；可是：我係好想結婚，～冇房嘅。(我是很想結婚，可是沒房子啊。)

**之不過** tsi¹pɐt¹kwɔ³ 表示轉折。不過：我好想去嘅，～實在好唔得閒。(我很想去的，不過實在沒空。)

**反為** fan²wɐi⁴ 表示轉折，與前面講的意思相反或出乎意料。反而：佢想用棍㩒人，～被支棍㩒親自己。(他想用棍子打人，反而被棍子打到自己。)

**倒翻轉** tou³tan¹tsyn³〈倒音到，轉讀第3聲〉同"反為"(翻：回)：你唔話佢，～嚟話我添！(你不說他，反而來說我！)〔又作"倒轉"〕

**就** tsɐu⁶ 表示轉折，前後的內容稍有不吻合(但不一定是完全相反)：阿妹話好熱，我～唔多覺得。(妹妹說很熱，我卻沒太大感覺。)｜呢兩隻股票都升咗，唔知點解嗰隻～跌咗啲。(這兩隻股票都升了，不知道為甚麼那隻卻跌了一點兒。)〔普通

九　狀況與現象

話 "就" 的用法很多，廣州話大多相同，只有這一種用法特殊一些。普通話 "就" 表示承接，一般前後内容是順承的，不表示前後内容不對接的轉折，而廣州話就有這種用法。]

**\*仲(重)** tsɐŋ⁶〈重音重要之重〉還(hái)。① 表示動作或狀態持續不變；仍然：佢 ～ 喺嗰度。(他還在那兒。)｜散咗會啲人 ～ 未爭完。(散了會人們還沒爭論完。) ② 表示項目、數量、範圍等擴充；包括：除咗佢哋 3 個，～ 有我。(除了他們 3 個，還有我。) ③ 表示重複：呢個節目 8 點鐘 ～ 要播一次。(這個節目 8 點鐘還要播一次。)[ 重見九 D15、九 D20、九 D27 ]

### 九 D31　是、像、可能、原本、實際上、在

**\*係** hɐi⁶ 表示判斷或陳述。是：我 ～ 一個中國人。｜地球 ～ 圓嘅。(地球是圓的。)｜呢件事 ～ 噉嘅。(這件事是這樣的。)[ 重見九 D17、九 D29 ]

**即係** tsek¹hɐi⁶ 表示指定的判斷。就是：滬 ～ 上海。

**亦即係** jek⁶tsek¹hɐi⁶ 同 "即係" 而口氣較強。也就是：阿超嘅老豆 ～ 阿文嘅舅父。(阿超的父親也就是阿文的舅舅。)

**\*嚟** lɐi⁴〈音黎〉表示判斷。用在句子後部，常與 "係…嘅"(是…的) 相配合使用("～" 放在 "嘅" 的前面)：呢隻鹿仔係象牙 ～ 嘅。(這隻小鹿是象牙的。)｜我哋經理原本係個司機 ～ 嘅。(我們經理原來是個司機。)｜條繩好長 ～ 喇，邊個剪咗？(這繩子很長的嘛，誰剪了？)[ 重見六 A2、九 D22、十一 A1 ]

**嚟嘅** lɐi⁴kɛ³〈嚟音黎，嘅音記借切〉參

見 "嚟"。

**似** tsʰi⁵ 像：個仔 ～ 老母，女 ～ 老豆。(那兒子像母親，女兒像父親。)

**似足** tsʰi⁵tsok¹ 十分像；極像：佢行步路都 ～ 佢舅父。(他連走路都跟他舅舅像極了。)

**十足十** sɐp⁶tsok¹sɐp⁶ 十分像；極像：阿煒着起呢件衫，～ 個超人噉。(阿煒穿起這件衣服，完全像個超人似的。)[ 又作 "十足" ]

**學** hɔk⁶ 像 (一般僅指行為等方面的相像，不用於外形上的相像)：人人都 ～ 你咁好心，呢個世界就太平喇。(人人都像你心腸這麼好，這個世界就太平了。)

**學似** hɔk⁶tsʰi⁵ 同 "學"：你不如 ～ 珍姐噉電個嗰種髮如好睇啦。(你如像珍姐那樣燙那種髮型更好看。)

**\*噉₂** kɐm²〈音敢〉表示相像或比喻，放在作比況的事物後面。…似的：佢瘦到一轆竹 ～。(他瘦得像一根竹子似的。)｜強仔大大下成個佢老豆 ～。(阿強漸漸長大了，整個兒像他父親。)[ 重見九 D29、九 D33、九 D34 ]

**都似** tou¹tsʰi⁵ 有可能 (用在句子後部，表示一種猜測)：噉嘅天時佢唔嚟 ～。(這樣的天兒他不來也是有可能的。)｜咁耐嘞，唔見咗 ～。(這麼久了，説不定不見了。)

**有之** jɐu⁵tsi¹ 同 "都似"：佢份人唔聲唔氣走咗去都 ～ 喫。(他這種人一聲不吭跑掉了也是有可能的。)

**話唔定** wa⁶m⁴tɛŋ⁶⁽⁻²⁾〈定又讀第 2 聲，底影切〉説不定 (唔：不)：今日 ～ 會落雨。(今天説不定會下雨。)

**唔定** m⁴tɛŋ⁻²〈定讀第 2 聲，底影切〉説不定 (常用在句子後部)：佢會嚟都 ～。(説不定他會來。)｜年底前完得倒工 ～ 喫。(年底之前説不定能

**328**

完工。）

*諗怕 nɐm²pʰa³〈諗音那飲切〉也許；恐怕（表示一種猜測。諗：想）：佢去北京出差，～返嚟喇。（他去北京出差，也許回來了。）[ 重見五 B2 ]

*兩睇 lœŋ⁵tʰɐi²〈睇音體〉存在兩種可能性；有兩種可能的發展趨勢；需要從兩個方面去看（睇：看）：你唔好咁快講死，呢件事仲係～嘅。（你別這麼快說死了，這事還是有兩種可能的。）[ 重見七 A2 ]

原底 jyn⁴tɐi² 原本；本來：佢～同我一間廠嘅。（他原本跟我是一個工廠的。）｜你仲住喺～嗰度啊？（你還住原來那地方嗎？）

本應 pun²jeŋ¹ 本來：呢間佛寺～好大㗎，後來拆咗一大窟。（這間佛寺本來很大的，後來拆掉了一大片。）

本身 pun²sɐn¹ 原本；本來：我哋～住喺九龍塘嘅，搬嚟呢度冇耐吔。（我們本來住在九龍塘的，搬到這兒沒多久。）

實情 sɐt⁶tsʰeŋ⁻² 〈情讀第 2 聲，此影切〉實際上：～你唔叫佢，佢都會嚟。（實際上你不叫他，他也會來。）｜我哋廠～冇噉嘅生產能力。（我們廠實際上沒有這樣的生產能力。）

查實 tsʰa⁴sɐt⁶ 實際上：～嗰朝早佢都冇嚟。（實際上那天早上他也沒來。）

喺 hɐi²〈音係第 2 聲，起矮切〉 ①表示人或事物存在的處所、位置。在：本書～枱度。（那本書在桌子上。）｜佢唔～屋企。（他不在家。）②引出動作所涉及或起始的處所、位置。在；從：坐～張凳度。（坐在凳子上。）｜～黑板上便寫字。（在黑板上寫字。）｜～嗰便行過嚟。（從那邊走過來。）③引出狀態或動作發生或起始的時間（一般只限於動作性不明顯的詞語）。在；

從：時間定～聽朝 9 點。（時間定在明早 9 點。）｜會議改～禮拜五下晝。（會議改在星期五下午。）｜～8 點鐘開始。（從 8 點鐘開始。）④引出某些範圍；在：佢～學習上好努力。（他在學習上很努力。）｜溫度保持～5 度以下。（溫度保持在 5 度以下。）[ 比普通話 "在" 使用範圍小。口語中最常出現的是①②，而③④略帶有書面語色彩 ]

响 hœŋ² 同 "喺"：你而家～邊度？（你現在在甚麼地方？）｜我唔係～醫院出世嘅。（我不是在醫院出生的。）｜～呢方面仲要落多啲工夫。（在這方面還要多下點兒工夫。）｜個蘋果～樹上便跌落嚟。（那蘋果從樹上掉下來。）

介乎 kai³fu⁴ 在兩者之間；介於：～你哋兩個之間。（介於你們倆之間。）｜～2 點到 6 點之間。

### 九 D32　不、不是、不要、不必、不曾

唔 m⁴ 表示對一般動作、狀態等的否定；不：我～去。（我不去。）｜你食～食？（你吃不吃？）｜～係噉嘅。（不是這樣的。）｜佢生得～高。（他長得不高。）

*唔係 m⁴hɐi⁶ 表示否定的判斷或陳述；不是：我～做生意嘅。（我不是做生意的。）｜呢間廠～屬輕工局嘅。（這家工廠不是屬輕工局的。）[ 重見九 C2、九 D20 ]

唔好 m⁴hou² ①表示對 "要" 的否定，即勸阻或禁止；不要；別：～去嘞。（不要去了。）｜～噉樣。（別這樣。）②表示希望某種猜測不要成為現實；不要；別：呢勻～又搞衰咗啊喇！（這一回別又弄糟了啊！）

***咪**₂ mɐi⁵〈音米〉同 "唔好"：～亂咁嘟！(別亂動！)〔重見九 D20〕

**把鬼** pa²kwɐi²【俗】以反詰語氣表示否定(指不做某事)：睬佢～！(理他幹嘛！)

**把屁** pa²pʰei³ 同 "把鬼"：去嗰度～咩！(幹嘛要到那兒去！)

**唔使** m⁴sɐi² 表示對 "需要" 的否定；不用；不必：～畀錢。(不用付錢。免費。)｜～講喇。(甭說了。)｜～咁客氣。(不必這麼客氣。)

**使乜** sɐi²mɐt¹〈乜音物第 1 聲，麼一切〉表示一種反詰語氣；何必：咁細件事～你親自嚟啊！(這麼小的事情何必您親自來呢！)｜都係熟人，～咁客氣嘩！(都是熟人，何必這麼客氣！)

***冇** mou⁵〈音無第 5 聲〉表示對 "曾經" 的否定；沒有：佢去咗，我～去。(他去了，我沒去。)｜呢度從來～凍過。(這兒從來沒那麼冷過。)〔普通話 "沒有" 還表示對 "已經" 的否定，這在廣州話不說 "～" 而說 "未"。重見九 D6〕

**未** mei⁶ 對 "已經" 的否定；沒有；還沒：件衫～乾。(這衣服還沒乾。)｜你睇見～啊？就係嘅。(你看見了沒有？就是這樣。)

**未曾** mei⁶tsʰɐŋ⁴ 同 "未"：我仲～去，佢就嚟咗先嘞。(我還沒去，他就先來了。)

**未算** mei⁶syn³ 對 "已經達到某種程度" 的否定；不算：嗰都仲～犀利。(這還不算很厲害。)

## 九 D33　這樣、那樣、怎樣、為甚麼、難道

***噉**₂ kɐm²〈音敢〉對性質、狀態、方式、外貌等的指示；這麼；這樣；那麼；那樣：～做唔啱，要～做。(那麼做不對，要這麼做。)｜～嘅顏色好啲。(這樣的顏色好一些。)｜點解係～嘅？(怎麼是這樣的呢？)〔普通話 "這麼、這樣" 和 "那麼、那樣" 是有區別的，廣州話則都用 "～"。參見 "咁"。重見九 D29、九 D31、九 D34〕

**噉樣** kɐm²jœŋ⁻²〈噉音敢，樣讀第 2 聲〉同 "噉"：就～得嘞。(就這樣行了。)｜你千祈唔好再～喇！(你千萬別再那樣了！)｜佢外形就係～嘅。(它的外形就是這個樣子的。)

**咁** kɐm³〈音甘第 3 聲，嫁嵌切〉對於程度的指示；這麼；這樣；那麼；那樣：佢～肥。(他這麼胖。)｜唔要～多，就～多夠嘞。(我不要那麼多，就這麼些夠了。)｜我邊學得劉先生～本事啊！(我哪能像劉先生那麼有本事呢！)〔普通話 "這麼、這樣" 和 "那麼、那樣" 有區別，廣州話則都用 "～"。又普通話對程度的指示和對性質、狀態、方式等的指示都用同一套詞語，廣州話則有 "～" 和 "噉、噉樣" 的分別。〕

***幾** kei² 表示對程度的疑問；多：有～大？(有多大？)｜唔知要～長先至夠。(不知道要多長才夠。)〔重見九 D15、十 A1〕

**點** tim² 表示對性質、狀態、方式、外貌等的疑問；怎麼；怎麼樣：～做至啱？(怎麼做才對？)｜呢件事到底～㗎？(這件事到底是怎麼樣的？)

**點樣** tim²jœŋ⁻²〈樣讀第 2 聲，椅響切〉同 "點"：呢件事你～諗？(這事兒你怎麼想？)｜恐龍係～㗎？(恐龍是甚麼樣子的？)

**點解** tim²kai² 表示對原因、目的的疑問；為甚麼 (點：怎麼)：琴日你唔嚟？(昨天你為甚麼不來？)

**為乜嘢** wɐi⁶mɐt¹jɛ⁵〈為音因為之為，乜音麼一切〉同"點解"（乜嘢：甚麼）：～而家先到？（為甚麼現在才到？）［又作"為乜"］

*乜₁ mɐt¹〈音物第1聲，麼一切〉同"點解"：～你仲未完啊？（怎麼你還沒做完呢？）［重見八A8］

**做乜嘢** tsou⁶mɐt¹jɛ⁵〈乜音麼一切，嘢音野〉同"點解"（乜嘢：甚麼）：我唔明佢～要嘅。（我不明白他為甚麼要這樣。）［又作"做乜"］

**唔通** m⁴tʰoŋ¹ 表示反問；難道（唔：不）：～你唔使食飯？（難道你不用喫飯？）｜呢件事～嘅就算？（這件事難道就這樣算了？）

## 九 D34　其　他

*嘅₁ kɛ³〈記借切〉放在表事物的詞語前面，其他詞語後面，表示前面的詞語對此事物有説明、形容、領有、限制等關係，相當於普通話"的"（de）：整嚟～手勢（做菜的手藝）｜好靚～衫（很漂亮的衣服）｜我～單車（我的自行車）｜呢度～天氣（這裏的天氣）［重見八A8、十一A1］

*嘅₂ kɐm²〈音敢〉放在各種詞語後面，構成形容性的結構；相當於普通話"地"（de）或"的"：笑笑口～講。（笑吟吟地説。）｜顏色慢慢～淡落去。（顏色慢慢地淡下去。）｜成身污糟邋遢～。（全身髒不拉嘰的。）｜畫到花哩碌～。（畫得花裏胡哨的。）

［重見九D29、九D31、九D33］

**襯** tsʰɐn³ 陪襯；裝點：咁大個字都睇唔到，你隻眼生嚟～㗎？（這麼大一個字都看不見，你長眼睛只是裝點陪襯的嗎？）

**打底** ta²tɐi² 墊底兒：紅色～，襯啲黃字。（紅色墊底，襯些黃字。）｜食碗飯～先飲酒。（吃碗飯墊底再喝酒。）

**着跡** tsœk⁶tsek¹〈着音着急之着〉露出痕跡：作親案就冇話一啲都唔～嘅。（凡作案就不會一點痕跡都不露。）

**唔湯唔水** m⁴tʰoŋ¹m⁴sθy²【喻】【貶】不像湯也不是水（唔：不），比喻事情沒完成，或做得很不像樣：做到一半～嘅，又掉低嘞。（幹了一半還沒個樣子，又扔下了。）

**來路** lɔi⁴lou²〈路音佬〉外來的；從國外進口的：～車（進口汽車）｜～貨（進口貨）

**繞口** kʰiu⁵hɐu²〈繞音橋第5聲〉拗口：你篇文章讀起上嚟好～。（你那篇文章讀起來很拗口。）

**繞脷** kʰiu⁵lei⁶〈繞音橋第5聲，脷音利〉拗口（脷：舌）：呢句好似咁～嘅。（這句子好像挺拗口。）

*犖确 lek¹kʰɐk¹〈犖讀為拉得切，确讀為卡得切〉（文章等）不通順；不順口：呢篇嘢讀起嚟咁～，都唔知寫啲乜。（這篇東西讀起來挺不通順，也不知道寫的啥。）｜你講話不溜都係咁～㗎？（你説話是不是一向都這樣結巴？）［重見九A7］

# 十、數與量

[ 多少參看九 B18 ]

## 十 A　數量

### 十 A1　數　目

*數 sou³ 數目；數字：呢個係個好大嘅～。（這是個很大的數目。）[ 重見九 ]

冧把 lɐm¹pa²〈冧音林第 1 聲〉【外】號碼；數碼：記住嗰棟樓嘅～。（記住那幢樓的號碼。）｜個個都笠個～落去。（每一個都給編上個號碼。）[ 英語 number ]

廿 ja⁶(jɛ⁶)〈音二夏切，又音夜〉二十：三百～一｜～四史 [ 此與普通話意思完全一樣，只是讀音相去較遠 ]

*孖 ma¹〈音媽〉原義是並聯，用於唸數碼時，兩個相同的數目字連在一起則唸作"～×"：我嘅電話號碼係八～三二五～○六。（我的電話號碼是八三三二五○○六。[ 重見七 E1、九 B14、九 D25、十 C1 ]

揸住 tsa¹tsy⁶【婉】五。為舊時飲食業的專用語，用於伙計向櫃台報賬時。

捌住 la²tsy⁶〈捌音喇第 2 聲，拉啞切〉同"揸住"。

禮拜 lɐi⁵pai³【婉】七。為舊時飲食業的專用語，用於伙計向櫃台報賬時。

三幾 sam¹kei² 不多的數量，一般指三以上、五以下：你畀～個我啦。（你給我三五個吧。）

*幾 kei² 問數量的疑問代詞；多少：你個仔～大啦？（你兒子多大了？）｜仲有～公里？（還有多少公里？）
[ 普通話"幾"也作疑問代詞，但用

法沒有廣州話那麼廣泛。][ 重見九 D15、九 D33 ]

幾多 kei²tɔ¹ ①問數量的疑問代詞；多少：一共有～人？（一共多少人？）②表示不定的數量；多少：我做得～做～。（我能幹多少幹多少。）｜～都得。（多少都行。）

定點 tɛŋ⁶tim²【舊】對小數點的讀法：十二～八六（十二點八六，即 12.86）

齊頭 tsʰɐi⁴tʰɐu⁴ 整，沒零頭：10 緡（10 元整）｜湊啱～啦。（湊夠整數吧。）

齊頭數 tsʰɐi⁴tʰɐu⁴sou³ 整數；沒零頭的數：畀夠三百對你，～嘞。（給足你三百雙，湊個整數吧。）[ 參見"齊頭" ]

零丁 lɛŋ⁴tɛŋ¹〈零音陵，黎形切〉（數目）不成整數：呢一批三萬零二，咁～嘅。（這一批是三萬零二，這尾數這麼零散。）

### 十 A2　概數、成數

零 lɛŋ⁴〈音衫領之領第 4 聲，羅贏切〉用於數量詞後，表示餘數：十～條竹（十多根竹子）｜千～兩千緡（一兩千塊錢）

鬆啲 soŋ¹ti¹〈鬆音鬆緊之鬆，啲音低衣切〉用於數量詞後面，表示有大的餘數：有兩百個～都夠㗎嘞。（有二百個稍多就足夠了。）

有突 jɐu⁵tɐt⁶ 用於數量詞後面，表示有餘數，有強調超出某一數量的意思：總共 350 ～。（總共 350 出頭。）

332

**有找** jɐu⁵tsau² 用於錢的整數後面，表示比該整數略小：兩百緡～。（兩百塊不到。）

**度**₃ tou⁻² 〈音堵，底好切〉用於數量詞後，表示大約的數量：百零人～（大約一百來人）｜20 緡～（20 塊錢左右）｜一個鐘頭～

**左近** tsɔ²kɐn⁻² 〈近音緊，假很切〉用於數量詞後面，表示大約的數量；左右：五十歲～｜兩百噸～ [普通話"左近"只有"附近"的意思，廣州話也有這個意思 ]

**成** sɛŋ⁴ 〈時贏切〉用於數量詞或表示某種數量的詞語前，表示達到或幾乎達到某個數量；有，整整：嚟咗～80 人。（來了有 80 人。）｜佢哋公司嘅產品佔咗～大半。（他們公司的產品佔了整整一半。）

**程** tsʰeŋ⁴ 十分之一；成：攞三～出嚟（拿三成出來）｜呢件事有八～喇。（這事兒有八成兒了。）[ 此與普通話"成"義同音亦近，實為同一個詞，只是廣州話"程"和"成"不同音，習慣上不寫作"成"]

**啵口（巴仙）** pʰɛ⁶sɛn¹ 〈啵音破夜切，後一字音些加上先字的音尾〉百分之一；百分點：升咗三個～。（升了百分之三。）[ 英語 percent ]

# 十 B　人與動植物的計量單位

## 十 B1　人的計量單位 [ 一般用"個"，與普通話一樣 ]

**丁** tɛŋ¹ 個（用於表示人少時）：就得啊五～人，點做呀？（就只有這五個人，怎麼幹哪？）

***茦** tɐu¹ 〈音兜，多優切〉【貶】個：

呢～友仔（這個傢伙）[ 重見十 B2 ]

***隻** tsɛk³ 〈音脊，志錫切〉【貶】個：嗰～衰仔（那個壞小子）[ 重見十 B2、十 B3、十 C4、十 C1、十 F1 ]

***條** tʰiu⁴【貶】個：呢～衰神（這個壞傢伙）｜佢哋三～嘢(他們三個傢伙)[ 重見十 C2 ]

***啵** pʰɛ¹³ 〈音批夜切第 1 聲〉【外】用於成對的情侶；對兒：呢便一～，嗰邊一對。（這邊一對兒，那邊一雙。）[ 英語 pair。重見三 A19、十 C1 ]

**班**₂ pan¹ 幫、群：呢～友仔好惡搞。（這幫傢伙很難搞。）｜嚟咗成～人。（來了一大群人。）

**軍** kwɐn¹【喻】大群（一般只用於"成～人"這個短語中）：一下嚟咗成～人。（一下子來了一大群人。）

**朋** pʰaŋ⁴〈音棚〉大群：圍咗一大～人。（圍着一大堆人。）

**伙** fɔ² 用於人家；戶：呢度住咗兩～人。（這裏住着兩戶人。）

**脫**₁ tʰyt³ ①用於來往的人；批：啲人嚟咗一～又一～。（那些人來了一撥兒又一撥兒。）②輩、代：我哋呢～人老喇！（我們這一代人老了！）｜佢哋話係兩兄弟，實情唔係一～人。（他們説是兩兄弟，實際上不是同一代人。）

## 十 B2　動植物的計量單位

***隻** tsɛk³ 〈音脊，志錫切〉用於動物；隻、頭：一～豬｜一～牛 [ 普通話"隻"的使用範圍比廣州話小。重見十 B1、十 B3、十 C1、十 C4、十 F1 ]

**喬（坡）** pʰɔ¹ 〈喬音坡，批呵切〉用於植物；棵：一～樹｜兩～菜

***坎** hɐm² 〈音海飲切〉用於植物，一般

是從種植的角度説的（其本來意義是指為栽種植物而挖的坑）；棵：呢度可以種幾～荔枝。（這裏可以種幾棵荔枝。）[重見二A2、十C6]

**莬** teu¹〈音兜，多優切〉①用於成簇的植物；叢、棵：一～白菜｜一～草②用於金魚（實是借用植物的量詞，因金魚尾巴張開成簇形）；條：買兩～金魚[重見十B1]

**蓊** kʰoŋ⁴⁽¹⁾〈音窮，又讀第1聲〉用於長得成簇成包的果子、糧食等；串、包：一～龍眼｜一～粟米（一包玉米）

*英** hap³〈氣鴨切〉用於菜葉等；片：兩～黃芽白（兩片黃芽菜葉子）[重見二E1]

## 十B3　人體部位等的計量單位

*隻** tsɛk³用於肩膀、上下肢；個、條：左便～膊頭（左邊的肩膀）｜你～手長啲。（你的手臂長一些。）｜又開兩～腳。（又開兩條腿。）[普通話對上肢手腕以下、下肢腳腕以下用"隻"，對整個的上下肢則用"條"，而廣州話都用"～"。重見十B1、十B2、十C1、十C4、十F1]

**個** ko³用於心：我～心跳得好犀利。（我的心跳得很厲害。）｜噉你～心都安樂些啊。（這樣你的心也安穩些嘛。）

**塊** fai³用於臉孔；張：黑起～面（拉下臉孔）｜你～面有啲邋遢。（你的臉有點兒髒。）

*棚** pʰaŋ⁴用於牙齒；排：佢～牙好白。（她的牙齒很白。）[重見十C5]

*泡** pʰao¹〈讀第1聲〉①用於鼓起的腮幫子：做乜鼓起～腮啊？（幹嗎氣鼓鼓的？）②用於含在眼中的淚水：含住兩～眼淚水。（含着淚水。）[重

見十F1]

*堂** tʰoŋ⁴①用於眉毛；對：佢嗰～眉好威。（他那對眉毛很俊。）②用於鼻涕，指兩行流出的：你睇你個仔嗰～鼻涕！（你看你兒子那兩行鼻涕！）[重見十C2]

**筒** tʰoŋ⁴〈音同〉用於鼻涕（特指還留在鼻腔之內的）：擤咗～鼻涕佢啦！（把鼻涕擤掉吧！）[重見十C6]

**督** tok¹用於屎尿、痰等；泡、口：屙咗～屎好大～。（拉了一泡好大泡的屎。）｜一～口水

## 十C　物體的計量單位

[表示容器的名詞一般都可以作量詞，此處不一一列出，參見三]

## 十C1　不同組成的物體的量（個、雙、套等）

*隻** tsɛk³用於單個的物品；個：一～籮｜一～桶仔（一個小桶）｜三～牌（三張撲克或麻將牌）｜寫兩～字[普通話的"隻"一般只用於成對的東西中的一個，廣州話無此限制。重見十B1、十B2、十B3、十C4、十F1]

**對**₄ tɵy³用於成雙的物品；雙：一～鞋｜一～襪｜一～筷子[普通話和廣州話都既用"雙"又用"對"，普通話用"雙"較多，廣州話用"對"較多。]

*孖** ma¹〈音媽，饃蝦切〉用於成雙相連的東西；對兒：一～臘腸｜一～油炸鬼（一根油條。一根油條由兩根組成）｜一～番梘（一條肥皂。一條肥皂由兩塊組成）[重見七E1、九B14、九D25、十A1]

*啵** pʰɛ¹〈音批夜切第1聲〉【外】用於

撲克；對兒：一～ 8 ｜一～傾（一對 K）［英語 pair。重見三 A19、十 B1 ]

*拃 tsa⁶〈音炸第 6 聲，治夏切〉用於撲克，指同時甩出的幾張牌（常特指五張）；把：你仲有幾多隻？——啱好一～。（你還有多少牌？——剛好一把五張。）［重見十 C3 ]

副 fu³ 用於成套的東西；套：一～梳化（一套沙發）｜一～機器［普通話"副"也用於成套的東西，但使用頻率比廣州話低 ]

脫₂ tʰyt³ 用於衣服；套：一～西裝｜成～賣（成套出售）

## 十 C2　不同形狀的物體的量（塊、條、片等）

*嚿 kɐu⁶〈音舊，忌右切〉用於成塊、成團的東西；塊、團：兩～磚頭｜一～泥｜一～肉｜一啖食咗一～大飯公。（一口吃了一塊大飯糰。）［重見十 D1 ]

嚿溜 kɐu⁶lɐu⁶〈嚿音舊，溜音留第 6 聲〉用於成團的東西（一般是有臃腫感覺的；略帶貶義）；團、塊：佢搦住一大～唔知乜嘢㗎。（他提着一大塊不知道是甚麼東西。）

*坺 pʰat⁶(pʰɛt⁶)〈音破辣切，又音破夜切加上拔字的音尾）用於糊狀物（略帶貶義）；團、攤（量不太大）：一～醬｜一～漿糊［重見十一 B3 ]

坺迾 pʰat⁶lat⁶(pʰɛt⁶lɛt⁶)〈坺音破辣切，又音破夜切加上拔字的音尾；迾音辣，又音例夜切加上拔字的音尾；兩字韻母要保持一致〉用於糊狀物（略帶貶義；比用"坺"語氣重）；團、攤：一～爛湴（一團爛泥）

*條 tʰiu⁴ 用於長條形的物品；條、根：一～棍｜一～鎖匙（一把鑰匙）［普通話也使用"條"，但用法比廣州話

少。重見十 B1 ]

*支(枝) tsi¹ 用於桿狀的物品；根：一～棍｜一～竹［普通話也使用"枝"，但用得比廣州話少。重見十 C6 ]

*轆 lok¹〈音六第 1 聲，啦旭切〉用於圓柱形的物體（一般不是太細小的）；節、根：一～蔗（一節或一根甘蔗）｜一～杉（一根杉木）｜攞～粗啲嘅嚟。（拿一根粗點兒的來。）［重見三 A8、六 A5、六 B4 ]

楬 kʰyt⁶(kyt⁶)〈音其月切，又音忌月切〉用於較短的條狀物，一般是指從條中分離出來的；截、節：一～鉛筆｜條棍斷咗一～。（那根棍子斷了一截。）

*粒 nɐp¹ 用於顆粒狀的東西；粒、顆：一～種子｜一～豆｜一～星［普通話也使用"粒"，但用得比廣州話少。重見十 D1、十 F1 ]

*堂 tʰɔŋ⁴ 用於成架的物體；架、頂、把：一～梯｜一～磨｜一～蚊帳｜一～鋸［重見十 B3 ]

餅 pɛŋ² 用於扁狀物品；片、盤：一～麵（一團乾麵條）｜一～帶（一盤錄音帶或錄像帶）

墩 tɐn²〈音燉第 2 聲，抵得切〉用於矗立的東西；座：一～樓｜一～磚（一擽磚頭）

棟 tɔŋ⁶ 用於矗立的東西；座：一～樓｜一～橋｜一～磚（一擽磚頭）［普通話"棟"只用於樓房，廣州話用法則廣泛得多 ]

## 十 C3　不同排列的物體的量（串、排、把等）

*抽(揫) tsʰɐu¹ ①用於可以用手提起、一般是成串成簇的物品；串：一～菩提子（一串葡萄）｜一～鎖匙（一

十　數與量

串鎖匙）②用於用手提袋等裝着的物品；袋：一～蘋果 [ 重見六 D1 ]

\***秤** tsʰeŋ³ 同 "抽①"。

\***揇** nɐŋ³〈音能第 3 聲〉用於成串的東西（一般是不很整齊的）；串：一～荔枝 [ 重見九 B14 ]

□**揇** kwʰɐŋ³nɐŋ³〈前一字音愧幸切第 3 聲，揇音能第 3 聲〉用於成串的、有點凌亂或累贅的東西；串：左手一～、右手一～都係秀姑叫佢買嘅嘢。（左手一串、右手幾包都是秀姑叫他買的。）

**迾** lat⁶(lɛt⁶)〈音辣，又音例夜切加上列字的音尾〉用於成列的物體；列、行、排：路邊種兩～樹。｜喺度起咗一～屋。（那兒建了一排房子。）

**排賴** pʰai⁴lai⁻⁴〈賴讀第 4 聲，羅鞋切〉用於成排的東西（指比較大而不很整齊的，略帶貶義）；排：而家就一～噉掉喺度，點辦？（現在就一大排地丟在這兒，怎麼辦？）

**梳** sɔ¹ 用於成排的、不很大的東西；排：一～子彈｜一～香蕉（成掛的香蕉可分切為若干排，一排為一～）

\***沓** tap⁶〈音踏〉用於多層的東西；疊：一～紙｜一～樓（一座樓房）｜一～碗（一摞碗）[ 重見四 A7、六 D5 ]

**重** tsʰoŋ⁴〈音從〉用於成層的、一般較厚的東西；層：冚咗三～。（蓋了三層。）

**浸**₃ tsɐm³〈音志勘切〉用於可以從物體表面揭去或抹去的東西；層：一～皮｜枱面一～灰塵（桌面上一層灰塵）

\***淋** lɛm⁶〈音林第 6 聲，例任切〉用於堆砌起來的東西；摞、垛、堆：一～磚｜一～水泥 [ 重見六 D5 ]

**堆□** tɵy¹lɵy¹〈後一字啦虛切〉用於成堆的東西（一般是多而零亂的，略帶貶義）；堆：啲嘢就噉一～噉掉喺度

就唔理㗎喇？（這些東西就這樣一大堆地扔在這兒不管了？）

**紮** tsat³ 用於捆在一起的東西；束、捆：一～花｜一～禾稈（一捆稻草）

\***拃** tsa⁶〈音炸第 6 聲，治夏切〉用於用手抓起的或捆成一手可抓起的束的東西；把：一大～｜一攞就係一～（一拿就是一把）｜買一～菜 [ 重見十 C1 ]

\***揦**₂ la²〈音啦第 2 聲，黎啞切〉用於用手抓起的東西（一般是用在估量分量時）；把：有一～度（有一把左右）[ 重見六 D1 ]

\***執** tsɐp¹ 用於用手抓起的東西（一般量不太大）；撮、把、小把：一～米｜一～頭髮 [ 重見六 D5、七 A11 ]

## 十 C4　分類的物品的量

\***隻** tsɛk³ 用於分類的物品等；種：呢～布貴過嗰～好多㗎。（這種布比那種貴很多的。）｜呢～色好啲。（這種顏色好一些。）｜買咗三～股票。（買了三種股票。）[ 重見十 B1、十 B2、十 B3、十 C1、十 F1 ]

**停** tʰeŋ⁻²〈讀第 2 聲，土影切〉用於分類的物品；種：有幾～唔同產地嘅有得揀下。（有幾種不同產地的可以挑一下。）

\***款** fun² 用於分類的物品，側重於外貌的分類；種：你話邊一～好睇？（你說哪一種好看？）[ 重見八 A5 ]

## 十 C5　食物的量

**件** kin⁶ 用於食物（一般是小塊的）；塊：唔該買兩～蘿蔔糕。（勞駕買兩塊蘿蔔糕。）｜幾～豬肉。

**楷** kʰai²〈音卡鞋切第 2 聲〉用於柑桔等果肉的小塊；瓣兒：一～碌柚（一

瓣兒柚子)

*牔 sak³〈音四客切〉用於切開的食物,一般是角形的;塊:一~糕 | 將西瓜切開幾~。(把西瓜切成幾塊。)[ 重見十 E2 ]

底₂ tei² 用於蒸糕,一般指整盤沒切開的或切得比較大的;塊、大塊、盤:一~蘿蔔糕 | 成~攞走。(整大塊拿走。)

磚 tsyn¹ 用於豆腐等 (因方形像磚);塊:一~腐乳 (一塊豆腐乳)

臠 lin²〈音練第 2 聲,拉演切〉用於大塊的肉 (一般是生的);大塊:一~豬肉。

賣₂ mai²〈賣讀第 2 聲〉專用於飯店等出售的飯菜;份:一~炒麵 (一份炒麵條)

半賣 pun³mai⁻²〈賣讀第 2 聲〉用於飯店等出售的飯菜等;指較小的一份:再嚟兩個~嘅。(再來兩個小份的。)

喳 tsa¹【外】用於生啤酒;扎:要兩~生啤。[ 英語 jar ]

*餐 tsʰan¹ 用於飯;頓:一日三~飯 [ 普通話口語中不用"餐",廣州話則極常用。重見十 F2 ]

圍 wei⁴ 用於酒席 (因圍桌而坐);桌:佢結婚擺咗 20 ~。(他結婚擺了 20 桌酒席。)

箸 tsy⁶〈音住,治遇切〉用於用筷子夾起的菜等;筷子:一~菜 | 大~食餸。(多吃菜。)[ 廣州話對名詞同普通話一樣說"筷子",而量詞說"箸"]

啖 tam⁶〈音冷淡之淡〉用於吃到口中的食物、水或吸入的空氣等;口:飲~水。(喝一口水。)| 兩~就食咗。(兩口就吃了。)| 畀我唞~氣得唔?(讓我喘口氣該可以吧?)

路 lou⁶ 用於茶或中草藥,指沏或煎的

次數;次、趟:二~茶 (沏第二次的茶,或煎第二次的藥)

*棚 pʰaŋ⁴ 用於食物咀嚼後剩下的渣滓;把:一~蔗渣 | 呢種果得~渣,有嘢食。(這種果子只嚼出一把渣子來,沒東西可吃。)[ 重見十 B3 ]

## 十 C6　某些特定用品、物品的量

架 ka³ 用於車、船 (一般是機動船)、機器等;輛、艘、台:一~單車 (一輛自行車)|一~拖拉機 | 一~船 | 一~電視機

部 pou⁶ 同 "架":買咗~新車 (買了一輛新車)|一~錄音機 | 一~電腦

*坎 hɐm²〈音海飲切〉用於炮;門:一~大炮 [ 重見二 A2、十 B2 ]

*筒 tʰoŋ⁴〈音同〉用於照相膠捲 (因裝在小筒內。照完洗出來時已不在筒內,而習慣上仍稱~);捲:呢~菲林影得幾好。(這一捲膠捲照得挺好。)[ 重見十 B3 ]

*支 tsi¹ 用於瓶裝或筒裝的物品 (多是液體):要一~啤酒、三~可樂。| 買~紅汞水。(買一瓶紅藥水。)| 一~噴蚊水 (一筒霧劑殺蚊藥水)[ 重見十 C2 ]

*張 tsœŋ¹ 用於菜刀或肉刀等;把:一~刀 [ 重見十 D1 ]

口 hɐu² ①用於香煙;根:一~煙②用於針等;根:一~大頭針

眼 ŋan⁻² 〈讀第 2 聲〉①用於針、釘等;根:一~釘②用於燈;盞:一~電燈③用於水塘、井等;口:一~魚塘

間₂ kan¹〈音奸〉①用於房屋;所、間:一~屋 (一所房子)|一~房 (一個房間)②用於學校等;所:一~大學 | 一~醫院 | 一~工廠 | 一~

藥店 [普通話"間"是建築物最小的單位，只用於房間、小屋子和單間的廠房、小店舖等，而廣州話則是不管大小都用"間"]

**道** tou⁶ 用於門、橋等；扇、座：一～門｜兩～橋

**埲** poŋ⁶〈音罷用切〉用於牆；堵：拆咗呢～牆（拆了這堵牆）｜夾喺兩～牆中間（夾在兩堵牆之間）

**揄** jy²〈音瘀〉用於牆，指其橫截面（厚度）的磚層：雙～牆（雙層磚牆）｜單～牆｜三～牆

### 十 C7　其　他

**朕** tsɐm⁶〈音浸第 6 聲，治任切〉用於氣味或風；股、陣：一～味｜一～風

**飈** poŋ⁶〈音罷用切〉【貶】用於氣味；股：一～噏（一股不好的氣味）｜一～燶味（一股糊味兒）

## 十 D　貨幣和度量衡單位

### 十 D1　貨幣單位

**緡(文)** mɐn⁻¹〈音蚊，饅因切〉元：兩百五十二～｜三～三毫半（三塊三毛五）

**緡(文)雞** mɐn⁻¹kɐi¹〈緡（文）音蚊，饅因切〉元：六～｜十一～[只用於沒有尾數（後面不帶角、分）的情況下，一般也只用於十元以下]

**個** kɔ³ 元：總共係一百三十六～五毫二。（總共一百三十六塊五毛二。）｜兩～八｜九～銀錢（九塊錢）[常用於有尾數的情況下。如無尾數，則一般不用於十元以上，而且要加"銀錢"二字在後面]

*   **張** tsœŋ¹【俗】①元：五～嘢（五元錢）｜二十～嘢②百元（原為暗語，將錢款數目縮小一百倍表示）：五～嘢（五百元）[一般配"嘢"字使用，多只用於沒有尾數的情況下。重見十 C6]

*   **皮₁** pʰei⁻²⁽⁴⁾〈讀第 2 聲，也可讀第 4 聲〉【外】【俗】元：三幾～｜百零～（百來塊錢）[英語 pay。重見八 C2]

**毫** hou⁴ 角：四個七～半（四塊七毛五）｜兩緡六～（兩塊六毛）

**毫子** hou⁴tsi² 角：兩～｜八～斤（八毛錢一斤）[一般只用於前無元、後無分的情況下]

*   **粒** nɐp¹【俗】①角：幾～嘢（幾毛錢）[一般配"嘢"字使用，只用於前無元、後無分的情況下]②十元（原為暗語，將錢款數目縮小一百倍來表示）：三～嘢（三十元）[重見十 C2、十 F1]

**粒神** nɐp¹sɐn⁴【俗】同"粒"，但不配"嘢"字

**斗令** tɐu²leŋ⁻²〈斗音升斗之斗，令讀第 2 聲〉【舊】半角錢。舊時商業活動中以支、神、斗、蘇、馬、令、侯、莊、彎、享代表從一至十的數字。抗戰前的銀幣一角為七分二厘，半角為三分六厘，"三六"即為"～"。

**纍屎** lɐy¹si²〈纍讀第 1 聲〉【舊】舊時銅錢的最小單位；文：成身一個～都冇。〈全身一個銅板也沒有。〉｜一個～唔值（一文不值）[現只用於某些固定説法中]

*   **嚿** kɐu⁶〈音舊，忌右切〉【俗】①百元（本義為"塊"。以前銀行每每以百張一元票捆作一紮，形如磚塊）：兩～水（二百塊錢）②泛指比較多；筆：冇大～啲點夠啊？（沒大筆點兒錢哪兒夠呢？）[一般配"嘢"或"水"

字使用，不帶尾數。〔重見十 C2〕

\*棟 toŋ⁶【俗】千元（本為矗立狀物的量詞。十“嚿”疊起即為一“棟”）。

\*撇 pʰit³【俗】千元（“千”字上為一撇）：三～嘢畀你。（三千塊賣給你。）〔一般配“嘢”或“水”字使用，不帶尾數。重見六 A3、六 D8〕

干 kɔn¹【俗】千元（“干”與“千”字形相似）。

盤(盆) pʰun⁴【俗】萬元：淨係個架就成～水㗎喇！（光是這架子就上萬元了！）〔一般配“水”字使用，不帶尾數〕

### 十 D2　度量衡單位

獲 wɔk⁻¹〈讀第 1 聲〉【外】電的功率單位；瓦：呢部機幾多～？（這台機子多少瓦？）〔英語 watt〕

火 fɔ² 電的功率單位（只用於電燈）；瓦：六十～燈膽（六十瓦燈泡）。

煙子 jin¹tsi²【外】英寸。〔英語 inch〕

安士 ɔn¹si⁻²〈士音屎，洗椅切〉【外】盎司（重量單位）。〔又作“安”。英語 ounce〕

石 sɛk⁶〈讀本音〉容量單位；十斗。〔普通話十斗也作“石”，但讀為 dàn〕

## 十 E　時間和空間
## 的計量單位

### 十 E1　時間的量

個鐘 kɔ³tsoŋ¹ 小時：做咗兩～。（幹了兩個小時。）

點鐘 tim²tsoŋ¹ 小時：一日工作八～。〔普通話“點鐘”指時刻，不表示時量；廣州話既表示時刻，也表示時量〕

粒鐘 nɐp¹tsoŋ¹ 小時：由呢度去火車站都唔使半～。（從這裏到火車站也用不了半個小時。）

骨 kwɐt¹【舊】【外】刻（十五分鐘）：三點一個～（三點十五分）〔英語 quarter〕

字 tsi⁶ 五分鐘（鐘錶盤上每五分鐘位置上有一個數字）：兩點三個～（兩點十五分）｜十點八個～（十點四十分）｜八點九個半～（八點四十七、八分）｜兩三個～（十來分鐘）｜再過半個～度就得嘞。（再過大約兩三分鐘就行了。）〔廣州話中不習慣使用“分鐘”，在“點”或“鐘頭”之下主要用“～”；還時常有省略的説法，如“三點五”指“三點五個～”即三點二十五分，決不可理解為三點五分〕

牌(排) pʰai⁴⁽⁻²⁾〈可讀第 2 聲〉表示一段時間的量詞。

\*輪 lɵn⁴ 表示一段時間（一般是若干日子）的量詞。〔重見七 A2、七 A14、十 F2〕

駁₃ pɔk³【舊】同“輪”。

日 jɐt⁶ 天（二十四小時）：我嚟咗三～嘞。（我來了三天了。）

對時 tɵy³si⁴ 二十四小時（從一天的某一時刻到次日同一時刻）：一個～食一次藥。（二十四小時吃一次藥。）〔又作“對”〕

\*月頭 jyt⁶tʰɐu⁴ 月（一年的十二分之一）：兩個～｜呢個～使用大啲（這個月花費大點兒。）〔重見四 A6〕

對年 tɵy³nin⁴ 一周年。

對歲 tɵy³sɵy³ 周歲。

勾 ŋɐu¹【謔】歲：你都成五十～啦。（你也上五十歲了嘛。）

## 十 E2　空間‧長度的量

\*度₁(道) tou⁶ 表示處所、位置：有一～好啲，有一～冇咁好。(有一處好些，有一處沒那麼好。)｜兩～都咁上下。(兩個地方都差不多。)〔重見四 B1〕

處 sy³〈音書第 3 聲〉同"度(道)"〔另有讀書音 tsʰy³(到處之處)〕

\*便 pin⁶ 表示方向性的位置；邊、面：東～｜南～｜西北～〔重見十 F1〕

\*瓣 fan⁶〈音飯，父限切〉用於指有方向性的位置，一般是旁邊或側面的；邊：呢～好過嗰～啲。(這一面比那一面好一些。)〔重見八 C1、十 F1〕

\*扅 sak³〈音細客切〉① 表示有方向性的地域：嗰一～都係山。(那邊一片都是山。)｜東便嗰～講客家話嘅。(東邊那一片是講客家話的。) ② 表示被分切開的一塊面積；片：你呢～地大過佢嗰一～啲。(你這一片地比他那一片大一點兒。)〔重見十 C5〕

幅 fok¹ 用於具有一定面積的東西；塊、片：一～布｜一～地 (一塊地，多是指建築用地)

笪 tat³〈音達第 3 聲〉用於有一定面積的東西；塊：呢～地皮唔錯。(這塊地皮不錯。)｜一～瘌 (一塊疤)

窟(忽) fɐt¹〈音忽〉① 用於有一定面積的東西；塊：攞一～地嚟種番薯，一～種菜。(拿一塊地來種紅薯，一塊種菜。)｜將呢～布對中裁開兩～。(把這塊布對開裁為兩塊。) ② 用於有一定體積的東西，一般是指從一大塊中分離出來的一小塊；塊：挖一～畀我。(挖一小塊給我。)｜個碗崩咗一～。(這碗缺了個口子。)

\*皮₂ pʰei⁴ 用於物體的表面或外輪廓 (常用於作大小的比較時)；層、圈：點解半個月唔見就瘦咗一～嘅？(怎麼半個月不見就瘦了一圈兒？)｜呢隻缸大過嗰隻成一～。(這個缸比那個整整大一圈。)〔重見十 F1〕

攬₃ lam⁶〈讀第 6 聲〉伸開兩隻胳膊的長度 (可以指兩手向兩旁伸直量長度，也可以兩手圍攏量物體的外徑，後一個意思在普通話說"圍")：扂樹有成～粗。(那棵樹有整整一圍那麼粗。)

\*揗₂ nam³〈音南第 3 聲，那喊切〉張開的大拇指與中指 (或小拇指) 之間的距離；拃：張紙有兩～長。(這紙有兩拃長。)〔重見六 D10〕

\*踗 nam³〈音南第 3 聲，那喊切〉一步的距離；步：呢道門到嗰道門有五～遠。(這扇門到那扇門有五步遠。)〔重見六 D11〕

鋪₁(甫) pʰou³〈音破澳切〉十里：一～路〔源於古代驛站稱"鋪"〕

塘(堂) tʰɔŋ⁴ 十里：兩～路 (二十里路)〔源於古代驛站稱"塘"〕

# 十 F　抽象的計量單位

## 十 F1　抽象事物的量

單₂ tan¹ 用於事情等；樁、件：有一～生意｜呢～嘢大鑊喇 (這件事兒鬧大了！)

欄 lɔŋ⁻²〈讀第 2 聲，力擁切〉【貶】用於本事、心計、事情等 (用"嘢"即東西來比喻)：你嗰～嘢我一眼睇穿啦！(你那些心術我一眼看穿了！)｜呢～嘢你唔好黐手！(這件事你別黏上手！)

手 sɐu² 用於手段、本事、事情等 (一

般與 “嘢” 配合使用)：你都識得呢～嘢？（你也會這一手？）

**瓣** fan⁶〈音飯〉用於事務、業務等；方面：唔係呢～嘅人唔會識嘅。（不是這方面的人是不會懂的。）[ 重見八 C1、十 E2 ]

**頭**₂ tʰɐu⁴ 用於事務，指許多事務的總和：一～家（整個家的事務）｜一～雜事（一大堆雜事）[ 重見四 B5 ]

**味** mei⁻²〈讀第 2 聲，摸起切〉【喻】【謔】用於不大好或不大正經的事情等：呢～嘢我唔制㗎。（這種事我不幹的。）｜畀呢～你歎下！（給這個你嚐嚐！意思是：讓你嚐嚐厲害！）[ 原用於菜餚，與普通話相同；比喻義用於有某種 “滋味” 的事情 ]

*__鋪__₂ pʰou¹〈讀第 1 聲〉① 用於癮頭：我有～嘅嘅癮。（我有這樣的癮頭。）｜大～癮（癮頭大）② 用於脾氣（一般是不好的脾氣）：你～牛頸啊！（你這牛脾氣呀！）③【貶】用於力氣：一～牛力（一股蠻力氣）④【貶】用於說法：你呢～話法啊！（你這種說法！意思是：你這是胡說！）⑤ 用於棋類或乒乓球、台球等比賽；局、盤：捉兩～棋。（下兩盤棋。）｜呢～輸咗成 10 分。（這一局輸了整整 10 分。）[ 重見十 F2 ]

*__GAME__ kɛm¹〈音機些切加上金字的音尾〉【外】用於乒乓球等；局：五～三勝｜二十一分～（二十一分一局）[ 重見七 D8。源於英語 ]

*__粒__ nɐp¹ 用於球賽中所進的球；個：贏咗對方三～。（贏了對方三個球。）[ 重見十 C2、十 D1 ]

*__隻__ tsɛk³ 用於歌、故事等；支、個：你都唱一～啦！（你也唱一首吧！）｜ “冇嗰～歌仔唱”（熟語，指再沒有那樣好的事了）｜一～古仔（一個故事）[ 重見十 B1、十 B2、十 B3、十

C1、十 C4 ]

**把** pa² 用於話語（以 “嘴” 或 “牙” 比喻）、嗓門：我一～嘴唔夠你哋兩～嘴講。（我一張嘴說不過你們兩張嘴巴。）｜佢個人淨係得～牙之嘛！（他這人只是會說而已！）｜佢～聲沙晒。（他的聲音全沙啞了。）

*__泡__ pʰao¹〈讀第 1 聲〉用於怒氣：一～氣（一肚子火）[ 重見十 B3 ]

*__皮__₂ pʰei²【喻】原指物體的外輪廓的一圈，比喻義用於比較本領的高低：阿剛仔就係叻你一～。（小剛子就是比你略高一籌。）[ 重見十 E2 ]

**世** sɐi³ 用於人生；輩：我呢～人（我這輩子）

**份** fɐn⁶【貶】用於人的品質、性格等：佢呢～人你仲指擬佢？（他這樣的人你還指望他？）

*__便__ pin⁶ 用於相對或並列的人或勢力等；方面：佢係嗰～嘅人。（他是那邊的人。）｜兩～都同意。（雙方都同意。）[ 重見十 E2 ]

**造** tsou⁶ 用於農作物，指在同一塊地上種植的次數；茬：一～禾｜海南島一年可以種三～。

## 十 F2　動作的量

*__餐__ tsʰan¹ 用於做事情等，指做得時間長的；頓、場（前面如帶數詞，一般只帶 “一”）：打咗個仔一～。（把兒子打了一頓。）｜今日做～慘嘅。（今天幹了一場夠嗆的。）[ 重見十 C5 ]

**大爛餐** tai⁶lan⁶tsʰan¹ 用於做事情等，比 “餐” 更強調其時間長或程度強烈（只與 “一” 相配使用）：嘈咗一～。（吵鬧了一大通。）

*__輪__ lɵn⁴ 用於所做的事情；次：行咗三～都未辦成。（跑了三趟也還沒辦

十　數與量

341

成。)〔重見七 A2、七 A14、十 E1〕

**仗** tsœŋ³〈音打仗之仗，志向切〉用於所做的事；次：呢一～又係去上海。(這一次又是到上海去。)

**勻(雲)** wɐn⁴ 用於做事情等；次、趟：行兩～｜今～唔喐喇！(這回不行了！)

*水₁ sθy² ①用於乘船往返的次數：呢條路我唔知行過幾多～喇！(這條水路我不知道走過多少個來回了！) ②用於衣服等洗的次數；又指穿着的次數：呢種布洗一～縮一～。(這種布洗一次縮水一次。)｜呢條裙我淨着過兩～。(這條裙子我只穿過兩次。)〔重見八 C1、八 C2〕

*過 kwɔ³ 用於漂洗的次數：呢啲衫過咗一～咋。(這些衣服只漂洗了一次。)〔重見七 A10、七 B4、九 D1、九 D18〕

**巴** pa¹ 用於打耳光；巴掌：摑咗佢兩～。(摑了他兩巴掌。)｜一一～打埋去 (一巴掌打過去)

**捶** tsʰθy⁴ 用於用拳頭打；拳：一～打過去 (一拳打過去)

**渠** kʰθy⁴ 同"捶"。

*煲 pou¹〈音保第 1 聲〉用於擊打；下：呢～犀利喇！(這一下可厲害了！)〔重見三 A11、七 B2、七 E15〕

*嘢 jɛ⁵ 用於某些動作，如打、戳等；下：搘咗兩～ (捶了兩下)｜一一～篤過去 (一下戳過去)〔重見一 A3、八 A1、八 A8〕

**身** sɐn¹ 用於打人，專指往身上打：打咗佢一一～ (打了他一頓)

*鋪₂ pʰou¹〈讀第 1 聲〉用於所做的事情；次：呢一～ (這一次)｜去一～南京。〔重見十 F1〕

# 十一、其　他

### 十一Ａ1　用在句末表示敍述、肯定等的語氣詞

\*嘅₁ kɛ³〈記借切〉①表示敍述：梁小姐係三點度到～。（梁小姐是三點左右到的。）②表示肯定：就係嘅～。（就是這樣的。）〔重見八Ａ8、九Ｄ34〕

\*㗎₁ ka³〈音嫁〉表示肯定（口氣較重）：我唔知～！（我不知道的呀！）〔重見十一Ａ2〕

嘅₂ kɛ²〈假寫切〉表示肯定，又帶有解釋或同意的口氣：呢件事唔關佢事～。（這事兒跟他無關的。）｜噉都好～。（這樣也好。）

哩（咧）₁ lɛ⁵〈李野切〉表示情況確實如此，用於希望對方相信或敦促對方接受自己的意見：我唔係呃你～。（我不是騙你呀。）｜噉樣唔好～！（這樣不好的！）

\*嚟 lei⁴〈音黎〉表示命令對方保持某一狀態：坐好～！（坐好！）｜（企住～！（站住！）〔重見六Ａ2、九Ｄ22、九Ｄ31〕

\*啊₁（吖）a¹〈讀第1聲〉①表示同意對方的意見（有讓步、放棄自己原有意見的意思）：噉又得～！（這也行嘛！）②表示所說的事實非常顯然（有反駁對方的意思）：佢亦都有話到你乜嘢～！（他也沒説你甚麼嘛！）③表示對對方的言行不以為然：呢啲嘢你使乜咁志在～！（這些東西你

何必那麼在乎呢！）〔重見十一Ａ2〕

嘞₂ lak³〈賴客切〉表示事情發生了、情況出現了，大致相當於普通話的"了（le）"：大家都嚟齊～。（大家都來齊了。）｜我食咗飯～。（我吃過飯了。）

喇（嚹）₁ la³〈讀第3聲，賴阿切〉大體同"嘞"，而口氣略重一些：啲書冧晒落嚟～！（那些書全掉下來了！）

咯 lɔk³〈音洛，賴各切〉大體同"嘞"，而帶有提醒對方注意的口氣：琴日都搦晒去～。（昨天都全部拿去了。）

囉 lɔ³〈讀第3聲，賴個切〉①大體同"咯"，而口氣略重：落雨～，快啲收衫！（下雨了，快點收衣服！）②表示建議、邀約：呢個禮拜去東郊公園玩～。（這個星期天到東郊公園玩吧。）③表示勸阻或催促（口氣較婉轉）：噉嘅話就唔好再講～！（這樣的話就不要再説了！）｜行～！（走吧！）

囉喂 lɔ³wei³〈囉音羅第3聲，厲個切〉表示催促對方與自己一起行動：郁手～！（動手幹起來吧！）〔其中"囉"是"囉₁③"〕

囉 lɔ⁴〈音羅〉表示情況就是如此，帶理所當然、肯定無疑的口氣（往往用於回答別人的提問）：邊個好啲？——呢個好～！（哪個好一些？——當然是這個好！）

噃 pɔ³〈音播〉①表示希望對方注意自己所説的內容，有告知、提醒、叮嚀、催促、警告等作用：冇晒～。（全都沒有了。）｜好走囉～。（該走了。）｜你要記住～！｜呢堂梯唔

係幾穩陣～。(這把梯子不太牢靠呢。)｜佢梗得啦，有人幫佢～！(他當然行啦，有人幫他嘛！)　②表示説話人自己突然意識到某種情況，表示醒悟或原來沒估計到等意思：係～！佢講得啱～！(可也是！他説的對呀！)｜你都幾得～！(原來你還挺行！)

**喎₁** wo³〈音和第 3 聲，戶播切〉同"嘴"。[ 這是"嘴"的語音弱化形式 ]

**個嘴** ko³po³〈嘴音播〉相當於"嘅₁"(的)加上"嘴"，只是"嘅"字受"嘴"字音影響讀成了"個"：噉唔得～。(這樣不行的。)｜啊，都幾好～！(喲，還挺好的！) [ 又作"個喎" ]

*￼**喎₂** wo⁵〈音和第 5 聲，胡我切〉①表示轉告別人所説的話：經理話就噉得喇～。(經理説就這樣行了。)｜嗰度好難行～。(據説那兒很難走。)　②表示對某一出乎意料的事情表示不滿：畀佢攞晒走～！(被他全拿走了！) [ 重見十一 A2 ]

**咻** wo⁴〈音和〉表示出乎意料，帶吃驚、驚奇或不以為然等口氣：阿珍成個人變晒～！(阿珍整個人全變了！)｜整出咗咁多～。(居然弄出這麼多來。)｜佢噉都唔制～。(這樣他都不幹。)

*￼**嘠** ha²〈音夏第 2 聲，起啞切〉表示提醒對方注意：你睇真啲～！(你看清楚啊！)｜因住～！(小心哪！) [ 重見十一 A2、十一 A3 ]

**啦** la¹〈拉哈切〉①表示命令、請求、提議、制止等，帶有無奈或哀求的口氣：快啲去～！(快點去吧！)｜②表示勉強的同意、認可：好～，你話點就點～！(好吧，你説怎麼樣就怎麼樣吧！)　③表示已經如此或當然如此：都係噉～。(就是這

樣了。)｜使乜講～！(哪用得着多説呢！)　④表示認定某事，帶責備的口吻：一日都係你～，唔係都唔會噉～！(全都是你，要不也不會這樣！)　⑤表示列舉：阿哥一家～，細妹佢哋～，你呢度～，敋埋都有八九個人㗎。(哥哥一家吧，妹妹她們吧，你這兒吧，合起來也有八九個人的。)

**嘛₂** tsε¹〈音遮〉①表示事情不過如此而已(常用於對某種説法的否定)：好細雨～，唔使擔遮。(只是很小的雨，不用打傘。)　②表示反駁別人的説法：你做得人哋又做得～！(你幹得了人家也幹得了嘛！)　③表示某種看法為自己所獨有、內容為自己所獨知等：實係佢～！(一定是他了！)｜我就知道～。(我就知道呢。)

*￼**啫(唧)** tsεk¹〈音蓆第 1 聲〉①表示只不過如此(口氣比較強烈)：係得咁多～。(這只有那麼多。)｜先話佢一句～，就喊囉㖀。(才説了他一句，就哭了。)　②表示所説的內容為對方所不知道：我阿哥有好多好靚嘅郵票～。(我哥哥有許多很漂亮的郵票呢。)　③表示鼓動或建議(往往提出同對方意見不同的建議)：我話噉樣好～！(我説這樣才好呢！) [ 重見十一 A2 ]

**咋₁** tsa³〈音炸〉表示僅限於此(指出數量或範圍較小)：一個月三百緡～。(一個月才三百塊。)｜係我先咁好講話～。(只有我才這麼好講話。)

**之嘛** tsi¹ma³〈嘛讀第 3 聲，馬亞切〉①表示不過如此，有"沒甚麼大不了"的意思：十幾緡～，濕濕碎啦！(不過是十幾塊錢，小意思！)　②表示僅僅因為某個原因(而導致事情沒弄好)，帶有遺憾的口氣：小謝

344

手腳慢得滯～！（都是因為小謝手腳太慢！）

**至嘥** tsi³pɔ³〈嘥音播〉表示僅僅如此，有提醒對方注意的口氣：呢度得二十個～。（這裏只有二十個呢。）〔參見"嘥"〕

**罷啦** pa⁻²la¹〈罷讀第 2 聲，比啞切〉表示作罷，不再計較：有呢種就要嗰種～。（沒有這種就要那種算了。）

**係啦** hɐi⁻²la¹〈係讀第 2 聲，起矮切〉① 表示斷然如此，不必猶豫和懷疑：你放心～，我實得嘅。（你放心吧，我一定行。） ② 表示只好如此，有無奈的口氣：人人都唔肯去，噉我去～！（人人都不願意去，那麼我去就是了！）

## 十一 A2　用在句末表示問話的語氣詞

***啊₁（吖）** a¹〈讀第 1 聲〉① 表示追問（帶不耐煩的口氣）：你講你去唔去～？（你說你去不去吧？） ② 表示反問：點會唔得～？（怎麼會不行呢？）〔重見十一 A1〕

**啊₂（呀）** a⁴〈讀第 4 聲〉① 表示要證實某一情況：張生話佢實嚟～？（張先生說他一定來嗎？）｜係胡小姐～？（是胡小姐嗎？） ② 表示反問，口氣較重：你估你大晒～？（你以為你有無上權威嗎？）

**㗎₂** ka⁴〈音架第 4 聲，計霞切〉相當於"嘅₁"（的）加上"啊₂"：係胡小姐～？（是胡小姐的嗎？）｜唔畀攞出嚟～？（不讓拿出來的嗎？）〔參見十一 A1"嘅₁"〕

***㗎₁** ka³〈音嫁〉① 表示某種疑問：點解唔見咗～？（怎麼不見了呢？） ② 表示某種反問：噉點得～？（這怎麼行呢？）〔重見十 A1〕

□ hɛ²表示希望對方同意自己的説法：都幾抵～？（還挺值的是吧？）｜大翻啲就好喇～？（再大點兒就好了，對不對？）

**喇（嚹）₂** la⁴〈讀第 4 聲，黎霞切〉表示詢問某種情況是否發生：王伯制～？（王大伯願意了？）｜啲人走晒～？（人都走了？）

**哩（唎）₂** lɛ⁵〈李野切〉用於反問句，表示不出所料（多是不好的事），帶有責怪對方不聽勸告的口氣：呢勻撞板～？（這回砸鍋了不是？）｜你而家知唔得～？（你現在知道不行了吧？）

**哩（唎）₃** lɛ⁴〈黎爺切〉表示商量，帶有希望對方同意的意思，有時有懇求或催促的口氣：我試下～？（我試一試吧？）｜帶埋小華去～？（把小華也帶上好嗎？）｜做多半個鐘頭～？（多幹半個小時吧？）

**喎₂** wɔ⁵〈音和第 5 聲，胡我切〉用於反問句，表示所説的內容應予否定：有啲噉嘅好事～！（哪有這樣的好事！）｜畀晒你～！（難道全給你不成！）〔重見十一 A1〕

***嘎** ha²〈音夏第 2 聲，起啞切〉① 表示帶商量口氣的請求：我搦走喇～？（我拿走了啊？） ② 表示心有疑惑而期待對方答覆：咁惡搞嘅～？（怎麼這麼難弄啊？）〔重見十一 A1、十一 A3〕

**嘅₃** kɛ²〈假寫切〉① 加強疑問語氣：點解唔得～？（這怎麼會不行呢？） ② 加強反問語氣：噉都通～？（這樣做説得過去嗎？）

***啫（唧）** tsɛk¹〈音蓆第 1 聲〉表示催促對方答覆：你去定係唔去～？（你到底去還是不去～？）〔重見十一 A1〕

**咋₂** tsa⁴〈治霞切〉表示對事態僅僅如此心存疑惑或不滿等：咁耐整好兩

條～？（這麼久才弄好兩條？）｜全市就得呢度有呢種布～？（全市就只有這裏有這種布啊？）

**咩**₃ mɛ¹〈麼些切〉表示疑問、設問或反問：佢仲未到～？（他還沒到嗎？）｜佢唔制～，我都有計。（他不肯嗎，我也有辦法。）｜唔通噉都得嘅～？（難道可以這樣的嗎？）

**啩** kwa³〈音瓜第3聲，固阿切〉表示半信半疑（常與否定詞一起使用）：唔會～？（不會吧？）｜未有咁快～？（沒那麼快吧？）

## 十一 A3　單獨使用的表語氣詞語（歎詞）

**嘩** wa¹⁽⁴⁾〈音華第1聲，又讀第4聲〉表示驚歎：～！真好嘢（嚯！真好！）｜～！啲風大到！（唔！這風多大呀！）

**哈** ha¹ ①表示憤慨：～！你咁大膽！（嘿！你這麼大膽！）②表示疑惑：～，點解唔得呢？（咦，怎麼不行呢？）③表示驚奇：～，原來佢都識。（嘿，原來他也會。）④表示無奈：～，噉都搞唔掂！（嗨，這樣也還是弄不好！）

*****嘎** ha²〈音夏第2聲，起啞切〉用於問話，表示：①要求對方回答，有追問、質問、探詢、懇求等含義（總是用在句子後面）：瞰我點啊～？（那我怎麼辦？啊？）｜呢啲畀晒我啦，～？（這些全給我了，啊？）②對別人的話感到意外或沒聽清，要求對方說清楚：～？架車走咗吖？（甚麼？車子走了？）｜～？你講乜話？（啊？你說甚麼？）③對別人的呼喚一時反應不過來，以反問作應答：～？我喺度。（啊？我在這兒。）［重見十一A1、十一A2］

**唓** tsʰɛ¹(tsʰœ¹)〈音車，又音差靴切〉表示不滿、反對等：～！噉邊個肯啊！（嗨！這樣誰肯幹哪！）｜～！咪亂講！（呸！別胡説！）

**啋** tsʰɔi¹〈音採第1聲，差開切〉表示厭惡、斥責等，一般是針對別人所說的不好、不吉利的話而發：～！唔聽你噏埋呢啲嘢（呸！不聽你説這些東西！）［此一般為婦女所用。按舊時迷信的説法，口中喊"～"可以祛除不吉利］

**呢**₂ nɛ¹〈音尼些切〉提醒對方注意自己所指示的事物：～，嗰個就係嘞。（喏，那個就是了。）［參見"嗱"］

**嗱** na⁴〈音拿〉同"呢"：～，就喺度。（喏，就在這兒。）［一般來說，用"呢"或用"～"是一樣的，但如果有明顯的遠近之別時，"呢"指遠處的，"～"指近處的］

**呢嗱** nɛ¹na⁴〈呢音尼些切，嗱音拿〉同"呢"而口氣較重：～！噉都睇唔見（喏！這樣都看不見！）

## 十一 B　摹擬聲響

### 十一 B1　自然界的聲音

**吧吧聲** pa⁴pa⁻²sɛŋ¹〈前一吧字讀第4聲，後一吧字讀第2聲，聲讀司贏切第1聲〉水流聲：～噉流。（嘩嘩地流。）

*****嘩** hœ⁴〈音靴第4聲〉水流聲：～噉流出嚟。（嘩的流出來。）［重見二 C6］

*****嘩嘩聲** hœ⁴hœ⁻²sɛŋ¹〈第一字音靴第4聲，第二字音靴第2聲，聲讀司贏切第1聲〉水流聲。［重見十一 B2］

**化化聲** fa⁴fa⁻²sɛŋ¹〈第一個化讀第4聲，第二個讀第2聲，聲音司贏切第1

聲〉水流聲。[ 普通話用"嘩"象水聲。廣州話"化"同"嘩"的普通話音、廣州話音都不相同 ]

**叮探** teŋ²tɐm²〈叮音頂，探音底飲切〉落水聲：～一聲跌咗落水。(撲通一聲掉下水去。)

**探₂** tɐm²(tʰɐm²)〈音底敢切，又音體敢切〉落水聲：諗都冇諗就～聲跳落去救人。(想都沒想就撲通一聲跳下去救人。)

**啡啡聲** fɛ⁻⁴(fi⁴)fɛ⁻²(fi²)sɛŋ¹〈前一啡字讀咖啡之啡的第4聲，又音吠疑切；第二字讀第一字的第2聲；聲讀司贏切第1聲〉(水、汽等的) 噴射聲。

*嘶₁ tsɛ⁴〈音謝第4聲，志爺切〉(水、汽等的) 噴射聲；漏氣聲。[ 重見七B5、十一B3 ]

*□ sœ⁴〈時靴切第4聲〉滑落聲：～聲落晒㗎。(嘩一下全下來了。)[ 重見六A6 ]

**呼** fu⁻⁴〈讀第4聲〉風聲。[ 普通話也用"呼"字象風聲，可是讀音跟廣州話很不一樣 ]

*轟 kwɐŋ⁻⁴〈跪衡切〉雷聲。[ 普通話也用"轟"字象雷聲等，可是讀音跟廣州話很不一樣。重見十一B3 ]

*咩₂ ŋɛ¹(ɛ¹)〈音毅爺切第1聲，又音阿爺切第1聲〉羊叫聲。[ 重見七C8、十一B2 ]

**噢** ou¹ 狗叫聲：隻狗～～叫。(那狗汪汪叫。)

**嗷₁** ŋau¹〈音咬第1聲〉貓叫聲。

**嗷₂** au⁴〈音阿咬切第4聲〉老虎、獅子等的吼聲。

**□□□** œ⁴œ¹œ³〈第一字音阿靴切第4聲，第二、第三字分別為第一字的第1聲和第3聲〉公雞啼聲。

**局局角** kok⁶kok⁶kɔk⁻¹〈角讀第1聲〉母雞叫聲。

**慶慶含含** heŋ⁻⁴heŋ⁻⁴hɐm⁴hɐm⁴〈慶讀第4聲，何形切〉眾人嘈雜的聲音：話口未完，底下就～噉議論起上嚟。(話音未落，下面就鬧鬧哄哄的議論起來。)

*嘽嘽聲 hœ⁴hœ²sɛŋ¹〈第一字音靴第4聲，第二字音靴第2聲，聲讀司贏切第1聲〉①眾人嘈雜的聲音。②氣喘聲：行唔得幾步就～嘞。(沒走幾步就喘得厲害。)[ 重見十一B1 ]

**□□呱呱** kwi¹kwi¹kwa¹kwa¹〈前二字音姑衣切〉吵嚷聲：你班友仔～嘈實晒！(你們這幫傢伙哇啦哇啦地吵着人家！)

*□□聲 kwɛt¹kwɛt¹sɛŋ¹〈前二字音姑些切加上骨字的音尾，聲讀可贏切第1聲〉小孩的尖叫聲：你唔好～得唔得啊？(你別尖叫行不行？)[ 重見十一B3 ]

**□** kʰit¹〈音揭第1聲〉笑聲：忍唔住～一聲笑咗出嚟。(忍不住撲嗤一聲笑出來。)

**咔咔聲** kʰa⁴kʰa²sɛŋ¹〈第一字音卡第4聲，第二字音卡第2聲〉笑聲：～笑 (哈哈大笑)

**嗷嗷聲** ŋau⁴ŋau²sɛŋ¹〈第一字音咬第4聲，第二字音咬第2聲〉哭聲：～喊 (嗷嗷地哭)

**咩₂** ŋɛ¹(ɛ¹)〈音毅爺切第1聲，又音阿爺切第1聲〉小孩哭聲：頭先好似聽見佢～一聲嘅。(剛才好像聽見他哭了一聲)[ 重見七C8、十一B1 ]

**□□□□** fi⁴(fit⁴)fi⁴⁽¹⁾(fit⁴⁽¹⁾)fɛt⁶fɛt⁶〈前二字音扶疑切，又音扶疑切加上發字的音尾，第二字也可讀第1聲；後二字音咖啡之啡第6聲加上發字的音尾〉因流鼻水而抽鼻子的聲音，一般用以指：①抽泣：喊到～。(哭得一把鼻涕一把淚。） ②傷風或鼻炎等：你～嘅，係咪要食啲藥啊？（你老抽鼻子，是不是要吃點藥？）

□□聲 œt⁴œt²sɛŋ¹〈第一字音阿靴切第 4 聲加上吉字的音尾，第二字為第一字的第 2 聲〉①哭得很淒慘的聲音：～嗷喊。（嗚嗚地哭。） ②鼻鼾聲。

□□聲 kœt⁴kœt²sɛŋ¹〈第一字音鋸第 4 聲加吉字的音尾，第二字為第一字的第 2 聲〉鼻鼾聲：～瞓着咗。（呼呼地睡着了。）

咕咕聲 kwu⁴kwu²sɛŋ¹〈第一字音古第 4 聲，第二字音古第 2 聲，聲讀司贏切第 1 聲〉①鼻鼾聲。②腸鳴聲（在飢餓等的時候）：餓到我個肚～。（餓得我肚子咕咕叫。）

括括聲 kwut⁴kwut²sɛŋ¹〈第一字音忌活切第 4 聲，第二字為第一字的第 2 聲〉①鼻鼾聲。②大口喝水聲：快啲～飲晒佢！（快點兒大口喝完它！）

雜雜聲 tsap⁻⁴tsap⁻²sɛŋ¹〈第一字音習第 4 聲，第二字音習第 2 聲，聲讀司贏切第 1 聲〉咀嚼聲：食嘢～，隻豬嗽！（吃東西這麼響，像頭豬！）

嗒嗒聲 tap¹tap¹sɛŋ¹〈嗒音搭第 1 聲〉咂嘴聲；咂糖果的聲音。

*□ pʰu⁴〈婆胡切〉用力噴吐的聲音：～聲吐晒出嚟。（“噗”的一聲全吐了出來。） [ 重見六 C2 ]

*噦 œt⁶〈阿靴切第 6 聲加上日字的音尾〉嘔吐的聲音。 [ 重見二 C10、二 C16 ]

鉗鉗聲 kʰɛm⁴kʰɛm²sɛŋ¹〈第一字音騎字加禽字的音尾，第二字為第一字的第 2 聲〉咳嗽的聲音：一日聽見佢～。（整天聽見他咳嗽。）

曉曉聲 hiu²hiu²sɛŋ¹〈聲讀司贏切第 1 聲〉哮喘鳴音。

*乒乒聲 pɛŋ⁴(pɛm⁴)pɛŋ²(pɛm²)sɛŋ¹〈前一乒音崩第 4 聲，又音罷含切；後一乒字讀前一字的第 2 聲〉心跳聲（指人在心情緊張等情況下聽見自己的心臟跳動的聲音）：當時我個心跳到～。（當時我的心跳得砰砰地響。） [ 重見十一 B3 ]

*□ pɐp⁶〈部合切〉心跳聲：我一聽倒個心就～聲跳。（我一聽到心裏就突地跳一下。） [ 重見十一 B3 ]

唵 ɐm⁴〈音暗第 4 聲，阿含切〉餵小孩時，把湯匙伸進小孩嘴裏，同時大人口中發出“～”的聲音（實際上是摹仿合口的動作，意在催促孩子吃）。

## 十一 B3　人造成的聲音

*轟 kwɐŋ⁻⁴〈跪衡切〉重擊聲、爆炸聲等。 [ 普通話也用“轟”字象重擊聲等，可是讀音跟廣州話很不一樣。重見十一 B1 ]

乓 pɐŋ⁴(pɐm⁴)〈音崩第 4 聲，又音罷含切〉重擊聲、爆炸聲等：～聲碎晒。（砰的一聲全碎了。） [ 相比之下，“轟”所形容的聲音要重些，“～”要輕些 ]

乒乒 pɛŋ⁴pɛŋ⁴(pɛm⁴)〈乒音兵第 4 聲，乒音崩第 4 聲，又音罷含切〉同“乒”：打打樁機～～嘈到死。（那台打樁機咚咚地吵得要死。） [ 比普通話的“乒乒”所象的聲音要響得多，沉得多。與廣州話“乒乓球”中的“乒乓”也不同音 ]

*乒乓聲 pɛŋ⁴(pɛm⁴)pɛŋ²(pɛm²)sɛŋ¹〈前一乒音崩第 4 聲，又音罷含切；後一乒字讀前一字的第 2 聲〉重擊聲。 [ 重見十一 B2 ]

*□₂ paŋ⁴〈部橫切〉①重擊聲。②槍聲；鞭炮聲等：畀人～一槍打低咗。（讓人砰的一槍打倒了。） [ 重

見七 D11 ]

**乒乒□□** peŋ⁴peŋ⁴paŋ⁴paŋ⁴〈乒音兵第 4 聲，後二字音部橫切〉①用力敲擊物體的聲音：隔籬～唔知拆乜嘢。（隔壁乒乒乓乓不知在拆甚麼東西。）②連串的槍聲或鞭炮聲等。

**鐸** tɔk¹〈多惡切第 1 聲〉清脆的敲擊聲：～噉鏗咗下隻木魚。（梆的一聲敲了一下木魚。）

**確** kʰɔk⁻¹〈讀第 1 聲〉①敲擊聲：我聽倒有人～～噉敲門嘅。（我聽到有人梆梆地敲門。）②皮鞋等走路的聲音：佢對高踭鞋～～聲。（她那雙高跟鞋梆梆地響。）

**角** kɔk⁻⁶〈讀第 6 聲〉同"確"。

**登登聲** teŋ⁻⁴teŋ⁻²sɛŋ¹〈前一登字讀第 4 聲，後一登字讀第 2 聲，聲音司贏切第 1 聲〉沉重或疾速的腳步聲：林伯七十歲行路仲～。（林大伯七十歲走路還登登地響。）

**凌凌林林** leŋ⁴leŋ⁴lɐm⁴lɐm⁴ ①眾多腳步聲：大家～行咗上樓。（大家踢踢騰騰上了樓。）②迅速地做事、收拾東西等的聲音。

**時哩沙啦** si⁴li⁴⁽¹⁾sa⁻⁴la⁻⁴〈哩音黎疑切，又音拉衣切；沙讀第 4 聲，啦音黎霞切〉①迅速收拾東西等的聲音。②某些東西磨擦等的聲音：呢種衫着上身成日～嘅。（這種衣服穿在身上整天沙沙地響。）

***□** pɐp⁶〈部合切〉①重物落地聲。②跳躍聲：佢～聲扎咗去上去。（他啪的一聲跳了上去。）[ 重見十一 B2 ]

***坺** pʰat⁶〈音婆壓切第 6 聲〉軟物或糊狀物重重摔下的聲音：成個人～一聲揸落地。（整個人啪的一聲摔在地上。）[ 重見十 C2 ]

**佮** tʰɐp¹〈他恰切〉①輕盈的落地聲：～聲跳落嚟。（啪的一聲跳下來。）②蓋盒蓋、放話筒等聲音。

**給** kʰɐp¹ 蓋盒蓋、放話筒等聲音：未等華仔講完，阿珍就～聲收咗線。（沒等華仔講完，阿珍就咔的一聲掛了電話。）

**傾鈴哐啷** kʰeŋ¹leŋ⁻¹kwaŋ¹laŋ¹〈鈴讀第 1 聲，哐音誇坑切，啷音拉坑切〉玻璃、器皿等碰撞、打碎等聲音：一下～打爛晒。（一下子乒乒乓乓全打碎了。）

**平₂** pʰeŋ⁴〈皮贏切〉鑼聲。

**鑔** tsʰa⁴〈音查〉鈸聲。

**鑔督鉎** tsʰa⁴tok¹tsʰɛŋ³〈鑔音查，鉎音次贏切第 3 聲〉鑼鼓聲（一般指唱戲的鑼鼓聲）。

**咩咩** ŋɛ⁴ŋɛ¹〈第一字音娥爺切，第二字讀第一字的第 1 聲〉胡琴的聲音。

**輯** tsʰɐp¹ ①拍照聲：～！又影一張。（喀！又照一張。）②乾脆地剪東西的聲音：～噉剪斷咗。（喀地剪斷了。）

**啷₂** laŋ¹〈拉坑切〉鈴聲：電話又試～噉響嘞。（電話又噹啷啷地響了。）

**啷₃** lɔŋ¹〈音郎第 1 聲〉搖鈴聲；物體在空鐵盒裏滾動等的聲音：一篩就～～噉響。（一搖晃就叮噹響。）

**鈴啷** leŋ⁻¹lɔŋ¹〈鈴音令第 1 聲，啷音郎第 1 聲〉同"啷₂"。

**鈴** leŋ⁻¹〈音令第 1 聲〉小鈴聲：有架單車～一聲駛埋嚟。（有輛自行車滴鈴鈴一聲騎過來。）

**□□□□** kwit¹kwit¹kwɛt¹kwɛt¹〈前二字音姑衣切加上骨字的音尾，後二字音姑些切加上骨字的音尾〉金屬磨刮的刺耳響聲：上便刮乜嘢刮到～啊？（上面刮甚麼東西聲音那麼刺耳呀？）

***□□聲** kwɛt¹kwɛt¹sɛŋ¹〈前二字音姑些切加上骨字的音尾，聲讀司贏切第 1 聲〉金屬磨刮的刺耳響聲。[ 重見十一 B2 ]

349

□ ŋɐt¹〈毅些切加上骨字的音尾〉①門軸等轉動的聲音：道門～聲打開咗。（那門吱呀一聲打開了。）②木構件等受壓發出的聲音：條擔挑～～聲，斷咁滯。（那扁擔吱吱地響，快要斷了。）

嘞₃ lak¹〈拉客切第 1 聲〉木頭、布等折裂、撕裂的聲音：條方～聲斷咗。（那木方咔嚓一聲斷了。）

□ sœt⁶〈音士靴切第 6 聲加上術字的音尾〉飛掠的聲音：～聲飛走咗。（嗤溜一聲飛走了。）

嗍 tsʰyt¹〈音差雪切第 1 聲〉飛掠的聲音：～聲唔見咗。（嗤溜一聲不見了。）

嘭 put¹〈音波活切第 1 聲〉汽車鳴笛聲：架車～聲開走咗。（車子嘟的一聲開走了。）

盎 ɔŋ⁴〈阿航切〉汽車、機器等的開動聲；飛機聲：點解今日成日聽見有飛機～噉飛嘅嘎？（怎麼今天老是聽見有飛機在隆隆地飛呢？）

□□聲 wiu²wiu²sɛŋ¹〈前二字音烏曉切〉警報器的聲音：架警車～嚟嘞。（警車嗚嗚地來了。）

□嗚□嗚 wi¹wu³wi¹wu³〈第一、第三字音烏衣切，嗚讀第 3 聲〉警報器的聲音。

*嘶₁ tsɛ⁴〈音謝第 4 聲，志爺切〉淬火的聲音；滾燙的東西遇水發出的聲音：一煲水淋落去，～一聲。（一瓢水澆下去，嗤的一聲。）［重見七B5、十一B1］

喳喳聲 tsa⁴tsa²sɛŋ¹〈前一喳字音治霞切，第二字音指啞切，聲讀司贏切第 1 聲〉①煎炸聲。②收音機等的雜音：聲音靚圖像就差，圖像好又～，點都校唔倒。（聲音好圖像就差，圖像好雜音又大，怎麼也調不好。）

# 十一 C　熟　語

［在前面各類中已有不少熟語，本節為舉例性質］

## 十一 C1　口頭禪、慣用語

一本通書睇到老 jɐt¹pun²tʰoŋ¹sy¹tʰɐi² tou³lou⁵〈睇音體〉【喻】只會抱着老皇曆，不懂適時變通（睇：看）。

開講有話 hɔi¹kɔŋ²jɐu⁵wa⁶ 俗話說…；古語說…。用於引用警句等的時候。"開講"指舊時說書的開場白，因為說書一開始多要引用警句，所以這樣說。

冇嗰支歌仔唱 mou⁵kɔ²tsi¹kɔ¹tsɐi²tsʰœŋ³〈冇音無第 5 聲，嗰音個第 2 聲，仔音子矮切〉【喻】沒有那首歌可唱了（冇：沒有；嗰：那）。比喻過去曾有過的事（一般是好的）再也沒有了：嗰時一毫子一碗艇仔粥唔知幾靚，而家～喇。（那時候一毛錢一碗"艇仔粥"相當好，現在沒那樣的事了。）

風水佬唔呃得十年八年 foŋ¹sɵy²lou² m⁴ak¹tɐk¹sɐp⁶nin⁴pat¹nin⁴〈呃 音 啊 黑切〉【謔】風水先生騙人騙不了十年八年那麼久（唔：不；呃：騙）。是說騙局不可能持久，又常用於表示自己沒有騙人：～，唔使一個禮拜你就知我冇講大話。（騙人總沒法騙得久，不用一個星期你就知道我沒說謊。）［風水先生替人看墓地，說葬先人於某處，可使子孫騰達，實際上騙人可以不止十年八年。這裏故意反過來說，有諧趣之意］

可惱也 kʰɔ¹nau¹jɛ¹〈可音卡呵切，惱音那敲切，也音爺第 1 聲〉表示惱恨時的用語。此語取自粵劇。本世紀初以前，粵劇一般用官話演唱，後來改為用廣州話，但一些程式化的台詞仍沿用舊時官話，"～"即屬此類。後進入日常用語。[此三字如按廣州話一般讀法為 hɔ²nou⁵ja⁵，但實際上這個詞沒有這樣讀的]

**邊有咁大隻蛤乸隨街跳** pin¹jɐu⁵kɐm³ tai⁶tsɛk³kɐp³na²tsʰɵy⁴kai¹tʰiu³〈咁音甘第 3 聲，蛤音急第 3 聲，乸音拿第 2 聲〉【喻】哪有那麼大的蛤蟆滿街跳（邊：哪；咁：這麼；蛤乸：蛤蟆）。意思是說沒有那麼便宜的事：進口貨大平賣？～啊！（進口貨大降價？哪有這樣的好事！）

**觀音菩薩，年年十八** kwun¹jɐm¹pʰou⁴ sat³, nin¹nin⁴sɐp⁶pat³【喻】【謔】觀音永遠不會老。這是用來笑話那些總是說自己很年輕的女人。["薩"和"八"押韻]

**有冇搞錯** jɐu⁵mou⁵kau²tsʰɔ³〈冇音無第 5 聲〉有沒有弄錯（冇：沒有）。用於表示懷疑或不滿時：～啊，潷到我一身濕！（怎麼回事，潷了我滿身的水！）

**後嚟先上岸** hɐu⁶lɐi⁴sin¹sœŋ⁵ŋɔn⁶〈嚟音黎，上讀第 5 聲〉【喻】坐渡船時，先上船的坐靠裏，上岸時在後，後上船的反而先上岸（嚟：來）。比喻後來者反而先得益。往往用於對這類現象表示不滿時。

**好狗唔擋路** hou²kɐu²m⁴tɔŋ²lou⁶【喻】用於叫人不要擋住路時（唔：不）。這是對對方略帶侮辱性或帶開玩笑口吻的說法。

**好心着雷劈** hou²sɐm¹tsœk⁶lɵy⁴pʰɛk³〈着音着火之着〉【喻】好心不得好報。

**好話唔好聽** hou²wa⁶m⁴hou²tʰɛŋ¹〈聽音梯贏切第 1 聲〉好話總是不好聽的（唔：不）；忠言逆耳。一般用於準備講出某些逆耳忠言或雖犯忌諱而又道出實情的話的時候：～，佢老豆死咗佢唔知點算。（說句不好聽的，他父親死了他不知怎麼辦。）

**嚇壞老百姓** hak³wai⁶lou⁵pak³sεŋ³【謔】（氣勢等）把人嚇着（有時帶一點諷刺口吻）：你擺個噉嘅款，唔好～噃！（你擺這樣的架子，別把人嚇着了！）

**講開又講** kɔŋ²hɔi¹jɐu⁶kɔŋ² 既然說起來也就說吧。用於順着話題講下去，提起一個與前面的話題有關而又不很相同的話題時：我唔夠條件。係嘞，～，你夠條件嘞，點解唔報名呢？（我不夠條件。對了，這話說起來，你夠條件嘛，怎麼不報名？）

**怕咗…先至怕米貴** pʰa³tsɔ²...sin¹tsi³ pʰa³mɐi⁵kwɐi³【謔】首先怕某人，其次才怕大米漲價（咗：了）。意思是某人很可怕。此語始自上世紀 40 年代後期，其時米價騰貴，而且日日上漲，令人心驚，所以用來作誇張形容的參照物。此語運用時，"怕"字後面一般用"你"或"佢"（他），很少用其他詞語，一般指人而不指事物。帶玩笑色彩，所說的人並不是真的可怕，一般只是令人厭煩：算嘞，畀你嘞，成日嘈住要，我真係怕咗你先至怕米貴啊！（算了，給你吧，整天吵着要，我真是怕了你了！）

**妹仔大過主人婆** mui⁻¹tsɐi²tai⁶kwɔ³tsy² jɐn⁻²pʰɔ⁴〈妹讀第 1 聲，仔音子矮切〉【喻】丫環的地位比女主人還高（妹仔：丫環）。比喻喧賓奪主。

**斬腳趾避沙蟲** tsam²kœk³tsi²pei⁶sa¹ tsʰoŋ⁻²〈蟲讀第 2 聲〉【喻】砍掉腳趾頭以免去疥癩之害（沙蟲：疥蟲）。比喻避小害而失大利；因噎廢食。

**話齋** wa⁶tsai¹ 正如…所說，…。用於引用別人的話語（引用者自己也同意這種說法）的時候：佢～，一日唔死都要過得有滋有味。（正如他所說：一天不死也要活得有滋有味。）

351

話頭 wa⁶tʰɐu⁴ 同"話齋"。

話事偈 wa⁶si⁶kɐi²〈偈音計第 2 聲，解矮切〉同"話齋"：三哥～，良心錢先至養得肥人嘅。(正如三哥說的，良心錢才能養得人胖。)

擔擔唔識轉膊 tam¹tam³m⁴sek¹tsyn³pɔk³〈前擔字讀第 1 聲，後擔字讀第 3 聲，轉讀第 3 聲〉【喻】【貶】挑擔子不會換肩 (唔：不)。比喻做事不懂得從權、靈活處置，死板。

擰甩頭當凳坐 neŋ⁵lɐt¹tʰɐu⁴tɔŋ³tɐŋ³tsʰɔ⁵〈擰讀第 5 聲，甩音拉一切，當音當作之當〉【喻】把腦袋擰下來當凳子坐 (甩：掉)。表示死也不怕或頂多是個死。

*咸(冚)家鏟 hɐm⁶ka¹tsʰan²〈咸音含第 6 聲〉【詈】【俗】全家死光 (咸：全部)。這是極惡毒的罵人話。[ 重見一 A3 ]

屌(丟)那媽 tiu²na⁵ma¹【詈】【俗】一般粗俗的罵人話 ("那"為"你阿"的合音)。

挑那星 tʰiu¹na⁵seŋ¹【詈】【俗】略為不那麼粗俗的罵人話。

前世唔修 tsʰin⁴sɐi³m⁴sɐu¹ 迷信認為一個人在他的前世沒修下陰德，這一世也就沒有好報應 (唔：不)。這句話一般用於感歎世事時用，如某人行為不端、某人遭受災禍等等，都可用此語表示慨歎的感情。

絡住囉柚吊頸 lɔk⁶tsy⁶lɔ¹jɐu²tiu³kɛŋ³〈囉音羅第 1 聲〉【喻】【謔】套着屁股上吊 (囉柚：屁股)，肯定死不了。比喻做事極為保險：陸叔～，樣樣股票都買啲。(陸叔真夠保險的，每樣股票都買一點。)

捉倒鹿唔識脫角 tsok¹⁽³⁾tou²lok⁻²m⁴sek¹tʰyt³kɔk³【喻】捉到鹿卻不懂怎樣把鹿角取下來 (倒：得到；唔：不)。比喻在接近成功時不知道怎樣舉措

才能獲得成果。

捼埋都係風濕 la²mai⁴tou¹hɐi⁶foŋ¹sɐp¹〈捼音麗啞切〉【喻】【貶】舊時有的醫生醫術不高，病人說身體疼，他統統都說是風濕 (捼埋：不管甚麼；係：是)。比喻對具體問題不作具體分析，甚麼都看作是相同的問題。

## 十一 C2　歇後語

牛皮燈籠——點極唔明 ŋɐu⁴pʰei⁴tɐŋ¹lɔŋ⁴tim²kek⁶m⁴meŋ⁴【喻】是説人愚蠢遲鈍，怎麼指點也不明白 (極：怎麼…也；唔：不)。"點"是點燈和指點雙關，明是明亮和明白雙關。

拜太公分豬肉——人人有份 pai³tʰai³koŋ¹fɐn¹tsy¹jok⁶jɐn⁴jɐn⁴jɐu⁵fɐn⁻²〈份讀第 2 聲〉【喻】每個人都有一份。舊時用豬肉祭祖，然後平分給族內的男子 (拜太公：祭祖)。

水瓜打狗——唔見嗽橛 sɵy²kwa¹da²kɐu²m⁴kin³kɐm²kʰyt⁶〈嗽音敢，橛決第 6 聲〉【喻】用絲瓜打狗，自然會斷掉一截 (水瓜：絲瓜；唔：不；嗽：表示數量變化；橛：截)，指少了一部分：仲煲緊有米粥，啲資金經已～嘞。(事情還八字沒一撇，那資金就已經用了不少了。)

阿崩買火石——嗽過先知 a³pɐŋ¹mai⁵fɔ²sɛk⁶kʰek¹kwɔ³sin¹tsi¹〈嗽音卡益切〉【喻】買火石必須先試一試。謂經過較量才知誰高誰低 (阿崩：豁唇兒；嗽：有"卡住用力磨擦"和"較量"雙關意思；先：才)。["阿崩"為廣州話歇後語中常出現的人物，並無貶義。又作"老李買火石——嗽過先知"]

紙紮老虎——有威冇勢 tsi²tsat³lou⁵fu²jɐu⁵wɐi¹mou⁵sɐi³〈冇音無第 5 聲〉【喻】只有空架子 (冇：沒有)。

352

秀才手巾——包書（輸）sɐu³tshɔi⁴sɐu²
kɐn¹pau¹sy¹ 一定會輸。“書”與“輸”
同音：你呢勾碰倒高手，係～喇。
（你這回碰上高手，是輸定了。）

泥水佬開門口——過得自己過得
人 nɐi⁴sθy²lou²hɔi¹mun⁴hɐu²kwɔ³tɐk¹
tsi⁶kei²kwɔ³tɐk¹jɐn⁴ 泥瓦匠在牆上開
門口，用自己的身量來比該開多
高，能過得了自己就能過得了別
人。這是説做事要既能讓自己過得
去，也能讓別人過得去。用以勸喻
人做事不要太離譜或不要太過分。

單眼仔睇老婆——一眼睇晒 tan¹
ŋan⁵tsɐi²thɐi²lou⁵phɔ⁴jɐt¹ŋan⁵tʰɐi²sai³
〈仔音子矮切，睇音體〉獨眼龍相
親——一眼全看到了（晒：全部）。
是説一覽無餘。

食豬紅屙黑屎——即刻見功 sek⁶
tsy¹hoŋ⁴ɔ¹hak¹(hɐk¹)si²tsek¹hak¹(hɐk¹)
kin³koŋ¹【喻】喫豬血拉黑屎——馬
上見效（豬紅：豬血）。比喻做某事
很快就顯出效果或後果（包括積極的
和消極的）。

落雨擔遮——死擋（黨）lɔk⁶jy⁵tam¹
tsɛ¹sei²tɔŋ² 下雨打傘—死死地擋住
（擔遮：打傘）。“擋”與“黨”同
音。“死黨”即非常要好的朋友：我
同佢兩個係～。（我跟他兩個是生死
之交。）

## 十一 C3　諺　語

一種米養百種人 jɐt¹tsoŋ²mɐi⁵jœŋ⁵pak³
tsoŋ²jɐn⁴〈種音種類之種〉同一種米
養出來的人卻有很多種。這是説世
上的人良莠不齊。一般是用在感歎
某些人的品質差得令人詫異的時候。

人多煠狗唔脸 jɐn⁴tɔ¹sap⁶kɐu²m⁴nɐm⁴
〈煠音是習切，脸音泥含切〉【喻】
人多而心不齊或組織不力，連煮狗

肉也煮不爛（煠：煮；唔：不；脸：
軟爛）。

上屋搬下屋，唔見一籮穀 sœŋ⁶ok¹
pun¹ha⁶ok¹, m⁴kin³jɐt¹lɔ⁴kok¹ 即使是從
上房搬到下房，也會有所損失（唔：
不），是説搬家總會有碰壞或丟失東
西的情況。舊時習慣以穀為財物的
比照物，“一籮穀”指不多不少的損
失。[“屋”與“穀”押韻]

山大斬埋有柴 san¹tai⁶tsam²mai⁴jɐu⁵
tsʰai⁴【喻】山上每一個地方的柴都
不多，但由於山很大，各處的柴都
砍了聚在一起就多了（埋：聚攏）。
比喻小的數量一點一點湊起來就很
多：每本雖然只賺一毫子，但係發
行百幾萬，～啊嘛。（每本雖然只賺
一毛錢，但是發行一百多萬，總數
合起來就不少了嘛。）

牛唔飲水點撳得牛頭低 ŋɐu⁴m⁴jɐm²
sθy²tim²kɐm⁶tɐk¹ŋɐu⁴tʰɐu⁴tɐi¹〈撳音今
第 6 聲，忌任切〉【喻】牛不喝水怎
能把牛頭按下去（唔：不；點：怎
麼；撳：按）。是説做事要自覺自
願，不可能靠強迫。

分甘同味，獨食難肥 fɐn¹kɐm¹tʰoŋ⁴
mei⁶, tok⁶sek⁶nan⁴fei⁴【喻】這是勸喻
人有利益當與別人分享（肥：胖）。
[“味”與“肥”押韻]

仔大仔世界 tsɐi²tai⁶tsɐi²sɐi³kai³〈仔音
子矮切〉兒女大了，世界就是兒女
的世界了（仔：兒女）。這是父母作
慨歎時常用的話，意思是説兒女大
了，不可能事事都聽父母的了；也
包含着兒女長大後就應該由他們自
己走自己的路的意思。

本地薑唔辣 pun²tei⁶kœŋ¹m⁴lat⁶【喻】
人才在本地總是起不了作用（唔：
不），也暗示另一個意思是外面的人
才反而較易受重用。與普通話“牆內
開花牆外香”意思有些近似。

**龍牀不如狗竇** loŋ⁴tsʰɔŋ⁴pɐt¹jy⁴kɐu⁴tɐu³〈竇音鬥〉【喻】再好的地方也不如自己家裏舒坦（竇：窩）。

**好頭不如好尾** hou²tʰɐu⁴pɐt¹jy⁴hou²mei⁵ 勸喻人做事不要虎頭蛇尾。

**好物沉歸底** hou²mɐt⁶tsʰɐm⁴kwɐi¹tɐi² 【喻】好東西留到最後。

**同人唔同命，同遮唔同柄** tʰɔŋ⁴jɐn⁴ m⁴tʰɔŋ⁴mɛŋ⁶，tʰɔŋ⁴tsɛ¹m⁴tʰɔŋ⁴pɛŋ³【喻】用傘的把兒跟人的命運相比，慨歎各人命運的好壞差很遠（唔：不；遮：傘）。[“命”與“柄”押韻]

**近官得力，近廚得食** kɐn⁶kwun¹tɐk¹ lek⁶，kɐn⁶tsʰɵy⁴tɐk¹sek¹〈近音接近之近〉有“近水樓台先得月”的意思。這兩句也可以拆開來單獨用。[“力”與“食”押韻]

**亂棍打死老師傅** lyn⁶kwɐn³ta²sei²lou⁵ si¹fu⁻²〈傅音虎〉【喻】有時不按部就班地做事也能成功，甚至超過經驗老到的人（老師傅：指武藝高強的槍棒師傅）。

**雞髀打人牙鉸軟** kɐi¹pei²ta²jɐn⁴ŋa⁴kau² jyn⁵【喻】用雞腿來打人，可以使人的頜關節變軟（髀：腿；牙鉸：頜關節）。比喻以請吃喝來使人不說自己的壞話。這同北方話“吃人的嘴軟”說的是同一現象，但北方話是從吃別人東西的人方面說的，而廣州話此語是從請吃的人方面來說的。

**畫公仔唔使畫出腸** wak⁶kɔŋ¹tsɐi²m⁴ sɐi²wak⁶tsʰɵt¹(tsʰyt¹)tsʰœŋ²〈畫音劃，仔音子矮切，腸音搶〉【喻】畫小人兒不必把腸子也畫出來（公仔：小人兒；唔使：不必）。是說對某些事情不必要說得太白。

**爛船都仲有三斤釘** lan⁶syn⁴tou¹tsɔŋ⁶ jɐu⁵sam¹kɐn¹tɛŋ¹〈釘音低贏切第1聲〉【喻】原有雄厚家底，即使衰落，也還有一定分量（爛：破；都仲有：也還有）。與北方話“瘦死的駱駝比馬大”意思相近。

**蟻多樓死象** ŋɐi⁵tɔ¹lɐu¹sei²tsœŋ⁶【喻】無數螞蟻爬到大象身上可以把大象咬死（樓：昆蟲等爬伏）。比喻弱者人多而齊心，可以戰勝強者。

**唔係猛龍唔過江** m⁴hɐi⁶maŋ⁵lɔŋ⁴m⁴ kwɔ³kɔŋ¹【喻】有本事的人才出來闖蕩（唔：不；係：是）。

**虛不受補** hɵy¹pɐt¹sɐu⁶pou²【喻】本是中醫的行話，是說身體底子虛的人受不了大補。比喻無實際水平的人受不了過分的表揚或重用等，一般是表示自我謙虛的話：你千祈咪講呢啲，我係～啊！（你千萬別說這些，我沒這個水兒，受不住哇！）

**朝朝一碗粥，餓死醫生一屋** tsiu¹ tsiu¹jɐt¹wun²tsok¹，ŋɔ⁶sei²ji¹sɐŋ¹jɐt¹ok¹ 〈生音司亨切〉【謔】每天早上喝一碗粥，就不會生病，醫生就會因而失業，全家都得捱餓（朝：早上；一屋：全家）。這是誇張地說早上喝粥有益健康。[“粥”與“屋”押韻]

**矮仔多計** ɐi²tsɐi²tɔ¹kɐi⁻²〈仔音子矮切，計讀第2聲〉矮仔計謀多（矮仔：矮子）。民間認為個子小的人計謀比較多。此語略帶開玩笑口氣，而無貶義。

**碗碟碰埋都有聲** wun²tip⁶pʰɔŋ³mai⁴tou¹ jɐu⁵sɐŋ¹〈聲音司贏切第1聲〉【喻】碗碟碰在一起也會有聲響，何況人呢（埋：靠攏）。用於勸人對已發生的爭吵不要介懷。

**臊臊都係羊肉** sou¹sou¹tou¹hɐi⁶jœŋ⁴jok⁶ 【喻】雖然有點膻，羊肉總歸是肉（臊：膻；係：是）。意思是說有些利益雖不能盡如人意，但也畢竟是一種利益：少啲都攞啦，～啊嘛！（少一些也拿吧，不管怎麼說也比沒有的好。）

# 詞目筆畫索引

本索引按首字筆畫排列。外文字母起頭的詞條和無字可寫、以方框□起頭的詞條附在後面。□起頭的詞條有的後面括注音標,表示這個詞的讀音或者這個詞第一個音節的讀音。

# 重版後記

　　這本詞典是十幾年前的作品。現在商務印書館要重版，我一則為"敝
帚"還不失價值而竊喜，二則也不免心存遺憾。當年匆匆完稿的時候，心
知它的不完善，就想着以後有機會，要作大修訂的。可是這一次，除了改
正一些錯誤、增加若干詞條、調整少數詞條的歸類，再有根據出版社的要
求改用繁體，以及用了比較規範的國際音標注音之外，基本沒有作甚麼改
動。這固然可以拿雜物太多、騰不出時間來做藉口，而真正的原因，還是
學殖有限。

　　這不是故作謙虛，是實情。這本詞典最大的特色在於語義分類，當
年花功夫花得最多的是這方面，而自覺最不滿意的也是這方面。十多年過
去，我在這方面幾乎毫無進步。當然，這些年也接觸了一些語義分類系
統，尤其是中文信息處理界做的系統，例如著名的"知網"的系統。搞中
文信息處理的專家們的思路跟方言學者的不很一樣。方言學者多從方言調
查的角度想問題，會首先從詞匯意義本身的關係上去分類；而中文信息處
理要求詞庫可以處理句子，所以更注重語義在句子中（句法中）的地位，
這是很值得方言界參考的。但是兩者如何很好地結合，我卻想不出一個好
方案來。也許這得寄希望於真懂計算機的下一代人了。

　　藉此重版之際，我們要向本詞典的出版者香港商務印書館表示感
謝！我們要謝謝出版社和印刷廠的各位編輯、打字和校對人員！這麼繁瑣
的音標，還要造許多古怪的方言字，真是難為了。

　　謝謝讀者們！我們在初版後記裏公佈了通訊地址，希望得到讀者的
反饋，以便改進。我們也確實獲得過讀者的意見，有益於這詞典的修訂。
現在要通告的是，譚步雲先生的通訊地址依舊：510275，廣州市海珠區，
中山大學中文系；而我的就有了變動：100732，北京市建國門內大街5
號，中國社會科學院語言研究所。我們依然熱切歡迎你們的寶貴意見！

麥　耘

二零一零年十一月

於北京東郊之我心堂

# 初版後記

　　編一本廣州話義類詞典，這是七、八年來一直縈迴於我心中的一件事。但一來自覺水平不逮，二來也憚於其工程之浩大，所以遲遲不曾動手。這次由於廣東人民出版社的編輯的大力支持，更賴譚步雲學兄欣然加盟，現在總算把它搞出來了。

　　漢語的方言很多，其詞彙各有特點。方言詞典一向有人編纂，廣州話的方言詞典也出版過不止一本。不過這些方言詞典大都是根據方言的語音依音序排列的，這就產生了一個問題：對於不熟悉這種方言的人來說，這種詞典幾乎是完全沒辦法使用的。

　　由於廣東經濟的發展，外地到廣東、特別是到廣州附近地區工作的人很多，他們都有學習廣州話的迫切要求。學習一種方言，學會其語音當然是首要的；不過由於各方言之間總有一定的語音對應規律，學語音並非方言學習中的最難之點。實際上，最妨礙講不同方言的人之間溝通的，是詞彙上的差異。所以，一本實用的、易查的詞典是非常必需的；而按照語義來分類的詞典就是最實用、最易查的。要想知道廣州話對某種事物是怎麼說的，根據目錄，按圖索驥，一翻就能找到；而且同義詞、近義詞、反義詞都在其前其後，查起來非常方便。

　　從學術研究的角度說，這樣的詞典同樣有其重要價值。方言的研究發展到今天，方言之間的比較研究可說是個大方向。方言語音的比較研究早有人搞了，方言的語法比較也在興起，而方言之間詞彙的比較似乎是殿後軍。其中原因很多，但下面這個原因也許是最主要的：詞彙量大面廣，如非自己的母語，要全面掌握是很難的。要想取若干種方言作詞彙上的比較，來自不同方言區的學者進行合作是最理想的，但這樣的機會總是有限；而要通曉多種方言，包括其大部分詞彙，對大多數方言學家來說，又是過高的要求。在這種情況下，按義類編排的方言詞典就是很有用的了。我甚至想像，通過長期的努力、不斷的修訂，學術界可以制定一套既科學、嚴密，且便於查找，又適用於各方言的語義分類體系，各方言都依這個體系來編寫方言詞典，就像古文字學家都按《說文解字》體系來編寫古文字字典那樣，要進行比較研究就極為方便了。如果我們這本東西能為這個宏大的工作起到一點微薄的作用，我們就可說是太高興了。

　　另外一方面，編義類詞典對語義學的研究也會有裨益。漢語的語義系統是怎樣一個架構，現在並不是很清楚的，有一些地方則是很不清楚的。我們在編這本詞典的時候，就碰到不少棘手的問題，主要是某些詞語從語義上如何分類及歸類的問題，以致有些地方雖經再三推敲，仍覺未安。這固然是我們水平有限之故，實在也因為有些問題目前學術界也沒怎麼注意到。如果有多一些人來編各種義類詞典，包括普通話的和方言的，一定能發現並解決更多的問題。

　　我們在編這本詞典的過程中，在收詞、釋義和用字方面，參考了饒秉才、歐陽覺亞、周無忌先生的《廣州話方言詞典》（香港商務印書館，1981）、曾子凡先生的《廣州話‧普通話口語詞對譯手冊》（香港三聯書店，1982）、吳開斌先生的《簡明香港方言詞典》（花城出版社，1991）以及譚永泉先生的《廣州話與普通話詞語對譯2000例》（廣州市推廣普通話協會，1993），還有一些有關廣州話詞語和考本字等方面的文章，恕不能在此一一列舉；在分類方面，則參考了梅家駒、竺一鳴、高蘊琦、殷鴻翔先生的《同義詞詞林》（上海辭書出版社，1983）和林杏光、菲白先生的《簡明漢語義類詞典》（北京商務印書館，1987）。謹在此一併致謝！

　　在編寫的分工上，麥耘負責總體設計和分類，具體編寫第一、四、五、十、十一大類，並給全部詞條注音、統稿以及編製索引，譚步雲負責編寫第二、三、六、七、八、九大類。

　　編這樣的詞典，在我們是首次，水平和經驗均有所闕，見聞也不夠廣，加之時間比較倉促，有些地方無法細磨，所以完稿之後，自己也覺得很不滿意。一向聽說，編詞典是吃力不討好的事，箇中苦樂，唯編者自知。今見果然。不過事屬草創，勢難求全，不足之處，尚可俟之後日。從某種意義上說，這本詞典的編成，只是這一工作的開始。我們設想，在將來適當的時候，要對它作不止一次的修訂。我誠懇地希望各界朋友多提出意見，無論是分類、收詞、用字、釋義、例句、體例等方面，都可以直接來信賜教。我們的通訊地址是：510275，廣州市海珠區，中山大學中文系，麥耘、譚步雲。這裏預先說一聲：謝謝了！

麥　耘

乙亥仲春之月

記於康樂園七面來風閣

# 商務印書館 📖 讀者回饋咭

請詳細填寫下列各項資料，傳真至2565 1113，以便寄上本館門市優惠券，憑券前往商務印書館本港各大門市購書，可獲折扣優惠。

所購本館出版之書籍：＿＿＿＿＿＿＿＿＿＿＿＿＿＿＿＿＿＿＿＿＿

購書地點：＿＿＿＿＿＿＿＿＿＿＿＿＿ 姓名：＿＿＿＿＿＿＿＿＿＿＿＿

通訊地址：＿＿＿＿＿＿＿＿＿＿＿＿＿＿＿＿＿＿＿＿＿＿＿＿＿＿＿

電話：＿＿＿＿＿＿＿＿＿＿＿＿＿＿ 傳真：＿＿＿＿＿＿＿＿＿＿＿＿

電郵：＿＿＿＿＿＿＿＿＿＿＿＿＿＿＿＿＿＿＿＿＿＿＿＿＿＿＿＿＿

您是否想透過電郵或傳真收到商務新書資訊？　1□是　2□否

性別：1□男　2□女

出生年份：＿＿＿＿＿年

學歷：　1□小學或以下　2□中學　3□預科　4□大專　5□研究院

每月家庭總收入：1□HK$6,000以下　2□HK$6,000-9,999
　　　　　　　　3□HK$10,000-14,999　4□HK$15,000-24,999
　　　　　　　　5□HK$25,000-34,999　6□HK$35,000或以上

子女人數（只適用於有子女人士）　1□1-2個　2□3-4個　3□5個以上

子女年齡（可多於一個選擇）　1□12歲以下　2□12-17歲　3□18歲以上

職業：1□僱主　2□經理級　3□專業人士　4□白領　5□藍領　6□教師　7□學生
　　　8□主婦　9□其他

最多前往的書店：＿＿＿＿＿＿＿＿＿＿＿＿＿＿＿＿＿＿＿＿＿＿＿＿

每月往書店次數：1□1次或以下　2□2-4次　3□5-7次　4□8次或以上

每月購書量：1□1本或以下　2□2-4本　3□5-7本　2□8本或以上

每月購書消費：1□HK$50以下　2□HK$50-199　3□HK$200-499　4□HK$500-999
　　　　　　　5□HK$1,000或以上

您從哪裏得知本書：1□書店　2□報章或雜誌廣告　3□電台　4□電視　5□書評/書介
　　　　　　　　　6□親友介紹　7□商務文化網站　8□其他(請註明：＿＿＿＿＿＿)

您對本書內容的意見：＿＿＿＿＿＿＿＿＿＿＿＿＿＿＿＿＿＿＿＿＿＿

---

您有否進行過網上購書？　1□有　2□否

您有否瀏覽過商務出版網(網址：http://www.commercialpress.com.hk)？1□有　2□否

您希望本公司能加強出版的書籍：1□辭書　2□外語書籍　3□文學/語言　4□歷史文化
　　　5□自然科學　6□社會科學　7□醫學衛生　8□財經書籍　9□管理書籍
　　　10□兒童書籍　11□流行書　12□其他(請註明：＿＿＿＿＿＿＿＿＿＿)

根據個人資料「私隱」條例，讀者有權查閱及更改其個人資料。讀者如須查閱或更改其個人資料，請來函本館，信封上請註明「讀者回饋咭-更改個人資料」

香港筲箕灣
耀興道3號
東滙廣場8樓
商務印書館（香港）有限公司
顧客服務部收